U0106990

當代人文的
三個方向

——夏志清、李歐梵、劉再復

王德威　季進　劉劍梅　主編

| 責任編輯 | 沈夢原 |
| 書籍設計 | 吳冠曼 |

書　　名	**當代人文的三個方向——夏志清、李歐梵、劉再復**
主　　編	王德威　季進　劉劍梅
出　　版	三聯書店（香港）有限公司
	香港北角英皇道 499 號北角工業大廈 20 樓
	Joint Publishing (H.K.) Co., Ltd.
	20/F., North Point Industrial Building,
	499 King's Road, North Point, Hong Kong
香港發行	香港聯合書刊物流有限公司
	香港新界大埔汀麗路 36 號 3 字樓
印　　刷	美雅印刷製本有限公司
	香港九龍觀塘榮業街 6 號 4 樓 A 室
版　　次	2020 年 7 月香港第一版第一次印刷
規　　格	16 開（170 × 230 mm）440 面
國際書號	ISBN 978-962-04-4687-0

序言

　　二〇一九年五月九日至十日，香港科技大學賽馬會高等研究院和人文學部聯合主辦"五四之後：當代人文的三個方向"國際學術研討會。二〇一九年適值五四運動百年紀念，科大會議躬逢其盛，期望對這一攸關中國文明現代化的運動提出各種反思。更重要的，與會者也願藉此機會討論五四"之後"，當代中國如何面向未來，再創新猷。

　　會議另一目的是向現當代中國人文研究三位大師，夏志清（1921-2013）、李歐梵（1939-）、劉再復（1941-）先生致敬。他們的學術背景不同，立場有別，但對現代中國的關懷無分軒輊。夏志清發揚歐美"大傳統"、"新批評"精神，對五四以來"感時憂國"的現象有批判性觀察；李歐梵則從世界公民角度力求打通中西限制，想像摩登的時空維度；劉再復歷經中國與海外雙重經驗後，致力揭露革命與啟蒙的局限，尋覓"第三空間"的可能。

　　這三位學者的學術成就因為香港而產生交集。夏志清先生常年在美，卻有大批香港同事友人相往還，身後所有中英著作皆由香港中文大學彙集出版；劉再復先生過去三十年與香港學界互動頻繁，多數著作也首先在香港發表，再擴及世界。李歐梵教授則在旅美近四十年後，選擇定居香港，並積極參與香港文化公共事務。他們文字、行止與香港密不可分。香港的自由空氣、開放環境提供他們學術想像的資源，甚至成為安身立命的所在。

　　自從一九六一年《中國現代小說史》問世，夏志清先生為現代中國文學研究樹立典範，而且為英美學院開創一個新的研究領域。《中國現代小說史》的意義不僅在於夏先生開風氣之先，憑個人對歐美人文主義和形式主義批評的信念，論斷現代中國小說的流變和意義，也在於他提出問題的方式，他所堅持的比較文學眼光，還有他敢於與眾不同的勇氣，為後之來者預留許多對話空間。今天不論我們重估魯迅、沈從文，討論張愛玲、錢鍾書，或談論中國文人的文學政治症候群、"感時憂國"情結，都必須從夏先生的觀點出發。有些話題就算他未曾涉及，也每每要讓我們想像如果有先生出手，將會作出何等示範。

一九七一年，夏先生首次以"感時憂國"（obsession with China）一詞來形容中國文人面對現代性挑戰的矛盾態度。他認為，現代中國文人如此憂國憂民，以至於將他們對現狀的反感轉變為一種施虐／受虐般的心態。他們將任何社會或政治困境都看作是中國獨有的病症，因而對中國現狀極盡批判之能事。這樣的態度雖然讓現代中國文學充滿道德與政治的緊張，卻也導致畫地自限、患得患失的反效果。夏志清認為補救之道在於迎向（以歐洲為中心的）世界主義（cosmopolitanism）。

《中國現代小說史》自初版迄今已經六十年。迄今為止仍然是英語世界最有影響力的現代中國文學史專書。不僅學者學生對晚清、五四以降的各項課題趨之若鶩，研究的方法也是五花八門。儘管論者根據不同理論、政治，甚至性別、區域立場，對此書時有辯詰的聲音，但未見另外一部小說史出現與抗衡，則是不爭之實。而一甲子後的今天，夏志清對"感時憂國"症候群的批判依然鏗鏘有聲。

李歐梵是當代學界少見的世界主義實踐者。他在哈佛大學的博士訓練是歷史，但他的興趣包羅廣闊，終以文學研究者見重領域內外。一九八七年他論魯迅專書《鐵屋中的吶喊》（*Voices from the iron house*, A study of Lu Xun, 1987），一反主流說法，勾勒現代中國文學之父極其複雜的面貌，早已成為魯迅研究的經典之一。但在本行以外，他對西方人文領域的浸潤，從文學、古典音樂、歌劇到電影以及文化現象無不興致勃勃。

李歐梵不是傳統定義的世界主義者。對新奇的文化、多變的世事，他不願維持淺嘗輒止的審美距離，而每每展現捨我其誰的投入感。他對西方古典音樂的鑽研猶如做學問；對電影的熱愛曾一度讓他有了不如歸去的衝動。而他的世界主義也代表一種政治的信念和抉擇。李歐梵的中英著作極多。英語世界中的四部專書各有開拓先河的意義。《中國現代作家的浪漫一代》（*The Romantic generation of modern Chinese writers*, 1973）描寫五四以後作家從郁達夫到蕭紅等的歌哭行止、革命戀愛，夾議夾敘，堪稱是歐美學生進入現代中國文學領域的重要指南。《鐵屋中的吶喊》將魯迅請下神壇，以三十年代的文化政治為背景，縱觀大師的所為與所不為，有史識，也有洞見，更多同情的理解。《上海摩登》（*Shanghai Modern: The Flowering of a New Urban Culture in China, 1930–1945*, 1999）同樣是膾炙人口的作品。全書介紹上海的殖民風情與前衛文藝，是當代「上海學」大盛的關鍵著作之一。《東西之間：我的香港》（*City Between Worlds: My Hong Kong*, 2008）則處理另外一座他鍾愛的城市，對香港的過去和現在有深入淺出的描寫，深情自在其中。

從學院的大傳統來看，李歐梵在台大受教於夏濟安先生，來美以後私淑夏志清先生；夏氏兄弟所代表的英美人文主義的精神可謂由他發揚光大。他論魯迅的方式不妨看作是與業師濟安先生名著《黑暗的閘門》（*Gate of Darkness*, 1967）的精彩對話。但李歐梵在哈佛求學時也曾師承捷克漢學大師普實克（Jaroslav Průšek），普氏的左翼方法以及波西米亞式的浪漫主義風格也因此有了華裔傳人。普氏日後在英美漢學圈佔有一席之地，必須歸功李歐梵為其編纂的專書《抒情與史詩》（*The Lyrical and the Epic*, 1981）。而李歐梵個人治學的風格也在在反映東西、左右兼容的特色。

夏志清、李歐梵都長年留美，代表兩代海外中國現代文學研究領軍者。劉再復則出身大陸，一九八〇年代為中國文藝界的指標人物。他的《論文學的主體性》、《性格組合論》等專著叩問主體性與歷史的辯證，質疑簡化的公式教條，也見證文學與革命千絲萬縷的複雜關係。因緣際會，一九九〇年代以後劉再復長駐海外，所思所見有了脫胎換骨的改變。他提倡告別革命，促使我們思考革命本身已被物化，成為政治或知識霸權的危機。他更提倡放逐諸神。他所謂的諸神其實沒有特定政教對象，而是個人心中執念或意識形態教條，不論左翼或右翼，不論保守或前衛。與其說劉再復以此否定一切，展露虛無主義，不如說他意在調動批判性的思考，質疑任何將主義、信仰教條化、偶像化、神話化的作為。

這引領我們關注劉再復一系列的拷問靈魂之作。他指出中國人安於現實，缺少對"罪"的深切認知，更乏"懺悔意識"，而在西方傳統裏，兩者都以超越的信仰為前提。但劉所謂的罪，不指向道德法律的違逆或宗教信仰、意識形態的淪落，而更直逼人之為人、與生俱來的坎陷 —— 一種以倫理出發的本體論。懺悔意識使他誠實面對自己的無明，也開啟了他的第三空間。

相對於祖國與海外所代表的第一和第二空間，"第三空間"看似虛無縹緲，卻是知識分子安身立命之處。這是"一生二，二生三，三生萬物"的空間。這空間所標榜的獨立、自由立刻讓我們聯想到康德哲學所刻畫的自主與自為的空間，一個"無目的性"與"合目的性"相互融洽的境界。過去二十年來，劉再復更轉向中國傳統汲取資源，從老莊學習復歸於樸、復歸於無極的道理；從佛教禪宗得到隨起隨掃、不著痕跡的啟悟；也從儒家心性之學體會"吾心即宇宙"、"宇宙即吾心"的修養。

從"感時憂國"的批判，到"世界主義"的倡導，再到"第三空間"的擘畫，夏志清、李歐梵、劉再復先生面對當代中國，提出各自的看法。他們立論的取徑不同，但共同關注所在是人文主義在中國的願景或困境。而我們記得，五四運動最重要的呼籲之一正是"人的文學"。

這一呼籲一百年後仍然歷久彌新。在這一主題下，香港科技大學劉劍梅教授、蘇州大學季進教授登高一呼，號召國際青年學者向夏志清、李歐梵、劉再復三位先生致敬，也展開又一輪五四之後，中國文化何去何從的思辨。而香港作為產生對話、眾聲喧嘩的所在，此時此刻尤其發人深省。謹以此序，向三位先生與所有與會學者表達敬意。本論文集由季進教授、劉劍梅教授主理編務，功不可沒，也藉此聊致謝忱。

目錄

Contents

漫談晚清和五四時期的西學和國際視野

李歐梵
美國哈佛大學、香港中文大學榮休教授

　　首先我要特別感謝王德威教授對我的謬讚，我剛剛跟王德威說，我的名字只要在他的演講裏面出現，就覺得非常滿足了，千古留名，此生無憾。抱歉的是，我今天只準備了一些最悶的資料，為各位作一個研究報告。

　　我常常問我自己，從二〇〇四年到香港以來，我學術上到底做了什麼？王德威剛剛跟各位介紹我這本關於香港的英文書 *City Between Worlds*，到現在還沒有中文版，不能算是嚴肅的學術著作。我在香港這麼多年，基本上是兩棲動物，一方面在公共領域發表了很多文化評論的文章，另一方面在學界還一直保留了一個位置，我可能是香港中文大學年紀最老的在職教授，不過明年七月鐵定退休，我現在公開宣佈絕不延期。既然在學界我有這麼一個空間，我總要面對學生，總要跟各位稍微做一些交代，到底我做了什麼研究？

　　得我心者，德威也，他剛剛把我的興趣全部都點出來了。其實我從《中國現代作家的浪漫一代》開始，就一直圍繞著兩個問題，借用他的話說，就是"沒有晚清，何來五四？"和"沒有五四，何來晚清？"。我這麼多年來一直思考兩個問題：晚清的文化是什麼？五四的新文化又是什麼？兩者之間的對話關係又是如何？王德威最近的一篇文章〈沒有五四，何來晚清？〉非常有意思，它收在《五四@100》這本書裏，我向各位鄭重推薦。這本書收錄了五十多位學者（不少學者都在座）的文章，從各個方面，對五四展開了眾聲喧嘩的討論。王德威特別提到一點：我們不必要把晚清與五四作為單一連貫線性的敘述，其實也可以把它們分開，變成兩種相關的話語，作雙向的對話。晚清和五四如何對話，這一直是我心目中縈繞不去的問題，至今還沒有解決。王德威在他的那篇文章裏借用本雅明（Walter Benjamin, 1892-1940）的歷史哲學論點："呈現過去並不是將過去追本還原，而是執著於記憶某一危險時刻的爆發點。"── 爆發成為"現在"或"此時"（jetztzeit），因此，當我們回憶一個歷史上的關鍵時刻的時候，過去和現今是互相照明的。對我而言，晚清和五四的意義就在於此。我們現在都說"後見之明"，指的不僅是"後學"或"後設理論"的方法，而且可以用本雅明的話來表達，就是一種思想上的"照明"（illumination），也就是從當下這個著眼點重新探視那個歷史的危險時刻。今年是五四運動一百週年紀念，[1]於是出現了大量的文章討論到底"五四"指的是什麼：一九一九年的學生運動？或是稍前的新文學運動？或是更廣義的新文化運動？其實，用本雅明的說法，一下子就解決了：一九一九年可以視為一個"危險時刻的爆發點"，一個關鍵時刻，一個歷史節點，得以照明的就是新文化運動，而這個"新文化"卻是從晚清開始逐漸形成的，到了一個歷史的關節點就"爆發"了。說來說去，"五四"這個時刻和晚清也是互相呼應的，二者更可以和現在互相辯證，因此王德威才會作雙重的悖論："沒有晚清，何來五四？"、"沒有五四，何來晚清？"，前者大家都把它作為單一線性的解釋，也就是說，沒有晚清時期的文化奠基工作，五四不會發生，但其意義不止於此；而後者則是一種"後見之明"，也就是說，有了五四的新視野，晚清才顯得更有意義。於是我們一直在不停地檢討，不停地論述，不停地解構和重構，眾聲喧嘩，沒有定論。我覺得這是一個很好的傳統。

---

1 責編注：本次會議召開於 2019 年。

一、晚清翻譯和維多利亞文學

　　以上是我對於王德威這篇文章的解讀，不見得對。今天想把我個人的研究的心路歷程向各位粗淺地介紹一下，有些心得已經寫成文章發表了。其實我根本沒有什麼先見或後見之明，我的研究只不過是一個斷斷續續的求索過程。我在美國做研究生的時候，周策縱先生的《五四運動史》是必讀書，此書影響甚大，五四成為中國現代思想史最重要的話題，相形之下，晚清的意義就很模糊了。在我寫博士論文《五四作家的浪漫一代》的時候，我的指導老師史華慈（Benjamin Schwartz）剛好完成他研究嚴復的著作《追求富強：嚴復與西方》，我因而想到和嚴復同時的另一位晚清翻譯大家林紓（林琴南），在班上寫了一篇討論林紓翻譯西方文學的論文，主要是想引起老師的注意。後來我把這篇文章納入我的博士論文，作為其中的一章，林紓也成了五四浪漫一代的"前人"（predecessor），因此把五四和晚清連在一起了，這幾乎是一個"無心插柳"（serendipitous）的行為，不料就此喜歡上了晚清文學，從而閱讀晚清大量的出版物，並開始思考晚清和五四文學之間的關聯。現在回想起來，倒是印證了德威"沒有五四，何來晚清"的名言。

　　我發現一八九〇年到一九一一年這二十年間，晚清的文人和知識界都在不斷擴展他們的世界視野，地理知識和科幻並進，從神州大陸想像到海外仙島，於是從中朝的天下觀探索到世界五大洲，又經由翻譯凡爾納（Jules Verne）的科幻小說，擴展到登陸月球和地底旅行，飛天下地，無所不至其極，其實都是在摸索這個世界到底是什麼樣的。在時間的領域，西方基督教的"末世論"和西方的歷史同時進入晚清文人的思想視野，傳教士李提摩太（Timothy Richard）翻譯的那本《泰西新史攬要》也影響深遠，晚清知識分子幾乎人手一冊，未幾就被變頭換面，變成通俗小說《泰西歷史演義》。晚清文人對西方文學和文化的介紹，本出自一種獵奇的心態，但不知不覺之間把這個"奇怪"的世界帶進中土，用胡志德

（Ted Huters）那本書名來形容，就是 "Bring the World Home"。這個現象並不代表 "西學" 的 "華化"，因為這個外來的文化已經擴展了中土人士的世界觀。

從文學的角度來看，晚清文人介紹到中土的作品，絕大多數屬英國的維多利亞時代的文學，而且絕大多數屬通俗小說的節譯或改寫。"維多利亞時代" 指的是約自十九世紀中葉到二十世紀初年維多利亞女皇主政的時代。這個 "維多利亞文化" 影響深遠，耶魯大學的歷史學家蓋伊（Peter Gay）把它的價值內涵 —— 特別是中產階級的 "隱私"（privacy）觀念 —— 引申到整個歐洲大陸，特別是世紀末的維也納。從現代的立場而言，維多利亞文化代表的就是大英帝國主義的 "軟實力"，因而和西方殖民主義、列強的侵略連在一起，是表裏兩面。那麼，從後殖民理論的立場而言，晚清的翻譯是否代表了大英帝國的文化侵略，晚清文化 "被殖民" 了？我覺得並不是那麼簡單，它從來沒有失去中華文化的主體性。林琴南翻譯了大量的維多利亞小說，特別是哈葛德（Rider Haggard）的作品，不下二三十種，他就是林琴南翻譯最多的英國作家，如今被後殖民理論家批評得一塌糊塗。這個人根本就是一個大英帝國主義的代言人，他的小說中洋溢著白人居上的種族偏見，然而林琴南偏偏要讚揚他小說中的 "尚武精神"。為什麼晚清文人對大英帝國主義的文學如此嚮往？難道只不過是為了對抗強敵要 "知己知彼"？我覺得這和林紓和他那一代保守人士的 "帝國想像" 有關，它和較激進的知識分子（如梁啟超）建構 "民族國家" 的 "想像社群" 不同，然而它背後的視野更廣，不論是興是衰，帝國想像的範疇都是世界性的。晚清知識分子的 "口頭禪" 就是 "老大帝國"，它已經到了生死存亡的危機時刻了，如要恢復其元氣，就要灌輸尚武精神。林紓也關心古埃及的衰亡，但更關心大英帝國的強大文化勢力，因此想經由翻譯來驚醒國人。只有認同帝國的人才會有這種世界觀，這也是一個悖論。

晚清的翻譯數量驚人，據日本學者樽本照雄多年的研究，至少有一千種以上，除了林琴南的翻譯之外，還有大量的維多利亞通俗小說。我偶然發現一九〇六年出版的《月月小說》第三期裏面，有一篇周桂笙的文章：〈英國近三十年中最著名之小說家〉，以社會歡迎的多寡為次序，列了二十三位作家人名，掛頭的兩位我知道：Dickens 和 Thackeray，名列第三和第四的我卻從未聽過：誰是 Hall Caine？誰是 Miss Marie Corelli？第五第六名是 Walter Scott 和 Edward Bulwer-Lytton …… 我一路看下去，發現至少一半的名字是陌生的。我畢竟還是台大外文系畢業的，因此看到這一個名單，感到十分汗顏。比如 Edward Bulwer-Lytton 是誰，以前就從來沒聽過，一直到最近才從韓南（Patrick Hanan）教授的考證得知，原來中國第一本翻譯的維多利亞小說《昕夕閒談》（*Night and Morning*）就是出自 Bulwer-Lytton 之手。還有些人我也不知道的，比如剛提到的 Hall Caine 和 Marie Corelli，還有 Mrs. Humphrey Ward、Mrs. Henry Wood、Mrs. Braddon、Stanley Weyman、Charles Reade、E.F. Benson …… 當然還有 Rider Haggard，他的照片也在另一期出現。這些大都是當年走紅的英國通俗作家，他／她們的作品寫的是什麼？為什麼如此吸引晚清的通俗作家？大致來說，有三種小說最受歡迎：偵探、冒險和言情，前兩種的代表作家是哈葛德和柯南道爾（Arthur Conan Doyle），後者的福爾摩斯探案一紙風行，膾炙人口。但數量最多也最難處理的是言情小說。

我發現英國最重要的幾本言情小說都是維多利亞時代的女作家寫的，最近台灣的幾位年輕的學者不約而同地研究這幾位作家，特別是 Ellen Wood（也就是上面提到的名單中的 Mrs. Henry Wood）的 *East Lynne* 這本長篇小說，至少有三四篇論文討論。還有 Elizabeth Braddon 以及稍後的 Marie Corelli，恐怕在座的就只有陳建華知道她是誰，因為 Marie Corelli 的作品大部分是周瘦鵑翻譯的。我在最近的一篇長文〈見林又見樹〉中特別討論幾位維多利亞時代的女作家的作品和中文譯文，並指出這一個文類（"煽情小說"，sensation novel）不容忽視，因為它把女性的主體性帶了出來，放在故事的前台，換言之，這類故事說的都是一個女性如何受盡愛情和婚姻折磨（特別是男性重婚罪的犧牲品），從各種經驗中磨煉自己。這類小說的開創人物就是《簡愛》的作者布朗蒂（Charlotte Brontë）。

維多利亞小說的另一個文類是"社會小說"，狄更斯的作品足為代表。狄更斯是大名人，研究他的學術著作車載斗量。既然我的方法是對等式的研究，就需要下兩倍功夫。其實"跨文化"並不簡單，也不是一般的翻譯理論可以解決。總而言之，晚清的翻譯研究對我是極大的挑戰，深恐精力不足，所以很希望各位年輕學者繼續研究下去。

二、五四時期的西方文學理論

如果我們再把五四和晚清來做比較的話，我們可以說五四代表一個新的論述的開始，對於中國傳統，它展現的是一種整體性的批判的意識，對於西方文化，也照樣的要做全盤性的介紹和研究。但這並非胡適所謂的"全盤西化"（其實胡適後來也改口了），而是正式把西方文化納入五四的新文化運動。研究五四運動的人，似乎過於偏重五四反傳統的一面，卻沒有注意到新文化的建構一面，因此，我們可以說，晚清的"西學"為五四的新文化奠定了一個基礎。五四這一代人對於晚清文學和翻譯，也是採取批判的態度。他們認為晚清介紹的那些外國作家都是二三流的，於是開始追問：一流的作家是誰？各個國家的文學傳統有什麼不同？最新的文學潮流是什麼？於是開始關注文學史和文化史，大出版商如商務印書館和中華書局更作大規模的出版計劃，下面我要提到的《新文化辭書》是一個重要的案例。眾所周知，五四那一代的知識分子，不少人到西方留學，外語的能力顯然較晚清文人高得多，因此介紹進來的是"一手資料"，然而依然眾聲喧嘩，百花齊放，有待這一代的學者們深入研究。

我覺得五四非常有意義的一個貢獻 —— 也是一個未完成的貢獻 —— 就是對

西方文化做全面性的了解和介紹，並從這個角度來探討現代性的意義。換言之，他們的言論背後有一個西方的參照系統，並以此為權威。陳獨秀在一九一五年寫的一篇文章中，就引用了一位法國作家薛紐伯（Ch. Seignobos）的《法國現代文明史》，又把這本書翻譯了一部分出來。薛紐伯是誰？這本書在當時法國文壇的地位如何？似乎有待學者研究。陳獨秀的偶像是法國，不是英美，和胡適不同。請各位注意，《新青年》用的是法文譯名，是法文 "La jeunesse"，正像稍後的《現代雜誌》也以法文為名："Les Contemporains"（英文就是 Contemporaries），就是 "當代人" 的意思，可見 "現代" 意識和 "當代" 意識是混在一起的，指的就是 "這個時代"，就是指二十世紀。持反對意見的人，如學衡派的吳宓和梅光迪，並不是反對現代，而是認為只顧追隨現代潮流是不足的，一定要了解整個西方傳統和經典文學。雙方的辯論，反而豐富了五四對於西學的掌握。有時候我不禁好奇，想從 "後見之明" 的角度探問：到底五四那一代人對於西方文化知識的掌握程度如何？我的老友瓦格納（Rudolph Wagner）教授也在探討同樣的問題。數年前他發現了一本奇書《新文化辭書》，一九二三年由商務印書館出版。他用電子檔傳給我，想引起我的研究興趣。直到最近，我才把這本足足一千六百多頁的大書瀏覽了一遍，發現這本書中所介紹的就是五四時代的新知和西學。書的前面特別用了一個英文譯名，叫做 *An Encyclopedic Dictionary of New Knowledge*，"新文化" 在英文中變成了 "新知"，至少在幾位編者的心目中，"新知" 就等同 "新文化"。《新文化辭書》介紹了很多西方作家、藝術家、思想家、宗教家和科學家，但哲學家佔了很大部分，當年幾位響噹噹的大人物，都用了數頁甚至十數頁的篇幅詳細介紹，例如伯格森（Henri Bergson）、羅素和杜威。內中不少人物的名字，對我也是陌生的，例如 Driesch（杜里舒）、Wundt、Eucken（倭鏗），都是德國人。我發現這本辭典所介紹的新知識，德國的哲學和科學佔了主要的部分，而不是胡適所介紹的英美實證主義。從陳獨秀的法國文化，到胡適的英美哲學，到這本辭書的德國思想，更不必提魯迅和周作人介紹的俄國和北歐、東歐的

漫談晚清和五四時期的西學和國際視野

文學，以及大量的日文轉譯，五四的西學已經超越了晚清 "西學為用" 的認知框架，而且更為全面。這個事實大家都知道，但似乎沒有太多人深入研究。

《新文化辭書》的編者有十一位，主編是商務印書館的資深編唐敬杲，他還寫過一本《近代思想解剖》，把西方近代思想的變遷 —— 從盧梭到二十世紀初的新思想家，如伯格森和倭鏗 —— 梳理了出來。這本書可能是從日文轉譯或轉述過來的，我看的是台灣重印版，初版的日期是哪一年我也搞不清楚。另外費鴻年寫過一本《杜里舒及其學說》（一九二一年中華學藝社初版），封面赫然有兩行德文："Aus Wissen und Wissenchaft, 3. Driesch und seine Lehre"，顯然是一個 "知識和科學" 研究系列叢書的第三本。這本書是為了歡迎杜里舒來華訪問而作。杜里舒本來是研究生物學的，後從科學轉向哲學。邀請他訪華的是梁啟超領導的 "講學會"，他們也想邀請伯格森，但未成功，除此之外，當然還有羅素和杜威。這一系列的西方哲人訪問，到底有什麼影響？我們從一九二三至一九二四年間的 "科學與人生觀" 的論戰可以看出來，表面上似乎是 "科學" 派贏了，其實 "玄學派" 的論點更不容忽視，因為 "人生觀" 這個名詞，就是從德文來的，倭鏗和杜里舒正是其作俑者。中研院文哲所的彭小妍剛出版一本專著，就是探討這個問題。我們由此可以看出來，五四時期的知識界的確開了一個新的局面，而且眾說紛紜，當然各家各派也辯論不休，如今看來，這一個眾聲喧嘩的現象，雖然內容參差不齊，但也彌足珍貴。我再借用中文大學翻譯系的同事葉佳的研究，提出另外一個例子。

除了陳獨秀、胡適這樣的領袖人物，還有很多年輕人也爭相發言。比如發表 "五四運動宣言" 的羅家倫，就在〈今日中國的小說界〉一文中提出他的文學觀，認為現在的文學所需要的是一種 "寫真主義"，或者是自然主義，Realism或 Naturalism，與陳獨秀的觀點大致相合。他認為林琴南翻譯的東西 —— 他叫做 "Romanism" —— 早已落伍了，他反對這種 "荒誕主義"，認為違反了社會進化論。這裏羅家倫把進化論的思想和文學上的寫實主義連在一起了，此後茅盾有進一步的發揮。羅家倫的觀點從哪裏來的呢？他自己在注解裏說參考了兩本書：一本是 Hudson 的 *Introduction to (the Study of) Literature*，一本是 Moulton 的 *The Modern Study of Literature*，這兩位都是當時英美文學理論界有名的人物，Richard Moulton 是芝加哥大學的教授，研究聖經的。William Henry Hudson 是英國人，還寫過小說。羅家倫還引用了瑞恩詩（Paul Samuels Reisch）所寫的一本 *Intellectual and Political Currents in the Far East*。這位先生似乎是一個"亞洲通"，對於當時的中國和日本的思想潮流似乎瞭如指掌，羅家倫引之為權威，於是把他的觀點抄了出來。他認為第一流的作家是 Thackeray，還有法國的 Anatole France。其實《月月小說》中提過的"英國三十位著名文學家"名單中，早已列有 Thackeray 的名字，但沒有區分誰是第一流、誰是第二流。羅家倫為了批判晚清的翻譯文學，以便樹立一個新的文學觀點，因此要引用來自西方的新權威。把文學經典和通俗作品劃分開來，也是五四那一代人開創的。然而標準何在？

羅家倫的例子頗有代表性。我發現他引用的書，其他五四作家 —— 如茅盾、郁達夫、鄭振鐸等 —— 都在引用。這個現象，澳洲學者 Bonnie McDougall 早已研究了，大家可以參看她的那本 *The Introduction of Western Literary Theory into Modern China*（《西方文學理論在現代中國的傳入》），我認為是開山之作。在座的吳國坤教授也寫了一篇文章，叫做"The Long and the Short"，提出一個饒有趣味的問題：五四時期的作家如何分辨短篇和長篇小說，意義何在？為什麼最初創作的文類是短篇小說？在中國文學傳統中，長篇小說的形式是章回小說，而晚清時期的長篇小說也是用章回小說的形式，不過逐漸改變了內中不少成規。但是五四知識分子要和晚清劃分界限，他們要開創一個新的文類：短篇小說，作為一種寫實主義的新載體。新文學必須開創新的文類，不能納入籠統的"說部"混在一起。那麼，五四新小說在形式上的理論基礎是什麼？就是這些英美的文學教科書和入門書。除了上述的 Hudson 和 Moulton 之外，還有哈佛教授 Bliss Perry 的 *A Study of Prose Fiction*，湯澄波的中譯本名叫《小說的研究》（一九二五年商務印書館初版）；哥倫比亞大學教授 Clayton Hamilton 的 *Materials and Methods of Fiction*，中譯本名叫《小說法程》，華林譯（一九二四年商務印書館初版），並有吳宓用文言文寫的序，大讚此書 "簡明精當，理論實用，兩皆顧及，可稱善本。其書在美國極通行，哈佛大學至用之為教科書"。吳宓說的不錯，該書自一九〇八年出版後，多次再版，我看的是三十週年的紀念版，改名為 *The Art of Fiction: A Formulation of its Fundamental Principles* (New York: Doubleday, 1939)，第一章就辯證小說中的 "真實"（truth）和外在事實（fact）的差別，其他各章內容包括寫實主義和 Romance（歷史演義）的不同，敘事的方法、情節、人物、場景、敘事觀點，以及各種小說文類 —— 如短篇（short-story）、中篇（novelette）和長篇（novel）的區別，還特別有一章專論短篇小說。另一位哥大的教授 Brander Mathews 寫的 *The Philosophy of the Short Story*，顧名思義，專論短篇小說，認為這個文類精簡而又提供創意的空間，並可以表達 "印象的整體性"，乃長篇所不及。總而言之，這些介紹性的文學教科書，不約而同地從把文學作為一種藝術，有其本身的形式規律和特點。已經接近上世紀五十年代興起的 "新批評" 理論（也就是夏氏兄弟所接受的文學理念）。也就在清末民初這個關鍵時刻，中英字典中對文學的定義也改變了，"literature" 這個字在中文語境中，從原來的 "文"（例如文章、文辭）轉變成一種有想像力的創意寫作。

因此我們可以說，五四時期的文學觀，雖然眾說紛紜，但其基礎論點已經和中國傳統大不相同，西方文論的介紹，也使得五四作家不知不覺之間對於寫作的方法和模式開始仔細斟酌，魯迅就是一個明顯的例子。魯迅在日本留學期間和回國之後，都大量購買有關西方文學的書籍，最近有學者專門研究魯迅在日記裏附帶的購書單，內中大多是日文和德文書，有關文學史之類的著作甚多。當時最著名的西方文學史著作，應該首推 Georg Brandes 的 *Main Currents in 19th - Century Literature*，就是《十九世紀的文學主流》，此書特別推崇寫實主義和自然主義，原文是德文，可能從日文翻譯或改譯出來的，它讓五四一代的作家知道什麼才是近代歐洲文學的"主流",因此,所謂"潮流"的論述在中國也大行其道。

這些文學入門書和教科書為我們提供了極為珍貴的資料,它不但為五四文人鋪陳了一個新的文學觀,而且也逐漸奠定了文學批評和專業研究的思想基礎。文學既然成了藝術,"文藝"連成一詞就順理成章了。我在圖書館找到一九三〇年商務印書館出版、王雲五主編的《萬有文庫》第一集,內中包括五本文藝理論的書:《文藝批評淺說》(周全平著)、《歐洲近代戲劇》(余心著)、《文學概說》(郁達夫著)、《修辭格》(唐鉞著)、《文體論》(薛鳳昌著,研究中國傳統文體的變革)。如此繼續摸索下去,至少可以為五四文學史和知識史添加新的一章。

三、郁達夫和德國文學

最後我想再舉一個作家的個案 —— 郁達夫。自從我博士論文出書後,大概有半個世紀沒有研究書中的兩個主要人物徐志摩和郁達夫了。如今回頭看我五十年前寫的《五四作家浪漫的一代》,不看則已,一看就不勝汗顏。最近大陸有人批評我,指出書中三十多個錯誤,我心想可能更多,大大小小不下一百個吧。在內容上最大的失誤是範圍太廣,分析不夠細緻,歷史多於文學。我僅僅談到五四一代作家的"浪漫情緒"(romantic temper),而沒有涉及文學上的浪漫主義問題,或者僅避重就輕,沒有深入探討研究。我在哈佛是念歷史的,不知道怎麼分析文學,後來轉教文學,才發現文學比歷史難多了,特別是文學形式的問題,這恰是西方文學理論對我的衝擊。

最近當我重讀郁達夫早期小說的時候,就發現不少以前沒有發現的問題:郁達夫是怎樣開始寫小說的?〈沉淪〉是他的代表作,這本小說集包括三篇小說,以寫作的次序來說,第一部不是〈沉淪〉,而是〈銀灰色的死〉,出版的時候才把〈沉淪〉放在第一篇。於是大家集中研究這一篇小說,都認為這是郁達夫的代表作。如果從郁達夫寫作的次序來探討，我們可以窺測他在形式上如何摸索的過程，我認為要先看〈南遷〉和〈銀灰色的死〉，最後才看〈沉淪〉。郁達夫自己已經承認：〈銀灰色的死〉是一篇習作，內容來自英國作家道生（Ernest Dowson）的身世，藝術靈感來自史蒂文森（Robert Louis Stevenson）的一篇短篇小說。〈南遷〉是三篇之中最長的一篇，研究的人極少，直到最近才有兩位年輕學者 —— 一位是芝加哥大學，另一位布朗大學的博士 —— 發表論文，見解獨到。我也曾寫過一篇關於〈南遷〉的文章，認為這也是一篇習作，它的敘事輪廓都是從德國文學挪用過來的。

〈南遷〉的故事的前半段，敘述主人翁伊人害了肺病，到日本南部一個小島去養病，碰見一個日本女郎，兩人開始對話，然後一同唱〈迷娘之歌〉。〈迷娘之歌〉在小說文本裏是用德文唱出來的，在小說的結尾，郁達夫自己把全部歌詞翻成中文，作為小說的附錄。用意何在？（我要聲明：根據現今的小說理論，探測作家的用意 —— intention —— 本身就不對，我是明知故犯）。把〈迷娘之歌〉直接引進小說之中，意義又何在？於是我追本溯源，發現原來郁達夫引用的就是鼎鼎大名的歌德的成長小說《約翰麥斯特的學習年代》（Wilhelm Meisters Lehrjahre; Wilhelm Meister's Apprenticeship）中的重要的一節：主人翁 Wilhelm Meister 見到了戲班裏的一個意大利少女迷娘，這個少女說：你知道有個 "檸檬正開的南鄉" 嗎？那裏面有 "金黃的橙子" 等等，她是在懷鄉。郁達夫就把這一段放到了他的小說裏，日本的南部變成想像中的意大利南鄉。為什麼郁達夫把這一段德文歌詞直接插入日本的場景中，甚至小說連情節的分段標題也是德文，換言之，這篇小說幾乎變成了一個 "雙聲體"（中文和德文）或 "三聲體"（中、德和日文），這可以說是中國現代文學史上一個前無古人的大膽嘗試。他是否在向歌德致敬？還是要達到一個 "移情" 的藝術效果，進而把歌德原來意義解構？當今受過西方學院訓練的研究者，當然是趨向後者，而我卻認為這是郁達夫的一種形式上的挪用嘗試。眾所周知，歌德本人是非常保守的，他寫的這本 "成長小說”（bildungsroman）也是要主人翁回歸到當時社會的價值觀。郁達夫可能在他的德文班上讀過這本小說的選段，特別是“迷娘”的這一段。他從德國文學中似乎找到一個短篇小說的形式和氣氛，然而故事未必寫實。也許《沉淪》中的三篇小說可以視為郁達夫自己的成長小說，但似乎沒有完成，也不見得是自傳。小說中的主人翁窮途潦倒，而且頹廢得厲害，時有自殺的念頭。郁達夫在自序中說：他敘述的是“現代人的苦悶”（〈沉淪〉）和一個“無為的理想主義者的沒落”（〈南遷〉），這是一個浪漫文學的主題，而不見得是他自己生活的寫照。其實郁達夫在日本的生活並不差。最近有一位來自中國大陸的學者，花了十年的時間研究郁達夫在名古屋的第八高中讀書時候的生活。現在名古屋大學還有郁達夫的石刻像，上面寫著“沉淪”兩字，我還在那裏照了一張照片。原來他在名古屋小有名氣，作了不少舊詩，和日本朋友唱和。他的日文十分漂亮，穿著日本學生的衣服，與日本同學之間毫無隔閡，而且學了兩三年的德文，成績卓著，可以和來自德國的老師對答如流。

總而言之，郁達夫的小說中有大量虛構的成分。而虛構需要藝術的養分，我認為大部分來自德國和英國的浪漫主義文學，包括其文類和形式。他自己在一篇文章〈五年來創作生活的回顧〉中說：他接觸西洋文學，是從俄國文學開始，然後從英譯的俄國小說轉到德國小說，在高等學校期間，總共讀了俄、德、英、日、法的小說一千本內外。在他的其他文章中，也介紹了大量德文和英文的作品，凌駕於日文和法文之上。他在關於文學理論的文章裏，大多是用英文資料，包括上述的文學入門書，但在小說創作中，德國文學的影響更大。

我在重新研究郁達夫的過程中，發現他竟然寫過一首德文詩 “Das Lied eines Taugenichts”，作於一九二〇年，郭沫若把它譯為“百無聊賴者之歌”，現在且把郭氏的譯文援引如下：

　　他在遠方，他在遠方，

青而柔的春之空，

晨鐘遠遠一聲揚！

不知來何從。

只有一聲，確是只有一聲，

嚮往令我心深疼，

煩悶，煩悶，

我在十分思慕君！

這首詩的前半呈現的是一種田園風光，春天清澈的天空下，聽見一聲晨鐘 —— 這個田園美景是英國和德國浪漫主義詩中時常出現的場景。然而這一聲晨鐘為什麼勾起詩人的“煩悶”，以至於“十分思慕君”？我覺得詩意不太連貫，於是請教一位德國朋友，這首詩寫的好不好？他說寫得還可以，雖然德文尾音押韻，但內中一句德文文法可能有誤（也許是印刷之誤？）。也許我們不必過度挑剔，因為這首詩顯然也是習作，寫於一九二〇年，正是他寫《沉淪》三部曲的時候。這首詩讓我的德國朋友想起另一個文本：德國著名詩人 Joseph von Eichendorff 的一篇小說 “Aus dem Leben eines Taugenichts”，德文裏 Taugenichts 一字是“一無是處”（good for nothing）的意思，郭沫若譯為“百無聊賴”，和德文原意有距離，可能是故意的意譯，可以和郁達夫心目中的“零餘者”連在一起，因為郁達夫常說自己在寫作上失敗了，一無是處，似乎有點 “Taugenichts” 的意味？這首詩的名稱和德國名著只有一字之差：“Lied”（歌），取代了 “Leben”（生活）。說不定郁達夫也看過這本小說？它也是一個中篇，內中有詩詞和歌唱，雖然主人翁的心態和經歷和〈沉淪〉相差甚遠。郁達夫汲取的是小說技巧和形式上的靈感，而不是人物造型。德文的中篇叫作 *Erzahlung*（複數是 *Erzahlungen*），英文可能翻作 Novella。郁達夫自承他的〈遲桂花〉、〈過去〉和〈在寒風裏〉三篇小說，就直接受到德國文學的影響：“大約因為平時愛讀德國小說，是於無意之間，受了德國人的 *Erzalungen* 的麻醉導之後的作品。"
這種中篇的敘事結構是散漫的，但更注重詩意的情調，而且裏面也往往直接引
用詩詞，田園風光更是此類德國浪漫小說不可或缺的因素，不但用來烘托氣氛
和情調，而且直接影響人物的情緒。郁達夫自己曾經說過："我歷來批評作品好
壞的標準，是情調二字。" 此類小說最典型的作品就是史篤姆（Theodor Storm）
的〈茵夢湖〉（*Immensee*），也是一個中篇，郁達夫特別喜歡這部小說，並曾
寫過一篇專論文章。他自己也翻譯了幾首德國浪漫主義詩人的作品，Lindau、
Dehmel、Falke 等。在日本的作家裏面，他找到了佐藤春夫的小說《田園的憂
鬱》，而且和佐藤做了朋友，顯然二人的文學嗜好相似。

郁達夫是一個 "書蟲"，他一生不停地買書，曾說他的 "風雨茅廬" 裏藏了
一萬多種外文書籍，內中包括喬愛思（James Joyce）和沃爾芙（Virginia Woolf）
的現代小說，和詩人艾略特（T.S. Eliot，他譯為愛尼奧脫）的詩集。一九二七年
他滯留上海，據《日記九種》裏面記載他的日常生活，除了追求王映霞，就是
到書店買外文書，英文和德文居多。一九三一年他為中華書局提供一個〈歌德
以後的德國文學舉目〉，總共舉了十一家，歌德以外，還有尼采、Hauptmann、
Heine、Kaiser、Kleist、Schiller、Schnitzler、Toller、Wedekind 等人，最後意
猶未盡，又加上 Hebbel、Keller、Thomas Mann 三個名字，連帶提到幾個當時
大名鼎鼎、但在中國尚鮮為人知的現代作家：Hugo von Hofmannsthal、Alfred
Döblin、Max Brod 和 Heinrich Mann。這一個名單，令我目瞪口呆。一九六〇
年台灣的《現代文學》雜誌第一次介紹現代主義的時候，第一期是 Kafka 專
號，第二期就是 Thomas Mann。然而，郁達夫早在三十年前，就已經提到了
Thomas Mann 和他的哥哥 Heinrich Mann。而 Schnitzler 和 Hofmannsthal（就
是為 Richard Strauss 的歌劇作了好幾個《玫瑰騎士》歌詞作者），是世紀末維也
納的文壇名人。還有 Alfred Döblin，現在被公認為德國現代文學之父，他所作的
Alexanderplatz（後來改編為轟動一時的電視連續劇），在今日德國盡人皆知。他

的第一本小說寫的卻是中國乾隆時代的叛亂，叫做 *The Three Leaps of Wang Lun*（王倫三跳）。郁達夫還提到了 Max Brod，他是卡夫卡的朋友，就差卡夫卡沒有提到！也許是因為卡夫卡當時還默默無聞，直到他逝世多年以後，他的德國出版商移民到了美國，從五十年代起才大力推銷卡夫卡小說的英譯本，因此得到學院內外的幾位著名批評家的注意。我在台灣的同班同學白先勇和王文興才得以讀到卡夫卡小說的英譯普及本。順便提一段我個人的文學姻緣，當年我受白先勇之邀，為他的雜誌翻譯一篇短篇小說〈衣櫃〉，就是湯瑪斯曼的作品。

總而言之，郁達夫當年所掌握的德國文學知識，非但沒有落伍，而且連現代吾輩"學者專家"也未必趕得上。一個自稱頹廢無用人，短短一生竟然看了這麼多書，甚至在他流亡南洋的時期，還在新加坡的一次公開演講中說，他無意中發現一位菲律賓的大作家"李察耳"——Rizal——和他的小說 *Notme Tangere*。我後知後覺，是從 Benedict Anderson 的《想像的社群》書中得知的。無論從哪個角度來看，郁達夫和他那一代的五四作家的文學視野，是國際性的，而不僅僅"情迷中國"。

四、世界主義和世界文學

從以上的幾個案例，我得到一個很明顯的結論：五四文學的一個突出體現就是，大家都努力地要走向世界，自覺或不自覺地擁抱世界各國的文學，而且品味越來越高，超過了晚清。雖然五四文人不停地互相辯論翻譯的優劣，但翻譯自己喜歡的外國文學作品，變成了他／她們文學生活的一部分，和創作是並進的。從文學史或文化史的立場來看，這不是一個簡單的"全盤西化"的問題，而是一種跨文化的對話和融會，值得繼續深入研究。今天我在此純粹是拋磚引玉。這個現象，我認為就代表了五四時期的 Cosmopolitanism，可以譯為世界主義或國際主義（二者的意涵和指涉還是有異，此處暫時不分）。

在二十年代末、三十年代初的時候，另外一種國際主義變成了很重要的潮流，它屬思想界和文化界的現象，但也有政治意味，我稱之為左翼國際主義（leftwing cosmopolitanism）。歐亞各國的作家都有參與，他們大多尊奉一種社會主義的理想，特別同情被壓迫的民族，大家要團結在一起，打破帝國主義國家的霸權。當時很多左翼作家都有左傾意味，很多人嚮往俄國的十月革命，部分歐洲作家更和莫斯科的"第三國際"來往密切。戴望舒留學法國時，就曾參加他們的聚會。法國作家羅曼·羅蘭（Romain Rolland）更是他們的"教父"，他的作品經過敬隱漁和傅雷等人的翻譯，在中國文壇盛極一時。羅蘭一生反戰，提倡各國知識分子必須超越民族主義的界限，而為世界和平奮鬥，但他最終還是失敗了。在三十年代，他和中國數位作家的書信來往很密切。除此之外，另一個三十年代的現象就是所謂的世界語（Esperanto），當時不少作家包括巴金在內，都通曉這個國際化的語言，巴金還想把他的《家》翻譯成世界語。和郁達夫共同逃亡的胡愈之是世界語國際大會的主持人之一，他到歐洲開會，一貧如洗，一路上完全靠世界語學會的各國朋友招待。連我的父親也曾經用 Esperanto 和一位荷蘭的筆友通信，通了好多年。大家現在看二十世紀三十年代的很多雜誌，刊名封面的外文譯名不是法文就是世界語，用英文的並不多。這種國際主義的理想，最終被二次大戰所摧毀，走入歷史。不過我個人對它還存有一份崇敬。

現在我們重新提出世界主義的話語，就遇到一些理論上的困難，因為它時常和全球主義（globalism）或全球化混為一談，其實二者是應該分開的。在美國學界最先討論世界主義的 —— 至少我讀過的 —— 是 Anthony Appiah，我以前在哈佛的同事，他是非洲的貴族，在劍橋受到哲學訓練，所以他主張的世界主義是一個倫理（Ethics）的問題，他的那本書 *Cosmopolitanism: Ethics in a World of Strangers*，就是說在國際主義語境中，我們的倫理選擇是什麼？當非洲人受難的時候，在歐洲或美國的人是不是要積極同情和介入，以行動支持他們？他提到一個觀點，所謂 "陌生人"（Strangers）的問題，德里達（Jacques Derrida, 1930-2004）在他那本小書（就叫作 *Cosmopolitanism*）中也討論過。最近還有一本新書，作者是最近在美國學界走紅的 Pheng Cheah（他原籍是新加坡），他從後殖民理論的立場切入，討論世界文學（此書的副標題是 On postcolonial literature as world literature），他把 "世界"（world）這個名詞故意變成動詞（worlding），也就是說，當今這個世界是動態的，是人類自己創造的，因此文學的定義也要改變，他特別提出幾位亞洲和非洲的作家，包括原籍中國香港、在英國長大、現居菲律賓的華裔作家 Timothy Mo。這些人以前都不受英美學界的注意，正像海外華人作家不受美國漢學的注意一樣。這本書對我的意義是：作者把全球化的文化重新解釋，完全打倒了以前 "歐洲中心" 的觀點，也為後殖民主義理論添加一個新的視野 —— 以邊緣為主的世界文學。

我個人的世界主義，與全球化無關，是得自我研究的歷史課題：晚清和五四。在那個時代，沒有人談全球化，因為資本主義還沒有席捲全球，因此我不把世界主義和全球主義拉在一起。Globalization 的法文是 Mondialisation，原意卻接近我心目中的 Cosmopolitanism，它是一種人為的、人造的、以人文為基礎的東西，可以擁抱各民族國家的文化，一視同仁，它們應該是對等的。對我而言，Cosmoplitanism 也可以說是一種文化情懷，至少我所研究的那一段歷史中，可以看得到。它也可以說是新學、新知和新文化運動的產物。到了三十年代，中國很多知識分子開始左傾，走向一種 "左翼世界主義"，這是另一個值得深入研究的課題。我曾鼓勵中文大學的張歷君和台灣中研院的陳相因主辦了好幾次工作坊，希望還能繼續下去。然而，如今世界主義卻被 "全球化" 的論述埋沒了。甚至於民族主義也加入全球化的行列，各種強國霸權，利用資本主義所帶來的科技來壓迫、來控制其他國家。這個不講自明，大家也可以看得出來。從這方面來說，我變成一個很悲觀的人，怎麼這一套世界主義的理想到現在已經煙消塵散？只剩下了一個香港！我的那本書 *City Between Worlds*，其實應該就叫

做 *Cosmopolitan Hong Kong* 才對。今天王德威給我一個很好的靈感，*City Between Worlds* 應該翻譯作"家國之外的城市"，因為香港在家和國的範疇內，可是更重要的是它也代表家國之外的東西，那是什麼呢？就是世界。

謝謝大家。

"五四"的失敗和我的兩次掙扎

劉再復 / 發言稿
香港科技大學賽馬會高等研究院高級訪問院士

喬敏 / 整理

一、五四之後一百年乃是五四失敗的一百年

議論"五四",首先必須分清三組概念。第一組是"文化五四"與"政治五四"。一個是發生在一九一五年年末,以《新青年》雜誌(一九一五年九月創刊時名為《青年雜誌》,一九一六年出版第二期後更名為《新青年》)為符號的"文化五四";一個是發生在一九一九年以"火燒趙家樓"為標誌的"政治五四"。前者是廣義的文化運動,以陳獨秀、胡適、周作人、魯迅等為主將。後者是狹義的政治愛國學生運動,以傅斯年、羅家倫、徐彥之等學生為代表。相對於七十年後,北京發生的學生運動,此次"政治五四"實在幸運得多。二〇一五年,有些朋友採訪我,紀念"五四"一百週年,那是著眼於文化五四,沒錯;如今又慶祝五四一百週年,這是著眼於政治五四,也對。第二組是新文化運動和新文學運動。二者皆是"文化五四"範疇內的概念。新文學運動是一場文學形式的大變動,借用日本明治維新的語言"版籍奉還",可以稱它為"文學奉還",即把本是分裂的"文"與"言"合二為一,把文學從文言文文學變成白話文文學,

把文學奉還給廣大的底層民眾。由於新文學運動的成功，所以中國人開始用白話文寫詩寫小說寫散文，至今仍然是白話文覆蓋一切，由於白話文已取得主導地位與統治地位，所以可說"新文學運動"基本上取得成功。在這個層面上，五四是勝利了。然而，"文字奉還"之後，文學的門檻也隨之變低，人人都可以寫詩寫小說（一九五八年甚至人人可以成為詩人），作家們逐步失去語言的美感意識，文學變得粗俗與粗糙，林琴南所擔心的"引車賣漿者流"的語言真的入侵了。所以新文學一百週年，其成就並不理想。特別是五十、六十、七十年代的中國文學，更是發生嚴重的政治化與概念化現象。那三十年的文學，可以說完全失敗了，多數作品沒有審美價值，只是政治的注腳。第三組必須分清的概念，是分清剛性五四與柔性五四。所謂剛性五四，即陳獨秀、魯迅的"五四"，所謂柔性五四，即胡適、周作人、蔡元培的"五四"。前者激烈，後者溫和。前者為五四革命派，後者為五四改良派。前者的代表作為"文學革命論"與〈狂人日記〉，關鍵詞是"推倒"，後者為改良派，代表作是〈文學改良芻議〉，關鍵詞為"改良"。二者的差異延伸到一九一九年胡適和李大釗的著名論辯（"問題與主義"的論辯）。李大釗認為中國應走"根本解決"的革命之路，這是布爾什維克的革命思維；胡適則提出"一點一滴改良"，繼續溫和思維。第三組的區別最後又演化成中國現代思想史上激進主義思潮與自由主義的思潮的衝突。我與李澤厚先生的《告別革命》乃是康梁與胡適大思路的繼續。

　　與新文學運動同時進行的是新文化運動。這實際上是一場思想革命，也可以稱作思想啟蒙運動。其具體內涵乃是以德先生和賽先生取代孔先生的巨大變動。五四新文化運動很了不起，旗幟鮮明而思想正確，它本身無疑是偉大與永恆的。可惜，五四之後啟蒙運動完全失敗了。不是某個時期的失敗，而是五四之後一百年，乃是五四精神失敗的一百年。其失敗，先不說德先生與賽先生在大陸至今仍站不住腳（德先生已經死亡，賽先生也斷腿斷腳 —— 人文科學幾近滅亡），也不說孔先生早已"衣錦還鄉"，幾乎成為新的教主。就說以下六個方面失敗的

"五四"的失敗和我的兩次掙扎

徵兆：

1. 五四失敗最早的象徵事件，乃是郭沫若和以他為旗幟的創造社的集體精神自殺。一九一九年下半年和一九二〇年乃是郭沫若發表《女神》的寫作爆炸期。這之前，即一九一八年八月，郭沫若和郁達夫、張資平、成仿吾開始醞釀結社，形成創造社"胚胎"。創造社提出兩個著名口號，一個是"為自我而藝術"，一個是"為藝術而藝術"。並竭力主張文學藝術應當"尊重個性"和"景仰自由"。這個時候，創造社成了五四新文化運動的先進團體。但到了一九二五年，郭沫若就在《文藝論集》的序言中（發表於《洪水》半月刊一九二五年第一卷）宣佈放棄"過去"，即放棄"尊重個性"和"景仰自由"的主張。他把《文藝論集》視為埋葬"殘骸"的"墳"，公開聲稱五四後的"這一兩年"，他"完全變了"。過去所倡導的尊重文學的"個性"和"自由"，"未免出於僭妄"，即太奢侈了，太狂妄了，太不守本分了。正式和五四決裂，也就是公開改旗易幟，讓"革命性"取代"個性"，並開啟了"革命文學"的新時代。

2. 五四失敗的表現之二：五四的啟蒙重心，與西方的啟蒙重心不同。西方的啟蒙乃是"理性"的啟蒙。康德在〈什麼是啟蒙〉一文中說，所謂啟蒙，乃是啟迪人們勇敢地運用理性。但中國五四的啟蒙，雖然也有科學文化、邏輯文化、審美文化的啟蒙內涵，但重心是"人"的啟蒙與"人性"的啟蒙。啟蒙者告訴中國人：我們是"人"，不是奴隸，不是牛馬。我們是個體的人，不是群體的附件。我們有做人的尊嚴與做人的權利。魯迅說，中國人只經歷過"做穩奴隸"和"連奴隸也做不得"（做牛馬）的兩個時代，從未經歷過做"人"的時代。我們應當進入"人"的時代。這是中國"人—個體"意識的大覺醒。可是五四之後中國人贏得做人的權利了嗎？沒有，至今中國人仍然"不像人"。仍然沒有人的價值理念。沒有"靈魂主權"的覺悟。今天中國的胃腸比五四前飽滿了，但腦子仍然沒有做人的意識，仍然是領導的話一句頂一萬句，老百姓的話一萬句也頂不上一句。中國人的全部神經一些被政治所抓住，一些則被金錢（市場）所抓住。中國還是少數人稱王稱霸，多數人點頭哈腰。欣賞的還是叩謝皇上、自稱“奴才”的清朝題材的宮廷戲，五四的“人等於人”的公式在中國始終未能確立。

3. 文化五四運動是一個突出個人、個體與個性的運動，可是，今日的中國，“個人”、“個體”、“個性”全被消滅了。五四高舉易卜生的旗幟，高舉尼采的旗幟，啟蒙人們：你屬於你自己，你不僅是君王的臣子，父親的兒子，丈夫的妻子，你還是你自己，你擁有生命的主權與靈魂的主權。可是，一百年來，講個人、個體、個性成了“個人主義”，即使未被打成“右派分子”，至少是思想罪。至今，只能說人是社會關係的總和，不能說，人是個體存在的總和。從五十年代到七十年代，在文學藝術中，只能講黨性、階級性、革命性，不能講人性、個性、自性、靈性、悟性等。對此，直到八十年代才有所反思。總之是講階級、講集體、講群眾，乃是天經地義，講個體、講個人、講個性，則大逆不道。或者說，講黨性非常安全，講主體性承受各種壓力。文學藝術本是充分個人化的精神價值創造活動，也被納入國有化和計劃化的統籌之中，中國的個人，普遍缺少獨立的人格與獨立的思想，看別人（領導人）的眼色行事，這怎麼可能進行創造？

4. 五四失敗還有一個重大標誌，是作為啟蒙運動，其“啟蒙主體”完全崩潰，作家、藝術家變成被啟蒙、被教育的對象，主體位置完全顛倒了。

五四啟蒙運動，其啟蒙主體是少數作家、藝術家、知識分子，這是不言而喻的。陳獨秀、胡適、周作人、魯迅、蔡元培等作為啟蒙主體，當然啟蒙、開導、教育廣大民眾，當然是阿Q、閏土、祥林嫂的啟蒙老師。但是，三十年代末，革命領袖的“五四運動”一文把啟蒙主體的位置顛倒過來，說“現在工農兵才是革命的主力軍，知識分子如果不與工農相結合則一事無成”，知識分子“革命不革命或反革命的最後分界就看是否能與工農相結合”。一九四二年“在延安文藝座談會上的講話”又進一步說，知識分子要接受大眾的教育，文化大革命中更進一步說，知識分子要接受工農兵的再教育，即再啟蒙。胡風的問題正是四九之後，他仍然堅持五四啟蒙邏輯，堅持“少數人啟蒙多數人”的常態，忽略了革

　　　　　　　　　　　“五四”的失敗和我的兩次掙扎

命領袖關於啟蒙主體已發生根本變動的思想，繼續宣揚主觀戰鬥精神，繼續主張作家要幫助工農兵去掉"精神奴役的創傷"，而且寫了三十萬字意見書，這種書生意氣，當然惹怒了革命領袖，於是，他本人與他的朋友，成了"反革命集團"。胡風文字獄傷及兩千多名知識分子，乃是五四啟蒙精神的大失敗。

5. 五四世界視野的毀滅。五四啟蒙運動，乃是用西方文化視野啟蒙中國人。如果說，洋務運動是在世界視野下發現中國的槍炮（技術）不如人，戊戌運動是在世界視野下發現中國的制度不如人，那麼，五四則是在世界視野下發現中國的文化不如人，即發現中國的文化只適合農業文明不適合工業文明。中國文化只有奴隸意識，缺少契約意識；中國文化只講個體人格，不講戀愛自由、婚姻自由、讀書自由等；中國文化具有"大丈夫"、"大宗法"等觀念，但缺少"人權、人道、人性"等觀念。"五四"引入易卜生，引入尼采，引入托爾斯泰等，都是世界視野的拓展。可是，如今，國際視野又返回中國視野，只允許講述中國的"社會主義核心價值"，不許講述"普世價值"，"普世價值"成為嚴禁的一個人文科學概念。當今多數中國人只講"民族主義"，不講"國際主義"、"普世主義"。這是一種大倒退，也是五四的大失敗。

6. 審美實踐的失敗。審美，美育，對於人生確實極為重要。從我們自己的經驗也可了解。最接近人的，首先是美。我們去逛街，尋找的首先是美服、美飾、美食。正如我們先是被"詩"所吸引，然後再被《論語》所吸引。"美"總是先於"善"（"道德"）。孔子說，他從未見過"好德如好色者"，也是人之常情，人先是被"色"所吸引，然後再喜歡"德"。

什麼是美？世上有無數關於美的定義。然而，最經典的，顛撲不破的定義，是康德關於美即"超功利"的定義。美與功利無關。政治、經濟、新聞、道德，無不與功利相關。文學藝術最自由，因為它可以超越功利。無功利，無企求，無目的，才有"美"。《紅樓夢》中探春主持家政時，認為荷葉、枯花也可賣錢，這是世俗思維，寶玉不能理解，因為他是純審美的詩人，只知道花可鑒賞，不求任何功利。大家結社賽詩，儘管寶玉被評為最末，他也高興，因為完全為詩而詩。

　　蔡元培的美育，開始雖也有"非耶"的背景，但他深知美的超功利特性。他在一九一七年作了"以美育代宗教說"的演講，認為審美比宗教更帶有普遍性和超越性。也就是說，它更帶普世價值，它超越了宗教的觀念與偏見。在中國文化中，儒家的道德要求超越了美的要求，但道家更重視個體之美。可惜，"審美代宗教"的思路完全失敗了。其表現：（1）教育中"美育"之維走向衰落甚至滅亡。現在只有實用主義的分數計較，名次計較，沒有純審美的教育。蔡元培的功勞是把中國教育從三維（德、智、體）擴大到四維（多了"美育"）。然而，"美育"至今未獨立成教育體系。不能與德、智、體等三維並列。（2）"美育"因為中國的外部環境而被壓抑。即"革命"才是第一主題，第一基調，革命壓倒一切，也壓倒審美。文學藝術成了革命的齒輪與螺絲釘，即成了革命的號筒，與革命宗教的注腳，太功利化了，美育也因革命化而失去存在的依據。（3）"美育"除了功利化即政治化之外，還發生極端"世俗化"。雅、俗本可以成為審美的張力，如汪曾祺寫"沙家浜"的樣板戲，世俗中也有審美的因素，平民（如晴雯）也有貴族性。但過分的世俗化便使"古雅"之維完全喪失。"下里巴人"一統治天下之後，阿Q、閏土的審美的眼睛成了唯一的眼睛。這就錯了。現在中國教育中的"美育"，已是"白茫茫一片真乾淨"，完全"無立足境"。

　　以上六點，都是百年來五四新文化運動失敗的明證。在今天的會議上，我要說：五四精神本身，尤其是突出"人"、突出"個人"的精神，是偉大的，不朽的，正確的，但是，中國的精英提倡之後的這一百年，從一九一九年至二〇一九年，其精神卻完全被整肅，被鏟除，被消滅，五四的基本精神已不復存在。因此，五四之後的一百年完全是五四失敗的一百年。

　　　　　　　　　　　　　　"五四"的失敗和我的兩次掙扎

二、主體歸位 —— 二十世紀八十年代的第一次掙扎

三十年前，我已意識到，五四啟蒙運動已經全盤失敗，人性，個體，個性，自性，心靈，自由，全都葬送在牛棚裏了。我所能做的唯有呼喚那些已經死亡的一切，即使復活，也只是"迴光返照"。

八十年代是中國思想最活潑的時代，我充滿打倒"四人幫"的勝利的亢奮，也整天做著白日夢，包括個體夢、主體夢、人性復歸夢、個性復歸夢、個體自由夢、個體尊嚴夢等。我把這一切夢都總括為"主體歸位"、"個性歸位"，並為此而發言、而寫作。作為八十年代的"弄潮兒"，我清醒地意識到，我所做的一切，乃是五四"人 — 個體"精神的掙扎與"迴光返照"。好景不會太久、太長。這是中國專制制度的自我療傷時期，我應當趁此做些事。而最重要的是要趁此呼喚五四那些人的尊嚴，呼喚人的價值，人的自由等精神，呼喚每一個作家詩人的主體地位。所謂主體，便有人，人類。有群體主體性，也有個體主體性，我呼喚的是個體主體性。

關於恢復人的尊嚴與人的價值。我提出的根本點是呼喚尊重每一個人的思想主權即靈魂主權，反對個體心靈國有化。我是社會主義全民所有制培養出來的學生，仰仗社會主義助學金讀書長大，所以從不反對社會主義的經濟國有化，然而，在文化大革命中，卻難以接受"全面專政"口號。這一口號乃是認定政治、經濟領域實行無產階級專政是不夠的，唯有把專制推向文化領域即個人的心靈領域才是全面的。於是我跟著大家拚命"鬥私批修"，狠整"私心一閃念"，連寫作也當作個人主義拚命檢查。那時，所有的人都在向國家交心，讓心靈國有化。我理解的文化大革命，正是心靈國有化的革命。我所在的中國社會科學院，工資最高的是正在標點《二十四史》的顧頡剛先生，他竟然交出二百七十多條心，贏得民盟"交心比賽"的第二名。我雖然沒有太多心可交，但感受到這種喪失個體尊嚴的痛楚，並質疑這種心靈國有化運動，把它視為人格尊嚴與文學自由的

失落。於是，在八十年代，在文學領域，我開始著述《性格組合論》。名為《性格組合論》，實為《人性組合論》，此書，我認定交心、交出個性，恰恰是反人性、反文學反真實。

《性格組合論》獲得成功之後我又提出《論文學主體性》，對文學的黨性原則直接提出挑戰。考慮到人文環境的具體情況，我把作家分解為世俗角色與本真角色（即現實實踐主體與藝術精神主體）。作為黨員，可以守持黨性（革命者可以守持革命性），但作為作家，則應當超越現實主體的種種限制而進入藝術主體的自由狀態，追求人性、個性、自性。也就是說，現實中你是集體的一員，但在寫作時，應是個體的存在。這是在新時代裏我所做的恢復五四"人 — 個體"精神的具體努力，回歸五四個人精神與自由精神的一次掙扎。但是文學主體原則提出後我遭受到政治上綱、左派圍攻，最終因黨中央的刊物《紅旗》發表聲討文章而結束。

此次掙扎最終歸於失敗。個人失敗不要緊，最令人擔憂的是現在國內"全面專政"又走上歷史舞台。新型的全面專政與舊有的全面專政一樣，最憎恨的還是宣揚人性、個性、自性。整個國家都在說"夢"，但只有國家富強夢（民族復興夢），而沒有個體自由夢，也沒有個人尊嚴夢。沒有個體自由，國家富強就基礎不牢。絕對的強國訴求，必然導致新的心靈國有化與精神計劃化。今天的中國，文學藝術陷入空前的困境，把文學視為充分的個人精神活動，其結果是流亡。雖說不完全是政治流亡，但即使是美學流亡也表明：中國個體的地位已完全失落了！

這裏必須聲明一下，我講中國丟失個體、個性，缺少"個體自由夢"，只是"描述"，並非譴責。麵包與自由，在人類歷史上總是陷入衝突，難以兼得。這種困境，陀思妥耶夫斯基早已發現其普遍意義，並加以展示。其實，中國近、現代思想史也是如此：民族復興夢（孫中山、嚴復、康有為、梁啟超等近代思想家所做的群體夢）和五四作家所做的個體自由夢常常發生衝突，包括創造社的選擇，也是這樣。但是，應當承認，社會的健康與興旺，是兩夢必須並舉，絕對不可以用國家偶像排擠個體尊嚴。

三、"放逐諸神"：出國後我的第二次掙扎

出國之前，我作了第一次掙扎，那是呼喚個體自由夢的掙扎。出國之後，我仍不死心。藉助海外的自由條件，我再次呼喚五四啟蒙精神，再次爭取人性與個性的復歸。如果說第一次掙扎的重心，是"復歸"；第二次掙扎的重心則是"放逐"。我意識到，不"疏"不"流"，不"通"不"暢"，唯有"放逐"一切"束縛"，才有"個性"與"自由"，於是，我放逐了四大堵塞個性與自由的精神鎖鏈：

1. 放逐"革命"。
2. 放逐"國家"。
3. 放逐"主義"。
4. 放逐"二極思維"。

1. 放逐"革命"

反省一下，覺得把自己捆綁得最緊的是"革命"二字。五四所進行的"文學革命"，過於激烈，五四後的"革命文學"更加激烈，政治完全壓倒文學。革命，變成二十世紀中國的歷史主題、生活基調。革命成功後，中華民族生活重心仍然是"革命"，號稱為"在無產階級專政條件下的繼續革命"，我們這一代人完全迷失在"革命"之中，我個人也不知不覺地成了"革命狂"，講話寫文章均唱革命高調，均以"革命"為靈魂。人群的分野是"革命"與"反革命"，為

了表明自己屬於革命陣營、革命路線一邊，全部思路都以"革命思想體系"為準則。出國第二年，我和李澤厚先生對談"告別革命"，是為中國設想，確實想為中國"開萬世太平"，覺得在"改良"與"革命"兩條基本道路面前，應當選擇"改良"之路。改良其實也很麻煩，也需要鬥爭，但可以避免流血，避免暴力，避免傷及無辜，所以相對而言，還是走改良之路好一些。數十年的革命教育，使我們這些"革命狂"，個個都把革命當作唯一"聖物"，都崇拜暴力和崇拜槍桿子，"告別革命"，首先要告別這一大思路，即告別以暴力革命為歷史必由之路的思維定勢。此外，就個人而言，還要告別革命思想體系，即以為革命是歷史發展的火車頭，革命歷史本身就是歷史的全部（排除生產力發展的歷史線索），未看到血的陰影乃是最難抹掉的陰影，革命本身會造成多種後遺症，包括"調動仇恨"等災難性的後遺症。我和李澤厚先生均認定，階級矛盾與階級衝突，永遠都會有，但是，解決矛盾時，階級調和（改良）比階級鬥爭的辦法好，尤其是比暴力化的階級鬥爭手段好。基於這種認識，我們從一九九一年開始，就進行"告別革命"的對話。在對話中，首先定義告別的"革命"，是指"用大規模的群眾運動的方式尤其是暴力的方式推翻現政權的活動"。很明顯，我們反對的是以暴力的方式"打倒"和"推翻"現政權。對於現政權，我們也有不滿，但覺得只能用"批評"、"改良"、"議會鬥爭"等辦法去解決，而不宜用流血鬥爭的革命辦法去解決。這也是共產國際運動中伯恩斯坦、考茨基一派的主張，被命名為"修正主義"的主張，我們正是在馬克思主義的範疇內，修正了原教旨主義中的"暴力崇拜"、"武裝鬥爭崇拜"等內涵，也是在承認現政權（共產黨政權）的合法性前提下所進行的思索。總之，革命是當代中國人的一種"神"，到俄國之後，我親眼目睹革命的後果，更是決心把它放逐，從理念上也從心靈上把它放逐。當然，我和李澤厚先生的"告別"（即"放逐"）是理性的，我們並不反對歷史上一切"革命"的道德正義性和歷史合理性，也不否定新中國革命的正當性。只是反對把暴力手段當作唯一手段，只是反對"以暴抗暴"，反對高舉"流血"旗幟。因為"告

"五四"的失敗和我的兩次掙扎

別革命＂，所以我們認為胡適的＂文學改良＂比陳獨秀的＂文學革命＂好，也認為胡適的＂一點一滴改良＂比李大釗＂根本解決＂好。

2. 放逐＂國家＂

我把國家視為＂三合一＂的結構，即國家包括＂自然結構＂、＂精神結構＂和＂實體結構＂。自然結構是指山川、土地、森林、海洋、動物等，這一結構當然不可放逐，當然要永遠擁抱。精神結構，主要是指文化、傳統、語音、社稷。這當然也不可放逐。還有一個重要結構是權力中心，古代稱之為＂朝廷＂，現代稱之為＂中央＂，這是權力中心系統中的領袖、議會、監獄、法院、警察、軍隊等等，這個意義上的＂國家＂，五四運動時，文化先行者們稱之為＂國家偶像＂。陳獨秀寫過＂偶像破壞論＂，他認定，為了解放大家的思想，就得掃除各種堵塞思想的偶像，國家也是一種偶像，也屬五四運動必須破壞之列。五四之前，梁啟超論述中國積弱的原因，其中一個原因是國家觀念不明確。他認為應當把國家與天下，國家與朝廷，國家與國民，這幾對範疇區分清楚。朝廷不等於國家，愛新覺羅王朝不等於國家。他認為，國家的主體是國民，愛國家主要是愛國民。當然也要愛山川、土地、文化、社稷等。（不過他未明確這麼說）我說的＂放逐國家＂，指的是放逐＂權力中心＂這個意義上的國家。在《放逐諸神》一書中，有一篇〈文學對國家的放逐〉（本是提供給斯德哥爾摩大學＂國家·社會·個人＂學術討論的文章）。我的意思是說，國家對文學管得太死，就沒有文學了。文學是最自由的領域，人類在現象界（現實生存）中其實是沒有自由的。自由只存在於文學藝術等純粹精神領域。在文學藝術中可以想像，可以展開各種心理活動。這些活動無邊無際，廣闊而神秘，不受現實規範，甚至違反法律。但文學藝術正因為有這種權利與特性，才有存在的理由。如果國家管轄得太嚴，把文學藝術＂計劃化＂、＂國有化＂、＂國家化＂，那文學藝術就會走向死亡。我經歷的年代，正是國家發揮戰時文工團傳統的年代，國家要求文學藝術為政治服務，充當國家的工具與螺絲釘，結果使文學嚴重的公式化、圖解化、概念化，文學成了政治意識形態的形象轉達和形象注腳，作家成了國家的奴隸和人質。

3. 放逐主義

除了放逐革命、放逐國家之外，我意識到，還必須放逐概念。所謂"概念"，便是主義，即政治意識形態。儘管"革命"、"國家"也是概念，但它們之外還有一套束縛思想的概念體系。在我生活的年代，這一體系既包括政治概念、文化概念，也包括文學藝術概念。每一個概念，都是一種陷阱，一種鎖鏈。政治概念，如"階級鬥爭"、"基本路線"、"全面專政"、"繼續革命"等等，哪一個不是陷阱與鎖鏈？！文化概念，例如"修正主義"、"資本主義"、"唯生產力論"，"封、資、修、名、洋、古"等等，從一九四九年到一九七八年整整三十年中，意識形態取代文化，"主義"壓倒一切。這個時代，只有政治，沒有文化；只有政府，沒有社會；只有鬥爭，沒有妥協。這個時期的文學，也是充斥從蘇聯那裏照搬過來的教條和概念，什麼"階級論"，什麼"反映論"，什麼"典型論"，什麼"社會主義現實主義"，什麼"革命現實論與革命浪漫主義的結合"，發展到文化大革命，則只剩下"高大全"，"塑造高大完美的英雄形象"等高調概念。

讓我印象特別深刻的是茅盾的《夜讀偶記》，一個非常優秀的中國現代作家，怎麼也寫出一本如此荒謬、如此蠻橫的文學理論書籍呢？政治性概念對中國文學傷害有多深，從這本小冊子就可以讀出來了。茅盾在此書中竟然把"批判現實主義"（巴爾扎克、托爾斯泰所代表的現實主義）視為現實主義的低級階段，而把所謂"社會主義現實主義"視為現實主義的高級階段。而所謂"社會主義現實主義"，就是那種教條化即意識形態化的現實主義。現實主義再加上一個意識形態前提，怎能還有人性的真實和生存環境的真實？！

茅盾自身的小說創作，《子夜》之前的〈蝕〉與〈虹〉以及〈霜葉紅於二月花〉等，沒有"社會主義"的前提，倒是比較真實，而《子夜》與《子夜》之後的作品標榜社會主義，反而削弱了真實。茅盾是五四後一代左翼作家的代表人物，他本身走上社會主義現實主義之後便陷入絕境。茅盾不但未吸取教訓，反而把自己的失敗當作成功，把巨大教訓當作勝利並加以理論化，不僅在理念上是荒謬的，而且完全背離世界文學歷史的基本事實，把巴爾扎克、托爾斯泰、狄更斯、契訶夫等文學高峰，世所公認的經典，視為低級文學，這怎能說得過去呢？閱讀一下《夜讀偶記》，便知道中國作家中毒有多深。我"放逐概念"，當然包括放逐《夜讀偶記》，所以我在《放逐諸神》一書中和李歐梵先生一起批評了茅盾。

4. 放逐"二極思維"

上下，高低，正反，陰陽，苦樂，善惡，是非，等等，都是基本的二分，這是人類日常生活所需要的二分，這種分，永遠是需要的。

然而，以往我接受的"一分為二"，只講"分"，不講"合"；只講"異"，不講"同"；只講"割"，不講"連"；只講"別"，不講"聚"；只講"你死我活"，不講"你活我也活"。在政治上，首先分清敵我；在道德上首先分清善惡，即大仁與大惡；在是非上則分清黑與白。這種劃分後來在我思想上形成一種簡單化的一個消滅另一個的套式。我寫《論〈人物性格的二重組合原理〉》，描述人的內心所常有的善惡衝突，人並非黑白分明那麼簡單。到了海外之後，我學禪，首先遇到的是它的不二法門。這個不二法門，使他們（佛教徒）沒有分別心，也沒有尊卑之別，內外之別，貴賤之別。能平等地對待每一顆心靈，這才有慈悲。慈悲並非來自二極思維，而是來自不二思維。禪，慧能，給我最大的啟迪，就是這個"不二"。於是，我接受了"不二法門"，並把"不二法門"加以泛化（普遍化）。

在閱讀《紅樓夢》時，我因為從"一分為二"走向"不二法門"，所以對小說中的各種心靈便看明白了。賈寶玉的心靈之所以可愛，就因為他看人全用不二眼光。他沒有貴族與平民之分，沒有上等人與下等人之分。晴雯，在他的母親王夫人眼裏是一個"丫鬟"、"奴婢"，也就是"下人"，但賈寶玉沒有這種二極思維所產生的概念，他眼裏的晴雯就是晴雯，是一個聰明美麗的生命。她出身下賤，但心比天高。賈寶玉在晴雯去世之後，所寫的祭文〈芙蓉女兒誄〉，就把晴雯這麼一個女奴當作天使來歌頌，稱讚她"其為質則金玉不足喻其貴，其為性則冰雪不足喻其潔，其為神則星日不足喻其精，其為貌則花月不足喻其色"。其境界之高，前無古人，甚至屈原的〈離騷〉也無法與它相比。賈寶玉之所以人人愛，正是因為他尊重人人，不以分別心看人。妙玉極端聰明、極端美麗，但就其心地而言，她守持的是分別之心，天然地對人進行高下之分與尊卑之分，賈母造訪時她刻意奉迎，而劉姥姥喝過的杯子她則嫌髒而扔掉。她的分別之心變成勢利之心。難怪曹雪芹給她的評語是"云空未必空"。

從禪的"不二法門"，我又走向《道德經》所揭示的"三"與"萬"，即"一生二，二生三，三生萬物"。這是說，無限豐富的萬物萬有，皆由"三"產生。我把"三"視為兩極對立中的第三地帶，並認識到這個地帶無限廣闊，其空間之大難以形容。所以我在海外選擇"第三空間"作為立足之所。在政治上，不立於左右兩個極端之上，而是立足於兩極中的中間領域；在道德上，不崇尚大仁與大惡，因為完全的"仁"與完全的"惡"皆不真實。而在大仁大惡之間的許多人，"第三種人"，反而更真實。

走出二極思維模式之後，我仔細想想，覺得應當守持分別相的科學。不加分門別類，便沒有科學。所謂邏輯，也是分門別類。但宗教與文學，面對的是整體人性，如果也分高低貴賤，就不可能愛一切人，理解一切人。一旦分別敵我、內外、尊卑，就勢必丟掉"平等"，丟掉"慈悲"。

我的掙扎與放逐，不是倒退，而是守持，即守持五四啟蒙精神，特別是

"五四"的失敗和我的兩次掙扎

"人 — 個體"的獨立精神,尊重個性的自由精神,德先生、賽先生取代孔先生的新文化精神。我的第二次掙扎,使我返回"五四"新文化本身,在"五四"失敗之後,贏得一些歷史瞬間的"個性"與"自由",這也算是失敗中的勝利,絕望中的希望。

從摩羅到諾貝爾
—— 現代文學與公民論述

王德威
美國哈佛大學 Edward C. Henderson 講座教授

　　一九〇八年二月，在日本東京發行的中國留學生雜誌《河南》刊出文章〈摩羅詩力說〉，作者署名令飛。在這篇文章裏，令飛感嘆中國文明的崩壞，企求"精神戰士"，[1] 發揮"攖人心"的力量，挽狂瀾於既倒。對令飛而言，這樣的"精神戰士"唯有詩人得堪重任。

　　令飛是周樹人的筆名，也就是日後大名鼎鼎的魯迅（1881-1936）。〈摩羅詩力說〉是魯迅留學日本期間所作的一系列文章之一。這些文章思考中國前途興廢、辯證文化復甦之道，成為魯迅文學與革命事業的濫觴。其中〈摩羅詩力說〉縱論今昔、中外詩歌的社會功能，尤其與新文學的發展息息相關。因為魯迅的提倡，"摩羅"自此進入中國現代詩人 —— 甚至知識分子 —— 的想像閫域。

　　魯迅對新文學的思考，只是清末眾聲喧嘩的一端。早在一八九九年，梁啟超已經提出"詩界革命"，一九〇二年，更繼之以"文界革命"、"小說革命"。

1　魯迅，〈摩羅詩力說〉："今索諸中國，為精神界之戰士者安在？有作至誠之聲，致吾人於善美剛健者乎？有作溫煦之聲，援吾人出於荒寒者乎？"魯迅著，《魯迅全集》修訂編輯委員會總編注，《魯迅全集》（北京：人民文學出版社，2005 年），卷一，第102 頁。

尤其小說革命的觀念引發了"新小說"的崛起，扭轉了一代知識分子看待小說的方式。與此同時，梁啟超開始發表《新民說》，[2] 甚至將"新小說"與"新民"劃為因果關係：所謂"欲新一國之民，不可不新國之小說"。在同一年，梁的業師康有為在《新民叢報》發表〈公民自治篇〉，與梁唱和："人人有議政之權，人人有憂國之責，故曰之為公民。"[3]

不論"摩羅"或是"新民"，都凸顯彼時文人與知識分子在思考個人與家國的關係時，文學所扮演的關鍵角色。的確，作為一種新興的學科知識、一種審美實踐、一種政治方法或是一種歷久彌新的教化典範，"文學"的崛起是二十世紀初中國現代化的現象之一。[4] 也因此，以後百年"文學"的消長也洞見觀瞻，甚至成為歷史轉折的指標。然而到了二十一世紀的今天，"文學"似乎已經失去了晚清、五四所賦予的光環，成為一種大眾傳播形式。能夠"攖人心"的摩羅詩人如

2　梁啟超一九〇二至一九〇六年，以"中國之新民"為筆名，發表《新民說》，刊於《新民叢報》，共二十篇文章。

3　康有為，〈公民自治篇〉，原發表在《新民叢報》第 5 至 7 號（1902 年 3 月、4 月），王曉明、周展安編，《中國現代思想史文選》（上海：上海書店，2013 年），第 388 頁。康有為提出："今中國變法，宜先立公民！"康認為，"公民者，擔荷一國家之責任，共其利害，謀其公益，任其國稅之事，以共維持其國者也。"康認為公民制度的益處為："一、愛國之心日熱，二、恤貧之舉交勉，三、行己之事知恥，四、國家之學開智……是以舉國之民而進化之，而後能以舉國之政事風俗而進化之。"相關討論見馬小泉，〈公民自治：一個百年未盡的話題 —— 讀康有為《公民自治篇》〉，《學術研究》第 10 期（2003 年），第 99-103 頁。有關清末民初關於對"公"的討論，見陳弱水，〈中國早期歷史上"公"的觀念及其現代變形 —— 一個類型與整體的考察〉，收錄於許紀霖編，《現代中國思想的核心觀念》（上海：上海人民出版社，2011 年），第 563-592 頁；識者有關公民、國民、新民的討論極多，參見如沈松僑，〈國權與民權：晚清的國民論述：1895-1911〉，《中央研究院歷史語言研究所集刊》，第七十三本，第四分，2002 年 12 月，第 685-735 頁。

4　見陳國球的討論，《文學如何成為知識？ —— 文學批評、文學研究與文學教育》（香港：香港教育學院，2013 年）。

今安在？我們又如何思考百年來"文學"與"新民"的轉變？

　　本文企圖大題小做，以魯迅的〈摩羅詩力說〉作為切入點，重新看待文學介入社會與政治的可能與不可能，尤其側重作家對現代公民主體作出的投射。除了"摩羅詩人"外，本文介紹"人造人"（homunculus）、"諾貝爾"（Alfred Nobel）。"人造人"是世紀中期詩人馮至（1905-1993）從歌德（Johann Wolfgang von Goethe, 1710-1782）劇作《浮士德》（Faust）中得到的啟發；"諾貝爾"是世界文學聖寵的象徵。這些形象都可以在魯迅的文學論述找到關聯。反思這些象徵之餘，本文文末重新檢討文學與"新民"的意義，並就莫言與大江健三郎兩位諾貝爾獎得主如何視當代作家為"報信的人"展開討論。由此，一個世紀以來文學如何參與公民社會的問題，或可一窺端倪。

一、摩羅

　　魯迅在〈摩羅詩力說〉裏開宗明義地指出，近世中國文明發展每下愈況，已經到了無力回天的地步。傳統資源抱殘守缺，無非調教偽士鄉愿者流；他們粉飾太平，蠅營狗苟，難以應付變局。當務之急在於"別求新聲於異邦"。這樣的新聲非摩羅詩人莫屬：

　　　　新聲之別，不可究詳；至力足以振人，且語之較有深趣者，實莫如摩羅詩派。摩羅之言，假自天竺，此云天魔，歐人謂之撒但，人本以目裴倫（G. Byron）。今則舉一切詩人中，凡立意在反抗，指歸在動作，而為世所不甚愉悅者悉入之，為傳其言行思惟，流別影響，始宗主裴倫，終以摩迦（匈加利）文士。[5]

　　如魯迅所言，摩羅始自印度，原意為"天魔"，傳至西方，即成為魔鬼，為撒旦。而在當代的詩人裏，摩羅的代表首推浪漫詩人拜倫。拜倫之外，有雪萊、普希金、萊蒙托夫、裴多菲等人；摩羅詩派裏又有"復仇詩人"、"愛國詩人"、"異族壓迫之下的時代的詩人"之分。"無不剛健不撓，抱誠守真；不取媚於群，以隨順舊俗"。[6] 摩羅詩人最重要的能量即在於"攖人心"：撩撥人心、鼓動民氣。

　　學者已經指出，摩羅源出於印度，經過日本以及歐西而影響了魯迅，此處略而不論。[7] 引起我們興趣的是，他如何將這一摩羅譜系嫁接到中國傳統裏。眾所周知，"詩"在中國文明體系裏從來不能化約為（現代定義下的）一種文類。"詩"指涉了政教願景、知識體系、情感表徵、歷史隱喻。循此，"詩人"也成為一種時代精神的體現。魯迅認為中國的詩學以溫柔敦厚是尚，少有怨詈之聲；詩人如屈原雖作不平之鳴，但缺乏剛健雄奇之氣，難以成為攖人心者。誠如摩羅原意暗示，魯迅所期望的不再只是局部的文學改良，而是對以"詩教"為名的中國傳統的撒旦式背叛。相對興觀群怨，魯迅要發出"真的惡聲"。[8]

　　以往論述對魯迅的摩羅詩力大加讚美之餘，每每快速轉換為革命精神。這樣的詮釋其實忽略了魯迅寄託於摩羅的力量其摧枯拉朽處，哪裏是奉某某主義之名的革命所能得其萬一？摩羅之力是歷史的力量，也具有本體論式的動能。尤其引人深思的是，這一動能與其說只來自印度或西方文論的影響，不如說也來自中

5　魯迅，〈摩羅詩力說〉，《魯迅全集》，卷一，第 68 頁。

6　魯迅，〈摩羅詩力說〉，第 101 頁。

7　見如，北岡正子著，何乃英譯，《摩羅詩力說材源考》（北京：北京師範大學出版社，1983 年）。

8　"只要一叫而人們大抵震悚的怪鴟的真的惡聲在那裏！？"魯迅，〈"音樂"〉，《集外集》，《魯迅全集》，卷七，第 56 頁。

國詩學辯證的內爆（implosion）。〈摩羅詩力說〉的三個關鍵詞彙——志、情、心——其實都源出古老詩學傳統，此處僅試言其略。魯迅的摩羅挑戰中國詩學最重要的教誨——"詩言志"、"思無邪"：

> 如中國之詩，舜云言志；而後賢立說，乃云持人性情，三百之旨，無邪所蔽。夫既言志矣，何持之云？強以無邪，即非人志。

魯迅強調詩言志的"志"是個人真實意向、性情的發皇。他認為，如果大人先生強調"詩三百"只能以"思無邪"一言以蔽之，你我又何能"盍各言爾志"？詩人之志、之思，必須"有邪"。然而摩羅對志、情的顛覆並不帶來想當然爾的革命式的典範轉移。恰恰相反，〈摩羅詩力說〉又頻頻對傳統致意，因此形成巨大的張力。最根本的，他一再暗示詩人苟若無志，則無從發動任何詩力，這其實是對"志"的底線的肯定。

既然詩人之思必須有邪方能彰顯其志，傳統詩學"志"、"情"並論的"情"也必須重新理解。這裏的"情"無關溫柔敦厚或是曲折婉轉，而是浪漫主義式的激情和撒旦式的叛逆。如此產生的力量才能"攖人心"。但他對"情"的去來，也與《文心雕龍》以降的論述若即若離：

> 其神思之澡雪，既至異於常人，則曠觀天然，自感神閟，凡萬匯之當其前，皆若有情而至可念也。故心弦之動，自與天籟合調，發為抒情之什，品悉至神，莫可方物。[9]

然而對魯迅而言，詩人"抒情"不是禮樂交融、曠觀天然，而是"釋憤抒

---

9 魯迅，〈摩羅詩力說〉，第 88 頁。

情"，這是躁鬱不安的情，激發創作者與讀者奮起革命的情。

最重要的，攖人心的心到底意味什麼？

　　蓋詩人者，攖人心者也。凡人之心，無不有詩，如詩人作詩，詩不
為詩人獨有，凡一讀其詩，心即會解者，即無不自有詩人之詩。無之何以
能解？唯有而未能言，詩人為之語，則握撥一彈，心弦立應，其聲激於靈
府，令有情皆舉其首，如睹曉日，益為之美偉強力高尚發揚，而污濁之平
和，以之將破。[10]

　　"凡人之心，無不有詩"。這樣的"詩心"必須寄託在傳統或更廣義的"文
心"──"為天地立心"的脈絡裏，才能得其三昧。如果沒有這樣根本的詩
"心"，詩人又如何攖人心？郜元寶教授論魯迅，直指魯迅對"心"的創造性詮
釋，而非否定，才是他對現代文學的真正貢獻。[11]

　　摩羅詩人從否定中找尋肯定，從洞見中還原不見。他在"思無邪"的訓誨中
得出"思必有邪"的結論；在證成詩心的前提下呼喚攖人心者的出現；在無情摧
毀文明基石後找尋有情的資源。摩羅辯證性地揭發，卻又同時延續傳統詩學觀念
內蘊的矛盾。是在這個層次上，〈摩羅詩力說〉成為現代文學論述彼端的一個激
進文本，而摩羅也成為中國社會現代化進程裏的危險分子。但潘朵拉的盒子一旦
打開，神魔共舞的場面恐怕魯迅也始料未及。一九二六年魯迅出版的《野草》題

10　魯迅，〈摩羅詩力說〉，第 70 頁。
11　郜元寶，《魯迅六講》（北京：北京大學出版社，2007 年），第一章，第 25-28 頁。必須
　　注意的是，魯迅對"心"的詮釋當然也受到晚清得自西方心靈治療和精神醫學的影響。
　　有關清末民初知識分子如譚嗣同、梁啟超、羅振玉對"心"、"心力"的解釋，參見劉
　　紀蕙，《心之拓樸：1895 事件後的倫理重構》（台北：行人文化實驗室，2011 年），二、
　　三、五章。

辭，彷彿摩羅遲來的自白：

> 地火在地下運行，奔突；熔岩一旦噴出，將燒盡一切野草，以及喬木，於是並且無可朽腐。
>
> 但我坦然，欣然。我將大笑，我將歌唱。[12]

汲汲於革命、啟蒙的知識分子，無論過去與現在，無從了解摩羅詩力潛在的巨大張力。他們只能就著詩人"解放一切"的號召，投射一種簡單的、目的論式的指標。如此，詩與社會的關係仍然停留在傳統的對應邏輯裏，或是感時憂國，或是抒情言志，並不能超出"詩教"已有的辯證格局。而詩人作為社會的一分子，也難以顯現獨特的現代意義。

對於彼時剛剛萌芽的新民論述，〈摩羅詩力說〉的特異處，恰恰在於魯迅不僅從傳統底層翻轉傳統，甚至跨越天演、進化、民主、民族、國家這些時新理想，來到理性疆界的彼岸，一個隱晦幽暗的所在。在摩羅詩論最隱秘的部分，詩人的創造／毀滅的力量及於自身。

而當歷史狂飆過後，一切喧囂激情散盡，詩人終於必須直面生命的"無物之陣"。在這裏，神魔退位，滿目荒寒，四下彌漫無盡的虛空，"我夢見自己正和墓碣對立，讀著上面的刻辭"。

> "……有一遊魂，化為長蛇，口有毒牙。不以嚙人，自嚙其身，終以殞顛。……"
>
> "……離開！……"
>
> 我繞到碣後，才見孤墳，上無草木，且已頹壞。即從大闕口中，窺見

---

12 魯迅，〈題記〉，《野草》，《魯迅全集》，卷二，第 163 頁。

死屍，胸腹俱破，中無心肝。而臉上卻絕不顯哀樂之狀，但蒙蒙如煙然。

我在疑懼中不及回身，然而已看見墓碣陰面的殘存的文句——

"……抉心自食，欲知本味。創痛酷烈，本味何能知？……"

"……痛定之後，徐徐食之。然其心已陳舊，本味又何由知？……"[13]

這是摩羅詩人最後的歸宿麼？熟悉魯迅的讀者當然知道這段描寫出自《野草》的〈墓碣文〉，時為一九二五年。距離《摩羅詩力說》發表的一九〇八年，十七年間，詩人已經從"攖人心者"的魔鬼成為"抉心自食"的活屍。這些年間，啟蒙風雲數變，革命的號召依然方興未艾。詩人摧毀了什麼？成就了什麼？他不僅捫心自問，更抉心自食，但"其心已陳舊，本味又何由知"？

魯迅逝於一九三六年，很快被左翼奉為革命精神領袖。以後這些年摩羅詩人雖然不再，但他義無反顧、衝決網羅的形象卻被廣為轉化，或稱革命作家，或稱毛派鬥士。而當文化大革命到來，無數狂熱分子假打倒一切之名，肆行鬥爭，我們見證摩羅最殘酷的詛咒。而在海峽兩岸後革命、後戒嚴的時代裏，摩羅的幽靈依然徘徊不去。重讀〈摩羅詩力說〉，我們感懷曾有一個時代，文學與反叛、與革命如此緊緊關聯，也同時必須警覺：何以摩羅詩心如此快速"陳舊"，"本味"盡失？新一代的摩羅們共攖人心之際，又有多少抉心自食的反省？

二、人造人

一九四六年十月二十七日，天津《大公報》刊載馮至的長文〈論《浮士德》裏的人造人：略論歌德的自然哲學〉。文中討論《浮士德》第二部出現的人物

---

13 魯迅，〈墓碣文〉，《野草》，《魯迅全集》，卷二，第 207 頁。

Homunculus。這是一個在實驗室裏製造的小人，馮至徑稱為"人造人"。人造人狀若精靈，沒有實體，必須生存在密閉的瓶中。但"人造人以覺醒就有求生的意志，就要工作，要發現'i'字母上的一點。這意志與浮士德追求的意志相似，它好像是浮士德的一個象徵，引導浮士德到古典的世界"。[14]

　　馮至曾被魯迅喻為"現代中國最傑出的抒情詩人"，[15] 同時也是德國文學專家，尤其以歌德、里爾克（René Rilke, 1875–1926）的研究見長。抗戰期間馮至任教於昆明西南聯大，同時潛心思考世變之際，詩的作用何在。一九四六年所發表人造人的文章是他系列歌德研究的成果之一。如上所述，人造人晶瑩剔透，聰明無比，他有求生奮起的意志，卻沒有血肉之軀，這帶來他的困境：

　　　　由於求生的意志產生了人造人的追求，這追求雖然在他［引導浮士德］的任務之外，但如果沒有這個追求，他也就不會完成那個任務了。他引導浮士德到希臘後 …… 獨自彷徨於古典的瓦爾普爾基斯之夜，尋求實體的生命。這裏接觸到歌德自然哲學裏兩個重要的問題：一個是地球怎樣形成，一個是生命怎樣形成。[16]

　　人造人並不是《浮士德》劇中的重要角色，何以如此吸引馮至？比起浮士德這樣的凡夫俗子，人造人洞明世事，能夠引領浮士德接觸希臘諸神。但人造人畢竟不夠完美，還需要繼續被打造。在劇中，他被設定由火所創造，必須與水結

14　馮至，〈論《浮士德》裏的人造人：略論歌德的自然哲學〉，見吳坤定編，《馮至全集》（石家莊：河北教育出版社，1999 年），卷六，第 48 頁。

15　魯迅在〈中國小說大系・小說二集・序〉寫道，"連後來是中國最傑出的抒情詩人，也曾發表他幽婉的名篇。"見趙家璧主編，《中國小說大系》（上海：良友圖書公司，1935 年），卷五，第 4 頁。

16　馮至，〈論《浮士德》裏的人造人：略論歌德的自然哲學〉，第 48 頁。

合才能獲得真正的新生。他歷盡辛苦來到海上，與駕貝車而來的海神女兒迎面撞上，連人帶瓶碎入水中，"瓶中的火焰與水中的元素相愛地結合在一起。水上的精靈用合唱歌頌愛的神秘，水與火的婚禮"。[17]

"造人"作為一種現代中國文學或文化想像主體，其實其來有自。肇始人之一正是魯迅。一九〇五年上海《女子世界》雜誌第四、五合刊上，署名"索子"的魯迅發表小說譯文〈造人術〉。小說介紹世紀初期對試管嬰兒的想像，儼然科幻奇談。[18] 其時魯迅正轉入仙台醫校，對小說內容發生興趣，並不令人意外。但魯迅翻譯小說的動機顯然超過介紹泰西科技或挑戰上帝造人的神學觀念。他毋寧希望藉此表達對中國國民主體重生的熱切渴望。重新造人的幻想又出現在一九〇五年徐念慈的小說〈新法螺先生譚〉。在其中，新法螺先生巧入星球吸力衝擊之交點，將靈魂之身煉成一種"不可思議之發光原動力"，展開冒險。

魯迅之弟周作人在〈造人術〉發表時曾以"萍雲"為名，在文末附加按語言，指出魯迅翻譯的動機是"世事之皆惡，而民德之日墮，必得有大造鼓洪爐而鑄冶之，而後乃可行其擇種留良之術，以求人治之進化"。[19] 此一進化即《進化論》所謂"優勝劣敗"。次年魯迅棄醫從文，在東京籌辦文學雜誌，命名《新生》，顯然意有所指：造人術的秘密在於文學。

---

17 馮至，〈論《浮士德》裏的人造人：略論歌德的自然哲學〉，第 49 頁。

18 1903 年 2 月，美國作家路易斯·斯特朗（Louise J. Strong）發表〈一個不科學的故事〉（"An Unscientific Story"），其中描寫試管嬰兒的誕生過程。同年日本抱一庵主人將其翻譯為日文，改題為〈造人術〉，先後刊登在《東京朝日新聞》；同年 9 月，又將該文收入《小說泰西奇聞》。1905 年，剛剛進入仙台醫學專門學校的魯迅從日文轉譯了這篇小說。魯迅只翻譯了日譯文的第一部分。

19 周作人，〈《造人術》跋語〉，見鍾叔河編訂，《周作人散文全集》（桂林：廣西師範大學出版社，2009 年），卷一，第 43 頁。見 Andrew Jones 的討論，*Developmental Fairy Tales: Evolutionary Thinking and Modern Chinese Culture* (Cambridge, MA: Harvard University Press, 2011), chapter 1.

當馮至討論歌德《浮士德》人造人時，現代文學已然進入另外一個關鍵時期，而國民與國家的改造仍然遙遙無期。作為詩人，他將何去何從？馮至在北大本科已經顯露才華。他早期的作品幽靜婉約，對生命的暗流每有不能自己的憂思。他的成名作〈綠衣人〉（1921）以郵差的意象寫下死亡的威脅：

> 但是在這滿目瘡痍的時代，
> 他手裏拿著多少人不幸的消息？
> 當他正在敲人家的門時，
> 誰又留神或想 ——
> "這個人可怕的時候到了！"[20]

或許正懷著這難以言傳的寂寞和悚懼，馮至努力找尋溝通的方式。他發現了德國詩人里爾克，深為後者的生命情懷所傾倒：[21] 面對生命的寂寞和悚懼，因應之道不是逃避，而是承擔。"人到世上來，是艱難而孤單 …… 人每每為了無謂的喧嘩忘卻生命的根蒂 …… 誰若是要真實的生活，就必須脫離開現成的習俗，

---

20 這首詩寫於一九二一年。馮至日後對詩內關鍵字句作了更改，最明顯的是最後一行 "這個人" 改為 "這家人"；見《馮至全集》，卷一，第 5 頁。引自張輝，《馮至：未完成的自我》（北京：文津出版社，2005 年），第 26 頁。

21 馮至一九二四年初識里爾克的作品，一九三一年赴德後開始有系統地鑽研里爾克，深為傾倒。里爾克的影響一直持續到戰爭期中。有關里爾克對馮至影響的研究極多，最近的討論見 Xiaojue Wang（王曉珏），*Modernity with a Cold War Face: Reimagining the Nation in Chinese Literature across the 1949 Divide* (Cambridge, Mass: Harvard East Asian Monograph Series, 2013), chapter 5.

自己獨立成為一個生存者，擔當生活上種種的問題。"[22] 更重要的是，馮至從歌德那裏學得 "決斷" 與 "割捨" 的考驗。"擔當" 不再是傳統天降於斯人的重責大任，而是個體面對日常世界一草一木無分軒輊的接納。不斷奮進和死生蛻變的積極意義才是人生的根本。

　　抗戰帶來現代中華民族文化政治的大變動。當一切價值秩序鬆動，生存或死亡、大我或小我的難題浮上枱面，甚至成為日常生活的挑戰。這使馮至將他的形上思考落實到歷史境況中。一九四一年，馮至推出二十七首十四行詩。這些詩描寫死生的無常，山川歲月的流變，歷史的暴虐，寫來卻充滿靜定的姿態。

> 我們讚頌那些小昆蟲：
> 牠們經過了一次交媾
> 或是抵禦了一次危險，
>
> 便結束牠們美妙的一生。
> 我們整個的生命在承受
> 狂風乍起，彗星的出現。[23]

　　歌德的蛻變和重生的主題呼之欲出：

> 你生長在平凡的市民的家庭，

---

22 馮至，〈里爾克《給一個青年詩人的十封信》譯序〉，引自解志熙的討論，〈生命的沉思與存在的決斷：論馮至的創作與存在主義的關係〉，馮姚平編，《馮至與他的世界》（石家莊，河北教育出版社，2000 年），第 353-355 頁。

23 馮至，《十四行集》，第 1 首，第 217 頁。

你為過去許多平凡的事物感嘆，

你卻寫出許多不平凡的詩篇；

你八十年的歲月是那樣平靜

好像宇宙在那兒寂寞地運行，

但是不曾有一分一秒的停息，

隨時隨處都演化出新的生機，

不管風風雨雨或是日朗天晴。

從沉重的病中換來新的健康，

從絕望的愛裏換來新的營養，

你知道飛蛾為什麼投向火焰，

蛇為什麼脫去舊皮才能生長

萬物都在享用你的那句名言，

它道破一切生的意義："死和變"。[24]

　　戰後馮至來到北大，但每下愈況的政局讓他深深不安。他"看見了無數的死亡與殺戮"，"依然"等待著新的眺望。歌德"肯定精神，蛻變論，和思與行的結合"變得愈益啟迫切。[25] 就在此時，馮至發表《浮士德》人造人的討論，應非巧合。

24　馮至，《十四行集》，第 13 首，第 228 頁。

25　馮至，〈在聯邦德國語言文學科學院"宮多爾夫外國日耳曼學獎"頒獎儀式上的答詞〉，《馮至全集》，卷五，第 220 頁。

一九四八年，馮至加入中國社會經濟研究會，嚮往左右之外 "新第三方面" 政治力量的可能。但他很快明白在當前的危機裏，他的決斷還不夠徹底，他決定選擇共產黨。馮至的義無反顧，令他在一九四九年二月三日解放軍入北平時，成為走在北大歡迎隊伍前面的教授之一。[26] 七月第一次文學藝術工作者代表大會上，馮至聲稱："'人民的需要！' …… 如果需要的是更多的水，就把自己當作極小的一滴，投入水裏。"[27] 回顧過去象牙塔裏的日子，馮至深感不值。他必須投身人民的大海，才能成為一個 "新人"。[28]

我們的問題是，至此馮至是完成了 "人造人" 脫胎換骨的洗禮，還是進入了另一種 "造人術" 的實驗室？解放以後的馮至在北大任教，但也積極加入黨國大業。用評者張輝的話說，在研究歌德的同時，"馮至完成了從一個孤獨沉思的詩人，到新政權中的社會活動家，教育家，和主流作家的轉變"。[29] 他立志成為共和國公民的典型。首要之務，是向毛主席交心。一九五一年，改造知識分子運動如火如荼地展開，馮至感謝之餘，賦詩如下：

> 你讓祖國的山川
>
> 變得這樣美麗，清晰，
>
> 你讓人人都恢復了青春
>
> 你讓我，一個知識分子
>
> 又有了良心……

---

26 周棉，《馮至傳》（南京：江蘇文藝出版社，1993 年），第十一章，第 270 頁。

27 馮至，〈寫於文代會開會前〉，《馮至全集》，卷五，第 341 頁。

28 馮至，〈歌德與人的教育〉，《馮至全集》，卷八，頁 86。

29 張輝，《馮至：未完成的自我》，第 129 頁。馮至在中共建國前十七年擁有眾多頭銜，並曾七次出訪國外。他的轉變可見賀桂梅精闢的討論，《轉折的時代 —— 40-50 年代作家研究》（濟南：山東教育出版社，2003 年），第 137 頁。

你是我們的再生父母

你是我們永遠的恩人。[30]

　　或許二十世紀的詩人在歷史荊棘中流浪得太久，迫切需要歸宿，而又有什麼比祖國山川人民更能讓人心動？又或許馮至的蛻變不如我們以為的劇烈。從早期的〈綠衣人〉到《十四行集》再到杜甫、歌德研究，他詩文中的抒情主體不斷找尋超越的經驗。一九四〇年代中期以後，馮至越來越意識到超越經驗不必存在宇宙星空中，而在時代不分你我，"求生意志的表現"："詩是時代的聲音 …… 現代社會的腐朽使我們很自然共同走上追求真，追求信仰的道路。"[31] 他從毛澤東的啟示找到"再生"的啟示，找到詩。當歌德專家成為"歌德"專家，"中國最傑出的抒情詩人"成為社會主義版的"人造人"。

三、諾貝爾

　　二〇一二年十月十一日，諾貝爾文學獎宣佈該年得主為中國小說家莫言。消息傳來，舉國歡騰。莫言是八十年代中國尋根、先鋒寫作的代表人物，九十年代以來持續推出重要作品，如《酒國》、《豐乳肥臀》、《生死疲勞》等。但在官方與民間一片頌讚裏，也有相當雜音。此無他，莫言是體制內作家，甚至貴為中國作家協會副主席。更有甚者，同年稍早，在紀念毛澤東延安講話七十年的"作

30　馮至，〈我的感謝〉，《馮至全集》，卷二，第 50 頁。

31　馮至，〈從前和現在〉，引自周棉的討論，《馮至傳》，第 269 頁。他似是以一種簡化的詩學邏輯回應他在海德堡的恩師亞斯貝爾的教誨。後者認為超越生命存在的困境，唯有仰賴信仰的大躍進。這當然是另外一樁公案了。

家手抄講話稿"的活動裏,莫言也共襄盛舉。這似乎暗示他對曾經為中國文學帶來重重災難的文藝政策,表示認可。而在海外,反對莫言得獎的聲浪更是甚囂塵上。二〇〇九年諾貝爾文學獎得主德國女作家赫塔·米勒(Herta Müller)逕稱之為一場"災難"。[32]

但華人作家獲得諾貝爾獎並非始自莫言。二〇〇〇年的得主是同有大陸背景的高行健。不同的是,高在一九八七年遠走法國,獲得公民身份;他的作品在理念、題材、內容上都與中共官方意識形態背道而馳。高行健獲獎後,中共外交部曾發表聲明宣稱"有不可告人的政治圖謀"。《人民日報》也發表社論〈將"諾貝爾文學獎"授予高行健嚴重傷害了中國人民的感情〉。[33]

十二年內,中共官方對諾貝爾文學獎態度的反覆當然不值一哂。但舉國上下為諾貝爾如此患得患失,顯然暴露了"文學"在今天中國的微妙位置。絕大部分中國人民(及領導人)未必看過或甚至聽過莫言、蘇童、閻連科,但對諾貝爾的大名卻堪稱耳熟能詳。當"中國作家什麼時候才能得個諾貝爾?"成為全民話題時,一個弔詭的邏輯油然而生:是諾貝爾,而不是任何中國作家,代表了"中國"和"文學"。諾貝爾既是空洞的符號,也是動機滿溢的圖騰,或巴特(Roland Barthes)所謂的現代"神話"。套用拉崗(Jacques Lacan)式修辭,諾貝爾是全民欲望——中國夢?——的"小他者"(petite object à)。莫言得獎的過後,一股悵然若失的反應在中國興起,可以思過半矣。

我們關切的是,這一現象如何呈現了中國現代文學作為世界"文學公民"的變化?歷史告訴我們,早在一九二〇年代,"諾貝爾"已經來到中國。當事

---

32 海彥,〈諾貝爾文學獎得主:莫言獲獎是災難〉,《美國之音》網站,2012.11.24,http://www.voafanti.com/gate/big5/www.voachinese.com/content/nobel-20121124/1552483.html。

33 長春,〈同獲諾貝爾文學獎　高行健莫言境遇大不同〉,《新唐人》網站,2012.10.13,http://www.ntdtv.com/xtr/b5/2012/10/13/a779446.html.-%。

者不是別人，正是魯迅。一九二七年春，瑞典學者斯文‧赫定（Sven Anders Hedin,1865-1952）訪華，輾轉透過劉半農、臺靜農與魯迅聯絡，擬提名為諾貝爾文學獎候選人。魯迅答覆如下：

> 我很抱歉，我不願意如此〔被提名〕。諾貝爾賞金，梁啟超自然不配，我也不配，要拿這錢，還欠努力 …… 我覺得中國實在還沒有可得諾貝爾賞金的人，瑞典最好是不要理我們，誰也不給。倘因為黃色臉皮人，格外優待從寬，反足以長中國人的虛榮心，以為真可與別國大作家比肩了，結果將很壞。我眼前所見的依然黑暗，有些疲倦，有些頹唐，此後能否創作，尚在不可知之數。倘這事成功，此不再動筆，對不起人；倘再寫，也許變了翰林文字，一無可觀了。還是照舊的沒有名譽而窮之為好罷。[34]

魯迅的文字充滿對中國文學的鄙夷，似乎有長他人威風之嫌。但有鑒於他自〈摩羅詩力說〉以來對中國文明傳統的批判，他的姿態並不令我們意外。值得注意的是，他同時暗示諾貝爾獎評審諸公不必刻意降尊紆貴，給與中國作家特別待遇。否則這不僅暴露西方文學界的偽善，甚至可能是假 "世界" 之名的收編。魯迅不願意 "被" 諾貝爾獎代表。另一方面，他也擔心得獎者的創作品質與 "獎" 的肯定，其實充滿高度不確定性。要之，魯迅的回應指出三重問題。其一，國家文學與世界文學如何相互定義；尤其在西方列強劇烈競爭，歐亞關係高度不平等的時代裏，文學如何 "被" 代表，又代表什麼 —— 國家／傳統特色？世界文學共通的經典性？ —— 成為深刻問題。其二，作家與 "國際"、"文學"、"獎" 之間的交換關係，如何構成創作本身的資產還是負債？一旦 "奇貨" 變成 "期

---

34 大陸新聞中心綜合報導，〈歷史揭密／魯迅拒絕諾貝爾獎！不願助長虛榮心？〉，《今日新聞》網站，2012.10.22，http://www.nownews.com/n/2012/10/22/345363。

貨"可居，顯然涉及文化資本的流動，也因此改變文學的市場意義。其三，更重要的，作家如何看待自己的寫作，以及安頓自己的位置與立場。當"獎"將作者與作品定位，並形成國家／國際圖騰後，如何打破這一"紀念碑"化的空間局限，將創作活動還原到歷史流變中（魯迅所謂，"此後能否創作，尚在不可知之數"），成為作家最大的挑戰。

魯迅拒絕了諾貝爾獎提名，但後繼者並不乏人，以至錢鍾書在四十年代的小說〈靈感〉中，就對有志諾貝爾獎的同行大加嘲諷。同樣值得注意的是，左翼世界裏也自有一套以文學獎為坐標的"文化資本"體系。一九五一年，丁玲的《太陽照在桑乾河上》、周立波的《暴風驟雨》分別獲得斯大林文學二等獎和三等獎，在當時被譽為殊榮。然而論"文學獎"之成為一種文化工業，則是新時期以來的怪現狀。奉魯郭茅、巴老曹之名的獎項不在話下，各種因地區、文類、題材、群體而設的獎如雨後春筍般地出現，更不提"毛澤東文學獎"。

魯迅如果再世，面對當代中國文學"獎"的文化會有什麼看法？看來當今最能"攪人心"的，不是摩羅，而是諾貝爾獎。英國學者藍詩玲（Julia Lovell）早已指出，這個獎本身就是一個全球文化資本流動的證據，中國的狂熱恰與九十年代市場化經濟亦步亦趨。[35] 新左評論家可以立刻指出，兩位諾貝爾獎得主得了便宜還賣乖，在西方建構的話語裏自動"去政治化"。漢學家如顧彬（Wolfgang Kubin）則認為當代中國作家風格粗糙，毫無國際文學知識。[36] 但果真事實如此麼？魯迅對諾貝爾獎的評論到今天依然發人深省，但我們無從，也不必，回到魯迅時代。我們可以依循政治正確路線，對諾貝爾獎作為一種全球化的西方文化機

---

35 Julia Lovell, *The Politics of Cultural Capital: China's Quest for a Nobel Prize in Literature* (Honolulu: University of Hawaii Press, 2006).

36 顧彬，〈高行健與莫言：再論中國文學和世界文學的危機〉，《文學》第 3 期（2014 年），第 125-133 頁；李敬澤，〈中國人和中國人的文學〉，《致理想讀者》（北京：中國人民大學出版社，2014 年），第 23 頁。李曾為《人民文學》主編，作家協會書記。

制和中國的反應，各打五十大板。但我們也不妨從高行健和莫言得獎的反應上，思考“諾貝爾”效應如何能形成一種公共論壇，對中國（與世界文學）的定位，作出新的一輪對話。

高行健出身學院背景，是新時期最早介紹西方現代主義的學者兼作家。他提倡“沒有主義”、“冷的文學”，在在反映他的文學趣味與彼時中國主流論述背道而馳。莫言來自農村，小學輟學，因為從軍才得以看到世界。他認為創作的目的於他無非找尋溝通渠道；他立志作為一個說故事的人。莫言和高行健的背景（體制內作家之於流亡者）、論述機制（如延安講話之於國際文學）和美學信條（如鄉土之於現代）大異其趣。但他們對文學與公民社會的反思可能有什麼互通之處？

在高行建和莫言成長的年代裏，摩羅或已馴化為黨國的附庸，或者成為除之而後快的異端。那是社會主義人造人的年代。而他們居然在制式寫作裏重新發現語言的可能，與想像力的必要。兩位作者都談到文學帶來的“自由”向度。“自由”的哲學意義我們在此無從辯證，但蘇珊·桑塔格（Susan Sontag）的名言“文學就是自由”可以作為參照。[37] 小說憑虛構遊戲，創造解放和變化的空間。一個世紀以前，新小說的開始的動力正來自解放國家和個人主體的禁錮。何以到了新世紀，禁錮仍然是中國文學的話題？

高行健談“自由與文學”，認為“真正的問題最後也還歸於個人的選擇：是選擇自由還是利益。而對自由的選擇又首先來自是否覺悟到自由的必要，因此，對自由的認識先於選擇。從這個意義上說，自由乃是人的意識對存在的挑

---

37 Susan Sontag, *Literature is Freedom: The Friedenspreis Acceptance Speech* (Berkeley: Small Press Distribution, 2004).

從摩羅到諾貝爾

戰。"[38] 高行健的思維不止來自西方啟蒙思潮，也包含禪宗公案隨立隨掃的自由。[39] 他選擇放棄中國公民身份，自甘放逐，是他追尋創作即自由的開始。另一方面，大陸學者讚美莫言是當代中國小說極少數能夠聽任想像馳騁，揮灑自如的作家：他的小說代表 "一種完全沒有任何束縛和拘束的，隨心所欲的自由境界"，[40] 或純任自然的民間情懷。[41] 在中國的環境裏談 "沒有任何束縛和拘束 ⋯⋯ 隨心所欲"，毋寧言過其實，卻能點出讀者對莫言作品投射的欲望。事實上，莫言少講自由，而講自在。他的《生死疲勞》卷首所錄的偈語 ——"少欲無為，身心自在"—— 尤其耐人尋味。[42]

據此，高行健與莫言對語言的自由與自在的向度投以相似的矚目。高行健發展戲劇性的三聲部敘事，讓你我他的聲音不斷合縱連橫，因此解放了意義辯證的歸屬性。莫言則上承鄉野奇談和《聊齋》傳統，好言鬼怪神魔；他又雜糅拉丁美洲魔幻現實主義，並以此形成眾聲喧嘩的場面。這樣對語言解放身體、社會束縛的渴望當然有政治寓意，卻更有倫理寄託。

同樣重要的是，回顧一個世紀以來中國追尋現代性所經歷的生死疲勞，高

---

38 高行健，〈自由與文學〉，"高行健學術研討會" 發言稿（紐倫堡：德國愛爾蘭根大學國際人文中心，2011 年 10 月 24 日），全文見《共識網》網站，2011.11.16，http://www.21ccom.net/articles/sxpl/sx/article_2011111648835.html。另見高行健，《自由與文學》（台北：聯經出版公司，2014 年），第 53 頁。劉再復，〈高行健的自由原理〉，《劉再復博客》網站，2011.10.24，http://blog.sina.com.cn/s/blog_4cd081e90102dtcw.html；林崗，〈通往自由的美學〉，《華文文學》第 5 期（2013 年），第 16-23 頁。

39 有關高行建與禪宗的關係，見趙毅衡，《建立一種現代禪劇》（台北：爾雅出版社，1998 年）；林崗，〈通往自由的美學〉，第 21-23 頁。

40 吳義勤、劉進軍，〈"自由" 的小說 —— 評莫言的長篇小說《生死疲勞》〉，《當代作家評論》第 6 期（2006 年 11 月），第 125 頁。

41 陳思和，〈"歷史 —— 家族" 民間敘事模式的創新嘗試 —— 試論《生死疲勞》的民間敘事〉，未發表論文。

42 莫言，〈後記〉，《生死疲勞》（台北：麥田出版社，2007 年），第 611 頁。

行健和莫言不約而同地表達文學"悲憫"的能量。悲憫不是聽祥林嫂說故事，因為"苦難"太容易成為煽情奇觀；悲憫也不必是替天行道，以致形成以暴易暴的詭圈。只有對生命的複雜性有了敬畏之心，文學的複雜性於焉展開。高行健有言：

> 作家並不承擔道德教化的使命，既將大千世界各色人等悉盡展示，同時也將自我袒裎無遺，連人內心的隱秘也如是呈現，真實之於文學，對作家來說，幾乎等同於倫理，而且是文學至高無上的倫理。[43]

莫言則強調"只有正視人類之惡，只有認識到自我之醜，只有描寫了人類不可克服的弱點和病態人格導致的悲慘命運"，才能真正產生驚心動魄的"大悲憫"：[44]

> 小說家是社會中人，他自然有自己的立場和觀點，但小說家在寫作時，必須站在人的立場上，把所有的人都當做人來寫 …… 只有這樣，文學才能發端事件但超越事件，關心政治但大於政治。可能是因為我經歷過長期的艱難生活，使我對人性有較為深刻的了解。我知道真正的勇敢是什麼，也明白真正的悲憫是什麼。[45]

自由與悲憫似乎是老生常談，但是兩位作家立意發掘其中的激進層面，在

---

43 高行健，〈文學的理由：諾貝爾獎致詞〉，《大公網》網站，2012 年 9 月 8 日，http://www.takungpao.com/fk/content/2012-09/08/content_1071283.htm。
44 莫言，《生死疲勞》，第 611 頁。
45 莫言，《生死疲勞》，第 611 頁。

此時此地當然有其意義：前者強調文學"依自不依他"；後者強調文學對"他者"無所不與的包容。兩者並列，其實是辯證關係的開始。從文學的高度談自由與悲憫，兩位作家對當代的民主論述有了不同體會。一旦跨越簡單的人格、道德、政治信仰界線，典型論、現實論的公式就此瓦解。高行健的創作出虛入實，與其說是荒謬劇場的後現代版本，不如說是"劫"後歸來的見證：從歷史經驗的"劫"轉為時空幻化的"劫"。莫言則認為文學虛構之必要，正在於它有其他文化、政治實踐所不及的救贖力量。長篇小說如此兼容並蓄，繁複糾纏，絕不化繁為簡，就是一種悲憫的形式。

四、報信的人

1902 年，梁啟超在橫濱創辦雜誌《新小說》，並在發刊詞〈論小說與群治之關係〉中寫下這段有名的宣言：

> 欲新一國之民，不可不先新一國之小說。故欲新道德，必新小說；欲新宗教，必新小說；欲新政治，必新小說；欲新風俗，必新小說；欲新學義，必新小說；乃至欲新人心，欲新人格，必新小說。何以故？小說有不可思議之力支配人道故。[46]

回望彼時年輕的革新者對小說 —— 以及廣義的文學 —— 所投注的信心和期望，的確有如明日黃花。文學與社會的互動是文學研究歷久彌新的課題，但現代

---

46 梁啟超著，吳松等點校，〈論小說與群治之關係〉，《飲冰室文集點校》（昆明：雲南大學出版社，2001 年），第二卷，第 758-760 頁。

文學的出現與新國家、新社會的生成的密切關聯，則是前所僅見。因為梁啟超的登高一呼，新小說風起雲湧，造就了日後新文學風起雲湧的盛況。我們有理由想像青年魯迅也是在相似的思路下，寫下〈摩羅詩力說〉。相形之下，五四時代陳獨秀、胡適等的文學改良、革命論述反而瞠乎其後。

從比較文學的角度來看，跨越歷史時空，梁啟超的論點可以引發對話。漢娜‧阿倫特（Hannah Arendt）在針對現代革命的經典研究中指出，"革命"之所以能夠鼓舞民眾去努力改變社會政治的現狀，主要因為它可以激發出一種"創新性的感召力"。[47] 這種"創新性的感召力"正是敘述，或最廣義的文學的動能之所在。在其另一巨著《人的條件》一書中，阿倫特通過對公共領域裏故事展演的研究推溯城邦制度的起源。在她看來，言說／敘事不僅是一種藝術形式，也是一種有組織的追憶活動，它強化了城邦民眾對過去和未來的歷史性感知，進一步凝聚了講述者與公眾的關係，從而也為國家政體的開放性提供了合法性依據。因此，講述故事 —— 敘事 —— 不再只是一種敘述性娛樂方式，而是一種能夠培養自我表現能力的言語活動，[48] 城邦並非地理意義上的國家，而是伴隨這樣一種言行活動出現的政治組織形式。對故事的重塑也因之與對歷史的重塑密切相關。阿倫特從言說／敘事所具有的感召力中得以想見現實革命所具有的爆發力。公民社會的雛形於焉形成。

阿倫特的觀點提供不同的語境，讓我們審視中國知識分子如何看待文學與社會的錯綜關係。一個世紀以來我們見證學者文人傾向將一般論述裏的"大說"

---

47 漢娜‧阿倫特著，陳周旺譯，《論革命》（南京：譯林出版社，2011 年），第 35 頁。參見 James Miller, "The Pathos of Novelty: Hannah Arendt's Image of Freedom in the Modern World", in *Hannah Arendt: The Recovery of the Public World*, ed., Melvyn Hill (New York: St. Martin's Press, 1979), pp.177-208。

48 漢娜‧阿倫特著，竺乾威等譯，《人的條件》（上海：上海人民出版社，1999 年），第 160-192 頁。

從摩羅到諾貝爾

嫁接到文學的閱讀、實踐上，卻往往忽略了文學所獨有特徵，就是它的虛構、創造性。環顧這些年文學批評界 —— 尤其當代海外中國文學研究界 —— 與社會的互動，我們看到如下的弔詭：從"中國往何處去？"談到帝國批判、天下大業，從國家主權談到機器人的潛意識，都能言之成理，卻往往忽略言說者自己的專業位置是語言／修辭的詮釋者，是"虛構"的辯證者。[49]

在討論文學及公眾領域的過程裏，除了流行的帝國、國家、主權等問題之外，我們必須顧及一個更廣層次的公民倫理問題。這意味著將文學 —— 不論生產的情境或是內部的情節、結構 —— 真正當作一個不同社會價值、關係、聲音（話語）交錯碰撞的界面，從人與人、人與物的互動裏，分梳人間境況的種種條件，碰觸圖騰與禁忌，投射集體或個人欲望。如此，古老的問題仍然帶給我們新意，諸如什麼是抵抗與寬容，真誠與背叛，自由與妥協，意圖與責任，介入與超越，暴虐與慈悲？我們如何從文學過程介入實在的公民領域，或者我們藉由文學這個媒介抽離出來，採取有距離的方式看待現實人生？

這讓我們重新思考本文開始有關新民與摩羅的論述。我認為在世紀之初，梁啟超和魯迅感時憂國之餘，已經在探問文學倫理版圖中最幽微的一面：倫理的底層，甚至對立面。如前所述，魯迅的摩羅詩人切切要釋放真的"惡聲"，以期發聲振聵。梁啟超則指出小說有不可思議的改變世道民心的力量 —— 可以作為"新民"的起點。比起魯迅，梁的立論看來四平八穩，卻有"不可思議"之處。

---

49 必須立刻釐清的是：在中國傳統文論裏，虛和實的分界和西方柏拉圖以來的真實和模擬的二分觀點頗有差距；我們也不必重拾新批評的牙慧，只在文本以內作文章。恰恰因為我認為"文學"是現代中國重要的文化建構甚至政治動因，我們才必須正視"文學"與社會的關係不應化約成為因果關係或對應機制。"現代文學"的崛起，從晚明馮夢龍所謂"法統散而小說興"，到梁啟超論小說"不可思議"的力量，五四諸子的文學革命論，以迄毛澤東的延安講話，不論形式理念，都有相當複雜的動線。奇妙的是，文學研究者每每買櫝還珠，就著文學進入"大說"的殿堂後，反而對文學不再關心，甚至視為小道。

梁的預設是，如果傳統的詩是高尚的、純淨的、無所不包的文類，小說則是墮落的、頹廢的、誨淫誨盜的文類。然而小說的渲染力不容忽視。在革命時代來臨的前夕，梁啟超恰恰希望利用小說這樣駁雜的能量，以“以毒攻毒”的方式，先“復健”小說，再以小說提振民心。[50]

傳統“文”的宏大視野仍然是現代文學思想的底蘊，但解決之道何其不同。“真的惡聲”、“以毒攻毒”不是傳統文論會碰觸的話題，而作者和讀者是否能遂梁啟超所願，也一樣啟人疑竇。但梁反其道而行，扭轉了文類秩序的高下，也投射了一種新的文與人 ——“新民”—— 的倫理關係。這是他對現代文學的貢獻。從今天的角度來看，現代文學真正動人的時刻不在於給出了什麼驚人的答案或完成了什麼使命 —— 這是一般文學史的看法；而在於呈現了答案的可望而不可即，或者是呈現了答案的並不存在，或者是呈現了在找尋答案中所經歷的緊張過程。

新世紀裏的高行健指出，作家既非革命者也非或預言家，更非造物主：

> 作家的工作就在於發現並開拓這語言蘊藏的潛能。他既鏟除不了這個世界，哪怕這世界已如此陳舊。他也無力建立什麼新的理想的世界，哪怕這現實世界如此怪誕而非人的智力可以理解，但他確實可以多多少少作出些新鮮的表述，在前人說過的地方還有可說的，或是在前人說完了的地方才開始說。[51]

高行健認為我們已經置身現實世界的語言牢籠，作家就必須另闢蹊徑，為

---

50 參閱梁啟超，〈論小說與群治之關係〉，見夏曉虹編，《梁啟超文選》（北京：中國廣播電視出版社，1992 年），第 3-8 頁。

51 高行健，〈文學的理由：諾貝爾獎致詞〉。

從摩羅到諾貝爾

看來已經眼前無路的話題找出路，對似乎言不盡意的表述"接著講"，而又翻出柳暗花明的可能。"如同咒語與祝福，[文學]語言擁有令人身心震盪的力量，語言的藝術便在於陳述者能把自己的感受傳達給他人，而不僅僅是一種符號系統、一種語義建構"。但他也提醒我們，"如果忘了語言背後那說話的活人，對語義的演繹很容易變成智力遊戲"。[52]

在中國全民有夢、一片和諧的時代裏，是容不下惡聲的，何況"沒有主義"或"怨毒著書"。當曾經以《反抗絕望》享名的學者讚美黨國體制總能"自動糾錯"，有如最佳免疫系統；[53]當曾經以"摩羅"為筆名的文人不再橫眉冷眼，反而吶喊"中國站起來"時，知識分子界——"大說界"——的彷徨，莫此為甚。[54]正是在文學場域裏，我們反而有閻連科的《丁莊夢》，描寫愛滋村裏免疫系統"被免疫"的恐怖；有陳冠中的《盛世》，揭發中國站起來的代價是什麼；有格非的《烏托邦三部曲》，反省革命啟蒙一世紀以後的惆悵與虛無。反觀海峽這一岸，我們看到詭異的顛倒：當一個社會的公共論述充斥過多自以為是的惡聲，或非此即彼的喧囂，文學反而有了無言以對的尷尬。

就這樣，不論是馬克思還是諾貝爾，後現代還是後革命，新世紀作家在束縛重重的語境裏定義自由向度；在無可承受之輕的後現代經驗裏描述悲憫的底

---

52 高行健，〈文學的理由：諾貝爾獎致詞〉。

53 汪暉是中國大陸學界代表人物之一，以《反抗絕望》、《現代中國思想的興起》等作享譽。"在 50 年代、60 年代和 70 年代 …… 作為一種政黨的路線糾錯機制，理論辯論，尤其是公開的理論辯論，在政黨和國家的自我調整、自我改革中發揮了重要作用"。見汪暉，〈中國崛起的經驗及其面臨的挑戰〉，《文化縱橫》2010 年第 2 期，第 26 頁。

54 摩羅（萬松生），曾以《恥辱者手記》等作在世紀末名噪一時。在新世紀轉向成為國家主義者。見〈訣別自我〉，《南方周末》專訪，2011 年 1 月 20 日，見《360doc》網站，http://www.360doc.com/content/11/0219/20/1989814_94399615.shtml。又見作家如劉震雲的批判，〈摩羅為什麼否定"五四"和魯迅〉，《360doc》網站，2013.1.31，http://www.360doc.com/content/13/0131/23/1353443_263504190.shtml。

線。他們也許失去了寧鳴而死的抱負，但思考"文學何為"的心意未嘗稍息。高行健如是說："文學並不旨在顛覆，而貴在發現和揭示鮮為人知或知之不多，或以為知道而其實不甚了了的這人世的真相。"[55] 莫言面對重重褒貶，則以《聖經》、麥爾維爾〔Herman Melville，《白鯨記》（Moby Dick）〕，還有大江健三郎的話自況："我是唯一一個逃出來向你報信的人。"[56]

莫言對當下處境的反思，欲言又止。我們要問，報信的人是從哪裏逃出來 —— 是社會主義"人造人"的重重機關，還是後社會、後資本主義的無物之陣？報的是什麼信？誰是收信的人？更重要的，報信的人是否能有勇氣，像《白鯨記》的石破天驚的開端那樣 ——"Call me Ishmael"—— 先報出自己的名字來歷，啟動敘述的意義？[57]"報信的人"也令我們回想馮至的少作〈綠衣人〉的寓意。郵差、信使、作家，或是報信的人，行走在"滿目瘡痍"的時代，"手裏拿著多少人不幸的消息？"這是捨我其誰的承擔，或者日復一日，成為無可奈何的負擔？

摩羅詩人遠矣，社會主義的人造人銷聲匿跡，作為文化資本的"諾貝爾"方興未艾。如何作為"唯一一個逃出來向你報信的人"—— 這大約是我們這個時代重新思考文學與公民社會的又一個開端了。

---

55 高行健，〈文學的理由：諾貝爾獎致詞〉。
56 毛丹青記錄，〈莫言與大江健三郎對話：我不贊成作家要為老百姓創作〉，《南方周末》，2012 年 10 月 11 日，見《鳳凰網文化》網站 http://culture.ifeng.com/huodong/special/2012nuobeierwenxuejiang/content-4/detail_2012_10/11/18165970_0.shtml。
57 感謝蔡建鑫教授的建議。

延伸閱讀：

康有為撰，〈公民自治論〉，文海出版社輯，《康南海官制議》，台北：文海出版
　社，1975 年。

梁啟超，〈小說與群治之關係〉，《梁啟超文集》，台北：台北出版社，1957 年。

魯迅，〈摩羅詩力說〉，張秀楓編，《魯迅散文選集》，台灣：小倉書房出版社，
　2011 年。

高行健，《一個人的聖經》，台北：聯經出版事業公司，1999 年。

莫言，《生死疲勞》，台北：麥田出版社，2014 年。

海外中華：
夏志清的貢獻
與意義

Chih-tsing Hsia

抒情的發現
—— 夏志清與 "傳統與個人才能" 的批評譜系

陳建華

復旦大學教授

　　我喜歡讀夏先生的文章，[1] 記得一九九一年在洛杉磯加大參加李歐梵老師的中國現代文學討論班，第一篇讀書報告就是關於《中國現代小說史》的學習心得。夏先生仙逝不久，我發表了〈重讀夏志清先生《中國現代小說史》的點滴體會〉一文表示紀念。[2] 本想順著夏先生在《中國現代小說史》之後的學術軌跡繼續探究，卻一直未能遂願。這次為參加會議交論文題目，覺得講不出什麼新東西，就以夏先生後期的〈論玉梨魂〉作為出發點，通過回溯的路徑來看夏先生的不斷發現，或許會給 "知人論世" 帶來新的體驗，也是對自己習慣的編年體思路的一次逆襲。

　　〈論玉梨魂〉（Hsia, C. T, "Hsu Chen-ya's *Yu-li hun*: An Essay in Literary History and Criticism"）收入柳存仁（Liu Ts'un-yan）先生主編的《清代至民初的中國中階小說》（*Chinese Middle-brow Fiction: From the Ch'ing and Early Republican Eras*）的論

1　責編注：本文的 "夏先生" 特指夏志清先生。

2　《字花》第 48 期，2014 年 3-4 月，鄧正健編，《機器與憂鬱 —— 字花十年選評論卷》（香港：水煮魚文化，2017 年）。

文集，1984 年由香港大學與華盛頓大學聯合出版。《玉梨魂》是一部民國初年的小說，作者徐枕亞一向被視為“鴛鴦蝴蝶派”的代表作家，一九五〇年代以來被“正典”文學史所壓抑、所遺忘，也沒出現在《中國現代小說史》中。雖然我們知道夏濟安先生對於民國時期的“通俗”文學十分關注，並給予頗高評價，這也會影響到夏先生，然而從現有資料來看，夏濟安先生似乎沒有談到過徐枕亞，因此夏先生對《玉梨魂》的注意，大概與林培瑞在一九八一年出版的《論鴛鴦蝴蝶派》一書有關。

夏先生充分肯定《玉梨魂》的藝術成就，認為是一部傑出的小說，堪稱中國現代文學的經典之作。在“鴛鴦蝴蝶派”一向受壓制的歷史語境裏，他認為該派大多數作品缺乏藝術品質，卻需要以一種正確的歷史觀點來看待它們，像我們對待明清小說一樣，在浩如煙海的平庸之作當中，必定會發現閃光的珍珠。夏先生又指出《玉梨魂》的語言特點，夾雜了大量古典詩詞與駢文的文言敘事，在繼承中國文學傳統方面達到難以逾越的成就，甚至發出在其之後白話盛行而難以為繼之嘆。在對待《玉梨魂》與“鴛鴦蝴蝶派”問題上，對於夏先生來說，儘管二十年前以《中國現代小說史》奠定其文學史家的權威地位，卻能排除歷史偏見的迷霧，為弱勢文學群體伸張“詩的正義”，同時也跳出自己的治學範圍，延拓了“現代文學”的既定疆域，也表明夏先生不限於自己的學術成就，以自我挑戰的姿態展露其更為寬廣的視野與襟懷。

在〈論玉梨魂〉之前，林培瑞先生已為“鴛鴦蝴蝶派”力正視聽，但學者指出，多半是受到社會學方法的局限，他對該派缺乏文學性方面的分析。而夏先生正是從語言藝術上充分肯定《玉梨魂》，這麼做顯得過於前衛。數十年來學者們對於近現代“通俗文學”研究取得了很大成就，或許“通俗”概念本身有點先天不足，對於“鴛鴦蝴蝶派”的藝術性方面未能做出明顯的突破。最近胡志德先生為《譯叢》雜誌組織翻譯了朱瘦菊、周瘦鵑、徐卓呆等人的作品，並把專輯題為“都市文學”，大約意在避免“通俗”的局限。

夏先生指出《玉梨魂》並非一部"通俗"作品，也與一般鴛蝴小說迥異。它傳承了從李商隱、杜牧、李後主到《西廂記》、《牡丹亭》乃至《紅樓夢》的"傷感 — 豔情"的文學傳統。這一點對於我們認識夏先生的文學史觀與中國"抒情傳統"的發現來說至為重要。眾所周知，《中國現代小說史》振聾發聵，在世界文學視域中運用"新批評"理論闡述作品的普世道德與藝術價值，使文學恢復其自身尊榮地位，並以作家的獨創風格重排經典座次。夏先生最推崇沈從文、張天翼、錢鍾書和張愛玲，相對於"正典"文學史不啻離經叛道，另立系譜，而尤其關於沈從文與張愛玲的批評，對大陸"重寫文學史"發生巨量影響。《中國現代小說史》招致不少批評，如普實克指責該書的政治意識形態傾向，後來周蕾也把夏先生的文學批評看作冷戰時代的產物，且以"感時憂國"來涵蓋其精神特質，當然在後現代去中心化語境中是帶有貶義的。

夏先生提出"感時憂國"是在《中國現代小說史》之後，標誌著他的政治與文學立場的某種重要宣示。如果說在書中尚有中國缺乏西方文學的宗教超越性的批評，那麼"感時憂國"論含有對西方文明失望的心理因素，後來他面對種種世紀末西方的文化生態並不諱言其保守態度。從這種意義上看，"感時憂國"意味著某種中國立場的回歸，卻也是世界主義視域中的回歸。從《鏡花緣》、《老殘遊記》到魯迅、老舍、沈從文等，從清代到民國二三十年代，夏先生發現根植於自身傳統而不斷演繹的一線珍貴的文脈，身處國恥頻仍、文化積弱的歷史中，這些作家寫出"嚴肅的作品"，反映出"對人類尊嚴和自由的嚮往"。耐人尋味的是在這系譜中魯迅佔有重要位置，卻沒提到錢鍾書與張愛玲。夏先生說"感時憂國"是"值得我們進一步加以探討的"，可看作他對《中國現代小說史》的反思與補充，其實與《中國現代小說史》中文學本體的立場並不衝突，如把"二三十年代的魯迅"看作"感時憂國"的代表之一，仍強調與"左翼"正統之間的區別。的確，夏先生在作某種"探討"，他所發現的"感時憂國"的精神，不像先前政治與文學聯繫得那麼緊密，而屬於"文化中國"的範疇，或許與當時北美"新儒家"的興起不無關聯。

"感時憂國"論中不時出現"中國傳統文學"、"中國傳統文化"的字眼,夏先生似乎未對"傳統"作過明確界定,雖然關於他接受李維斯(F. R. Leavis)的"大傳統"的說法耳熟能詳。然而我們不禁要問:夏先生的"傳統"是什麼?在他論述中的"中國文學傳統"是什麼?他在探索什麼樣的"中國文學傳統"?王德威先生指出,夏先生在《中國現代小說史》中本著類似李維斯的精神,"是要為中國建立現代文學的'大傳統'"。[3]的確,夏先生成功建立了中國現代文學的"大傳統",而"感時憂國"也好似一個傳統,與這一"大傳統"重合,卻不屬於一種"次傳統",而如一條翱翔其上的精神命脈,時間溢出了"現代",略為朝前延伸。這裏必須提到一九六八年出版的《中國古典小說導論》,也是一部里程碑式的著作。此書對《三國演義》、《西遊記》、《水滸傳》、《金瓶梅》、《儒林外史》與《紅樓夢》等六部小說展開論述,"似乎就是它們構成了中國小說的傳統"。然而從"文學傳統"觀點看,為《玉梨魂》所承傳的"傷感 — 豔情"傳統,則另具啟迪。

《玉梨魂》僅是一部小說,其"傷感 — 豔情"傳統自唐宋至現代,覆蓋詩詞、駢文、戲劇與小說,時間上比起"中國現代小說"與"中國古典小說"更為源遠流長,且包括各種文類。它產生於新文學運動之前,在語言上與白話毫無關聯,因此,夏先生對這本小說不像對待現代文學時不可避免地涉及政治及意識形態問題,而著眼於徐枕亞的個人文學才能及其"抒情"風格的特質。這一"傷感 — 豔情"傳統的發現,更合乎艾略特在〈傳統與個人才能〉一文中所說的,作為一個"詩人","他還會感到自荷馬以來的整個歐洲文學以及處於這個整體之中的他自己國家的文學同時存在,組成了一個共同的秩序。"艾略特對於詩人有如是語:"你不能單獨評價他;你必須把他放到已故詩人當中進行對照和比

3　香港中文大學出版社,2001年,第 xv 頁。

較。我不僅僅把這當成歷史的批評，也當成一種美學原則。"[4]雖然徐枕亞不像歐洲作家，他需要面對的只是漢語傳統。夏先生在論述現代或古典小說時也廣徵博引，對作家或作品運用縱橫比較的方法，但在"美學原則"的觀照下勾畫出輝煌的中國抒情傳統，並把《玉梨魂》放在這一"大傳統"的脈絡中，可見徐枕亞對於中國抒情傳統的回應，其所經受的"焦慮"屬於一種現代性症候，小說中各類文體的空前交雜，正是五方雜處的海上文化的表徵。

值得注意的是 "sentimental-erotic" 一詞，有人譯之為"傷感 — 言情"傳統，恐怕有欠精準。我認為把 "erotic" 譯為"豔情"更為貼切，這也正顯出夏先生基於其對中國抒情傳統的深刻理解的卓見。"erotic" 含有情色意味，"言情"則較為普泛。在中國詩歌傳統中，"豔情"是個批評術語，也稱"豔詩"，表現具私密性的男女之情，向來受到正統文學史家的排斥。如李商隱的〈無題〉詩把愛情表現得入木三分，有的稱其為"豔詩"，由於意蘊隱晦，或被讀作"香草美人"的政治寓言。另如"十年一覺揚州夢"的杜牧就受到道學者的指斥。或如《西廂記》、《紅樓夢》等也被視為"淫詞"。《玉梨魂》更涉及現代文學的一重污名化公案，周作人在〈論"黑幕"〉一文中稱"《玉梨魂》派的豔情小說"，即把它歸入"豔情"一類。錢玄同發明了"選學妖孽，桐城謬種"的著名口號，而含駢文的《玉梨魂》就被當作"選學妖孽"的代表。據韓小慧對《玉梨魂》中詩詞來源的互文考察，書中大量引用或熔鑄李商隱、杜牧等人的詩句，也包括晚明時期的王次回的"香奩體"作品，屬於"豔詩"中更為盪人心目的一脈，在近現代王次回被稱為"香豔"詩的集大成者。"豔詩"或"香豔"文學具有道德反叛的意蘊，更能體現真實的人性與藝術的本質。在"抒情傳統"愈加得到重視的今天，夏先生的"傷感 — 豔情"傳統的發現格外具啟示意義。

4　拉曼・塞爾登編，劉象愚、陳永國譯：《文學批評理論：從柏拉圖到現在》（北京：北京大學出版社，2003 年），第 411 頁。

在夏先生筆下中國文學有多種傳統，有古典小說傳統、現代小說傳統與“傷感 — 豔情”傳統，對這些傳統他區別對待，並沒有整合為一個“大傳統”。這或許合乎中國文學的實際，在發展過程中各有歷史成因，受到不同時代的條件限制，各有文類、語言的邊界。夏先生對各種傳統分而治之，表現出多元的胸襟與具體研究的實證態度。如果說“大傳統”，自然在他的心目中，在他的世界文學與中國文學的整體視野中，那就是崇尚個人風格與創造才能，對人類的尊嚴、自由的追求與表達，也即在他批評論述中所體現的“美學原則”，在這方面他一以貫之，涇渭分明，對後人來說猶如不竭的精神源泉。

抒情的發現

"抒情傳統"視域下的《中國現代小說史》

季進

蘇州大學教授

　　二十世紀中國啟蒙和革命的雙重變奏，是現代文學史書寫的基本框架與語境。作家們書寫國難，感時憂國，不斷呈現個人的一腔熱血，革命情懷，現代文學記憶與銘刻的不止是涕淚交零的個人敘事，更有血淚交織的宏大敘事。以往的評論，對這樣的書寫給予了高度的評價，認為二十世紀的中國文學更多的是一種國族寓言，那些個體化的力比多，唯有在群體性的淨化與昇華之中才能被正視、接納，脫離了革命的語境，拋棄了革命的遺產，就無法全面定位與理解現代文學。當然，也有論者敏銳地意識到，所謂革命的語境或遺產，不能簡單化為革命機器和施政綱領嚴絲合縫的自行其是，那些革命者自己也無不投入巨大的心力，甚至於個人化的浪漫抒情。史詩與抒情的辯證，從根本上來說是一體兩面的。正是在這樣的意義上，王德威認為，抒情也好，史詩也罷，必然有其歷史的混沌性。以抒情為例，"抒"一方面可以是情性發散、感情延展的表現，但也可以是貫通"機杼"的"杼"，是把各種分散的情緒、感覺以特別的方式、方法再次架構、編創為一種織物，一個文學文本。在這樣的文本當中，作者所要抒發的"情"，既是五蘊熾盛的情思、感受，更是指觸景生情之情，它是在歷史的流變中、生命的安頓裏，觸及內心的各種"事情"、"實情"，甚至是關乎"情偽"的真理與真相。因此，"抒情"必然在個體的層面之外，擁有其歷史感與歷史性，它的豐富而複雜，無法簡單概括。[1]

從王德威的觀點出發，可以更進一步地探討“抒情”或者“史詩”。不能只是強調“抒情”與“史詩”其來有自的根脈體統，講究對中州正韻的等因奉此，更應該看到在新的時代裏，它們有了充分當代化的呈現，甚至像根莖一樣四處發散延展。只是萬變不離其宗，“抒情”總是此時此刻的歷史情境中，一代人因應時代、命運的取向，或者是安身立命的法門。王德威的考察主要針對上個世紀中期，在家國離亂分裂之際，兩岸的知識分子分別透過各自的文化實踐，在一個虛擬的空間中安頓身心，展開與歷史的對話，從井然有序的文化操演中尋覓超克時代危機、展望未來的可能，踐行著文學藝術以虛擊實的功能。所謂的史詩時代，或兼容或壓抑了各色各樣的抒情言說，從而顯現出一種內爍、內爆的特徵。當然，我們必須強調，所謂“抒情”不是只有正面的、美好的形象，也不必局限在海峽兩岸或者古典詩學的框架當中，甚或只有在“史詩”的陪襯下方能成其大。三四十年代，有一批年輕學人跨洋過海赴西方求學，遠離了故國家變，也遠離了濃郁的古典道統，接受了系統的西方學術訓練，成長為一代西式學人。他們操持英文，以文學審美為志業，所發所論都有歐美的參照、西方的思維，可是其人其作也弔詭地回應並拓展著抒情的疆域。夏志清和他的《中國現代小說史》（以下簡稱《小說史》）實在是其中最重要的一環。

一

從陳世驤到高友工，他們當然是海外學界抒情理論最重要的代表者，可同

1　王德威，〈史詩時代的抒情聲音：現代中國文學批評方法新論〉，《現代中國文化與文學》第 17 輯（成都：巴蜀書社，2015 年）。

071　　　　　　　　　　　　　　　　　“抒情傳統”視域下的《中國現代小說史》

樣是面對去國離家的語境，同樣是對中國經驗和審美的梳理，夏志清和他的《小說史》一樣迂迴地展示了不容小覷的抒情位置。從時間的源流上來講，就在陳世驤一九七〇年代提出他著名的"抒情傳統"論述之前，《小說史》已然用學術的方式，展示了它對"優美"這個巨大的"抒情"意象不遺餘力的發掘。對比當時大陸以啟蒙、救亡做"現代"標尺的文學史寫作套路，我們不得不承認，僅僅從現代文學史書寫的具體層面來看，它也充盈著抒情的特質，展示著對普遍人性與人情的關切，從而超脫了感時憂國的史詩性投射。如果再進一步來看，我們還應注意到，就在《小說史》出版之際，他和捷克學者普實克（Jaroslav Průšek）之間發生了一場有關文學與科學的論爭。雖說這場論爭不乏意氣用事，當中也有政治立場相左的問題，可是這樣較真的學術探討，竟是在一個冷戰主導世界格局的語境裏發生的，兩人你來我往的熱戰，也不妨視為具有相當戲劇性的學術抒情。如果再聯繫到普實克本人有關中國現代文學在一九二〇年代從抒情走向史詩的論斷，那麼，兩人間所產生的學科辯難，是不是也從側面反映出夏志清對所謂的抒情仍有戀棧，並不願意像普實克那般全身心地擁抱歷史的轉移，對恢弘的革命願景有一種決絕的政治信仰呢？

眾所周知，《小說史》的寫作是冷戰的產物，但更是生計的附屬。一九五〇年代中期，正當家國分裂所導致的離亂現實，給大洋彼岸的沈從文、台靜農等人帶來創傷體驗和啟悟感念之際，夏志清則因生存壓力，不得不接受美國政府的資助，在耶魯大學饒大衛（David N. Rowe）的麾下，開始撰寫一本有關中國地區導覽的手冊。不過因緣際會，夏志清很快就將這種政治書寫，帶向了對更為具體的中國現代文學史的探討，並以此獲得了洛克菲勒基金的支持。[2] 我們今天對夏著的品評，常常從這個政治背景起步，指認當中無可迴避的右翼姿態，批評其學術判斷往往有混淆於政治的可能。但是理解之於同情，藉抒情傳統的立場來看，我

2　參閱王洞主編，《夏志清夏濟安書信集》，卷二（香港：香港中文大學出版社，2015 年）。

們又不妨說，夏志清於困頓中的選擇，又如何沒有有"家"歸不得，或者說近鄉情更怯的因素呢？家國的分裂，其人所要還歸的是哪個家呢？而這樣的"家"又是否和自己魂牽夢縈的故土別無二致呢？換句話說，其人是否有能力直面分裂的後果，以及分裂對記憶和現實所帶來的劇烈撕扯呢？

在這樣的情感狀態中，夏志清藉著對故國文學的整頓梳理，特別是用西方的"大傳統"和"新批評"來驗證這一脈極不同的文學時，發展出一種"文學立國"的抱負。拋離了對文學的政治觀察，脫離了對魯迅、左翼的主流記憶，夏志清發現中國現代文學書寫仍自成一格，沈從文、張愛玲、錢鍾書諸位見證了現代中國另一番迥異的文學面貌。換言之，儘管家國既遠，但是，故國的文學書寫仍成為作者寄託情感的所在，此中"花果飄零，靈根自植"的淵源，歷歷可見。史詩而外，抒情為"中國"、"文學"乃至"現代"寫下了最重要的注腳，其中"文學中國"，或擴而廣之"文化中國"的自信雖不可不見，但它畢竟以想像的方式出現，也隱約可見海外學人的離散心態。

王德威早已經指出，"新批評"表面上堅壁清野，似乎要與混沌塵世一切兩斷，但是，當其人在虛構的世界裏規整、編排文字的精巧秩序之時，當中又無不暗藏起興諷喻的意圖，藉由文字的烏托邦暴露同時也彌合現世裏的種種亂象。所以，歸根結蒂，"新批評"儘管標榜自我封鎖的獨善其身，但它終究是一種社會批評，是歷史流程中的重要藝術實踐。[3] 夏志清對新批評的青睞，一方面自然有師承、學緣的關係，他所在的耶魯大學英文系本來就是新批評的大本營，但是另一方面，也與他身在異國，遙望神州，深感國變家散時心有餘而力不足的無奈情緒和立場直接相關。換句話說，雖然夏志清早已從具體的中國語境中離散出來，大可保持超然的學術姿態，可是，他有意無意地實踐了一種絕不甘於文本形式的批

---

3 王德威，〈重讀夏志清教授《中國現代小說史》〉，見夏志清，《中國現代小說史》（香港：香港中文大學出版社，2001 年），第 xiv 頁。

"抒情傳統"視域下的《中國現代小說史》

評方式，把文學和歷史的關係演繹得更為複雜。

我們注意到，夏志清特別選取了"文學史"來處理他心目中的"現代中國"。以日常的眼光來看，一個初出茅廬的研究者，其實大可不必興師動眾地啟用"文學史"這樣的框架來開始他的學術生涯。連韋勒克、沃倫這樣的新批評巨擘都坦言，要寫一部既是文學又是歷史的書，困難重重。他們說，過去"大多數的文學史著作，要麼是社會史，要麼是文學作品中所闡述的思想史，要麼只是寫下對那些多少按編年順序加以排列的具體文學作品的印象和評價。"[4] 或許，作為新批評的最忠實的實踐者和追隨者，夏志清的野心就在於用一個異國他者的例子，完成前輩所不能或未竟的事業：從文學作品本身的肌質、架構入手，求證出文學史寫作的第四種可能。當然更為重要的是，也藉此說明中國文學之為"文學"而非"政治"的理由。

我們不必著急判斷說，《小說史》不過是再次印證了"西方理論"和"東方素材"的產物。其實，理論和文本是可以相互定義，彼此發明的。一方面，至少這些東方材料證明新批評所尋求的形式訴求，不是無的放矢的；另一方面，東方文學也藉此釋放出它定義自身的可能和參照系。在這個層面上，我們可以說，夏志清採用"文學史"的意圖，遠遠超越了設立一個具體研究框架或體系的含義，它同時也體現了一種對話機制。在這個對話的進程裏，新批評顯示了巨大的容受力，從個別的、單一的文本，延展到複數的，甚至異國的文本；而中國文學也藉由對自身脈絡的新批評式的考察，找到了可以超離傳統政治審查的書寫方案，展示了另外的可能性。為此，我們或許可以說，夏志清的"文學史"，一方面既有心整合混亂的現實世界，另一方面也有意統合混亂的文學標準，積極謀求著一個"文學的共和國"。而這樣的共和國，唯其宏大和有序，本身就有相當的抒情

---

4 韋勒克、沃倫著，劉象愚等譯，《文學理論》（南京：江蘇教育出版社，2005 年），第 302 頁。

性，在當時冷戰格局的背景下，這樣的統合所顯示出來的“抒情性”遠遠超越了對抗和不合流的價值。

二

　　文學史的重建是需要一定的想像力的，《小說史》鮮明的“想像”維度，不僅是指夏志清啟用了虛構、創造等審美概念來處理文學及其歷史，更是指透過文學，夏志清嘗試避開實體意義上的中國，以文學來重新傳達中國形象和傳統。這樣的選擇，或多或少透露出某種“遺民”心態。作為時間和政治的脫節者，他所要挽留和召喚的同當時大陸所標榜和彰顯的南轅北轍，在魯郭茅巴老曹之外，他更推崇的是沈從文、張愛玲、錢鍾書與張天翼。這四個人所表徵的傳統或言現代，充分顯示了遺民意識所在意的正朔觀念，以及這種觀念在不同時空中的錯置對立。但是，仔細尋思夏志清關於這些大家的論述，以及《小說史》中所論及的作家背後的那條無形線索，我們又不得不說，這樣的“遺民”體悟實際上又有了一層“後”的意識。“如果遺民把前朝或正統的‘失去’操作成安身立命的條件，後遺民就更進一步，強‘沒有’以為‘有’。前朝或正統已毋須作為必然存在的歷史要素，挑動黍離麥秀之思。就算沒有前朝和正統，後遺民的邏輯也能無中生有，串聯出一個可以追懷或恢復的歷史，不，欲望，對象。”[5] 對照《小說史》追求和擬設的目標，不難發現，其欲望或想像的前朝正統，弔詭地來自西方，來自李維斯的“大傳統”，來自新批評的“細讀法”。在這個向度上，可以肯定地指出，儘管夏志清毫不遮掩其政治取向，但《小說史》絕沒有徘徊在單一的國族之

5　王德威，《後遺民寫作：時間與記憶的政治學》（台北：麥田出版公司，2007 年），第7頁。

內，渲染他自以為是的"國族主義"或"文化主義"。透過一種將中國文學"主流化"的方式，夏志清在建制化和邊緣性之間斡旋出了中國文學的能見度，對中國文學資源，甚至更廣義的世界文學資源進行了一次重要的資產評估和分配。

換句話說，既然《小說史》所要參照、比對的是西方世界的主流話語，那麼，其所論述的文學就沒有必要，也沒有可能封閉在國門之內，這些作家作品所具有的現代性，也必然鈎聯所謂的世界性，或者至少是西方性。通過搬用歐美學術圈的學術話語，《小說史》顯然將那個自外於世界，或者在文學表現方面被認為邊緣化的中國文學，吸收進了世界文學的框架。當然，在這種主流化的過程中，我們有必要脫離那種把認知刻意壓縮在"西方發明東方"之類的殖民話語中的取向，因為，"主流化"或者說"建制化"的主要動作就是收納（inclusion）和排除（exclusion），有如文學史寫作本身就必須要面對一種權衡，即收納一部分，也必然排除另一部分作家作品。由此牽動的文化資本的分配與重組，又往往眾口難調地引起反詰和批評。

可以說，《小說史》所見證或挑戰的不僅是文學和歷史的駁雜關係，更有跨文化的中西對話問題。這個對話，至少就目前的格局來看，還持續徘徊在西方理論和中國文本之間。這樣的格局，顯然和王德威所強調的從中國文學自身的體系內找到一種話語資源的初衷有所出入。但是，正如前面已經提及的，"抒情"本身沒有必要拘守古典的陳規，二十世紀以來它兼採摩羅詩力、頹廢唯美的多種資源，已然變成一個混雜的大發明。相反，我們要檢討的反而是這樣一種認識，即一方面提升理論的優越性，另一方面強化文本的道德優勢。

在這個認識中，殖民和被殖民者的關係，與其說是對立的，不妨說是相反相成的。通過提升西方理論的優越性，東方文本將自己處理成霸權的受害者，因而找到了自己的發言位置。這種典型的後殖民思維，因為將"東西之間"刻意地對立起來，並將東方文本推送到邊緣位置，因而變得十分可疑。其中關鍵的問題在於，東方世界建立主體性的方式，太過依賴於外部的他者。周蕾曾經很不客氣地批評說，這種謀求自我卑賤化（self-subalterization）的進路與其說是在博得同情，不如說是在收集權力。它以道德評判的方式，將東方的物質匱乏和受壓迫，看成是精神富足、正義在握的象徵。表面上看，貌似是在為公理發言，而實際上，不過是另一番的暴力。或者說，它持續強化冷戰效應，以二元格局觀察中西關係。[6]

回到《小說史》的跨文化闡釋上來，至少有兩方面的內容值得我們特別注意。一是對所謂 "異" 的迴避。《小說史》著力避開或貶抑 "紅色中國" 的文學記憶，特別批評 "感時憂國" 的局限性和目的論。這種處理，一方面確實值得檢討，因為談論中國文學無論從哪個層面上都無法迴避現代中國的政治語境，那些僅僅關注其美學成就和技巧翻新的討論，往往難免隔靴搔癢；另一方面從西方世界通常秉持的 "你和我有什麼不同" 的立場來看，通過強化兩者共同的平台 —— 文學性來看，有效地阻隔了將東方定格為他者，進行獵奇的行為。二是避免使用尊卑有別的關係來定義強／弱勢族裔。藉助於新批評的利器，《小說史》為雙方的對談找到了對話的起點。新批評在《小說史》裏所代表的是一種中性立場，而非西方的立場，作為一個理論平台或中介，新批評一視同仁地處理著 "東方文本" 和 "西方文本"。如此一來，所謂的 "中西對話" 其實不是在 "西方理論" 和 "東方文本" 之間開展的，我們沒有必要覺得東方文本是在低人一等地接受西方目光的審視，恰恰相反，要警惕那種下意識地為 "理論" 和 "文本" 加上區域限定，指認其政治歸屬的做法。

當然，這樣的提法，也有可能導致另一種 "理論優勢論" 或 "普世價值觀"，即認為理論放之四海而皆準，宛如資本的流通，貫通全球，毫無阻礙。一方面，這種理論的全球性，和前述 "新批評" 本身所具有的抒情特徵息息相關。透過自絕於外，它試圖以文學性這個精巧的概念來處理不同的文學，可殊不知所

6　周蕾，《寫在家國以外》（香港：牛津大學出版社，1995 年），第 13-21 頁。

"抒情傳統" 視域下的《中國現代小說史》

謂"文學"本身就人言人殊，因時因地而變異，為此其抒情境界必然有其疆界；另一方面，我們又要反過頭來承認，就《小說史》的初衷而言，它並不是要得到新批評四海歸一的結論，僅僅是從它的英文標題"a history"而非"The History"來看，夏志清所篤信的其實是新批評作為一種方法，而非唯一的方法。為此，他提供的不過是一種理解和梳理中國現代文學史的方案而已。可是後之來者，往往誤以為他大費周章地啟用"文學史"的框架，是要將現代文學畫地為牢，變成不可移易的圖騰禁忌。

三

　　破除了本位論式的定性研究，《小說史》才有可能從特立獨行的偏頗形象，變成一個開放性的想像體系。《小說史》使得在特殊歷史語境下逐漸板結起來的國內中國文學史書寫，有了一個異邦的借鏡，從而呈現出不斷鬆動的可能（比如一九八〇年代的"重寫文學史"就是最突出的例子）。正因為這個體系是開放性的，我們不得不承認，所謂的遺漏、錯失、差評，其實都是一種帶著預設的、刻板的求全責備。相當有趣的是，恰恰是這樣的不周全，反而愈發顯示出夏志清在面對中國文學時充分的自信心。即使是通過這些有限的個案、少數的例子，夏志清都在從容地訴說，無論結果如何，中國文學已經可以而且必須和所謂的歐美文學放在一個平台上來比較看待。夏志清從英美文學專業取得博士學位，可是奠定他在歐美學術界地位的卻是他的中國現代與古典兩個領域的文學研究。換句話說，恰恰是對中國現代文學所抱持的自信而非微詞，使得他在此領域用力甚深，長久經營，從而開創了海外中國現代文學研究的嶄新領域。

　　應該說，同王德威的抒情傳統專注於同一文化體系內事與情之間的辯證關聯不同，夏志清的抒情，更多的是充滿文學自信的跨文化實踐行為。換言之，比起強調抒情與時代的律動關係，夏志清更欲在"世界文學"的結構裏面來處理抒情。"世界文學"作為晚近十年裏，學術界所熱切關心的議題之一，已經引起了廣泛的爭議和討論。最具代表性的見解，莫過於哈佛大學丹穆若什（David Damrosch）所作出的定義。在《什麼是世界文學？》一書中，他對世界文學做了如下三點歸納：

1. 世界文學是民族文學間的橢圓形折射。

2. 世界文學是從翻譯中獲益的文學。

3. 世界文學不是指一套經典文本，而是指一種閱讀模式 —— 一種以超然的態度進入與我們自身時空不同的世界的形式。[7]

正如查明建在譯序中所言，以這樣的方式和思路來探討世界文學，已經遠遠超越了對概念自身的本體論探究，而進入到現象學的層面，即"從流通、翻譯和生產角度，具體考察世界文學的動態生成性、跨文化性和變異性"。[8]過去我們對夏著的評判，往往是"結論中心主義"或者"觀點中心主義"的，比較關心的是作品提出了哪些觀點、得出了哪些結論，而沒有充分揭示它的生產力。前兩年，王德威把這個問題學術化，邀請那些曾受益於此書的學人共同來討論由《小說史》發端，後來又持續辯論、延伸的議題（比如上述的文學與科學之爭），儼然已經把《小說史》看成是一種"學"，而非一本"書"。[9]在這個意義上，《小說史》當然有力地回應了丹穆若什所講的世界文學是一種閱讀模式，是一種生產力。

丹穆若什說世界文學是從翻譯中獲益的文學，我們不妨補充說，世界文學

7　大衛・丹穆若什著，查明建、宋明煒等譯，《什麼是世界文學？》（北京：北京大學出版社，2014年），第309頁。

8　查明建，〈譯者序〉，大衛・丹穆若什：《什麼是世界文學？》，第 III 頁。

9　王德威主編，《中國現代小說的史與學：向夏志清先生致敬》（台北：聯經出版公司，2010年）。

也可以是從研究中獲益的文學。透過與歐美文學的比較、新批評理論的檢視，中國現代文學在當時的歐美世界，開始獲得了獨立的學術地位，由此開啟了一波新的作家論研究熱潮，李歐梵的魯迅研究、金介甫的沈從文研究以及梅儀慈的丁玲研究等等，都可以放在這個學術脈絡中加以評說。換句話說，正是透過他國文學這個觀察點，中國現代文學從過去民族文學的固定框架，進入到了一個全新的文化空間。這個空間可以有很多的定義方式，"既包括接受一方文化的民族傳統，也包括它自己的作家們的當下需求。即便是世界文學中的一部單一作品，都是兩種不同文化間進行協商交流的核心。" [10] 因此，如果我們僅僅盯著夏著如何"扭曲"、"錯判"中國作家、作品，其實就是對這樣一種文化協商的行為和結果置若罔聞，把它緊緊地限定在國別文學或言民族文學的領域裏。這種立場和看法，顯然和中國文學和文化所堅守的 "天下觀"、"世界觀" 是有出入的。

也許，退一步來講，誤解和失焦有時候往往弔詭地成為跨文化比較的前提。如果作品的前世和今生，完全一樣，那麼，作為一個文化的中介，翻譯和研究就未免太受制於某種單一的意識框架，而缺乏創造性的叛逆了。從《小說史》所遭受的各種非議來看，應該說，我們過去對本雅明翻譯觀的理解，就顯得太過疏闊，完全將叛逆理解成一種正面積極的行動，而忽略了這些叛逆者在穿越文化接觸地帶時所承受的巨大心理和文化壓力。換句話說，跨文化從來都不是一個孤立的行為，除了牽扯各種政治經濟、社會文化的背景，仍有心理的巨大負重。在此意義上，跨文化毋寧是抒情的，它啟動了一整套複雜的心理程序來幫助一個作家或研究者來尋覓確定自我的身份，同時也定義母國或世界的形象。

《小說史》在長達半個世紀的歷程裏，被反覆討論，接續深化，所顯示的正是王德威講的 "抒情不輟"。抒情不是個人的小情小感，而是一代人物因應時局時事所必然發展出來的情感結構和文化行動，是所謂的有感而發。在一九五〇年

---

10 大衛‧丹穆若什著，查明建、宋明煒等譯，《什麼是世界文學？》，第 311 頁。

代的時代變動裏，由於一批作家、藝術家和研究者所感發觸情的媒介不同，以及他們所能援引的工具手段各異，由此呈現出一派抒情氛圍。《小說史》作為海外蛩音，作為以學術抒情的個案，有力見證了抒情不必困守在國族的框架裏，作感時憂國式的反映，恰恰相反，體現了抒情更積極的走向，即在世界視域下進行文學的跨文化實踐，使文學立國成為對話世界文學的中轉站。

現代學人之反現代：夏志清夏濟安思想探源

張恩華

美國麻州大學阿姆赫斯特校區副教授

> 李贄是我國歷史上少數幾個敢說真話的人物中很有特色的一個 …… 敢
> 於說真話的人物的思想裏亦往往心就雜糅、精華與糟粕同在。[1]
>
> —— 羅宗強

羅宗強先生在為左東嶺《李贄與晚明文學思想》所作序言中說："能夠做到毫無保留的袒露自己，這在我國的傳統裏，是非常不容易的事。"李贄即是這樣一位不羈之才，因此對李贄的研究要建立採用整體整合的方法才能做出公允的評價。現代學者中跟李贄精神氣質最接近的大概要屬夏志清先生，夏先生是李贄"童心說"的真實演繹，認識夏先生的人都知道他經常"童言無忌"、發表"驚世駭俗"的看法。但這些看法零星散落，無法提供足夠的證據讓我們系統的研究他的思想行徑和走向。但是近期出版的五卷本《夏志清夏濟安書信集》（以下簡稱《書信集》）彌補了這個不足，提供了大量豐富的史料來系統探討夏氏兄弟的

---

1 羅宗強，〈《李贄與晚明文學思想》序〉，左東嶺，《李贄與晚明文學思想》（北京：人民文學出版社，2010 年）。

思想脈絡。

　　這篇文章的寫作有兩個初衷。首先在研究方法上，我試圖尋找貫通古今，從古典文學批評範式中汲取對理解現代中國文學命題有幫助啟發的內容；其次在我個人層面，也努力融合我接受學術訓練的兩所學府的治學傳統，南開是古典文學批評史、文學思想史的研究重鎮，哥倫比亞大學是英語世界現代文學研究的開創之地，我很幸運在最好的年華有機會在這兩所大學學習、受教於這兩個領域最先進的學術前輩，這篇論文以南開習得的批評方法、治學道路對英語世界中國現代文學研究創始人夏志清及其兄弟夏濟安的文學思想進行探究，值此南開百年校慶之際，也是夏志清先生逝世五週年，算是對母校的致敬，也以此懷念夏先生。

一、擁傳統、反五四

　　　　我對於中國文壇的野心，倒不想寫幾部小說，而想創導一種反五四運動，提倡古典主義，反抗五四以來的浪漫主義。五四所引起的浪漫主義將隨中共的消滅而失勢，中國文壇現在需要一種新的理論指導。我很想寫一部中文的《浪漫主義與古典主義》，可惜學問不夠，一方面當然應該介紹 20 世紀的古典主義運動，一方面我對於中國文壇亦應該有積極性的建議：中國有自己的 "傳統"，確立中國的傳統需要對於舊文化有深刻的研究（包括 poetry、書法、京戲、武俠等），這是一件可做一生的工作。

　　　　　　　　　　　　　　　　　　　　　—— 夏濟安，1951 年 1 月 18 日

　　夏濟安和夏志清分別出生於一九一六年和一九二一年，在他們成長的年代，中國處於內戰、中日矛盾升級之中，以致後來戰亂，中國對於 "救亡" 的需

求遠遠超過了"啟蒙"，但即使在"救亡"為主導的大環境下，他們在上海的教育生活仍得以保持基本正常狀態，很少體會到五四所處的危機，他們對於五四有一種疏離、客觀和不認同。從上述引文中，我們可以總結出夏濟安對五四的三點認識。第一，夏濟安將五四視為傳統的對立面，是對他珍視的"古典主義"的背叛；第二，認為浪漫主義由五四肇始（這一認知存在一定偏頗，沒有充分認識到中國文學傳統中源遠流長的浪漫主義，比如詩歌包括屈原的楚辭和李賀的唐詩）；第三，浪漫主義是中共的必然產物，宣稱浪漫主義將於中共消失而滅亡，這一方面徹底呈現了他一貫的反共思維，另一方面也說明他這個預言本身是建立在一定的浪漫主義情懷基礎上。

梳理夏濟安關於五四和中共的看法，能夠清晰看到他潛在地認為五四的發生和中共的產生二者之間有必然的因果關係，很多時候將二者等同來看。一九五一年夏濟安離開大陸先到香港短暫停留，然後在台灣安定下來，這也是他反共思想表達最活躍的時期；很多時候他對其中之一的反對是通過對另外一個的反對傳遞出來。"我花了兩個星期的苦工，寫成三千字論說一篇：'The Fate of Chinese Intellectuals' …… 我的那篇英文，出版後當寄上，內容是反共的，大罵以前的那輩'民主左派教授'。…… 我反對'革命'，而國民黨還以'革命黨'自居，我反對五四運動，民主，假科學，sentimental 文學等等。我提倡要 Classicism，Conservatism，Scepticism。"[2] 在這封信中，夏濟安徹底坦誠自己是一個"古典主義者、保守主義者和懷疑主義者"，他反對革命、反對五四、反對民主，[3] 甚至反對感傷文學。

2　夏濟安 1951 年 3 月 22 日，《書信集》，卷二，第 76 頁。

3　1951 年 10 月 9 日信："我編 FCR（筆者注：《自由中國評論》），並不很痛快。經濟權不在我手裏，辦事總受掣肘。我是一個喜歡獨裁的人，但是現在上面有中央黨部（publisher），他們雖然不大懂英文，但是他們既然拿了錢出來，總希望替他們多宣傳。"《書信集》，卷二，第 125 頁。

夏濟安對"感傷"傳統的否定，歸根結底，也是將"感傷"視作五四的必然產物，這點跟他對浪漫主義的判斷有失偏頗是一致的。同時他雖然否定"感傷"，卻完全未意識到自己是徹頭徹尾的感傷主義者。他的感傷主要體現在自我認知和對異性的態度和關係上。夏志清對五四的態度跟夏濟安一致："中國從五四運動到今日的情形，確需要有一個嚴正立場的批判：魯迅、郭沫若之類，都可以寫幾篇文章評判一下，指出他們思想情感的混亂、不健全和必然共產的傾向。被主義或社會思想所支配的文學都是 sentimental 的文學，真正的把人生嚴明觀察的文學，是"古典"文學，這種文學往往是殘酷的。"[4] 夏濟安的〈中國知識分子的命運〉文章發表以後反響頗佳，讓夏濟安更有信心朝這條道路走下去："*Free China Review* 第一期已出版，⋯⋯ 這雜誌在台灣銷路不廣，但我的文章 'The Fate of Chinese Intellectuals' 在台大已經很出名，讀過的人都很佩服。第二期我預備寫一篇講五四運動的，'Nineteen Nineteen & After'，主旨還是反共，擁護胡適。"[5]

二、女性觀

夏氏兄弟二人的女性觀極為保守，甚至封建，對女性價值的界定基本是由物化、商品化出發，評判女性的首要原則是年輕、漂亮。夏志清到耶魯大學後，課業之餘也在尋求浪漫關係。他在書信中對女生的評介基本都是以漂亮與否作為是否願意交往的前提。[6] 夏志清對女性充滿偏見，認為"一個在紐約沒有 date 的

4　《書信集》，卷二，第 67 頁。

5　《書信集》，卷二，第 85 頁。

6　"nursery school 新來那位華盛頓中國女生 Janet Tam（譚秀娟），生得確是美貌，同國內來美女子風度不同，以後有機會或想 date 她一兩次。"《書信集》，卷二，第 33 頁。

中國女子想必平平的",他對一起出遊去紐約上州 Lake George 遊玩的夥伴甚為不滿,描述其是"一位又老又醜的滬江畢業生,使我大不高興",事實上"那位小姐年紀方面同我相差最多兩三年"。[7]

夏濟安在這方面跟弟弟的看法如出一轍,他會因為一個女生的外貌相對粗壯而完全不予考慮。[8] 現實中夏志清在婚戀方面的考量要比哥哥夏志清實際得多。比如說起潛在的戀愛對象 Rose Liu,夏志清寫道:"現在在天主教學校讀英文系,才大二,所以追求比較不易。我在美國無親無友,security 沒有保障,如真能結識一個女友,她們在美國都有親戚或父母,我對 future 也可比較有 confidence。"[9] 夏志清會將女性一方的家庭、親屬關係作為一個是否對自己有利的考量條件。然而夏濟安卻更多是從自己感官體驗出發,甚至女性的聲音於他不悅耳也會讓他產生強烈的反感:"我對於台灣女人總不喜歡,引起我的惡感的主要的是她們的聲音難聽,言語乏味。"[10] 雖然他對弟弟功利主義戀愛觀沒有反駁糾正,但是對女性家庭的實際考量時有不滿:"外省籍的小康以上的家庭 bourgeois 婚姻觀,將仍是我的 happiness 的大障礙。那種家庭大半多方挑剔,寧可女兒嫁不出去,我現在想追求那位小姐據說(據別的女生說)有一個很貪財的 father,詳情如何,現在還不知道,且看我的福分如何了。"[11] 夏濟安在婚戀觀方面對自己弟弟和女性的雙重標準可見一斑。

7　《書信集》,卷二,第 164 頁。

8　"寒假時有一個大三的 girl,對我表示很大的興趣,那個人長的像鍾莉芳(但腦筋似較靈活,男友較多),我嫌其腰身太粗,且體力強壯,不敢領教。"《書信集》,卷二,第 153 頁。"你對台北女人印象很好,我的印象:街上女人,就不多,漂亮的簡直沒有。"《書信集》,卷二,第 35 頁。

9　《書信集》,卷二,第 38 頁。

10《書信集》,卷二,第 113 頁。

11《書信集》,卷二,第 113 頁。

夏氏兄弟一致認為“中國女孩子是頂難服侍的一種人物”[12]，但應對策略卻有不同。夏志清更加實際變通、因地制宜、不囿於條條框框限制，對跟異性的關係主動掌控；夏濟安則更多處於矛盾、不知所措，處於被動狀態。夏濟安的自我認知跟實際時常有出入、對戀愛關係的判定常常與實際情形不符。比如他認為自己的作風是“不 eager to please，我是憑 wit, detachment, mysterious and consciousness of importance 來吸引女性的，所以吃苦還少”。[13] 但現實中夏濟安卻常常拿捏不好分寸，他自己也時常懊惱事與願違。經歷過一些挫折後，他對追求女性顯然更加充滿顧慮、處於左右為難的境地：“我在家裏所想的東西，我不說出來是難過的。而兩人關係如不夠深，說話說得太重，據說是 courting 的大忌。我同秦小姐就還在這方面。有時候需 profess love 了，那時恐怕未必真有此種感覺。…… 我假如把我所想追的，也把他當作我所不想追的，這樣事情進行可以順利得多。但是恐怕做不到。”[14]

雖然夏濟安並不看好浪漫主義傳統，雖然他坦誠“我在秦小姐那裏的失敗，還是因為我演了一個不相稱 romantic hero”，[15] 但在婚戀關係上卻執著於浪漫情懷高於一切。夏氏兄弟二人的“結婚觀，似乎都是很浪漫主義的 —— 一定要同自己所追求的人結婚。有些人似乎可以同任何人結婚，人類是靠那種人綿延下去的”。[16] 甚至為了追求浪漫的愛情，可以不顧其他比如經濟條件的約束。“其實沒有錢我也敢結婚的，浪漫的愛情至上主義的想法，在我腦筋裏還是很起作用；我相信我也有瞎撞的勇氣 —— 例如以前的到內地去夫妻倆互相喜愛，即使稍微窮一點，我相信結了婚也是很有趣的。我現在很願意結婚，可是那種 cynics 的主

12《書信集》，卷二，第 113 頁。
13《書信集》，卷二，第 113 頁。
14《書信集》，卷二，第 162-63 頁。
15《書信集》，卷二，第 153 頁
16《書信集》，卷二，第 139 頁。

現代學人之反現代

張‘凡是雌的就可以做老婆’我絕對不能接受。”[17] 他秉持自己對戀愛對象的水準和婚戀境界的標準，這大概也是他一生未婚的主要原因。

三、儒家思想

夏氏兄弟都是有強烈獨立自我意識的學人，時常在書信中剖析自我。儘管他們同反五四，但是他們的自我認知和個性張揚方面跟五四知識分子很像。他們都對自己的才能評價頗高，夏濟安：“這兩天創作欲很盛，…… 來台後寫成一篇三千字的諷刺文章〈蘇麻子的膏藥〉，自以為很成功，可以和錢鍾書 at his best 相比。”[18]

夏濟安：“我的創作，一定有一個大缺陷，即對愛情的認識不夠。我將極力減少寫愛情，寫恐怕也難寫得好，至少愛情的美的高尚的方面，我全無認識。我性格本來不是 lyrical 的（我能寫‘詩’而‘詞’則一句都寫不出來），生平又沒有快樂的戀愛經驗。我讀小說，如遇愛情場面，心裏總十分痛苦（這是我自己的靈魂的脆弱處，平常不去注意它，讀小說時就碰到了），往往不能終卷！……我暫時只會寫 agonies，不會寫 ecstasies。好在我的 mind 十分 lucid，self－conscious 極強，只要文字技巧配合，可能產出 masterpiece。我相信好的小說就是要求 absolute lucidity。”[19]

夏濟安覺得自己“cynical，melancholy，常常很 brilliant ……”，[20] 他自己也

17《書信集》，卷二，第 162 頁。

18《書信集》，卷二，第 41 頁。

19《書信集》，卷二，第 43－44 頁。

20《書信集》，卷二，第 103 頁。

承認 "常會 paint myself bolder than I am"，[21] 有 "sensitive ego" [22]。夏濟安到台灣後，"朋友雖然有好幾位在這裏，但是心理上覺得這一次總是要‘自立’了（在香港還是做人家的 parasite），什麼事都的要重（從）頭做起。"[23] 不管周遭處境多麼不利，夏氏兄弟都一直保持著對彼此的欣賞，夏濟安對弟弟充滿信心："接來信知 job 有著落，甚為欣慰。由你來研究中國文學，這是‘中國文學史’上值得一記的大事，因為中國文學至今還沒有碰到一個像你這樣的頭腦去研究它（錢鍾書的《談藝錄》……不是第一流批評家的做法）。"[24]

夏氏兄弟二人早年就讀教會學校、研習英美文學，他們接觸、認同的新文學並不多，對中國現代文學文化的興趣基本發生在世界觀成熟的成年以後，他們的趣味、愛好、志向都是十足的 "大都市" 風格；但在書信中卻呈現出跟中國傳統文化密切關聯的一面。在這個層面，夏志清較之夏濟安現代化、西化得更加徹底，夏濟安則保留了更多中國傳統文人的個性，他自己對此也極有自知之明，信中承認自己的 "入世" 情懷。

我想到台灣去，到台灣去可以做的事情多，不像在香港那樣的侷促，將來還可以反攻大陸立功。……我比你更是一個 "政治的動物"，我主要的 concern 是政治，而不是名利或女人也。

……我的志向是要 "出人頭地"，若不（第一卷 414）能，則亦頗樂於做寄生蟲，不自命不凡，不發牢騷。因此有人批評過我，"沒有大志"，這你將覺得好笑的。無經商大志而已。今年下半年，你將看見我進行新的

---

21 《書信集》，卷二，第 132 頁。
22 "在宋奇手下做事不易討好，他是個 fastidious 而且 irritable 的人，我有我的 sensitive ego，難以共事。"《書信集》，卷二，第 152 頁。
23 《書信集》，卷二，第 34 頁。
24 《書信集》，卷二，第 96 頁。

冒險，在"政"與"教"之間去大出路。台灣是多少封建的社會，適合我這種士大夫習氣的人的發展。[25]

夏志清也明確表明自己跟哥哥一樣都是儒家為主導思想："我的思想始終是儒家的：我不能在結婚的範疇以外想像男女關係，這種觀念加上性格的 shyness，幾乎使我不能做一個 suitor。現在每天同一個可愛的女孩子面對兩個鐘頭，我已經覺得很滿意。"[26] 他進一步承認："我的道德觀並沒有比你多'西方'化，對婚姻家庭的看法，都是孔教的看法。"[27]

夏氏兄弟在個人理想、抱負方面也是秉承典型的儒家入世精神，夏濟安更加看重傳統文人士大夫的地位。"我最近生活很安定，但我對於自己的前途正在考慮中。秦小姐大約希望我在文壇成名，中國現在雖然沒有文壇可言，但憑我的天才與文字工〔功〕力，文壇上要建立我的地位，想還不難。但我一時還不敢說我在小說上成名，我一旦做定了小說家，有許多事情我便不能做了。我還有一種中國傳統士大夫的看法，認為小說〔稗〕官乃下里巴人之言；我的理想似乎還是想'學而優則仕'。這個決定，在未來一年之內，我想我應該造好了。"[28] 他對弟弟夏志清也寄予厚望："我希望你暫時不要回來，能在美國成家結婚頂好，至少亦要找到一個職業，能進國務院甚佳。"[29]

25《書信集》，卷一，第 415 頁。
26《書信集》，卷一，第 424-25 頁。
27《書信集》，卷一，第 429 頁。
28《書信集》，卷二，第 65 頁。
29《書信集》，卷二，第 71 頁

結語：白話現代性的實踐者

　　夏志清夏濟安兄弟二人學業上致力於研究現代文學，以國際主義的視野考察中國文學，但在書信寫作中卻呈現出紛繁複雜的反現代性層面。我們究竟如何理解夏氏兄弟對現代文學的學理研究和個人反現代性的價值觀二者之間的悖論呢？為此，我把夏志清夏濟安的書信寫作置於"白話現代性"這一框架下來解讀，質疑白話即現代性（白話為現代性的一個標杆）的批評範式，重新考察白話與現代性二者之間的關係；同時，借鑒電影學者米列姆·漢森（Miriam Hansen）關於"白話現代主義"觀念中對"白話"的廣義闡釋，即白話不僅限於語言的屬性和維度（亦即無論其使用的是白話抑或文言），它涵蓋大眾日常生活中駁雜和庸常的一面；和經典的現代主義不同，它突出的是大眾化、日常化、感官體驗和消費性。[30]

　　夏氏兄弟二人在對待中西文化、對於現代的認同和傳統的繼承方面很多與五四後的知識分子如出一轍：在理念、信仰、實踐中求新求變，但觀念中仍有對傳統思想的繼承。此外，夏氏書信中詳實的與娛樂（電影、百老匯戲、歌劇）、時尚（西裝、旗袍、繡花鞋）、技術（攝影、印刷、交通工具）和傳播（信件、電報、匯款）有關的紀錄亦可作為彼時消費主義的考據材料或依據。他們信中頻繁涉及的好萊塢電影，正是漢森所謂的"白話現代主義"通行全球的資本媒介。通過對夏氏書信集的文本分析和將其置於二十世紀大的歷史背景下宏觀考察，筆者認為書信作為"有情的"文體和不拘一格的文學表述，在以白話文特別是白話文小說為主幹建立的新文學正統之外，以其對日常生活細枝末節的關注和被正統壓抑的情感的表達，成為中國"白話現代性"不可或缺的一部分。

---

30 Miriam Hansen, "The Mass Production of the Senses: Classical Cinema as Vernacular Modernism". *Modernism/modernity*, Vol.6, No.2, April 1999, pp.59-77.

新與舊：
從書信集看夏氏兄弟的
古典小說與通俗文學批評

魏艷

香港嶺南大學助理教授

　　《夏志清夏濟安書信集》（以下簡稱《書信集》）的出版為我們研究夏氏兄弟提供了豐富的資料。從一九四八年到一九六五年、共六百餘封信中，夏氏兄弟互相傾訴他們愛情的苦惱、對戰後滯留上海的父母與妹妹的思念與擔憂、事業的野心，並分享他們的觀影感受與讀書體會，甚至是細微到女式服裝、明星簽名的卡片、食譜等日常生活的樂趣等，讓我們後輩領略了五四第二代文人的“情感結構”。關於這部書信集，可談的角度頗多，例如書信作為情感載體的文化意義，夏氏兄弟的文學批評道路的形成等，本文擬從古典小說與通俗文學研究的角度分析夏氏兄弟給我們後學所提供的研究上的啟迪，尤其是夏濟安先生，其學術著作《黑暗的閘門》奠定了他作為魯迅與左聯研究專家的不朽聲譽，但筆者翻閱書信集時覺得對魯迅及左聯的研究更多是冷戰背景下美國學院派要求的產物，而夏先生的真正興趣似乎是古典小說與通俗文學，並在書信中對古典文學與通俗小說提出了不少精闢見解。[1]

　　夏氏兄弟雖自幼受到英美文學的嚴格訓練，但仍有紮實的國學基礎，[2] 並對京劇有濃厚興趣。相較夏志清的閱讀古典與通俗文學更多為了學術的嚴肅目的，夏濟安則更加將其作為一種愛好和個人習性的契合。他平時愛看武俠小說《蜀山劍俠傳》、《十二金錢鏢》、《鷹爪王》等。[3] 到了美國之後，更是迷上了金庸的小說。夏濟安曾將自己歸類為封建社會的 elite（士大夫），以區別於如宋奇等比較看重金錢的資本主義社會精英："他們（指士大夫）不治生產（即對於賺錢不發生興趣，因為在封建制度下，大地主有他們的固定收入），而敢於用錢，講義

1　有關夏濟安書信集中俗文學的部分，夏志清在〈夏濟安對中國俗文學的看法〉一文中已經將相關意見作出摘錄，但近年來書信集的出版更是恢復了全貌，包括兄弟二人的閱讀歷程，彼此之間就這些問題的互相切磋與啟發等。見夏志清，〈夏濟安對中國俗文學的看法〉，《夏志清文學評論經典：愛情・社會・小說》（台北：麥田出版公司，2007年），第 219-245 頁。

2　在信 376（1959 年 5 月 22 日）中，夏濟安就自信自己的國文程度"絕非洋人所能及"，因為"至少我從初小一年級到高中三年級，背國文沒有斷過，背了十二年的書（古文），看了不知多少 millions of words 的書"。（《書信集》，卷三，第 398 頁）。夏志清也曾回憶在他的學生時代，"要是課堂上教的、背的是唐宋大家的散文，那我們課餘便會自己去讀文言小說，五大名著外（那時《金瓶梅》還是禁書）還有其他許多章回小說，遲早都讓我和朋友們讀過一遍。"夏志清，〈中國古典文學作為傳統文化產物在當代的接受〉，萬芷均等譯，《夏志清論中國文學》（香港：香港中文大學出版社，2017 年），第 5 頁。

3　信 76（1949 年 6 月 19 日）中夏濟安寫道《蜀山劍俠傳》是今年中國創作小說中一部值得注意的作品，還珠樓主的空間時間規模宏大，很有想像力。而白羽的武俠作品結構緊湊，文字很 sober，寫武俠事跡很 realistic。《書信集》，卷一，第 280-281 頁。50 年代後夏濟安對舊派武俠有更高的評價與嚴肅態度，他信中告訴夏志清他讀鄭證因和白羽作品時是記筆記，當正經書來讀的。這些作品的白話文語言是純粹自然的北平話，文言文及感情的把控也很適當，對於 situation 和 dialogue 的處理很有人情味，值得後世作家效仿。《書信集》（信 132），卷二，第 31-32 頁。

氣，守禮教，保守懷古，反對革新。"[4] 信 117 中，夏濟安認為自己的道德觀念，包括對婚姻和家庭的看法仍屬於孔教。[5] 因此，他主張將古典主義作為對五四以來的浪漫主義的反抗，這一看法得到了弟弟夏志清的支持。[6]

五十年代以後，兩人先後有機會在美國任教中國文學，這一契機進一步促成了兩人對通俗文學與古典文學的閱讀與討論。[7] 耶魯大學畢業後，夏志清應聘東方文學系，出於教課與在北美學術界立足的考量，他開始大量閱讀中國現代文學與古典文學，對中國傳統小說的認識也開始慢慢轉變，例如他在五十年代初還批評《金瓶梅》沉悶，性的描寫也很刻板，沒有興趣讀完，而過了幾年後卻重新肯定了《金瓶梅》在日常生活細節描寫的特色。夏濟安因為六十年代赴美時被安排上一門中國文學的導論課（survey），在書信中便向弟弟夏志清傾訴了大量對古典小說的看法，並能以當時流行的結構主義文學理論對這些作品給予新的解釋，例如他認為《西遊記》中的象徵符號值得研究，"如唐僧怕被人吃，而孫行者最喜歡被人吃，加上老君的煉丹爐，以及能吸人進去的瓶和葫蘆等"。[8]

夏氏兄弟對古典小說與通俗文學的見解可粗略歸納為儒家道德的複雜性與羅曼史的社會文化研究這兩個層面的視角。首先，二人均重視通俗文學與古典

---

4 《書信集》，卷一，第 305-306 頁。

5 《書信集》，卷一，第 406 頁。

6 這裏所謂古典主義，夏濟安解釋為中國自己的文化傳統，包括了 poetry、書法、京戲、武俠等。作為夏濟安的知音，夏志清在接下來的信 135 中不僅同意他兄長的看法，還作出說明，將其所說的五四浪漫主義譯為 sentimental 的文學，他們的缺點是 "被主義或社會思想所支配"，而古典主義，則是 "真正地把人生嚴明觀察的文學"。《書信集》，卷二，第 39 頁。

7 書信集中反映出夏濟安在香港期間，藉幫出版機構選擇文本時才開始閱讀傳統小說，如《金瓶梅》（信 92），而直到在台灣，因為女學生秦小姐的推薦，才閱讀《紅樓夢》（信 120）。夏志清似乎也是五十年代後出於教學和研究的需要，才開始系統地閱讀中國傳統小說和古典文學作品。

8 《書信集》，卷四，第 219 頁。

文學中儒家道德的複雜性，反對將文學人物與主題單一化成臉譜研究。受李維斯《偉大的傳統》（*The Great Tradition*）一書及 Lionel Trilling 的影響，夏氏兄弟非常重視文學批評中的道德關懷，並將道德問題的緊張（Moral intensity）作為好小說的標準。[9] 對照這個標準，夏濟安認為京派和海派敵不過左派的一個原因是對人生態度均不太嚴肅：“一種是洋場才子，一種是用文藝來怡情自娛的學究。他們的文學比較 personal，而且他們的 personal 還只是在 aesthetic 的一方面，不是 moral 的一方面。我認為中國近代缺乏一種不以 society 為中心，而以 individual 為中心的 morally serious 的文學。”[10] 這是兩兄弟信中第一次比較明確地提出了道德關懷的批評視角。同樣，夏志清對《西遊記》中人物性格的批評也是覺得他們在道德上不夠虔誠：“讀了一遍《西遊記》，不大滿意。八十一難有很多是重複的，作者的想像力還不夠豐富。四個 pilgrims 的 piety 都大成問題，尤其是唐僧，他遇事緊張常常哭，真顯不出修道士的堅定的毅力。豬八戒的 cowardice 和 self-indulgence，很像 Flastaff。”[11]

按照“道德緊張”這一人物性格批評標準，夏氏兄弟，特別是夏濟安重新思考了儒家道德的複雜性，他們在討論中特別注意區分儒家道德機械化的體現及真價值，並按照作品是否能如實自然地反映儒家道德的全貌來評價中國古典小說。例如夏濟安在〈舊文化與新小說〉一文中指出好小說中道德的複雜性：“小說家可能有他自己一套社會改造的理想，但是小說家必須使他的作品有別於宣傳。舊道德如忠孝，新理想如民主自由，都是我們所贊成的；但是一本教忠教孝的小說，是和一本宣傳民主自由的小說，一樣不容易寫好的。說‘不容易寫好’恐怕還不夠，我們該說‘不可能寫好’。有宣傳作用的小說，總得先定一個很明顯的

9　《夏濟安文集》，第 11 頁。
10　《書信集》，卷二，第 163 頁。
11　《書信集》，卷三，第 77 頁。

新與舊

善惡標準。忠孝是善，奸逆就是惡；自由民主是善，不自由不民主就是惡。一本小說裏面，加入善惡分明，黑白判然，這本小說不可能是一本好小說。小說家所發生興趣的東西，該是善惡朦朧的邊界，是善惡難以判別常被混淆的這點事實，'浪子回頭金不換'、'一失足成千古恨'善惡之易於顛倒位置的這種人生可寶貴的經驗。" [12] 夏志清非常推崇夏濟安的這篇文章，認為它"可說是近代中國（or 中國）第一篇 define 儒家 esthetics 的文章……我雖然比較偏愛以'性惡論'為出發點的文學，但絕不否認儒家對道德問題之深刻中肯處。值得注意的是中國文人的不會活用儒家道德而襯托出人生全面真相。Eliot 曾把 Elizabethan Tragedy 和 Restoration 以後的 heroic drama 的不同討論得透徹：heroic drama 即是把忠孝節義抽象化機械化運用的文學作品，悲劇則甚相反，把道德問題具體化，表現出來的東西。所以中國小說戲劇上忠奸立判的人物，可能是儒家倫理機械化的反映，而並不能 invalidate 儒家思想的真價值，也不足以代表儒家的 moral intensity。所以中國文學在道德方面的 shallowness，本身還是文學傳統和學術的問題。" [13] 按照這個標準，夏志清認為《儒林外史》中公式化的書寫並不能算是代表儒家精神。而舊小說真正表現儒家精神的悲劇式的人物，"是諸葛亮、賈政、賈母。普通人捧曹雪芹，看不起高鶚，其實《紅樓夢》後半部所表現賈母的 tragic dignity，實是高鶚的功勞。諸葛亮的'知其不可而為之'的精神，是儒家的真精神。他之所以稱為中國的 most beloved hero，不是沒有道理的"。[14] 從道德的角度看，《好逑傳》的優點在於："作者對中國舊社會的道德標準，的確是有堅決自信的，而這種自信，在編故事方面，無疑是有助於想像的。"這裏的想像

---

12 信 342 中夏濟安認為：儒家對於 human nature 的認識，並不淺薄；而且它的道德不限於實用道德。《書信集》，卷三，第 240 頁。信 357 中夏濟安指出《隋唐演義》中秦瓊角色的塑造也符合這一標準。

13《書信集》，卷三，第 246-247 頁。

14《書信集》，卷三，第 247 頁。

指每章的各種壞人也可以利用儒家道德來設計各種引人入勝的策略。[15]

　　同樣，按照道德複雜性的標準，信 332 中夏志清推崇《詩經》中"表現的喜怒哀樂，少受到個別詩人的 manipulation，看不到後來詩人自怨自艾，對'自然'、'閨怨'、'懷古'、'貧窮'、'不得志'種種 themes 的 stock responses"。[16] 而陶潛雖然寫過幾首極好的詩，但總體上興趣狹窄，只限於少數主題的不斷重複。在他以後的詩人也大多"文字技巧的卓越和想像的豐富都受束縛於一個 conventionalized personality"。[17] 正因如此，夏志清對中國文學中的抒情傳統似乎是有保留的，一方面，他認識到抒情是中國文學的特色，另一方面，他也提出中國文字善於抒情而不戲劇化的特質導致中國舊詩中情感的風格化（stylized emotions）。解決這個問題的方法之一，夏志清以新詩為例，認為新詩如果想突出自己的優勢，可以往"說理詩、諷刺詩，和朋友間交換政治意見，讀書心得的 epistle 體詩"方面發展，[18] "著重社會風俗，人情道德"，重"理知[智]"而不受到"愛情"、"風景"老調的束縛。

　　其次，夏氏兄弟對通俗文學與古典文學研究所提出的第二個視角是羅曼史（romance）的社會文化研究。按照道德複雜性的標準，夏濟安提出了小說（novel）與羅曼史（romance）的分別在於後者主要是機械化公式化的，這是阻礙中國通俗作品進步的主要原因："中國小說之所以不行，因為他們太容易用 romance 的方式來講他（們）的故事。此外一般讀者喜歡 romance，亦是使作者不容易寫好小說的一個原因。"[19] 但在指出了羅曼史在藝術性與反映現實性上的先天不足後，夏濟安指出研究它們也有必要，它們存在的意義在於可以藉此了解

15《書信集》，卷三，第 260 頁。
16《書信集》，卷三，第 206 頁。
17《書信集》，卷三，第 206 頁。
18《書信集》，卷三，第 207 頁。
19《書信集》，卷三，第 255 頁。

大眾想像的共同特徵，學者可從符號象徵、社會文化、心理分析等方面對這些現象提供解釋。

例如信 351 一開始，夏濟安提到最近他的研究計劃是《風花雪月》（*The World of Chinese Romance*）。根據他的觀察，中國舊小說中有社會與宇宙兩種秩序，前者指 "倫理的正常與乖謬"，例如忠僕、俠客、清官與貪官等，後者指命運、各種民間信仰，例如輪迴報應、土地公觀音信仰、冤鬼報仇等。從接受的角度，夏濟安觀察到民間崇拜多集中於《三國》、《隋唐演義》等，而 "《水滸傳》裏的人物在民間不大受人崇拜"。"《水滸》一百單八將的下場眾說紛紜，成不了一個有力的 legend。" 舊小說中一些經常出現的裝置（devices）或角色上，夏濟安特別留意到相思病，認為相思病實際的醫學例子恐怕不多，而更多的是 "心理影響生理的一個極端例子"，而且是中國人的普遍信仰。他試圖證明這種病是中國 romance 所獨有，同時他也承認要證明這一假設，需要很大的學問補充，"包括中醫，希臘羅馬以及歐洲中世紀的醫學，近代 psychoanalysis，歐洲的 romance 與民間傳說等"。[20] 從以上夏濟安對中國羅曼史的研究中，我們可以發現他對研究對象精神狀態格外重視。夏志清曾經指出夏濟安對心理學，特別是非理性因素的興趣，原因是夏濟安 "大學初期讀哲學，學士論文寫的是弗洛伊德心理分析學和文學的關係 …… 覺得人世間反理性的原素（the irrational element）是除不掉的 …… 對各種宗教（釋、道、基督教）都感到濃重的興趣，但是他同時是根深蒂固的儒家，因之他對中國社會自古以來各種反理性的表現，特別感到可怕"。[21] 因此，夏濟安特別留意到《西遊補》、《聊齋》等書中對夢境、心理的

20《書信集》，卷三，第 296 頁。
21 夏志清，〈夏濟安對中國俗文學的看法〉，第 219-220 頁。

刻畫，[22] 他既敏銳地指出《水滸傳》中非理性的暴力、對淫婦的痛恨等社會現象及其深遠的社會影響，也肯定了非理性對藝術創造的功用，例如他評價"儒家的危險是它可能成為一種清教（Puritanism）；儒者太注意克己復禮的功夫，反而泯滅了藝術創造的生機"。[23]

除了精神分析的層面，禮拜六文學作為現代的羅曼史也同樣得到夏濟安的關注，在這個意義上，他可能是最早留意到上海學研究的學者。信 392 中，夏濟安表達了對《歇浦潮》與《上海春秋》的佩服，他特別佩服其中的語言的簡潔（simplicity and clarity）："禮拜六派小說多用短句子，倒是合乎法國 classical school 小說家的寫法；後來的 '新小說家' 喜歡多用 adjectives，句子拉長，字多堆砌，而句鮮整齊，這倒像 Balzac 以後的浪漫作風。"[24] 他還注意到禮拜六小說與舊小說的相似在於對人物鮮有描寫，而是從故事發展與對白中展現人物性格，效果是比較含蓄且有戲劇性，空間上禮拜六小說尤其善於描寫小範圍的空間，如客堂、臥室、茶館、戲園的包廂，還有妓院。有關禮拜六小說的式微，夏濟安將其歸咎為文人們只會寫舊式的才子，而對新青年的理想和熱情不了解，因此引發不了當代年輕人的閱讀興趣。他高度評價了《海上花》，並建議夏志清關注新舊小說中對上海的描寫。一方面他承認禮拜六小說缺點是："對道德沒

---

22 信 414 中談《聊齋》："這些東西也許最合近代洋人的胃口，而且在心理學上也有價值。如〈恆娘〉毫不神奇，以狐狸精來討論 feminine charm。"（卷四，第 78 頁）舊小說中有一部《西遊補》，是本很奇怪的書。全書是孫悟空受青魚（情）精之迷所做的夢；全書情節，緊接孫悟空三借芭蕉扇之後，孫悟空在羅剎女的肚子裏停留一個時候，這個還加上孫悟空所看見的男男女女（他把他們打死了）在他的下意識發生作用，他做了一連串奇怪的夢。要講到中國的 literature of the subconscious，此書可算代表作。曹雪芹可能受此書的影響（此書成於明朝）。因為此書也是一部 study of love and lust，其中有〔小月王〕與〔殺青大元帥〕等。（卷三，第 297 頁）
23《書信集》，卷三，第 297 頁。
24《書信集》，卷四，第 266 頁。

有什麼新的認識，只是暗中在搖頭嘆息人心不古；他們對經濟、社會變遷，也沒有什麼認識，只是覺得在 [變]，他們不知道，也不 care to know 為什麼有這個變。他們自命揭穿黑幕，其實注意的只是表面。"但另一方面夏濟安也認為這些小說的優點是對生活細節的如實記載，包括："當時人的服裝，生活情形，物價等記錄得很詳細，可能也很正確。"信 266 中進一步指出禮拜六文學的一個研究面向社會禮儀與道德（manners and morals）的記錄，"這包括 public taste（如月份牌）、娛樂（第一家電影院何時建立的？）、交通工具（轎子在上海何時 disappear？腳踏車何時始用？）、服裝（男女）、風俗（如文明結婚，以鞠躬代磕頭，以白紗代紅裙）、建築（拆城牆）等等，這在中國 modernization 方面是很重要的，即便禮拜六派文藝亦是推動中國人對於時代自覺的一種力量"。[25] 這些方向日後被李歐梵所發展，上海都市文化研究如今也成為一門顯學。

由以上的兩個研究方向可見，夏氏兄弟對中國文學的貢獻是多方面的，不僅僅是現代文學與思想領域，而且將觸角延伸到古典文學與通俗小說，重新肯定了儒家道德關懷的複雜性及意義，以及從羅曼史所代表的相對"舊文化"中認識大眾心理與文化選擇與變遷，重新評價"舊"，這些似乎看上去曾是"啟蒙革命"五四聲音相對面的雜音，今日卻代表了文學研究中的另一重要分支，而夏氏兄弟則是這一方向的先驅。

25《書信集》，卷四，第 266 頁。

夏志清的時代，逝去但未遠離

韓晗
武漢大學副教授

夏志清先生已經走了快五年了。

這位中國現代文學史研究的海外開山祖師，在遙遠的紐約，走完了他傳奇瑰麗的一生。他求學於滬江大學，在耶魯大學獲得博士學位，最終在哥倫比亞大學執教半個世紀，以傳世之筆《中國現代小說史》蜚聲學林。這五年裏，學界從未遺忘過他。他的書信集被我的朋友季進教授整理出版，他的各種研究文章以一年十餘篇的數量問世，香港科技大學這次舉辦與他（當然也包括李歐梵先生與劉再復先生）有關的學術紀念活動，有時候甚至我們會有一種錯覺：夏先生還在這個世界上，他還以他犀利而富於個性的眼光，在關注著中國文學。

儘管如此，這一切都無法掩蓋一個事實，那就是夏先生真的不在了。這個世界上雖然到處可以看見夏志清的名字，但是不會再有夏志清的文章。

記得在夏先生逝世後不久，王德威先生曾說，夏志清先生的離世，是一代人的謝幕。[1] 而我則認為，夏志清先生的離世，是一個時代的逝去 —— 儘管逝去，但從未遠離。

---

1 見《紐約時報》，2014 年 1 月 5 日。

　　　　　　　　　　　　　夏志清的時代，逝去但未遠離

一

　　早些年讀夏志清先生的書，我讀到的第一本，並不是那本名動江湖的《中國現代小說史》，而是另一本同樣有名的《文學的前途》，而且是"台北純文學出版社"一版一印，書很薄。那時我在讀本科。聽慣了大陸學者的腔調之後，忽然精神為之一振，因為找到了一種從未有過的感覺：原來中國現代文學史還可以這樣寫。

　　這本書是夏志清先生的不同單篇作品的結集，中間不少提到了他年輕時的讀書經歷以及他對中國當代文學的看法。那時我才知道，在海外也有一批這樣的學者，他們也關注中國大陸的文學狀況，儘管他們所佔有的資料不如我們齊全，但是卻有一種完全不一樣的視野與研究方式。

　　這是我第一次認識夏志清，那時我十九歲，讀大學二年級，剛剛從商學院轉到文學院。這本《文學的前途》使我看到了洞窺中國現代文學的另一扇窗口。圖書館裏關於他的書並不多，但卻有剛成立的"孔夫子舊書網"，於是能夠買到的書我基本上都買了下來——除了那本在香港出版的《中國現代小說史》。

　　從夏志清先生開始，我陸續知道了李歐梵、王德威等客居海外的中國文學學者的名字，以及他的兄長夏濟安，並且在六七個晚上用手電筒讀完了複印的《黑暗的閘門》英文原版。這樣的閱讀經歷讓我對海外中國現代文學研究有了一個基本性的了解。我始終有一種感覺：夏志清先生的研究構成了整個海外現代文學研究的基石。

　　讀夏志清先生的書，能感覺出他是觀點鮮明甚至強烈的學者，用王德威先生的話講，就是"固執己見"。對於一位學者而言，最重要的優點，就是一定要敢於堅持自己的觀點——儘管那時的我，對於夏志清先生的一些觀點並不那麼贊同。

　　記得在現當代文學課堂上，我正在悄悄讀夏志清先生的《印象的組合》。老師走過來，看我正在讀一本與教材無關的書，忽然伸手過來，我嚇一跳，以為老師要沒收。沒有想到的是，這位老師在教室裏竟然高高舉起這本書，很大聲音告訴同學們："你們如果能讀懂這本書，我的課就沒必要上了。"

我當時非常惶恐，因為這本書我也沒讀懂，但決定一定要堅持把它讀完，而且，因為這位老師說過這樣的話，他的課我一直認真聽完，直至學期結束。

二

如上就是我開始讀夏志清的經歷。大學四年裏，我以夏志清先生的著述為核心，大概讀了三十多本北美現代文學研究著述，其中包括王德威先生的《想像中國的方法》，有些是英文版，囫圇吞棗讀完。

讀研究生時，又在一家舊書店裏買到了厚厚的兩大本《中國現代小說史》，香港出版，是夏志清先生的代表作。看得出夏志清先生對張愛玲是推崇的，但他不喜歡魯迅，這對於在中國大陸完成文學教育的我來說有些不可接受。但他同時也欣賞錢鍾書，我喜歡《圍城》，所以他的觀點對於我來說，無疑又是複雜的。

帶著複雜的感覺，在兩個多月的時間裏，我讀完了《中國現代小說史》。坦率地說，這本書不應該算作是教材，因為它帶有強烈的個人觀點，有些地方能看出作者對於自己主張的堅持。對於我們這些剛入門的青年學者而言，這幾乎不可取。因為長期所受的教育決定了，當我們在談論一個學術問題時，為防止爭議，一定會採取模棱兩可的語言。

夏志清先生似乎是一個不懼爭議的人。在他看來，中國現代文學史中有兩個最傑出但卻被長期忽視的作家，一個是張愛玲，一個則是錢鍾書。我疑心這與他早年在滬江大學所受的英美文學教育密不可分，張愛玲與錢鍾書都是屬於精英的作者，不但寫小說文筆雅馴，而且中英文都說得極棒。夏志清推崇張愛玲，並且在一九四七年之後去了美國，選擇了一條與張愛玲相似的道路。這讓他的文學史觀與張愛玲的作品在中國大陸都成為了被批判、否定的對象 —— 儘管他推崇的另一位作家錢鍾書先生在臨終前一度出任副部級的中國社會科學院副院長，但這並不能改變夏志清先生在大陸學界長時間的被無視與被否定 —— 這一狀況一直持續到一九九〇年代。

有人說，夏志清先生最大的貢獻有兩個，一個是挖掘了張愛玲的文學史地位，一個是建立了美國的中國現代文學研究體系。我認為，這並不準確，或者至少不全面。如果這兩件事情都算他最大貢獻的話，那麼北美學界第一部中國現代文學史的作者也是他，挖掘錢鍾書的文學史地位的還是他，這樣的貢獻對於他來講，並不止兩個。

我對夏志清先生的總體評價是，他用自己的眼界開創了一個時代。這個時代不但屬北美學界，也屬中國大陸學界。或者說，夏志清先生在世界性的範疇內確立了中國現代文學研究的一個坐標。我這麼說可能有點誇張，但事實上確實如此。在一九九〇年代之前，他的學術思想並未譯介到大陸，但是在港台、北美甚至歐洲，研究中國現當代文學的人幾乎沒有人不知道夏志清，他的幾部著作在歐美學界的引用率非常之高。及至一九九〇年代之後，以夏志清為代表的旅美學人的成果又相繼被譯介到了國內 —— 其中也包括李歐梵、王德威等名家的著述。我們看到，無論是各類學術自媒體上的影響力還是學術期刊的被引率，這些學者的觀點幾乎引領著中國大陸的學術研究。

十年前讀夏志清先生的文章和專著，我會覺得，他的研究方式是那樣的奇特，與我讀到過的所有學者的路數都不一樣，有時我甚至會產生錯覺：究竟是我錯了還是他錯了？可以這樣說，現當代文學研究看似經歷了五十多年的發展，其實在根本問題上仍然沒有發生質的轉變。譬如魯迅、茅盾作為經典作家，從一九五〇年代一直流傳到現在，誰也無法撼動，我們所能做的，就是繼續找更多的史料、解密更多的檔案，來證明他們的經典性。我常講，這就叫無用功。許多學者一輩子什麼事情都不做，就是為了證明魯迅或老舍的經典意義，這樣的研究意義會讓研究者產生強烈的虛無感。

但近幾年我卻發現，許多與我同齡的青年學者開始主動挖掘一些邊緣作家，進而發掘其文學史意義，或是從疾病、旅行、地域、建築等交叉學科入手，來重構中國現代文學的版圖，並且在他們的文章裏，夏志清、劉紹銘、王德威等人不再是陌生的名字，這在之前是從來沒有過的，夏志清先生以一己之力推動了中國現代文學研究的國際化進程，與一九九〇年代之前的中國現代文學研究來比，這無疑是一個令人稱道的進步。

夏志清開創了一個時代，這個時代又並不屬夏志清一個人。我想，這可能是為什麼那麼多的學者、讀者願意去紀念、懷念、研究夏志清的原因。

三

提到夏志清和他的時代，不得不提及他的代表性著述《中國現代小說史》。

小說，是最為重要的文學體裁之一，也是中國現代文學中標誌性的體裁。但由於中國大陸文學史偏向於魯迅、郭沫若、田漢、老舍等作家的經典性，因此，中國大陸現代文學史所重點關注的文學體裁是詩歌、話劇與思潮。

藉此，《中國現代小說史》在一定程度上是一本"另類著述"。夏志清挖掘了小說在"五四"之後中國文學史中的重要地位。可以說是對當年梁啟超"以小說開民智"的呼應，等於重新肯定了小說與啟蒙的互動關係。

學界公認，《中國現代小說史》對於中國現代文學研究史來說，是一部里程碑式的著述。它不但肯定了張愛玲與錢鍾書的文學史地位，而且確立了"小說"之於中國現代文學史的重要性。認可以張愛玲為代表的海派作家在文學作品中因為敘事方式與寫作對象而呈現出的現代性因素是中國現代文學的標誌。在夏志清對張愛玲的挖掘之後，北美漢學界與中國大陸學界紛紛對以張愛玲為代表的"失蹤者"作家如邵洵美、穆時英、劉吶鷗等被稱之為"反動文人"的重新挖掘、肯定，進而形成了新的現代文學史格局，打造出了一代學人的新的文學史觀。

而且，《中國現代小說史》的意義並不在於對"失蹤者"的挖掘，而是在於它開創了文學史的另一種寫法。在一九四九年之後大陸學界，文學史的寫作似乎從來不是一個人的事情，而是許多人通力合作的結果。像《中國現代小說史》這樣充滿個性化語言的文學史著述，無疑給了大陸學者許多啟發，包括我在二〇一〇年出版的《新文學檔案：1978-2008》，從某種程度上講，這本書是我向夏志清先生的致敬之作。

在我看來，有兩部現代文學史作品最具典範意義。一部是《中國現代小說史》，另一部就是洪子誠先生的《中國當代文學史》，這兩部書都是"個人著史"的圭臬之作。每個人眼裏都有自己的歷史，往往一個人的歷史可以折射出一代人看待世界、反思歷史的方式。因此，《中國現代小說史》構成了管窺二十世紀下半葉北美研究中國現代文學界的窗口。

而且不可忽視的是，這本書還是北美第一部完整的中國現代文學史。正如王德威先生所說，夏志清先生是一個眼光開闊的國際主義者，他認為學術無國界，中國的學術、文化與藝術只有向世界開放，才能夠真正地體現其自我價值。他畢其一生都在反抗自我封閉、鄉土主義與文化專制，這與中國社會近三十來對內改革、對外開放的意識形態是基本吻合的。因此，正是夏志清讓中國現代文學研究界開始將目光移轉到了海外，開始關注另外一種研究路徑與研究方式。

沒有人會懷疑這種說法：夏志清是一個時代的開啟者。而我認為，從一九六〇年代至今這五十年裏，整個北美學界對中國現代文學的研究都應屬於"夏志清時代"——當然也包括在學界有著資深地位的李歐梵、劉紹銘、王德威、葉文心以及更為年輕的劉劍梅、吳盛青等不同代際的學者，而就夏志清本人而言，他又賡續了蘇雪林、錢鍾書等"後五四"以來的文學學者治學的方式，堪稱笳吹弦誦、薪火相傳。

因為戰亂流離，夏志清從中國大陸移居到北美，又因為全球化的大勢所趨，夏志清的思想與著述又從北美影響到中國大陸，這種近似於反哺的循環，實際上反映了中國現代文學研究逐步走向開放的大趨勢。特別是近二十年裏，中國現代文學研究展現出了前所未有的全球性互動格局，這是一件多麼令人欣慰的事情。

四

記得在夏志清先生病逝後的第三天，一位來自香港的記者給我發了一封電子郵件：請大膽預測一下，夏志清之後的中國現代文學格局。

這個話題我有點無法下手，所以當時我沒有回答，畢竟我不是預言家。而且夏志清的時代已經過去，一個新時代已經來到，究竟未來怎樣，我們誰也沒有資格下斷語。但有一點可以肯定的是，夏志清先生所開拓的中國現代文學研究領域，不只是造福整個北美學界，更已惠及全世界各地，推動了中國現代文學研究跨語際、跨區域與跨學科的發展，形成了世界同步的研究體系。

我們知道，因為種種時代原因，在很長一段時間裏，中國大陸的現代文學研究幾乎沒有突破，也沒有實現文學研究與歷史研究的結合，將文學史作為一個專門史進行探索，而是墨守先前的成規，不斷強化著經典性的作家與作品，成為了自說自話的“一國學術”而未能與世界接軌。但是，在夏志清先生人生中最後的十幾年裏，中國、美國、歐洲與日本的中國現代文學界已經開始了各種形式的互動，夏志清先生欣慰地看到了這一切並成為了這互動力量的重要推手。一批海外中國文學學者譬如王德威、高力克（Marián Gálik）、朴宰雨、千野拓政、賀麥曉（Michel Hockx）、卜松山（Karl-Heinz Pohl）等等基本上都已經成為中國學界的知名人物，海外漢學尤其是海外中國現代文學研究，已然從"一國學術"變為"世界學術"，成為人文社科領域中少數幾個既能"引進來"，又能"走出去"的學科之一。

公正地說，我們無法否認夏志清先生的魄力、能力與影響力，以及他在學科發展上的推動意義。但我們同時也必須承認，他的影響力在很大程度上與其地域性因素有著密不可分的聯繫。畢竟在先前的十幾年裏，美國一直在世界經濟、文化與政治各種領域裏扮演主導性的角色，甚至包括中國現代文學研究 —— 當然我們也不能否認，美國憑藉其經濟實力與文化影響力，其諸多高校所設立的中國現代文學學科已經成為了世界研究中國現代文學學科的重鎮。

好幾年前在南京大學開會時，張伯偉教授對這一問題有著自己的看法："中國文學的研究對象是中國，那麼中國就應該是第一世界，日本、韓國是第二世界，而歐美是第三世界，但現在的情況卻是倒過來的，這不正常。"在我看來，夏志清先生的努力，並不是為了強化這一問題，而是為了努力改變這一現狀，中國最終將成為中國文學研究的中心，但中國文學必然會推動中國人文學術走向更為開闊的世界合作與國際參與。

在夏志清眼裏，中國文學研究並不是某一國的學術，既非中國人所獨有，也非美國人一家稱大，而是在全球化的語境下進行合作、創新，最終誰成為第一世界，這是由研究結果所決定的，誰也不能預設。這是夏志清先生畢生所努力的目標。而且我們現在也看到，在全世界各地 —— 當然也包括美國與中國，中國現代文學的作家、作品、思潮與史料已經成為了學界共同關注的一個對象 —— 甚至吸引了建築學、歷史學、哲學與醫學等不同學科學者的參與，而這正是"夏志清時代"之後，中國現代文學研究開始走向了多重的開放性時代 —— 跨學科、跨語際與跨國界，真正地實現了從文學研究向多元研究的學術轉型。

誠然，夏志清也並非完人。在他終其一生的文學批評事業中也因為自己的立場、視野而產生過一些偏見，但這並不能掩蓋其學術研究所產生的光芒。這一切正如王德威教授所言：任何人都可以否定、置喙夏志清的學術觀點，但誰也無法僭越他的存在與影響，這是事實。

　　夏志清先生的逝世，標誌著中國現代文學研究"夏志清時代"的結束，但這一時代卻未曾遠離，它始終激勵並警醒著後來者，並不斷為我們提供如何超越的可能，而且就在最近這五年裏，各種事關學術思想的超越總是陸續且令人欣慰地在發生著。

李歐梵：
世界主義的
人文視景

Ou-fan Lee

啟蒙中的黑暗
—— 論李歐梵的"幽傳統" [1]

蔡元豐
香港浸會大學副教授

一夜已盡,人們又小心翼翼的起來,出來了;便是夫婦們,面目和五六點鐘之前也何其兩樣。從此就是熱鬧,喧囂。而高牆後面,大廈中間,深閨裏,黑獄裏,客室裏,秘密機關裏,卻依然瀰漫著驚人的真的大黑暗。[2]

—— 魯迅

關於中國文學傳統,英國漢學家霍克思(David Hawkes, 1923-2009)在其《楚辭》研究中曾提出中國古典文學的兩大類型:"憂"(tristia)與"遊"(itineraria),即表達悲愁的哀歌(例如〈離騷〉)和描述旅行的遊記(〈遠遊〉、

1　本文部分原載作者主編:《第六屆紅樓夢獎評論集 —— 閻連科〈日熄〉》序論〈遊、憂、幽 —— 閻連科的黑暗小說《日熄》〉(香港:匯智出版,2018 年),第 ix-xvii 頁。

2　魯迅,〈夜頌〉,《魯迅全集》(十六卷),卷五,第 194 頁。

漢賦）；前者主要寫實，後者多為幻想。[3]“憂”類文學傳承兩千餘年，及至現代，夏志清（1921-2013）稱之為“感時憂國”（obsession with China）。[4] 其兄夏濟安（1916-1965）則指出“魯迅作品的黑暗面”（aspects of the power of darkness in Lu Hsün），認為：“魯迅無疑也背負著一些鬼魂，但他們並不像魯迅論戰文中的那般可恨。”[5] 及至李歐梵在他晚近的魯迅研究中再次師承夏濟安所言周氏作品的“黑暗力量”，提出以《故事新編》為首的“幽傳統”，有別於早年歸納《吶喊》、《彷徨》的“抗傳統”（counter-tradition）。[6] 李氏斷言，這個充滿“怪力亂神”的“小傳統”正是魯迅文學魅力之所在：“我們如果把這些鬼魂全部清掉的話，魯迅就沒有藝術了。”[7] 而事實上，“一切故事，或多或少，都是鬼故事”。[8] “憂”、“遊”、“幽”三個傳統並行不悖，互相滲透。譬如“憂”類的〈離騷〉，霍克思即認為有“遊”的成分；《山海經》既是“遊”類經典，也屬李歐

3　David Hawkes, "The Quest of the Goddess", *Asia Major*, n.s., 13.1/2 (1967), p.127；黃兆傑譯，〈求宓妃之所在〉，收入余崇生編，《楚辭研究論文選集》（台北：學海出版社，1985年），第 583 頁。“遊”類文學發展至今，當以旅遊文學為主流。香港詩人也斯（梁秉鈞，1949-2013）認為旅遊文學“有放逐的哀愁也有發現的喜悅”，各自表現為“象徵的詩學”和“發現的詩學”兩種模式。詳見也斯：〈《遊詩》後記〉，收入其《書與城市》（香港：香江出版公司，1985 年），第 327-328 頁。

4　C. T. Hsia, "Obsession with China: The Moral Burden of Modern Chinese Literature," in his *A History of Modern Chinese Fiction*, 3rd edn, (Bloomington: Indiana University Press, 1999), pp.533-554；丁福祥、潘銘燊譯，〈現代中國文學感時憂國的精神〉，收入夏志清原著，劉紹銘編譯，《中國現代小說史》（香港：友聯出版社，1979 年），第 459-477 頁。

5　Tsi-an Hsia, *The Gate of Darkness: Studies on the Leftist Literary Movement in China*, new edn (1968; Hong Kong: Chinese University Press, 2015), p.151；夏濟安著，萬芷均等合譯，《黑暗的閘門：中國左翼文學運動研究》（香港：中文大學出版社，2016 年），第 137 頁。

6　李歐梵，《中國文化傳統的六個面向》（香港：中文大學出版社，2016 年），第 253-257 頁。

7　李歐梵，《中國文化傳統的六個面向》，第 254、257 頁。

8　Julian Wolfrey, *Victorian Hauntings: Spectrality, Gothic, the Uncanny and Literature* (Basingstoke: Palgrave Macmillan, 2002), p.3: "... all stories are, more or less, ghost stories."

梵所說的"幽傳統"。[9]古代文學的"幽傳統"表現為神話和志怪,正是清末梁啟超倡導"小說界革命"時所唾棄的"妖巫狐鬼之思想"。[10]雖然孫郁認為"我們的神話與志怪傳統很弱,尚無豐厚的土壤",卻是自魯迅《中國小說史略》以還亟待探索的重要支流。[11]

正如李歐梵指出的,"幽傳統"之"黑暗"與五四"啟蒙"(enlightenment)之"光線"(light)其實是影形不離的一體兩面。[12]日本詩人高橋睦郎甚至認為黑暗乃是光明之源:"光明首先來自黑暗,沒有黑暗又何來光明呢?"[13]其實"幽"並非完全漆黑無光,而是漆黑中微弱的螢火。馬敘倫(1884-1970)按照其金文、篆體字形,即上面兩個"幺",底下從"火"("山"為訛誤),會意為"火微"。[14]"幽"雖是暗無天日,卻尚有微光。夏濟安發現魯迅除了偏愛傳統目連戲中的無常、女弔等幽靈外,其散文詩集《野草》更"暗含幽光"(darkly glowing),並引〈影的告別〉(1924)為例:

9　李歐梵,《中國文化傳統的六個面向》,第 254 頁; Hawkes,"The Quest of the Goddess," pp.128, 131;〈求宓妃之所在〉,第 585、587 頁。

10　梁啟超,〈論小說與群治之關係〉(1902 年),收入郭紹虞主編,《中國歷代文論選》,一卷本(上海:上海古籍出版社,1979 年),第 411 頁。

11　孫郁,〈從《受活》到《日熄》—— 再談閻連科的神實主義〉,收入蔡元豐主編,《第六屆紅樓夢獎評論集》,第 162 頁;魯迅,《中國小說史略》,收入《魯迅全集》,卷九,第 1-340 頁,特別是第五、第六篇〈六朝之鬼神志怪書〉上、下。

12　李歐梵,《中國文化傳統的六個面向》,第 256 頁。

13　何曉瞳,〈一直凝視黑暗,以詩為可能 —— 專訪高橋睦郎〉,Medium,2019 年 10 月 4 日,https://medium.com/@IPNHK/ 一直凝視黑暗 - 以詩為可能 - 專訪高橋睦郎 -1095b0c3f45f。

14　馬敘倫,〈讀金器刻詞〉,載《國學季刊》5 卷 1 期(1935 年);馬敘倫,《說文解字六書疏證》(北京:科學出版社,1957 年),卷八;均見劉志基主編,《古文字考釋提要總覽》第二冊(上海:上海人民出版社,2010 年),第 342 頁。

我不過一個影，要別你而沉沒在黑暗裏了。然而黑暗又會吞併我，然而光明又會使我消失。

然而我不願彷徨於明暗之間，我不如在黑暗裏沉沒。[15]

夏濟安認為這"幽光"象徵著魯迅"對光明的信念〔（beliefs in enlightenment），雖〕最終未能驅散黑暗，但也至少抵擋住黑暗的致命引力"。[16] 耐人尋味的是，儘管黑暗與光明同樣會使"影"消失無蹤，然而"影"卻選擇棄明投暗："我將向黑暗裏彷徨於無地。"[17] 夏氏斷言，在五四時代的啟蒙作家中，魯迅"對黑暗的描寫尤為重要"。[18] 這或許如加拿大作家瑪格麗特‧愛特伍德（Margaret Atwood）在《與死者協商 —— 瑪格麗特‧艾特伍德談寫作》中所說的："寫作或許有關黑暗，有關一種想要進入黑暗的欲望甚至強迫感，並且，幸運的話，可以照亮那黑暗……"[19]

〈影的告別〉之後九年，魯迅改用富有寓意的筆名"游光"寫下了〈夜頌〉（1933）。在這篇雜文裏，作者把夜描繪成"造化所織的幽玄的天衣……雖然是夜，但也有明暗。有微明，有昏暗"，而愛夜的人是"怕光明者"，卻"領受了夜所給與的光明"，並"有聽夜的耳朵和看夜的眼睛，自在暗中，看一切暗"；即使天亮後，"高牆後面，大廈中間，深閨裏，黑獄裏，客室裏，秘密機關裏，

---

15 魯迅，《魯迅全集》，卷二，第 165 頁；Hsia, *The Gate of Darkness*, 146; 萬芷均等合譯：《黑暗的閘門》，第 133 頁。

16 Hsia, *The Gate of Darkness*, 148; 萬芷均等合譯：《黑暗的閘門》，第 134 頁。

17 魯迅，《魯迅全集》，卷二，第 166 頁。

18 Hsia, *The Gate of Darkness*, 156; 萬芷均等合譯：《黑暗的閘門》，第 141 頁。

19 瑪格麗特‧艾特伍德著，嚴韻譯，《與死者協商 —— 瑪格麗特‧艾特伍德談寫作》（*Negotiating with the Dead: A Writer on Writing*）導言（上海：上海三聯書店，2007 年），第 vii 頁。

卻依然瀰漫著驚人的真的大黑暗"。[20] 夏濟安在總結魯迅作品的黑暗面時，把他"病態的天才"與卡夫卡相提並論。[21] 事實上，納博科夫認為卡夫卡結合了寓言與人物描寫，其夢幻的小說世界充滿的正是黑暗。[22]

　　魯迅及其五四同輩活在黑暗的時代。美籍猶太裔思想家漢娜‧阿倫特（1906-1975）曾藉布萊希特（Bertolt Brecht, 1898-1956）"黑暗時代"一詞指出："即使是在最黑暗的時代中，我們也有權去期待一種啟明（illumination），這種啟明或許並不來自理論和概念，而更多地來自一種不確定的、閃爍而又經常很微弱的光亮。這光亮源於某些男人和女人，源於他們的生命和作品……"[23] 正是這"很微弱的光亮"，或者魯迅所說夜的"微明"，讓人們"自在暗中，看一切暗"，而這"看夜的眼睛"亦是瑞典詩人特朗斯‧特羅默所說的"夜視"（mörkerseende）能力。[24] 當年，魯迅的狂人在月光啟明下從史書中讀出禮教吃人，而百年之後，閻連科的盲人不但看見黑暗，而且使人在黑暗中看見。為人熟知的閻連科卡夫卡獎受獎演說〈上天和生活選定那個感受黑暗的人〉介紹了作者同村那個盲人，每天日出，他都會默默自語："日光，原來是黑色的……" 每走夜路，他都會打開

20　魯迅，《魯迅全集》，卷五，第 193-194 頁。

21　Hsia, *The Gate of Darkness*, 157; 萬芷均等合譯，《黑暗的閘門》，第 142 頁。

22　Vladimir Nabokov, *Die Kunst des Lesens. Meisterwerke der europäischen Literatur. Jane Austen - Charles Dickens, Gustave Flaubert - Robert Louis Stevenson, Marcel Proust - Franz Kafka - James Joyce* (Frankfurt: Fischer Taschenbuch, 1991), pp.313-52.

23　Hannah Arendt, Preface to her *Men in Dark Times* (San Diego: Harcourt Brace, 1968), ix: "That even in the darkest of times we have the right to expect some illumination, and that such illumination might well come less from theories and concepts than from the uncertain, flickering, and often weak light that some men and women, in their lives and their works... ." 漢娜‧阿倫特著，王凌雲譯：《黑暗時代的人們》作者序（南京：江蘇教育出版社，2006 年），第 3 頁。"啟明"一詞出自本雅明文集 *Illuminations*，阿倫特是其英譯者。

24　Tomas Tranströmer, "Seeing in the Dark" (Mörkerseende, 1970), in his *The Great Enigma: New Collected Poems*, trans. Robin Fulton (New York: New Directions, 2006), p.97.

手電，好讓別人看到他，也順便替與他擦肩而過的人照亮前面的路。最後——

為了感念這位盲人和他手裏的燈光，在他死去之後，他的家人和我們村人，去為他致哀送禮時，都給他送了裝滿電池的各種手電筒。在他入殮下葬的棺材裏，幾乎全部都是人們送的，可以發光的手電筒。[25]

瞎子令人懷念的是他在白天看到黑暗，在黑夜堅持照明。黑色的日光、棺材裏的手電筒，可謂繼承了啟蒙中的黑暗，分別象徵了盛世的黑暗和死亡的"幽光"。

閻連科承傳五四"幽傳統"，借用梁麗芳的話，"是由於他的政治勇氣和人文關懷，還有他不懈地探索新穎的手法描寫鄉土中國"，尤其是幽冥述異的敘事。[26] 他定義其"神實主義"中的"神話、傳說、夢境、幻想、魔變"，雖云植根於"日常生活與社會現實土壤"，卻暗合中國文學的"幽傳統"。[27] 譬如，閻氏的長篇小說《日熄》（2015）呼應了魯迅〈夜頌〉、〈影的告別〉等作品的夜晚和睡眠主題、意象，以夢"遊"結構小說，從外在揭露社會病態的"憂"患意識，

---

25 閻連科，〈閻連科卡夫卡獎受獎演說〉，見《騰訊文化》，2014 年 10 月 22 日，http://cul.qq.com/a/20141022/039677.htm。

26 Laifong Leung, *Contemporary Chinese Fiction Writers: Biography, Bibliography, and Critical Assessment* (New York: Routledge, 2017), p.265: "He is a high-profile author because of his political courage and compassion for humanity, as well as his continuing search for innovative ways to depict rural China."

27 閻連科，《發現小說》（天津：南開大學出版社，2011 年），第 181-182 頁。關於"神實主義"的討論，見潘耀明，〈試讀閻連科〉；孫郁，〈從《受活》到《日熄》〉；陳穎，〈荒誕、神實、救贖——讀閻連科的《日熄》〉，均收入蔡元豐主編，《第六屆紅樓夢獎評論集》，第 63-65、158-171、172-181 頁。

到內在挖掘人性欲望的 "幽" 暗意識。[28]《日熄》中虛構的夢遊症，像二十世紀二十年代席捲歐洲感染五百萬人的非典型甲型腦炎（encephalitis lethargica，又稱嗜睡性腦炎），同屬流行性睡眠病，但這群中國夢遊者，並沒有如英國臨床神經科名醫奧利佛・薩克斯（Oliver Sacks, 1933-2015）所著《睡人》（Awakenings）裏記錄的二十個昏睡性腦炎患者那樣一覺長眠四十年。[29] 這部小說不是開闢數十百年的大敘事，只講述了中國大陸偏僻山區小鎮暑熱的八月天裏一晚一早的動亂，論者多與卡繆（Albert Camus, 1913-1960）的《鼠疫》（The Plague, 1947）或薩拉馬戈（José Saramago, 1922-2010）《失明症漫記》（Blindness, 1995）中描述的 "盲流感" 比較。這場仲夏夜之夢使 "人變成黑暗動物"，[30] 奪去了千百條性命，意在 "國族寓言"（national allegory）甚至世界寓言："說不定這夢遊的不只是皋田村皋田鎮和伏牛山脈呢。說不定夢遊的是整縣整省整個國家呢。說不定整個世界凡在夜裏睡的全都夢遊了。"[31] 人欲橫流的集體夢遊不僅寓言著全球化的商品經濟已植根共產中國，而且意味著有中國特色的官僚資本主義霸權正像當下的新冠病毒般蔓延全球。

　　閻連科不僅通過農民村人、幹部土豪藉著真假夢遊偷搶打殺、奸淫擄掠的夢魘隱喻無序的社會，而且描繪了作家自身江郎才盡、殫思極慮的噩夢。按照

28　關於夢遊的結構作用，見林燕萍，〈夢的小說結構 —— 比較閻連科的《丁莊夢》與《日熄》〉，收入蔡元豐主編，《第六屆紅樓夢獎評論集》，第 129-157 頁。"幽暗意識" 與 "超越意識" 相對，詳見張灝，《幽暗意識與民主傳統》（北京：新星出版社，2006 年），第 44-72 頁；並參閱劉劍梅，〈荒原的噩夢 —— 讀閻連科的《日熄》〉，收入蔡元豐主編，《第六屆紅樓夢獎評論集》，第 66-80 頁。

29　Oliver Sacks, *Awakenings* (London: Duckworth, 1973)；宋偉譯，《睡人》（北京：中信出版社，2011 年）。根據英文原著改編的同名電影《無語問蒼天》（1990）由潘妮・馬歇爾（Penny Marshall）執導。

30　劉劍梅，〈荒原的噩夢〉，第 67 頁。

31　閻連科，《日熄》（台北：麥田出版公司，2015 年），第 147-148 頁。

弗洛依德的精神分析，作家不啻是白日夢者，而閻連科正好夢遊到自己的作品中化身為小說難產的故事人物"閻伯"。《日熄》的後設主題是寫作的焦慮、作家的困境，以至調侃地把此前多部小說的題目顛三倒四（如《丁莊夢》戲作《夢丁莊》，《四書》改為《死書》等），幽憤之餘，亦幽默自嘲。劉劍梅曾指出這個"自我反省、自我解構甚至自我反諷的⋯⋯閻連科⋯⋯似乎無法像魯迅那樣，做一個新文化的啟蒙者，一個從上往下俯視大眾的覺醒者，一個敢於喚醒沉睡的麻木的大眾而扛起黑暗的閘門的精神界的戰士"，但筆者認為正是這"相互矛盾的'閻連科'"繼承了"魯迅精神"背後幽暗的一面。[32] 通過裝滿手電的棺材、插滿鮮花的煉屍房，閻連科的盲人和夢人分別讓黑暗時代的人們發現生活中乃至精神上的盲區與夢境。

　　一如閻連科說的："中國是從一個'烏托邦'中醒來，又走進了另一個'烏托邦'。"[33] 黃粱一夢，醒來後才驚覺，原來夢遊中的烏托邦，竟是個惡托邦。閻連科等當代作家繼承了魯迅的"反烏托邦"（anti-Utopian）小說。[34] 這些幽暗小說遠不如歌功頌德的"光明文學"，沒有可致日光眼炎（solar photophthalmia）的盛世驕陽，其螢螢微光亦終究無法驅散黑夜，只可能證"明"黑暗，"暗"示幽魂在作祟。祝修文借用德里達在《馬克思的幽靈》（*Specters of Marx*, 1993）中提出的"幽靈學"（hauntology）剖析《日熄》裏的幽靈"正是籠

---

32 劉劍梅，〈荒原的噩夢〉，第 77 頁。通過《日熄》比較魯迅和閻連科的專論有羅鵬（Carlos Rojas）：〈《日熄》——魯迅與喬伊絲〉；丘庭傑，〈從魯迅到閻連科——試讀《日熄》中的隱喻和象徵〉，均收入蔡元豐主編，《第六屆紅樓夢獎評論集》，第 47-53、54-62 頁。

33 閻連科、張學昕，《我的現實　我的主義：閻連科文學對話錄》（北京：中國人民大學出版社，2011 年），第 76 頁。

34 Leung, *Contemporary Chinese Fiction Writers*, pp.268-269.

罩著社會主義中國的混雜著激進、盲目、烏托邦、同質化的‘中國夢’”。[35] 而以德里達的“幽靈學”觀照李歐梵的“幽傳統”，是否更能讓人看到這個雪盲時代一片光明中“真的大黑暗”？

二〇一九年七十週年國慶大閱兵前夕修訂，

二〇二〇年六月家父辭世後定稿於香港

---

35 祝修文，〈廢墟、幽靈和救贖 —— 論閻連科《日熄》的“寓言”詩學〉，收入蔡元豐主編，《第六屆紅樓夢獎評論集》，第 86-87 頁。

偶合與接枝：
李歐梵的晚清文學研究

余夏雲
西南交通大學教授

　　李歐梵老師出身史學，而轉治文學：從寫實到浪漫，由革命而摩登，晚近更關心香港文化及當代人文精神，手出多面，大開風氣。文學之內，他亦轉益多"師"，每要延請音樂、建築、影像、繪畫諸學科對位與談，以為照應，頗有其自謂的"狐狸風範"。狐狸博學多識、審時度勢，當有可觀。本文聚焦他的晚清文學研究，嘗試梳理內中觀點，剖解思路，更希望藉此領會其研究內蘊的人文精神。

一、社會史和文化史的方法

　　晚清世界，在李老師看來彷若馬賽克拼盤，雜糅許多內容。這既是現狀，更是問題。舊的不一定為新的淘汰，新的也不一定與舊的對峙。他從王德威那裏引來"迴轉"（involution）的觀念，指正傳統中國文化有捲曲內耗的特徵。"內耗"既是敷衍時艱，更是藉由打圈逗留的機會，整頓思路，自我開解。內耗之中有無奈，而且恰因它將新的事物都吸納進來才會變得如此。換言之，這個內耗於自身的動作，是要把目前所有的一切都攪和起來，形諸一個"弔詭的土壤"（dialectic ground）：一種兼容的、雜交的語境。

偶合與接枝

為處理這種混雜，李師渡引"文化史"和"社會史"的方法。該方法有別於王德威《被壓抑的現代性》。但其中關鍵，不是兩位試圖深描或對話的歷史形態如何不同，而是其都舉證"類"的觀念來拆解問題，試圖"見樹又見林"。王氏由"狹邪"、"科幻"、"公案"、"譴責"四類小說管窺蠡測晚清世界的欲望、知識、正義和價值，落足點仍是內容；而李師則叩問形式的變動抑或文體（genre）的更迭如何因應時流。他引來 Franco Moretti 的"再功能化"（refunctionalization）與"樹"（trees）兩個概念以為說明。兩詞看似風馬牛不相及。一者指正集腋成裘式的自我更新，一者描述由一而多、開枝散葉的發展。但如是兩種變化，無不體現對"主體"或"本體"的倚重。清末以來，"中學為體，西學為用"的觀念兀自流行。雖然此念不乏膠柱鼓瑟的嫌疑，但帝國碰撞之際，如此簡約的二元分野，不啻於給出了思想變化的轉圜餘地，甚至由此切中肯綮，解釋文學的發展，何必要大開大合？奇技淫巧式的小把戲（device），不妨孳乳衍生新的動線。如德勒茲（Gilles Deleuze）、加塔利（Felix Guattari）所言，多數的工作，哪裏可以未雨綢繆、按部就班，不過是就著手邊既有的材料修修補補（bricolage），其人行事的依據不是規律，而是經驗。[1]

二、引譬連類

"修補"固然是好整以暇，但畢竟零星，未必凸顯李師強調的"類屬"觀念。在此，我們想到孫康宜關於詩詞體式的辨析。她說："體式（genre）的選擇對中國文學有著長遠而重大的影響，特別能反映個別詩人對傳統的看法，也頗可一見

1　尤金・W・霍蘭德（Eugene W. Hooland）著，周兮吟譯，《導讀德勒茲與加塔利〈千高原〉》（重慶：重慶大學出版社，2016 年），第 54 頁。

詩人定位自己的方式。"[2] 清季的體式變遷尤其劇烈。以小說為例，其既兼容傳統要素，也有西方近世意義上的小說觀念，甚至還發展出包容性很強的 "史詩" 風格。除此而外，如若照顧到當時正勃興的出版工業，那麼，如是的文類實踐，其實更證諸 "集體作者" 的浮現，或者說體制化審美的湧動。[3]

風格與規律的較量，連結著 "情境" 的理念。但 "情境" 不是客觀環境，而是吾人所能感知的部分。[4] 在此意味上，李師提出 "接枝"（reconnecting）的看法來處理跨時空、跨文化的現象，突顯此一主體參與、感知的過程。與此相應，就是那個 "不見得有一個預設的目的，而是無心插柳式的 '偶合'"[5]。偶合是接枝的變奏，鬆動接枝 "情境" 所指涉的 "抒情式" 人我交互，誤打誤撞，引出 "共生" 但 "不共相" 的問題。

鄭毓瑜曾發皇 "類物" 或 "類應" 的觀念，指出 "引譬連類" 不是簡單的修辭方法而已，延伸開來，更可以接引、創造天文 — 地文 — 人文的融成關係，代表透過整體的身心感知來重建意義的系統工程。[6] 對她而言，"引譬連類" 是中國抒情傳統的重要面向，"連累無窮" 展示的是體系內 "跨時間的性能"。儘管她同時提醒我們類似於黃遵憲在《日本雜事詩》中的書寫活動，應對兩種文化、兩個區域，點明 "比興"、"譬類" 的對象可以有比較文學式的接應，但落足紙面，與他

---

2 孫康宜著，李奭學譯，《情與忠：陳子龍、柳如是詩詞因緣》（北京：北京大學出版社，2012 年），第 44 頁。

3 賀麥曉（Michel Hockx）著，陳太勝譯，《文體問題：現代中國的文學社團和文學雜誌（1911-1937）》（北京：北京大學出版社，2016 年）。

4 張灝著，高力克、王躍、許殿才譯，《危機中的中國知識分子：尋求秩序與意義》（太原：山西人民出版社，1988 年），第 5 頁。

5 李歐梵著，季進編，《現代性的想像：從晚清到當下》（杭州：浙江大學出版社，2019 年），第 330 頁。

6 鄭毓瑜，《引譬連類：文學研究的關鍵詞》（台北：聯經出版公司，2012 年），特別是第六章。

的生存體驗相與為用的，仍是傳統的典故，而非日本文化或文學。由此，我們不妨將"接枝"與"偶合"視為抒情傳統本身的"引譬連類"，代表一種跨文化的現代發展，它引出全新的物體系與感知經驗，以及兩者的歷史交互。

三、風與浪

"類"的危機不僅反映於內部，更見於外部。如果"樹"代表內在的生長，那麼，Moretti 的另一個觀念"浪"，則展現"類"的起伏和榮枯，揭示"一致性怎麼吞沒最初的多樣性"。[7] 從小範圍的語境來看，"浪"代表審美趣味或者書寫、閱讀潮流的更替，引出"一時代有一時代之文學"的現象。晚清最大的"浪"恐怕就是"小說"的翻盤上位。

但是，這個"小說"自不是由"古小說"的歷時性轉移所得，而是由另一種表徵共時的全球趨勢所塑造。日本是這個趨勢的中介。Moretti 寫道，"現代小說：當然是一個浪 …… 它奔湧進入各種地方性傳統，然後被其富於意味地加以改造。"[8] 雖然 Moretti 的討論點出了在地實踐的能動性，可其實仍深懷賓主歷然的立場，復刻"衝擊 — 回應"的模式。為此，李師說此法不周全，至少它沒能將文化流動的"反"過濾面梳理出來。比如林紓的翻譯，我們不僅要看到他創造性轉化傳統的努力，更要認識其雅馴的語言也反向暴露哈葛德古文的呆板、笨拙。本雅明說，翻譯帶出了作品的來世，而其實，前世也可由是浮現。

無"風"不起"浪"。對史學家而言，"風"既是長時段的文化觀察，也是

---

7 弗朗哥・莫雷蒂，《世界文學猜想》，張永清、馬元龍主編，《後馬克思主義讀本：文學批評》（北京：人民出版社，2011 年），第 54 頁。

8 弗朗哥・莫雷蒂，《世界文學猜想》，第 54-55 頁。

小區域的氣象。"風"來回擺盪,"不一定有物質直接的接觸,也不一定是線性式的因果關係,有時是示範性的,有時是彷彿性作用,有時候是'銅山崩而洛鐘應'式的影響,有時是'化',有時'熏習',有時是一種'空氣'"。[9] 就此而論,"沒有晚清,何來五四",就另有一種解釋的可能:風的吹拂,歷史性地沉澱在了稍後的時間裏。

"風"的作用方式多樣,"偶合"必是其一,它代表一種並非線性的因果關係。"A 範圍中的某種新形式吹拂到與它沒有關聯的 B、C、D 領域中,而且起著改變其內部關係的作用。"[10] 跨文化的語境裏,中外的各種範疇和觀念並不對等,"正"與"歪"的關係,乃是後見之明。我們關心林紓用古文譯小說,將此行動視為古文自救、自證的重要實踐。但李師卻暗示我們,這裏面恐怕有偶合,而這個偶合是在接枝的過程裏發生的。林紓本意是用"史傳"來接枝西方"說部",建立起跨文化關聯,而古文是這個過程裏連帶出來的結果。換句話說,古文的功能和存續不一定是林紓首先考慮的內容,而是翻譯這個西方說部,吾人有什麼足以應對的體類。體類之後,才有了體類的通常語言載體和形式問題。

四、世界主義

Moretti 的"世界文學"強調影響,或準確地說殖民問題。晚清的狀況,部分地符合他的提法——"是作為對西方形式影響(通常是法國或英國的形式)的

9　王汎森,《執拗的低音:一些歷史思考方式的反思》(北京:生活·讀書·新知三聯書店,2014 年),第 202 頁。
10　王汎森,《執拗的低音:一些歷史思考方式的反思》,第 201 頁。

某種妥協而形成"。[11] 尤其以小說為例，此觀點當為不刊之論。但這僅是部分，比如詩歌，就沒辦法完全套用他的遠讀法（distant reading）。[12]

換句話說，將晚清文學整體地定性為 Moretti 意義上的"世界文學"有相當困難。這個概念是帝國審美式的。如果有一個比較適合的概念，"世界主義"庶幾近之。李師曾經指出，世界主義本身就是殖民的副產品。針對一九三〇年代上海的都市文學生態，李師建議我們考量如下一個問題，即"在那樣匱乏的年代，中國的作家和翻譯家是如何能夠辨別西方作者、西方文學之間的那些差異？"[13]

對這個問題的思考，仍可以林紓為例。李師的見解是，他對哈葛德著述態度的轉變，一方面是因為他同時翻譯了狄更斯、柯南·道爾等人的作品，因而對其風格有了直觀的比較；另一方面，經由市場塑造，他自身的角色從譯者轉為古文家，高自標置，對哈氏的作品轉而輕薄。作為發揮，我們可以追加另一理解。這個角度是時間。過去的研究指正：近代以來，中國人的時間觀念，從來都兼容空間意識。[14] 這正是 Moretti 波浪理論得以成型的前提：中心和邊緣的分野，不僅是地理上的，更是時間上的。清末的文學實踐深具同時共代的意識。清末小說與維多利亞文學交涉甚深。這種交涉，不必只代表比較文學意義上的影響關聯，同時更指向一種向外看的世界視野。同清末文學中湧現的旅行書寫和目睹式記述相關，這種視野證諸"同時性"意識的高漲，並引出安德森（Benedict Anderson）念茲在茲的"想像"介面。當然，在此被想像的共同體，不是民族國家，而是世界。

---

11 喬納森·阿拉克（Jonathan Arac），《盎格魯 — 全球性？》，見張永清、馬元龍主編，《後馬克思主義讀本：文學批評》，第 73 頁。

12 林宗正，〈前言〉，見林宗正、張伯偉主編，《從傳統到現代的中國詩學》（上海：上海古籍出版社，2017 年），第 11 頁。

13 李歐梵著，毛尖譯，《上海摩登：一種新都市文化在中國 1930-1945》（北京：北京大學出版社，2001 年），第 328 頁。

14 史書美著，何恬譯，《現代的誘惑：書寫半殖民地中國的現代主義（1917-1937）》（南京：江蘇人民出版社，2007 年），第 61-64 頁。

五、"早"、"晚"之間

由時間的問題延伸，我們當有如是疑問，即多晚是晚清？該提問的原型來自早期電影研究領域，他們的思考是多早是早期？[15] 早晚不僅是時間概念，更是一種批評範疇。"早期電影"風格自成，探索早期，旨在點明電影發展趨勢多端。與此相應，晚清文學眾聲喧嘩，多重緣起。

早晚不是論資排輩，而是拉長視距、放寬眼界。不過，同"早期現代"（early modern）研究領域裏存在的困惑類似：既然早晚無關目的論，為什麼不另闢蹊徑，而以"早期現代"應對"現代"，造成一種線性時間的暗示，以至讓人揣想：講求全球並發、跨國聯通的早期現代，如何會發展出"現代"這樣一種單一形態？[16]

提問固然深具反思，卻也深陷起源論式的症候。其抱持有始有終的信念，凸顯強者意識。優勝劣汰，終有兩面，強者要勝出，不適者要淘汰。文學史講起承轉合，卻很少言及被淘汰的、夭折的。用葛兆光的說法，減法太甚。[17] 這個意義上，我們理解，李師反覆提及"帝制末"和"世紀末"，其實別有寄託。這兩個概念均自西來，未必完全貼合中國現實。但它們包孕去其節奏的意涵，但又儼然比薩義德（Edward Said）所謂的"晚期風格"少一點從心所欲的灑脫。既然意識到其生也晚，則當其搬演種種可能之際，不妨有投機取巧的嫌疑。如此一來，我們見證晚清文學往往留下許多"罅隙"：作品無疾而終；科幻文類講述歷

---

15 張真著，沙丹等譯，《銀幕艷史：都市文化與上海電影 1896-1937》（上海：上海書店出版社，2012 年），第 3 頁。

16 季劍青，〈"早期現代中國"論述的譜系與可能性〉，《文藝理論與批評》2019 年第 2 期。

17 葛兆光，〈思想史，既做加法也做減法〉，《讀書》2003 年第 1 期。

史，也常常只有開端和結局，中間環節藉著想像一躍，徒留下一片空白。[18]

　　晚清的小說家嘗試抓住傳統的變數與偶然，以求偶合的可能，其實風險係數很高。梁啟超一路從詩界革命、文界革命實驗下來，直到小說界革命，才有所得。而即使是在這個看來成功的領域裏，十年回首，他也自視失敗，以為變數還為定數所纏，寫作離不開誨淫誨盜兩端。曹雪芹在帝制末的境遇裏，直言自己的供狀充滿荒唐。這樣的發言，不得不引發我們聯想：清末一代文人，他們如是連篇累牘地書寫，不正是要吐露一己之力如何陷在窮途末路裏而無能為力嗎？所以，晚清之晚，不必是風格、批評，也是一種情感結構。

六、人文主義語文學

　　以上的發揮或者後遺民的意味過濃，但聚焦變風變雅，關鍵的目的在於辨析所謂邊緣、弱勢應有發聲的可能。李師立足香港，探索晚清，因而別有寓意。這不僅是說，晚清、香港均是文學史中的少數，更是指香港本就是晚清最大的“文學”。套用哈佛版美國文學史的理解，這一文本，既是維多利亞文學的結晶，也是中國現代化的產物。東西交匯、中外雜糅，香港、晚清因此彼此指涉。

　　我們視香港文化為消失的政治，是事到臨頭，忽而起意尋根，不料錯置種種，令原本交雜的歷史更加迷亂。[19] 晚清一代，變局突起，正本清源的機會也同樣渺茫。古今中外並置一處帶來可能，也激出焦躁。“消失的政治”以“逆

---

18 宋明煒，〈“少年中國”之“老少年”：清末文學中的青春想像〉，劉東主編，《中國學術》
　　第 27 輯（北京：商務印書館，2010 年），第 223 頁。

19 Ackbar Abbas, *Hong Kong: Culture and the Politics of Disappearance* (Minneapolis: University of
　　Minnesota Press, 1997).

向幻覺"為特徵，架空當下，視現實為鬼魅。而晚清小說雖多目睹譴責，但以"夢"為記，同時銘刻廢墟的書寫，亦所在多有。李師討論《夢遊二十一世紀》（AD2065）即為一例。該書流佈東亞，發皇"未來學"，卻在中日各有不同的接受史。對李師而言，他關心彼時的歷史境遇裏，跨文化的翻譯實踐，如何帶動地區間連續但充滿差異的傳播進程，而頗有閱讀史的意味。

擴而廣之，我們今天對李師的觀察，其實也是在這個閱讀史的延長線上，關注當時間真的到了二十世紀，我們又該如何釐定自己的立場，思辨閱讀與當代社會的關聯。我們從來視晚清和香港為邊緣，夾縫中被人代言。加之今朝人文又是"人文今朝"，一切以當下為依歸，物欲統籌知識。學院研究雖不斷標榜多元，但也多是政治正確，未必切實找到為弱勢發聲的可能，由此，邊緣愈加邊緣。在此情境裏，李師的研究讓我們自然地聯想到他所推崇的薩義德，以及他的語文學。薩義德說：

> 　　我強烈地相信，人文主義必須開掘沉默的事物，記憶的世界，以及流動散工和勉強倖存者群體的世界，發現那些被排除在視線之外、難得一見的地方，挖掘那些未曾公佈的陳述；它們越來越關係到一個過度開發的環境，勉強可以維持的人們，能否再全球化所特有的碾磨、擠壓和移置之下繼續生存下去。[20]

---

20 薩義德著，朱生堅譯，《人文主義與民主批評》（上海：上海三聯書店，2013 年），第95 頁。

"回到魯迅"的向度與難度 —— 李歐梵、劉再復的魯迅研究比較論

李躍力
陝西師範大學教授

任傑
四川大學博士生

　　李歐梵和劉再復在中國現代文學、文藝理論、文化研究等領域成果眾多，建樹卓著，影響既深且巨。李歐梵的學術研究起步於海外，深受夏氏兄弟等漢學家的影響，在承繼海外漢學研究範式的同時獨闢蹊徑、自成一格。劉再復成長於中國大陸，其研究開一代風氣之先，引領了一九八〇年代的思想風潮。後劉再復遠走海外，在古今中外的交流融通中展開深刻反思，完善、深化了研究理路和理論體系，取得了令人耳目一新的豐碩成果。

　　毋庸置疑，在二人漫長的學術之旅中，魯迅都是最重要的旅伴。魯迅研究作為劉再復學術研究的起點，貫穿他整個學術生涯，構成他人生矢志不渝的"情意結"。從表面看來，魯迅研究似乎只是李歐梵學術之路的一個驛站，他在插下《鐵屋中的吶喊》（一九八七年英文初版，一九九九中文初版）這面大旗後便匆匆遠行、另有所鍾；但實際上，在魯迅身上所開掘出的"現代"面向，恰如魯迅所中的莊周、韓非之毒，在他隨後的研究中若隱若現如影隨形。將二人的魯迅研究進行對比，其用意不在於分出軒輊，而在於使其互為鏡像，更為明晰地理清二人

魯迅研究的個性、思路與方法，展現二人與歷史對話的難度、深度與不同角度，以其"典型性"反思魯迅研究中的洞見與盲視，為當代魯迅研究乃至學術研究提供有益的借鑒。

一、從祛魅出發

站在魯迅研究的起點，李歐梵、劉再復都需要面對悠久的魯迅研究傳統所鑄就的"魅化"的"魯迅"。這並不是影響的焦慮，而是歷史遺留的重負。無論是李歐梵還是劉再復，都對這一重負有足夠清晰的認識和反思，其魯迅研究展開的動力，恰恰就在"祛魅"的追求上。

魯迅在一九三六年逝世後被尊為"民族魂"，其形象在毛澤東意志的主導下被持續強調、宣揚和放大，在新中國成立後更是被不斷神化、聖化，甚至淪為政治鬥爭的工具。此時的魯迅研究絕非個人行為，而是政黨意志主宰下的重要的意識形態任務。李歐梵對此洞若觀火，他指出，"任何一位過去的或現在的中國作家，都不曾像這樣在整個民族中被神化過。…… 正是由於這樣大規模地偶像化，使魯迅生平的某些方面被誇大得失去了分寸"。[1] 綜觀以往汗牛充棟的魯迅研究成果，李歐梵深信儘管魯迅自己"非常謙虛並自我節制，他的有些東西卻在神化的過程中被扭曲和誤解了，有必要重新加以闡釋"。[2] 他的研究，就是從這一神化過程中魯迅的被"歪曲和誤解"出發。因為看清了魯迅研究中的核心癥結，李歐梵首先探析了魯迅成為作家的真實心智歷程。緊接著他便進入了魯迅的作品，進入了他的"現代性"理論可以縱橫馳騁的世界。"我想重新從魯迅的早期生活

1　李歐梵著，尹慧瑉譯，《鐵屋中的吶喊》（石家莊：河北教育出版社，2000 年），第 3 頁。
2　李歐梵著，尹慧瑉譯，《鐵屋中的吶喊》，第 1 頁。

開始，研究使他終於成為一位新文學作家的心智歷程。"[3] 李歐梵指出，"和那種神化的觀點相反，魯迅決不是一位從早年起就毫不動搖地走向既定目標的天生的革命導師，相反，他終於完成自己在文學方面的使命，是經過了許多的考驗和錯誤而得來的。他的心智成長發展的過程，實際上是一系列的以困惑、挫折、失敗，以及一次又一次的靈魂探索為標誌的心理危機的過程"，[4] 這就在很大程度上將魯迅還原為了現實個體。

劉再復將眼光投向魯迅之際，恰是中國百廢待興、新舊嬗替的關節點。他的魯迅研究明顯體現了中國大陸學術潮流的更迭。八十年代中期，王富仁的博士論文引起了文學研究界的轟動，被視作魯迅研究範式的重要轉型。在論文中，王富仁一改毛澤東時代對魯迅的政治性論述，力圖從魯迅本體出發，建立新的研究體系，著重探求魯迅的思想追求和藝術表達，並以"中國反封建思想革命的一面鏡子"一語概括了對魯迅《吶喊》和《彷徨》的認識。頗堪玩味的是，早在一九八一年劉再復就說："魯迅的著作，可以說是半殖民地半封建的舊中國的一面鏡子。"[5] 當時，劉再復先後出版了魯迅研究"三書"，即《魯迅與自然科學》（1976，與金秋鵬、汪子春合著）、《魯迅傳》（1981，與林非合著），以及《魯迅美學思想論稿》（1981）。與李歐梵一樣，劉再復深刻地看到魯迅"在被聖化、被神化的背後是被傀儡化，即被利用成一個歷史的傀儡和政治意志的玩偶"。[6] 他從七十年代末關注魯迅對自然科學的貢獻，到八十年代初對魯迅美學思想的研究，用"真善美"標準取代政治標準，都在努力消解魯迅的神聖光芒。劉再復的魯迅研究首先發出了"回到魯迅那裏去"的呼聲，應該說啟迪了隨後王富仁等人

3　李歐梵著，尹慧瑉譯，《鐵屋中的吶喊》，第 3 頁。
4　李歐梵著，尹慧瑉譯，《鐵屋中的吶喊》，第 3 頁。
5　劉再復，《魯迅美學思想論稿》（北京：中國社會科學出版社，1981 年），第 227 頁。
6　劉再復，《魯迅論》（北京：中信出版社，2011 年），第 42 頁。

的研究，開創了魯迅研究的嶄新局面。

二、“文學”與“思想”的分野

同樣出於“祛魅”的努力，李歐梵和劉再復“回到魯迅那裏”的向度卻截然不同。

李歐梵強調，他的魯迅研究“走了從非毛角度使魯迅非神化的一步，依靠的是承認他的內在的悖論和矛盾，並盡我所能地恢復他的寫作藝術方面的本來面貌，證明它是文學，而不是政治思想”。[7] 以“文學”消解“政治”，側重魯迅“文學”面向的開掘，是李歐梵重新闡釋魯迅的整體思路。李歐梵對魯迅的理解經歷過“一個漫長過程”，他最初“曾從心理學方面理解這位偉大作家，後來反覆思考，終於確定魯迅作品的意義在藝術方面多於心理方面”。[8] 因此，與劉再復探尋魯迅的美學思想、文學意義和歷史價值不同，李歐梵除了梳理魯迅成為作家的心理變化之外，“著重談魯迅的藝術”。[9] 他在《鐵屋中的吶喊》中設立兩章，專門探究魯迅小說的“現代化技巧”，由此足見他對魯迅的藝術（而非思想）的偏愛與迷戀。同樣，在評價魯迅的小說時，李歐梵更多從藝術形式著眼，注重“研究在魯迅小說中常出現的那些由某些隱喻或抽象主題所組成的關係的結構”。[10] 他高度評價魯迅的小說藝術：“和大多數‘五四’早期那種過分浪漫主義、形式鬆散的作品相比，魯迅小說嚴密的結構和富有學識的反諷，在那個時代完全是‘非

---

7 李歐梵著，尹慧珉譯，《鐵屋中的吶喊》，第 183 頁。
8 李歐梵著，尹慧珉譯，《鐵屋中的吶喊》，第 2-3 頁。
9 李歐梵著，尹慧珉譯，《鐵屋中的吶喊》，第 3 頁。
10 李歐梵著，尹慧珉譯，《鐵屋中的吶喊》，第 64 頁。

典型'的。"[11] "他能極具才華地把他的獨創性的想法表現出來,能極巧妙地把他的思想或經驗轉為創造性的藝術",[12] "達到了'虛構小說'的真正成就","是中國文學史上有意識地發展小說敘述者複雜藝術的第一人"。[13]

與李歐梵以"文學"對抗"思想"不同,劉再復則以"思想"對抗"思想"。他從不避諱他對魯迅思想的癡迷。相比而言,他更關注魯迅文學的思想內涵和社會價值。如李歐梵對〈鑄劍〉的看重,源於魯迅在忠實於原始故事材料(《太平御覽》中的〈列異傳〉)的基礎上"創造了一幅強有力的充滿象徵的獨創視象",是《故事新編》中"技巧最高、召喚力量最強的篇章"。[14] 劉再復雖然同樣認為"魯迅《故事新編》中的多數小說,均不能算是魯迅的力作,唯有〈鑄劍〉是例外";[15] 但與李歐梵不同是,劉再復的著眼點在於其中蘊蓄的復仇情結,強調"敢於使用劍與火進行復仇的黑俠客宴之敖者,正是魯迅的理想人格"。[16] 有學者認為,劉再復八十年代的魯迅美學思想研究,"第一次全面、系統地從中國近代美學思想發展史的視角闡釋了魯迅美學思想的特徵、內涵及其歷史地位,最主要的是以魯迅的美學思想為武器對籠罩中國文壇達數十年之久的'左'傾教條主義文藝思想進行了有力的衝決與深刻的批判"。[17] 在彼時特殊的政治文化語境中,劉再復對魯迅美學思想的揭示,本身就帶有明晰的意識形態訴求,具有強烈的撥亂反正的意味,其本質是以一種他認為正確的魯迅思想來批判一直以來高度政治化、革命化的"魯迅思想"。之後,他由魯迅研究所生發的"性格組合論"和文

---

11 李歐梵著,尹慧瑉譯,《鐵屋中的吶喊》,第 45 頁。
12 李歐梵著,尹慧瑉譯,《鐵屋中的吶喊》,第 52 頁。
13 李歐梵著,尹慧瑉譯,《鐵屋中的吶喊》,第 55 頁。
14 李歐梵著,尹慧瑉譯,《鐵屋中的吶喊》,第 31 頁。
15 劉再復,《魯迅論》,第 61 頁。
16 劉再復,《魯迅論》,第 63 頁。
17 張夢陽,《中國魯迅學通史》(廣州:廣東教育出版社,2005 年),第 562 頁。

學主體論更是高揚人的價值，強調文學的獨立性，引領了一代風潮。

　　值得注意的還有，李歐梵和劉再復都高度肯定了魯迅的雜文創作。劉再復認為魯迅雜文"既是把中國社會歷史、中國社會心理和其他各種知識匯流而成的百科全書式的精神實體，又是天才的藝術創造"，總體上是"中國現代文學史上的一部偉大的史詩 —— 最深刻地反映中華民族的社會歷程、心理歷程和戰鬥歷程的史詩"，[18] 也是"中國現代文學的一種無與倫比的成就"。[19] 他如此肯定魯迅雜文與其對文學功利價值的強調有著密切關係，合理而必然。而讓人略感驚異的是，李歐梵卻一反常態，對夏濟安等人否定魯迅雜文的觀點進行了反駁，認為"如果我們想以中國的文學傳統為背景來衡量魯迅作為現代作家獨創性的程度，雜文恰恰應是非常重要的一個方面"。[20] 在《鐵屋中的吶喊》一書中，李歐梵設專章對魯迅雜文進行了研究，給予魯迅雜文相當的地位。自然，李歐梵注重的依然是在雜文創作中魯迅所展現出的出色的技巧掌控和表達能力。由此出發，李歐梵認為魯迅雜文中的"最佳者"乃是以下兩類："一是掌握在藝術克制力中的個人強力感情的抒寫，二是在大段的諷刺與責罵中偶爾飛出的想像和隱喻。"[21]

三、"現代個體"與"民族苦悶的總象徵"

　　在《鐵屋中的吶喊》中，李歐梵致力於探求魯迅何以成為中國"現代"（而不是西方現代）作家。在現代性視域下，李歐梵從魯迅的創作入手，考察了魯迅

18　劉再復，《劉再復集 —— 尋找與呼喚》（哈爾濱：黑龍江教育出版社，1988 年），第267 頁。
19　李澤厚、劉再復，〈彷徨無地後又站立於大地〉，《魯迅研究月刊》2011 年第 2 期。
20　李歐梵著，尹慧珉譯，《鐵屋中的吶喊》，第 105 頁。
21　李歐梵著，尹慧珉譯，《鐵屋中的吶喊》，第 122 頁。

在日本留學時思想的發展變化狀況，探討了魯迅棄醫從文的心理動機。認為幻燈片事件“本身還不夠刺激魯迅就此放棄醫學去從事文學”，只是“兩年來積累的挫折感的一個觸發點”。[22] 而幻燈片事件的“戲劇性力量”則來自於，“文學成了魯迅發現和理解他的同胞的一種方法”。[23] 之後李歐梵深入魯迅藝術形式的變化與成型過程，凸顯了魯迅的藝術創作與中國傳統的深刻聯繫。由此，李歐梵試圖揭示作為“現代”個體的作家魯迅的形成歷程。需要指出的是，在努力尋求魯迅的“現代性”時，李歐梵以魯迅的成長經歷為依據，著重探析中國文化傳統對魯迅的影響，相對減弱了對西方影響的關注。在李歐梵看來，“現代性”與中國傳統相對，意味著“本質上是對這種傳統的一種反抗和叛逆，同時也是對新的解決方法所懷的一種知識上的追求”，[24] 與西方啟蒙思想一脈相承，包含了理性主義、人本主義、進步思想等觀念。但是，細究現代中國的“現代性”，不僅有卡林內斯庫所說的啟蒙主義、理性主義的“線性歷史觀”的現代性，而且有“經後期浪漫主義而逐漸演變出來的藝術上的現代性，也可稱之為現代主義”。[25] 相比之下，李歐梵更關注的是後者。事實上，李歐梵在論述中卻又難以避免對西方“現代主義”的某種迷戀和偏好。但難能可貴的是，李歐梵並沒有將現代主義的“現代性”局限在西方語境，而是注意到了現代中國社會環境的駁雜和動盪，以及中國人對現代性理解的不同。因此，他在“現代性”視域下探討魯迅的藝術創作時既強調了中國傳統思想、文學對魯迅的滋養，又提示了西方文學對魯迅的影響，充分凸顯了魯迅的複雜性、豐富性和多向性。對於魯迅的小說，李歐梵著意從心理維度和藝術維度進入魯迅的世界。這與夏氏兄弟的影響有關，也與其所受

---

22 李歐梵著，尹慧瑉譯，《鐵屋中的吶喊》，第 15 頁。
23 李歐梵著，尹慧瑉譯，《鐵屋中的吶喊》，第 16 頁。
24 李歐梵，《現代性的追求》（北京：人民文學出版社，2010 年），第 174 頁。
25 李歐梵，《現代性的追求》，第 145 頁。

學術訓練中新批評、形式美學的理論方法直接相關。

　　本質而言，劉再復的文學研究，尤其是魯迅研究包含著強烈的現實訴求。也因此，劉再復更注重魯迅的思想意義。即使在他遠走海外的"第二人生"裏，魯迅思想也仍舊是其研究的中心。去國之後，劉再復的魯迅研究如他本人一樣也進入了"第二人生"。開始"第二人生"的劉再復，其研究魯迅已有了諸多變化。在思考方式上，劉再復如此談論他進行魯迅研究時"哲學方式"的改變：在寫作《魯迅美學思想研究論稿》時，他採取的是"從一般到特殊，即先確認普遍的、一般的原則，例如確認普利漢諾夫美學思想的真理性，瞿秋白關於魯迅思想兩段論的真理性，現實主義創作方式是最佳創作方法的真理性等，然後再開掘魯迅本身的文藝思想、美學思想"。而去國之後他"才發現一切天才都是從特殊到一般，其實魯迅本人也是從特殊到一般，狂人、阿 Q，都是特殊的，但這些形象一旦站立起來，便呈現中國文化的普遍內涵"。[26] 在研究方法上，劉再復不再熱衷於建構美學體系，而是"側重使用悟證的方法，但也不放棄論證方法，儘可能把直覺與邏輯結合起來"，其目的是"在人所共知的基本材料、基本書籍中開掘新寶藏、新思想"。[27]

　　一九八〇年代對魯迅思想的重釋與借用，固然實現了其歷史使命，但同樣留有遺患。劉再復對此有極為深刻的反思。一九九一年，在東京大學紀念魯迅一百一十週年誕辰的學術演講中，劉再復說："魯迅的偶像化在我的研究中帶來另一個問題，是把魯迅的思想當成戰鬥的工具以對抗其他權威，也就是在對某種絕對價值尺度提出批評的時候又把魯迅的思想當成絕對價值尺度，缺乏對魯迅思想自身局限的發現和認識。"[28] 伴隨著深重的自我批判，在跨文化的視閾中，處

---

26 劉再復、吳小攀，《走向人生深處》（北京：中信出版社，2011 年），第 52 頁。

27 劉再復、吳小攀，《走向人生深處》，第 51-52 頁。

28 劉再復，《兩度人生》（鄭州：河南文藝出版社，2016 年），第 107 頁。

於"第二人生"的劉再復已然將外在的塵世浮沉輕輕放下，將目光投向更為廣闊的歷史長河，立足生命，返回古典，思考、探索著更加深刻、永恆的人生哲學、文化哲學。此時劉再復的魯迅研究呈現出如下兩個特點：一是以更為廣闊的視野深入歷史，探尋魯迅所承擔的歷史之罪的來源與體現。他以"懺悔意識"來涵蓋魯迅的創作動機："魯迅不僅確認祖輩文化、父輩文化有大罪，而且確認承襲祖輩、父輩文化的自我也有罪。"[29] 二是著重關注魯迅強烈的情感體驗和激烈的文學表達背後的個體心理結構。他在評價〈鑄劍〉時認為，這部作品有一種"與黑暗同歸於盡的大崇高"，顯示了"'與汝偕亡'的石破天驚的死亡意識，一種'你死我也死'的黑色力量"。[30] 在對魯迅作品進行更為複雜的總體把握後，劉再復指出"魯迅就是中華民族苦悶的總象徵"。[31] 此時的劉再復更為深入地進入了魯迅，對魯迅絕望的仇恨的反思，對魯迅"反命題"的理解，以及對魯迅某些過激觀念的抽象化原則的質疑，無一不顯示著劉再復魯迅研究的新境界。[32]

總的來說，李歐梵的魯迅研究顯示出西方"學院派"的理性風範，冷靜而睿智；劉再復的研究則帶有對魯迅深深的主觀認同，熱烈而飽滿。超越意識形態的視野、良好的學術訓練與不拘一格的學術理想為李歐梵對魯迅的成功重構提供支持；而對於劉再復，卻是一言難盡。無論去國多久，他根本上仍擁有深重的家國情懷。他對魯迅思想的偏愛，固然是一種"天生喜好"，但仍堅定地顯示出介入現實人生的不懈追求。即使揭示出魯迅所體現出的現實主義與現代主義、人道主義與個人主義的深刻矛盾，但他將魯迅視作現實主義者、人道主義永遠是魯迅的底色的認識卻從未改變。而劉再復的"變"與"不變"，恰是知識分子最為寶貴之處。

---

29 劉再復、林崗，《罪與文學》（北京：中信出版社，2011年），第221頁。
30 劉再復，《魯迅論》，第35頁。
31 劉再復，《魯迅論》，第42頁。
32 劉再復，《魯迅論》，第14-15頁。

斷裂與再造：劉再復的學術思想

Zaifu Liu

劉再復和
"第三空間"

劉劍梅
香港科技大學教授

一

一九八九年，劉再復離開中國、遠走他鄉之後，決定不再參加任何政治組織與政治活動。當時，他被李歐梵邀請到芝加哥大學做兩年訪問學者，專心治學。劉賓雁和陳一諮特地先後飛來芝加哥大學，勸說他加入海外民主陣營，可是他都婉拒了。背井離鄉之後，劉再復對中國知識分子的角色做了一番深入的反思，最後在他的"第二人生"中特別鄭重地提出了關於"第三空間"的思想，用他的話來說，"'第三空間'乃是擁有個人思想獨立權利即思想主權的個人空間"。在〈尋求生存的"第二空間"〉一文中，他談到中國知識分子受到激進政治的影響，不是加入左派陣營，就是加入右派陣營，很少屬於個體自由的"第三空間"：

> 所謂第三空間，就是個人空間。更具體地說，就是在社會產生政治兩極對立時，兩極以外留給個人自由活動的生存空間。周作人所開闢的"自己的園地"，就是這種個人空間，也可稱作私人空間。尊重人權首先就應確認這種私人空間存在的權利和不可侵犯的權利。第三空間除了私人空間外，還包括社會中具有個人自由的公眾空間，如價值中立的報刊、學校、

教堂、論壇等。[1]

　　劉再復所定義的"第三空間"之所以要強調"個體自由"和"價值中立"，是因為他看到中國知識分子長期被兩極對立的思維所綁架，連當隱士的權利都沒有。通過提出"第三空間"的概念，他不僅試圖重新恢復中國現當代知識分子一直缺乏的"公共空間"，而且希望能為中國文學家和藝術家繼續進行自由的精神創造尋找一片不被政治干預和綁架的"私人空間"，或者說是"自我的園地"。後來在〈雙向思維方式與大時代的基調〉和〈再論"第三空間"〉這兩篇文章中，劉再復又進一步闡釋這一概念，說明"所謂第三空間，便是價值中立的文化空間，即在黑與白、正與邪、忠與奸、革命與反動這種極端兩項對峙下的立足空間。因此，第三空間也可說是非黨派空間、非集團空間、非權力操作空間。這是一種獨立的超越'非黑即白'思想框架的自由話語空間"。[2] 劉再復所提出的第三空間思想，其實既跟中國的隱逸文化和隱逸文學有一定的關連，也極其接近以賽亞·柏林（Isaiah Berlin, 1909-1997）所說的"消極自由"，那就是爭取個體最基本的自由，個體不受強權或集團約束和干預的自由。他認為這一種自由，在現代中國的語境下，一直沒有得到保障。"第三種人"和"第三空間"在中國現代語境下，反而常常帶有貶義，用來諷刺那些不革命、不抗爭、只是守持自我空間的知識分子，而隱逸文學和消極自由"表面上是柔和無爭，內裏卻有守衛自由的拒絕黑暗政治的力量"。[3] 劉再復和李澤厚在《告別革命》中，提到中國與西方的時間差，比如西方已經到了反現代性 —— 批判現代化和啟蒙理性的階段，而中

1　劉再復，〈尋求生存的"第三空間"〉，《大觀心得》（香港：天地圖書有限公司，2010年），第 204-206 頁。原載於《亞洲週刊》，2001 年 9 月 3 日至 9 日。

2　劉再復，《回歸古典，回歸我的六經》（北京：人民日報出版社，2011 年），第 155-160 頁。

3　劉再復，《大觀心得》（《漂流手記》第十卷），第 130 頁。

國才剛剛走進現代性，還在建立現代化和啟蒙理性的過程中，所以我們要注意中國的語境和時間差。[4]"消極自由"也一樣，在中國的語境下，一直是缺失的，所以劉再復提出"第三空間"主要是針對這一缺失的回應。

二

　　劉再復在漂泊到海外前的"第一人生"中，就已經開始有強烈的超越二元對立的意識和思想了。八十年代"文化熱"期間，劉再復出版了《性格組合論》，引起很大的轟動。他寫這本書，具有鮮明的歷史具體性和現實針對性。主要是為了反思統治中國文藝界幾十年的從蘇聯移植過來的反映論和典型論，所以後來受到許多馬克思主義文藝理論家的批判。

　　在《性格組合論》中，劉再復指出，中國現當代文學藝術在很長的一段歷史時期，以政治價值來統治審美價值的結果，造成革命時期的文學作品中，只能表現一種"高大完美"的無產階級英雄形象，失去人物的真實性以及人性的複雜性，文學因而變成"神學"或者庸俗的階級社會學。劉再復發現以政治為主導的人物塑造，普遍採用形式邏輯的"排中律"（非此即彼），不是好人就是壞人，不是階級英雄就是階級敵人，沒有中立，所以不能真實地描述人的主觀世界。他所主張的性格組合，就超越了這種"排中律"，超越了非此即彼的思維，不僅在橫向上追求"雜多"，而且在縱向上追求靈魂的"深邃"，是多種性格元素以二級性的特徵在性格內部的矛盾組合，永遠在動態的辯證過程中，從而揭示生命內部的複雜性。他還引入黑格爾"中介"的概念，來討論"各種性格元素"與"性格核心"之間的聯繫，以及兩極性格之間的"交錯地帶"。然而，受到黑格爾的

4　李澤厚、劉再復，《告別革命》（香港：天地圖書有限公司，2015 年），第 46-51 頁。

"對立統一" 的辯證法的影響，他即使注意到性格的模糊性和偶然性，認識到兩極性格之間相互衝突、相互交融、相互依存的現象，最後還是強調性格組合後的統一。[5] 進入海外的 "第二人生" 之後，劉再復在重新給一九九九年再版的《性格組合論》寫後記時，反省到自己以前受到黑格爾的影響過多。他指出，八十年代的他，還是擁抱黑格爾多於康德，受到黑格爾 "對立統一" 的思想影響過深，所以對沒有追求 "統一" 的陀思妥耶夫斯基的作品，評價還不夠高，而當他到了海外，重新閱讀陀思妥耶夫斯基的作品，才對性格的豐富世界，有了更深的領悟，更能接受巴赫金所概述的陀思妥耶夫斯基的複調世界，也更接近康德了。

八十年代的 "尋根熱" 中，韓少功寫了《爸爸爸》，劉再復讀了之後，寫了一篇〈論丙崽〉的文章，這篇文章受到當代文壇的普遍關注，影響很大。這篇評論文章繼承了魯迅的批判中國國民性的思路，把 "丙崽" 看作如同 "阿Q" 那樣的人物形象，通過他來審查和批判深植在中國國民性格中的問題。韓少功《爸爸爸》中的主人公丙崽，是一個渾渾噩噩的畸形兒，一生只會講一正一反的兩句話，即 "爸爸爸" 和 "×媽媽"，乃是簡單化和本質化。劉再復指出丙崽的貧瘠的思維方式和精神特徵，其實不僅代表了丙崽的故鄉 —— 雞頭寨的父老兄弟的思維，也代表了整個中國國民的病態的思維方式。這種思維就是簡單的二元對立的思維，在文化大革命時期尤其流行，所有的人都被非此即彼地劃分為君子與小人，善人與惡人，好人與壞人，左派與右派，革命與反動，敵我矛盾與人民內部矛盾。在這種思維下，派生出的哲學觀念是永遠處於階級鬥爭狀態的 "你死我活" 的觀念。在寫這篇文章之前，他跟林崗合著的《傳統與中國人》已經出版，他們對 "君子/小人" 兩極之辨帶來的國民性的負面也做過分析。劉再復在〈論丙崽〉中繼續強調，丙崽所代表的非此即彼的思維深植在國民心裏，類似儒學的

5　楊水遠，〈作為思維方式和論證方法的黑格爾：劉再復主體性文論思想來源再考察〉，《華文文學》2018 年第 4 期，第 5-13 頁。

"君子小人之辨" 的道德教訓，除了政治教化原因之外，還有道德教化的原因，一旦跟專制主義結合，對中國國民性的傷害非常大。被這種思維控制的丙崽，永遠都長不大，永遠用極其簡單化的眼光看世界，很難產生自己獨立的價值判斷。

三

　　到了海外後，一九九五年劉再復和李澤厚出版了《告別革命》，這本書至今在大陸還是禁書，但是在海內外的影響非常大。在序言裏，劉再復明確地提出，在展望二十一世紀之際，"我們決心'告別革命'，既告別來自'左'的革命，也告別來自'右'的革命。" 他和李澤厚在《告別革命》中做的主要工作，就是 "反省二十世紀中國的基本思路"：

　　　　這些流行於社會並被我們的心靈接受的思路，除了上文已經提過的暴力革命有理的思路外，還包括歷史決定論思路、辯證唯物論思路、政治倫理宗教三位一體的思路、階級鬥爭與暴力革命有理的思路、兩項對立的思路、意識形態崇拜的思路等。與這種思路不同，對話錄主張以經濟為本，主張階級合作、階級調和，主張多元共生，主張改良漸進，主張開放輿論，主張政治與文學的二元論，主張社會和政府的區分，主張注意歷史發展的二律背反，主張重新確立人的價值等等。[6]

　　可見，他們告別革命，乃是告別革命思維與革命的 "你死我活" 的暴力手段。美國學者鄒讜非常欣賞《告別革命》這本書，還專門寫了長文來評論。他非

6　李澤厚、劉再復，《告別革命》，第 34 頁。

常敏銳地指出，李澤厚和劉再復的思想系統是從“二律背反”這個概念開始的，可以說，“二律背反”是他們的方法論、歷史觀和認識論。他們主張二律並存，不同於中國長期以來的一律壓倒另一律的思維方式，[7] 他們反對兩極分化、敵我分明、你死我活、互相廝殺，而主張共生共存的多元思維。鄒讜確實點破了這本書的核心哲學思想，這種追求多元和網狀的“二律背反”就是“第三空間”的哲學基礎。具體地說，李澤厚和劉再復在《告別革命》中試圖打破的思路就是絕對一元化的“大一統”的思路，以及“一個吃掉一個”的強制整合的思路，就像劉再復所說的，“多元的思路有一個重要的意思，就是尊重每元的獨立價值和獨立存在的權利”。[8] 他和李澤厚主張形成多元化的“相互制約的力量和政治、思想、文化活動的公共空間，杜絕政治霸權和文化霸權”，[9] 而這一公共空間就是容許兩極之間的各種不同的多元的力量共生共存的“第三空間”。

　　《告別革命》出版之後，同時受到中國社科院左派人士和海外激進民運人士的抨擊，兩邊不討好，說明這本書所倡導的超越二元對立的思維以及多元的共生共存的空間在中國的語境下是非常艱難的，幾乎難以實現。國內的左派無法接受李澤厚和劉再復對“暴力革命”的質疑，還停留在“革命 / 反革命、馬克思主義 / 反馬克思主義”的二項對立的思維裏；而海外激進的民主人士如劉賓雁和胡平等，則認為李澤厚和劉再復放棄了知識分子的批判精神，肯定改革開放，是為了討好政府。李澤厚和劉再復受到兩個極端的攻擊，說明中國知識分子角色的兩難處境，證明中國整個社會都缺乏“第三空間”，無法容納不同的多元的理性的聲音。劉再復在〈重寫中國近代史的期待 —— 簡答胡繩先生〉一文中對國

7　鄒讜，〈革命與“告別革命”—— 給《告別革命》作者的一封信〉，見李澤厚、劉再復，《告別革命》，第 18 頁。

8　李澤厚、劉再復，《告別革命》，第 39 頁。

9　李澤厚、劉再復，《告別革命》，第 42 頁。

內的左派和海外的反對派同時作了回應，他認為批評《告別革命》的雙方異曲同工，"從不同立場和角度認為暴力革命是好東西，當然不高興"。他強調："不討好任何人，正是思想者的本性。既不迎合當權者，也不附和反對派，只面對真理說話，這應當是思想者最高的心靈原則。不討好並不意味著'狂妄'，無論是當權者還是反對派，誰說出真理，我們都會感到高興，無論哪一方作出有道理的批評，我們都願意聽取。"[10] 海外民主陣營的劉賓雁固然讓人尊敬，他代表追求"積極自由"的力量，敢於對抗官方，但是他卻無法理解李澤厚和劉再復類似"消極自由"的選擇，不理解他們不肯加入反抗派陣營的個人選擇，不理解他們所堅持的妥協性抵抗的自由。在《告別革命》中，李澤厚和劉再復呼籲"多元共生的倫理"，主張階級協調、社會協調、對話論理、多元共存、和諧競爭，都屬於"第三空間"的思想範疇，但是由於這一多元、平等對話的空間在整個二十世紀的政治鬥爭中，幾乎沒有生存的餘地，所以才會被當權派和反對派的兩極所不容，然而，正因為如此，他們所提出的展望二十一世紀的大思路才尤為可貴。

四

在九十年代崛起的後殖民理論中，為了超越"殖民者和被殖民者"、"中心和邊緣"的兩極對立的思維，霍米·巴巴（Homi K. Bhabha）提出"第三空間"概念，把"雜交性"（hybridity）看作是一個充滿各種可能性的"第三空間"，用以反抗本質主義，以及解構文化帝國主義霸權。[11] 其實早於七十年代，馬克思主義理論家列菲弗爾（H. Lefebvre）就質疑單一的線型的歷史主義時間觀，力圖

10 李澤厚、劉再復，《告別革命》，第 360 頁。
11 Homi K. Bhabha, *The Location of Culture* (London and New York: Routledge, 1994).

突破絕對二元對立邏輯的束縛，提出空間性、社會性和歷史性三元辯證法，把空間塑造成一個開放包容的流動的場所，一個真實與想像的混合物，一種永不完結的過程。受到列菲弗爾的理論思想的啟發，另外一位美國學者愛德華·索亞（Edward W. Soja）用"第三空間"把許多後現代和後殖民理論家關於"他者"和"邊緣"的理論都貫穿起來，比如 Bell Hooks 的女性主義理論，還有福科的"異托邦"等，試圖走出現代主義／後現代主義、殖民／反殖民、男性／女性、白人／黑人、中心／邊界等的二元對立，而擁抱一個更加開放的寬廣的"第三空間"。最有意思的是，愛德華·索亞借用博爾赫斯（Jorge Luis Borges）的小說〈阿萊夫〉（"The Aleph"）來暗喻他所論述的"第三空間"。[12]〈阿萊夫〉是"空間的一個包羅萬象的點"，通過這個點，可以看到全世界的各個角落，連宇宙空間都包含其中，而"第三空間"就是包含著所有的燈盞和所有的光源的阿萊夫，即可以包容寬廣世界的阿萊夫，也可容納無邊無際的宇宙空間的阿萊夫。

劉再復心目中的"第三空間"也類似於博爾赫斯筆下的"阿萊夫"。他常常引用老子的哲學思想：

> 從禪的"不二法門"，我又走向《道德經》所揭示的"三"與"萬"，即"一生二，二生三，三生萬物"。這就是說，無限豐富的萬物萬有，皆由"三"產生。我把"三"視為兩極對立中的第三地帶，並認識到這個地帶的無限廣闊，其空間之大難以形容，所以我在海外選擇"第三空間"作為立足之所。在政治上，不立足於左右兩個極端，而是立足於兩極中的中間領域；在道德上，不崇尚大仁與大惡，因為完全的"仁"與完全的"惡"皆不真實。而在大仁大惡之間的許多人，"第三種人"，反而更加真實。

---

12 Edward W. Soja, *Thirdspace: Journeys to Los Angeles and Other Real-and-Imagined Places* (Malden: Blackwell Publishing, 1996), pp.54-59.

受到老子哲學的啟發，劉再復所描述的“第三空間”是無限寬廣的，可以產生萬物萬種，可以包容宇宙，具有無限的可能性，跟博爾赫斯所形容的“阿萊夫”有異曲同工之處。從思想的出發點來說，劉再復與霍米·巴巴和愛德華·索亞一樣，他們提出“第三空間”的概念，都是為了反省現代政治的二元對立的思維，希望能夠有所超越，而獲得新的思維的可能性。然而，他們的第三空間的概念有許多不同的特點。首先，他們的歷史針對性完全不同，霍米·巴巴和愛德華·索亞的“第三空間”概念產生於後殖民主義理論崛起的語境之中，他們為“他者”立論，立足於“邊緣”，試圖在“邊緣”的身份政治認同裏尋找更加開闊的空間，不被西方現代政治理論思維所局限；而劉再復的“第三空間”概念針對的則是中國二十世紀以來，一直抓住中國知識分子心靈的極左的文藝思潮以及階級鬥爭思維，針對的是暴力革命的直線的、獨斷的、你死我活的兩極思維，試圖找回多元的中間地帶。第二，霍米·巴巴和愛德華·索亞在談論“第三空間”概念的時候，雖然他們也用文學文本來分析，但是這些文學文本主要為了服務於他們對於文化政治和身份認同的考量，所以可以稱為是文化的“第三空間”；而劉再復的第三空間概念雖然與文化政治、哲學和文學三個層面都有關，可是最終他把文學完全放置在“第三空間”中，不讓它再成為黨派政治的附庸、傀儡和工具，所以可以稱為是文學的“第三空間”。

五

劉再復漂流到海外後，特別鄭重地多次提出“第三空間”的概念。他用金庸小說《笑傲江湖》中的超越正反兩派紛爭而保持獨立精神的“令狐沖處境”，來形容中國知識分子的典型處境，並且定義他的“第三空間”：

我說的第三空間，就是要充分尊重令狐沖的獨立精神，充分尊重令狐沖應有的三種權利：其一，批評的權利（不迎合、不依附的自由），其二，沉默的權利（不表態的自由），其三，逍遙的權利（不參與的自由）。在中國的文化史上，正因為有沉默的自由、有逍遙的自由，所以才會產生諸如《紅樓夢》那樣的代表著整個民族文化和藝術巔峰的偉大作品。我所說的知識分子的第三空間，指的就是這三種存在的權利。[13]

　　劉再復所說的"第三空間"，就是處於敵和我、黑與白、正與邪、革命與反動這種極端兩項對立當中的中間地帶，這一中間地帶具有寬廣的包容萬象的精神，允許價值中立的報刊、雜誌、學校、教會、論壇等知識分子的"公共空間"發出"眾聲喧嘩"的不同聲音，允許站立在這一中間地帶的黨派之外和集團之外的"檻外人"擁有他們作為個體獨立的權利。就像他自己一樣，從中心地帶遊離到邊緣地帶，不再夢想當"王者師"，或是做時代的"弄潮兒"，或是擁抱孫悟空式的"積極自由"的方式。他希望可以退守到這個中間地帶，保持自己的獨立思考精神，不依附任何黨派和集團，從事自己熱愛的文學事業。

　　第二，在哲學思想的層面上，劉再復的"第三空間"概念是建立在中道智慧和禪宗的"不二法門"的基礎之上的。他放棄了以往的"一分為二"和"對立統一"的思維，轉而選擇"中道"、"中立"、"中和"的思想。他受到龍樹的中道智慧思想的影響。龍樹的代表作《中論》，認為兩極皆是深淵，唯中道是光明大道。劉再復不僅認識到俗諦，也就是"世間法"，世俗社會認定的真理，而且認識到真諦，也就是"超越法"，超越世俗原則的真理。他試圖打通俗諦和真諦，比如認識到《紅樓夢》中的林黛玉和薛寶釵就分別象徵著真諦和俗諦，是一種互

---

13 劉再復，〈雙向思維與大時代基調〉，《滄桑百感》（香港：天地圖書有限公司，2004年），第35頁。

補結構和二律背反。從這種中觀視野和中道智慧出發,他更加理解了《紅樓夢》中的"假作真來真亦假,無為有處有還無"的"中道"宣言,還有曹雪芹在寫人性的時候脫離"大仁"和"大惡"的方式。另外劉再復近禪宗,超越以往的"一分為二"的哲學,接受禪宗的"不二法門"的思想,去掉分別相,也就是沒有分別心。他評論《紅樓夢》的時候,特別重視賈寶玉所體現的破"分別心",類似釋迦摩尼,愛一切人,理解一切人,擁抱佛家的眾生絕對平等、慈悲沒有界線的精神。於是,建立在中道智慧和"不二法門"的哲學基礎上的"第三空間",就有了無限的延伸,寬廣而博大,如同獲得了宇宙境界和澄明之境,達到"萬艷同杯"——"天地之間,萬種顏色、萬種姿態、萬種類型的生命的發生與結局都相互關連",[14] 對天地間的萬種人物和生命以及多元的情懷都加以兼容,加以理解。

第三,在文學的層面上,劉再復非常清醒地認識到,文學和藝術只有在"第三空間"才能夠獲得真正的獨立和自由,才會有更大的創新,所以他把文學完全安置在"第三空間",使得"第三空間"多了霍米·巴巴的"第三空間"所沒有的內涵,那就是不再受世俗世界的局限,而是自由地超越現實和想像、高貴與卑微、中心與邊緣的界線,或者說,他在政治和社會的維度上,加上了文學的維度,賦予"第三空間"想像的地帶和心靈的境界。他認為自由往往存在於"第三空間",而文學比任何學科都自由,但是自由一定要靠自己去領悟,所以作家要贏得寫作自由,就不能做任何政治或宗教的預設,而是要超黨派、超政治、超因果,要有禪宗"不二法門"的大慈悲心,只有超越了政治的是與非、道德的善與惡,理解文學的非功利性,理解文學的"無目的的合目的性"(康德語),[15] 才能從更高的人性的層面來觀察世界,這樣的文學才會具有超越時代的永恆價值。

---

14 劉再復,《紅樓哲學筆記》(北京:生活·讀書·新知三聯書店,2009 年),第 205 頁。

15 劉再復,《怎樣讀文學 —— 文學慧悟十八點》(香港:三聯書店〔香港〕有限公司,2018 年),第 62-64 頁。

六

　　李澤厚雖然從未像劉再復那樣，非常明確地提出過"第三空間"的概念，但是他在《歷史本體論》中所提出的關於"度"的本體性，在我看來，其實也屬於"第三空間"的範疇。他說"度"就是"掌握分寸，恰到好處"，不同於"質"和"量"，"度"就是"技術或藝術，即技近乎道"，"關乎人類存在的本體性質"。李澤厚對"度"的定義，其實建立在中國上古思想的"中"、"和"、"巧"的基礎上，既是一種實踐與實用的創造，又跟人類歷史不斷發展的自由感 —— 美感緊密相連，所以他把"度"定義為人類學本體論的第一範疇。顯然，"度"與李澤厚提出的"實用理性"和"樂感文化"的哲學思想是密不可分的，是歷史所建構的生活中積累的實用合理性，強調的是實際操作的靈活性、合理性、相對性，甚至美感，以達到"立美"、"以美啟真"。跟西方的抽象思辨和邏輯思維完全不同，"度"隱藏在生活的實際判斷、操作和把握中，來源於儒家的"中庸"與中國辯證法的陰陽五行等哲學思想，既包含雜多的形式，又融合歷史的變異性，以及現實的合情合理性。[16]

　　劉再復的"第三空間"範疇重視個體自由的定義，其實正好與李澤厚的"度"相通，因為中國二十世紀以來的語境中缺乏的正是對個體自由的尊重。不過，跟李澤厚的"度"的本體論不同，劉再復認同佛家的"中道智慧"，特別注重其與"中庸之道"的區別，也就是說，他不僅重視屬於實用理性的俗諦，也重視屬於超驗世界中的真諦。他認為中庸之道有時會"和稀泥"，犧牲原則，而中道智慧則無須犧牲原則，能夠立足於更高的精神層面上去理解衝突的兩端。[17] 劉再復

16　李澤厚，《人類學歷史本體論》（天津：天津社會科學院出版社，2008 年），第 61-93 頁。

17　劉再復、劉劍梅，〈"紅樓"真俗二諦的互補結構 —— 關於《紅樓夢》的最新對話〉，《華文文學》2010 年 5 月，第 105-112 頁。

特別強調中庸之道屬於“俗諦”，屬於生活中的常行之道和道德境界中的理念，而中道智慧則同時接受和理解俗諦和真諦，屬於天地境界中的理念。比如，他在《紅樓夢悟》中談到兩種“還鄉”，兩種歸宿，兩種“澄明之鄉”：一種是像林黛玉那樣向“天”歸，回歸於空，回歸大自由大自在之所；一種是像巧姐兒式的向“土”回歸，回歸質樸的生命之源。這兩種回歸也可以闡釋成，一種回歸到真諦，另一種回歸到俗諦，二者都同等重要。

李澤厚是非常堅定的唯物主義者，拒絕認同宗教，只確認人是歷史實踐和社會實踐的存在，而劉再復則徘徊在“唯物”和“唯心”之間，並且反覆指出文學的天然立場就是超越的，是對世俗社會的功利性的超越。[18] 當劉再復論述文學的主體性時，他把宗教意義上的“超越”的概念引進文學。他認為，每個作家都有雙重角色和雙重主體的身份，一種是“世俗角色即現實主體”，一種是“本真角色即藝術主體”，而作家在創作時，一定要讓本真角色超越世俗角色，讓藝術主體超越現實主體。因為有了這一角色的超越，作家才能夠具備超越現實的視角，用“天眼”、“佛眼”、“法眼”、“慧眼”，甚至是“宇宙極境眼睛”或“大觀的視角”來看世界，這些視角都屬於他的“第三空間”的視角，都是超越敵我、善惡、正反這類現實中的二元對立的視角，令作家能寫出充分的個性和人性的文學作品。[19] 由於這一超越的視角，我們可以看到劉再復所構築的“第三空間”更趨於美學的“第三空間”或文學的“第三空間”。

---

18 古大勇，〈李澤厚、劉再復比較論綱〉，《華文文學》2018 年 1 月，第 8-19 頁。

19 劉再復，《什麼是文學 —— 文學常識二十二講》（香港：三聯書店〔香港〕有限公司，2015 年），第 62-65 頁。

七

在這文學的"第三空間"中，劉再復不是以"度"作為本體論，而是以"心"作為本體論，剛出國不久，他在《獨語天涯》中寫了"童心百說"。後來，他重讀中國傳統文學中的"四大名著"，都是以心讀心，發現《水滸傳》的兇心、《三國演義》的機心、《西遊記》和《紅樓夢》中的童心和佛心。據他自己總結，他的心性本體學的主要來源是"唐代慧能（《六祖禪經》）以宗教形式出現的自性心學"、"明代王陽明（《傳習錄》）以哲學方式呈現的良知心學"、"清代曹雪芹以文學形式展示的詩意心學"。[20] 對他而言，人最首要的是心的快樂、精神的快樂、自由的快樂和審美的快樂。就像他常常引用的賈寶玉的話："我已經有了心，要那玉何用？"他認為寫作不是為了立功立德、立言立名，而是為天地立心，為自己立心。陸九淵的"吾心即宇宙"，"宇宙即吾心"，啟發了王陽明的"龍場徹悟"，也啟發了劉再復的頓悟："賈寶玉，賈寶玉，那不是'物'，也不是'人'，那是一顆'心'！這顆心，是詩之心，是小說之心，是文學之心，是你我的應有之心。讀懂這顆'心'，就讀懂了《紅樓夢》，就讀懂了世界、人類、歷史，就讀懂了一切。今後，你不管走到哪個天涯海角，都要雙手捧著這顆'心'！"[21]

劉再復的"心學本體性"實際上有很強的歷史和現實針對性：一是針對以往革命時期強制性地進行個人"心靈的國有化"的政治運動；[22] 二是針對當下科技高度發達，"工具理性"幾乎統治一切的人的異化問題。在革命運動中的"交

---

20 劉再復，《賈寶玉論》（北京：生活·讀書·新知三聯書店，2014 年），第 4 頁。

21 劉再復，《我的心靈史》（香港：三聯書店〔香港〕有限公司，2019 年），第 163-164 頁。

22 王德威也提到劉再復的"回心"是針對革命時期的"心靈國有化"。見王德威，〈山頂獨立，海底自行〉，《華文文學》2019 年第 4 期。

心"、"鬥私批修一閃念"、"思想深處鬧革命"等，都不允許每個個體擁有自己獨立和自由的心靈，而變成"心靈國有化"。劉再復在《我的心靈史》裏描述了他經歷文化大革命時，在革命的高壓下，心靈完全分裂、人格完全分裂的情景，心靈不歸個人所有，而是完全歸政府所有，歸黨所有，歸國家所有，所以他到海外最開心的就是重新獲得完整的人格和完整的心靈。除了針對革命時期的"心靈國有化"，劉再復的"心學本體論"也針對當下世界越來越往"器世界"的方向發展的問題。他認為魯迅早於一九〇八年就發現這種"文化偏至"，整個地球重"物質"，而不重"靈明"，而到了當下的時代，人不僅被"工具理性"所奴役，而且還被金錢所奴役，大家都更加重視"器世界"、"物世界"，而不是"心世界"。

王德威認為，劉再復的第三空間並不虛無飄渺，其實是知識分子安身立命的所在。他指出劉再復的"第三空間"包含兩個重要的內容：自由和悲憫。

> 自由與悲憫似乎是老生常談，但劉再復藉此發掘"立心"的激進層面：前者強調文學"依自不依他"；後者強調文學對"他者"無所不與的包容。兩者並列，其實是辯證關係的開始。理想的文學跨越簡單的人格、道德界線，典型論、現實論的公式就此瓦解。文學如此兼容並蓄，繁複糾纏，絕不化繁為簡，就是一種彰顯自由、表現悲憫的形式。[23]

王德威非常準確地把握住了劉再復"心學本體論"的兩大精神內核。關於"自由"，首先，劉再復強調的"自由"不僅有孫悟空那樣的"積極自由"，也有莊子似的"消極自由"；其次他強調自覺自悟，比如賈寶玉的玉 ——"外在之物"並不能帶給他自由，自由必須通過他自己的心覺，才能如逍遙遊的大鵬一樣自由

---

23 王德威，〈山頂獨立，海底自行〉。

翱翔；再次，他也談到自由和限定的關係，比如孫悟空和唐僧的關係就是自由與限定的關係，代表自由不是放棄責任，"自由權利與社會義務也是一種相依相存的結構"。[24] 關於慈悲心，劉再復受到莊子的〈齊物論〉和禪宗的"不二法門"的影響，特別主張作家一定要有慈悲心，也就是無分別心，無尊卑貴賤之別，尊重人格的平等和心靈的平等，尊重每一個個體的生命價值，不簡單地劃分好人／壞人，而是要超越政治的是與非、道德的善與惡，做到無目的、無動機、無界線的大慈悲，用人性的眼光，用"慈無量心，悲無量心，愛無量心"去對待每一個人，[25] 包括罪人。

　　"第三空間"在政治層面上，或者社會層面上，都不容易實現，屬於莊子所說的"有待"的狀態，因為要靠外界的力量，比如政府、公共輿論、自由團體、社會系統等。但是，在文學層面上，第三空間可以是莊子所說的"無待"的狀態，可以像博爾赫斯的"阿萊夫"一樣無邊無際，可以像宇宙一樣浩瀚無垠，像萬物一樣茁壯成長，因為作家只要"把自己的心修好了，就什麼都好了"。[26] 作家只要在自己的內心去尋找力量，自覺、自明、自悟、自度，就不會被外界所奴役，不會被"物世界"和"器世界"所奴役，而獲得精神創造的大自由大自在。

二〇一九年十一月寫於香港清水灣

---

24 劉再復，《〈西遊記〉悟語三百則》（澳門：中國藝文出版社，2018 年），第 14 頁。

25 劉再復，《賈寶玉論》，第 10 頁。

26 劉再復、古大勇，〈中西"大觀"視野下的文學批評和文化批判 —— 劉再復先生訪談錄〉，《甘肅社會科學》2015 年第 6 期，第 95 頁。

簡論劉再復的
文學主體論

林崗
中山大學教授

一

　　整個八十年代"文學研究思維空間的拓展"潮流是在文革結束後中國共產黨內反思兩個"凡是"樹立實事求是思想解放路線的大背景下出現的。黨內的反思既是思想性的,也是政治性的。思想性的那一面,有利於開拓空間讓文學和批評理論踏足以往未曾踏足的命題和領域;而政治性的一面,則制約和決定著思想解放的程度。政治的那一面就像保險絲提供給電壓變化一個極限一樣,保證思想的探索不越過可以耐受的限度。中國當代史的這個節點,與中國歷史上禮崩樂壞、王綱解體情形下的百家爭鳴有根本的不同,它本質上是檢討文革極端路線重新確立治國的再出發方向下探索期的產物。當這個探索期結束,思想解放也就告一個段落。從政治的一面說,思想解放是為了改革開放政治路線的確立,可見連思想運動都要從屬這個最大的政治,文學乃至理論批評當然也只能是託庇於這個大背景之下,是這個大背景下的小細流。政治大背景的走向決定著思想理論探索的走向,當政治大背景的走向在八十年代末期戛然而止的時候,思想的探索也戛然而止就是相當順利成章的了。筆者相信劉再復本人對此也是始料不及的,所以主體論也是處於未完成的狀態。

其次是與建國後文藝格局的變動有關。既然在現代革命的過程中形成了軍事戰線和文化戰線，就意味著文藝是整個革命機器的一個組成部分。在軍事鬥爭未曾完成的年代文藝戰線尚存在“各自為戰”的狀況。胡風的理論就屬某種程度的“各自為戰”，然而建國後這種憑藉自主革命激情來界定文藝與整個大格局關係的做法不以人的意志為轉移地變得越來越沒有生存的空間，而通過統一的意志和組織來進行按部就班式的文藝工作變得越來越普遍化。就像韋伯討論“以政治為業”時指出有“為”的方式和“靠”的方式那樣，“‘為’政治而生存的人，從內心裏將政治作為他的生命。”而“力求將政治作為固定收入來源者，是將政治作為職業，‘靠’它吃飯”。[1] 將韋伯所說的政治一詞換作文藝，大致情況不差。這是一個社會從動盪進入和平建設的理性化使然，從前是“為”文藝而生存，如今卻逐漸變成“靠”文藝而生存。整個文藝格局存在一個從“為”到“靠”的轉變。一方面是加強全域秩序的需要，使文藝日益脫離創作者自主性的努力進而依賴更加詳細的寫作指導意見。這種寫作的指導意見更在文革中發展到登峰造極的“三突出”原則。筆者還記得有句形容當時創作的話，叫做“領導出思想，群眾出生活，作者出技巧”。另一方面，文藝也日益具有衣食飯碗的意義。組織化所能提供的地位、聲望、榮譽源源不斷地供給，吸引了潛在的作者前來，為如何落實新時代寫作的指導意見提供有效的物質保障。兩方面的作用合成的結果就是創作變成了王國維當年說的“羔雁之具”。建國後近三十年裏大部分作家都浸潤在這個大的趨勢中，所作與舊文人的應酬幾無兩樣。過去是應無聊之酬，如今是應“革命”之酬。只有很少作家由於個人的機緣獨自選擇寫作道路而有所成就。像趙樹理堅守鄉土立場，寫出《三里灣》；像柳青在長安皇甫村落戶十四年寫出《創業史》第一部；像老舍從歷史的回望中產生靈感寫出《茶館》。這個建

1　韋伯著，馮克利譯，《學術與政治》（北京：生活·讀書·新知三聯書店，1998年），第63頁。

國後形成的文藝大格局讓有文藝追求的作者如同置身囚牢之中，無從動憚。也正所謂物極必反，文革結束，昭示著否極泰來。而當時文藝的大格局和建國以來的種種教訓，深刻地影響著日後文藝批評理論的探索。

待劉再復探索新的批評理論之前，承繼被胡風認為教條和公式主義的左翼內部文學"路線圖"已經發展起完備的批評和創作理論了。這個理論的哲學基礎是反映論。由意識反映存在，而文藝是意識形態之一，故它反映社會存在。文學又是怎樣反映的呢？作為文藝的特性和創作的核心那就是用典型的形象，因此作家塑造出典型環境的典型人物，就能夠正確反映社會存在。怎樣寫出典型環境的典型人物呢？那就要遵循"三突出"的創作原則。很明顯，哲學基礎是這理論的前提；典型論是第二層，針對著文學的訴諸感性的特徵；"三突出"原則就是寫作的技巧論。這套理論是高度成熟的，既可以批評，又可以用於創作。一句人物形象不典型，不能正確反映社會關係或階級關係，小則被戴上唯心主義的帽子，大則上綱上線，這是建國後近三十年文學批評和創作的常見狀態。如是單論對文學的認知，這套理論的別個論點未嘗不有幾分道理，但從創作實踐的角度看則完全失敗。

二

文學主體性理論有三個構成部分，或者說它朝三個方向伸延論述，"即：（1）作為創造主體的作家；（2）作為文學對象主體的人物形象；（3）作為接受主體的讀者和批評家。"筆者覺得，這三個伸延論述最有創意和針對性的是前面兩個。它們包含了對重大理論問題的思考，這些思考達到了"正統"所能容許的極限。在對象主體性的部分，劉再復實際探討的，簡言之即人是什麼？理解文學而回到這個最初的原點似乎"倒退"太多，但數十年來胡風所稱公式教條主義大行其道，弊端固然出在文學，但思想的根子卻不是文學而是哲學。劉再復敏銳地看到這一點，這才是他回到原點的原因。以往理解人的出發點是馬克思那句著名的話，"人是一切社會關係的總和"，被奉之為圭臬，於是社會關係就定義了人。對作家表現的人來說，寫出種種表徵"社會關係"的事物，如社會力量的對比、階級關係、階級衝突等，就算是寫好了人。落實在寫作上，則將人分類定格，如"正面人物"、"反面人物"、"英雄人物"、"落後人物"、"中間人物"等等。所有這些貼標籤的幼稚做法，劉再復將之總括為"主體性的失落現象"。其根本缺陷是取消了"以人為本"，轉而"以物為本"。人的豐富性、自主性、自由等都在馬克思主義的旗號下統統被抽空了，人的所存，僅剩空名，人轉義而為物。劉再復認為，這一切的原因是教條式地理解了馬克思，選擇性地忘記了馬克思關於人是"自為的存在"、"有意識的存在物"的思想。站在今天的角度也許有人會問，既然根本出在哲學，那論辯在當時的條件下就不得不圍繞一個實際上的死結：究竟什麼是馬克思的真義？徵諸建國後歷次思想的爭論，被視為具有"異端"性的一方一旦被如何理解"教義"所纏繞，則其命運大體就被決定了。因為無論怎樣的思考，其前提一旦出自"教義"，則關於什麼是某種"教義"的準確含義，就不是思想論述本身所能單獨決定的，它必然牽涉解釋權。誰握有"教義"的最終解釋權？於是，我們看到，劉再復倡導的文學主體性理論，其實是將自身置於進退兩難的不利處境。他在這裏明明知道，他挑戰的不僅是思想觀念，而且也是"教義"，但是他拿起的批判武器也同樣不僅是思想觀念，也被看作挑戰"教義"。他做到了當時能做到的極限。正是在這個複雜的局面裏，我們看到劉再復的道德勇氣。

主體論伸延出來的創作主體論或稱作家主體論本質上是思辨或哲學的創作論，這是劉再復提出主體論的一大特色。劉再復沒有太多探討作家拿手稱雄的"能事"，即創作的構思、技術問題等，這部分內容他歸之為"實踐主體性"。他重點討論的是"作家內在精神世界的能動性，也就是作家實踐主體獲得的內在機制，如作家的創作動機，作家在創作過程中的情感活動等等"，劉再復稱為的"精神主體性"。[2] 這個思路很顯然區別於胡風的主觀論。胡風批評理論的精華即集中在論述作家與所寫題材人物的關係，指出作家需要與之"肉搏"、"燃燒"、"融合"，很像劉再復輕輕放過的"實踐主體性"。我覺得，劉再復所說的作家精神主體性，更像是論述作家應該有什麼樣的人格境界，是一種在新的歷史環境裏的作家人格境界論。他的人格境界論最為強調的是作家主體精神的超越性。

在具體展開論述的過程，劉再復借用了馬斯洛的"需求理論"。馬斯洛將人生需求的最高層次定為"自我實現"，所以劉再復也就予以借用了。實際上不借用也行，要是不借用，就可以不著可有可無的個性主義的痕跡。因為講到底，作家的人格境界可以是純粹個性主義的，也可以是將個性主義包涵在內但非純粹個性主義的。僅僅將作家主體性的實現定義為"自我實現"，似乎語辭不能盡道其所包含的豐富意蘊。從這個角度看，劉再復的補充論述，認為創作實踐應當追求超常性、超前性和超我性，就十分必要而且合理，體現了理論家的敏銳和洞察。劉再復認為，作家要想讓創作次第昇華，邁向更高的境界，首先要"超越世俗的觀念、生活的常規、傳統的習慣偏見的束縛"；其次要追求"巨大的歷史透視力，能超越世俗世界的時空界限"；然後當追求超我性。在這裏劉再復對來自馬斯洛的詞彙"自我實現"進行了重新定義。超我性意義上的自我實現不是將一切歸於自我，"自我實現是為了實現自己的理想力量、智慧力量、道德力量和意志力量。為了實現自己這些主體力量，作家不承認外界的偶像，包括不承認自我的偶像"。[3] 掙脫了自我偶像的超我性，被劉再復最終理解為"超越封閉性自我的大愛"。他在文中使用"使命意識"和"憂患意識"來形容詩人作家的超我性，認為這才是"古今中外優秀作家最核心的主體意識"。聯想到哲學家用宇宙天地境

2　劉再復，〈論文學的主體性〉，《文學評論》1985 年第 6 期。

3　劉再復，〈論文學的主體性〉，《文學評論》1985 年第 6 期。

界來命名人格修養的終極澄明，劉再復此處所探討的作家精神主體性，已經與此有異曲同工之妙了。

現代文論自王國維之後，創作者的精神性內涵，已經久不討論了。它作為一個命題，在文學理論領域漸次消失。自左翼文學興起，在現代革命大潮的背景之下，它蛻變為作家的世界觀問題。然而經此蛻變，其含義完全顛覆。轉義為不是在人格境界的脈絡下探討其內涵，而是在世界觀改造的脈絡下如何讓作家轉變立場。可以說命題和含義都完全南轅北轍。在這種精神氛圍之下，作家的人格越來越萎縮、卑微，乃至失去其精神靈魂。建國後能突破這個框架的作家鳳毛麟角，更多的作家剩下的是為"政治"服務的"技巧"，成為文學領域的"匠人"。這個作家在當代的"匠化"現象，是當代文學最嚴重的失敗，也成為當代文學史上的嚴重問題。劉再復的文學主體論少談作家的"能事"，多論作家的人格境界，其實是有很強針對性的，很有必要。期待結束這個"匠化"現象，是他感受的社會時代的使命。他提出關於作家精神主體的論述，是當代重拾源遠流長的作家人格境界論命題的第一人，其深度、廣度和針對性在同時代都無人出其右。

〈論文學的主體性〉發表之後，隨即引起激烈的論爭。論爭沿著從思想的論辯向政治意味濃厚的方向演變。到了一九八九年社會氣氛已經變得不再適宜做類似理論探討了，倒是劉再復本人心有戚戚。他在海外寫了長文〈再論文學主體性〉，回答了別人對他的責備，解釋了他的理論用心，並且補充了他後來認為不夠完備的若干論述。因為將主體問題引入文學，作為一個批評的立足點是一回事，作為建構新的文學理論大廈是另一回事。劉再復當初致力的，應該是後者。但是這樣做會產生新的問題：主體這個概念究竟能不能達到如此高的提綱挈領的程度，產生出統率性的效果？疑問歸疑問，劉再復本人卻是一如往昔地努力，我們可以看到他鍥而不捨的頑強精神。他通過擴展主體的概念，讓它產生更大的適應性，以涵蓋文學領域更多的問題。例如他在"創造主體性"部分論述了"藝術主體對現實主體的反抗與超越"問題；他在"技巧的追求"部分，提出了"詩與

　　　　　　　　　　　　　簡論劉再復的文學主體論

小說文本中顯主體和隱主體的反差與變幻”問題。[4] 這些理論的努力都看得出他將主體概念伸延到更具體的文學藝術的特殊性中的用心，按照主體的邏輯構想一個新的理論大廈。

三

　　洪子誠對現代文壇格局有一個觀察：“在中國文學總體格局中，左翼文學成為具有影響力的派別，在三十年代就已開始。到了四十年代後期，更成了左右當時文學局勢的文學派別。”[5] 這個判斷無疑符合事實。左翼文學發生於五四“文學革命”之後的“革命文學”及其內部爭論，隨著現代革命的興起而日益獲得文壇的影響力而成為主流，又隨著開國建政，左翼文學的潮流也最終統合成社會主義文藝。過去對於這一文學潮流的發展多從外部的視角入手，探討它與其他對立的文學思潮的鬥爭。即便是建國後，這種外部視角也得到了延續，將本來屬內部性的分歧處理成敵意的性質，例如一九五七年對錢谷融文學是人學觀點的批判。其實當我們將左翼乃至建國後的文學潮流處理成一個自成系統而在現當代史上綿延推進的文學潮流之後，它的內部性分歧和爭議的激烈程度，毫不亞於它的外部性分歧和爭議。它的內部性分歧和爭議一樣貫串由始至終。這向我們提出一個解釋的難題，同一文學思潮的內部何以發生如此激烈的觀念對峙？其原因是什麼？外部性的視角雖然方便，但顯然回答不了這問題。所以有必要換一個視角，從內部性的角度來觀察這個現當代文藝思潮史的現象。

4　劉再復，〈再論文學主體性〉，見劉再復著，沈志佳編，《文學十八題》（北京：中信出版社，2011 年）。

5　洪子誠，《中國當代文學史》（北京：北京大學出版社，2007 年），第 9 頁。

二十世紀二十年代的時間節點是社會環境異常殘酷的時間節點，恰好這個時候馬克思主義文藝觀或稱革命文藝觀在中國土地傳播和生長。從它的生長伊始實際上它就從屬於興起中的革命運動，它是整個中國現代革命的一個組成部分，無論參與到其中的人的主觀願望如何，都不能改變這個革命實踐格局形成的狀況。中國現代革命就像廣納百川的巨流，左翼文藝不過是其中的支流。作為文藝不加入則已，一旦加入就只能在巨流中體現自身。文藝是諸陣線中的一個陣線，就像其他任何陣線一樣，它只能從屬並服務於勝利的總目標。這個基礎一旦奠定，其慣性就一直延續下去。儘管進入建設時期之後，文藝的生長環境大為改觀，但是一來是因為戰爭形成的慣性，二來也是馬克思主義文藝觀總體性的要求，它被視作社會意識形態的一個組成部分，文藝是整體事業中的一個組成部分這一點始終沒有改變。這個總的背景引致兩個問題，它們都與上文所說"路線圖"的爭議有關，既是"路線圖"爭議的根源，也是爭議長期存在的土壤。這兩個問題是，對作家和創作的特殊性欠缺關注和認識；存在強大的推力使文藝落實為具體目標的工具。

　　劉再復不僅是文藝理論家而且也是一位大作家。這一點對瞭解他的看法很重要，很顯然他的觀點裏都或明或暗地顯示了作家的立場，或者說是站在作家本位或者如何更有利於推動創作的角度闡述其觀點的。劉再復的文學主體論，其正面樹立的精神主體論、超越論，本質就是作家的人格境界論，無疑是創作論。劉再復對作家精神主體境界的關注和論述更與魯迅"革命人"的說法有異曲同工之妙。作家更關心創作，也更懂創作。古人將之稱為詩人的"能事"。所謂"能事"就是專擅之事。凡是專擅之事就意味著有他人所不能或他人所不擅的地方。左翼文學，既稱文學，它同樣也存在他人所不能或他人所不擅的地方。但恰恰是這重要之處，在革命文學觀念傳播生長的時候，並非所有認同其基本觀念的人都能給予足夠的尊重和關注。文學因其訴諸感性形象、情感和趣味，有更多的讀者、觀眾和聽眾，無論革命時期還是建設時期都有宣傳人民鼓舞人心的任務，"筆桿子"

的價值不容小覷，然而這種對文學的作用有多少是取重於它的宣傳價值，有多少是出於推動文學在新的革命和建設環境下的發展，事實看來恐怕還是前者居多。這裏我們明顯看到兩種相互區別的出發點：宣傳的出發點與作家創作本位的出發點。雖然雙方都在革命文學的陣營，都期待推動左翼文學，然而出發點卻不一樣。兩者都是長期的存在，貫穿於現當代整個歷史過程裏。於是我們就會看到，圍繞著怎樣推動和建設符合理想的文學產生了激烈的分歧和爭議。雙方都認同革命文學的總體目標，但一講到文學的細處就截然不同。站在宣傳的角度就有宣傳的講法，站在作家創作的角度就有創作論的講法。不過今天我們知道得很清楚，站在宣傳角度的見解離文學較遠，而站在作家創作角度的見解，更符合文學的本性，離文學更近。前者對於文學的貢獻甚微，而後者對文學的貢獻較大。

馬克思主義文藝觀從根本上說是總體性特徵強烈的文藝觀，這與前馬克思主義文藝觀存在很大的差異。文藝觀只是馬克思主義理論大廈的一處小房間，這個小房間是從整個理論大廈的棟樑支柱，大結構合乎原理地構築起來的。馬克思主義的哲學觀、社會觀、歷史觀很自然成為其理論的前提，文藝觀只是這些前提原理的合乎邏輯的推衍和發展。通觀馬克思主義文藝觀的發展史，最初是一些片斷的論述，隨著革命運動逐漸深入，理論的伸延和細化都得到了擴展，但是也能觀察到，理論的運動一面是伸延細化，另一面卻是由不斷地回歸，回歸到那些根本提前和原理中去。這種在實踐中一面伸延，一面回歸的傾向是為其總體性特徵決定的。因為任何大提前的推衍最後都必定印證了前提的合理性，這是理論系統總體性的要求，也是總體性的體現。這樣，在馬克思主義文藝觀的發展歷程中，一方面存在著空間細化的伸延，另一面存在向著哲學觀、社會觀和歷史觀等大原理的回歸傾向。可能的伸延空間吸引著認同革命理念的批評家和作家，尤其是那些體驗到寫作甘苦的人往往就朝向作家本位的方向論述，但是這些論述又被來自相同陣營而又沒有多少創作體驗的人朝向回歸傾向的方向質疑為是否離開基本原理。魯迅之被封為"封建遺老"，胡風之被批評為"主觀主義"，劉再復之被質疑為“關係到社會主義在中國的命運也關係到馬克思主義在中國的命運”，[6] 都屬這種情形。當理論的回歸傾向藉助於政治力量的定性，見解的分歧就不可避免上升為冤案和悲劇，正像我們在“胡風事件”中所看到的那樣。如果今後能夠健全機制，使得理論的分歧和爭辯不再上升為政治層面，馬克思主義文藝觀所特有的總體性，無論是伸延細化的空間和它的回歸傾向，對文藝論的豐富和發展其實都是有益處的。

左翼文學成長於政治動員氣氛濃厚的年代，直到建國後文藝思想鬥爭的氛圍得到了延續，因此文學宣傳的角色總是能夠得到極大的支撐，也就是說總是存在現實的需要，讓文學站出來為宣傳的使命兩肋插刀。這個強烈的現實需求轉化為文藝觀命題的時候，作家的角色往往就退居到次要的位置，而題材、人物和故事上升到第一位，彷彿作家只是一個提供落實意圖的技巧工具，而題材、人物和故事才能夠被賦予最明確的革命文學表徵。於是在文學實踐中，“人”的因素往往被“物”的因素壓倒。批評家是站在“人”即作家一邊，還是站在“物”即題材、人物和故事一邊，就成了分歧的界線。比如，錢杏村認為《吶喊》、《彷徨》已經過時，理由就是題材陳舊，中國的農民大眾已經“反抗地主，參加革命”了。[7] 胡風提出作家寫勞苦大眾，當寫出他們“精神奴役的創傷”。胡風的看法延續五四文學的現實主義傳統，卻長期受到來自延安批評家的詬病。歌頌還是暴露，也長期成為一個帶有禁忌色彩的問題。不可否認，題材、人物和故事在落實創作意圖的時候有一定的重要性，就算是為了宣傳，也未可厚非。但是也要明白，當將題材、人物和故事視作完成創作的第一要務，其創作必定離文學更遠。建國後實際上是越來越加速走上輕視創作中的作家因素，重視題材、人物和故事等“物”的因素的道路，其結果便是文學的路越走越窄。“領導出思想，群眾出

6　陳涌，〈文藝學方法論問題〉，見《紅旗》1986 年第 8 期。

7　錢杏村，〈死去了的阿 Q 時代〉，載《太陽月刊》3 月號，1928 年 3 月 1 日。

　　　　　　　　　　　　　簡論劉再復的文學主體論

生活，作家出技巧”是這種文學局面的生動描述，其實也是社會主義文藝實踐的慘痛教訓。中國現當代文藝思潮上的論爭，儘管在相同陣營的內部都帶上了攻訐、上綱上線的色彩，戰爭和人為鬥爭造成的環境因素是一個重要的原因，甚至分歧的界線劃在以“人”還是以“物”的邊上，都與這個文藝觀生長的社會環境緊密相連。當強大的推動力存在讓文學成為落實具體政策目標的工具時，作家不得不失去他創作的自身主體性，題材、人物和故事被提到第一位。那些不能認同這一做法的批評家便再次站出來強調“人”的因素。是“人”還是“物”就成為了文藝思想分歧的軸心。

二〇一九年十一月寫於香港清水灣

劉再復的
思想意義

楊聯芬
中國人民大學教授

一九八〇年代初，劉再復先生以"人物性格二重組合"為理論突破口，為文學回歸人本、重建人道主義人性觀，貢獻巨大。一九八五年他以〈論文學的主體性〉挑戰幾十年來統治文壇的機械反映論，成為新時期文學理論衝破極左禁區、回歸審美、捍衛創作自由的思想大纛。一九九五年，他與李澤厚先生提出的"告別革命"，仍然體現了其一以貫之的人文情懷與思想追求。

本文以劉再復一九九〇年代以來的文學和思想論述為主要考察對象，在二十世紀中國思想史視野內，檢討其前後期理論話語之變化及其一貫性，論析其在中國現當代文學史研究中所具有的獨特魅力及思想意義。

一、為何"告別"

一九九〇年代中期，經過艱難選擇，中國大陸迎來不談意識形態、"悶聲發大財"的市場化時代。此時，流亡海外的李澤厚、劉再復兩位先生，出版了驚世駭俗的《告別革命》。[1]

　　"告別革命"這一命題,因觸動了二十世紀中國最敏感的神經,一石激起千重浪,結果是"兩頭不討好"。一方面,正統意識形態話語以特有的政治嗅覺,指"告別革命"是八十年代"資產階級自由化思潮"的繼續,且與九十年代初蘇聯和平演變同聲相求,因而"從頭到尾體現了瓦解中國的社會主義制度的目的";[2]"其根本的目的是要消除主流的意識形態,即馬克思主義";[3]是要"告別社會主義,告別近代中國人民的全部革命傳統",[4]是"反馬克思主義"的"歷史虛無主義"。[5]另一方面,一些仍然秉持八十年代啟蒙立場的學者,則認為"告別革命"與彼時的官方話語,即有意淡化意識形態、強調市場經濟而擱置乃至放棄政治體制改革的策略,有合謀之嫌,[6]甚至認為知識分子由此淪為"資本和權力的婢女"。[7]

　　"左"、"右"都不贊同"告別"革命,而他們所指的"革命",在價值指向上未必具有同一性。這是弔詭和有趣的地方。

1　該書係劉再復與李澤厚先生對話錄,香港天地圖書有限公司 1995 年出版。

2　谷方,〈"告別革命"〉,《求是》1996 年第 15 期。

3　邢賁思,〈堅持馬克思主義不動搖 —— 劃清馬克思主義與反馬克思主義的界限〉,《光明日報》1996 年 6 月 10 日頭版。

4　張海鵬,〈"告別革命"說錯在哪裏〉,《當代中國史研究》1996 年第 4 期。

5　參見《光明日報》社論,〈警惕歷史虛無主義思潮〉,《光明日報》2005 年 3 月 15 日;〈劃清馬克思主義和反馬克思主義的界限〉,《光明日報》2010 年 4 月 13 日第 9 版。

6　王富仁生前對"告別革命"激烈反對,其觀點在遺作"時代的'精英'"中有所反映:"我們好說'告別革命',實際不是我們'告別革命',而是'革命'告別了我們。我們根本沒有革過命,也從來沒有打算去革命,我們向誰告別?""我們是帶著白手套而採摘了我們的文化成果的",是"精神的坍塌"。見王富仁《端木蕻良》(北京:商務印書館,2018 年),第一篇第一章,第 7 頁。

7　汪暉,《竦聽荒雞偏闃寂》。該文是汪暉為王富仁遺著《端木蕻良》所作的序,見王富仁,《端木蕻良》(北京:商務印書館,2018 年),第 4 頁。

著眼於"革命"概念的一般意義，便很難對其進行價值判斷，因而"告別"之說，難免引起爭議。

"革命"所對應的外來詞"revolution"，本義雖指"從根柢處掀翻之，而別造一新世界"，[8] 但卻主要是一個中性詞，並不必然包含暴力。[9] 工業革命、信息技術革命等，便是這樣的用法，這是人們理解"革命"這一概念的一般姿態，也是質疑李、劉"告別革命"的知識論起點。其次，政治和社會領域的革命，呈現為具體的歷史事件，因而評價其正當與否，須聯繫具體語境。中國上古的湯武革命（這也是漢語"革命"之所從出），雖是"弒君"的流血政變，原本違"禮"而不具正當性，但由於夏桀和商紂都是暴君，長期殘賊仁義，暴虐無道，導致民不聊生、生靈塗炭，因而湯、武的革命都具有實質正義，故孟子帶頭為其正名，說他只聽說殺了一個獨夫民賊，而沒聽說弒君："聞誅一夫紂矣，未聞弒君也。"（《孟子‧梁惠王章句下》）夏桀和商紂的德性，根本不配"君"的尊位，因而商湯和武王的弒君，是"順乎天而應乎人"，無論從人道還是天道來看，都具有最高倫理的正當性。可見，正義的革命很難告別，也不該告別。籠統提"告別"，無異給居於權力上位的邪惡獨裁勢力提供繼續當政的便利。正因如此，美國芝加哥大學政治學教授鄒讜在讀完《告別革命》而給李、劉的信中說，革命的後果完全可能是善，如美國革命、東歐劇變，都導向民主政治。鄒認為"中國二十世紀的悲劇根源，不一定是革命，而是'全贏全輸'的鬥爭形式"。[10]

無論從歷史還是現實看，李澤厚與劉再復，都是當代中國最具良知和獨立批判精神的知識分子，"告別革命"是他們在經歷了歷史大慟和艱難思索後取得

8　梁啟超，〈釋革〉，《新民叢報》第 22 號，1902 年。

9　關於"革命"一詞如何由古漢語經由日文借用而發生現代演進，見陳建華，《"革命"的現代性 —— 中國革命話語考論》（上海：上海古籍出版社，2000 年）。

10　鄒讜，《革命與"告別革命" —— 給〈告別革命〉作者的一封信》，見李澤厚、劉再復，《告別革命》（香港：天地圖書有限公司，2004 年），第 18 頁。

劉再復的思想意義

的共識。因而判斷其"告別革命"的用意，亦不宜從一般理論概念進行，而要首先聯繫其命題提出的具體語境；考論的重心，大抵應是"為什麼"他們要告別革命，而非"該不該"告別革命。

二十世紀初，當"革命"由日文借詞"僑歸"中國而進入現代漢語時，該詞是與清末排滿革命緊密聯繫在一起的。其後，該詞在漢語中的使用，主要對應的是社會政治"全新開端"的那些運動或事件，如"文學革命"、"國民革命"、"新民主主義革命"等。然而，一九四九年中華人民共和國成立後，"革命"一詞在成為最重要的日常概念之時，其含義也逐漸固定於主導意識形態，成為一個"約定俗成"的全稱概念，除加上特定限制以表某一具體歷史事件（如"辛亥革命"）外，"革命"一詞，便專指中國共產黨領導下的政治和社會運動，以及由此衍生的律法規範、生活習俗等。"革命"的含義，既包含"打江山"，也包含"坐江山"；黨內黨外形形色色的鬥爭叫"無產階級專政下繼續革命"，黨領導下的社會治理及"移風易俗"，也叫"革命"。由於"革命"成為一整套上層建築及其意識形態的概稱，因此，它既是明確的，又是模糊的："革命"作為"終極價值"的象徵，具有真理性和涵蓋社會生活一切領域的廣泛性，其權威地位是明確的；但"革命"所對應的具體事件，因變動不居而具有某種模糊性。"革命"成為抽象信仰，全體人民必須認同、遵循和服從，"反革命"（"歷史反革命"和"現行反革命"）成為一種刑事罪名；革命或不革命，革命或反革命，成為建國以後幾十年社會運動（階級鬥爭）的主要依據，然而革命與反革命之間位置，又隨時可能轉化和變動。共和國的這段歷史，伴隨著劉再復由青年學生成長為中年學者，他作為曾經真誠信奉"革命"的人，對於幾十年來的革命生活有著深切的體驗：

> 我們都把革命當作聖物，並經歷了數十年的革命崇拜。過去我們都覺得只有戴上一個革命帽子才安全，才光榮，所以作家要稱作革命作家，詩人稱作革命詩人，知識分子要稱作革命知識分子，如果人家不承認你是革

170

命知識分子，那就麻煩了。[11]

可以說，在共和國前三十年，即一九七八年中共十一屆三中全會宣佈停止
"以階級鬥爭為綱"和"無產階級專政下繼續革命"之前，中國人始終生活在革
命崇拜，同時也是革命的恐怖中，今天是革命的，明天就可能成為反革命，這樣
的例子不勝枚舉：從胡風、馮雪峰到邵荃麟、周揚，從丁玲、趙樹理、聞捷，到
潘漢年、關露、聶紺弩，從林昭到張志新……革命鍛造了一大批理想主義"新
人"，同時也在不斷吞噬她的忠誠兒女。革命不僅成為"影響二十世紀中國命運
和決定其整體面貌的最重要的事件"，[12] 而且導致中國社會在半個多世紀中，人
們的基本存在方式是"你死我活"的不斷鬥爭。[13] 基於二十世紀中國因"革命"
而創傷不斷的歷史，李、劉的"告別"，實際是一次對現代主流歷史的"最根本
的反省"。[14] 李澤厚讚揚上世紀中國知識分子在民族國家現代化過程中的"前仆
後繼"、無私無畏，但他同時認為，在中國因"理性沒有很好發展，自由主義沒
有很好發展"，知識分子無論在倫理還是在歷史上，都"太積極、太焦慮、太激
進"，他稱之為"紅衛兵心態"。[15]

李澤厚、劉再復先生之所以忽略具體事件的正義與否，忽略對革命的"事"
與"理"的逐一辨析，不從倫理上對於具體事件加以區分，而堅持從整體上告別
"革命"，是因為其無論對錯，都有兩個完全相同的因素：一是暴力手段，二是
進化論主導下絕對化的二元對立思維。有此兩點，無論多麼偉大的革命，其過程

---

11 李澤厚、劉再復，《告別革命》（香港：天地圖書有限公司，2004 年），第 63 頁。
12 劉再復，〈序：用理性的眼睛看中國 —— 李澤厚和他對中國的思考〉，李澤厚、劉再復
　《告別革命》，第 24 頁。
13 李澤厚、劉再復，《告別革命》，第 60 頁。
14 李澤厚、劉再復，《告別革命》，第 60 頁。
15 李澤厚、劉再復，《告別革命》，第 56 頁。

必定是非人道的。因此，他們之"告別革命"，與其說是一種哲學或政治觀點，不如說是一種倫理立場，即拒絕崇尚破壞、追求"全新"開端的進化論。其意義，不在命題的邏輯是否"正確"，而在命題的結果是否人道。"告別"的言外之意，恰是知識分子特立獨行的主體精神。

值得注意的是，李、劉"告別革命"所反省的，不僅是已經成為過去的暴力革命，而且包括當下的最"新"理論，即近三十年充斥在知識界的"後現代主義"。他們看到，在崇尚破壞而非建設這一點上，後現代主義無疑也屬"革命"文化。新世紀以來，國內知識界一邊反省近代以來中國追求"現代性"、盲目崇尚"西方"的迷思，一邊卻仍以崇"新"的"現代"心態推崇後現代主義，其所批判，恰是其所遵循。在這一"後學"思潮中，五四啟蒙和80年代新啟蒙，都因其崇尚啟蒙理性和自由主義而變成了被質疑和被否定的對象。此時，李澤厚、劉再復二位先生敏銳指出了"後學"的破壞性及其對於中國學術和社會倫理建構的危害，再次亮明了他們的啟蒙主義立場。這使他們的思想和言說，既是"八十年代"（啟蒙精神）的延續，又是對"八十年代"（具體觀點）的超越。這一超越，在劉再復身上，尤其明顯。

二、"告別"與"懺悔"

如果我們對劉再復先生一直以來的自省意識有所了解，則對他在九十年代中期的"告別"姿態，便不會感到意外。

1980年代，當人們更多在普遍人性層面呼籲對人的尊重、文學回歸"人學"時，劉再復一系列對新時期文學研究起到破冰作用的論著，如〈論人物性格的二重組合〉、〈性格組合論〉、〈論文學的"主體性"〉等，便已顯露其對於"人"作為個體生命存在複雜性的特別關注和體認。他秉持這樣一個觀點：人不僅僅是反映客觀世界的工具，而是擁有深邃內宇宙的複雜精神存在；心靈的浩瀚，與宇宙的浩瀚無垠一樣，具有難以想像的豐富性與神秘性。他的論述，始終面對著一個嚴密強大的觀念體系，即長期的機械唯物主義，在這個觀念體系之下，人失去主體性，文學失去對人性豐富性的知覺能力、表現能力和理解能力。這一主體立場，使其在熱忱肯定巴金《隨想錄》時，已然將歷史的批判，納入到對於人性"幽暗意識"的反省中，從而使其文學研究與文化批判，都具有超越同代人的敏銳、細膩和人情味。

一九八六年，他寫〈論新時期文學主潮〉時，便指出新時期文學"譴責有餘，而自審不足"，作家多將自己定位於受害者角色，而"未充分意識到自己在民族浩劫中，作為民族的一員，也有一份責任"。[16] 他之所以推崇巴金《隨想錄》，正在於巴金拒絕遺忘，真誠地從自我懺悔做起，不遺餘力地反省民族苦難背後人皆有責的集體恥辱，呼籲建立"文革博物館"永遠銘記。按照薩特的存在主義觀點，自由承擔責任是人的本質，因此當代中國知識分子受難的歷史，從根本上說，每一個體都負有責任。二〇一一年，劉再復與林崗合著的《罪與文學》出版，在這部專著中，他們集中討論了有關個人的"懺悔"問題，對劉再復而言，這是他接續其一九八〇年代知識分子的自省，又一次更加深入地思考知識分子的懺悔問題。

"懺悔"本是基督教文化概念，指人面對上帝進行靈魂反省時的自白。在缺乏上帝和宗教信仰的國度，一般人的精神生活因缺乏"懺悔"的儀式而缺少靈魂自審這一面向。劉再復認為中國文化便是缺乏罪感的"樂感"文化，因而文學缺乏懺悔意識，缺乏悲劇精神。他本非基督徒，然而卻借用基督徒的"懺悔"概念，推崇懺悔意識，這與其身上固有的"三省吾身"的君子人格有關。人對社會的基本責任，主要是法律責任：然而人因其不但是生物的存在，更有心靈的向

---

16 劉再復、林崗，《罪與文學》（北京：中信出版社，2011 年），第 129 頁。

度，因而人有道德的追求，從而賦予自己一重道德的責任，即"良知的責任"。他引用舍斯托夫"曠野呼告"的思想意象，指出傳統中國儒家追求的"仁"、"道"與"義"，與西方基督教崇尚的愛與善，都是人在法律責任之外對於良知責任的自覺承擔；然而，由於前者局限於現世之"禮"而後者是個體心靈單獨面對"神"，因而前者的自省囿於現實擔當，而後者的懺悔則具有形而上的無限和深邃。

劉再復先生基於對基督教懺悔精神的認同而對中國文學缺乏"罪感"的批評，儘管不免有二元對立之嫌，但他始終將自己置於中國文化之中而非之外，其對中國文化的反省，也便具有一種個人懺悔的意味。他指中國現代文學所表現出的"懺悔意識"，主要來自外在民族危機引起的文化反省，"實際是一種呼喚抛棄父輩舊文化的啟蒙意識"，這種啟蒙意識，"不是從發現一個新世界開始，而是從詛咒一個舊世界為起點"，既缺乏對於個體靈魂的拷問，又缺乏社會層面的建構。他認為魯迅的最大局限，便是始終致力於否定和批判，而缺乏建設；他遺憾魯迅"破字當頭的毀滅意識"，認為其"沒有給中國的生長和發展開出如何藥方"。[17] 他將魯迅與陀思妥耶夫斯基進行比較，認為魯迅儘管比同時代中國作家都深刻和偉大，"然而，魯迅通過反傳統的啟蒙救贖，最根本的落腳點還是在社會，而不是在靈魂"。[18]

當代中國傑出學者，有不少是以魯迅研究起家的，劉再復亦如此。在除了《毛選》只能讀魯迅的年代，因熟悉、敬佩而將其作為研究對象，是那個時代不少學者的共同經驗。魯迅的思想和文字，哺育了一代人，促使他們在言論一律、思想嚴控的時代環境中，悄然萌生了獨立和懷疑精神。劉再復的性格二重組合觀

---

17 劉再復，《魯迅論》，第 35、36 頁。
18 劉再復、林崗，《罪與文學》，第 240 頁。

念，也受胎於魯迅的《紅樓夢》批評。[19] 當魯迅研究在八十年代中期因啟蒙話語高漲而在"思想革命"的意義上再度成為顯學時，劉再復卻開始了對魯迅及魯迅研究的理性反省："魯迅既是個奇跡，又是個悲劇。魯迅生前是個獨立不移的知識分子，以改造中國人為使命，但是死後卻不斷被中國人所改造、所塗抹，被納入某種政治意識形態的框架和軌道之中。"[20] 他指出，毛時代魯迅之被"聖化"，除了政治權威的作用外，知識分子亦負有不可推卸的責任。對魯迅及其研究的反省，分明滲透了其自我剖析和"懺悔"。

進入九十年代，基於對魯迅"理性的尊重"，[21] 劉再復決定擺脫理論、放逐概念（例如毛澤東所定義的"三家"—— 偉大的文學家、思想家、革命家），"用生命去感受魯迅，用生命面對生命，揚棄一切政治話語"，對魯迅研究進行系統的反思。[22] 他對魯迅在現代文學史上的崇高地位毫不懷疑，認為魯迅"在啟蒙的深度上超過同時代的思想家與作家"，《野草》所表達的形上的孤獨感及對"存在"的直接叩問，也"超越啟蒙"。[23] 但是，魯迅缺乏形而上維度，即便在最孤獨的時候，他"仍然牽掛人間地獄，仍然肩負'黑暗的閘門'，仍然'洞見一切已改和現有的廢墟與荒墳，記得一切深廣和久遠的苦痛，正視一切重疊淤積的凝血'，始終把'人世界'放在'神世界'之上。他的'折磨'，不是面對上帝的內心苦痛，而是面對現實淋漓鮮血的內心煎熬。也就是說，即使他很'個人'的時候，仍然很'人道'；即使很'形上'的時候，仍然很'形下'，關於人生意義的思索始終與關於現實社會的悲憫相依相伴。換言之，他在熱烈擁抱個人超脫的'此在'時，仍然熱烈擁抱現實是非善惡的'彼在'，在個人孤獨悲愴的時候，

---

19 劉再復，《兩度人生：劉再復自述》（鄭州：河南文藝出版社，2016 年），第 110 頁。
20 劉再復，《魯迅論》，第 42 頁。
21 劉再復，《魯迅論》，第 4 頁。
22 劉再復，《魯迅論》，第 28 頁。
23 劉再復，《魯迅論》，第 52 頁。

劉再復的思想意義

仍然不失‘叛逆猛士’的情懷，並對社會罪惡繼續發出他的抗議。古今中外，我們很難找到類似魯迅的這種特殊性格。毫無疑問，這是黑暗社會中一種火炬似的偉大性格。”[24] 這些披肝瀝膽的論述，是心靈對心靈的共振。然而，再復先生並不滿足於其生命與情感上與魯迅的共鳴，他還要追蹤魯迅的思想遺產，解剖魯迅的局限，指出二十世紀下半葉中國社會的“語言暴力”，“他和創造社都有責任”。[25]

對魯迅做出這些“大不敬”的論析，與劉再復自身的美學立場有關。他的美學觀，受康德影響較大，認為美是超功利的，“文學是自由心靈的審美存在形式”，[26] 自由即非功利，文學對靈魂的自由叩問和表達，決定了其精神內涵的品格與深度。再復先生強調文學所表現的靈魂，主要不是群體性的“民族靈魂”，而是個體生命的靈魂。“有一點可以確信，生命個體的成熟是和對‘不朽’的追問聯繫在一起的，這就產生了對靈魂的思索。”[27] 在劉再復所追尋的文學的最高形態 —— 罪感與個體心靈懺悔 —— 面前，魯迅與五四新文學無疑是有較明顯局限的。他指出，魯迅“吃人”意象所蘊含的罪感，不是“存在”之罪，而是缺乏神聖價值尺度的歷史之罪。這種來自理性、指向“他者”的觀念，導致了五四整體的反傳統弒父文化：

中國現代文學之所以沒有懺悔意識，就因為從不體認自己的良心責任，把罪全歸於“歷史的罪人，五四時歸於第一罪人”父親，二十世紀三十年代（左翼文學）則歸於第二罪人“地主資本家”。這兩次“歷史罪人”的

---

24 劉再復，《魯迅論》，第 56-57 頁。

25 劉再復，《魯迅論》，第 36 頁。

26 劉再復，《什麼是文學：文學常識二十二講》（香港：三聯書店〔香港〕有限公司，2015年），第 30 頁。

27 劉再復，《罪與文學·導言》。

發現，形成中國近現代文學很獨特的話語譜系。[28]

可見，劉再復要反省的，不是簡單的"革命"，而是充斥並成為二十世紀中國新文化"性格"的急功近利的工具理性。

三、"復仇" 或 "拯救"

一九九〇年代，國內興起反省八十年代文化與學術的思潮。代表人物，南有王元化，北有李慎之，二人均為正宗"革命知識分子"，青年時期便因追求崇高理想而投身革命，把魯迅奉為導師。九十年代他們重提新啟蒙並反省五四激進主義，在這一過程中，被壓抑了半個多世紀的胡適被重新"發現"，胡適"不降志，不辱身，不追趕時髦，也不迴避危險"的堅韌態度，重建設而不尚破壞的溫和性情，不啻魯迅之外的新文化另一個傳統。[29] 李慎之有段話，頗能代表當時思想界的這股反省思潮：

> 六十年來我一直愛戴和崇敬魯迅。對胡適的感情是完全無法與之相比的。在我心目中，胡適當然也"是個人物"，但他軟弱，易妥協，同魯迅比起來，"不像一個戰士"，而且顯得"淺薄"…… 這些"胡不如魯"的印象本來也一直存在心裏。…… 經過一番思索，我的思想居然倒轉了過來，認

---

28 劉再復，《魯迅論》，第 85 頁。
29 王元化，〈對五四的再認識答客問〉，《王元化文論選》（上海：上海文藝出版社，2009年），第 324 頁。

為就對啟蒙精神的理解而言，魯迅未必如胡適。[30]

胡適一生堅持獨立的政治和思想立場，踐行知行合一，不卑不亢、持之以恆地履行一個知識分子的道義與責任。五四時期他對《新青年》同人（錢玄同、劉半農）只問目的、不擇手段的批評，三十年代《獨立評論》時期和四五十年代《自由中國》時期，他一以貫之地堅守自由精神、推進點滴改良。一九四八年在國民黨命懸一線時，胡適仍力主允許反對黨。他從不依附政治權勢，而始終以自由和民主的理念"犯顏直諫"，希望影響執政者從專制思維中蛻變，接受現代政治文明。五四思想遺產中，胡適這一資源遠遠沒有得到應有的挖掘和傳承。

劉再復雖不完全贊同李慎之"魯迅未必如胡適"的判斷，但他本人的立場，分明更接近胡適。他說，"過去破壞太多，建設太少"，認為"魯迅的先破後立的思路是值得質疑的"；"胡適的思想雖不如魯迅深刻，但他一向主張改良，主張一個一個研究問題，整個思路是建設性的。"[31] 在崇尚"建設"而反省"破壞"，主張以建設淘舊換新、使社會循序漸進改良上，劉再復與李澤厚不謀而合，這是他們共同宣示"告別革命"的根本原因，亦可視為九十年代以後知識分子對於胡適傳統的肯定與傳承。

陳平原在〈鸚鵡救火與鑄劍復仇 —— 胡適與魯迅的濟世情懷〉一文中，分別以"鸚鵡救火"與"鑄劍復仇"兩個意象，對比胡適與魯迅在審美旨趣、文化立場及社會政治實踐方面的差異。[32] "鑄劍復仇"來自魯迅《故事新編·鑄劍》，十分傳神地體現了魯迅孤獨、堅韌和決不妥協的鬥士形象。"鸚鵡救火"本是佛

---

30 劉再復，《魯迅論》，第 51 頁。

31 劉再復，《魯迅論》，第 109 頁。

32 陳平原，〈鸚鵡救火與鑄劍復仇 —— 胡適與魯迅的濟世情懷〉，《學術月刊》2017 年第 8 期。

經故事，胡適在《人權論集》序言中引此故事：“昔有鸚鵡飛集陀山。山中大火，鸚鵡遙見，入水濡羽，飛而灑之。天神曰：‘汝雖有志意，何足云也？’對曰：‘嘗僑居是山，不忍見耳。’”[33] 胡適欣賞的便是鸚鵡這種“知其不可為而為之”的精神，認為“今天正是大火的時候，我們骨頭燒成灰終究是中國人，實在不忍袖手旁觀。我們明知小小的翅膀上滴下的水點未必能救火，我們不過盡我們的一點微弱的力量，減少良心上的一點譴責而已。”[34] 魯迅對此卻嗤之以鼻，譏諷其為“滴水微功漫自誇”，甚至是“好向侯門賣廉恥”。[35] 魯迅與胡適，如陳平原所說，不妨視為現代中國知識分子的兩種精神氣質：一是革命的，一是建設的；一個激烈，一個溫和；一個浪漫，一個理性；一個快意恩仇，迷戀戰鬥與死亡，一個著眼建設，推崇點滴改良。從根本上說，前者更具“現代性”，後者具有某種“古典”性。劉再復先生以魯迅精神為起點，而其終，卻接近胡適，推崇“一點一滴的改良”。[36] 胡與魯，構成了五四文化相反相成的兩種傳統，都是新文化的寶貴遺產。然而，就二十世紀中國整體崇尚鬥爭、破壞大於建設的歷史而言，胡適的傳統，容忍的態度、理性的判斷和良心的行動，值得特別珍視。

劉再復明確主張“返回古典”。他的解釋是：“我講‘返回古典’，是指現代主義不一定要走向後現代主義，而應當朝著相反方向走，努力開掘中國和世界古典文化遺產的資源，即那些維繫人類生存發展的最基本的要素與道理。”[37] 中國

---

33 胡適，〈人權論集序〉，見俞吾金編，《疑古與開新 —— 胡適文選》（上海：上海遠東出版社，1999 年），第 309 頁。

34 胡適，〈人權論集序〉，見俞吾金編，《疑古與開新 —— 胡適文選》（上海：上海遠東出版社，1999 年），第 309 頁。

35 這是魯迅與瞿秋白合著《王道詩話》中的文字，轉引自陳平原，〈鸚鵡救火與鑄劍復仇 —— 胡適與魯迅的濟世情懷〉。

36 李澤厚、劉再復，《告別革命》，第 65 頁。

37 吳婷，〈劉再復與故國、故都與故人〉，見鳳凰周刊編，《大沉浮》（北京：中國發展出版社，2012 年），第 280 頁。

古典文化有兩大血脈：一以儒家為代表，重秩序、重倫理、重教化，李澤厚偏重此；另一脈以老莊禪為代表，重自然、重自由、重個體，劉再復偏重這一脈。[38] 故推崇其戲稱為"六經"的古典文本：《山海經》、《道德經》、《南華經》、《六祖壇經》、《金剛經》、《紅樓夢》。他對《紅樓夢》的闡釋，超越群倫，臻於通達。但同時，他卻又具有儒家的君子人格，推崇"善根"（道德），[39] 肩擔道義。他討厭政治，卻長久感動於政治人物的古典品格。美國"國父"之一的傑斐遜，要人們在其墓碑上寫下其身份 ——《獨立宣言》起草者、《弗吉尼亞宗教法案》作者、弗吉尼亞大學創辦人，唯獨不寫美國總統。這個故事為劉再復反覆玩味，傑斐遜"憎恨和反對任何形式的對心靈的專政"，令他嘆賞不已。[40]

　　劉再復是一位思想者，又是一位詩人。前者使他始終對中國現代歷史的走向、知識分子精神及文學與理論問題抱有充沛的激情，好奇探險、苦思冥想；後者則使他的思考與論述，充滿人情、溫度和詩意。而一切現象背後，支撐其精神的，還是平等、自由、博愛這些"古典"的價值。他讀傑斐遜起草的《獨立宣言》時，感慨"'人人生而平等'，這是多麼有詩意的真理。無論是講仁義，還是講人道，不落實到對每個生命個體的尊重，就會落入空談"。[41] 他讀莊子，吸收的

---

38 吳婷，〈劉再復與故國、故都與故人〉，《大沉浮》，第 281 頁；另見劉再復，《兩度人生：劉再復自述》，第 26 頁。

39 他在與人談自己的教育觀時說，學做人是第一目的，學技能次之，"人有大慈悲，才能生長大智慧。品格優秀，文章境界也會高"。劉再復、吳小攀，〈關於《兩度人生的答問》〉，見劉再復，《兩度人生：劉再復自述》（鄭州：河南文藝出版社，2016 年），第 19 頁。

40 劉再復、吳小攀，〈關於《兩度人生的答問》〉，見劉再復，《兩度人生：劉再復自述》，第 53 頁。

41 劉再復，《兩度人生：劉再復自述》，第 53 頁。

不是其"消極"的遁世和無為，而是"齊物"，即"平等地對待他人他物"。[42] 由此，基督式的博愛，禪宗大師的"平常"和"自然"，皆成為其精神的範型，造就了劉再復先生的性情與文字，既雕既琢，復歸於樸。

2019 年 5 月 8 日初稿，11 月 28 日改定

---

42 劉再復、劉劍梅，《感悟心靈：父女兩地書》（上海：上海文藝出版社，2001 年），第29 頁。

劉再復的思想意義

李澤厚、劉再復
比較論略 [1]

古大勇
泉州師範學院教授

　　李澤厚和劉再復是中國人文社會科學領域兩位影響重大的學者，常常被學界相提並論，成為一種"學術共名"，產生了學術的品牌效應。這種"學術共名"使我們想到的更多是他們的共同點，然而他們兩位一是哲學家，一是文論大家，分別有不同的研究領域，兩人之間雖有共同點的交合，但差異性更大。本文擬從世界觀、文化觀、哲學觀、理論主張等方面對李澤厚、劉再復進行概略性比較。

一、"一個世界"與"一個半世界"

　　李澤厚認為西方文化是"兩個世界"的文化，中國文化是"一個世界"的文化，中國文化中只有人的世界和現世世界，沒有神的世界和彼岸世界。李澤厚"將這種不同歸結為神人異質（有超驗主宰從而'兩個世界'）和同質（'一個世

1　本文原載《華文文學》2018 年第 1 期，內容有刪減。

界'），以為後者來源為缺乏人格神上帝觀念的‘巫史傳統’。"[2] 李澤厚犀利準確地抓住了中西文化的本質差別，然而就他自己而言，可以說他是一個最典型的中國文化的體現者。他只相信"一個世界"，即人的世界和現世世界，而不承認神世界和彼岸世界，正如劉再復所說："李澤厚拒絕上帝，反對神性，他只講人的主體性，不講神的主體性；即只講理性，不講神性。"[3] 在李澤厚看來，作為一切社會關係總和的"人"（中國人），不可能擺脫政治、社會等因素的約束，而把自己徹底交給上帝。中國人並不把生命價值寄託在超驗的世界，他們認為世俗亦可以作為價值依託，也可以視為神聖，中國人本著"樂感文化"的精神和"情本體"的生活哲學，享受現世，享受親情倫理之樂、男歡女愛之樂、遊山玩水之樂、飲酒吃茶之樂、文學藝術之樂，即林語堂所謂的中國人的人生是"詩樣的人生"。人沉淪在日常生活之中，"道在倫常日用之中"，中國人把人生的意義寄託在感性的生命和現世，因此，不需要來自上帝的溫暖、眷顧和拯救。"道"不是抽象的上帝，而是"人際的溫暖，歡樂的春天"。[4] 李澤厚認為中國人僅僅需要"一個世界"就足夠了，上帝、神、彼岸世界離他們太遙遠。而李澤厚本人也是站在這樣的立場。

如果說李澤厚不相信上帝的存在，那麼劉再復對待上帝的態度是怎樣的呢？劉再復曾說過："我則在這兩者之間徘徊，認為上帝存在與上帝不存在是一對悖論。從科學上說，上帝並不存在，因為我們無法用邏輯和經驗證明其存在；但也可以說上帝是存在的，因為你如果把上帝看成一種心靈、一種情感，它就存在，它就在你的心靈和情感的深處，影響你的生命和行為，因此從心學上來說，

2　李澤厚，《歷史本體論・己卯五說》（北京：生活・讀書・新知三聯書店，2008 年），第77 頁。

3　劉再復、古大勇，〈中西"大觀"視野下的文學批評和文化批判 —— 劉再復先生訪談錄〉，《甘肅社會科學》2015 年第 6 期。

4　李澤厚，《歷史本體論・己卯五說》，第 109 頁。

上帝又是存在的。"[5]劉再復還說過他贊同愛因斯坦的態度，愛因斯坦作為一個理性主義者，早年熱心鑽研《舊約》，但不皈依上帝，只認同斯賓諾莎的泛神論。他之所以放不下宗教情結，並非他在焦慮上帝是否存在，而是人需要不需要"有所敬畏"。劉再復顯然認為如果要有所敬畏，那麼，人寧可假設上帝是存在的。正如孔子所言，祭神如神在。這就缺少了李澤厚的無神徹底性，從心靈深處接受神的監督。劉再復並不承認上帝的真實性存在，他事實上也是一個唯物主義者，但他與李澤厚又有不同，他並不完全否定上帝，他姑且承認上帝的存在，但只是作為一種"心靈"、一種"情感"、一種抽象的"敬畏"對象形式而存在，一種形而上的假設，而不是作為西方世界中具有明確所指的耶穌或耶和華而存在。劉再復對宗教視角的實體上帝，尤其是"有組織的上帝"（教會）敬而遠之，而對作為個體理想人格而存在的上帝則更加崇敬、敬畏。劉再復對上帝的態度超越了宗教的視角，採取的是情感和哲學的視角。從這個意義上來說，劉再復承認的"世界"多於一個，即不僅僅只有人的世界和現世世界，但他又不完全承認還有另外一個實實在在的"神"的世界和彼岸世界，對於神的世界他是介於認同和不認同之間，屬不完全性認同，或者說他只是情感性認同，而不是實體性認同。從這個意義上來說，劉再復是認同"一個半世界"，即一個人的世界（現世世界）和半個神的世界（彼岸世界），以便和贊同"一個世界"觀點的李澤厚和相信"兩個世界"的西方基督教信徒區別開來。劉再復為什麼還相信堅守這"半個世界"？是因為他認識到作為"情感"和"敬畏"對象的上帝對於人和人類的重要性。他竭力將基督教文化語境中的"愛"、"懺悔"和"罪"等範疇引入中國，並首先在價值層面予以充分肯定，這體現在他和林崗合著的《罪與文學》中。

　　總體而言，劉再復沒有從根本上把自己的靈魂徹底交給上帝，成為上帝的

5　劉再復、古大勇，〈中西"大觀"視野下的文學批評和文化批判 —— 劉再復先生訪談錄〉，《甘肅社會科學》2015 年第 6 期。

兒子，但是，他和上帝天然親和。這基於兩方面的考慮：一方面是他自己心靈的需要，這種需要不是信仰論層面的，而是情感需要層面的。另一方面是他作為一個有責任的文化學者的使命感所然，即認為中國文化需要"拿來"以基督教為中心的西方文化的正面因素，以彌補自身的不足而走向更加健全。

二、"歷史本體論"和"心性本體論"

李澤厚主張"歷史本體論"，這個基本立場在李澤厚幾十年的學術生涯中都沒有改變過。所謂"歷史本體論"，李澤厚有時稱之為"人類學歷史本體論"或"人類學本體論"，其核心即是認同馬克思主義的歷史唯物論，認為人首先要衣食住行然後才有文化思想和意識形態等；人是歷史的存在，只有依靠歷史的實踐才變成今天的人。李澤厚認為，人是歷史的產物，美也是歷史的產物、歷史實踐的創造，美的本質就是"自然的人化"。"自然的人化"包括雙重內涵：一是外自然的人化，產生了工具 —— 社會結構；二是內自然的人化，產生了文化 —— 心理結構。而前者在這"雙重"結構中發揮根本性作用，人類正是通過製造和使用勞動工具來改造客觀世界，通過體現人的本質來創造美，從而產生了科技文明等，李澤厚稱之為"工具本體"，即是人類以製造和使用勞動工具的實踐構成了社會存在的本體，這是推動歷史發展的原動力。而後者的文化 —— 心理結構則指向動物所不能擁有的人的感受、認識、意志以及對美的體驗，最後指向人性，可稱之為"心理本體"。這雙重"本體"和結構組成了李澤厚"歷史本體論"（主體性）的核心。因為歷史本體論偏重於社會實踐，所以"工具本體"佔據根本性的地位。李澤厚後期逐漸注重"心理本體"，乃至於提出"情本體"的主張，但這個"情本體"的"情"也並非脫離歷史、文化、社會實踐的抽象之"情"，而是佈滿了儒家文化煙火氣與人間氣的日常人倫之情，所以仍然脫離不了歷史本體論的大框架。

李澤厚主張"歷史本體論",那劉再復的立場呢?劉再復曾說:"我對李澤厚的'歷史本體論'也努力領會,覺得很有道理,但我更多地講'心性本體論',常常很唯'心'。禪宗講'心',王陽明講'心'。'心'是什麼?就是心靈狀態決定一切,佛就在我心中,世界就在我心中,心外無物,心外無天,把自己的心修煉好了,就什麼都好了。"[6] 劉再復出國後鑽研佛學,喜歡禪宗,高舉心靈的旗幟。不僅認定"明心見性"乃是可行的思維方式,而且認定心靈、想像力、審美形式為文學的三大要素,而心靈為第一要素。由於對禪的喜愛,他一再聲明,在任何逆境中,首先應當做一個心理的強者、一個心靈的慈者。從某種意義上說,心靈正是劉再復的信仰。

八十年代的劉再復認同李澤厚的"歷史本體論",很大一部分原因是與時代環境有關,八十年代雖然西方各種類型的文化思潮魚貫而入中國,但是在哲學思想上,還是以歷史唯物主義為特徵的馬克思主義佔據統治或主流位置,同時還延續著五四時期的人文主義和啟蒙主義文化立場。作為一個在社會主義特殊年代成長的一代學人,劉再復思想文化板塊主要由馬克思主義和西方近代人文主義所構成,而李澤厚的"歷史本體論"顯然也屬這一思想脈系。但劉再復出國以後,就更向"心性本體論"傾斜。其"心性本體論"主要體現在兩個層面,其一是人生觀、世界觀的層面,其二是其解讀作家作品的價值圭臬和視角層面。就前者而言,明顯與其斷崖式人生裂變有關。他說,"一九八九年夏天,我就經歷了一次精神上的大幻滅。幻滅像一場大雪崩,金光銀彩的神話世界突然崩塌了 …… 以往讀《紅樓夢》,不解為什麼一開卷就說'色 —— 空',就說'好 —— 了',

---

6　劉再復、古大勇,〈中西"大觀"視野下的文學批評和文化批判 —— 劉再復先生訪談錄〉,《甘肅社會科學》2015 年第 6 期。

經歷了這場精神雪崩之後，才悟到'色空'中蘊含了怎樣的幻滅。"[7] 傳統的價值體系被無情撕毀，成為碎片，他陷入人生的"窮途末路"，亟需尋找一種新的精神資源，以支撐他在逆境中活下去。他最終選擇了禪宗、王陽明、《紅樓夢》等，而這些都是以"心性本體論"為哲學基礎的。他說："我喜歡慧能、王陽明徹底的心教心學。悟即佛，等於說，我即佛。以覺代佛，這倒是無神論。不仰仗外部的神仙，只仰仗自己的覺悟，自看、自悟、自度、自明、自救，這更實在，我從慧能、王陽明的心靈真理中獲得積極的力量。"[8] 禪宗以"心"為佛，以覺代佛，悟則佛，迷則眾，主張不求乞外在的神仙，而只求助自己的本真之心，仰仗自我覺悟，進行自救。打破一切執，明白"了"，懂得"止"，做到真正的放下，才能回歸生命的本真，才能重新尋找生活的意義和價值。劉再復更把"心性本體論"帶到他的文學研究中，例如他認為《紅樓夢》的不朽價值在於它是王陽明之後中國最偉大的一部"心學"。

三、"理性主義者"與"感性主義者"

大體來說，李澤厚是一個"理性主義者"，劉再復是一個"感性主義者"，但這只是相對而言。所謂理性主義（Rationalism），是建立在承認人的推理可以作為知識來源的理論基礎上的一種哲學方法，一般認為是隨笛卡爾的理論而產生，是歐洲啟蒙運動的哲學基礎。康德（Immanuel Kant）就是一位卓越的理性主義者，但這裏的理性主義不能理解為凌駕於一切之上的"唯理論"方法論。

李澤厚作為一個"理性主義者"，首先體現在他所建立的理性主義哲學體系

7　劉再復，《漂泊心緒》（北京：生活·讀書·新知三聯書店，2012 年），第 91 頁。
8　劉再復、吳小攀，《走向人生深處》（北京：中信出版社，2011 年），第 114 頁。

以及他的世界觀、哲學觀。劉再復對李澤厚作出如下評價："李澤厚是個很堅定的理性主義者，完全拒絕認同宗教。他的體系是'有'生'無'的體系，是確認人乃是'歷史存在'的體系（人不是上帝所創造）。他的'造物主'是歷史，而不是'神'。他認為因為人太脆弱，才造出'上帝'來安慰自己。其無神論非常徹底，這一點很接近馬克思。"[9] 李澤厚身上體現了中國文化最典型的精神，他的世界裏沒有神，沒有對彼岸的期待，他是一個徹底的無神論者和唯物主義者，顯示了他的理性主義特徵。

李澤厚哲學所涉及的那些重要學術命題，都是建立在理性主義的基礎之上。他的哲學最大命題是把康德哲學體系中"認識如何可能"的問題轉為"人類如何可能"的問題，認為不是"上帝造人"使人類成為可能，也不是"猴子變人"式的生物自然進化使人類成為可能，而是人類通過歷史實踐、主體社會實踐，通過"自然的人化"才使人類成為可能。在此基礎上，形成了他的歷史本體論（人類學歷史本體論）基本主張。除此之外，他的"歷史積澱"、"工藝 — 社會本體"、"文化 — 心理本體"、"巫史傳統"、"樂感文化"、"實用理性"、"歷史主義和倫理主義的二律背反"、"儒道互補"、"儒法互用"、"吃飯哲學"等觀點和主張無不具有歷史的、唯物的、理性主義特徵。

李澤厚是一個哲學家，而劉再復是一個文學家，上文已經提及，劉再復在八十年代難免不受到國內文化大環境和主流文化思潮的影響，加上他自身的文化接受和閱讀選擇，馬克思主義和西方近代人文主義成為劉再復的兩股主要思想源頭。因此，雖然八十年代的劉再復不乏詩人的感性特徵，但總體上還屬一個理性主義者，他贊同李澤厚的"歷史本體論"。但去國以後，生命斷崖式裂變促使劉再復的世界觀發生根本變化，如上文所說，他此時信奉"心性本體論"，這不但體現在他的生命層面，同時也影響了他的文學研究，表現出明顯的感性主義

9　劉再復、吳小攀，《走向人生深處》，第 62 頁。

特徵。

劉再復是一位具有詩人氣質的學者，兼具詩人和學者的雙重身份，在上世紀八十年代，他以一個浪漫主義詩人的情懷，創作了許多詩意蔥蘢的散文詩集，劉再復的朋友張宏儒說："再復的散文詩不是'寫'出來的，是從他的心底湧流、迸發出來的。他的詩是他的心靈和血肉的化身，而再復本人就是一首詩。"[10] 劉再復的散文詩就是詩人"全人格"的詩性呈現，就是劉再復品格、個性、修養、感情、胸襟等的外化；讀他的散文詩，就等於在讀他的人格和靈魂。劉再復的感性氣質同樣體現在他的學術研究中。在他八十年代那些產生重大影響的學術論文中，如〈論文學的主體性〉等，也帶上了較為濃厚的主體情感和抒情色彩。劉再復去國後的學術研究成果，也延續著他前期感性和詩意的表達方式，如《紅樓四書》，作為他的生命拯救之作，融合著劉再復的獨特生命體驗，更具有感性的特徵。相對於劉再復"有我"、"有溫度"的學術論文文體，李澤厚的論文文體風格則方正得多。通觀李澤厚的著作，發現李澤厚的文體風格是那種大氣、嚴謹、富有邏輯、開闔自如、論證有力、以理動人的文體，但很少像劉再復的文體那樣有詩意的潛湧、情感的揮發、主體溫度的灼熱，所以，帶給讀者更多的是理性的啟迪和智慧的領悟，而不像劉再復的論文那樣還能給讀者帶來情感的衝擊和心靈的撼動。當然，這不是李澤厚論文的缺點，他的論文只是呈現出學術論文文體最具有代表性的風貌特徵之一，而這也是李澤厚作為一個理性主義者的邏輯使然。

四、"哲學主體性" 和 "文學主體性"

李澤厚和劉再復兩人所提出的"主體性"理論有所不同，李澤厚講人類群體

---

10 劉再復，《劉再復散文詩合集》（北京：華夏出版社，1989 年），第 2 頁。

　　　　　　　　　　　　　　　　　　　　　李澤厚、劉再復比較論略

主體性，即人類之所以成為人類的特性，或人類擺脫動物界的可能性，其中介是歷史實踐。他認為人類群體通過歷史實踐實現自然的人化，逐步從必然王國走向自由王國，實現人類的主體性。李澤厚這一理論卻是建立在康德主體性的前提和基礎上的。他說："人類學本體論的哲學基本命題即是人的命運，於是'人類如何可能'便成為第一課題。《批判哲學的批判》就是通過對康德哲學的評述來初步論證這個課題的。它認為認識如何可能、道德如何可能、審美如何可能，都來源和從屬人類如何可能。"[11]

李澤厚的"主體性哲學"的邏輯起點來源於康德，但又進行了揚棄性的改造。質言之，就是把康德的"認識如何可能"轉變為"人類如何可能"的問題。康德在解釋人區別於動物、"人之所以成為人"、"人類如何可能"這個問題時，強調了人的主體性、人的文化心理結構、人的"判斷力"的關鍵性作用，這也是人區別於動物的基本要素，但這些基本要素從何而來？康德卻將之歸結為"先驗"。而李澤厚在此點上對康德的主張進行了改造，認為不是來源於"先驗"，而是來源於作為中介的人類"歷史實踐"。也即是說，人的主體性、文化心理結構、"判斷力"不是先驗的，而是歷史的產物，是通過人的主體實踐活動而產生的，人是歷史的存在和結果。

劉再復不諱言自己的"文學主體性"理論最初來源於李澤厚。他說："我寫作《論文學主體性》（一九五八年底）的衝動，則是讀了李澤厚的〈康德哲學與建立主體性的哲學論綱〉和〈關於主體性的補充說明〉。這之前我讀過康德的《道德形上學探本》（唐鉞重譯），並被書中'人是目的王國的成員，不是工具王國的成員'所震撼，現在'主體性'概念又如此鮮明推到我的面前，於是，我立即

---

11 李澤厚，《華夏美學‧美學四講》（北京：生活‧讀書‧新知三聯書店，2008 年），第263 頁。

著筆寫下〈論文學的主體性〉。"[12] 但是，正如李澤厚在借鑒康德理論的同時進行了揚棄改造，劉再復在借鑒李澤厚理論的同時也同樣進行了創造。如果說李澤厚側重於人類群體主體性，那麼劉再復則強調作家的個體主體性，即跳出現實視角與現實身份，強調個體的超越功能。

劉再復凸顯的是文學的主體性，在他看來，文學乃是充分個人化的精神活動，其主體當然是個體，其主體性當然是個體主體性。李澤厚的人類（歷史）本體性，針對的是上帝主體性和自然主體性；劉再復的文學主體性針對的是黨性、階級性、群體性等。因此，李澤厚不講超越性，因超越是指先驗對經驗的超越，這是上帝方能完成，作為歷史主體的人類無法完成。而劉再復則特別強調超越性，即個體本真角色對世俗角色的超越，藝術個性對現實屬性的超越。作為革命作家、黨員作家在現實生活層面可以講黨性、紀律性、革命性等，但進入藝術活動時，則必須超越這一切而講個性、人性、自性甚至神性。劉再復所講的超越，不但包括超越現實主體（世俗角色），還包括超越現實視角（世俗視角）、現實時空（現實境界）等。劉再復在《文學常識二十二種》中，把真實界定為文學的第一天性，超越界定為文學的第二天性，前者李澤厚支持，後者他未必支持。總之，李澤厚講的是"人類如何可能"的"人類學歷史本體論"，而劉再復講的是"自己如何可能"的"文學本體論"或"文學自性論"。

五、"返回古典"的不同路徑

在二十一世紀之交，他們都宣告"返回古典"，即返回中國古典，但他們返

---

12 黃平、劉再復，〈回望八十年代：劉再復教授訪談錄〉，《現代中文學刊》2010 年第5 期。

回的側重點卻有所區別。劉再復把中國傳統文化分為兩大脈絡：一是以孔孟為代表的重倫理、重秩序、重教化的一脈；二是以莊禪為主幹的重自然、重自由、重個體的一脈。就這兩個古典脈絡而言，劉再復回歸的主要是後者。劉再復近年來經常念茲在茲、揮之不去的是他所謂的"我的六經"，這"六經"指的是《山海經》、《道德經》、《南華經》(《莊子》)、《六祖壇經》、《金剛經》以及劉再復視之為"文學聖經"的《紅樓夢》。[13] 在這"六經"中，除了《金剛經》是產生於印度的佛學經典外，其他都是誕生於中國的文化經典。從這"六經"的內容來看，除了《山海經》表現了與儒家精神內在相通、"知其不可為而為之"的人類童年時期偉大的精神外，其他五部經典都可以納入到劉再復所謂的中國文化"以莊禪為主幹的重自然、重自由、重個體"這一脈。但劉再復是否完全拒絕"以孔孟為代表的重倫理、重秩序、重教化"的那一脈呢？作為儒家文化浸泡下長大的農家子弟，怎麼可能不受到儒家文化的影響呢？他對儒家文化的情感，從某些方面來說，和賈寶玉有些相似，劉再復在《賈寶玉論》裏，引用了李澤厚的觀點，把儒家文化分為表層的儒家典章制度和意識形態以及深層的倫理情感，而認定賈寶玉反對的是表層儒家文化，認同深層儒家文化。劉再復對母親、對親人、對家鄉、對祖國那種濃濃情感也只有在儒家文化那裏找到可靠的源頭。

而李澤厚雖提出"儒道互補"的命題，但還是著力於回歸孔子，即回歸原典儒學，而不是回歸漢代的政治儒學，也不是回歸宋明的心性儒學。李澤厚在二十世紀九十年代寫《論語今讀》時，對《論語》評價很高："儒學（當然首先是孔子和《論語》一書）在塑建、構造漢民族文化心理結構的歷史過程中，大概起到無可替代、首屈一指的嚴重作用。"[14]。對於儒學的未來發展前景，李澤厚一方面

---

13 劉再復，《回歸古典，回歸我的六經：劉再復講演錄》(北京：人民日報出版社，2011年)，第 204 頁。
14 李澤厚，《論語今讀》(北京：生活·讀書·新知三聯書店，2008 年)，第 1-2 頁。

對熊十力、馮友蘭、梁漱溟、張君勱、唐君毅、牟宗三等倡導的"新儒學"並不看好；另一方面他對儒學的未來前景充滿信心，在一篇名為〈為儒學的未來把脈〉演講中，李澤厚探討儒學在中國未來發展的問題，談到要對儒學進行"解構"與"重建"，認為"首先要對儒學提倡的而為廣大中國人崇拜的'天地國親師'——其實是政治、倫理、宗教三合一的體系——分析、解構，然後再設法重建宗教性道德和社會性道德，把具有情感特徵的儒家的實用理性和樂感文化重新發揚光大，重視人民大眾的衣食住行、物質生活，同時重教育、塑人性，開出一條新的內聖外王之道，它遠遠不只是心性論的道德形而上學。只有眼光更廣闊一些，儒學才有發展的前途"。[15] 也就是說，對儒學的發揚是建立在批判性接受的基礎上，要從儒學中那些"道德的形而上學"、"陰陽五行"、"性理天命"等機械僵化的體系中解放出來，恢復原初儒學（如《論語》）中那種鮮活感性的人間情趣，回到"情本體"，把"天地國親師"理解為中國人對自然宇宙、故土家園、國家民族、父母夫妻、兄弟姐妹、朋友師長等的情感認同和價值認同。從此點看來，李澤厚雖對儒學有所批判，但總體上是認同的，他的"回歸"，是基於批判、改造和重建基礎上的"回歸"。

正如劉再復"返回古典"的路徑是"莊禪"這一脈，但並非與"孔孟"絕緣，李澤厚"返回古典"的路徑是"孔孟"這一脈，但對於"莊禪"也並非毫無好感。李澤厚提出"儒道互補"的概念，讚賞了"逍遙遊"審美的人生態度，認為儒道是滲透互補的，也肯定莊老思想的正面積極意義。

---

15 李澤厚，《雜著集》（北京：生活・讀書・新知三聯書店，2008 年），第 292 頁。

六、結語

　　劉再復與李澤厚亦有一致相通處，例如，治學有兩種基本途徑：一是尋找孤本秘籍，重在考證；二是在人所共知的史料材料上點石成金，重在論證與悟證；李澤厚和劉再復均屬後者。又如，他們都極重視思想，雖追求學問、思想、文采的三通，但本質上都是人文思想者，而且都比較喜歡宏觀把握各種真理。他們二人都經受過馬克思主義經典的訓練和艱苦生活、流亡生活的體驗，因此，對於中國和對於世界，都有一種理解的同情，都不願意走極端。李澤厚與劉再復二位學人著述等身，思想博大精深，小文不過是管中窺豹，拋磚引玉，更為系統深入的研究只有以俟來者了。

樂與罪的隱秘對話：
李澤厚、劉再復與文化
反思的兩種路徑 [1]

涂航

美國哈佛大學博士候選人

一、前言

　　一九八一年，李澤厚的《美的歷程》行世，隨即在校園和文化界掀起一陣 "美學熱"。李著以迷人的筆觸描繪了中華文明起源之初的諸多美學意象：從遠古圖騰的 "龍飛鳳舞"，到殷商青銅藝術中抽象紋飾，再到百家爭鳴時期的理性與抒情，這幅委婉而綿長的歷史畫卷如暖流般撫慰著飽受創傷與離亂之苦的莘莘學子的心靈。[2] 李澤厚早先以其獨樹一幟的 "回到康德" 論述著稱，然而啟蒙思辨不僅關乎繁複的哲學論證，也得負起終極價值的使命。康德人性論的提綱挈領背後，是幾代中國美學家的關於審美與宗教的深思與求索。五四運動之初，蔡元培以 "美育代宗教" 首倡以美學陶冶性靈以代宗教教化之說。[3] 相形之下，李著異

1　此文曾由汕頭大學主辦的《華文文學》期刊（2019 年第 2 期）刊發。

2　李澤厚，《美的歷程》（北京：生活・讀書・新知三聯書店，2009 年）。

3　蔡元培，〈以美育代宗教說〉，《蔡元培美學文選》（北京：北京大學出版社，1983 年），第 68 頁。

彩紛呈的美學意象背後，隱約流動著其對儒學情感倫理學的重新闡釋。在李澤厚隨後描繪的“由巫到禮，釋禮歸仁”的儒學情理結構中，先秦儒學以此世之情為本體，孕育了與西方救贖文化截然不同的“樂感文化”。這種既具有民族本位主義又內含終極價值維度的審美主義試圖為文化轉型時期的中國提供一種安身立命的根基。

八十年代的啟蒙運動以美學的朦朧想像，重新啟動了五四時期的美育論，以感性詩意的方式呼喚文化和政治新命。面對新的政治想像，批評家劉再復以“文化反思”為出發點，將李著的啟蒙理念闡釋為一種高揚“文學主體”與“人性”的文藝理論，為重思現代中國文學打開了一個嶄新的視野。然而劉說並非僅僅局限於簡單的控訴暴政和直覺式的人道主義，更旨在叩問已發生的歷史浩劫中“我個人的道德責任”。[4] 換言之，文化反思並非以高揚個人主義為旨，而必須審判晦暗不明的個體在政治暴力中的共謀。受巴金《隨想錄》之啟發，劉再復以“懺悔”與“審判”為線索反思中國文學中罪感的缺失。[5] 劉著受到西洋啟示宗教的原罪意識啟發，卻並非意在推崇一種新的信仰體系。他希望另闢蹊徑，思考文學如何對證歷史，悼亡死者，追尋一種詩學的正義。罪感文學實質上是一種懺悔的倫理行為，通過勾勒靈魂深處的掙扎和彷徨來反思劫後餘生之後生者的職責。

本文以李澤厚的“樂感文化”和劉再復的“罪感文學”為題，通過重構兩者之間的隱秘對話，來勾勒新時期文化反思的兩種路徑。李澤厚在大力頌揚華夏美學的生存意趣和人間情懷的同時，毫不猶豫地拒斥神的恩寵以及救贖的可能。而劉再復則將現代中國文學對世俗政治的屈從歸咎於超越性宗教的缺失。二者凸顯的共同問題是：新啟蒙運動為何需要以宗教倫理為鑒來反思毛澤東革命的神聖性（sacrality）？簡而言之，對毛式威權政治的批判，為何要以宗教為切入點？

---

4 劉再復，《我的思想史》（未刊書稿），第 28 頁。
5 劉再復、林崗，《罪與文學》（北京：中信出版社，2011 年）。

在這裏，我需要引入 "政治神學"（political theology）這一理論框架，來解釋政治神聖性（sacralization of politics）與啟示宗教（revealed religion）之間的複雜張力。在其始作俑者卡爾·施密特看來，理性化進程在驅逐宗教幻象的同時，也導致了 "規範性價值的缺失"（normative deficit of modernity）。[6] 以技術理性為內驅力的自由民主制不僅無法掩飾其內在的道德缺失，而且在危急時刻不得不求助於、藉助於高懸在政治程序之上的主權者以神裁之名降下決斷，以維護其根本存有。[7] 施密特的決斷論不乏將政治美學化的非理性衝動，然其學說要義並非推崇回歸政教合一的神權國家，而在於借用神學要素來維護世俗政治之存有。[8] 由此可見，"政治神學" 一詞內含無法調和的矛盾：它既喻指重新引入超越性的宗教價值來將現代政治 "再魅化"，又意味著將神學 "去魅化" 為工具性的世俗政治。不同於施密特對政治 "再魅化" 的偏愛，二戰後的德國思想家往往以神學的政治化為出發點反思現代政治對宗教的濫用。在洛維特（Karl Löwith）、

6　在這裏，我借用了 Gordon 以規範性價值為綱討論施密特和韋伯之關聯的說法。見 Peter E. Gordon, "Critical Theory between the Sacred and the Profane", *Constellations*, Vol. 23 (4), (December 2016), pp.468-469。

7　學界對施密特主權論的討論所在多有，比較代表性的著作有，John p. McCormick, *Carl's Schmitt's Critique of Liberalism: Against Politics as Technology* (Cambridge, UK: Cambridge University Press, 1999)。另見卡爾·施密特著，劉宗坤譯，《政治的概念》（上海：上海人民出版社，2004 年）。

8　Müller 認為施密特的法學理論每每以模糊的描述性修辭和美學意象來掩蓋其邏輯漏洞，這種將政治美學化的傾向承自十九世紀的德國文人傳統。見 Jan-Werner Müller: *A Dangerous Mind: Carl Schmitt in Post-War European Thought* (New Haven: Yale University Press, 2003), Introduction。另外，已有不少學者從魏瑪保守主義的角度探討施密特的法學決斷論和存在主義哲學之間的關聯。見 Jeffrey Herf, *Reactionary Modernism: Technology, Culture and Politics in Weimar and the Third Reich* (Cambridge, UK: Cambridge University Press, 1986)。

沃格林（Eric Voegelin）和阿倫特（Hannah Arendt）等人的論述中，極權主義 [9]
往往祭起宗教的術語、儀式、和情感來神聖化其世俗統治。現代政治權威不僅借
用宗教的組織和符號，也從基督教的救贖理念和末世論中汲取靈感。在沃格林
的筆下，現代全能政治源於靈知論（Gnosticism）對正統基督教救贖觀的顛覆：
靈知主義者憑藉獲取一種超凡的真知在此岸世界建立完美的天國。[10] 洛維特則更
進一步探討了共產主義理念和基督末世論的親和性：暴力革命的進步觀、烏托
邦的理念和社會主義新人的三位一體均是基督救世思想的世俗形式。[11] 誠然，這
種闡釋學的局限性顯而易見：現代政治進步觀與基督末世論之間的概念親和性
（elective affinity）並不等同於歷史因果關係（historical causality），把神學理念

9　極權主義（totalitarianism）是一個極為寬泛的分析概念，用來描述國家社會主義和布爾
　　什維克政權對於社會、公眾和私人生活的絕對控制。雖然阿倫特和波普爾對於極權主義
　　的運用具有鮮明的冷戰主義色彩，這個分析範式深刻影響了五六十年代西方學者對於共
　　產主義政權的認知。見漢娜・阿倫特著，林驤華譯，《極權主義的起源》（北京：生活・
　　讀書・新知三聯書店，2008 年）；卡爾・波普爾著，陸衡等譯，《開放社會及其敵人》
　　（北京：中國社會科學出版社，1999 年）；有關極權主義的概念史梳理，見 Michael Scott
　　Christofferson, *French Intellectuals Against the Left: The Antitotalitarian Movement of the 1970s*
　　(New York: Berghahn Books, 2004), Introduction。
10　Eric Voegelin, *The New Science of Politics: An Introduction* (Chicago: The University of Chicago
　　Press, 1987)；關於沃格林對靈知論的批判和政治保守主義的聯繫，見 Mark Lilla: *The*
　　Shipwrecked Mind: On Political Reaction (New York: New York Review Books, 2016)。
11　Karl Löwith, *Meaning in History: The Theological Implications of the Philosophy of History*
　　(Chicago: The University of Chicago Press, 1957).

直接推衍到對現代革命思想和社會運動的闡釋，其解釋效力值得懷疑。[12] 例如，中國政治學者雖然注意到毛澤東崇拜與宗教儀式之間的類似性，卻更傾向於強調世俗政治對於宗教符號的 "策略性借用"（strategic deployment）。[13] 換言之，政治的神化僅僅是一種對宗教元素的功能主義利用。

我以為，這種功能主義的判斷無法解釋二十世紀中國革命的宏大敘事賦予

---

12 例如，在 Blumenberg 對 Löwith 的批判中，Blumenberg 指出 Löwith 的範式忽略了現代性的根本特徵在於 "自我確證"（self-assertion），因此現代政治以自主性為其核心原則，與前現代的神權政治有根本的區別。Blumenberg 接著以 "替換"（reappropriation）這一範式來描述世俗化的過程：現代進步觀固然和基督末世論具有概念上的親和性，然而世俗的進步觀逐漸替換了基督末世論成為現代政治的根本標誌。Blumenberg 的理論源自馬克斯·韋伯的宗教社會學。值得一提的是，九十年代的中國知識分子急於從儒學倫理中發掘資本主義精神，誤讀了韋伯關於新教倫理和資本主義關係的論述。韋伯並未將資本主義的興起歸因於加爾文教義，而是重在描繪資本主義倫理如何侵蝕並且替換了宗教精神成為現代社會的根本動力。見 Hans Blumenberg, *The Legitimacy of the Modern Age*, translated by Robert M. Wallace (Cambridge, MA: The MIT Press, 1985)；關於韋伯對概念親和性與歷史因果關係的區分，見 Peter E. Gordon, "Weimar Theology: From Historicism to Crisis", in: *Weimar Thought: A Contested Legacy*, edited by Peter Gordon and John p. McCormick (Princeton, Princeton University Press, 2013)；關於中國語境下對韋伯理論誤用的批判，見余英時，《中國近世宗教倫理與商人精神》（北京：九州出版社，2014 年），第 56-79 頁。

13 在對安源工人運動的研究中，裴宜理以 "文化定位"（Cultural Positioning）來描述中共通過策略性地借用廣泛的宗教以及民俗文化符號來達到政治動員的過程。換言之，在中共的意識形態中，宗教元素經過了理性化且已經失去了其信仰價值，僅僅成為一種世俗政治權術的存在。Daniel Leese 和王紹光對毛澤東崇拜的研究也拒絕了政治宗教的範式，旨在強調政治對宗教元素的工具化（instrumentalization）。他們認為領袖崇拜雖然承自帝王崇拜且呈現出一定的宗教性，但歸根究底是一種理性的政治表演秀。見 Elizabeth J. Perry, *Anyuan: Mining China's Revolutionary Tradition* (Berkeley: University of California Press, 2012), Introduction；Daniel Leese, *Mao Cult: Rhetoric and Ritual in China's Cultural Revolution* (Cambridge, UK: Cambridge University Press, 2013)；王紹光著，王紅續譯，《超凡領袖的挫敗：文化大革命在武漢》（香港：香港中文大學出版社，2009 年）。

世俗政治的一種 "徜徉肆恣" 的宗教感（oceanic feeling）。[14] 革命的神聖化本身蘊含了一種相互矛盾的雙向運動：在以世俗政治對宗教信仰的 "去魅化" 的同時，試圖將宗教的神聖性注入以 "革命"、"社會主義" 和 "民族國家" 為圖騰的世俗變革中。此文旨在以政治神學為切入點來重構李澤厚的 "樂" 與劉再復的 "罪" 之間的隱秘對話。我將論證，兩者的論述均以一種隱喻的方式構築宗教意識和政治專制的聯繫，並提出了相應的啟蒙路徑。李澤厚在大力頌揚華夏美學的生存意趣和人間情懷的同時，毫不猶豫地拒斥神的恩寵以及救贖的可能，而劉再復則將現代中國文學對世俗政治的屈從歸咎於宗教性的缺失。對於基督教超驗上帝（transcendental God）的文化想像導向了兩種看似截然不同卻隱隱相合的啟蒙路徑：以此岸世界的審美主義來消解共產革命的彼岸神話，或是以超驗世界的本真維度來放逐世俗國家對寫作的控制與奴役。

值得一提的是，我所指的 "隱喻" 並非狹義的修辭策略，而是以錯綜複雜的文辭、審美和想像力生成哲學論述的獨特路徑。不論是德里達（Jacques Derrida）等後結構主義者關於文字與思之 "再現"（representation）的立論，還是 Blumenberg 以哲學人類學為出發點梳理概念性邏輯背後根深蒂固的 "絕對性隱喻"（absolute metaphor）的嘗試，這些論述均將流動性的言說和星羅棋佈的審美意象看做創生性哲學話語的源泉。[15] 更不必說，中國傳統中的 "文" 與 "政" 的相繫相依，早已超出了西學語境下的模仿論，而蘊含著道之 "蔽"

---

14 Sigmund Freud, *Future of an Illusion*, edited by James Strachey (New York: Norton, 1989).

15 感謝黃冠閔教授提醒我注意 Blumenberg 學說與文學之關係。在 Blumenberg 的隱喻學（Metaphorology）理論中，笛卡爾以降的哲學首要目標在於擺脫對意象性思維和模糊修辭的依賴，以追求概念邏輯的純粹性。然而理性迷思的背後卻是不絕如縷的 "絕對性隱喻"——以意象思維感通、銜接和補充邏輯思維的思想傳統。在 Blumenberg 看來，絕對性隱喻的存在印證了哲學論證的內核仍然源於概念和隱喻的聯動關係。見 Hans Blumenberg, *Paradigms for a Metaphorology*, reprinted edition, translated by Robert Savage (Ithaca: Cornell University Press, 2016)。

（concealment）與"現"（manifestation）的複雜律動。[16] 正因如此，單單從觀念史學或是從文學史的角度梳理李與劉的論述，都無法細緻地追蹤和指認政治 — 宗教批判與文學批評之間看似毫無關聯，但卻以嬗變的"文"為媒介相互闡發的能動過程。因此，八十年代的啟蒙話語"荊軻刺孔子"式的隱喻政治正是我們闡釋李澤厚之"樂"與劉再復之"罪"的起點。[17]

二、樂感文化：由巫到禮，釋禮歸仁

李澤厚哲學內核雖以改革的馬克思主義和康德人性論為主[18]，他對儒學的闡述卻貫穿於其美學論述之中。《美的歷程》（1981）便以"先秦理性精神"來概括儒道互補的情理結構，《中國古代思想史論》（1986）進一步闡釋了以"仁"與"禮"為要義的儒學倫理，《華夏美學》（1988）則以"禮樂傳統"來概括儒

---

16 以海德格爾的存在論反思中國文化傳統中的"文"與西學論述中的模仿論之區別，見王德威，〈"世界中"的中國文學〉，《南方文壇》2017 年第 5 期，第 8 頁。

17 "荊軻刺孔子"取自秦暉對於八五文化熱的一個形象的概括：荊軻本意在秦王，然奈何秦王手握政治重權，只能拿無權無勢的封建文化象徵孔子開刀。這一寓言用以解釋新啟蒙運動中的激烈的文化反傳統主義：由於不敢觸碰政治紅線，知識分子只能藉以批判傳統文化之名影射政治問題。見秦暉，《問題與主義：秦暉文選》（長春：長春出版社，1999 年），第 447 頁。

18 關於李澤厚對康德和馬克思的糅合與闡發的討論頗多。具有代表性的著作主要有：顧昕，《黑格爾的幽靈與中國知識分子 —— 李澤厚研究》（台北：風雲時代出版社，1994 年）；Woei Lien Chong, "Combining Marx with Kant: The Philosophical Anthropology of Li Zehou", *Philosophy of East and West*, Vol. 49, No. 2, April 1999: pp.120-149; Kang Liu, *Aesthetics and Marxism: Chinese Aesthetic Marxists and Their Western Contemporaries* (Durham: Duke University Press, 2000)；另見拙文〈回到康德：李澤厚與八十年代的啟蒙思潮〉，《思想雜誌》第 34 期（2017 年 12 月），第 35-59 頁。

家的基本美學特徵。表面上來看，李澤厚的論述並未脫離一種本質主義的文化比較：不同於猶太 — 基督教傳統中的超越性的信仰，儒學傳統對個體的救贖並不關心，而是專注於關注現世的政治與倫理。中國美學因此並不欣賞西方的“罪感文化”，而是推崇以“美”、“情”、“度”為基準的“樂感文化”。然而，這種路徑承接了五四時期中國美學關於終極價值的思考。從王國維糅合佛學與叔本華哲學而成的生命美學，到朱光潛以現代心理學為綱闡發古典悲劇的宗教意識；從蔡元培的“美育代宗教”論到宗白華的“氣韻生動”說，漢語審美主義論述試圖構築一種具有超越性而不失人間情懷的“本體論”，並以此抗衡西洋宗教的信仰之魅。[19]

然而不同於五四論述的是，李澤厚的美學意象背後是康德唯心主義和馬克思主義的實踐論。康德的先驗論旨在釐清理性的範圍、限度和可能性，進而確立自我立法的可能性。李澤厚則試圖引入歷史唯物主義來改造其唯心主義底色。如果康德的主體論將理性預設為一個超驗的普遍認知框架，李澤厚則將理性的產生歸咎於人類物質生產實踐。人類在製造和使用工具的過程中將感性經驗內化為抽象理性。這個過程被李稱為“文化心理積澱”：勞動將感性經驗累積成理性認知，在改造外在自然社會的同時也構築了內在的理性認知。[20]

這種歷史積澱說被李澤厚用於闡釋儒學禮樂傳統的起源。李氏把從殷商祖

---

19 關於中國美學本體論的提法，出自陳望衡對五種美學本體論（情感、生命、社會、自然和實踐本體論）的劃分。見陳望衡，《20 世紀中國美學本體論問題》（武漢：武漢大學出版社，2007 年）；從現代性理論角度對五四美學與西洋宗教之間張力的論述，見劉小楓，《現代性社會化緒論》（上海：上海三聯書店，1998 年），第 317 頁；另見拙文〈美育代宗教：後五四時代的美學思潮〉，《南方文壇》，第 188 期（2019 年 1 月），第 74-79 頁。

20 李澤厚，《批判哲學的批判：康德述評》（北京：生活 · 讀書 · 新知三聯書店，2007 年），第 51-169 頁。

先崇拜到儒家禮治的衍變敘述為"由巫到禮"的理性化過程[21]。從遠古到殷周，祖先崇拜和上帝崇拜相互糅雜並且緊密相連。卜辭中的神既是上天也是先祖。這種相關性構成了"巫君合一"的文化特質：巫祝既掌握著溝通天人的最高神權，又享有最高政治統治權。[22]巫術禮儀則以一套極其繁瑣的盛典儀式（巫舞、祈雨、祭祀）溝通神明，撫慰祖先，降服氏族。重要的是，敬神與主事的混合使得祭祀充滿了世俗性與實用性，因此對神的"畏、敬、忠"等宗教情感逐漸讓位於以"明吉凶、測未來、判禍福"為目的邏輯認知，占卜儀式中數字演算的精確性和客觀性取代了神秘主義和狂熱的宗教情感。[23]巫術禮儀的"理性化"體現為從對神秘上蒼的恐懼與絕望到對確證個體品德力量的轉化。[24]敬天並非旨在乞求上天垂憐或獲得一種神秘力量，而在於強調吉凶成敗與個體道德責任的息息

---

21 理性化（rationalization）一詞出自韋伯，指的是傳統價值和情感考量逐漸被理性和計算取代，成為世俗化社會中個人的行為動機。李澤厚更多的是從康德的意義上使用這個術語來描述主體的積極性和理性，而忽略了韋伯關於理性去魅效應的論述。

22 值得一提的是，祭祀系統往往和宗教神話體系互為表裏，而李著並未詳細闡釋殷商神話體系是如何印證了"巫君合一"的特質。冷德熙探討了殷商神話中的諸神系統（自然神、圖騰神、祖先神等），認為不同於閃米特諸教中的一神論（monotheism）傳統，中國古代神話中缺乏一個主神的存在，大量的自然神和祖先崇拜交叉滲透，直到殷周之際原始神話才被"歷史化"為古史傳說（如堯舜禪讓）。這個神話歷史化的進程可以用來佐證李著中的"巫君合一"的論斷。見冷德熙，《超越神話：緯書政治神話研究》（北京：東方出版社，1996 年），第 20-25 頁；顧頡剛，《古史辨自序》（北京：商務印書館，2011 年）。

23 李澤厚，〈說巫史傳統〉，《由巫到禮，釋禮歸仁》（北京：生活·讀書·新知三聯書店，2015 年），第 15 頁。

24 李澤厚把這個過程稱之為由巫術力量（magic force）到巫術品德（magic moral）的轉化。李澤厚，〈說巫史傳統〉，《由巫到禮，釋禮歸仁》，第 23 頁。

　　　　　　　　　　　　　　　　　　樂與罪的隱秘對話

相關。[25] 這個理性化的過程既體現在工具操作技藝的演化（卜筮、數、易、及禮制），也體現為一種特定的文化心理結構的形成（德行）。直至周初時代，巫的神秘主義特質讓位於君的道德品質，溝通神明的原始禮儀則演化為關於巫術品德的道德主義。

從殷周鼎革到百家爭鳴，巫術禮儀進一步分化，德外化為"禮"，內化為"仁"。禮本源自祭祀中尊神敬人之儀式，王國維認為"奉神人之事通謂之禮"[26]，而《說文解字》中則以"禮者，履也"來形容侍神之禮器與承載傳統之關係。周禮囊括了一整套秩序規範，並置人間之禮於敬神的儀式之上，這意味著禮所呈現的世俗人倫關係已經代替了鬼神崇拜。禮的神聖性不再依賴於宗教祭祀的虔敬，而將塑造、培育人性本身作為世俗社會的最高價值。在李澤厚看來，儒家對禮的闡發著力點在於將以外在的秩序和規範為基準的周禮內化為一種情感論述。既然禮代表了一整套的秩序規範，"習禮"則包括對"各種動作、行為、表情、言語、服飾、色彩等一系列感性秩序"的訓練。[27] 這種美學式的熏陶不以約束和控制個體為手段，而在於陶冶性情，以達成內在之情和外在倫常互為表裡的和諧之道。在塑造情感方面，"樂"與"禮"相生相伴，形成一套獨特的禮樂傳統，通過建立內在人性來維繫倫理關係。"樂"雖是一種情感形式，卻需要由外物疏導

---

25 例如，徐復觀非常詳細地論證了中國文化從原始宗教的"敬天"到儒家"敬德"的轉化。周人的"憂患意識"並非源於對神的虔敬和畏懼，而是一種凸顯主體和理性作用的道德責任感。憂患意識體現在當事者將事功成敗歸咎於自身的德行和理性認知，因此周人之"敬"是一種原初的道德意識而非宗教情緒。見徐復觀，《中國人性論史·先秦篇》（上海：上海三聯書店，2000 年），第 1-20 頁；對徐復觀儒家道德主義的批判，見唐文明，《隱秘的顛覆：牟宗三、康德與原始儒家》（北京：生活·讀書·新知三聯書店，2012年），第 5-31 頁。

26 王國維，〈釋禮〉，《觀堂集林》，卷六（石家莊：河北教育出版社，2003 年）；轉引自閻步克，《士大夫政治演生史稿》（北京：北京大學出版社，1996 年），第 74 頁。

27 李澤厚，《華夏美學·美學四講》（北京：生活·讀書·新知三聯書店，2008 年），第18 頁。

而引起，因此聲音、樂曲和詩文則喚起各種情感形式。在"樂從和"的儒學原則中，華夏美學擺脫了巫術儀式中那種"狂熱、激昂、激烈的情感宣泄"，著重塑造"和、平、節、度"等旨在和諧人際關係的溫和情感。[28] 樂源於禮，發乎情，與政通，將審美、情感和政治教化融為一爐，形成了一套"彌散性"的理想世俗秩序[29]。

但是，李澤厚也指出，禮樂傳統的"內"（自發情感）與"外"（倫理政教）並非始終琴瑟相和。倫常對個體的束縛與限制在美學上呈現為關於文與質、緣情與載道、樂教與詩教等不絕如縷的紛爭。[30] 這種衝突反映了周禮本身還未脫離原始宗教的儀式化特徵。"儀"既承自對天意無常和神之法力的恐懼和敬畏，又糅合了以血緣宗族為基礎的道德訓誡，因此具有一定的外在約束性和強制性。在李氏看來，儒學的突破體現在"釋禮歸仁"的精神旨趣：仁的實質內涵是人的道德自覺和責任意識，它把外在性的禮內化為生活的自覺理念，並把宗教性的情感變為日常人倫之情，從而使社會倫理與人性欲求融為一體。[31] 面對禮樂崩壞的時代危機，孔子的解決渠道是以人性內在的倫理"仁"化解外在崇拜和神秘主義，將禮安置於世俗倫理關係中，以仁學思想替代宗教信仰。至此，支撐宗教的"觀念、情感和儀式"[32] 被一種現實主義的倫理 — 心理特質取代，使得中國文化精神和以原罪觀念為特點的西洋宗教分道揚鑣，形成了以積極入世為基本特質的"樂感文化"。

---

28 李澤厚，《華夏美學・美學四講》，第 34 頁。
29 "彌散性"一詞來自閻步克對禮治文化的概括。在閻氏看來，禮介於俗與法之間，既囊括了人倫風俗，又指涉政治領域的規範，因此呈現出一種無所不包性和功能混溶性。見閻步克，《士大夫政治演生史稿》，第 73-124 頁。
30 李澤厚，《華夏美學・美學四講》，第 39 頁。
31 李澤厚，《中國古代思想史論》（北京：生活・讀書・新知三聯書店，2008 年），第 10-29 頁。
32 李澤厚，《中國古代思想史論》，第 16 頁。

最終，樂感文化以巫君合一的原始宗教而始，以 "情本體" 為情理結構的儒學倫理學 — 美學而終。"情" 多被李用以描述糅雜感官欲望和審美體驗的複雜認知過程，是 "性" 的外在表徵，是 "欲" 的自然抒發，可以釋 "禮"，可以證 "道"。[33] 這種認知源於日常人倫給予人性的喜悅和恬靜祥和之感，使得個體生命得以告別 "天命"、"規律"、"敬畏" 和 "恐懼"，在轉瞬即逝的真實情感中靜觀自然之流變，並停留、執著、眷戀於塵世中的七情六欲。承接蔡元培 "美育代宗教" 說，情本體拒斥神的本體，以美學返璞歸真，回到人的本性。審美 "沒有去皈依於神的恩寵或拯救，而只有對人的情感的悲愴、寬慰的陶冶塑造"。[34] 經由美學熏陶，樂感文化將哲學的最終存在寄託於 "這人類化的具有歷史積澱成果的流動著的情感本身"，並且以此世之情 "推動人際生成的本體力量"，從而開啟了 "把超越建立在此岸人際和感性世界中" 的華夏美學之路。[35]

作為八十年代文化啟蒙的思想領袖，李澤厚更多是以啟蒙哲學和溫和改革派的形象被世人銘記，而其獨樹一幟的儒學情感 — 美學論述並未被深度發掘。[36] 文革浩劫之後，對 "人性"、"人道" 和 "價值" 的反思由傷痕文學開啟，在 "文化熱" 期間達到高潮。新啟蒙運動的核心議題即終極價值的重建：在神聖的革命煙消雲散之後，中國學人如何重審視毛時代的烏托邦主義，又如何重建新的歷史

---

33 李澤厚的情感論述散見於八九十年代的著作中，學者多為關注其 "情本體" 理論和郭店楚墓竹簡中 "道始於情" 論述的聯繫。對 "情" 的中國文學傳統的細膩梳理，見王德威，《史詩時代的抒情聲音：二十世紀中期的知識分子與藝術家》（台北：麥田出版公司，2017 年），第 25-100 頁；對 "情本體" 和郭店竹簡關係的論述，見賈晉華，〈李澤厚對儒學情感倫理學的重新闡釋〉，見安樂哲、賈晉華編，《李澤厚與儒學哲學》（上海：上海人民出版社，2017 年），第 159-186 頁。

34 李澤厚，《華夏美學・美學四講》，第 216 頁。

35 李澤厚，《華夏美學・美學四講》，第 62 頁。

36 鑑於李澤厚九十年代才提出 "情本體" 一說，學者傾向於將李澤厚的思想歷程概括為從馬克思主義到儒學情感論的轉向。然而李澤厚八十年代的諸多美學論述中已經勾勒出情感論的輪廓，本文從美學角度的梳理著重強調李說的連續性而非斷裂性。

理性？李澤厚以審美為切入點，通過追尋儒學的理性之源，以滌盪狂熱的政治熱情和領袖崇拜，對“超越”、“宗教性”和“彼世”的拒斥是否隱含了其對革命理想主義的批判？李著中無疑充滿了抽象哲學思辨與現實政治隱喻的複雜辯證，這種隱喻式的論述似乎與卡西爾（Ernst Cassirer）的文化哲學形成一種奇妙的共鳴。在納粹肆虐歐洲之際，卡西爾以《國家的神話》（1946）叩問現代理性何以生出如此殘暴行徑，將納粹國家的神話追溯至鴻蒙之初的原始宗教。諸神想像起源於先民的恐懼，而從希臘哲學到啟蒙運動的西方思潮不斷以邏各斯之名驅散非理性的宗教情感。可誰料想納粹的國家神話裏挾著原初的宗教敬畏捲土重來，使得現代性徹底淪為主宰和奴役的工具，啟蒙重新倒退為神話，乃至釀成歷史浩劫。[37] 相形之下，中國語境下的神話喻指共產革命的超凡魅力：以摧枯拉朽的暴力滌盪階級社會的罪惡，以對超凡領袖的崇拜之情塑造個體倫理和規範，最終在現世主義的此岸建立社會主義的烏托邦。在這個意義上，李澤厚“由巫到禮，釋禮歸仁”的儒學起源說以一種隱喻的方式解構了革命烏托邦的宗教性。在李著不斷以“理性”之名驅逐神話的背後，蘊含著動人心魄的啟蒙號召：唯有釐清中華文明源頭的非宗教性，唯有回到以禮樂人情為本然真實的樂感文化，才能徹底告別革命製造的狂熱情感和彼岸神話。

三、罪與文學：從“性格組合論”到“罪感文學”

在李澤厚構築華夏美學體系的同時，劉再復也開始形成一套以“人”為思考中心的文學批評理論體系。其著作《性格組合論》（1986）從十九世紀歐洲文學

---

37 恩斯特・卡西爾著，范進譯，《國家的神話》（北京：華夏出版社，2003 年）。

的視角，檢視現代中國文學 [38]。他的初步論斷是：革命文學的人物塑造囿於“階級性”、“革命鬥爭”和“政治實踐”等機械的馬克思主義理論，將“人”闡釋為被社會政治力量支配的附屬品，消解了人的主體性和能動性。[39] 在隨後的系列論述中，劉再復不斷擴充其“文學是人學”的思考起點，以“內宇宙”、“超越意識”、“懺悔”、“人的靈魂”等敘述來構建一種以世界文學為坐標的龐雜體系。從八十年代中期起，劉再復的名字，連同“情欲論”、“主體論”、“性格二重組合”等帶有個人生命印記和審美激情的批評術語，同文化熱期間爆炸性的知識空間和學人的文化想像彼此呼應，成為新啟蒙運動的時代精神之一。

劉再復的主體論並非人道主義在文學批評上的顯白教誨，而內含複雜的脈絡和知識譜系。其理論所體現的哲學意義，主要體現在性格組合論對馬克思主義人性論的反駁。性格／人格（personality）問題本在古典德國哲學中有其重要位置。與當下的理解不同，十九世紀語境下的“性格”（personality）一詞並不具有內在心理情感（psychological makeup）的含義，而更多意指具體“個人”（person）和抽象“主體”（subject）之間的複雜律動。[40] 康德的自我立法預設了一個自為自主的普遍主體（universal subject），然而康德主體以普遍理性為內驅力，卻並未顧及具體的、特殊的個人所在。在黑格爾的論述中，自我意識為了獲得更高的社會性存在必須揚棄個體自由，通過“去人格化”（depersonalization）昇華為“絕對精神”。作為普遍理性的主體彷彿可以自我演進，直至歷史終點。

---

38 關於八十年代人道主義思潮的十九世紀歐洲文學之底色，學者多有論述。見賀桂梅，《“新啟蒙”知識檔案：80 年代中國文化研究》（北京：北京大學出版社，2010 年），第 51-114 頁；楊慶祥，《“主體論”與新時期文學的建構 —— 以劉再復〈論文學的主體性〉為中心》，見程光煒編，《重返八十年代》（北京：北京大學出版社，2009 年），第 227-245 頁。

39 劉再復，《性格組合論》（上海：上海文藝出版社，1986 年）。

40 Warren Breckman, *Marx, the Young Hegelian, and the Origins of Radical Social Theory: Dethroning the Self* (Cambridge: Cambridge University Press, 1998), p.11.

德國浪漫主義運動隨即以“基督人格論”（Christian personalism）為綱，通過高揚感性的、特殊的、獨一無二的個人人格（individual personality）來反駁啟蒙的抽象主體論。[41] 這種反啟蒙論述從《舊約全書》中上帝造人中獲取靈感：人格雖是神格的拙劣模仿，卻因上帝之愛而獲得了無限性和豐富性；“三位一體”意味著人格與神格之間存在著聯動關係，人性內在的複雜性和情感變化由神性所鑄成，絕非理性可以主宰，更不可以化約為空洞的普遍主體。

作為黑格爾的繼承人和顛覆者，馬克思主義人性論以一種激進的社會本體論（the social ontology of the self）完全消解了基督人格論。在《論猶太人問題》中，馬克思將基督教人格論（Christian personhood）貶低為市民階層的粗鄙意識形態，將人格的特殊性和商品市場中唯利是圖的個體（egoistic individual）完全等同起來。[42] 在馬克思的宏觀圖景裏，唯有將個人消融在社會性的主體之中，人類的自我解放才得以達成。馬克思主義以實現人的物種存有（species-being）為終極目標，何以革命的主體竟自吞噬其身，消解了多元人格的存在？這種二律背反深刻地影響了二十世紀的中國左翼文學理論：個人往往和罪惡、動搖、局限性聯繫在一起，而從階級性、黨性到民族國家的社會本體則被賦予了崇高的美學意象。在這個意義上來說，劉再復以“性格”為切入點重新確證個體尊嚴和人格之複雜性，不僅和當時中國政治問題形成錯綜複雜的交匯，而且在思想史層面上

---

41 Warren Breckman, *Marx, the Young Hegelian, and the Origins of Radical Social Theory: Dethroning the Self* (Cambridge: Cambridge University Press, 1998), p.11，我主要參照了 Breckman 從 Christian personalism 的角度對青年黑格爾主義運動的梳理。此外，從社會政治史角度對此運動的論述，參見 John Edward Toews, *Hegelianism: The Path Toward Dialectical Humanism, 1805-1841* (Cambridge: Cambridge University Press, 1985)；對基督人格論和浪漫主義運動內在聯繫的闡發，見 Charles Taylor, *Sources of the Self: The Making of Modern Identity* (Cambridge: Harvard University Press, 1989)。

42 Karl Marx,"On the Jewish Question," *Early Writings*, translated by Rodney Livingstone and Gregor Benton (New York: Penguin Books, 1975), pp.211-242.

　　　　　　　　　　　　　　　樂與罪的隱秘對話

通過反寫馬克思回歸德國古典哲學的人格論，頗具"截斷眾流"的魄力和勇氣。對性格多重組合的闡述並非僅僅應和官方意識形態或是為傷痕文學提供一種理論支撐，而在於將同質化的革命主體（subject）重新還原為具有深度、內在性和道德判斷力的"人格"（personality）。針對毛時代形形色色的壯美革命神話，劉再復極力推崇人格的"內宇宙"一說：人的性格並非僅僅是外在元素的機械反映，而是一個博大精深的動態環境；感性、欲望、潛意識等形形色色的元素相互衝撞，不斷地生成新的人格。文學的任務不是以預設的社會屬性描寫人物性格，而是通過萬花筒式的性格組合將人性的複雜性淋灕盡致地展現出來。[43]

對於人的內在深度之發掘固然打開了新的文學批判空間，可是"內宇宙"將社會性消融於個體之中，極易導致個人主體的無限膨脹。由此形成的二律背反關係，未必能夠真正賦予人格以深度和尊嚴。性格組合論的核心觀念——理性主體和個人能動性，和馬克思主義終歸是同宗同源，未必不會帶來一種新的宰治關係。[44] 以人性論為內核的傷痕書寫在八十年代蔚為風潮，究竟是對文革暴力的控訴和反思，還是毛文體式"訴苦文學"的陰魂不散？[45] 受到巴金影響，劉再復在八十年代後期轉向對懺悔倫理的思考，以反思個體和歷史暴力的共謀關係。在這個意義上，基督教的原罪說給劉氏的文化反思提供了一個嶄新的宗教維度。與儒學成聖論相反，基督教神學中的人雖是由上帝所創生，卻是塵世墮落之物，因

---

43 劉再復，〈論文學的主體性〉，《文學評論》1985 年第 6 期，第 11-26 頁。

44 陳燕谷、靳大成，〈劉再復現象批判——兼論當代中國文化思潮中的浮士德精神〉，《文學評論》1988 年第 2 期，第 16-30 頁。

45 關於社會主義"訴苦文體"的研究，見 Gail Hershatter, *The Gender of Memory: Rural Women and China's Collective Past* (Berkeley: University of California Press, 2011)；關於訴苦文體與新時期文學的關聯，見 Ann Anagnost, *National Past-Times: Narrative, Representation, and Power in Modern China* (Durham, Duke University Press, 2012); Lisa Rofel, *Other Modernities: Gendered Yearnings in China after Socialism* (Berkeley: University of California Press, 1999)。

此注定背負罪與罰。宗教改革繼而將人的內在世界交付上帝，賦予其彼岸命運，將個體的內在自由從世俗統治者手裏解放出來，使得人的內在自由與救贖息息相關，非塵世力量可以左右。[46] 在當時不少學人看來，唯有基督教的"神道"方可超越蒼白無力的人道主義情感，賦予劫後餘生的個體徹底和深刻的尊嚴。這一立場最為激烈的表達者無疑是劉小楓。劉氏將共產主義的神話稱為"偽造的奇跡"，而革命暴力促使他不斷追尋"真正的神跡"。在拒斥了屈原式的自我放逐和道家的消極遁世之後，劉小楓在罪感宗教中找到了救贖之道。在劉氏看來，罪感並非意味著自我淪喪，而暗含走向超越的微弱可能：唯有使人意識到自然狀態之欠然，方可迸發追尋上帝的精神意向。[47]

　　劉小楓從罪感中悟得生命之缺憾，繼而放棄現世的一切政治和道德的約束，將自身全部人性所在交付上帝，以求得神之救恩。[48] 相形之下，劉再復從罪感中發掘人對現世的道德職責。劉小楓的原罪徹底消解了人之主體，將個體投擲於神的面前渴求聖恩垂憐；[49] 劉再復的原罪將個體靈魂從外在的社會 — 國家意志中解放出來，回歸內在性，將靈魂置於良知的法庭上審判，從而反思個體的倫

46 中文學界有關近代自由主義個人觀念和基督教之內在聯繫的論述，見叢日雲，《在上帝與凱撒之間：基督教二元政治觀與近代自由主義》（北京：生活‧讀書‧新知三聯書店，2003 年）。

47 劉小楓，《拯救與逍遙》（修訂版）（上海：華東師範大學出版社，2011 年），第 158 頁。

48 例如，劉小楓如此表達對"基督之外無救恩"的確信："我能夠排除一切'這個世界'的政治、經濟、社會的約束，純粹地緊緊拽住耶穌基督的手，從這雙被鐵釘釘得傷痕累累的手上接過生命的充實實質和上帝之愛的無量豐沛，從而在這一認信基督的決斷中承擔其我在自身全部人性的欠然。"劉小楓，《聖靈降臨的敘事》（增訂本）（北京：華夏出版社，2017 年），第 266 頁。

49 劉小楓的學說之複雜多變，絕非主體性一詞可以概括。出於篇幅限制，本文無法詳細討論劉氏從德國審美主義到基督教神學的心路歷程，更無法囊括劉氏近年來對施密特、施特勞斯以及公羊學的闡發。筆者擬以"劉小楓的救贖之路：從漢語神學到政治神學"為題，另行討論劉小楓與政治神學的問題。

理職責。值得玩味的是，與劉小楓的認信行為不同，劉再復僅僅把原罪當做一種認知假設，對"罪"之確認並非導向宗教情感，而在於迫使個體進行理性自省。道德自省雖以現世職責為導向，卻必須繞開世俗政治，尋找一個具有超越性的原點。[50] 劉再復的罪感試圖賦予道德一種內在的、原生的、自發性的存在，罪與責任因而相形相依，為人之存有特質。早先的主體論述經由罪感文學的"自我坎陷"，獲得了一種新的倫理 — 政治維度。從這個角度出發，劉再復叩問中國文學傳統中的罪感缺失：文學對惡之控訴往往導向外在的社會與政治議程，而無法激發內在的心靈懺悔。相反，五四文學之伊始便通過自我懺悔來審視傳統與野蠻的糾纏，而魯迅則無愧為這種罪感意識的激烈表達者。從〈狂人日記〉以吃人為隱喻來審判封建傳統，到自我剖析靈魂裏的"毒氣與鬼氣"，魯迅的懺悔意識將宗教式的"迴心"轉化為一種自覺的道德意識。這種自省雖無上帝作為絕對參照物，卻以反芻歷史傳統之罪為其坐標，使文學獲得了一種靈魂的深度。以人本主義的罪感文學為視角反思八十年代的文化反思之局限，劉再復的論述無疑超越了之前主體論的局限，展現出新的思想深度。

四、結語：樂與罪的交匯：告別革命

1995 年，李澤厚和劉再復在《告別革命》的序言中宣稱："影響二十世紀中國命運和決定其整體面貌的最重要的事件就是革命。我們所說的革命，是指以群眾暴力等急劇方式推翻現有制度和現有權威的激烈行動。"[51] 此書一經出版引起

---

50 劉再復、林崗，《罪與文學》，第 123 頁。
51 李澤厚、劉再復，《告別革命：李澤厚、劉再復對話錄》（增訂本）（香港：天地圖書有限公司，2011 年），第 60 頁。

極大反響，堪稱對八十年代啟蒙歷程的歷史性回顧與總結。九十年代伊始，隨著新左派和自由主義的論戰不斷激化，"告別革命"逐漸成為一個空洞的意識形態能指。對於受到各種新潮理論洗禮的年輕學人而言，它的靈感主要來源於業已破產的新啟蒙運動，這與其說是徹底終結社會主義的遺產，毋寧像是昭示著革命的魂歸兮來。政治漩渦之下，告別革命論的標誌性和格言式論述遮蔽了李、劉二人的複雜心路歷程與思想求索。李澤厚的儒學情感論述承自蔡元培"美育代宗教說"，以美感教育為熏陶手段回到此世的禮樂人情，以樂感文化拒斥超凡脫俗的革命烏托邦。劉再復的罪感文學則以宗教性的超越激發人內生的倫理職責，以懺悔罪責，審判歷史，實現文學對國家的"放逐"。在這個意義上，樂感文化和罪感文學最終匯聚於"告別革命"：以人間之樂解構革命的烏托邦神話，以超驗世界的本真維度來驅逐革命政治對文學的主宰。革命旨在超越現世生活的不完美性，以一種超拔的救世理念喚起一種集體的、解放自我的激烈變革。告別革命則是要在人間世情裏、在禮樂熏陶中、在沒有宏大敘事的靈丹妙藥和救贖之確定性的斷裂時空中，以靈魂的本真維度叩問傳統、歷史與神話所遮蔽的墮落、共謀和殘暴，以氤氳之情細緻入微地體驗、捕獲和發掘此世之樂的本然真實。

　　總結本文，我重構李之"樂"與劉之"罪"之間的隱秘對話，為的是揭示其學說意在言外的隱喻：對中西宗教倫理的批判意在解構革命烏托邦的神聖靈韻，從而瓦解世俗政治對宗教元素的功能性借用。此文的方法論意義在於：我認為只有將兩人對儒學情理的現世性與基督倫理的超越性之闡發置於政治神學的脈絡下考察，方能體察其告別革命論的批判潛能。理性的病症致使施密特以"政治的再宗教化"為藥方，企圖給分崩離析的魏瑪民主注入一種強勢的、同質性的規範性道德。[52] 相形之下，李與劉則以"政治的去宗教化"為旗幟，力求告別毛澤東時代革命烏托邦主義與威權政治互為表裏的政治神學實踐。

　　本文偏離了以"啟蒙"與"革命"為主導的學術範式，轉而關注李、劉二人學說的宗教維度。此處的"宗教性"並非基於制度性宗教（institutional religion）的教義辯難，而指以宗教為隱喻而構成的美學論述和文學批評。我認為，以"文"為切入點探討李、劉二人的文化反思得以探勘當前學界未能觸及的維度：政治神學的含混性提醒我們世俗政治與宗教信仰不是此消彼長的對立，而是隨著情勢不斷湧現著或張或弛的有機連鎖；在此曖昧不明的動態時空中，"文"以錯綜複雜的隱喻不斷創生著政治意蘊和神學辯難，成為彰顯或是遮蔽神聖（the sacred）與世俗（the profane）之間持續張力的重要媒介。

　　與此同時，"文"也提醒我們世俗化範式的局限性。不僅毛澤東的革命以神聖性的言辭來維持其絕對權威，新啟蒙話語在高揚理性的同時也裹挾著自我神化的幽暗意識。對中國現代革命的反思往往以世俗化範式為綱，而遮蔽了中國現代性與宗教遊魂的複雜辯證關係。世俗主義的傲慢可以追根溯源至馬克思的宣言："彼岸世界的真理消逝以後，歷史的任務就是確立此岸世界的真理。"然而在揭穿宗教的意識形態幻象之後，馬克思卻不得不藉助神學隱喻來闡述"商品拜物教"（commodity fetishism）這一資本主義的核心理念："要找一個比喻，我們就得逃到宗教世界的幻境中去。在那裏，人腦的產物表現為賦有生命的、彼此發生關係並同人發生關係的獨立存在的東西。在商品世界裏，人手的產物也是這樣。

---

52 施密特批判自由主義以道德倫理之名侵襲政治決斷，並強調其政治理論意在回歸政治的根本原則——分清敵我。然而在施特勞斯看來，既然其決斷論的終極目的仍在於維繫自由民主政體的完整性，因此施密特的敵我之分實質上與自由主義者暗通曲款，都是立足於一定道德原則。遵循施特勞斯的批判，我認為施密特的神權政治也提供了一種規範性道德的激烈版本。見列奧·施特勞斯，〈"政治的概念"評注〉，劉小楓編，《施密特與政治法學》（上海：上海三聯書店，2002年）。

我把這叫做拜物教。"[53] 正如思想史家 Breckman 所言，馬克思唯有調用類比和隱喻的手法，將資本的瘋狂喻作宗教的非理性，方可預示資本主義最終消亡的歷史必然性。[54] 馬克思之"文"暗中瓦解了其世俗化立場的絕對性：宗教並非前資本主義時代的遺跡，而是資本的最初象徵形式。馬克思對於宗教比喻的依賴意味著神學如同遊魂般附著在世俗化進程之中：即使宗教並非現代政治的內驅力，宗教仍然以隱喻的方式彌散於世俗文化想像和政治符號學中。毛澤東需要將人民喻作共產黨的"上帝"以印證新政權的道統，而新啟蒙的文化政治也以"神權"和"宗教專制"的比喻來喻指革命極權的殘暴。這表明，現代政治的神聖底色既不可化約為對宗教的功能主義借用，也無法導向"現代政治無非是神學理念的世俗版本"之論斷。[55] 這意味著我們需要重新檢討政治、宗教、世俗化三者的聯動關係。作為一個初步的嘗試，本文以李、劉二人的"文"之論述來試圖勾勒革命與宗教、啟蒙與神話、祛魅與再魅化之間的複雜律動。

李澤厚與劉再復的論述在美學、儒學、文學批評和啟蒙政治等諸多方面留下來豐富的財富，而對革命政治的去魅則貫穿了兩人數十年的思考與反思。當今中國不僅反啟蒙論述甚囂塵上，革命的幽靈借屍還魂，更讓人驚異的是，政治神學裹挾著新的大國想像捲土重來。在與港台儒家分道揚鑣之後，大陸新儒家回到

---

53 卡爾・馬克思著，中共中央馬克思恩格斯列寧斯大林著作編譯局譯，《資本論》（第一卷）（北京：人民出版社，2004 年），第 90 頁。

54 Warren Breckman, Marx, *The Young Hegelians, and the Origins of Radical Social Theory*, p.305；對馬克思文本的隱喻最為詳細的解讀，莫過於德里達對"遊魂"這個意象的持續追蹤，見 Jacques Derrida, *Specters of Marx: The State of Debt, the Work of Mourning, and the New International* (New York: Routledge, 2006)。

55 施密特的政治神學是這一理念的經典表達："現代國家理論中的所有重要概念都是世俗化了的神學概念。"在施密特的主權理論中，高懸於政治程序之上的主權者以神裁之名在危機時刻降下決斷，以維護國家的根本存在，因此國家存有與神權的至高無上緊密相連。見卡爾・施密特著，劉宗坤譯，《政治的概念》（上海：上海人民出版社，2004年），第 24 頁。

樂與罪的隱秘對話

康有為的孔教實踐，以“儒家社會主義”重新神化國家。[56] 施特勞斯的中國信徒則孜孜不倦地發掘著公羊學中的微言大義，以廖平之王道捍衛“國父”毛澤東之榮譽。[57] 新左派以施密特主權論義正言辭地辯證革命暴力之正當性。[58]“天下體系”的始作俑者趙汀陽甚至認為“中國”一詞本身即內含政治神學之啟示，指向超越世俗民族國家的終極存在原則。[59] 這些論述流派紛呈，各異其趣，然而無不裹挾著猖獗肆恣的宗教性，喚起以“革命”、“文明”、“天下”和“王道”為圖騰的烏托邦願景。難以想像，政治神學的高級祭司們曾經也為新啟蒙運動搖旗吶喊：那是一群醉心於《美的歷程》中的華夏文明，頂著滂沱大雨聆聽劉再復“論文學主體性”，排著隊搶購雨果《悲慘世界》，偷偷摸摸赴約《今天》詩歌會的知識青年。而如今他們又戰戰兢兢地請出毛澤東、康有為和施密特的亡魂，演出世界歷史新的一幕。這是對啟蒙遺產的辯證揚棄，還是俄狄浦斯癥結之倒錯（perverted Oedipus rebellion）？以神學之名為中國崛起作一字腳注，究竟是時代精神的史詩氣質使然，還是政治犬儒主義濫觴之際的虛張聲勢？值此政治大說粉墨登場之刻，我們更需要回到新啟蒙運動的最初時刻，尋覓李澤厚筆下流溢人間的本性之情，閱讀劉再復對靈魂維度的深度思考，以此岸世界的“樂”與“罪”不斷地叩問彼岸世界的神話。

56　大陸新儒學的康有為轉向是一個極為複雜的現象，對於其政治傾向的批判，見葛兆光，〈異想天開：近年來大陸新儒學的政治訴求〉，《思想》第 33 期（2017 年 7 月），第 241-284 頁。

57　劉小楓，《儒教與民族國家》（北京：華夏出版社，2007 年）；《百年共和之義》（上海：華東師範大學出版社，2015 年）。

58　例如，汪暉近年來介入朝鮮戰爭研究，推崇以革命政治的內在視野重思毛澤東時代的外交策略，無疑受到了左翼施密特主義的影響。見汪暉，〈二十世紀中國視野下的抗美援朝戰爭〉，《文化縱橫》2013 年第 6 期，第 78-100 頁。

59　趙汀陽，《惠此中國：作為一個神性概念的中國》（北京：中信出版社，2016 年）。

文學研究內外的創造性翻譯與思考
——論劉再復的文學散文

甘默霓（Monika Gaenssbauer）
瑞典斯德哥爾摩大學副教授

　　本文旨在深入探討對劉再復文學散文的翻譯過程。先前，我在不同的大學就經常使用劉再復的散文作為文學翻譯課堂的素材。課堂可視作是翻譯研究的一個關鍵核心，正如美國 Concepción B. Godev 教授所指出的那樣。[1] 美籍荷蘭翻譯家詹姆斯・霍爾姆斯（James Holmes）同樣也強調理論、實踐和教學之間關係的辯證趨勢。[2]

　　在本文中，我將展示劉再復的散文是如何使德國和瑞典的學生能夠在文學

1　在此，我特別感謝埃爾朗根大學和斯德哥爾摩大學的學生們提供的慷慨反饋。
　　Concepción B. Godev, "Agency of Translation in Globalization and Translocation Dynamics", in: Concepción B. Godev ed: *Translation, Globalization and Translocation. The Classroom and Beyond* (London: Palgrave MacMillan 2018), pp.3-14, 5.
2　參見 James S. Holmes, "The Name and Nature of Translation Studies", in: James S. Holmes: *Translated! Papers on Literary Translation and Translation Studies* (Amsterdam: Rodopi 1988), pp.66-80。

研究的內外創造性地思考。[3]

一、作家與體裁

　　劉再復，一九四一年出生於福建。一九六一畢業於廈門大學中文系，同年到北京中國科學院哲學社會科學部任職。之後出任中國社會科學院文學研究所所長。一九八九年，劉再復背井離鄉離開中國。自此，他開始以世界公民的身份生活。在眾多旅居地中，他先後在美國科羅拉多大學、瑞典斯德哥爾摩大學以及香港多所大學任教。其間，劉再復創作了大量作品，包括散文、評論、對話錄和學術著作。[4] 二〇〇〇年，他寫了一本關於當年的諾貝爾文學獎得主高行健的書。[5]二〇〇八年，英文版《紅樓夢悟》出版。[6] 二〇一二年，英文版《雙典批判 ——對〈水滸傳〉和〈三國演義〉的文化批判》出版。[7]

3　關於這個項目，我是從這篇文章中獲得了靈感：Kelly Washbourne, "Teaching literary translation", in: *Translation Review*, vol. 86, issue 1, 2013, pp.49-66。

4　以下簡單舉幾個例子：劉再復，《性格組合論》（上海：上海文藝出版社，1986 年）；劉再復，《放逐諸神》（香港：天地圖書有限公司，1994 年）；劉再復、李澤厚，《告別革命》（香港：天地圖書有限公司，1997 年）；劉再復、林崗，《罪與文學》（北京：中信出版社，2011 年）。

5　劉再復，《高行健論》（台北：聯經出版公司，2004 年）。

6　Liu Zaifu, *Reflections on Dream of Red Chamber* (New York: Cambria Press, 2008).

7　Liu Zaifu, *A Study of Two Classics: A Cultural Critique of the Romance of Three Kingdoms and the Water Margin* (New York: Cambria Press, 2012).

本文僅著眼於劉再復全集中的一部分，即《漂流手記》系列散文，[8] 英文翻譯大致為 "Wandering Notes"。在進一步探討劉再復的散文及其在文學翻譯課程中的作用前，我想在此簡要概述一下 "散文" 這一體裁。

按照德國哲學家奧多‧馬誇德（Odo Marquard）的理論，散文給予了個體談論他們自身，談論人生苦短，談論其生活經歷的機會。[9]

德國漢學家顧彬教授（Wolfgang Kubin），在其編著的《中國文學史》中，將中國散文描述成一種寫作形式：它從這裏開端而到那裏完結，而在開端和結局之間卻不必非要有某種邏輯關聯。在中國的文學創作中，傳統態度是 "文史哲不分"，即文學、歷史和哲學無法彼此分離。[10] 中國學者沈金耀將 "道"、"聖" 和 "經"（對應的英文翻譯可為 "the way"、"the wisdom"、"the classic"）視作中國散文的基本範式。[11] 但是，也總會有個別作家在其散文創作中展現出他們自己的特色。

在歐洲，法國哲學家米歇爾‧德‧蒙田（Michel de Montaigne）被公認創造了以個體為中心的話語。在此，個體呈現為一種雙重角色，他既是研究者，同時也是被研究的主體，反思的模型。[12]

8　劉再復，《漂流手記》十卷本（香港：天地圖書有限公司，2000 年）；在尼克‧阿德穆森（Nick Admussen）看來，劉再復將 "漂流美學" 概念化了。見於："Drift Aesthetics Come Home: Liu Zaifu's Hong Kong Oeuvre in Mainland China", in: *Korea Journal of Chinese Language and Literature*, no. 2, 2012, pp.129-147。

9　Odo Marquard, Apologie des Zufälligen, Stuttgart: Reclam 1986, p.121.

10　Wolfgang Kubin, Die klassische chinesische Prosa: Essay, Reisebericht, Skizze, Brief ; vom Mittelalter bis zur Neuzeit, Geschichte der chinesischen Literatur, vol. 4, Berlin: de Gruyter 2003, p.3.

11　沈金耀，《散文範式論》（福州：海峽文藝出版社，2009 年），第 78-79 頁。

12　Wolfgang Müller-Funk, "Das Leiden an der Wahrheit. Montaigne und die Folgen", in: Wolfgang Müller-Funk: Erfahrung und Experiment. Studien zu Theorie und Geschichte des Essayismus (Berlin: de Gruyter, 1995), pp.62-84, 63.

這同樣適用於劉再復的散文。二〇一七年，劉再復就《漂流手記》系列評論道，他出於內心需要創作了這些作品。[13] 劉再復的女兒，劉劍梅，在她撰寫的《讀滄海》散文集序言中指出，對他而言，散文具有人格再造的功能。[14]

在我看來，《漂流手記》中的散文如此獨特，正在於這些散文包涵廣泛的主題，並以一種十分開明和自我反思的方式探討了基本的存在問題。儘管如此，我仍不是特別贊同古大勇的觀點，認為劉再復在一九八九年後經歷了由"社會人"到"自然人"的轉換。[15] 正如我在二〇一三年的一篇文章中寫道，在我的印象中，作者"試圖在個人自由和對更廣泛的社會世界的某種關心和關懷之間取得一種平靜和平衡"。[16]

二、五四精神

在《當代中國文化百科全書》一書中，美國漢學家萊昂內爾·詹森（Lionel Jensen）明確指出，劉再復是深受五四運動影響的知識分子之一。他寫道，劉再復"不斷寫作和講授各式各樣有關主體性、文學、人性這樣的主題，這使得他在家鄉 …… 不受歡迎"。[17]

拉納·米特（Rana Mitter）教授在其關於五四運動的著作中指出，五四運

---

13 劉再復，《我的寫作史》（香港：三聯書店〔香港〕有限公司，2017 年），第 238 頁。

14 劉劍梅，〈讀《滄海 —— 劉再復散文》序〉，見劉再復、劉劍梅，《共悟人生》（香港：天地圖書有限公司，2002 年），第 275-281、275 頁。

15 古大勇，《劉再復學術評傳》，未出版手稿，第 144 頁。

16 Monika Gaenssbauer, "Theses of the Author Liu Zaifu in the Context of Exile Studies", in: *Asien*, Oct. 2013, pp.200-210.

17 Lionel Jensen, "Liu Zaifu", see: https://contemporary_chinese_culture.academic.ru/469/Liu_Zaifu（取自 2019 年 6 月 12 日）。

動有兩個目標，即個人的解放和公平社會的實現。此外，五四時代頌揚了國際主義精神。[18] 所有這些因素都在劉再復的散文中扮演了重要的角色。在劉再復自己看來，五四運動的一個重要特徵在於強調了每個個體的內在主權。[19] 他和他的朋友，哲學家李澤厚，把他們的希望寄託在人文精神的復興上，正如劉再復在二〇一七年所寫的那樣。[20]

德國歷史學家約恩・呂森（Joern Rüsen）認為，發展新人文主義正是當下知識分子最重要的任務之一。[21] 呂恩將人文主義置於跨文化視角中，強調文學是"一種重要的文化媒介，離開了它，人文主義將失去賦能人文想像的力量"。[22]

三、翻譯理論與實踐框架

本課堂的翻譯活動，應用的是文學批評家喬治・斯坦納（George Steiner）和哲學家瓦爾特・本雅明（Walter Benjamin）的理論。斯坦納的《巴別塔之後》一書是翻譯闡釋學的關鍵參考文獻。[23] 斯坦納將翻譯描述成"一種精確的藝術"

---

18 Rana Mitter, *A Bitter Revolution. China's Struggle with the Modern World* (Oxford: Oxford Univ. Press, 2005), pp.19, 23.

19 劉再復，《我的寫作史》，第 195 頁。

20 劉再復，《我的寫作史》，第 161 頁。

21 Jörn Rüsen, "Introduction. Humanism in the Era of Globalization: Ideas on a New Cultural Orientation", in: Jörn Rüsen and Henner Laass eds.: *Humanism in Intercultural Perspective* (Bielefeld: Transcript, 2009), pp.1-19, 1.

22 Jörn Rüsen, "Introduction. Humanism in the Era of Globalization: Ideas on a New Cultural Orientation", in: Jörn Rüsen and Henner Laass eds.: *Humanism in Intercultural Perspective* (Bielefeld: Transcript, 2009), p. 19.

23 Jeremy Munday, *Introducing Translation Studies. Theories and Applications* (New York: Routledge, 2012) (3rd edition), pp.250-257.

而非科學。他創造了"抵抗的差異（resistant difference）"這一術語來描述譯者區別於母語的外語體驗。再者，兩種語言，即源語言和目的語間的關係，相互區別，並強制譯者接受這種強烈的差異。[24]

但斯坦納在其中也發現另一種力量在發揮作用，他將此稱為"選擇性親和（elective affinity）"。當譯者在文本中辨識出他們自身時，便會出現這種現象。

本雅明在他富有影響力的散文〈譯者的任務〉[25]中，認為語言是奇妙的。他認為，譯文並不是為了給讀者呈現原作的內容而存在的。相反，譯文晚於原作，源自其"來生"，卻又給予原作"延續的生命"。對於本雅明而言，翻譯的目的在於達到兩種語言間的和諧。然而，即使在其"來生"中，原作仍在經歷著變化。[26]

四、我在課堂上使用劉再復散文的緣由

在進一步探討文學翻譯課堂上的翻譯過程前，請允許我解釋下我為何在相關的中國研究翻譯課堂上使用劉再復的散文。

我自己早期作為中德雙語譯者從事翻譯，可以說就是從劉再復的"詩化散文"[27]開始的。二十世紀九十年代早期，在德國波鴻大學，我的老師與一位意大

---

24 Jeremy Munday, *Introducing Translation Studies. Theories and Applications*, p. 256.

25 Walter Benjamin, "The Task of the Translator: An Introduction to the Translation of Baudelaire's Tableaux Parisiens", trans. Harry Zohn, in: Lawrence Venuti ed.: *The Translation Studies Reader* (New York and London: Routledge, 2004) (2nd edition), pp.75-85.

26 同上，p.77。

27 尼克·阿德穆森（Nick Admussen）將劉再復的許多文本看作是詩化散文或文學散文。參見：Nick Admussen, *Recite and Refuse: Contemporary Chinese Prose Poetry* (Honolulu: University of Hawaii Press, 2016), p.123。

利同事合作，在意大利組織了一次碩士生研討會。研討會的初衷是出一本劉再復作品的譯文合集，可惜最終這個想法並沒有實現。但不管怎樣，我完成了翻譯，並且不久後把它發表在了一個東亞文學翻譯刊物[28]上。因我的翻譯被接受，受此鼓勵，在接下來的幾年中，我繼續翻譯文學短文，其中也包括劉再復的一些散文。[29]此外我還寫了幾篇和劉再復散文全集有關的論文。[30]

五、文學翻譯課堂上的經歷

我第一次在翻譯課程上使用劉再復的散文，是在我作為德國弗萊堡大學

28　Liu Zaifu, "Flucht vor der Freiheit"/"Die Heimat des Vagbunden", trans. Monika Gaenssbauer, in: Hefte für Ostasiatische Literatur, no. 16, May 1994, pp.75-80.

29　Liu Zaifu, "Am Ufer des Michigansees", trans. Monika Gaenssbauer, in: Hefte für Ostasiatische Literatur, no. 21, Nov. 1996, pp.95-97; Liu Zaifu, "Ein Kind der Bergschlucht"/"Leben soll Freude machen"/"Die Wiesen", trans. Monika Gaenssbauer, in: Monika Gaenssbauer ed.: Kinder der Bergschlucht. Chinesische Gegenwartsessays, Bochum-Freiburg: projekt 2012, pp.17-23; Liu Zaifu: "Besuch bei Hemingway", trans. Monika Gaenssbauer, in: Monika Gaenssbauer ed: In Richtung Meer. Neue chinesische Essays, Bochum-Freiburg: projekt 2013, pp.99-101.

30　Monika Gaenssbauer: "Dieser Weg hat keinen Endpunkt" – Exil-Reflexionen des chinesischen Essayisten Liu Zaifu, in: Amélé Adamavi-Aho Ekué and Michael Biehl eds.: Gottesgabe. Vom Geben und Nehmen im Kontext gelebter Religion, Frankfurt a. M.: Lembeck 2005, pp.267-282; Monika Gaenssbauer: "'Meine Essays – wie Gras zwischen Felsen' Der Autor Liu Zaifu", in: Mechthild Leutner and Klaus Mühlhahn eds.: Reisen in chinesischer Geschichte und Gegenwart, Wiesbaden: Harrassowitz 2008, pp.215-236; Monika Gaenssbauer: "Statue of Liberty against a cloudy sky. The observations of Chinese author in exile Liu Zaifu in the USA", in: Harro von Senger and Haiyan Hu-von Hinüber eds.: Der Weise geht leise. Gedenkschrift für Prof. Dr. Peter Greiner (1940-2010), Wiesbaden: Harrassowitz 2015, pp.15-24.

的客座教授期間。參加這門課程的學生中，其中一位名為克勞蒂亞‧霍夫曼（Claudia Hoffmann）的同學後來以劉再復的散文為主題寫了她的碩士論文。她在論文的序言中寫道："劉再復的散文內容豐富，語言要求極高。" [31]

後來，我前往德國紐倫堡‧埃爾朗根大學任教，我們在課堂上翻譯了一篇劉再復在巴塞羅那旅行的散文。[32]

在當地三個小偷偷了劉再復的朋友李澤厚的包之後，他寫道：

三個人中的一個回頭來，向我招招手，好像還開口說了話，顯然是向我們示意，是表示謝還是歉意，我們無從知道 …… 我對澤厚兄說："怎麼西班牙的小偷也挺浪漫？"澤厚兄說："這不是偷，是搶！""對，是搶……"怎麼搶也浪漫 …… 而且如此從容又如此熟練地搶 …… 返回美國後，我給朋友講述西班牙之旅的故事，固然講了哥雅的畫，鬥牛場的血，但總要講一番小偷又搶又笑的故事，講後總不免要感慨到處都在生活，到處都有浪漫，到處都有生存困境……

我的譯文如下：

One of the three turned around and waved to me. And it looked like he said something, too. Obviously he gave us something to understand. Thanks or

---

31 Claudia Verena Hoffmann, "Liu Zaifu: Essays über die 'Kulturrevolution'", MA thesis, p.6, see: http://www.ruhr-uni-bochum.de/oaw/dvcs/dokumente/hoffmann.pdf (accessed on 2019.6.12).

32 Liu Zaifu 劉再復, "Basailuona de yi jian xiao shi" 巴塞羅那的一件小事（A small event in Barcelona), see: http://www.zaifu.org/index.php?c=content&a=show&id=1482&from=single message&isappinstalled=0 (accessed on 2019.6.14).

apology, we could not possibly know. I whispered to my friend Zehou, "How come Spanish thieves are still romantic?" My friend Zehou replied: "It was not theft, it was robbery ..." I wondered: "Why is it that robbers are also romantic? ... And that they rob one as leisurely and routinely?"... After my return to the US, I told friends stories of our trip to Spain. I talked about Goya's pictures, the blood of the bullfights, but always had to tell the story of the little thieves who robbed us and laughed about it. And always, when I tell the story, I am wistful-that everywhere in the world one can encounter life, romance, and serious material difficulties...

　　我仍清楚記得學生們討論的話題是，劉再復筆下的小偷竟是浪漫的。這塊"絆腳石（stumblestone）"是語言中"抵抗的差異（resistant difference）"的一個很好的例子，正如斯坦納所說的那樣。學生譯者們感受到了與母語迥異的外語，發現很難將其翻譯成德語。外語文學文本允許我們，有時也要求我們，重新審視事物。

　　後來，我被聘任成為瑞典斯德哥爾摩大學的副教授。在為翻譯理論與實踐這門碩士課程搜尋中文文本時，我想起來，劉再復曾在一九九二年和一九九三年來到斯德哥爾摩大學擔任客座教授，期間創作了一系列散文。這本散文集名為《瑞典散記》。[33] 乍一看，其中一些散文的主題十分隨意。這些主題包括將瑞典視作"雪國"，悠閒呆坐斯德哥爾摩音樂廳前的午後，以及在瑞典的森林中撿蘑菇的經歷。但在其中一篇散文中，劉再復敘述了瑞典人民是如何銘記被暗殺的前總

---

33 出版的文本有：Liu Zaifu 劉再復，"Ruidian sanji" 瑞典散記 (Essays on Sweden), in: Liu Zaifu 劉再復：Yuanyou Suiyue 遠遊歲月 (Years of Travelling) (Hong Kong: Tiandi, 1994) pp.111-128.

理奧洛夫‧帕爾梅（Olof Palme）。另外，他就瑞典科學院在二〇〇〇年決定將諾貝爾文學獎授予高行健這一事件創作了一篇散文。

二〇一八年，在本系編輯的一期《東方研究》（Orientaliska Studier）中，我們有幸得以出版了該系碩士學生翻譯的該散文集譯文。[34] 劉再復耐心地回覆了學生們關於這些文本的問題，甚至為該刊撰寫了序言。[35]

接下來，我想引用幾位學生對於他們此次散文翻譯的思考。這些學生的思考與其對應的散文片段相結合：

尼古拉斯‧奧爾切克（Nicholas Olczak），一位斯德哥爾摩大學的博士生，寫道：

> 我在翻譯劉再復的散文時，很多事物深深觸動了我。首先，他的語言和措辭是如此精確（特別是在描繪瑞典各處的氣氛時）。有時，他會選擇一些十分不尋常的詞彙來渲染特定的氣氛 —— 以一種效果強烈的方式……其二觸動我的是他通過寫作傳達的能量，這常常是通過句子的節拍實現的……再者是劉再復這些散文中典故／引證的豐富性，其中有中國的歷史文化，也有西方的。[36]

尼古拉斯翻譯了紀念奧洛夫‧帕爾梅的這篇散文。接下來讓我們欣賞尼古拉斯譯文片段：

> My wife and I went a number of times to the church and quietly went to

---

34 Orientaliska Studier, no. 153, 2018.

35 Liu Zaifu, "My Essays about Sweden", trans. Monika Gaenssbauer, ibid., pp.8-9.

36 出自 2018 年 12 月 13 日發送給作者的郵件。

stand in front of Palme's grave, and each time we saw that the placing of fresh flowers was uninterrupted, the gentle fragrance continuous... I knew then that a politician could, in people's hearts, be like fresh flowers that do not wither all year long... [37]

幾行文字過後，劉再復繼續寫道 :"I like Sweden ... because ... it is a country without the smell of gunpowder." [38]

尼克拉斯・容克（Nicklas Junker），另一位瑞典碩士生，寫道：

劉再復……從狹小（局部）的視角出發，仔細剖析當前的主題……之後他又拓寬了視野，將他這一主題下的見聞與更複雜的內容（整體）相關聯。依我拙見，這些散文的美妙之處正在於這種輕鬆自在，藉此劉再復將目光從局部擴展到整體。[39]

讓我們來欣賞一下尼古拉斯的譯文。這篇譯文名為 "Sitting in Front of the Concert Hall（坐於音樂廳前）"，開篇為：

My little daughter and I used to sit on the steps in front of the Stockholm Concert Hall in downtown Stockholm on Sundays. We would just sit there without a word ... Time passed by in the silent surrounding as pedestrians very

---

37 Liu Zaifu, "Fresh Flowers and Bullets", trans. Nicholas Olczak, in: Orientaliska Studier, no. 153, 2018, pp.17-19, 18.

38 Liu Zaifu, "Fresh Flowers and Bullets", trans. Nicholas Olczak, in: Orientaliska Studier, no. 153, 2018, pp.17-19, 18.

39 出自 2018 年 12 月 29 日發送給作者的郵件。

文學研究內外的創造性翻譯與思考

slowly walked by in front of us ... The Swedes always have this firm and solid sense of security in their lives.[40]

譯文結篇為：

The Sunday before we left Sweden, I once again sat with my daughter on the steps for the very last time. As we were sitting there, I began to feel a longing in my heart, I was longing for myself, my daughter and her generation ... to be able to believe firmly that there will indeed be peace and calm tomorrow, too, that there will be no need to shout slogans very loudly, and to hold banners up high all the time.[41]

王璐，斯德哥爾摩大學的中國碩士生，就她的散文和譯文這樣說道：

在我的第一印象中，這篇散文的作者一定是位心地純潔的人。他的文字簡潔而美麗。然而，在多次閱讀文本之後，我也能感受到文本背後的悲傷和矛盾……這是我第一次進行文學翻譯，我真切地感受到了它的魅力。[42]

以下是王璐的譯文片段：

---

40 Liu Zaifu, "Sitting in Front of the Concert Hall", trans. Nicklas Junker, in: *Orientaliska Studier*, no. 153, 2018, pp.13-14.

41 Liu Zaifu, "Sitting in Front of the Concert Hall", trans. Nicklas Junker, in: *Orientaliska Studier*, no. 153, 2018, pp.13-14.

42 出自 2018 年 12 月 18 日發送給作者的郵件。

Sweden in winter is a true land of snow worthy of this name. With the snowflakes falling, there is now only endless whiteness in the world. This is in itself already a quiet place, and even more so when it snows. I enjoy the serenity. Serenity makes me breathe...[43]

之後我們讀到的譯文：

After experiencing dramatic turmoil, I came to understand a lot about life. Without these experiences, it would have been impossible for me to gain a true understanding of life ... However, the intellectuals of ... Sweden are not in the least inclined to accept the notion that success must be born out of suffering ... People can mature without having experienced disaster.[44]

安德烈·布爾蒂（Andrea Bulletti），一位在斯德哥爾摩大學的意大利學生，強調道："翻譯不僅僅是字面意義的轉換。你需要調查 …… 文化背景和引證。"[45]

安德烈翻譯的是這篇關於瑞典科學院授予高行健諾貝爾文學獎的散文。劉再復當時創作這篇散文稱頌瑞典科學院的情境與如今相比大有不同。從去年到現在，瑞典科學院正在經歷深層次的危機。

在這篇散文中，劉再復提到了高行健作品的禪意。在此，安德烈添加了一個腳注，引用了譚國根教授就高行健的《靈山》所寫的文章，解釋了《靈山》中

---

43 Liu Zaifu, "My Perception of the Land of Snow", trans. Wang Lu; in: *Orientaliska Studier*, no. 153, 2018, pp.10-12, 10.

44 Liu Zaifu, "My Perception of the Land of Snow", trans. Wang Lu; in: *Orientaliska Studier*, no. 153, 2018, p.11.

45 出自 2018 年 12 月 26 日發送給作者的郵件。

的虛幻的山正是"一個傳奇之地，承載著自我啟蒙的佛教訊息"[46]。

總結這一部分，可以說，本課程的學生明顯受到了文學接受和文學創作的審美過程的啟發。

今年，在為本系講授的其中一門課上，我再次加入了劉再復的一篇散文。小組成員的學生分別來自瑞典、中國和德國。還有一人來自伊朗。

由於這是一門本科生課程，我們更多地是進行翻譯練習，而不是全部翻譯。

在一次練習課上，我選擇了劉再復寫於一九九二年的一篇談論自由的散文[47]。奧斯卡·舍格倫（Oscar Sjögren），一位瑞典學生，對劉再復寫作這篇散文時的"自由"概念抱有疑惑：這是一種馬克思主義烏托邦式的自由，還是受西方童年和成年的思想啟發的自由？[48] 在劉再復的散文中，自由是"沉重"的，英語譯文可以是 "heavy" 或是 "burdensome"。奧斯卡評論道，他很難理解這種對於自由的描述，因為他自己更多地是將自由與飛翔的鳥兒聯繫在一起。在這篇散文的另一片段中，劉再復描繪了自由的"王國"。在這個王國中，他是唯一的統治者。此處的問題在於，作者是否有可能在討論政治實體的具體形式。我解釋道，例如安徒生童話，這裏的童話是劉再復文學宇宙的一部分，作者在這裏極有可能使用了隱喻。對於文中的另一段話"異國真是一面巨大的鏡子，它把我照得很清楚"，奧斯卡作了一個很有趣的評論。他想知道如何解釋鏡子的巨大性。他的解

---

46 Liu Zaifu, "The First Masterpiece of the Swedish Academy of Arts in the New Century", trans. Andrea Bulletti, in: *Orientaliska Studier*, no. 153, 2018, pp.25-26, 26.

47 Liu Zaifu 劉再復："Taobi ziyou" 逃避自由 (Flight from freedom); in: Liu Zaifu 劉再復：Piaoliu Shouji 漂流手記 (Wandering Notes), vol. 1,（香港：天地圖書有限公司，1992年），pp.101-103。

48 尼克·阿德穆森（Nick Admussen）在他關於中國作家的散文詩的研究中，將劉再復的散文描述成"半正統的散文詩"。參見 Nick Admussen, "Semi-Orthodox Prose Poetry: Liu Zaifu", in: Nick Admussen: *Recite and Refuse: Contemporary Chinese Prose Poetry* (Honolulu: University of Hawaii Press, 2016), pp.103-132。

釋是，鏡子不僅在前景中展示出外國人的形象，同時也很清晰地反襯出了他們周圍語境中的絕大部分內容。這句話引起了我們對在中國和瑞典的陌生和孤獨經歷的深刻討論。

其中有位學生曾經花了很長的一段時間在中國學習。在此期間，他經歷了與同行的瑞典交換生同學的困難關係。在“異國真是一面巨大的鏡子”這句話中，他似乎看到了他自己的不愉快經歷。

正如勞倫斯・韋努蒂（Lawrence Venuti）所強調的那樣，翻譯從來都不是簡單的信息傳遞，而是闡釋性的再語境化的動態過程（translation is never a simple transfer of information but a dynamic process of interpretative recontextualization）。

課堂翻譯再次強調了要細讀和精讀（translation in the classroom places renewed emphasis on reading closely and carefully）[49]。翻譯練習的其中一個目的在於，讓學生可以“培養出對於他們自身闡釋性角色的更清晰的意識”[50]。正如羅斯瑪麗・阿羅約（Rosemary Arrojo）所評論的那樣，這可以帶來闡釋他者時更大的開放性，同時“整體上更為敏感地接近差異”[51]。

49　Lawrence Venuti, "Teaching in Translation", in: David Damrosch ed.: *Teaching World Literature* (New York: Modern Language Association, 2009), pp.86-96, 95.

50　Rosemary Arrojo, "Fictional Texts as Pedagogical Tools", in: Carol Maier et.al. eds.: *Literature in Translation: Teaching Issues and Reading Practices* (Kent: Kent State University Press, 2013), pp.53-68, 64.

51　Rosemary Arrojo, "Fictional Texts as Pedagogical Tools", in: Carol Maier et.al. eds.: *Literature in Translation: Teaching Issues and Reading Practices* (Kent: Kent State University Press, 2013), pp.53-68, 64.

　文學研究內外的創造性翻譯與思考

六、結語

回到翻譯研究的應用理論框架，並重新審視斯坦納的概念，我希望已經向您表明，在翻譯課堂上我們經常遇到外語文本的"抵抗的差異"。就源文本和目標文本之間的時間跨度差異而言，這種"抵抗的差異"顯而易見。在某次翻譯練習課上，作為素材的劉再復的散文出版於二十世紀九十年代早期，此時大多數參加這門課的學生還沒有出生。我們的翻譯活動是在二十一世紀一十年代晚期，而這完全是一個不同的語境。

然而，其中也有"選擇性親和"的時刻。此時，年輕的學生譯者們在文本中辨識出了他們自己，他們的經歷、希望和感受。

在本文的引言部分，我引用了本雅明的話，即譯文晚於原作，源自其"來生"，卻又給予了原作"延續的生命"。在我們翻譯劉再復的《瑞典散記》時，翻譯的功能變得尤其清晰。這些文章寫於二十五年前，作者逗留瑞典期間。翻譯項目讓學生們有機會與時間對話，有機會接觸這位知識分子，而他本身已經成了本系以及斯德哥爾摩大學漢學研究歷史的一部分。

去年，香港的譚國根教授（Kwok-kan Tam），以客座教授的身份來到了本系。我問他，他是否願意追尋劉再復的足跡，寫一篇關於他逗留瑞典的散文。他同意了我的想法，並為一期《東亞研究》（*Orientaliska Studier*）撰寫了一篇文章。[52] 由此，我們也許可以創立一種記敘瑞典的散文傳統。這些散文的作者是有中國文化背景的世界公民，他們將前來拜訪我們，拜訪我們的"雪國"。

（唐偉譯）

---

52 Kwok-kan Tam, "Winter in Kräftriket", in: *Orientaliska Studier*, no.158, 2019, pp.15-23.

參考文獻：

Admussen, Nick:"Drift Aesthetics Come Home: Liu Zaifu's Hong Kong Oeuvre in Mainland China", in: *Korea Journal of Chinese Language and Literature*, no. 2, 2012, pp.129-147.

— :"Semi-Orthodox Prose Poetry: Liu Zaifu", in: Admussen, Nick: *Recite and Refuse*: *Contemporary Chinese Prose Poetry*. Honolulu: University of Hawaii Press 2016, pp.103-132.

Arrojo, Rosemary:"Fictional Texts as Pedagogical Tools", in: Maier, Carol et.al. eds.: *Literature in Translation: Teaching Issues and Reading Practices*, Kent: Kent State University Press 2013, pp.53-68.

Benjamin, Walter:"The Task of the Translator: An Introduction to the Translation of Baudelaire's Tableaux Parisiens", trans. Harry Zohn, in: Venuti, Lawrence ed.: *The Translation Studies Reader*, New York and London: Routledge 2004 (2nd edition), pp.75-85.

Gaenssbauer, Monika:"Dieser Weg hat keinen Endpunkt" – Exil-Reflexionen des chinesischen Essayisten Liu Zaifu, in: Ekué, Amélé Adamavi-Aho and Biehl, Michael eds.: *Gottesgabe. Vom Geben und Nehmen im Kontext gelebter Religion*, Frankfurt a. M.: Lembeck 2005, pp.267-282.

— : "'Meine Essays – wie Gras zwischen Felsen' Der Autor Liu Zaifu", in: Mechthild Leutner and Klaus Mühlhahn eds.: *Reisen in chinesischer Geschichte und Gegenwart*, Wiesbaden: Harrassowitz 2008, pp.215-236.

— :"Theses of the Author Liu Zaifu in the Context of Exile Studies", in: *Asien*, Oct. 2013, pp.200-210.

— :"Statue of Liberty against a cloudy sky. The observations of Chinese author in exile Liu Zaifu in the USA", in: von Senger, Harro and Hu-von Hinüber, Haiyan eds.: *Der Weise geht leise. Gedenkschrift für Prof. Dr. Peter Greiner (1940-2010)*, Wiesbaden: Harrassowitz 2015, pp.15-24.

Godev, Concepción B.:"Agency of Translation in Globalization and Translocation

文學研究內外的創造性翻譯與思考

Dynamics", in: Godev, Concepción B. ed: *Translation, Globalization and Translocation. The Classroom and Beyond*, London: Palgrave MacMillan 2018, pp.3-14.

Gu, Dayong 古大勇 : *Liu Zaifu Xueshu Pingzhuan* 劉再復學術評傳 (*Critical Biography of Liu Zaifu*), unpublished manuscript.

Hoffmann, Claudia Verena: Liu Zaifu: Essays *über die 'Kulturrevolution'*, MA thesis, http://www.ruhr-uni-bochum.de/oaw/dvcs/dokumente/hoffmann.pdf.

Holmes, James S.:"The Name and Nature of Translation Studies", in: Holmes, James S.: *Translated! Papers on Literary Translation and Translation Studies*, Amsterdam: Rodopi 1988, pp.66-80.

Jensen, Lionel:"Liu Zaifu", https://contemporary_chinese_culture.academic.ru/469/Liu_Zaifu.

Kubin, Wolfgang: *Die klassische chinesische Prosa: Essay, Reisebericht, Skizze, Brief; vom Mittelalter bis zur Neuzeit, Geschichte der chinesischen Literatur*, vol. 4, Berlin: de Gruyter 2003.

Liu, Jianmei 劉劍梅 : "'Du Canghai – Liu Zaifu Sanwen' xu"，讀滄海 —— 劉再復散文，序 (Reading the Open Sea – A foreword to an essay volume by Liu Zaifu), in: Liu, Zaifu 劉再復 and Liu, Jianmei 劉劍梅 : *Gongwu Renjian* 共悟人間（*Capture the human world together*), Hong Kong: Tiandi 2002, pp.275-281.

Liu, Zaifu 劉再復 :"Taobi ziyou" 逃避自由 (Flight from freedom), in: Liu, Zaifu 劉再復 : *Piaoliu Shouji* 漂流手記 (*Wandering Notes*), vol. 1, Hong Kong: Tiandi 1992, pp.101-103.

—:"Ruidian sanji" 瑞典散記 (*Essays on Sweden*), in: Liu Zaifu 劉再復 : *Yuanyou Suiyue* 遠遊歲月 (*Years of Travelling*), Hong Kong: Tiandi 1994, pp.111-128.

—:"Flucht vor der Freiheit"/ "Die Heimat des Vagbunden", trans. Monika Gaenssbauer, in: *Hefte für Ostasiatische Literatur, no. 16, May 1994, pp.75-80.*

—:"Am Ufer des Michigansees", trans. Monika Gaenssbauer, in: *Hefte für Ostasiatische Literatur, no. 21, Nov. 1996, pp.95-97.*

—:"Besuch bei Hemingway", trans. Monika Gaenssbauer, in: Gaenssbauer, Monika ed: *In Richtung Meer. Neue chinesische Essays,* Bochum-Freiburg: projekt 2013, pp.99-

101.

— :"Ein Kind der Bergschlucht"/ "Leben soll Freude machen"/ "Die Wiesen", trans. Monika Gaenssbauer, in: Gaenssbauer, Monika ed.: *Kinder der Bergschlucht. Chinesische Gegenwartsessays,* Bochum-Freiburg: projekt 2012, pp.17-23.

— :*Wo De Xiezuoshi* 我的寫作史 (*The History of my Writing*) (Hong Kong: Joint Publishing, 2017).

— :"Fresh Flowers and Bullets", trans. Nicholas Olczak, in: *Orientaliska Studier,* no. 153, 2018, pp.17-19.

— :"My Perception of the Land of Snow", trans. Wang Lu; in: *Orientaliska Studier,* no. 153, 2018, pp.10-12.

— :"Sitting in Front of the Concert Hall", trans. Nicklas Junker, in: *Orientaliska Studier,* no. 153, 2018, pp.13-14.

— :"The First Masterpiece of the Swedish Academy of Arts in the New Century", trans. Andrea Bulletti, in: *Orientaliska Studier,* no. 153, 2018, pp.25-26.

Marquard, Odo: *Apologie des Zufälligen,* Stuttgart: Reclam 1986.

Munday, Jeremy: *Introducing Translation Studies. Theories and Applications,* New York: Routledge 2012 (3rd edition).

Rüsen, Jörn:"Introduction. Humanism in the Era of Globalization: Ideas on a New Cultural Orientation", in: Rüsen, Jörn and Laass, Henner eds.: *Humanism in Intercultural Perspective,* Bielefeld: Transcript 2009, pp.1-19.

Shen, Jinhui 沈金耀：*Sanwen Fanshi Lun* 散文範式論 (*On the Paradigms of the Essay*), Fuzhou: Haixia wenyi 2009.

Tam, Kwok-kan:"Winter in Kräftriket", in: *Orientaliska Studier,* no.158, 2019, pp.15-23.

Venuti, Lawrence:"Teaching in Translation", in: Damrosch, David ed.: *Teaching World Literature,* New York: Modern Language Association 2009, pp.86-96.

反思"啟蒙"：
劉再復與後"五四"時期
的文化遺產

喬敏
香港科技大學博士候選人

一、前言

　　一九八五年，劉再復的《性格組合論》脫稿，"性格論"一反五十年代以來流行的蘇聯反映論，力圖重新確證文學以書寫人性的駁雜矛盾為第一要義，[1]於次年出版後，旋即引起文學評論界的轟動。緊隨"性格論"之後，劉再復先後發表關於"文學主體論"與"國魂自省論"的論述，構建出其八十年代以"人"為思索起點與核心的人文批評體系，並對從"五四"以來的啟蒙議題進行了再思與討論："主體論"將"性格論"展示的人性模式提煉為哲學尺度，把主體視為人的本體存在，重提"五四"時期的人文主義對個體、個性的珍視與發揚，強調文學自性對政治、黨派等他性的超越意義；"國魂論"則從文化史角度剖析民族性格和心理結構，承續"五四"知識分子憂國憂民的思路，為主體的人格尊嚴提供價

1　劉再復，《性格組合論》（上海：上海文藝出版社，1986 年）。

值標尺，同時反芻"五四"啟蒙性思索的短促與歧路。[2]

　　值得注意的是，"國魂論"在文化性格上要求堅守整個民族的主體性，正視自身傳統的缺陷，但是，它也同時反證、映照出"主體論"的局限乃至幽暗性格：在"傳統吃人"這一命題的遮蔽下，更容易忽略的實則是主體的"人格自食"與"共謀犯罪"，而這種幽暗暗存的"人格自食"和"我亦吃人"正揭示了人的有限本體的存在——這是來自魯迅的遺產與啟迪。正是這種二律背反暗示了：八十年代中後期劉再復以主體論重啟"五四啟蒙"論述的嘗試，雖意義非凡卻尚未成熟。直至一九八九年，劉再復去國離鄉，此後在遠離故土的西方語境中，他接續和補充對"主體論"的探索，以"主體間性"和"內在主體間性"的思考和闡釋，終於搭建出"主體性三論"的理論框架。

　　本文嘗試以劉再復的主體性三論為切入點，探索"五四"時代未完成的啟蒙議題在後五四時期的一種面向。"啟蒙"在現代中國持續與"革命"、"政黨"等話語糾纏互動，[3]並不斷在分岔路上行進，它的異質性究竟源自何方？而回顧渺遠的歷史，這一尚未完成的宏闊啟蒙企劃又該如何被重啟與糾偏？本文試圖通過重構劉再復從回歸啟蒙、渴望"諸神歸位"，到超越啟蒙、"放逐諸神"的思想歷程，來說明他的主體性哲學框架的形上學意義，及其提供的文化反思與現實價值。

　　但在展開本文的論述前，值得釐清的問題是，何謂"啟蒙"？在康德的闡釋

2　劉再復，〈論文學的主體性〉，《文學評論》，1985 年第 6 期：第 11-26 頁，1986 年第 1
　　期：第 3-20 頁；劉再復、林崗，《傳統與中國人》（北京：生活‧讀書‧新知三聯書店，
　　1988 年）。本文參考了夏中義對"劉氏三論"的命名與總結，即"性格論"、"主體論"
　　與"國魂論"。對"劉氏三論"之間的關係，夏進行了卓有洞見的分析闡釋。見夏中義，
　　〈價值尺度的非歷史闡釋——評《傳統與中國人》〉，《二十一世紀》1991 年 10 月第 7
　　期，第 65-71 頁。
3　見李澤厚，〈啟蒙與救亡的雙重變奏〉，《中國現代思想史論》（北京：生活‧讀書‧新
　　知三聯書店，2008 年）。

中，啟蒙即脫離自我招致的不成熟，並勇於求知和運用理性。[4] 但如今，以理性觀念為核心的啟蒙方案，常被認為是挫敗的、暗含幽暗性格，乃至可能發展成為一種 "宰治"（domination）。以霍克海默和阿多諾的《啟蒙辯證法》為例，他們反省了 "啟蒙" 的自我毀滅 —— 它從神話學中汲取原料，以打破神話的絕對權威、宣揚科學和理性為己任，卻終於作為價值的審判者和全知全能的權威者又倒退為神話，喪失了自省和追求真理的能力。易言之，啟蒙本身就包含著神話邏輯，這是其內蘊的矛盾。因而，霍克海默和阿多諾一方面反對文化工業，認為類屬（category）的範疇正在以無差別的人和藝術使 "靈韻"（aura）消弭；一方面警惕政治領域的集權主義，拒斥啟蒙神話讓渡個人自由以成全群體和組織的利益。[5]

但是，回到中國 "五四" 以降的語境中，啟蒙話語內部難以調和的矛盾雖然同樣存在，但其所面臨的外部環境卻更為複雜和險峻。[6] 李澤厚和劉再復適時地指出了 "五四" 啟蒙重要的特徵和價值在於對個人和人性的挖掘，而非西方式對理性的高揚。二十世紀三十年代，"新啟蒙運動" 如火如荼地開展，但 "啟蒙" 卻漸漸偏離其開闢鴻蒙的意味而蒙上過深的政治烙印，個人意志為 "救亡" 獻祭，群體的激情情緒壓倒甚至淹沒了個人的理性，現代中國的文化啟蒙逐漸步

4　伊曼努埃・康德著，李明輝譯，〈答 "何謂啟蒙？" 之問題〉，收於《康德歷史哲學論文集》，（台北：聯經出版公司，2002 年）。

5　Max Horkheimer and Theodor W. Adorno, *Dialectic of Enlightenment*, translated by John Cumming (New York: Continuum, 1990).

6　已成為學界共識的是，現代中國的啟蒙在經歷了十餘年後，面對內亂外患，服從於國家和民族的政治需要，使得自身深陷情緒化之中。西方啟蒙的根本目的在於人類理性的解放，相形之下，中國的啟蒙卻一直帶有以國家繁榮和民族強大為主要目標的陰影。見黃萬盛，〈啟蒙的反思和儒學的復興〉，《開放時代》，2007 年第 5 期，第 64 頁。

入政治歧途。[7] 因此，當李、劉二人在八十年代於哲學領域和文學領域呼喚自主自為的主體，他們的思考仍大致延續了"五四"時代的啟蒙議題。在八十年代的歷史語境下，重返啟蒙乃是當務之急，因而劉再復以鮮明的高揚人格尊嚴的立場、渴望諸神歸位的姿態，被視為啟蒙理念最重要的倡導者和踐行者之一。雖然彼時他已然重拾魯迅對國民集體靈魂的審判，傾向於進行"回心"的討論，並開始逸出"啟蒙"與"救亡"對峙的兩大範式，但詳盡闡述、理論化"共犯 — 懺悔"的內在主體結構，則仍要延至十數年後其身處西方語境時傾力所著的《罪與文學》。

然而，只有當西方啟蒙倡導者們所持的有分別的複雜思想，逐漸引起中國學者的重視，[8] 後者從啟蒙內部的二律背反中獲得警戒和啟示，方打開了中國學界再思與超越啟蒙論述的新面向。當李澤厚提出"情本體"，試圖以分散的、捉摸不定的個人感情對抗"知識 — 權力"結構，並以"樂感文化"作為補天石獻給危機中的後現代社會；[9] 劉再復則一面從哈貝馬斯的"交往理論"、巴赫金的"複

7　李澤厚，〈啟蒙的走向："五四"七十週年紀念會上發言提綱〉，見《雜著集》（北京：生活·讀書·新知三聯書店，2008 年），第 221-226 頁；劉再復，《共鑒五四 —— 與李澤厚、李歐梵等共論"五四"》（香港：三聯書店〔香港〕有限公司，2009 年），第 3-20 頁。

8　李澤厚與劉再復的對話中已經提及，西方啟蒙運動各個派別所宣揚的思想側重點各有不同。以英、法的知識分子為例，簡言之，英國啟蒙者強調自由，而法國的盧梭和百科全書派更強調平等、原子式的個體和理想社會等。而原子式的絕對獨立、自由、平等的個體，正是走向集體主義、集權主義的通道。見劉再復，《共鑒五四》，第 135-145 頁。

9　李澤厚，《文學對"知識 — 權力"結構的拒絕》，見《李澤厚對話集·與劉再復對談》（北京：中華書局，2014 年），第 127-133 頁；李澤厚，《實用理性與樂感文化》（北京：生活·讀書·新知三聯書店，2008 年），第 1-113 頁。李澤厚的"情本體"於"革命"和"啟蒙"兩大範式之外，重啟了"抒情"論述的重要意義，相關討論，見王德威著，涂航等譯，《史詩時代的抒情聲音：二十世紀中期的知識分子與藝術家》（台北：麥田出版公司，2017 年），第 7-24 頁。

調理論"中獲得靈感，從"主體間性"的角度建構不同主體之間的對話可能，呼籲"告別革命" [10]，一面接過陽明心學和禪宗的衣鉢，從"內在主體間性"的哲學角度闡釋主體的黑暗、自我的地獄，反思歷史暴力中"我"亦參與其中的"共犯結構"和應負的道德責任，並吸收禪宗哲學的"感悟"、"悟證"等方式，進而將之運用於其文學批評和散文創作。[11] 至此，劉再復方對啟蒙的神話和主體的神話進行了徹底拆解：將重心置於"自救"、"懺悔"而非啟蒙他者，同時拒斥尼采式的"超人"（superman）而一再呼喚回歸高行健所倡導的"脆弱人"（frail individual），並以世界文學為參照系，扣問中國文學作品在本體、本真、本然維度上的缺席。

二、"主體間性"的思索：告別革命與放逐諸神

八十年代末，劉再復開始了漂泊異國的"第二人生"旅程，在國內並未留有充足空間和時間供其擴充主體論的情形下，流亡後的語境反而為他提供了接續的機會。[12] 適逢其時，西方思想世界已在反省康德式個體自由對於"他者"（the

---

10 有關李澤厚和劉再復以不同的出發點和對宗教不同的態度，而最終匯聚於"告別革命"的同一立場的細緻論述，見涂航，《樂與罪：李澤厚、劉再復，與文化反思的兩種路徑》，《華文文學》，2019 年第 2 期，第 22-32 頁；辨析李、劉二人在"情本體"和"心性本體"論述方面的不同，見古大勇，《李澤厚、劉再復比較論綱》，《華文文學》，2018 年第 1 期，第 8-19 頁。

11 事實上，劉再復對於"主體間性"和"內在主體間性"的思索時常是相互交織的，如在強調中國文學缺乏人與自然、人與存在本體、人與靈魂的對話維度時，既涉及到不同主體間的對話關係，也涉及到主體內在的回心結構和懺悔意識，是一種綜合思考的產物。但本文為了邏輯闡釋的方便，將之分開進行論述。

12 劉再復，《我的寫作史》（香港：三聯書店〔香港〕有限公司，2017 年），第 70-82 頁。

other）的忽視及由此導致的自我主體的霸權，並產生了紛繁的主體間性理論。劉再復受到哈貝馬斯交往理論的啟示，把對於主體間性的形上思考創造性地運用於對中國文學的重審。在劉的概述中，哈貝馬斯的交往原則正視"自我"和"他我"的關係，賦予他者同樣的主體地位與權利，從而為多元社會的共獲自由和不同主體間的對話提供了可能。[13] 他由此將哈貝馬斯的理論引入思想和文學領域，思考擺脫鬥爭哲學、革命、"主義"的全面控制從而使中國哲學思想、文學作品恢復多元共生和多維度的對話關係。

主體性理論的提出是為了張揚不同個體多姿多彩的個性，但與此同時，人還是關係社會中的人，從誕生起就被關係制約，因而"人的主體性是有限的主體性，而不是無限的主體性"，"他者"包含了限定主體的關係特徵 —— 基於這一觀點，劉再復坦陳包含了主體間性論述的主體理論，才是相對完整的。[14] 在此哲學思考的基礎上，劉檢討了二十世紀從創造社伊始，涵括三十年代"左翼文學"、四十年代延安文學以及五十年代後的社會主義現實主義文學的"中國現代廣義革命文學"系統，並將"主義"問題上溯至胡適與李大釗的相關論爭，拒斥"主義"作為霸權和唯一模式規約文學創作，同時質疑唯物史觀"進步論"影響下的單一敘事模式和締造出的歷史神話。[15] 在劉看來，廣義的革命文學的罪責正是以無限膨脹的革命主體擠壓了"他者"的主體權利，使多聲部的對話喪失了存在空間。因此，他同時引入了巴赫金的複調理論，來評議八十年代在中國文壇湧現的尋根小說、文化小說及先鋒小說，將這些文本實踐視作解構"革命"敘事、

---

13 劉再復、楊春時，〈關於文學的主體間性的對話〉，《南方文壇》，2002 年第 6 期，第 16 頁。

14 劉再復、楊春時，〈關於文學的主體間性的對話〉，第 15-16 頁。

15 見劉再復，〈二十世紀中國廣義革命文學的終結〉，《放逐諸神 —— 文論提綱和文學史重評》（香港：天地圖書公司，1994 年），第 142-190 頁。

　　　　　　　　　　　　　　　　　　　　　　反思 "啟蒙"

萌動著複調文學雛形的珍貴嘗試。[16]

　　但是劉再復並未滿足於此，借用馬爾庫塞和劉小楓關於審美與文學“維度”的視角，他批判中國現當代文學缺乏與“存在自身”、“神”、“自然”對話的三個維度，作家的思維空間與想像力被庸俗化的馬克思主義觀念束縛，而難以擁有審美之維和超越“歷史、國家、社會”等現實層面的形上思維與永恆意義。[17] 換言之，相較於世界文學，劉氏惋惜中國現當代文學作品在扣問人類存在意義的本體之維、扣問宗教和超驗世界的本真之維、扣問生命野性的本然之維上，處於失落的狀態。在這一層面上，“放逐諸神”的意義不僅涵蓋了告別政治話語和二極思維對文學多樣性的侵蝕，也同時旨在拒斥形形色色的現代或後現代“主義”對文學想像力的鉗制。[18] 劉再復希冀文學寫作回到康德的“二律背反”，使筆下的寫作對象也擁有自己的主體性，突破作家主體的先驗安排，而按照一種難以規定甚至神秘莫測的情感邏輯生發變化和意外。[19] 由此，他期盼文學以書寫種種對話

---

16 劉再復，〈從獨白的時代到複調的時代 —— 大陸文學四十年發展輪廓〉，《放逐諸神》，第 3-24 頁。

17 劉再復、林崗，《罪與文學》（北京：中信出版社，2011 年），第 242-296 頁。

18 值得一提的是，劉再復希望告別的“主義”諸神在不同時代有不同所指。在八十年代中期，他批判的主要是教條式的馬克思主義，而在九十年代之後的西方語境中，他則反對將各種後現代主義的理論直接挪用於文學創作。見劉再復，〈再論文學主體性〉，《放逐諸神》，第 308-354 頁。

19 劉再復，〈再論文學主體性〉，《放逐諸神》，第 308-354 頁。

都可能存在的"第三空間" [20] 為能事,取消必然的對立立場,重拾豐富的想像力和書寫的自由,恢復其無功利的審美之維。

值得一提的是,在追問中國現當代文學"維度"缺失的同時,劉的文學批評論述已經在不斷重提"回心"的轉向,在他看來,中國現代文學未能從西方獲取的一項重要資源正是對內心的開掘。在"啟蒙"和"救亡"範式主導之下的中國作品背上一種感時憂國、情迷故土的包袱,[21] 這甚至發展成為一種宰治性的理念,阻礙了文學向全人類的或極端隱私的靈魂深處的探秘。西方後啟蒙時代湧現出諸多探求在科學與理性是尚的世界裏,不斷體驗到生存荒誕感和異化感的心靈世界的文學作品;而擁有宗教信仰和超驗世界維度的影響,西方文學也不缺少對人心善惡、人世罪罰以及對生命或自然神秘體驗的辯證的、細緻的描摹。相形之

---

20 需要指出的是,在霍米·巴巴的論述中,"第三空間"(the third space)的提法是在後殖民語境中產生的,他標舉"中心之外"的邊緣文化立場,認為處於弱勢地位的文化也能夠向主流文化提出挑戰甚至反抗。在他看來,不同文化之間的融合常常以"文化混雜"(cultural hybridity)的形式出現,而其重要意義正在於當兩種原初的文化相遇的時刻,它總是允許第三種從中生產出來。這就是能使其他各種立場並存其中的"第三空間"的魅力和重要性。但在劉再復的論述中,"第三空間"的提法則更多受以賽亞·柏林的"消極自由"和中國道家哲學的"一生二,二生三,三生萬物"的啟發,意在強調一種"價值中立"立場以展示文學書寫的絕對自由。雖然側重點和語境不同,但霍米·巴巴與劉再復的共通之處在於都提倡一種"間性地帶"(in-between)。見 Homi K. Bhabha, "The Third Space. Interview with Homi Bhabha", in Jonathan Rutherford, *Idendity. Community, Culture, Difference*, edited by Jonathan Rutherford, (London: Lawrence & Wishart, 1990), p. 211;Homi K. Bhabha, *The Location of Culture* (London & New York: Routledge, 1994);劉再復:〈再論第三話語空間〉,《大觀心得》(香港:天地圖書公司,2010 年),第 49-54 頁;有關劉再復"第三空間"的相關討論,見何靜恆:〈第三空間寫作的璀璨星空〉,收於《我的寫作史》,第 281-282 頁。

21 在這一點上,劉再復對"救亡"和"啟蒙"話語的反思也與夏志清批評中國多數作家有過於沉重的"感時憂國"的情意結(obsession with China),有異曲同工之處。劉再復,《罪與文學》,第 XV 頁;C. T. Hsia, *A History of Modern Chinese Fiction* (New Haven: Yale University Press, 1971), pp.533-534.

下，中國現代的文學作品在"回心"的這條路上則行進得步履坎坷，以受到陀思妥耶夫斯基深遠影響的魯迅來論，在劉再復的分析中他們審核罪感的標尺和邏輯差異分明：魯迅尋找到文明和歷史的傳統來承擔人的罪責，"我"由於因循了父輩文化的歷史罪惡因而同屬於"吃人"的陣營；但陀氏則將一切罪惡放在人類靈魂世界內部進行辯證討論，其懺悔意識帶有明顯的宗教性質。[22] 換言之，當基督教的此岸世界和彼岸世界的共存賦予了陀思妥耶夫斯基筆下人物"靈魂衝突的雙音與呼號，在他所設立的靈魂審判所裏也總是聽到審判官與犯人同為一體的論辯"時，魯迅的絕望卻一直屬於"此岸世界的絕望"，[23] 他放棄走向形而上的世界而一心肩住現世黑暗的閘門，試圖以反傳統的啟蒙救贖，為中國現實社會注入一劑能使其覺醒和新生的強心針。可惜的是，在魯迅之後的數十年裏，勠力開掘人之罪責、反省參與"吃人"的中國文學作品則更加罕有，反思啟蒙也成為一項未竟的批評史議題。而當劉細緻地辨析著魯迅與陀思妥耶夫斯基在書寫"靈魂"的相異時，他關於內在主體間性的哲學思考和理論建設已然呼之欲出。

三、"內在主體間性"的思索：懺悔意識與放逐自我

在對魯迅的探討中，"國魂論"的相關論述開啟了劉再復對人心和靈魂的關注，而直到他闡釋"內在主體間性"的哲學，並發展了文學"共犯結構"和"懺悔意識"的理論體系，其主體性三論的框架方搭建完整。

在劉再復的論述中，主體間性可以分為外在和內在兩部分。如果說"外在主體間性"是將客體主體化，來展開自我主體與他我主體間的對話行動；那麼劉式

---

22 劉再復，《罪與文學》，第 234-241 頁。
23 劉再復，《罪與文學》，第 234-241 頁。

所謂的"內在主體間性"或者"主體際性"則是指自我主體的分裂與矛盾辯證：
"在主體內部分解出多元主體，使主體之間形成關係……主體間性關係中有一主
體充當法官的角色，另一主體則充當被拷問的角色，這便形成主體之間的對話，
也正是靈魂之間的論辯"。[24] 這一思想的闡發受到高行健小說《靈山》的啟迪，
其中"你、我、他"三個人稱的敘述，即是同一主體在分裂之後的相互詰難與辯
駁，蘊含著自審與自省的意味。在發現了自我內部多重主體的廣闊闡釋空間之
後，劉再復提出文學在探討"人與上帝"、"人與自然"、"人與社會"、"人與他
人"之外，還有一重追究"自我和自我"關係的可能，並將之視為薩特"他人即
地獄"的反命題加以宣揚："自我乃是自我的地獄"。[25]

　　從這一角度出發，劉再復企圖開掘與西方懺悔文學有所區別的中國文學的
"回心"之路。簡言之，劉將西方文學中的懺悔意識與贖罪意識歸為書寫宗教維
度上的存在之罪，這種心靈性感悟面對的是上帝作為參照和標尺，其渴望得到的
乃是一種彼岸性的救贖；而與此同時，劉設想的文學"懺悔意識"的另一形態，
則是將上帝、法官、犯人乃至整個精神法庭徹底移入主體精神內部，建立"無宗
教、無外在理念參照系、無中介的自審形態"，將人類的道德自省和懺悔意識視
為一種可以限制理性的狂妄、乃至糾正理性偏差的內在的良知能事，一種文學的
超功利的本性。[26] 由此，劉再復提出了超越"革命"和"啟蒙"論述的一種方式：
當唯物史觀和革命文學將"主體的我"置於客觀規律和歷史必然性的汪洋大海中

---

24 劉再復，《罪與文學》，第 438 頁。

25 劉再復，《罪與文學》，第 419 頁。

26 在劉再復看來，良知是一種自發性的存在，是人類現實主體的另一種可能。造物的神秘
性來源於悖論本身的存在，人類的理性可以接近心靈和自然界的神秘，但卻永遠無法
企及和窮盡它們的神秘。換言之，在劉看來，人類的良知居於至高地位，裁決和糾偏
著啟蒙主體的"理性"。但對於良知究竟通過什麼形式形成，其來自何，劉氏深受禪宗
及陽明心學影響，傾向於將其含混地視為一種生而為能的本性存在。劉再復，《罪與文
學》，第 421 頁。

而最終消弭了個體的主體性時，劉則將被內心良知審判的自我視為真正具有自由意志的主體；[27] 他同時將“懺悔”放在形上層面，認為摒棄基督或上帝的中介，分裂的自我即可產生自己與自己對話的空間。在這一意義上，劉再復以“罪感”審視中國文學，並賦予其一種超越性的期待，他重提蔡元培“美育代宗教”的事業，希冀文學作品追求審美境界而不僅是政治、歷史或神明的境界，並以書寫多樣化的“未完成性”為己任。[28] 在某種程度上，這可以視作劉氏延續其國魂論述對內心維度的開掘，但他也同時逸出了魯迅之開掘歷史之罪、陀思妥耶夫斯基承擔宗教之罪的模式，而直接面對良知道德上的“共犯之罪”。

正是在建築內在主體間性的道路上，劉再復認為中國文學和哲學有可能做出自己的貢獻，開闢獨特的超越性道路，以對自我主體的靈魂探究為最深刻的書寫主題。具體來論，在文學批評實踐中，劉將《紅樓夢》視作中國寫“心”和具

---

27 當李澤厚以“自然的人化”和“歷史積澱說”調和馬克思主義唯物論與康德主體論時，他強調人類的主體性乃是經由長期的物質生產經驗而構築，人類的內在主體與外部自然的客體乃是雙向影響的過程和對立統一的結果：人類改造自然並以自我意識和歷史尺度觀照自然物，而經過積澱的歷史又改造和影響了人類內在人性。因此，在李的理解中，人類總體和理性是優於個體與感性的，然而複雜和辯證的是，總體和理性也同時必須積澱、保存在個體感性之中，故而李說為個人主體性留下了寶貴的闡釋空間，形成了既強調人類主體性的“實踐本體論”，又同時兼及個體主體性的“情感本體論”的雙向哲學探討。相形之下，劉再復雖深受李澤厚所闡釋的康德哲學的啟發，但實則將更多的關注目光投向個人的、心靈層面的自覺意識，將心性存在視為人的本體存在，試圖以神秘的心靈體驗或瞬間的感悟，消解歷史必然性和革命神聖性，使文學找回書寫個人的自由意志和形而上層面的超越維度。在此意義上，劉氏建構的內在主體間性的理論框架，更像是融合了康德道德倫理學、禪宗哲學和陽明心學的複雜結合體，這是李、劉二人相異的一個方面。見李澤厚、劉再復，《告別革命 —— 回望二十世紀中國》（香港：天地圖書有限公司，1995 年），第 267-295 頁。對於李澤厚的主體論哲學如何試圖以馬克思主義改造康德唯心論的細緻梳理，見涂航，〈回到康德：李澤厚與八十年代的啟蒙思潮〉，《思想雜誌》，第 34 期（2017 年 12 月），第 35-59 頁。

28 劉再復，《怎樣讀文學：文學慧悟十八點》（香港：三聯書店〔香港〕有限公司，2018 年），第 38-41 頁。

有"共犯結構"的最重要作品。在他的闡釋裏，林黛玉的死亡正是"共犯結構"的結果，這絕非幾個世俗定義下的"壞人"或"好人"造成的悲劇，而是與林黛玉相關的眾多"無罪的罪人"共謀犯罪的悲劇："所謂'無罪'，是指沒有世俗意義或法律意義上的罪；所謂'有罪'，是指具有道德意義和良知意義上的罪，懺悔意識正是對'無罪之罪'與'共同犯罪'的領悟和體認……《紅樓夢》的偉大之處，正是它超越了人際關係中的是非究竟，因果報應，揚善懲惡等世俗尺度，而達到通而為一的無是無非、無真無假、無善無惡、無因無果的至高美學境界"。[29] 而在文學創作方面，劉則將禪宗的"明心見性"、"感悟"等方式運用於自己的片斷寫作，在其中追問自我靈魂的黑暗與脆弱，書寫著眼於"自救"而非啟蒙他人的文學。舉例來說，劉在其寫作的逾兩千段散文碎片中，一再回溯莊、禪的精神，將自己去國離鄉後的生命經驗和感悟熔鑄於其寫作之中，他將莊子內在精神的逍遙喻為比現實流浪更深刻的漂流："作家詩人在本質上都是流浪漢。即使沒有身軀的流浪，也會有心靈的流浪。莊子作逍遙遊，便是靈魂的大流浪"；[30] 換言之，當本雅明筆下的漫遊者（flâneur）在都市街道間尋覓靈韻之時，劉再復理想的漂流者是具有形而上的逍遙意味、捨棄"我執"之念的。這種境界被描摹為一種空寂感，一種大於家國、歷史語境的"生命宇宙語境"，[31] 同時也充滿一種自我懺悔、自我拯救的意識：將過去浪漫的、啟蒙的、概念的自我徹底"放逐"，而試圖使文學恢復描寫有缺點、弱點卻更加彰顯出人性尊嚴的"脆弱的人"。在這一層面上，劉的"放逐諸神"所包含的最深一層意味，即放逐自我

---

29 劉再復，《罪與文學》，第 188-191 頁。

30 劉再復，《面壁沉思錄》（香港：天地圖書公司，2004 年），第 14 頁。

31 劉再復，《紅樓夢悟》（香港：三聯書店〔香港〕有限公司，2008 年），第 24 頁。有關劉再復片段寫作及其詩學與其"第二人生"關係的討論，見拙文〈劉再復"片段寫作"詩學論略〉，《華文文學》，2018 年第 6 期，第 36-41 頁。

神化的個體，以自發的罪感意識和道德懺悔進行不息的靈魂扣問，以恢復文學對書寫特殊的個人及多樣的生命體驗永恆的熱忱。

四、結語

八十年代，劉再復以文學主體性理論名噪一時，接續同時反思"五四"啟蒙議題的未竟之業。但高揚人的主體論述，雖然對於衝破革命文學的框架、重新書寫個人和情感大有益處，卻仍有可能陷入西方早已討論過的"啟蒙的危險"，即陷入將主體神化、使人的理性成為新的宰治神的境遇。九十年代，離開故國的劉再復，面對東西方對"啟蒙"思索的時間差，補充了自己的文學主體論，將主體間性和內部主體間性的哲學進行了詳細闡發，搭建了主體性三論的框架，進而完成了從"回歸啟蒙"到"超越啟蒙"的精神旅程。

在後一階段的哲學思考中，劉再復希望告別的不僅是二元對立的哲學、革命文學，同時也呼籲告別各種"主義"之神乃至浪漫的自我，使文學不僅僅是面對家國、歷史、宗教等，也不再只是充當社會良心的角色，而能回歸對自我良心的體認，以及書寫超越空間與時間局限的形而上的精神維度。當尼采的"超人"徹底暴露了無限膨脹的主體帶來的威脅，後現代主義中形形色色的玩世不恭者也無法提供"自救"的可能，劉再復則一再提倡禪宗、老莊和陽明心學的路徑，以向內的自審和懺悔意識，追尋具有無功利的、超越意識的審美主體和文學創造，開闢出後"五四"時期再思中國啟蒙文化遺產的一種面向。

回到五四

Back to the May Fourth

魯迅與中國現代寫實小說中的魔幻史

羅福林（Charles A. Laughlin）

美國弗吉尼亞大學教授

　　中國現代文化的形成與其研究中都體現一種對啟蒙的偏重。自從"五四"新文化運動到後來二十世紀各種運動和革命中，一切被看成"激進"的事情務必是科學的，反對迷信的，而"迷信"被定為中國傳統文化中最不能容忍的遺產之一。但同時，神秘、怪誕和超現實的現象不僅出現在通俗文化產品裏，甚至在向來被看成寫實主義和革命小說中也都會出現。中國現代文化的研究者和教授，也多少接受這種偏見，經常把這些現象看成失常，置之於評論範圍之外〔近年來有變化，如史書美的《現代主義的誘惑》和 Roy Bing Chan 的《知曉的邊界：中國現代文學裏的夢、歷史、寫實》強調魯迅的現代主義（非再現性）色彩〕。本文從怪誕現象的角度重讀夏志清、李歐梵、劉再復對魯迅個別有詭秘內容的短篇小說，加以探討寫實中的詭秘是否可以成為一種對東方與西方、科學與迷信、傳統與現代的慣性二元對立，及其關聯的對"民族"、"發展"和"知識"的概念的隱形的批判。

　　先由魯迅小說〈藥〉末尾的烏鴉說起。我重讀夏志清《中國現代小說史》講魯迅的小說的時候，發現夏確實很關注〈藥〉的細節，它充滿象徵氣氛的各種描寫。到了最後，他集中在最後一幕，兩位喪失了兒子的母親在墓地的兩邊，過於悲傷的夏媽衝著兒子的靈魂哀求，花圈讓她認為她兒子在場"顯靈"，她喊兒子要他讓烏鴉飛上他的墳頂，以顯示他聽到了媽媽的話。夏志清在此就轉錄了差不多一整頁原文，一直到：

> 微風早已經停息了，枯草支支直立，猶如銅絲。一絲發抖的聲音，在空中愈顫愈細，細到沒有，周圍便都是死一般靜。兩人站在枯草叢裏，仰面看那烏鴉；那烏鴉也在筆直的樹枝間，縮著頭，鐵鑄一般站著……

然後就結束了，雖然小說末尾只剩下幾句話。夏志清在後面的結語也只是說，這位母親的悲哀地叫喚，像一種象徵的關於革命的意義和前途的質問，而烏鴉的沉默和不動地站立形成一種"戲劇性反諷"。如果〈藥〉是這樣結束的，也會是一部好小說，但是這不是最後一幕的全部。我們都知道，那老女人又說出一句"這是怎麼一回事呢"，一個奇怪的問題，但更重要的是烏鴉接著"'啞'的一聲大叫……張開兩翅，一挫身，直向著遠處的天空，箭也似的飛去了"，但沒有飛到革命家的墓上。夏志清沒提到這個環節就轉到關於〈故鄉〉的討論了（歷史學家史景遷對這最後一句中"遠處的天空"反而重視到把它用來作他《天安門：中國人和他們的革命》裏關於新文化運動的章節題目的程度）。

"這是怎麼一回事呢？"魯迅當然對迷信始終保持著批判的，甚至不容忍的態度。〈祝福〉裏的祥林嫂可以說是死於自己的和別人的迷信的誤導：四爺夫妻開始不讓她準備祭祀是因為迷信（反正祭祀本來也是迷信），吳媽嚇唬她，說祥林嫂兩位丈夫在陰間要爭她，把她鋸成兩半，是迷信，祥林嫂去廟買門檻來贖罪，也是迷信，導致她存了全部的工錢一下子就沒有了。在散文《論照相之類》，魯迅在開頭也諷刺他故鄉裏的人怎麼樣相信基督教的傳教士搜集小孩子的眼睛，把他們都抹在木桶裏像泡菜一樣的，也諷刺文人怎麼樣相信洗澡會影響他們的"光環"，等等。這都是人物不了解科學常識，思想沒有邏輯而導致的"無知"，這也是魯迅的小說主要的主題之一。

但是夏志清好像忽略了的〈藥〉的烏鴉最後的動作，雖然沒有回應那老女人的請求，但還是不自然的。至少可能被看作不自然的。當然，也許烏鴉是因為什麼和瑜兒無關的原因突然起飛往遠處的天空去。但百年來多少讀者把這個動作看的很有象徵意味：也許"遠處"是革命的方向，而兩個母親對此的費解也說明她們的意識落後。但如果是這樣的話，那似乎說明兒子確實聽到了他媽媽的呼喚，烏鴉也真的在聽從已故的革命家的囑咐，但是這麼想，不也是迷信的嗎？這就像小說〈故鄉〉的敘事者最後笑他老朋友閏土還用祭祀用品的迷信，然後突然發現他自己對後代抱著的希望，也是迷信的。這並不是說他不應該抱著希望，只是說明這種"希望是本無所謂有，無所謂無的"，這句話也可以用來描寫鬼神和所有的一切"不科學的存在"。

魯迅在《吶喊》自序講自己的來歷特別強調他是怎麼樣的從醫科轉向文科，也就是文學創作的。這個決定可以說是"五四"精神形成的重要事件。他學醫學，其實看似非常適合"五四"的精神的：科學的，愛國的，先進的。他的問題是，他意識到（他認為）中國人的問題不在物質，不在身體，不在健康問題上，而是一個精神問題。這裏的悖論是，從科學的角度來說，前者（物質、身體、健康）都是客觀存在，都是可以用科學的方法來研究的，而精神並不一定能被科學證明，也很難用科學的方法研究它。而中國人的精神問題上恰好是因為無知，所以有迷信，導致他們對自己和對他人都是不人道的（其實這個邏輯關係也還沒有澄清）。從這個角度來分析，魯迅的抉擇就是放棄科學而採取"迷信"的。

這並不是說魯迅其實是贊成迷信的。如果魯迅的解釋算是一種比喻的話，那麼中國文化的"疾病"是在精神上的，而不是在身體上。他寧願不再做醫生治病，而決定用文學治病。夏志清也許不需要指出烏鴉似乎有靈魂的行為，因為他引文裏佈滿了故事的恐怖的氣氛：荒涼的環境、死亡的氣息、空氣中的張力、和生物無生命的樣子（草如銅絲、烏鴉像鐵鑄等）。〈狂人日記〉也有這樣的氣氛；〈祝福〉有些地方也有，像祥林嫂問敘事者關於靈魂死後怎麼樣一系列問題，簡直把他這知識分子嚇跑了。作家和讀者共同相信科學和邏輯；那麼這種恐懼從哪裏來？和迷信的批判有什麼關係？

　　夏志清的目的在很大程度上是介紹性的，他提出小說家很多作品的要素和要點，所以〈藥〉和〈狂人日記〉、〈祝福〉一樣，目的在指出作品對傳統文化和禮教的控訴。對作家的成敗著重的是作品道德上的嚴肅性和作家對深度反諷的掌握。李歐梵《鐵屋中的吶喊》裏更側重作品的審美細讀。他指出魯迅的小說技巧超過寫實的重要方法是“象徵性敘事”，以〈狂人日記〉和〈藥〉為例。“象徵性敘事”指的是故事的寫實因素除了通過一個深層的象徵結構闡釋，它們本身的意義不清楚，甚至無法解釋。這個深層的象徵結構的存在僅僅是故事裏個別的象徵證明的。所以在〈藥〉的作品裏，故事是講一個無知的家怎樣試圖用一位剛被斬首的犯人的鮮血來治他們的兒子的肺病，而象徵結構是一種關於革命、迷信與民族的前途的故事。象徵是兩個兒子姓（“華”和“夏”）、作家反覆用的紅色和白色、饅頭、花圈、烏鴉、瑜兒對壓迫他的牢頭的同情等。至於烏鴉的動作，李歐梵解釋“關鍵的象徵符號呈現在奇妙的烏鴉的動作中”。他也引用最後幾句，但他包括了烏鴉最後的飛向遠處的天空，然後問，“這最後的動作是抱著希望還是絕望？”指出烏鴉在中國是不吉利的，也說或者因為它沒有回應老女人的請求否定通俗的迷信的，而“遠處的天空”指的可能是未來的、更好的世界。但是李有另外一種闡釋，說這些都有可能，甚至也有更多可能的解釋，其實烏鴉的莫名其妙的動作根本就是一個歧義的象徵，它的意義就是像道家的“天地不仁”的概念：人想闡釋天機是徒勞的，而且天地無所謂人的是非和盼望，所以雖然烏鴉的飛向沒有特定的意義，但是它至少取消紅白花圈提出的可能的希望的意義。

　　在《鐵屋的聲音》下一章，李歐梵接著通過一些常見魯迅的象徵結構和形象來闡釋作家的小說和散文詩，用這種哲理和抒情的評論來補充甚至批判已有的寫實的、意識形態的和反諷的闡述。但是最後我想從〈故鄉〉的末尾魯迅對希望的

描述起，再探討魯迅小說迷信與詭秘的關係與不同。〈故鄉〉的敘事者在離開故鄉的途中，

> 我想到希望，忽然害怕起來了。閏土要香爐和燭台的時候，我還暗地裏笑他，以為他總是崇拜偶像，什麼時候都不忘卻。現在我所謂希望，不就是我自己手製的偶像嗎？只是他的願望切近，我的願望茫遠罷了。
>
> 我在朦朧中，眼前展開一片海邊碧綠的沙地來，上面深藍的天空中掛著一輪金黃的圓月。我想，希望是本無所謂有，無所謂無的。這正如地上的路；其實地上本沒有路，走的人多了，也便成了路。[1]

敘事者在這裏把希望想成一種迷信，並沒有因為是 "迷信" 而拋棄他。而且他的思路還讓他 "害怕起來"。他其實把希望描寫成一種類似於宗教信仰的東西。這是因為作者知道，雖然迷信害人，但是也是人的本能，而且是人需要的較高境界的東西（"希望"、"信仰"）。這裏可以回到魯迅決定從醫科改到文科的事情，和精神的必要性、崇高性。之所以文學是可能拯救民族的藥，是因為它可以包含精神的東西，而這包含與客觀事實相比，反而是詭秘的，有時候可怕的內容，恰好因為不能用邏輯和科學證明，是最有代表性的。

因為宗教信仰的關係我們會想到劉再復討論新文化運動的懺悔意識。劉再復雖然不採用文本細讀，但是他對魯迅（包括他的小說和其他各種寫作）的評價和闡釋對我們脫離現實主義的框架而對魯迅的作品產生一個新的理解，也有共鳴。劉再復在討論魯迅的時候強調的 "懺悔意識" 當然是從基督教傳統借來的概念。劉並不是說魯迅的精神世界是受基督教的控制：他花了很多功夫解釋中國新文化運動裏的懺悔意識如何不是宗教意識，不是因為個體必然存在的 "原罪" 而

---

1 魯迅，《吶喊》（北京：人民文學出版社，1979 年），第 66 頁。

懺悔，而是以父輩的"歷史罪"為基礎的批判性的理性行為。魯迅的懺悔意識的特性是，與大多數新文化運動思想家不同，他認為父輩的罪在他自己的心靈裏還起作用，所以他承擔了責任，承認他自身也有罪性："我自己總覺得我的靈魂裏有毒氣和鬼氣，我極憎恨他，想除去他，而不能。我雖然竭力遮蔽著，總還恐怕傳染給別人 ……"[2]

這和他的小說創作密切相關，因為在劉再復看來，所謂"吃人"就是父輩的歷史罪，而魯迅小說中的人物大部分是吃人的人和被吃的人（包括〈狂人日記〉、〈藥〉、〈祝福〉、〈阿 Q 正傳〉等）。劉再復把中國傳統文化可以用吃人的文化來象徵它這個觀點，看作魯迅在中國現代思想史上的巨大貢獻。所以他的闡述和夏志清及李歐梵不同，不會強調語言和邏輯思維的限制，文學的現代性在荒謬的、詭異的意象和悖論中的體現不是他的焦點，而神秘的內容意味的是這種非宗教性的懺悔意識的作用。也就是說，是一種思想史的主題而不是藝術對現實的一種新的發展境界的主題。劉也承認，魯迅也有文學家的層面可以展開，而這不是他主要的思考的對象。但從另一方面來說，劉再復提出懺悔意識也是一種脫離再現主義的闡釋的途徑，他把思想史的問題帶入文學創作和閱讀才能展現他的懺悔意識的本質。雖然他自己特別強調魯迅等新文化運動的人物的懺悔意識不是宗教的懺悔意識並且是理性行為，他同時也承認其代表的道德責任共付的原則和宗教懺悔意識是相通的。劉再復解釋兩種懺悔意識的異同時，強調新文化運動懺悔意識之缺乏絕對參考系或尺寸（上帝），而現代中國的歷史的罪對"父親"的態度與基督教是相反的，基督教是通過懺悔回到父親（上帝）的懷抱，而現代中國是批判父親（以孔子為代表的中國傳統文化）、歷史的罪就是父親的罪，哪怕它

---

2 魯迅，〈一九二四年九月二十四日致李秉中信〉，《魯迅書信集》（上），第 61 頁。引自劉再復〈新文化運動中的懺悔意識 —— 與林崗共論魯迅〉，《魯迅論》（北京：中信出版社，2011 年），第 134 頁。

還遺留在自己的身上，所以這種懺悔的結果是推翻與超越父親的（因此，現代文化的主體自然是青春、幼年、孩子）。

但是如果現代中國的懺悔意識是純粹的理性批判，劉再復把它與傳統的中國文人的“反省”區分開來是有矛盾的。劉指出這個理性行為與傳統的反省不同，是建立在一種情感上的。而且如果是徹底理性的思想史的環節，這解釋不了為什麼需要像魯迅的小說和散文詩的文學作品來完成。魯迅解釋自己從事文學創作就是因為它才涉及到人的靈魂，他要通過對靈魂的呼喚和改造來爭取讓中國文化轉向更有人性的文化。所以，宗教的懺悔意識和現代中國懺悔意識的通性不只是道德良心責任共付的原則，也包括對人生與思想非理性的一面的包容。這就是為什麼文學作品，尤其是魯迅的複雜而深刻的文學作品不能限制在譴責、諷刺、再現、救贖的層次上，而必然包含悖論、荒誕和詭異的內容。這些非理性的因素並不是中國現代歷史的例外，而是它的本質的重要內容。從此可以看，夏志清、李歐梵和劉再復三位大學者從不同方面證明了中國現代文學如何超脫他的社會功能性，而恰好這種超脫是真正的歷史轉向所必要的神秘成分：中國現代性的靈魂。

256

〈狂人日記〉是科幻小說嗎？——魯迅與中國當代科幻新浪潮，兼論寫實的虛妄與虛擬的真實

宋明煒

美國威斯理學院副教授

　　〈狂人日記〉是科幻小說嗎？—— 這個問題看似不可思議。〈狂人日記〉是第一篇署作者名"魯迅"的現代小說，長期以來被看作中國現代文學興起的標誌性作品，也是奠定了"為人生的文學"的發端之作，此後二十世紀文學寫實主義主潮論述將〈狂人日記〉作為濫觴發軔。[1] 然而，二十世紀末興起科幻新浪潮，到二十一世紀初已經形成挑戰主流文學模式的新異文學力量，[2] 在整整一百年後從科

1　這一論述見於經典的中國現代文學史敘述，如王瑤，《中國新文學史稿》（上冊）（上海：開明書店，1951 年）；唐弢、嚴家炎主編，《中國現代文學史》（北京：人民文學出版社，1980 年）；錢理群、溫儒敏、吳福輝、王超冰，《中國現代文學三十年》（上海：上海文藝出版社，1987 年）。

2　"科幻新浪潮"指的是二十世紀末到二十一世紀初中國興起的科幻寫作，"帶有新的文學自覺意識和社會意識，以此來再現中國乃至世界變革之中的夢想與現實的複雜性、含混性和不確定性，以他們自己的方式超越主流的現實主義文學和官方政治話語"。參考宋明煒，〈再現"不可見"之物：中國科幻新浪潮的詩學問題〉，《二十一世紀》2016 年10 月號，第 11-26 頁。

幻小說的角度來重新看待〈狂人日記〉，或許有些值得探討的新穎啟示。此文提出的問題，如果放在文學史範疇內，或許有以下三點意義。

　　首先，魯迅留學日本初期，曾經熱衷翻譯科學小說，甚至由於他創造性地改寫翻譯小說文本，他本人也可以看作是以"作者身份"參與科幻在中國興起的過程，[3]〈狂人日記〉的寫作距離他停止科幻翻譯有十年之久，但從科幻到始於〈狂人日記〉的寫實文學之間，是否發生了一次斷然決裂？還是另有各種蛛絲馬跡，表明在這兩種看似不同的寫作模式之間有許多曲折聯結？第二點，在九十年代興起的這一代新浪潮科幻作家心目中，魯迅是對他們影響最大的作者，而不是此前的任何一位科幻作家，中國科幻文學史從來都是斷裂而非連續的，後世作家需要重新創造科幻寫作的新紀元，對於劉慈欣、韓松等作家來說，魯迅代表了一種真正開啟異世界的想像模式，魯迅種種為人熟知的意象都以科幻的形象重新出現；第三點，也是最重要的一點，〈狂人日記〉包含的現實觀是否可以輕而易舉地歸入寫實主義認知系統？科幻小說又在什麼樣的條件下可能透露出一種別樣（alternate）的現實觀？這兩種現實觀——〈狂人日記〉和科幻小說——在什麼地方有交叉？而這樣思考的結果，是否意味著一種因為某一個條件變更、而引起對於文學史既成構造的挑戰？

　　將這些問題追問下去，最終面對的是科幻小說的詩學問題：〈狂人日記〉試圖透過表象"從字縫裏"[4]破解世界的真實狀態，這是違反當時倫理規範，以及人的常識的，如此抵達的真實是令人感覺不安、恐怖、難以言說的。可以說〈狂人日記〉據此打破了我們熟悉的現實感受，由此開始重建一種超出常人舒適感的現

3　有關魯迅翻譯科幻小說與中國科幻興起的關係，參考 Nathanial Isaacson, *Celestial Empire: The Emergence of Chinese Science Fiction* (Middletown CT: Wesleyan University Press, 2017), pp.46-59.

4　魯迅，〈狂人日記〉，《魯迅全集》第一卷（北京：人民文學出版社，2005 年），第 447 頁。以下〈狂人日記〉的引文，只在文內標誌頁碼。

實觀念。但另一方面，科幻小說的寫作也是反常識、反直覺的，科幻小說將人們熟見的現實打破了，讀者不得不藉助一種全新的話語，來重建有關真實的知識。如果把〈狂人日記〉作為科幻小說來閱讀，這篇小說中發生的敘事結構變化，正對應著將"眼前熟悉的現實"懸置而發出虛擬的問題 ——"吃人的事，對麼？"（第 450 頁）以及依照類似科幻小說那樣的邏輯話語推導出、超越直覺感受、違反日常倫理的真實性，即吃人是古已有之的事，有整個知識價值系統可以推演的、存在於人性與知識的黑暗中、被人們視而不見的更深層的真實。

一、〈狂人日記〉之前：翻譯科學小說的周樹人

作為中國現代文學之父的魯迅，曾經熱衷於提倡科學小說、並著手翻譯了幾篇科幻作品。寫作〈狂人日記〉十六年前，周樹人留學日本，其時恰逢梁啟超創刊《新小說》，提倡"科學小說"等若干類現代小說名目。[5] 彼時的周樹人是一位"科幻迷"，他緊隨任公號令，迅速翻譯了凡爾納的《月界旅行》，在一九〇三年出版，未署譯者之名。這是一部三手翻譯，從法文經過英譯、日譯，周樹人又用當時通行的方式，"添油加醋"改寫譯文，使之有時顯得更有文采。比如小說開頭描繪巴爾的摩，原作只不過交代時間地點，到了周樹人的筆下則充滿了"想像的"生動描寫：巴爾的摩"真是行人接踵，車馬如雲"，又寫會社所在地"一見他國旗高挑，隨風飛舞，就令人起一種肅然致敬的光景"，之後又引陶淵

5　梁啟超（新小說社），〈中國唯一之文學報《新小說》〉，《新民叢刊》第 14 期（1902 年）。《新小說》第一卷第 1 期（1902 年）開始設置"科學小說"欄目。

　　　　　　　　　　　　　　〈狂人日記〉是科幻小說嗎？

明古詩，將美國大炮俱樂部比之精衛、刑天，以讚其壯志。[6] 這篇譯文妙趣橫生，雖然摻雜許多中國佛道術語，盡心盡力將原作含有的十九世紀技術樂觀主義表達得十分明瞭。凡爾納不僅是十九世紀最著名的西方科幻作家，而且他代表的樂觀、進步精神，也是梁啟超等發起小說革命時所需要的模範大師，二十世紀第一個十年，共有十七部凡爾納小說翻譯成中文。

清末最後十年的科學小說的小繁榮期裏，周樹人是有代表性的人物。周樹人在〈月界旅行〉辨言中，模仿梁啟超對新小說的倡導，也對科學小說做出至高評價："導中國人群以進行，必自科學小說始。"[7]〈月界旅行〉完成之後，周樹人又著手翻譯另一部凡爾納小說〈地底旅行〉。可惜的是，當時由於轉譯環節太多，對於這兩篇小說的原作者，周樹人都弄錯了，前者署名英國培倫，後者是英國威男。魯迅自己回憶，〈地底旅行〉改作更多，最初在《浙江潮》雜誌開始連載，譯者署名"之江索子"[8]。〈地底旅行〉全書出版，要等到一九〇六年才由南京啟新書局發行。這兩部凡爾納小說在魯迅早期翻譯事業中是人人皆知的。但周樹人翻譯科幻小說，還不止於這兩部。一九三四年五月十五日致楊霽雲信中，他提到自己年輕時對科學小說的熱衷："我因為向學科學，所以喜歡科學小說，但年青時自作聰明，不肯直譯，回想起來真是悔之已晚。"[9] 隨即魯迅提到他文白雜用翻譯的又一部科學小說〈北極探險記〉，被商務印書館拒絕，稿件從此丟失。

其實，在周樹人用白話翻譯的〈地底旅行〉出版時，他已經又譯了現在人們確知出自他的手筆的第四篇科學小說，題名〈造人術〉，以文言譯成。此作刊登

6　魯迅，〈月界旅行〉，《魯迅全集》第十一卷（北京：人民文學出版社，1973 年），第 13-15 頁。

7　魯迅〈科學小說月界旅行辨言〉，《魯迅全集》第十一卷（北京：人民文學出版社，1973 年），第 11 頁。

8　見《浙江潮》第 10 期（1906 年），第 151-160 頁。

9　魯迅，《魯迅全集》第十三卷（北京：人民文學出版社，2005 年），第 99 頁。

於《女子世界》一九〇五年第四、五期合刊（實際印刷時間已是一九〇六年），署名"索子"。這篇翻譯，魯迅本人沒有再提到過，在很長時間裏，沒有人記得魯迅曾經翻譯過這一篇小說，直到一九六二年，周作人在給魯迅研究者陳夢熊的信中，證實這是魯迅的作品，並稱由他轉給《女子世界》發表。周作人提及這篇小說的原作者，稱其為"無名文人"[10]。小說的原作者是一位生活在美國東北部的女士斯特朗（Louis Jackson Strong），目前可以找到的資料是她擅長寫兒童冒險小說。[11] 這一篇被周樹人翻譯成中文的小說，在她的作品中更像一個例外，原題〈一個不科學的故事〉"An Unscientific Story"，最初發表在 The Cosmopolitan vol. 34, no. 4 (February 1903)。周樹人的翻譯，根據的是日本譯者原抱一庵有大量刪節的日譯本。原抱一庵的翻譯發表於一九〇三年六月至七月，他將英文原作的恐怖結局都刪掉，賦予小說一種樂觀的基調。[12] 故而，周樹人以文言譯就的中文版，以大量篇幅讚美科學，形容科學家的自信。小說中的主人公是一位科學家，經過漫長實驗，在實驗室中培育出生命，周樹人譯作"人芽"，在這科學造人的魔幻時刻："於是伊尼他氏大歡喜，雀躍，繞室疾走，噫籲唏！世界之秘，非爰發耶？人間之怪，非爰釋耶？假世界有第一造物主，則吾非其亞耶？生命，吾能創作；世界，吾能創作。天上天下，舍我其誰。吾人之人之人也，吾王之王之王也。人生而為造物主，快哉！"[13]

---

10 陳夢熊，〈知堂老人談《哀塵》、《造人術》的三封信〉，《魯迅研究動態》1986 年第 12 期，第 40 頁。

11 見 Graeme Davis, ed., *More Deadly Than the Male: Masterpieces from the Queens of Horror* (New York: Pegasus Books), 2019. 該書收入 "An Unscientific Story"，但對作者 Strong 的介紹非常簡略，無生卒年月。本文參考版本是 eBook，無頁碼。

12 徐維辰，〈從科學到吃人：魯迅"造人術"翻譯與野蠻的潛在書寫〉，《文學》2017 年春夏卷，第 70 頁。

13 轉引自鄧天乙，〈魯迅譯《造人術》和包天笑譯《造人術》〉，《長春師院學報》（社科版）1996 年第 4 期，第 27-28 頁。

這段文字的意義與周樹人對科學的信念正相通。彼時周樹人仍是熱衷於達爾文進化論思想的科學青年，對原抱一庵翻譯體現的積極樂觀的科學進步主義，甚至將科學家視為神、造物主的態度，幾乎完全接受下來。學術界目前已經確知，周樹人從事文學之初，先已經投入大量精力從事科學小說的譯介，並且與他在同一時期持有的科學帶動進步的信念一致。按照學者姜靖的觀點，周樹人這篇翻譯符合晚清知識分子"要求創造一種'新民'、一種有著全新精神面貌的新國民，以滿足現代文明國家的要求"，[14] 而這種從身體／生物本身來改造國民的理想，發生於周樹人的科學小說翻譯與有關科學的論文中，延續到魯迅改造國民性的思考，成為現代文學不斷重現的命題。而他對科學的倡導與熱情，也延續到後來他寫小說、作雜文，成為文壇領袖的時代。

儘管翻譯本身讚頌科學的樂觀進取精神，〈造人術〉文後附有兩篇按語，分別是《女子世界》編者丁初我和署名"萍雲女士"的周作人所撰，兩篇按語認為科學造人的故事是"無聊之極思"，"悲世之極言"，反對這種非人的"造人術"，而真正創造民族的是女子，她們"為誕育強壯之男兒"，是"造物之真主"。[15] 由此這篇科學小說的呈現形式兼容了原作"主題"展示與"反題"批判，按語試圖蓋棺定論，從民族、人生的角度，將科學看作違背自然、違逆倫常，文本與按語構成文本間性關係，對照作為技術和機械產物的"生命"與生命的自然發生與發育，將前者斥之為無稽之談，將後者視作生命倫理基礎。這不僅可看作是科學與人生觀辯論無數前導事件之一，也涉及文本內外兩種不同的文學再現態度 —— 訴諸科學話語而製造違背現實感的"虛幻"真實，或順應傳統倫理要求、

---

14 姜靖，〈從"造人術"到"造心術"：科學家、作家與中國現代文學觀念的起源〉（陶磊譯），《文學》2017 年春夏卷，第 54-66 頁。

15 引自鄧天乙，〈魯迅譯《造人術》和包天笑譯《造人術》〉，《長春師院學報》（社科版）1996 年第 4 期，第 28 頁。

符合習慣常俗的 "造化" 自然。

然而，使這個文本包括其評語顯得更為 "奇異難解"（uncanny）的地方，還在於丁初我的按語中則有句 "播惡因，傳謬種，此可懼"，學者劉禾認為這幾句話 "使他（丁初我）正確地預言了小說原作的反烏托邦性質"，[16] 而學者徐維辰認為，按語與文本對照之下，"魯迅的〈造人術〉翻譯，沒有顯示科學的全能，反而產生了悲觀的解釋；通過科學圖謀改革的事業，雖然有其潛能，但也有可能會帶來國民性惡化這些已有的問題。"[17] 以上學者指出的所謂 "奇異難解" 的地方，是按語與小說原作未被翻譯的部分之間奇異的呼應之處，至少在按語 "反科學" 與原作 "不科學" 之間，共享的是一種對於科學樂觀主義的質疑。

斯特朗女士的原作〈一個不科學的故事〉沒有被原抱一庵翻譯出來的後半部分，才是小說原作的重點，正如丁初我或許碰巧無意說出的那樣 "可懼"。造人實驗發生異變，科學家所造之生物，變成自食同類的 cannibals，翻譯呈現的樂觀光明的科學故事變成一個恐怖的反科學故事。斯特朗筆下的科學家面對的是 "後" 弗蘭肯斯坦的時代，經由浪漫主義的想像力，挑戰 "培根式的樂觀與啟蒙思想的自信"[18]。斯特朗的故事，更是寫於英國作家威爾斯（H. G. Wells）之後，在科幻小說的發展中也處在對凡爾納式科技造福人類有所反省的階段。斯特朗小說中那些 "吃人" 的生物，比弗蘭肯斯坦的怪物更具有非人性質，僅有兇猛的動物性，絲毫沒有人性的浪漫敏感。科學家最終毀掉這些怪物，劫後餘生，整個故事預演了美國流行文化後來 "生化危機"、"僵屍國度" 乃至 "殺人網絡"、"西

---

16 劉禾，〈魯迅生命觀中的科學與宗教（下）〉，孟慶澍譯，《魯迅研究月刊》2001 年第 4 期，第 6 頁。

17 徐維辰，〈從科學到吃人：魯迅 "造人術" 翻譯與野蠻的潛在書寫〉，《文學》2017 年春夏卷。

18 Roslynn D. Haynes, *From Faust to Strangelove: Representations of the Scientist in Western Literature* (Baltimore: The Johns Hopkins University Press, 1994), p. 94.

〈狂人日記〉是科幻小說嗎？

部世界"這些科幻大戲的基本情節。

　　然而，斯特朗的故事，也"奇異難解"地預演了魯迅〈狂人日記〉的故事。沒有證據可以說明，周氏兄弟是否讀過斯特朗小說全文，或者是後來經由高峰生在一九一二年翻譯的完整日譯本。[19] 至少從已知的證據來說，姑且認為這個影響是不存在的。〈狂人日記〉寫於魯迅翻譯〈造人術〉十二年後，〈造人術〉完整日譯出版六年後，魯迅在翻譯〈造人術〉之後沒有再提到這篇作品。然而，〈狂人日記〉（包含其文言小序），與〈造人術〉（及其未被翻譯的部分），含有三個或顯或隱的共同點。

　　第一個共同點是"吃人"。〈一個不科學的故事〉將科學小說變成恐怖小說，是將科學的結果變成對人類的威脅。〈狂人日記〉以寓言的方式來呈現國民性問題，[20] 而在文本層面，即把寓言作為一種具有科學知識重構的"真實話語"接受下來。〈狂人日記〉雖然也可以說是"一篇不科學的故事"，主人公"狂人"在吃人與被吃的威脅中感到恐懼，但同樣這也可能是"一篇科學的故事"，按照文言小序，它提供了一個病理研究的案件，而如果把這句看似"真實"的話作為寓言接受下來，這篇小說提供的是整個民族的病理報告。第二個共同點是，以科學來造人，以啟蒙來造就"真的人"，是兩個故事應有的"正題"，這也是體現科學樂觀主義和人類進化觀的雙重命題，〈造人術〉以此為開始，但隨著故事發展，這個命題在文本中轟然倒塌。〈狂人日記〉也在這個反題的呈現中結束，而伴隨著這個故事發展的是啟蒙所要面對的困境，這個困境之大，也如魯迅在創作

19　參閱神田一三（樽本照雄）著，許昌福譯，〈魯迅《造人術》的原作‧補遺〉，北京魯迅博物館編，《魯迅翻譯研究論文集》（瀋陽：春風文藝出版社，2013 年），第 186-187 頁。

20　對於〈狂人日記〉作為民族寓言的論述，最流行的說法來自詹明信（Fredric Jameson）著，張京媛譯，〈處於跨國資本主義時代中的第三世界文學〉，《當代電影》1989 年第 6 期，第 47-59 頁。

之初，與友人錢玄同的對話中提到的"鐵屋子"，人寧可在夢中死去，也不要醒來面對真相。[21] 第三個共同點即是對上述"正題"的反駁，〈一個不科學的故事〉在文本層面顯現科學在生命面前的失敗，〈狂人日記〉的文本則有更多層次，例如文言小序和白話正文，[22] 各代表一種挑戰"正題"的真實，而狂人的話語中也有不同的面向，這篇小說在多個語意層面體現出啟蒙在人生面前的有限：小序判定狂人所言是荒唐之言，不足信也；狂人則在第一條日記裏已經有了覺悟，卻也認為自己"怕得有理"（第 444 頁）；鐵屋子中的人或許早沒有拯救的可能，醒來的人無路可走，死得更加苦楚；恐懼的來源究竟是身邊充斥了吃人者，還是也包括啟蒙者自己"有了四千年吃人履歷的我"（第 454 頁），這個導向自己的疑問先於中國現代意識發展，體現出對啟蒙主體的深刻質疑；在所有可能性都意味著走向否定時，或許"救救孩子"（第 455 頁）才是唯一的希望，"絕望之為虛妄，正與希望相同"。[23]

魯迅的文本豐富性，與〈一個不科學的故事〉單薄的故事線索並不相等同，但卻呼應了後者文本背後的整個西方人文思想進入二十世紀後對於科學、啟蒙、進步觀念的更為複雜的態度。而進一步說，〈狂人日記〉或直接地回應了魯迅本人早年翻譯的〈造人術〉中倡導的科學進步主義，包括其正題與反題兩個方面，這足以讓讀者需要重新審視科學小說在魯迅文學中的位置。

科學小說不僅是魯迅進入文學的路徑，我在接下來的論述中將談及魯迅在當代科幻小說中的復活。

---

21 魯迅，〈吶喊自序〉，《魯迅全集》第一卷（北京：人民文學出版社，2005 年），第 441 頁。
22 有關〈狂人日記〉小序和正文的關係，參考李歐梵《鐵屋中的吶喊》有關論述，尹慧瑉譯（長沙：岳麓書社，1999 年）。
23 魯迅，〈希望〉，《魯迅全集》第二卷（北京：人民文學出版社，2005 年），第 182 頁。

〈狂人日記〉是科幻小說嗎？

二、〈狂人日記〉之後：科幻新浪潮中的魯迅

王德威教授分別在二〇一一年和二〇一九年北大兩次演講中，將魯迅放在中國科幻的時間軸上，即〈烏托邦，惡托邦，異托邦：從魯迅到劉慈欣〉和〈魯迅，韓松，與未完的文學革命："懸想"與"神思"〉，[24] 他指出科幻在寫實主義文學主流之外異軍突起，並借用魯迅文學的一些命題和概念，解說當代科幻回應了魯迅當年的"懸想"與"神思"："敷衍人生邊際的奇詭想像，深入現實盡頭的無物之陣，探勘理性以外的幽暗淵源。"[25] 王德威教授在將當代科幻文學放在近代文學史、思想史中思考時，參照往往都指向科幻與魯迅的關係。

當代中國科幻新浪潮作家，在最初興起的十年中，也許是所有中國文學世代中最沒有影響焦慮的一代人。他們（這包括從六十年代出生的劉慈欣、韓松到八十年代出生的陳楸帆、飛氘、寶樹、夏笳）在開始創作的時候，中國科幻早期的幾次浪潮，梁啟超一代、鄭文光一代、張系國一代，幾乎都沒有對他們發生影響的焦慮。然而，在許多位科幻作家筆下，魯迅卻是一個經常重現的幽靈。比如韓松，在當代科幻新浪潮中，他被認為對魯迅最有自覺的繼承，[26] 他的作品有意識地回應魯迅的一些主題。韓松曾經把熟悉的魯迅文學符號與標誌語句，寫進他自己的科幻小說中。末班地鐵上唯一清醒的乘客，猶如狂人一般看到了世界的真

---

24 王德威，〈烏托邦，惡托邦，異托邦：從魯迅到劉慈欣〉，見王德威，《現當代文學新論：義理・地理・倫理》（北京：生活・讀書・新知三聯書店，2014 年），第 277-307 頁；王德威，〈魯迅，韓松，與未完的文學革命："懸想"與"神思"〉，《探索與爭鳴》2019 年第 5 期，第 48-51 頁。

25 王德威，〈魯迅，韓松，與未完的文學革命："懸想"與"神思"〉，《探索與爭鳴》2019 年第 5 期，第 51 頁。

26 嚴鋒認為："韓松處在從魯迅到上世紀八十年代的中國先鋒作家的人性批判的延長線上。"見《中國新世紀文學大系 2001-2010》（科幻卷）（上海：上海文藝出版社，2014 年），第 8 頁。

相，卻無法喚醒沉沉睡去的其他乘客；[27] 走到世界末日的人物小武，面對新宇宙的誕生，大呼 "孩子們，救救我吧"。但他沒有獲救，"虛空中暴發出嬰兒的一片恥笑，撞在看不見的岸上，激起淫猥的回聲"。[28] 韓松的短篇小說〈乘客與創造者〉將 "鐵屋子" 的經驗具像化為波音飛機的經濟艙，人們在那裏渾渾噩噩，從生到死，不知道由經濟艙構成的這個有限世界之外還別有天地。[29] 劉慈欣也曾在短篇小說〈鄉村教師〉中寫一位病重的老師，用盡生命最後力氣對學生講說魯迅關於鐵屋子的比喻，與韓松不同的是，劉慈欣恰好用這個比喻來鋪墊了天文尺度上宇宙神曲的演出：渺小的地球在銀河系荒涼的外緣，星系中心延綿億萬年的戰爭來到太陽系，那個鐵屋子之外的世界終究是善意的，"救救孩子" 的主題最後落在有希望的未來上。[30]

韓松比劉慈欣更進一層，他對於魯迅的繼承，更延續了魯迅文學中的 "虛無一物"。地鐵、高鐵、軌道所鋪演的未來史，醫院、驅魔、亡靈描述的人類無窮無盡的痛苦，都終於抵達一個境界，即其實種種繁華物像，文明盛事，頹靡廢墟，窮盡宇宙的上下求索，猶如魯迅〈墓碣文〉所寫："於天上看見深淵。於一切眼中看見無所有。"[31] 這樣一種深淵的虛無體驗，韓松寫進未來人類的退化、蛻變，宇宙墓碑所禁錮的歷史黑暗之心，與魯迅文學息息相關。這表明有一個延續中國現代知識分子傳統的思考，在〈地鐵〉、〈醫院〉幽暗無邊的宇宙中仍殘存著，即使未來的人類已經不知道這意味著什麼。

---

27 韓松，《地鐵》（上海：上海人民出版社，2011 年），第 16-17 頁。

28 韓松，《地鐵》（上海：上海人民出版社，2011 年），第 199 頁。

29 韓松，〈乘客與創造者〉，見星河、王逢振編，《2006 年中國年度科幻小說》（桂林：灕江出版社，2007 年），第 70-90 頁。

30 劉慈欣，〈鄉村教師〉，見《流浪地球：劉慈欣獲獎作品》（武漢：長江文藝出版社，2008 年），第 35-66 頁。

31 魯迅，〈墓碣文〉，《魯迅全集》第二卷（北京：人民文學出版社，2005 年），第 207 頁。

〈狂人日記〉是科幻小說嗎？

〈狂人日記〉發表整整一百年後的二〇一八年五月，韓松發表了他最新的長篇小說〈亡靈〉。〈亡靈〉標誌著韓松以 "醫院" 為主題的三部曲完成，這是繼劉慈欣《地球往事》三部曲以及韓松自己的《軌道》三部曲之後，中國當代科幻最重要的小說。〈醫院〉三部曲也猶如一部〈狂人日記〉式的作品。韓松關於疾病和社會、現實與真相、醫學與文學、技術與政治、生命與死亡的思考，在整個三部曲中鋪衍成為一個照亮中國現實中不可見國度的史詩故事，小說描寫一座城市變成醫院，所有的中國人被醫學控制，進入藥時代，開始藥戰爭，人工智能 "司命" 把所有人當作病人，直到醫院也成為虛妄，亡靈在火星復活，繼續演繹病人們尋找真相的冒險。這不可思議的故事，看似異世界的奇境，卻比文學寫實主義更犀利地切入中國人日常生活肌理和生命體驗。猶如〈狂人日記〉那樣，韓松的〈醫院〉三部曲建立了語言的迷宮，意象的折疊，多維的幻覺，從荒唐之言、看似 "幻覺" 之中透露出現實中不可言說的真相。

韓松筆下的主人公，往往像狂人那樣，在再平常不過的生活現實表像之下，窺視到了難以置信的 "真實"。這樣一種真實，違反生活世界給人帶來的有關現實的認知習慣，若是放在傳統寫實文學語境中是難以解釋的異物，本能上會覺得是拒斥之物，超出了認知、習慣、感覺的舒適地帶。據最具有經典性的定義，科幻小說是一種在認知上對於熟悉的陌生化處理。[32] 熟悉的事物是我們在認知上無需花費氣力應對之物，然而，無論在〈地鐵〉還是〈醫院〉裏，韓松的人物雖然從日常生活的場景出發，卻在認知上發生了不可逆轉的變化，他們終將發現原來習以為常的現實是幻象，那些被故意隱藏不見的世界維度，或者那些不需要隱藏也難以被看見的更深層的真實 —— 如〈地鐵〉裏描寫地底的時空結構變化，需要在認知上經過反直覺的努力才能看見。這不是人們習以為常的現實，而

---

32 這一經典定義來自 Darko Suvin, *Metamorphosis of Science Fiction* (New Haven: Yale University Press, 1979).

是夢魘背後的真實。韓松的主人公們需要克服"看的恐懼"[33]，"科幻小說代表了一種超越現實提供的可能性邊界的想像。在韓松的科幻小說中，想像和夢想逾越了被設定了特定夢想的時代中大眾想像和理性思考的邊界"，科幻的視閾跨越深淵，讓讀者看見"不可見之物"[34]，像狂人那樣在字縫裏讀出字來，在認知上改變了整個世界的結構、真相、未來甚至過去。

對於韓松這一代新浪潮作家而言，魯迅的啟示使他們的科幻寫作比通常意義上的寫實主義更有批評力量。被各種禁忌與習慣建造的鐵屋子中的大多數選擇昏睡，很多人憚於看的恐懼，不會睜眼看世界的真相。韓松小說寫的往往都是一些被生活壓得無力、虛弱的人物，〈醫院〉裏的主人公被困於醫院之中，猶如弱小的獵物。但韓松正通過這樣的人物揭示："從前我所見的，並不一定是實相。"[35]正像狂人發現自己之前都是發昏，此後所見的末日景象才是世界的真相：

> ……見城市中巨浪般鼓湧起來的無數摩天大樓上，像我此刻所在的住院部一樣，每一座都刷有大蜘蛛般的紅十字。鱗次櫛比，觸目所在，紅十字套紅十字，亦如同蒼茫廣袤的原始森林，接地連天鋪陳，不見邊際，非但沒有太陽，而且任何一種恆星怕是都被這紅亮耀眼飛躥騰躍的十字形浩瀚大火燒毀了，連綿的陰雨則被擊得粉身碎骨，兆億紙屑一樣四方飄散。[36]

---

33 韓松一篇小說的題目〈看的恐懼〉，這篇小說寫出一對普通夫婦藉由新生兒的奇異的複眼，得以看到現實背後令人戰栗的真實情境。韓松，〈看的恐懼〉，《科幻世界》2002年第7期，第2-8頁。

34 參考宋明煒，〈再現"不可見"之物：中國科幻新浪潮的詩學問題〉，《二十一世紀》2016年10月號，第11-26頁。

35 韓松，《醫院》（上海：上海文藝出版社，2016年），第95頁。

36 韓松，《醫院》（上海：上海文藝出版社，2016年），第92-93頁。

〈狂人日記〉是科幻小說嗎？

〈醫院〉看似從〈狂人日記〉中繼承了"改造國民性"的"正題"："—— 醫院不僅是治病，更是要培養新人，從而使國家的肌體保持健康。"[37] 醫藥救國的計劃，消滅了家庭，粉碎了感情，改造了基因。但與此同時，"正題"瞬間變成"朋克"（亦即神聖的莊嚴計劃，變成一種純粹的表演），技術變成目的，當醫學也變成為了行為藝術，"在醫藥朋克的語境中，'活下去'已經轉換成'為了醫院而活下去'或'為了讓醫院活下去'"。[38] 醫院最終變成唯一的現實，醫院之外的一切都可能是"幻覺"，然而醫院本身最終也消亡了，連同病人和病人的意識，掌控一切的人工智能發現世界並不存在，而追尋意義的人物則都身在"無物之陣"。不僅"國民"沒有改造，而且所有的人物都沉淪在"亡靈之池"。

從〈醫院〉到〈驅魔〉到〈亡靈〉，韓松層層接近"深淵"，在接近小說最後時刻的地方，倖存的女性看到了作為世界本質、永劫回歸的"醫院"：

> 但深淵一旦遇到她的目光，這一無所有的區域，便頓然勃發擾動。像是經過億萬年，它終於等來了意識的注視。它要復活重生，再創世界。……
>
> …… 它超越了二進制，在"是"和"不是"之間創造融合區，用模糊算法再構歷史 —— 或者說，偽造醫院史。這樣形成新記憶，並在機器的輔助下，不斷反饋，為亡靈之池提供原始參數，合成創始者的意識母體。…… 醫院的生命可視作接近永恆。它一旦被災難破壞，就能自動復原，在這深淵中不斷醞釀和推出。[39]

---

37 韓松，《醫院》（上海：上海文藝出版社，2016 年），第 123 頁。
38 韓松，《醫院》（上海：上海文藝出版社，2016 年），第 142 頁。
39 韓松，《亡靈》（上海：上海文藝出版社，2018 年），第 226-227 頁。

韓松在一百年後在醫院的"字裏行間"讀出永劫不復"變回成人"的"亡靈"與永劫回歸的"深淵",正如魯迅狂人式的洞見,在天上看見了深淵。

這樣一種認知上的逆轉,被更年輕的科幻作家飛氘用一種反諷的方式呈現出來。在《中國科幻大片》中的一則故事中,寫作〈狂人日記〉的周樹人像美國電影 Matrix 中的 Neo 那樣,選擇了紅色的藥丸,這意味著他進入了認知上陌生的世界,"睜眼一看,到處都在吃人!"飛氘用魯迅自己的"故事新編"方式講述周樹人面對生化危機的重重險境,最終看破世相虛無,遊戲設計者將他陷入虛擬時空之中,"絕望那東西,本來也是和希望一樣不靠譜的嘛。"[40] 飛氘的反諷具有雙重效果:周樹人睜眼看到的現實,卻最終原來也是虛擬。那究竟什麼是真實,什麼是虛擬?什麼是現實,什麼是幻象?韓松常說:"中國的現實比科幻還科幻。"是否虛擬的真實比現實更真實,正如現實的幻象比科幻更科幻。

當代科幻新浪潮激化了現實與真實、虛擬與幻象的辯證法,是現實還是幻象,是虛擬的真實,還是寫實的虛妄?這樣的選擇對於狂人來說,意味著整個世界的魑魅魍魎,昏瞶不明,狂人要在瘋狂的幻象中清醒地看到吃人,或在虛妄的現實中正常麻木地假仁假義?對於韓松筆下的人物來說,最終面對的選擇是世界的有與無。

一百年之後,在科幻新浪潮中再讀魯迅,這個問題雖然突兀,但或許其來有自 ——〈狂人日記〉是科幻小說嗎?

三、〈狂人日記〉之中:測不準的文本與文學史

〈狂人日記〉是科幻小說嗎? —— 這個標題的確是一個有誠意的問題,但作

---

40 飛氘,《中國科幻大片》(北京:清華大學出版社,2013 年),第 177-179 頁。

271　　　　　　　　　　　　　　　　　　　　　〈狂人日記〉是科幻小說嗎?

者並不期待有一個"是"或者"否"的確定答案。關鍵在於提問本身。問題本身包含著對於必然性、確定性的知識系統的挑戰，借用現代量子物理學家海森堡（Werner Heisenberg）——在〈狂人日記〉發表之後不久的二十年代——提出的理論，這個問題在知識論上指向一個"測不準"的狀態。何以如此呢？"不可能在測量位置時不擾動動量"——〈狂人日記〉相對於科幻小說的位置已經"不可測"，這同時改變了觀察者們在習慣上對〈狂人日記〉與科幻小說的性質的認識，或者說這兩者本身也變得"測不準"。

借用海森堡的原理只能到此結束——物理學的啟示終究有限，而魯迅研究者有整個一套文化與文學的話語來表述相似的問題。對於文學、文學史、文類、文本形式，由於各種文化媒介、教育機制的影響而預設的知識系統會對觀察者建構具有牢固可信性的現實感受。如果離開我們引以為常、覺得理所當然的這些建構，我們的現實感受是否還可信賴，是否還能幫助認識我們面對的文本，或文本所在的時空，以至於這個時空指向的現實？這一連串相關問題會讓我們懷疑，離開文化建構，我們是否還有可能得出有關什麼是真實的唯一正確答案？

假如身處這些文化建構之內，很難想像、甚至無法產生另類的思考可能，就像狂人的哥哥總之是否認吃人、並堅定認為狂人是瘋了。但是一旦對建構本身提問——這早已經不是什麼新鮮事——知識、意識形態、思維所有的舒適地帶都受到顛覆，"測不準"意味著現實、世界、物與人本身都變得不確定了——人們習慣面對的世界是否停止存在了？而僅僅提出〈狂人日記〉是否科幻小說這個問題，同時讓〈狂人日記〉和科幻小說變得"測不準"，這個問題讓人感到不安，它使我們熟悉的文學建構、文學再現方式、以及文學史的書寫，都進入陌生的領域，一個不可測的未知世界，與〈狂人日記〉變得解釋喪失標準、如迷宮似噩夢般的世界形象對應起來。

常見的知識與文化系統告訴讀者，〈狂人日記〉的發表，對於中國文化是一件劃時代的大事。至於魯迅寫作〈狂人日記〉的直接原因，是所有熟悉魯迅生平的人都耳熟能詳的。化名為"金心異"的錢玄同夜訪周樹人，認為後者由於對革命的幻滅，沉緬於寂寞和悲哀中，只做著一些無用的閒事。於是錢玄同邀請周樹人為彼時雖然也很寂寞、卻宣揚進步思想、開啟民智的《新青年》雜誌寫稿。魯迅最初是反對這樣一種啟蒙雜誌的，舉例說出那個著名的鐵屋子的故事，以為使人清醒地死去，比熟睡中死去，更加令人痛苦。沒料到錢玄同心存激進的思潮，便給了魯迅一個沒想到的主意，大家一起努力，"你決不能說沒有毀壞這鐵屋的希望。"於是說到希望，魯迅被打動了，"因為希望是在於將來，決不能以我之必無的證明，來折服了他之所謂可有。" [41]

倘使這一段記憶是真實的，魯迅寫作〈狂人日記〉是一篇命題作文，小說中有幾個重要的元素：狂人身在一個鐵屋之中，其中所謂熟睡的人們，是背離文明的吃人者；狂人的努力，以及在字裏行間讀出"吃人"，是為了在整體上打破鐵屋對人們的迷咒；狂人的啟蒙是為了將來，他勸說哥哥從真心改起，講解進化的道理，"你們要曉得將來是容不得吃人的人，⋯⋯"（第 453 頁）〈狂人日記〉是魯迅對《新青年》啟蒙律令的遵命文學，但他有自己的懷疑和絕望："狂人"是否也是吃人者呢？狂人是否最後也被吃，或者竟然更不幸被治愈 —— 從而也加入到吃人家庭？雖然起於遵命文學，魯迅在這篇小說的形式與思想方面都走到了反傳統 —— 與反思這一革命姿態本身 —— 的先鋒位置。

〈狂人日記〉的文本建構過程，經過了對於熟悉生活的陌生化，然後又經過了文化意識上的去陌生化、再熟悉化。換言之，〈狂人日記〉誕生於補樹書屋、發表於《新青年》雜誌的時候，曾經是一部驚世駭俗、奇異怪誕的文本。直到後來的研究者大都延續了"狂人"從字縫裏讀出"吃人"二字的解讀策略，這也基本上確定現代文學研究者根據文本本身的策略對〈狂人日記〉的解讀，文本隱含

41　魯迅，《吶喊》自序，《魯迅全集》第一卷（北京：人民文學出版社，2005 年），第 440-441 頁。

　　　　　　　　　　　　　　　　〈狂人日記〉是科幻小說嗎？

的象徵主義比文本字句本身顯現的 "症狀" 更為重要。"五四" 一代啟蒙思想家與文化批評家，自這篇小說發表之初，就開始建構有關〈狂人日記〉文本內外的知識，經過吳虞等文化批判家的解釋，從中歸納出中國新文化運動的主題：封建禮教吃人，於是打倒儒教、打倒孔子，徹底反對傳統。這一時代主題，在中國延續多年，直到六十年後，仍有批判孔子的全國運動。這些思想和知識集中解釋文本內象徵主義的潛台詞，融入強大的主流意識形態，經過不斷強調的思維成規，至今讓一代又一代的讀者可以方便地進入文本，沿著作者 —— 狂人 —— 啟蒙者建構的有關封建社會吃人的批判思路，在〈狂人日記〉中看到許多熟悉（而非陌生）的因素：易子而食，食肉寢皮，歷史和文化的記述讓狂人自覺意識到有了四千年吃人履歷。

經過了一百年來學者們和思想領袖的不斷闡釋，〈狂人日記〉有了一個周密完整的解釋框架，任何提問都顯得並不出奇了 —— 可以想像，對本文標題包含的問題，也可以很容易地做出判斷：當然會有一部分讀者斷然拒絕將〈狂人日記〉視作科幻小說。這樣理所當然的想法背後，存在著對於 "陌生" 的傲慢與偏見。那 "陌生" 的也早已經被格式化了。那 "陌生" 中的不安、潛在的危險都經過文化闡釋，變得不再危險。或者，那 "陌生"、不安全、危險，都可以視而不見的。因為視是習慣，見是恐懼。但是，假如把這個理所當然逆轉回去，從去陌生化的文化解釋退回去，回到魯迅最初對他面對的熟悉事物的陌生化處理，是否可見抵抗成規的夢魘異物？

假設〈狂人日記〉是科幻小說：狂人從熟悉的溫情舒適的現實生活中，看到其中深淵一般的恐怖真相，他沒有像別人那樣拒絕 "看的恐懼"，沒有聽從哥哥或者他人的道德勸誡和按照文化傳統做出的老輩子解釋。狂人選擇看向世界的深淵，一切都解碼，歸零，他熟悉的夢境在塌陷。到此時，狂人意識到他自己也是那真相的一部分，也參與製造夢境，他意識到自己已無法走出這末日景象，他只能虛妄地寄希望於虛無飄渺的未來。狂人通過認知上的選擇，把自己的平凡生活變成一部改變世界觀的科幻文本。在此基礎上，所有對於熟悉的認知，都變得有待檢視了。狂人藉助新的認知系統變成新的物種，新的人，或者真實的人，他獲得一種新的眼光，以及整個新的理解力與想像力。

如上的敘述，並不能證明〈狂人日記〉就是科幻小說。但假如第一次閱讀這篇小說，而沒有既成文化背景的讀者，會怎樣看待〈狂人日記〉？最近才為中國學者所知的一件事情是，最初翻譯到韓文的時候，韓國讀者將〈狂人日記〉作為"避暑小說"（也就是幻想小說）來對待。[42] 當然也可以把〈狂人日記〉看作心理變態小說、恐怖小說、殭屍小說？做出這些看似異想天開的假設，或儘可能跳出中國文學批評慣例以外，來看待〈狂人日記〉，只是為了說明，這不是一篇可以理所當然就當作後來人們習以為常的寫實主義文學經典的作品。

按照科幻文本根據字面意義來構造世界的真實性原則來說，科幻的寫作不一定、很可能不模仿"現實"，因此不具有"寫實主義"美學特點，但具備內在的邏輯完整性，在話語、技術、邏輯上獲得"真實性"，即便這種真實性是抽象的、虛擬的、超現實的、顛覆性的。[43]〈狂人日記〉可以符合科幻小說的這個特徵，"吃人"這個按照邏輯推導出來的"真實事件"，違反人類常識與感情，之所以會讓讀者相信，完全取決於小說文本內部想像的邏輯和思考穿透表像的真實。科幻小說建立世界體系，往往並不直接建立在現實感受之上，卻需要根據邏輯達到自洽，用虛擬的真實性（literalness）來替代現實感（reality）。科幻小說對於讀者的要求，也相應地包含需要選擇一種不容易、不見得最方便的理解方式來進入文本，而在進入文本之後，如果選擇相信"虛擬的"真實，在文本內部，

---

42 洪昔杓教授提供的資料：〈狂人日記〉在一九二七年由柳樹人翻譯成韓文，發表在《東光》雜誌當年第 6 期的"避暑小說"欄目。

43 有關科幻話語的真實性原則，參考宋明煒，〈科幻文學的真實性原則與詩學特徵〉，《中國社會科學報》第 1673 期（2019 年 4 月），第四版。

〈狂人日記〉是科幻小說嗎？

習以為常的現實就可能被拆解。狂人逾矩"看的恐懼"，在不舒適的真實事件中一直延伸看的深度，他看到許多吃人的事件，除了歷史書記載的，還有他從身邊看到的、聽到的，包括徐錫麟、秋瑾在小說中作為匿名人物的被吃，這是超出正常現實感的事件，在最初作為"虛擬"真實呈現的吃人，歸根到底是拆解現實觀的"真實"事件。[44] 狂人絕望了，如果他也是這個文本建立的世界的一部分，他永遠喪失了有確定性的現實感，無法回到現實世界。這注定了他相信文字和思想虛擬的真實，即便那真實是虛無的，但他拒絕現實有確定性的安定與舒適：

> 有我所不樂意的在天堂裏，我不願去；有我所不樂意的在地獄裏，我不願去；有我所不樂意的在你們將來的黃金世界裏，我不願去。
>
> ……
>
> 嗚乎嗚乎，我不願意，我不如彷徨於無地。[45]

---

44 薛毅、錢理群〈《狂人日記》細讀〉提出從字面意義上理解真實的"吃人"，而不是象徵意義上的文化"吃人"："作為常人的讀者，如何才能理解狂人的這種言說的真理性？〈狂人日記〉的接受史表明，'吃人' 是被理解成象徵意義上的行為 …… 這是啟蒙主義時期的常人讀者的理解。換言之，在這種常人讀者那裏，'吃人' 一詞由狂人的言說被復原或翻譯成常人可理解的可接受的常人的言論。"但論者指出，"吃人"事件在"日常生活中，它隱藏在深不可測的地方。"該文將魯迅呈現的真實的"吃人"含義作為集體無意識欲望解釋，因此與每個人的日常行為有關，但卻不為人在現實層面覺察。此文刊登於《魯迅研究月刊》1994 年第 11 期，第 13-21 頁。

45 魯迅，〈影的告別〉，《魯迅全集》第二卷（北京：人民文學出版社，2005 年），第169 頁。

四、沒有結論

作為科學青年、科幻青年的周樹人，和後來作為文學家的魯迅，有何種關聯？學者們常常說，民國之後，科學小說消隱，寫實主義興起。科學小說的消隱，變成一個文學史上的難題。為什麼提倡賽先生的年代，科學小說卻失去了讀者的青睞？直到中國文學經歷過許多次運動，到了二十一世紀初期，中國科幻小說再次經歷創世紀的時刻。

對於許多問題，本文沒能夠提供一個確定的答案。包括〈狂人日記〉是否是一篇科幻小說。然而如果不帶成見去閱讀〈狂人日記〉，我們是否會顛倒文學史秩序，試圖把〈狂人日記〉看作科幻新浪潮的先驅？假設 —— 第一次閱讀〈狂人日記〉的讀者，即如同在一九一八年五月翻看《新青年》雜誌的讀者那樣，我們在這個文本中感受到的，或許會和今天閱讀〈醫院〉、〈地鐵〉的感受有些相似。現實是不對的。何為真實？狂人在字縫裏讀出了吃人 —— 這是一個顛覆現實感的令人不安的"虛擬"的真實？一百年後，韓松小說中北京地鐵裏蛻化的人在吃人；劉慈欣太空史詩中的星艦文明在倫理上爭論吃人的必要性。吃人是病理的體現，文明的病症，文學的隱喻，真實的話語？魯迅藉此寫出一個讓人不安的世界，顛覆了我們對於日常生活的感受。中國科幻新浪潮在魯迅寫作〈狂人日記〉一百年後的今天，也正是做到了這一點。回到未來，我們發現世界不對了。

在一個更大的世界背景下看，魯迅所在的時代，正在經歷一次美學與物理學雙重大地震。一九〇〇年前後，牛頓力學開始受到普魯士物理學家們的挑戰。此前，牛頓力學具有理所當然的正確性，符合實驗和推算的結果，符合一切可以看到的現實規範。二十世紀第一年，在柏林的普朗克，因為鑽研黑體輻射問題，發現了看不見的普朗克常數（量子），從這時開始，整個可以看到的牛頓力學世界，以及它所對應的帝國秩序與文化藝術，開始被看不見的幽靈干擾。差不多同時，經由維爾納、布拉格、柏林發生的"世紀末"降臨西方，吳爾芙（Virginia

　　　　　　　　　　〈狂人日記〉是科幻小說嗎？

Woolf）說她感到人性在一九一〇年某一天改變了。[46] 弗洛伊德心理學在資產階級明媚生活中落下潛意識的陰影，畢加索、斯特拉文斯基、艾略特、普魯斯特、卡夫卡改變了藝術中的人的形象。沒有證據說明魯迅瞭解現代物理學的發展，或者對西方現代主義者如普魯斯特或卡夫卡感到興趣，但作為中國現代文學創始人的魯迅，恰在這個相同的時空體中寫作〈狂人日記〉。[47]

　　一九一八年四月，魯迅在補樹書屋寫作〈狂人日記〉，他寫的是一篇無可名狀的小說，異象幻覺重重疊疊，透過虛擬的情境展示的真實事件驚心動魄。這篇小說引起中國文藝的地震，其迴響直到今天仍然不曾止息。但當時，〈狂人日記〉是一個異數，即便作者也無法確定自己喜歡它 —— 整整一年以後，魯迅發表〈孔乙己〉，中國寫實主義文學可以模仿的範本出現。〈狂人日記〉文本的黑暗輻射，伴隨魯迅一生的寫作，到一百年後通過新浪潮科幻作家的想像重新照亮了現實中"不可見"的維度，他們筆下再次如〈狂人日記〉那樣引發了世界觀的變革。

2018 年 3 月 21 日，英文初稿

2019 年 11 月 28 日，中文初稿

2020 年 2 月 21 日，修改

---

46 Virginia Woolf, "Character in Fiction", *The Essays of Virginia Woolf*, vol. 3 (New York: Houghton Mifflin, 1988), p. 421.

47 魯迅的同時代人有一位夏元瑮（1884-1944），其父是參與小說改良的夏曾佑，後者與魯迅有些交集，《域外小說集》的獲贈人中就有夏曾佑的名字。夏元瑮在一九〇五年出國留學，學習力學，一九〇九年開始就讀於普朗克門下，一九一三年回國，嚴復聘其為北京大學理科學長，一九一七年蔡元培接任北大校長，夏元瑮仍繼任理科學長。一九一八年修訂理科課程，提出增設"相對論"、"原量論"等課程，說明那時候在新文化中心，有人熟悉相對論和量子力學。參考武際可，《近代力學在中國的傳播與發展》（北京：高等教育出版社，2006 年），第 115 頁。

青年魯迅與世界文學

崔文東
香港城市大學助理教授

一、緣起

　　過去的八年時間裏，李歐梵老師在香港中文大學持續開設研究生討論課 "人文重構：中國文化的跨學科研究"。我與這門課程緣分匪淺，攻讀博士期間先後旁聽了兩輪，選修一次。畢業兩年後，我回到中文大學任教，又開始協助老師講授這一科目。任憑時光流轉卻仍樂此不疲，緣於課程內容異彩紛呈，並且每年都在變換主題 —— 或是中西文學經典對讀，或是視覺研究，或是晚清文學文化研究，不斷拓展著我的視野。今年適逢 "五四" 一百週年，這個春季討論課的主題遂定為 "晚清民初時期 '新知' 的生成與傳播"。大概因為我剛剛在中文系教授了 "魯迅研究"，所以從老師那裏得到一篇半命題作文，在課上主講一次魯迅。

　　然而，關於魯迅的話題千頭萬緒，如何才能切合課程要求呢？去年末的一個冬日午後，我曾向老師徵求意見，誰知討論一旦展開就停不下來。在談及近年的世界文學研究時，老師驟然來了興致，連珠炮一般向我發問：關於《域外小說集》有什麼最新的研究？究竟魯迅是根據什麼德文材料翻譯《域外小說集》中的三篇俄國小說 —— 安特來夫（Leonid Andreyev, 1871-1919）的〈謾〉與〈默〉，以及迦爾洵的（Vsevolod Garshin, 1855-1888）〈四日〉？這關係到什麼樣的世界文學視野？在那個時刻，我的腦海不禁靈光一現：討論課上的報告就以"青年魯迅與世界文學"為題吧。

　　一如既往地，我開始在李老師的追問下摸索答案。原本的設想是，依靠前人研究應該可以解答疑惑，課堂上的報告就當作一次學習與分享。畢竟，魯迅的方方面面似乎都被考察得題無剩義，更何況是《域外小說集》這樣的熱門話題？隨著閱讀的深入，我卻吃驚地發現，其實並沒有學者真正解答過李老師的疑問。當然有啟發的研究並不少見，最為相關的有三部。首先是韓南（Patrick Hanan）先生的名文〈魯迅小說的技巧〉[1]，開篇即藉助周作人的回憶，梳理了魯迅所受的外國作家的影響。韓南先生很有遠見地指出，魯迅在很大程度上是藉助德語翻譯來閱讀世界文學作品的，尤其是"瑞克蘭姆世界文學叢書"（Reclam）與翻譯文學雜誌，扮演了至關重要的角色。第二部是以色列特拉維夫大學 Mark Gamsa 教授的專著《俄國文學的中文翻譯》，關於安特來夫的章節詳細羅列了魯迅譯作可能的來源，但是未給出定論。[2] 最近的是中國社科院熊鷹博士的〈魯迅德文藏書中的"世界文學"空間〉[3]，乃是就魯迅德文藏書整體立論，尤其關注魯迅閱讀的德語世界文學史與"瑞克蘭姆世界文學叢書"的影響，強調魯迅建構了"弱小民族文學"的視野，從而顛覆了日耳曼中心主義。上述研究激發了我的好奇心，青年魯迅的文學事業究竟與德國的"世界文學"有何關聯？《域外小說集》究竟取自德國哪些"世界文學"資源？

1　Hanan, Patrick, "The Technique of Lu Xun's Fiction", *Harvard Journal of Asiatic Studies*, No.34, 1974, pp.53-96.

2　Mark Gamsa, *The Chinese Translation of Russian Literature: Three Studies*. (Leiden: Brill, 2008).

3　熊鷹，〈魯迅德文藏書中的"世界文學"空間〉，《文藝研究》2017 年第 5 期，第 38-46 頁。

二、探索的旅程

　　若想深入研究這一議題，首先需要確認的事實就是：魯迅閱讀了哪些德語翻譯的世界文學作品？他又如何從中挑選篇章譯成中文？好在魯迅的絕大部分外文藏書得以留存，現藏於北京魯迅博物館，該館又曾編撰《魯迅手跡和藏書目錄》，可供研究者按圖索驥。以魯迅最鍾愛的安特來夫為例，依據目錄，魯迅藏有八種德文翻譯的短篇小說集與長篇小說。雖然該目錄並未列出這些短篇小說集收錄的具體篇目，但是藉助網絡資源，我判斷收入〈謾〉（Die Lüge）與〈默〉（Das Schweigen）的德文譯本至少有三種：[4]

1. 書名：Erzählungen. 譯者：Elisawetinskaja, Yorik Georg. 出版信息：Stuttgart: Deutsche Verlagsanstalt, 1902.

   篇目：In düstere Ferne, Einst lebten sie, Walja, Petrowitsch, Die Lüge, Das Schweigen

2. 書名：Novellen. 譯者：Alexis von Krusenstjerna. 出版信息：Leipzig: Reclam, 1903.

   篇目：Schweigen, Wolli, Die Sturmglocke, Das Engelchen, Lachen, Lüge, In unbekannte Ferne

3. 書名：Der Abgrund und andere Novellen. 譯者：Theo Kroczek. 出版信息：Halle/Saale: Otto Hendel, 1905.

   篇目：Der Abgrund, Das Engelchen, Das Lachen, Kussaka, Die Lüge, Das Schweigen, Die Sturmglocke, Walja, In düstere Ferne, Die Kartenspieler, Sergeij Petrowitsch, Petka in der Sommerfrische, Die Heimat, Im Nebel,

---

4　北京魯迅博物館編，《魯迅手跡和藏書目錄》第三集（內部資料，1959 年），《西文部分》，第 27-28 頁。

Am Fenster, Im Krankenzimme

此外，前蘇聯學者謝曼諾夫（Vladimir Semanov）在其專著《魯迅和他的前驅》中提出過另一部候選譯本：[5]

4. 書名：Die Lüge. 譯者：Nadja Hornstein. 出版信息：Dresden: H Minden, 1902.

  篇目：Die Lüge, Petka in der Sommerfrische, Der Abgrund, Das Schweigen, Die Geschichte des Sergej Pjetrowitsch, Das Lachen, Groß-Schlemm

不過，此版本並不見於魯迅藏書目錄，謝曼諾夫的結論主要依據文本對讀。但考慮到現存魯迅藏書當非完璧，權且將此書也計算在內。

隨之而來的挑戰，就是如何獲得這些出版於百年之前的德文舊書。最直接的解決方案自然是親身上京訪書，但我聽聞北京魯迅博物館關卡重重，不免有些望而卻步。縱然有幸拜讀，在京時間有限，若不能複製，也難以對讀文本仔細研究。萬幸的是，生活在網絡時代的研究者可以乞靈於電子資源。雖然德文舊書的數據化遠遠不及英文舊書，不過由於“瑞克蘭姆叢書”發行量大，我很快就下載到了書2的電子版。隨後，我又得到北京大學中文系張麗華師姐的幫助，[6]獲取書3的相關篇章，是她當年在海德堡大學圖書館掃描所得。至於其他版本，當時以為只能等待未來尋找機會去德國錙銖積累了。

沒想到，轉機接踵而至。因為得到文學院的資助，今年夏天我赴英國訪書，以便完成另一個研究項目。行前突然想到英德兩國相距不遠，英國會不會也

---

5 Vladimir Semanov, translated and edited by Charles J. Alber, *Lu Hsün and his Predecessors* (White Plains, N.Y., M. E. Sharpe. 1980), P. 138.

6 張麗華一直關注《域外小說集》，雖未直接討論魯迅譯文的底本問題，但其著作中有所涉及。參見張麗華，《現代中國“短篇小說”的興起：以文類形構為視角》（北京：北京大學出版社，2011年）；張麗華，〈“誤譯”與創造：魯迅〈藥〉中“紅白的花”與“烏鴉”的由來〉，《中國現代文學研究叢刊》2016年第1期，第64-78頁。

收藏有相關圖書呢？我在網上稍稍檢索，竟然不出所料——利茲大學特藏部蒐集有大量俄國文學譯本，其中就包含了書3與書4。於是，我特地安排了兩天時間赴利茲訪書。更令人驚喜的是，我剛到館，就遇見古道熱腸的館員理查德·戴維斯（Richard Davies）先生。老先生是新版俄文安特來夫全集的編者之一，一直關注各個語種的翻譯，在收到我預約圖書的郵件後，早已經準備了相關資料的複印件供我參考。事實上，東德學者 Martin Bevernis 於一九六四年完成的博士論文即探討安特來夫的德文翻譯，文末羅列了相關清單，戴維斯先生據以製作了電子版，省卻我許多爬梳資料的功夫。我回到香港之後，戴維斯先生又購買到書1，很快寄來電子版。如此一來，不到半年時間，魯迅閱讀過的德譯安特來夫短篇小說集全部納入囊中。我不免在郵件裏向戴維斯先生感慨："歷史上收藏安特來夫小說德譯本最多的人，除了魯迅，也就是你我二人了。"

這些譯本所收的短篇小說其實大同小異，區別主要在於譯者與出版社。二十世紀初，如此多的譯者前赴後繼，如此多的版本接連問世，足以想見安特來夫風靡德國的盛況。而身為窮學生的青年魯迅，竟不惜花費時間與金錢，孜孜不倦地收集各類版本，亦足以證明他對這位俄國作家的迷戀之深。對照魯迅的譯文與上述德語譯作，可以初步判斷書3為翻譯的藍本。但是，依據魯迅嗜書如命的個性，我猜想他不大可能將其他版本束之高閣，其間或多或少也會留下他批注或者閱讀的痕跡。其他譯者的努力與《域外小說集》的誕生，未嘗不存在著千絲萬縷的關聯。當然，要證明這一點，必定只能俟諸來日了。

除了德文書，事實上魯迅也購買了大量德文雜誌。一般人往往對藏書鄭重以待，舊雜誌則隨讀隨棄。魯迅大概也不能免俗，所以在藏書目錄裏，這些文本已不見蹤影。韓南先生的論文獨具慧眼，最早強調雜誌的重要性。如前所述，他所依據的是周作人的回憶：

> 德文雜誌中不少這種譯文，可是價太貴，只能於舊書攤上求之，也得

了許多，其中有名叫什麼 Aus Fremden Zungen（記不清楚是否如此）的一種，內容最好，曾有一篇批評荷蘭凡藹覃的文章，豫才的讀《小約翰》與翻譯的意思實在是起因於此的。[7]

上網查找資料，可以發現 Aus Fremden Zungen（可以譯作《來自域外的聲音》）創刊於一八九一年，一九一〇年停刊，是一部純粹的翻譯文學雜誌。令人驚訝的是，關於這份雜誌的研究極少，僅有捷克學者 Lucie Merhautová 在其近著《平行線與交叉點：德國現代主義雜誌中的捷克文學（1880–1910 年）》中設專章討論。[8] 顯而易見，此書關注的是捷克文學在德國的接受，但是對這份雜誌的梳理相當詳盡。根據此研究，我們可以清晰看到《來自域外的聲音》直接響應了歌德（Johann Wolfgang von Goethe, 1749-1832）的呼籲：＂我們旨在將傑出的外國文學傳遞給知識階層，藉助我們的雜誌描繪世界文學的圖景。＂就此而言，我們完全可以將其稱作世界文學雜誌。

有趣的是，對照安特來夫小說的德譯目錄，可以發現《來自域外的聲音》也刊載了不少譯文：

In düstere Ferne [Aus fremden Zungen, 2/13 (July 1902), 606-608]

Einst lebten sie [Aus fremden Zungen, 2/14 (July 1902), 659-669]

Walja [Aus fremden Zungen, 2/15 (August 1902), 691-697]

Sergeij Petrowitsch [Aus fremden Zungen, 2/16 (August 1902), 742-756]

7　周作人，〈關於魯迅之二〉，止庵編，《周作人自編文集：瓜豆集》（石家莊：河北教育出版社，2002 年），第 166 頁。

8　Lucie Merhautová: *Paralely a průniky. Česká literatura v časopisech německé moderny (1880–1910)* (Praha: Masarykův ústav a Archiv AV ČR, 2016).

Das Schweigen [Aus fremden Zungen, 1/3 (1906), 131-135（譯者：C Treller）]

其中前四篇均收入了書 1，第五篇是〈默〉的另一個德譯本。我們沒法判斷魯迅當年曾購得哪些年份的舊刊物，但是屢屢出現的關於安特來夫與俄國文學的頁面，多少會在他心中留下投影。

不過，雜誌對青年魯迅更直接的影響，可能在於其廣闊的世界文學視野。譬如一九〇五年出版的第三卷與第四卷，題名為《外國的短篇小說、故事、小品與詩歌》（Novellen, Erzählungen, Skizzen, Lyrik des Auslandes），按照國別收入保加利亞、丹麥、英國、愛沙尼亞、法國、希伯來、荷蘭、冰島、意大利、日本、克羅地亞、新希臘、挪威、波蘭、羅馬尼亞、俄國、瑞典、捷克、土耳其、烏克蘭等諸多國家的作品，涵蓋的語種之多，令人驚嘆。

這不免使我再度想起周作人的回憶：

> 每月初各種雜誌出版，我們便忙著尋找，如有一篇關於俄文學的紹介或翻譯，一定要去買來，把這篇拆出保存，至於波蘭自然更好，不過除了《你往何處去》、《火與劍》之外不會有人講到的，所以沒有什麼希望。此外再查美、德文書目，設法購求古怪國度的作品，大抵以俄、波蘭、捷克、塞爾比亞、勃耳伽利亞、波思尼亞、芬蘭、匈牙利、羅馬尼亞、新希臘為主，其次是丹麥、璐威、瑞典、荷蘭等，西班牙、意大利便不大注意了。[9]

周作人所謂"古怪國度的作品"，基本不出《來自域外的聲音》取材的範疇，只不過周氏兄弟的側重點主要在於東歐國家，兼及英、美、法等國，對照

9　周作人，〈關於魯迅之二〉，第 166 頁。

《域外小說集》第一、二冊的選目，不難確認這一特徵。至於"外國的短篇小說、故事、小品與詩歌"這一專輯名稱，不也與"域外小說集"異曲同工？換言之，《來自域外的聲音》提供了一個德國版本的世界文學圖景，魯迅以之為參照，加以調整，構成了《域外小說集》與眾不同的視野。

三、初步的猜想

以往關於魯迅與世界文學的研究，大多以日本為參照，箇中典範即北岡正子的《摩羅詩力說材源考》：[10] 魯迅筆下歐洲浪漫主義詩人的事跡，大多取自明治日本出版的各類詩人傳記與文學史著作。雖然眾人皆知魯迅通曉德文，周作人也反覆強調，但是魯迅與德語世界文學的關聯並沒有得到充分研究。在李歐梵老師的追問下，經過一番探索，我深感這一課題值得持續鑽研。囿於時間，目前只能先提出初步的猜想。

首先，德語世界文學資源直接影響了青年魯迅的閱讀趣味。我們不妨仍以安特來夫為例。魯迅留日期間，日本譯者已著手翻譯其代表作，英文世界也開始關注安特來夫，但是相較於德國的翻譯盛況，皆無法望其項背。我們不妨設想，魯迅若不是經由丸善書店購買德文譯本，是否還能如此全面地了解安特來夫？而魯迅若不是在崇尚德國文化與制度的明治日本留學，又怎能如此輕易地獲得德文翻譯？由於不通俄文，我目前無法判斷德語譯文的質量，但是就魯迅對安特來夫的接受來看，這些譯作應該較為完整地傳達了原著的格調。正是以德國的世界文

---

10 北岡正子著，何乃英譯，《摩羅詩力說材源考》（北京：北京師範大學出版社，1983年）；北岡正子，《魯迅文學の淵源を探る："摩羅詩力說"材源考》（東京：汲古書院，2015年）。

學翻譯為中介，魯迅與安特來夫產生共鳴，這極大地影響了他後來的創作，甚至也影響到中國現代文學的走向。

與此同時，德語世界文學資源也塑造了青年魯迅的文學視野。我們還是回到《域外小說集》，全書收入歐美短篇小說十六篇，以東歐、俄國作品佔大宗。這一與眾不同的的世界文學圖景既超拔於晚清文壇，也超越了明治日本文壇。恰如周作人回憶的那樣，雖然兄弟二人對日文翻譯的域外小說孜孜以求，但是往往所得有限。換言之，明治日本的世界文學翻譯，對於周氏兄弟而言只是杯水車薪。在此背景下，德語的世界文學譯本與世界文學雜誌無疑為青年魯迅打開了一片廣袤的天地，無論翻譯的數量、涉及的語種與作家，都遠非日本文壇所能企及。換言之，魯迅是以德文為橋樑，接引德國的世界文學觀念與實踐，從而形塑了《域外小說集》的視野、形式與選材。就此而言，我們完全可以將《域外小說集》視作德語世界文學觀念及其實踐在中文世界的迴響。

五四之後與
五四之傷

李怡
四川大學教授

今年，到處在紀念作為社會運動的"五四百年"，而作為思想文化潮流的"五四新文化運動"則過了百年，新文化運動的百年並沒有如此廣泛的紀念，這是現實存在著的社會運動與思想文化潮流的客觀反差。它提醒我們：百年中國，最能夠吸引我們眼光的還是與社會政治事件相關的部分，思想文化的思潮常常還是被置放在社會政治運動的邏輯中加以確認，作為思想文化潮流的五四也需要在社會政治的取向上加以審視和敘述，這是"由來已久"的事實 —— 正如大陸中國長期將五四作為"新民主主義革命"的開端，國民黨時代也曾指責"自由主義"的"五四"背棄了"中國固有的文化精神"，或者用"青年藝術節"來置換其中的嚴肅內涵。

五四之後，完整的五四已然不在，或者說，五四之傷已經存在。這個"傷"就是損害、損傷，是對五四歷史完整性的破壞。

五四之後的主流歷史敘述，基本上是將那段歷史描述為一種勢不兩立的"戰爭"格局，這就形成"五四之傷"的烽火硝煙，也始終將五四文化"顛倒撕裂"為實用的工具。

主流的歷史敘述告訴我們：五四新文化風潮就如同五四運動的抗議／鎮壓的雙方一般在"你死我活"的鬥爭中發展，最終，是代表歷史"進步"方向的是新文化經過"幾個回合"的鏖戰，終於取得了最後的"勝利"，其間出現的反對者 —— 國粹派、學衡派、甲寅派等等不過都是企圖拉歷史倒車的跳樑小丑，注定將被前進的車輪碾得粉粹，新文化完成的是摧枯拉朽般的"反帝反封建"。這樣的敘述不僅沒有在革新／保守、新文化／舊傳統之間留下任何騰挪活動的空間，解釋更多、更複雜的歷史現象，而且，這種非黑即白的對立鬥爭思維又直接地服務於特定時代的政治目標，一旦隨著時代的變遷，政治目標也發生改變的時候，它竟然也可以立即顛倒方向，先前的讚揚立即翻轉為尖銳的批評，在所有的論據都無須作絲毫調整的時候，也可以調轉槍口，顛倒結論，例如，在過去，我們極力強調新文化領袖如何意志堅定、旗幟鮮明，經過"幾個回合"毫不妥協的鏖戰，終於取得了最後的"勝利"，那時為了突出"反帝反封建"的徹底性，論證"新民主主義革命"區別於"舊民主主義革命"的偉大之處；但是，隨著"傳統文化"升溫，"國學"復興呼聲大漲，五四新文化的"反傳統"一夜之間似乎又成了可疑的行為，時代將五四新文化推到了"偏激"、"激進"的風口浪尖，於是，同樣的歷史證據便立即得出了相反的結論：新文化的獨霸"摧毀"了"優秀的傳統"，亟待我們加以檢討。清點近年來學界關於"五四"的批評，至少包括七大方面的內容：

一、少數知識分子的偏激導致了全民族文化的悲劇；

二、徹底反傳統、割裂民族文化傳統；

三、唯我獨尊，充滿了話語"霸權"；

四、引入線性歷史發展觀、激進主義的文化態度，導致了現代中國一系列文化觀念上的簡陋甚至迷失；

五、客觀上應和了西方的文化殖民策略；

六、開啟了現代專制主義與特別是"文革"思維的源頭；

七、白話取代文言，破壞了中華民族的語言流脈。

套用今天的一個說法，可謂是五四"七宗罪"。圍繞以上諸方面的指責，其所依據的事實其實都早已被一再提及，只不過先前一般都用在論證五四"反帝反封建"的徹底性上，今天不過是調轉方向，證明其的確"蠻橫霸道"地否定了傳統文化。從過去的肯定到今天的否定，我們討論五四新文化思潮的方式和邏輯並沒有太大的變化，五四的思想分歧始終都被描述成為一場想像中的似是而非的激戰，這樣的似是而非，這樣的論證的非穩定狀態，其實昭示出的還是一種想像的扭曲。今天，五四新文化運動百年紀念一點都不能減少圍繞它的種種爭論。問題是：他們談論的是同一個"五四"嗎？"五四"究竟是什麼？它是怎樣"構成"的？"五四"可以分層認識嗎？在總體上實現了什麼功能？分析近年來那些對"五四"的批評，我們可以發現一個多少讓人有些驚訝的現實，那就是一系列基本史實其實都還充滿了迷霧，我們的不少批評性的判斷竟然是建立在許多虛幻不實的敘述的基礎之上。我以為，以"傳說"而不是事實為基礎，正是五四新文化運動被任意塗抹的主要原因。

完整的"五四"依然等待我們去補充。

五四思想文化發展的整體格局究竟是怎樣的呢？在我看來，其最大的特點便是它不僅為我們探索現代思想文化、新文化的發展可能，同時又在論爭中逐漸形成了一個現代知識分子共同的"思想對話的平台"，恰恰是後者，曾經相當有效地保證了現代思想分歧和思想論爭如何最終形成了探索的活力、張力而不是彼此牽絆的阻力。

五四文化的發展是在一系列新／舊、東／西、古／今論爭中展開的，因此，要理解五四文學，首先就需要理解這些思想論爭對於文化發展的特殊價值。在我看來，論爭看似激烈，卻並沒像我們曾經所描述的那樣有多麼的"斷裂"，多麼的勢不兩立，甚至，其中的"偏激"之聲也並不具有真正的破壞性，"保守"之詞亦並不如我們所想像的那麼可怕。重要的是，這些不同的思想其實建構起來一種"鬥而不破"的思想的平台，而不同思想的探求卻在最終為五四新文化的發展拓展了空間。

在一百年後的今天，我們應當認真掂量這一"平台"存在的重要意義。

作為現代中國諸階層、諸文化的共同思想平台，"五四"很難根據其中某種思想的單一的表現來加以界定。例如，今天我們對五四新文化運動"偏激"的印象其實是來自於激進革命的話語，而這樣的理解，其實不過是一個省略了的"五四"、單一的也很不真實的"五四"。以《新青年》為陣地的新文化運動的倡導者被我們稱為"五四新文化派"，除了這一派，或者說除了這一派別中某些"曾經"偏激的重要人物外，同樣存在於五四的知識分子群體是否還有其他？他們是被歷史排斥在外了呢，還是有機地構成了歷史的一部分？作為現代中國的共同思想平台，是否也有不同傾向的文化人的參與？除了積極致力於新文化運動的人們，我們是否還存在一個更大的參與時代主題的知識分子群落 —— 姑且稱之為"五四文化圈"？我想答案肯定。比如梁啟超。

在一般人印象中，戊戌失敗後流亡異邦的梁啟超曾經大力學習西方文化，倡導了中國文學與文化在一系列領域的改革，對中國傳統價值觀念進行大膽的批判，然而一九一八年底，梁啟超赴歐，在接觸瞭解西方社會的許多問題和弊端之後，卻轉而宣揚西方文明破產論，主張光大傳統文化，用東方的"固有文明"來"拯救世界"，思想趨於保守，對五四新文化運動多有批評，甚至就是五四新文化運動的敵對者。其實，歐遊歸來的梁啟超雖然確有思想上的重要變化，但對這一場正在導致中國變革的文化運動卻抱有很大的熱情和關注，甚至認為它們從總體上符合了他心目中的"進化"理想："曾幾何時，到如今'新文化運動'這句話，成了一般讀書社會的口頭禪。馬克思差不多要和孔子爭席，易卜生差不多要推倒屈原。這種心理對不對，另一問題，總之這四十幾年間思想的劇變，確為從前四千餘年所未嘗夢見。比方從前思想界是一個死水的池塘，雖然許多浮萍荇藻掩映在面上，卻是整年價動也不動，如今居然有了'源泉混混，不捨晝夜'的氣象了。雖然他流動的方向和結果，現在還沒有十分看得出來，單論他由靜而動的那點機勢，誰也不能不說他是進化"[1]。針對當時一些守舊人士的懷疑指謫，梁啟超提出："凡一個社會當過渡時代，魚龍混雜的狀態，在所不免，在這個當口，自然會有少數人走錯了路，成了時代的犧牲品。但算起總帳來，革新的文化，在社會總是有益無害。因為這種走錯路的人，對於新文化本來沒有什麼領會，就是不提倡新文化，他也會墮落。那些對於新文化確能領會的人，自然有法子鞭策自己、規律自己，斷斷不至於墮落。不但如此，那些借新文化當假面具的人，終久是在社會上站不住，任憑他出風頭出三兩年，畢竟要摒出社會活動圈以外。剩下這些在社會上站得住的人，總是立身行己，有些根柢，將來新社會的建設，靠的是這些人，不是那些人。"[2] "革新的文化，在社會總是有益無害。"梁啟超的這個重要結論，保證了他作為現代中國知識分子對新文化發展的大致肯定，因此，他理所當然地成為了五四思想平台的一員。

那麼，那些在五四時期對新文化運動激烈反對的人們又怎樣呢？例如被文學史描繪已久的五四新文化運動的三大反對勢力——學衡派、甲寅派與林紓。

人們長期以來追隨新文化運動主流（"五四新文化派"）人物的批評，將學衡派置於五四新文學運動的對立面，視之為阻擋現代文化進程的封建復古主義集團，甚至是"與反動軍閥的政治壓迫相配合"的某種陰暗勢力，其實，吳宓、胡先驌、梅光迪、劉伯明、湯用彤、陳寅恪、張蔭麟、郭斌和等都是留洋學生，學衡派中的主要成員都接受過最具有時代特徵的新學教育，目前也沒有證據表明他們與反動軍閥如何勾結配合，《學衡》竭力為我們提供的是它對中西文化發展的梳理和總結，是它對中西文學經驗的認識和介紹。他們並不是一味地反對文學的創新活動，正如吳宓自述："吾唯渴望真正新文化之得以發生，故於今之新文化

---

1 梁啟超，《飲冰室合集》第 39 卷（北京：中華書局，1989 年），第 39-48 頁，

2 梁啟超，〈辛亥革命之意義與十年雙十節之樂觀〉，《飲冰室合集·文集之三十七》（北京：中華書局，1989 年）。

運動，有所訾評耳。"[3] 這就是說，他所批評的不是新文化和新文學，而是目前正以"不正確"的方式從事這一運動的人，吳宓表白說："世之譽宓毀宓者，恆指宓為儒教孔子之徒，以維護中國舊禮教為職志。不知宓所資感發及奮鬥之力量，實來自西方。"[4] 由此觀之，學衡派其實應當屬現代中國知識分子中的一個思想文化派別，同倡導"文學革命"的"五四新文化派"一樣，他們也在思考和探索現代中國文化和文學的發展道路，他們無意將中國拉回到古老的過去，也無意把中國文學的未來斷送在"復古主義"的夢幻中。在思考和探討中國現代文化的現實與未來方面，學衡派與其說是同各類國粹主義、復古勢力沆瀣一氣，還不如說與五四新文學運動的倡導者們有更多的對話的可能。

今天我們對甲寅派的描繪其實最為籠統和不真實，其實在日本創辦《甲寅》月刊的章士釗恰恰在政治文化的理論探索方面完成中國傳統結構的根本突破，《甲寅》月刊無論是思想追求還是作者隊伍都為《青年雜誌》(《新青年》)的出現奠定了堅實的基礎，一九二二年正值新文化運動中的胡適對此是感念甚多的，他在〈五十年來中國之文學〉一文中首先提出了"甲寅派"這一名詞："甲寅派的政論文在民國初年幾乎成為一個重要文派"，並稱高一涵、李大釗、李劍農三人都是"甲寅派"主將。到後來章士釗任職北洋政府、《甲寅》以週刊形式在京復刊，其反對新文化派的種種表現並不能扭轉《甲寅》月刊曾經通達新文化運動這一重要歷史過程，而在總結新文化運動歷史的後人眼中，也依然承認落伍的《甲寅》週刊"若是僅從文化上文學上種種新的運動而生的流弊，有所指示，有所糾正，未嘗沒有一二獨到之處，可為末流的藥石。"[5]

至於一九一九年的林紓，雖然在上海《新申報》上發表〈荊生〉、〈妖夢〉，

3　吳宓，〈論新文化運動〉，《學衡》第四期。

4　吳宓，《吳宓詩集》卷末，《空軒詩話》(上海：中華書局，1935 年)，第 197 頁。

5　陳子展，《最近三十年中國文學史》(上海：上海古籍出版社，2000 年)，第 305 頁。

以人身攻擊的方式引發了新文化陣營的口誅筆伐，以至有當代學者提出了“是文化保守主義還是文化專制主義”的嚴厲批判，不過，這也不能改變正是林譯小說開啟了西方文學大規模進入中國的風潮、從而改變文化生態，最後走向新文學運動與新文化運動的重要現實。

與《新青年》“新文化派”展開東西方文化大論戰的還有《東方雜誌》。作為“東方文化派”的一方如杜亞泉等人同樣具有現代文化的知識背景，同樣是現代科學文化知識的傳播者。

梁漱溟的《東西文化及其哲學》曾被視作“五四”東西文化論戰中最有分量的理論著作，但就是這樣一本著作卻包含了“五四”文化選擇時期最複雜的信息。就努力揭示西方文化負面意義、維護中國傳統文化的道德價值而言，梁漱溟顯然與五四新文化派有異，然而有意思的卻在於，他最後為中國文化發展開出的藥方卻依然是“全盤承受”西方文化，這裏無疑又包含了論者對於中國文化衰弱現實的深刻體會。深刻介入五四話題的梁漱溟顯然是主動進入了五四思想平台。

今天，在重新評價五四“文化保守主義”傾向的時候，人們不斷將揭示西方文明弊端的美譽賜予這些傳統文明的辯護者，好像在這一點五四新文化派都一律“偏激”，一律因為“崇洋”而缺乏對異域文化的嚴肅審視，其實早在日本留學時期，像魯迅這樣的新文化先驅就充分意識到了西方文明的物質主義問題，一九〇七年的〈文化偏至論〉就一針見血地指出：“遞夫十九世紀後葉，而其弊果益昭，諸凡事物，無不質化，靈明日以虧蝕，旨趣流於平庸，人唯客觀之物質世界是趨，而主觀之內面精神，乃捨置不之一省。重其外，放其內，取其質，遺其神，林林眾生，物欲來蔽，社會憔悴，進步以停，於是一切詐偽罪惡，蔑弗乘之而萌，使性靈之光，愈益就於黯淡：十九世紀文明一面之通弊，蓋如此矣。”

一個傳統文明的辯護者（如梁漱溟）主張的是對西方文化的“全盤承受”，一個大力倡導“拿來主義”的新文化主將（如魯迅）同樣也是西方文明之弊的洞察人，這就是五四，一個中外文化視野混合，“新”、“舊”交錯的時代，居於這個時代的許多知識分子同樣出現了思想的交錯與混合，儘管他們彼此有那麼多的意見分歧，但同時也有著那麼多的共同話題，而就是這樣或顯著或潛在的共同關懷，促使了一個更為廣闊的“五四”思想的存在。

而可以彼此討論和對話的思想的分歧不是破壞了歷史發展的總體目標，它帶來是“必要的張力”，張力之中，文學便有了向多方面突進的動力，也有了廣闊的未來。或者說，正是這些知識分子的色彩斑斕又處於同一歷史過程中的事實形成了現代文化發展的基本的彈性和必要的張力，形成了現代中國文化在總體上的健康與寬大，所以無論我們能夠從胡適、陳獨秀等人那裏找到多少表達“二元對立”的絕對化思維的言論，我們都不得不正視這樣一個重要事實：中國的現代文化並沒有因為這些先驅者簡單的新／舊對立言辭而變得越來越簡單，而是越來越豐富，越來越多樣和有韌性。分歧、矛盾的思想傾向的存在反過來恰恰證明了現代中國文化自五四開始的一種新的富有活力的存在，不同趨向的各個方面的有機的、張力性的組合其實保證了現代文化發展的內在彈性和迴旋空間，而在思想交鋒中坎坷成長的新文化也就尤其顯示了自身的韌性——它畢竟經受住了來自方方面面的質疑和挑戰，這難道不正是現代中國文化、不是現代中國文化之中扮演拉動力的五四新文化最富魅力的所在？在這樣的豐富、複雜的文化環境中蓬勃向上的中國文化不就與中國古代文化形成了最顯著的“結構性”的差別嗎？

以五四思想文化發展所形成的這種“思想對話平台”來梳理現代歷史的進程，我們就會發現，隨著中國社會長期“威權”體制的浮現和持續，這一原本促進知識分子彼此認同的思想平台不斷受到外來政治力量的壓縮、扭曲和侵蝕，如果脫離了對五四時期這些獨特“機制”的理解，單純用後來階級鬥爭年代的鬥爭思維與國家政治統攝一切文化行為的認知方式，我們就難以真正把握五四的精髓，難以真正對這些激烈論爭的良性價值與理性精神有深入的理解和肯定。

"我願把我的靈魂浸入在你的靈魂裏"：五四情書

吳盛青

香港科技大學教授

一九三三年，時任世界書局英文編輯的朱生豪，在給他的戀人宋清如的情書裏這麼寫道："情書我本來不懂，後來知道凡是男人寫給女人或者女人寫給男人的信（除了父母子女間外），統稱情書，這條是《辭源》上應當補入的，免得堂堂大學生連這兩字也不懂。"語氣難免調侃，卻道出一個有意思的話題：何謂"情書"？五四來了，民國人如何學會寫情書？情書又誘發了何種不同的情感經驗、表達方式？

古人有"驛寄梅花，魚傳尺素"的說法，或者是將信札綁在燕子腿上遞送相思。這些詩學意象固然美好，書信（在古代稱為尺牘）中相思渴念的表述，如果不是付之闕如，也是寥寥無幾。這類艷情、風月尺牘，在道學家眼裏不登大雅之堂。一九二七年，周瘦鵑還一本正經地給"情書"下定義，"男女間寫心抒懷用以通情愫者也"，並稱之為"心靈之香"、"神明之媚"。[1] 現代人編撰的古代情書選，都是用現代"情書"的概念去整理、附會那些言情寫意的信件，卓文君的

---

[1] 周瘦鵑，〈情書論〉，《紫羅蘭》第二卷第 13 期，第 1 頁。文中指出我國情書首推司馬相如、卓文君等，並認為拿破崙致約瑟芬，囂俄（雨果）致未婚妻的情書係西洋代表。

〈與相如書〉儼然成了古代艷情尺牘的經典代表。[2]世紀之交的"情書"概念，廣義地定義為交流情感的書信，但是在五四前後，隨著新的"自由戀愛"觀念的輸入、[3]郵政系統的完善、都市物質環境的成熟，情書在五四前後開始被奉為"是愛情上最重要的技術了！情書是愛情的寶筏，情書是兌現幸福和快樂的支票，情書是愛情上的保證"。[4]本文在此不涉及"情書"作為一種書信體的文學虛構文類，[5]而是聚焦五四作家私密的個人情感寫作，從這些有幸、不幸公開了的私人信件裏，去窺探"情書"作為新的情感應用型文類寫作在五四之後的播揚，偵測其間情愛語言與情感表述方式的新變。

二十年代出版的情書指南、報刊文章中紛紛認為情書，作為"求愛的作品"，是重要的戀愛技巧法則。情書應以白話為上，認為這樣比較符合大都會摩登青年的做派，而他們用白話也比較得心應手，能夠暢所欲言。[6]新文藝作品中的辭藻更成了情書的資源，情感的渲染烘托是其主要特徵。情書裏又分出敘述、日記、抒感、詩歌等四個體例。同時諄諄告誡年輕人情書要手寫，切勿用打字機，

2　例如，丁南村編，《清代名人情書》（上海：時還書局，1931 年）；曹兆蘭編，《中國古代女子情書選》（廣州：花城出版社，1987 年）。參見趙樹功，《中國尺牘文學史》（石家莊：河北人民出版社，1999 年）關於古代"情書"討論，第 41-51 頁。

3　見楊聯芬對"戀愛"作為一關鍵詞的討論，《浪漫的中國：性別視角下激進主義思潮與文學（1890-1940）》（北京：人民文學出版社，2016 年），第 1-60 頁。

4　靜宜女士，〈序〉，《情書描寫辭典》（上海：中央書店，1933 年），第 2 頁。序言作於一九二三年。

5　徐枕亞著《雪鴻淚史》、包天笑以未亡人的口吻寫就《冥鴻》書信體小說，鴛蝴作家中也有專門用"情書"命名的"哀情小說"、"寫情小說"。《小說新報》中"艷情尺牘"專欄用代、擬的形式寫情書，李定夷編有《艷情尺牘》兩冊，見陳平原，《中國小說敘事模式轉變》（香港：香港中文大學出版社，2003 年），第 180-188 頁。其他虛構性的書信體短篇小說，例如，俊生編，《現代作家情書選》（上海：仿古書店，1936 年）。

6　見徐國楨，〈情書論〉，《紅玫瑰》第四卷第 13 期（1928 年），第 1-2 頁；《情書描寫辭典》，第 5-7 頁。

　　　　　　　　　　　　　"我願把我的靈魂浸入在你的靈魂裏"

教人投遞時候要注意保密，以及如何用電碼寫情書以期達到絕對私密效果。[7] 情書裏還可附上小照一幀，撒上清淚幾許，或是以吻封箋。劉大白的〈郵吻〉一詩，描寫了戀人鄭重開啟信箋時的欣喜，"我知道這信封裏面／藏著她秘密的一吻"。[8] 換言之，現代情書，以傳統言情信札所不具有的意義感念、傳播渠道，成了一種最具身體感受、貼近心靈感知的實踐形式。

情書中對愛人的稱謂、落款都需要細心斟酌。周瘦鵑列舉了情書的上款稱呼：某某愛卿、愛姊、愛妹，外加如吻、如握、愛鑒、青睞等。他特意指出"如吻"一字，新穎怪特，不知何人所創。[9]《情書描寫辭典》列舉了戀愛不同階段時期的稱呼，諸如我暗室的明燈、嬌美玲瓏的小白兔等說法。正襟危坐談著師生戀的魯迅先生，也有柔情的一刻，將許廣平稱為"小蓮蓬"、"小刺蝟"，落款時也會充滿童趣地畫一隻"你的小白象"。[10] 朱生豪在他的情書中嘲笑了那些小鳥、鮮花之類的陳辭濫調，對宋清如的稱呼從宋、到清如、澄、傻丫頭，並說"我想用一個肉天下之大麻的稱呼稱呼你，讓你膩到嘔出來"。在宋小姐搭架子刻意要保持距離喚他"朱先生"時，朱生豪佯裝生氣說："不許你再叫我先生，否則我要從字典中查出世界上最肉麻的稱呼來稱呼你。特此警告。"[11] 從某某愛卿到肉麻的個性化稱呼，其間捅破的是舊倫理的皮囊，渴望拉近心之距離，是"我"對

7　德文，〈情書之約法〉，《禮拜六》第 180 期（1922 年），第 53-54 頁。

8　劉大白，《郵吻》（上海：開明書店，1926 年）。

9　周瘦鵑，〈情書論〉，《紫羅蘭》第二卷第 13 期，第 1 頁

10　見魯迅、景宋，《兩地書·原信》（北京：中國青年出版社，2005 年）。魯迅、景宋，《兩地書》（上海：青光書局，1933 年）係刪節版。

11　朱生豪著，朱尚剛整理，《朱生豪情書》（上海：上海社會科學院出版社，2003 年）。宋清如整理出版的《寄在信封裏的靈魂》（上海：東方出版社，1995 年），有刪節。朱生豪寫情書之際心裏當然只有宋清如一位讀者，宋清如也曾想在她臨死時銷毀這些屬她個人的文字。重新整理出版的情書，盡可能地保留了信件原貌。《朱生豪情書》所呈現的私密、真實、原生樣貌，亦是其魅力之一。

"你"傾訴衷腸。"我"與"你",兩個互為鏡像的情欲主體,通過文本對話關係、呼語的大量運用,建立起親昵無間、互為纏擾的主體間性。

情書,作為私密情感之間的媒介,說到底,無外乎是"我愛你"這三個字深情款款、翻來覆去、顛三倒四的演繹、渲染。而從兩情相悅的曖昧含蓄,變成直截了當的"我愛你"的宣示,二十年裏民國情書清晰地呈現了情感表達方式的深刻變化。《清代名人情書》中收入的〈柳如是寄錢牧齋書〉,柳如是如此表達自己芙蓉帳暖的繾綣深情,"此夕恩情美滿,盟誓如山,為有生以來所未有,遂又覺入世上有此生歡樂。"[12] 與文言雅辭的馴化不同,取而代之的大白話自然、寫實,諸如我要咬你的手臂,我要 kiss 你的香脣,有摩登時代裏青春的放浪、生悍,無從抗拒。

這些新文藝作家,成為"自由戀愛"的實踐者,是李歐梵先生所定義的"中國作家浪漫的一代"。[13] 靈肉、"心"、"性"一致的觀念,構成現代情書敘述文體的內在脈絡。想醉愛一場的白薇,為一個吻而驚心動魄;沈從文對他的"三三"呼喊,讓星星成為他的眼睛,目不旁瞬地瞅著他的愛人;冷鷗(盧隱)踟躕於荒野的靈魂渴求異雲的安慰。浪漫詩人徐志摩頻頻用"濃得化不開"的筆調,歌頌"戀愛是生命的中心與精華",強調心靈的契合無間,"我要你的思想與我的合併

12《清代名人情書》,第 13 頁。

13 參見李歐梵先生早年對五四作家精神世界的開拓性研究。中文版見李歐梵著,王宏志譯,《中國作家浪漫的一代》(北京:新星出版社,2010 年)。

　　　　　　　　"我願把我的靈魂浸入在你的靈魂裏"

在一起，絕對泯縫”，生命路上“情願欣欣的瞑目”。[14]

　　出生於辛亥之際的朱生豪、宋清如，踏著五四脈動成長，在之江大學因詩詞結緣。“新女性”宋清如，退掉包辦婚姻，也曾拒絕過朱生豪的求婚。作為“宋清如至上主義者”的朱生豪，在一九三三到一九四二年間孜孜不倦地給戀人寫信。他用乾淨利落的現代白話，排滿文字巨陣，其間有無盡無休的青春情意盪漾，也有對文學翻譯、好萊塢電影的討論，還常常摻入英文，以及他自己寫的英文詩、舊體詩。如果說明清以降的文士與青樓女子之間常靠贈答辭賦來升溫感情，情愫互許，那麼平日裏沉默寡言的朱生豪，當然也要顯出十八般武藝來表演文字，進入一場欲望的勾引、追逐遊戲。但更多的時候，他則是性之所至，讓靈魂浪漫地飛舞。他在信裏的落款五花八門，這些角色成了自我欲望的多重分身：不說謊的約翰、傷心的保羅、快樂的亨利、吃筆者（吃癟者）、Lucifer（魔鬼）、唐·吉訶德、羅馬教皇、照不到陽光見不到一張親切的臉的你的絕望的朋友、Julius Ceasar（莎劇人物愷撒）、波頓（《仲夏夜之夢》中丑角）、Poor Tom（狄更斯《聖誕歡歌》中的兒童）、愛麗兒（《暴風驟雨》中的精靈）、卡列班（《暴風驟雨》中的醜陋怪獸），等等。二十幾歲的朱生豪瘋狂閱讀當時商務出版的“現代書庫”、“人人書庫”，並於一九三六年春夏之際著手開始翻譯莎士比亞

---

14 白薇、楊騷，《昨夜》（石家莊：河北教育出版社，1995 年；初版，上海：南強書局，1933 年）；沈從文，《湘行書簡》，收入一葦編，《沈從文精編散文》（桂林：灕江出版社，2002 年），第 195 頁。該書本係“三三專利讀物”，在沈從文身後發表。白薇、李唯建，《雲鷗情書集》（杭州：海天出版社，1992 年；初版，上海：神州國光社，1931 年），第 39 頁；徐志摩，《愛眉小札》（北京：人民文學出版社，1988 年；初版，良友圖書公司，1936 年），第 27、56 頁等。白薇與楊騷，廬隱與李唯建，徐志摩與陸小曼的戀情都屬五四之後的“公開的戀愛”，即在大眾視野下約會、相戀，當事人亦常在大眾媒介上宣示、探討愛情問題。其他著名的“情書集”有郁達夫，《達夫書簡——致王映霞》（天津：天津人民出版社，1982 年）；朱湘，《海外寄霓君》（上海：北新書局，1934 年）。

戲劇，視《羅密歐與朱麗葉》為愛情寶典。這一摞情書的有趣之處也在於它們同時揭示了支撐這位才子筆墨情趣、錯落有致的想像的文化來源、語境脈絡。他諧擬、套用翻譯的角色，將外來的典故、情節、感知，層層鑲嵌入往返反覆的情感交流中，穿插藏閃之際，呼應著自我情路的跌宕起落。這或許是他心追手摹的有意為之，也是長期浸潤其間的潛移默化。這個獨特的意識流文本正活生生地體現了現代愛情主體也是一個交織駁雜的翻譯的主體，文化的翻譯落實為自我文化行為的吸納、融匯。在抒情、搞怪、發嗲之餘，他也不忘理性地討論愛情、婚姻、獨身、愛與妒的問題。以自由理念作為愛情的底色，朱生豪是一個以肉體為基礎的精神戀愛的推崇者，每每渴望在宋清如那裏構築自己靈魂的家園，“我願把我的靈魂浸入在你的靈魂裏”。超越了五四初期自哀自戀 sentimental（感傷）美學，也與胡蘭成自命風流的調調不同，忙著搞翻譯、發愁看不起新電影的朱生豪，在他最最隱秘的私人寫作中體現對自由意志的強調，靈魂、精神之愛的張揚，近乎完美地詮釋了現代“戀愛”的形態。這位可愛的朱先生，在其身前最後一封情書裏寫道：

> 昨夜一夜天在聽著雨聲中度過，要是我們兩人一同在雨聲裏做夢，那境界是如何不同，或者一同在雨聲裏失眠，那也是何等有味。[15]

當這夜裏的雨，一滴一滴，滴在他的靈魂上時，翻譯家朱生豪也用他在不經意間留下的三百多封情書，悄悄完成了現代文學史上從風月尺牘到現代情書的質變。

15《朱生豪情書》，第 306-307 頁。後人將這句話刻在朱生豪與宋清如合葬墓碑上。

“我願把我的靈魂浸入在你的靈魂裏”

馮至與五四文學的風景詩學

王曉珏
美國羅格斯大學副教授

近些年來,中國現代文學研究領域開始關注風景問題,尤其是風景作為一個新的概念在現代文學中的形成和發展。其中,日本學者柄谷行人的《日本現代文學的起源》一書為這個新課題提供了重要的思想資源。柄谷行人指出,日本現代文學的誕生,與發現風景的內在化的主體的誕生密不可分。在當前對現代文學自然與風景關係的研究中,頗受學者關注的當推郁達夫。郁達夫屬於最早有意識地書寫風景散文的五四作家,一生創作了大量的遊記散文和風景書寫:從一九二八年的第一篇遊記〈感傷的行旅〉到一九三一年遍遊浙江各地寫下的《屐痕處處》,從一九三六年遊歷福建時寫作的《閩遊滴瀝》到一九四〇年代初描寫南洋的最後三篇文章〈檳城三宿記〉、〈覆車小記〉和〈馬六甲遊記〉。[1]

早在一九六一年出版的《中國現代小說史》中,夏志清先生已專門論及郁達夫的遊記,認為《屐痕處處》讀起來更接近舊文學。[2] 吳曉東在最近的論述中也

1　近些年學界出版了不少有關郁達夫遊記的研究,例如,吳曉東,〈郁達夫與中國現代"風景的發現"〉,《中國現代文學研究叢刊》2012 年第 10 期,第 80-89 頁;〈郁達夫與現代風景的發現問題〉,《現代中文學刊》2017 年第 2 期,第 4-13 頁;此外,學者如許子東、倪偉、張恩和、張曉霞等等,都有重要論述。

2　C. T. Hsia, *A History of Modern Chinese Fiction* (Indianapolis: Indiana University Press, 1961).

指出，郁達夫的遊記中經常援引古代文人的筆記、遊記、詩文和地方誌，因此，沒有創造出獨立於文人傳統之外的自然風景，而是承繼了中國傳統的山水"人文化"和山水"文人化"的手法。在這個意義上，他認為，郁達夫"正處在現代中國文學中的風景的發現的現場"。[3]

那麼，郁達夫作品中出現的風景意識的現代性是什麼呢？我認為至少表現在兩點：現代主體在自然場域的出現；現代風景的基礎是個人與自然以及宇宙的調和。郁達夫指出，現代散文的特徵為"人性、社會性，與大自然的關係的調和。"[4] 他強調，"五四運動最大的成功，第一要算'個人'的發現。"這裏的個人指的是浪漫主義運動以來所強調的有思考和創造能力的獨立主體。藉由新的主體的出現，詩人得以重新釐清和建立人與自然的關係，尋求新的觀看和觀察視角，新的審美觀念，由此書寫人和自然合一的生生不息的景象，風景由此誕生。正如郁達夫在〈山水和自然景物的欣賞〉中提到的，"欣賞山水以及自然景物的心情，就是欣賞藝術與人生的心情。所以欣賞自然，欣賞山水，就是人與萬物調和，人與宇宙合一的一種諧和作用，照亞里士多德的說法，就是詩的起源的另一個原因，喜歡調和的本能的發露"。[5]

在現代有獨立價值的風景中，人與自然的關係與傳統詩學中的天人合一有什麼不同嗎？郁達夫沒有做更多的說明與闡發。新文學肇始以來，活躍在現代風景的發現的現場的，還有許多作家。什麼是風景，風景與自然的關係是什麼？風景藝術是如何表意的？本文藉助對馮至在二十世紀三四十年代有關山水、人類和風景的作品的分析，討論五四新文學如何開啟傳統自然觀和西方啟蒙運動以來的

3　吳曉東，〈郁達夫與現代風景的發現問題〉，《現代中文學刊》2017 年第 2 期，第 8 頁。

4　郁達夫，〈中國新文學大系（1917-1927）散文選集導言〉，收入《郁達夫全集》第六卷（長春：時代文藝出版社，2000 年），第 2305-2306 頁。

5　郁達夫，〈山水和自然景物的欣賞〉，收入《郁達夫全集》第六卷（長春：時代文藝出版社，2000 年），第 2348 頁。

種種思潮的對話，闡發文學與自然的關係，在傳統的山水田園書寫之上，發展出新的風景觀念。

一、新詩中的風景：物、我與宇宙

　　馮至的詩歌成就毋庸置疑，他同時也是重要的德語語言文學學者，尤其以歌德、里爾克和德國浪漫派的翻譯和研究傳世。馮至在德國學成之後，在上海教授德語文學。抗戰期間，隨同濟大學南遷，一九三九年後轉任昆明西南聯合大學外文系德語教授，直至戰爭結束。他住在昆明北郊小壩，學校有課的日子，則徒步進城授課。戰爭帶來的遷徙流亡，生命之脆弱，民族文化之存亡，促使馮至更深入地思考生命與自然、人與社會、山川歲月的流轉等問題。他一生中最精彩的幾部作品就誕生於這個時期，包括《十四行集》、《山水》和《伍子胥》。馮至如何建構自然與文學、物質世界和詩學世界、詩人與社會的關係呢？他是如何理解魏晉以來的自然觀以及德國十八世紀末期浪漫派以來有關自然的種種思考，並開啟兩者之間的對話，形成自己獨到的自然、風景和詩學的觀點？

　　首先，來看一下歌德寫於一七八〇年的短詩〈又一首〉（Ein Gleiches），又名〈漫遊者夜歌之二〉（Wandrers Nachtlied II）。五四以來，這首詩出現了將近二十種中文翻譯，郭沫若、錢鍾書、梁宗岱、馮至、宗白華等皆有嘗試。梁宗岱和馮至的譯詩如下：

流浪者之夜歌

（梁宗岱　譯）

一切的峰頂

沉靜，

一切的樹尖

全不見

絲兒風影。

小鳥們在林間無聲

等著罷：俄頃

你也要安靜。

漫遊者的夜歌

（馮至　譯）

一切峰頂的上空

靜寂，

一切的樹梢中

你幾乎覺察不到

一些聲氣；

鳥兒們靜默在林裏。

且等候，你也快要

去休息。

　　歌德這首小詩描寫夜間山林的靜謐肅穆，自然萬物的和諧美好，節奏優美，意境淡遠，對浸淫於山水詩傳統的現代中國詩人來說，容易引發共鳴。絕大多數的中文譯本都採用了現代詩自由體，唯有錢鍾書先生在〈談中國詩〉一文中，用傳統五言體翻譯了這首詩，並指出，歌德的"口吻情景和陶淵明、李太白相似得令人驚訝。"[6] 他所強調的不只是中西歌詠自然的詩歌之間的相通之處，也是古典詩歌延續在現代時期的生命力。

對梁宗岱來說，除了山水詩的迴響，他更感受到了歌德詩中表現的一種獨特自然觀，一種"宇宙意識"。梁宗岱在其詩歌論述中，屢屢提到歌德的〈流浪者之夜歌〉，作為"純詩"的代表：這裏，樹、山、天空、鳥、人之間和諧共處，相互作用，形成"最深微最雋永的震盪與迴響"。詩人得以感悟宇宙之脈搏，萬物之玄機，靈魂之隱秘，描繪出"宇宙意識"，而抒發"宇宙意識"的詩歌便是"純詩"：[7]

> 獨哥德以極準確的觀察扶助極敏銳的直覺，極冷靜的理智控制極熱烈的情感 —— 對於自然界則上至日月星辰，下至一草一木，無不殫精竭力，體察入微；對於思想則盧騷與康德兼收並蓄，而上溯於史賓努沙和萊賓尼滋底完美無疵的哲學系統。所以他能夠從破碎中看出完整，從缺憾中看出圓滿，從矛盾中看出和諧，換言之，紛紜萬象對於他只是一體，"一切消逝的"只是永恆底象徵。[8]

溫儒敏指出，梁宗岱所謂的宇宙意識的詩歌，是詩人"與氣機浩盪的宇宙溝通對話，寫出自己與大自然脈搏的共振以及對大自然的感覺和穎悟。"[9] 梁宗岱所強調的是超出一般山水詩情景交融、心物合一，跳出"人生底狹的籠"之上

6　錢鍾書，〈談中國詩〉，收入《錢鍾書散文》（杭州：浙江文藝出版社，1999 年），第534 頁。

7　梁宗岱，〈談詩〉，收入《詩與真二集》，《梁宗岱文集》第二卷（北京：中央編譯出版社，2002 年），第 87 頁。

8　梁宗岱，〈李白與哥德〉，收入《詩與真二集》，第 105 頁。

9　溫儒敏，〈梁宗岱的"純詩"理論〉，《詩探索》1995 年第 3 期，第 23 頁。

的具有宇宙觀照的詩。他在李白和歌德的作品中找到了具有"宇宙精神或宇宙觀的詩（cosmic poetry）"："李白和哥德底宇宙意識同樣是直接的，完整的⋯⋯常常展示出一個曠邈，深宏，而又單純，親切的華嚴宇宙，像一勺水反映出整個星空的天光雲影一樣。"[10] 鄭毓瑜在討論梁宗岱對瓦雷里的詩論的接受與批評時指出，瓦雷里慨嘆語言的不精準使詩歌無法準確表達出抽離於日常之外的自然法則，而梁宗岱則闡發了"直覺"觀念來幫助詩歌表現，結合了傳統詩學的物我相契，"相信在宇宙和我之間可以相互成全。"[11]

在馮至對〈漫遊者的夜歌〉的解讀中，這種"宇宙意識"是歌德獨特的自然觀的重要組成部分。對馮至而言，更深刻的啟發在於，這首詩呈現了一種新的物我關係：詩歌"從上而下，從遠而近，從外而內"地一層一層描寫夜晚的靜寂，高遠的夜空的靜謐感染到峰頂，樹梢的靜止波及到林中的小鳥，最後安靜作用到人，寂靜在整個宇宙迴盪循環。在這相互作用，生生不息的宇宙之中，人與自然萬物一樣，是其中的一環，並沒有處於宇宙中心位置。正如伊麗莎白・威爾金遜在分析這首詩時指出的，"人類作為存在的最後一環為自然所擁抱"。[12] 當人退到自然深處，與草、物、山、川一起成為自然系統中的基本組成元素，便成為"物"。馮至在里爾克的作品中也找到了相似的觀點。除了里爾克的詩歌，馮至閱讀並翻譯了其〈論山水〉一文，尤其感悟於里爾克在討論歐洲風景畫發展歷史時所強調的人與自然萬物的關係：當人類出現在風景畫中的時候，"那時一切矜誇都離開了他，而我們觀看他，他要成為'物'"。以"物"出現在自然的人，"他有如一個物置身於萬物之中，無限地單獨，一切物與人的結合都退至共同的

---

10 梁宗岱，〈李白與哥德〉，第 105 頁。

11 鄭毓瑜，〈公理與直覺：梁宗岱詩學理論評析〉，《政大中文學報》2018 年第 30 期，第 62 頁。

12 Elizabeth M. Wilkinson，轉引自《歌德作品集》，*Goethe, Werke*. Hamburger Ausgabe in 14 Bänden, ed. by Erich Trunz, vol. 1, p. 556。

深處，那裏浸潤著一切生長者的根"。[13] 人與萬物，文學世界與物質世界彼此依存，相互生發。此時，矗立在詩人面前的即是風景：

> 對於山水，我們還給它們本來面目吧。我們不應該把些人事摻雜在自然裏面，宋元以來山水畫家就很理解這種態度。在人事裏，我們盡可以懷念過去，在自然裏，我們卻願意它萬古常新……我是怎樣愛慕那些還沒有被人類的歷史所點染過的自然，帶有原始氣氛的樹林，只有樵夫和獵人所攀登的山坡，船漸漸遠了剩下的一片湖水，這裏自然才在我們面前矗立起來，我們同時也會感到我們應該怎樣生長。[14]

　　馮至這段文字寫於抗戰末期的昆明，作為散文集《山水》的後記，來談論他所理解的山水，或者，風景，以及文學與自然，物質與精神的關係。馮至所擯棄的人事，也就是吳曉東在閱讀郁達夫的遊記時指出的那些"文人化"的山水之外的附加部分。以其本來面目出現的山水，並非存在於人之外，從未經人類文化歷史的沾染。人和草木、山川以及其他有生命的事物共存。如此矗立而起的風景中，人與萬物一樣萬物生靈相互聯繫，形成萬古常新的自然圖卷，詩人以風景視角觀察，以詩的語言賦之以形，是為風景書寫。

13　Rilke, "Von der Landschaft", in Rainer Maria Rilke: *Sämtliche Werke*, 6 vols. Vol. 5, pp.516-23. Wiesbaden und Frankfurt am Main: Insel Verlag, 1955-66, p. 520。馮至的中文翻譯收入《馮至全集》，第十一卷（石家莊：河北教育出版社，1999 年），第 277–342 頁。

14　馮至，《山水》後記，《馮至全集》，第三卷，第 72 頁。

二、"溫柔的經驗主義"：詩學與科學

　　風景既是一種客觀實體的自然圖景，也是主觀詩意構造中的圖像。自然與人的主觀精神具有同一性。這裏，我們可以看到十八世紀晚期以來德國浪漫派思想對馮至的啟發。在十八世紀的德國，自然是一個重要的概念。啟蒙運動以來，科學研究迅速發展，把自然分為越來越細的學科，出現了植物學、生物學、礦物學、地質學等專門研究領域。政治上分崩離析的德國，思想文學界卻非常活躍，反思並嘗試回應解決啟蒙運動帶來的弊端，尤其是理性主義和經驗主義哲學把精神和物質視為一分為二的兩極所造成的種種問題。包括歌德（Johann Wolfgang von Goethe）、赫爾德（Johann Gottfried Herder）、康德（Immannel Kant）、亞歷山大·洪堡（Alexander von Humboldt）、謝林（Friedrich Wilhelm Joseph Schelling）在內的諸多思想家，探索客觀與主觀、物質與精神、感性與理性、自然科學與文學藝術的關係，試圖彌合兩者之間的斷裂，重建精神與自然的同一性。這正是德國早期浪漫派作家諾瓦利斯作品的中心意旨。諾瓦利斯堅信，表現自然與精神同一性的最好的形式，是詩，並在一七八九年寫給弗里德利希·施萊格爾的一封信中強調，藝術是自然的詩化。在施萊格爾幫助整理出版的遺作，《海因里希·馮·奧弗特丁根》中，諾瓦利斯借主人公之口說道，"一切科學必須詩化"。[15]

　　馮至在海德堡大學完成的博士論文，《自然與精神的類比 —— 諾瓦利斯的文體原則》（Die Analogie von Natur und Geist als Stilprinzip in Novalis' Dichtung），正是研究諾瓦利斯作品中主體與客體、內在世界與外在世界、精神與自然之間相互滲透與融合的方式。馮至認為，在諾瓦利斯筆下建構的自然中，

15　Novalis, *Heinrich von Ofterdingen*, in *Schriften*, herausgegeben von Jacob Minor, Band 4, Jena: E. Diederichs, 1907, p. 246.

"一切界線都消失了，所有的距離都互相接近，所有的對立都得到融合。"[16] 萬事萬物都是相互關聯的，物與物之間也是相通的，那麼，物的意義更多在於彼此之間的關聯，而不在於物的自身。這種人與自然，物與物之間的彼此關聯性，正是馮至寫於抗戰昆明的二十七首十四行詩的主題之一。捷克漢學家高利克（Marian Galik）把《十四行集》比作"一個繁星閃耀的宇宙"，"包容了整個世界之內之外的萬物，是一種萬物有靈的'神即自然'（Deus sive Natura）"。[17]《十四行集》第十六首所捕捉和描寫的正是自然萬物之間的關聯性和同一性：

> 我們站立在高高的山巔
> 化身為一望無邊的遠景，
> 化成面前的廣漠的平原，
> 化成平原上交錯的蹊徑。
>
> 哪條路、哪道水，沒有關聯，
> 哪陣風、哪片雲，沒有呼應：
> 我們走過的城市、山川，
> 都化成了我們的生命。
>
> 我們的生長、我們的憂愁
> 是某某山坡的一棵松樹，
> 是某某城上的一片濃霧；

---

16 馮至，〈自然與精神的類比——諾瓦利斯的文體原則〉，《馮至全集》第七卷，第4頁。

17 Marian Galik, "Feng Zhi and His Goethean Sonnet", in *Crosscurrents in the Literatures of Asia and the West: Essays in Honor of A. Owen Aldridge*, edited by Masayuki Akiyama and Yiu-nam Leung (Newark: University of Delaware Press/London: Associated University Presses, 1997), p. 131.

我們隨著風吹，隨著水流，

化成平原上交錯的蹊徑，

化成蹊徑上行人的生命。[18]

　　這首詩中頗有深意的，不僅是路、水、風、雲之間的“關聯”與“呼應”，更是人、萬物與經驗之間的相互生發、轉變和流動：“我們”化為“遠景”、“平原”和“蹊徑”，“城市”和“山川”又化為“我們的生命”。正如諾瓦利斯所言，世上每一個物，不論是有機體還是無機體，都可以是“無窮盡的鏈條中的第一環，無終結的小說的開頭”。

　　萬物的同一性也是歌德自然哲學的洞見所在。歌德認為，“精神與物質、靈魂與身體、思想與容量、意志與活動，是宇宙必要的成分。”[19] 馮至在昆明郊外的山林時期，開始集中閱讀歌德，尤其是歌德中年以後的作品，用以幫助自己做生命的思考和堅持，包括《西東詩集》（*West-östlicher Divan*, 1819），《威廉‧邁斯特的漫遊時代》（*Wilhelm Meisters Wanderjahre oder die Entsagenden*, 1820s），《浮士德》的第二部，等等，寫下了一系列歌德研究論文。歌德的蛻變論（Metamorphosenlehre），又稱形態學，對馮至的影響尤其深遠。歌德對動物和植物的形態變化（Morphologie）的研究，進行在現代生物學發展的初期，遠早於達爾文的進化論的提出。與現代意義上的生物科學研究不同，歌德的科學思考更接近於自然哲學或者生命哲學。他相信，通過直觀的觀察，而非僵硬的實驗，研究者可以發現自然內在的法則。因其對直觀與現象的依賴，這種另類的科學並不被視為真正的科學。直到近十多年，西方學界在對福柯以來的生命政治學

---

18 《馮至全集》第一卷，第 231 頁。

19 馮至在對歌德的自然觀和宇宙觀的討論中翻譯了這一段文字，見馮至〈論歌德〉，《馮至全集》第八卷，第 54 頁。

（biopolitics）的批判性反思中，又重新回溯到浪漫主義時期的生命哲學，來審視科學與詩學的共通之處。[20] 根據歌德的蛻變學說，植物、動物、地質甚至山水都是從各自的原型發展演變出來的，其話語核心在於事物具有多種多樣的形態，而且處於不斷的變化之中，而這些變化遵循一種共有的、內在的邏輯。這就是歌德的蛻變論得出的自然的"永恆的法則"。

這裏，馮至特別注意到的是歌德學說中闡釋的一種新的觀看方式。歌德所謂的觀看或者觀察，並非現代意義上的客觀的、與對象保持一定距離的科學的考察，而是一種具有改變能力的觀看方式。他認為，觀察者與被觀察的客體之間，具有共生的關係，能夠相互引發變化：觀察者會導致被觀察的客體的改變，而同時，客體也會催發觀察者自身從未有過的感官："每個新的對象都在我們身內啟發一個新的器官。"[21] 這樣，觀看成為主體和客體之間交流的中介，而非冰冷的實驗，歌德稱此為"溫柔的經驗主義"（zarte Empirie）。觀看者和其對象之間、主客體之間彼此改變，相互交流，是一種共生共情的關係。因此，阿曼達·哥德斯坦指出，歌德形態學的中心是"變化，也是交流"（change and exchange）。[22] 這與文學藝術創作過程頗有相似之處：詩人或藝術家在觀看對象的過程中，也被其所感，萌生新的視角，新的體驗。馮至在對歌德的蛻變論的討論中提到，歌德堅信，"人只在他認識世界時才認識自己，他只在自己身內遇見這個世界，只有

---

20 一些重要的有關浪漫主義的科學觀的學術論著包括，Michel Chaouli, *The Laboratory of Poetry: Chemistry and Poetics in the Work of Friedrich Schlegel* (Baltimore: Johns Hopkins University Press, 2002); Jocelyn Holland, *German Romanticism and Science: The Procreative Poetics of Goethe, Novalis, and Ritter* (New York/London: Routledge, 2009); and Amanda J. Goldstein, *Sweet Science: Romantic Materialism and the New Logics of Life* (Chicago: University of Chicago Press, 2017)，等等。

21 參見馮至，〈論歌德〉，《馮至全集》第八卷，第 58 頁。

22 Amanda J. Goldstein, *Sweet Science: Romantic Materialism and the New Logics of Life* (2017), p. 109.

在這世界內遇到自己。"馮至在收錄在《山水》中的〈一個消逝了的山村〉中,通過風景的書寫,很好地展示了觀看者與觀看對象之間的變化和交流的方式:

> 這中間,高高聳立起來那植物界裏最高的樹木,有加利樹。有時在月夜裏,月光把被微風搖擺的葉子鍍成銀色,我們望著它每瞬間都在生長,彷彿把我們的身體,我們的周圍,甚至全山都帶著生長起來。望久了,自己的靈魂有些擔當不起,感到悚然,好像對著一個崇高的嚴峻的聖者,你若不隨著他走,就得和他離開,中間不容有妥協。[23]

現代的觀看主體在風景中發現了有加利樹,樹的形體並沒有固定,而在不斷地生長。觀看的主體也被改變,也隨之生長,這種相互的生發與交流,不盡流動,不容妥協。

蛻變學說對馮至的啟發,更是生命意義層面上的。在馮至二十世紀四十年代形成的新的自然觀中,一個重要的方面是,人的生命如同自然中其他的有機體,是"流動的,永久演變的"。[24] 馮至認為,既然人是自然的一部分,那麼,也一樣受到自然法則的約束。他借用歌德的〈一與一切〉的最後兩行詩句來闡釋:"一切必須化為無有,如果它們要在存在中凝滯。"[25] 歌德作品中常常出現蛇蛻去表皮的意象,來比喻生命的不斷更新與生長:"他們撕扯的／是我剛脫去的蛇皮。／下層皮若是成熟,／我就立即脫去,／又變得新生而年輕／在新鮮的神的領域。"[26] 蛻皮不僅預示生命的成長,也揭示了生命的不斷逝去,而皮膚則連接

---

23 馮至,〈山水〉,《馮至全集》第三卷,第 49 頁。
24 《馮至全集》第八卷,第 58 頁。
25 《馮至全集》第八卷,第 58 頁。
26 《馮至全集》第八卷,第 154 頁。歌德原詩無題,馮至翻譯時,加上了〈蛇皮〉這個題目。

了裏外、生命與死亡、有機體與無機物。類似的意象 —— 蛇蛻皮、蟬去殼、樹褪皮，常常出現在馮至二十世紀四十年代的寫作中。例如，《十四行集》第二首：

> 什麼能從我們身上脫落，
> 我們都讓它化作塵埃……
> ……我們安排我們
> 在自然裏，像蛻化的蟬蛾
> 把殘殼都丟在泥裏土裏。[27]

《十四行集》第三首：

> 你無時不脫你的軀殼，
> 凋零裏只看著你生長。[28]

《伍子胥》中子胥復仇路上滯留在昭關的漫漫長夜：

> 蠶在脫皮時的那種苦況，子胥深深地體味到了；這舊皮已經和身體沒有生命上深切的關連，但是還套在身上，不能下來；新鮮的嫩皮又隨時都在渴望著和外界的空氣接觸。子胥覺得新皮在生長，在成熟，只是舊皮什麼時候才能完全脫卻呢？[29]

---

27 馮至，《十四行集》，《馮至全集》第一卷，第 217 頁。
28 馮至，《十四行集》，《馮至全集》第一卷，第 218 頁。
29 馮至，《伍子胥》，《馮至全集》第三卷，第 398-399 頁。

昭關是子胥流亡和復仇途中在故鄉楚國的最後一站，一處無路可退之地，在吳楚的分界線，沉重的過去和未知的將來的交匯處，褪去舊皮進入生命下一站的轉折點，"死和變"（stirb und werde）的關鍵時刻。

　　《伍子胥》全書九章，所追尋是子胥從楚國的城父到吳國，從單純的復仇者到有擔負的斷念者的旅程，也是從萬物相聯的風景到精神和自然同一的內在風景的漸次更換，在不斷的變化中達成內在生命與外在生命的統一。在生命不斷延續更新的軌跡中，馮至發現了萬古常新的力量，自然永恆的法則，並認為，這種肯定的、積極的力量能夠對抗戰時中國的虛無主義與悲觀主義的氛圍。在他看來，蛻變的概念在歌德的詩歌〈幸運的渴望〉（Selige Sehnsucht）中得到了最好的闡發，這首詩讚美生命的動力，讚美忍耐和斷念的必要性，以及在死亡與重生的上升中形成的完滿。[30] 馮至在一九四七年〈歌德的西東合集〉一文中，翻譯了〈幸運的渴望〉的整首詩歌，把詩中的 "Stirb und werde" 翻譯為 "死和變"。高利克指出，譯文中的 "死和變" 其實是不準確的，"werde" 在這裏指的是 "使完滿"（vollenden），而非 "變化"。[31] 馮至本人並非沒有意識到語義上的偏差。他在一九八二年的一篇歌德詩歌的研究的文章中，補充說，"完成" 能夠更準確地表達 werde 的德語原意，但是，漢語中很難找到比 "變" 更好的單音節的字來對應歌德詩句的音節。[32] 姑且不論語言選詞上的考慮，馮至對 "變" 一字的偏好，恰恰反映了他對歌德的蛻變學說中變化這個觀念的推崇。

---

30 這首詩對中國現代詩歌產生了重要的影響。"死和變" 的概念在馮至的寫作中多次出現，尤其是他的《十四行集》第十三首〈歌德〉。九葉派詩人鄭敏也寫過一首回應〈幸運的渴望〉的詩。

31 Galik, pp.123-34.

32《馮至全集》第八卷，第 149 頁。

三、詩歌與自然：變化中的持久？

在馮至的詩學與自然理念中，宇宙萬物不斷變化，永不停滯，是最根本的法則，也就是歌德所謂的"公開的秘密"。馮至闡釋道，藝術最適合表現"自然的'公開的秘密'"，[33] 但同時，面對時間的迅速消逝，宇宙的無盡變化，詩人如何表達這個自然的秘密，並賦之以形呢？詩歌或藝術作品既然也與宇宙萬物同等，那麼，如何能夠保持其形態的恆久，阻止其語言的凝滯，向不同時期的讀者傳達交流其中的意涵呢？所以，風景的發現其實指向一個詩學問題，即，詩歌語言的困境，語言表意的局限：在時間的不斷變化中，語言本身也在改變，那麼，意義如何傳達？如何溝通作者、作品和讀者之間的理解？

馮至翻譯的歌德的詩歌，〈變化中的持久〉（Dauer im Wechsel），正是對這些問題的思考。詩歌分段描寫了四季景物的變化、宇宙山川的變化、城牆宮殿的變化、觀看自然的人的眼睛和身體的變化，以及人、元素、以元素構成的有機體、無機體和語言的變化，最後探求永恆之物是否存在，以何種方式存在。詩的最後一節寫道：

> 讓開端跟著結束
> 緊緊地結合一處！
> 甚至你匆匆過去
> 比物體還要迅速。
> 要感謝繆斯的恩惠
> 預示兩件事永不消逝：
> 是你懷裏蘊蓄的思想

33《馮至全集》第八卷，第185頁。

和你精神裏構成的形式。[34]

　　在這一詩節中，開端和結束的結合，指的是古希臘哲學家赫拉克利特有關時間流逝和宇宙永恆的思考："'在這一循環的邊緣上，開端和終結是相同的'，每一個終結就是一個開端，因此，既沒有開端，又沒有終結；世界是永恆的。"在詩的第二節，歌德也援引了赫拉克利特的時間觀："啊，在同一條河流／你不能游泳第二遍。"馮至在他的解讀中指出，詩歌所表現的，正是孔子所謂的"逝者如斯夫，不捨晝夜。"[35] 面臨時間的永不停駐，萬物無時無刻不在的變化，藝術，即，"懷裏蘊蓄的思想"和"精神裏構成的形式"的結合，果真能夠永不消逝嗎？馮至在二十世紀八十年代的解讀是肯定的，他寫道："藝術使人間和自然界瞬息即逝的'美'傳之久遠"，所以，詩題名為〈變化中的持久〉。[36] 有意思的是，耶魯學者保羅·德·曼（Paul de Man）在一九六九年〈時間性的修辭〉一文中反思浪漫主義作家的修辭手法時，也提到了歌德的〈變化中的持久〉一詩，來討論時間變化中的詩歌語言的困境，並認為歌德的詩歌正好表現了詩歌在表意層面的不可能性。[37]

　　馮至在二十世紀四十年代創作了《十四行集》，在戰爭遷徙、文明凌亂時重現梳理自然、人類和宇宙的關係。詩人同時對詩歌語言和形式的複雜性和不確定性提供了深刻的反思。例如，詩集的最後一首：

---

34 歌德的詩歌，Dauer im Wechsel 的中文翻譯由馮至完成，題為〈變化中的持久〉，收入《馮至全集》第八卷，第 145-147 頁。
35 《馮至全集》第八卷，第 147 頁。
36 《馮至全集》第八卷，第 147 頁。
37 Paul de Man, "The Rhetoric of Temporality", *Blindness and Insight* (Minneapolis: University of Minnesota Press, 1971), pp.187-228.

從一片氾濫無形的水裏，

取水人取來橢圓的一瓶，

這點水就得到一個定形；

看，在秋風裏飄揚的風旗，

它把住些把不住的事體，

讓遠方的光、遠方的黑夜

和些遠方的草木的榮謝，

還有個奔向遠方的心意，

都保留一些在這面旗上。

我們空空聽過一夜風聲，

空看了一天的草黃葉紅，

向何處安排我們的思、想？

但願這些詩像一面風旗

把住一些把不住的事體。[38]

　　面對無形的、變動不居的流水和風，水瓶與風旗與其說是賦其以形，不如說指向了固定和形塑的不可能性。當水瓶為流動中的水賦予一個形狀時，也截斷了水流的運動，將無限性的生命困滯在有限的形態之中，同樣的，風的流動性也被風旗的有限的物質性所局囿。詩歌果真可以書寫並表意自然的萬古長新嗎？這首詩的主題和結構中表露的是一種關於詩歌創作的危機感，揭示了詩歌所描述的

38　馮至，《十四行集》，《馮至全集》第一卷，第 242 頁。

動態運動和詩歌語言和形式無法逃避的凝滯和固化的矛盾。流動的詩歌結構傳遞思想，組成詩歌，對形式的悖論性威脅了詩歌的生命與生產力，禁錮了語言和圖像。因此，詩歌第三節第二行之後的句子，與其說為前兩節所展現的論述提供了回答，不如說提出了質疑，並因此形成了十四行詩中結構的轉折點。詩歌的末尾可以聽到歌德〈變化中的持久〉提出的問題的迴響，在表達了對藝術恆久的希望的同時，也透露出困窘和遲疑。

　　“五四”以來的現代文學重新思考了風景、自然和文學創作之間的關係。文學如何發展出獨特的語言和形式為風景賦形、為自然法則表意？如何在傳統的山水宇宙想像與西方浪漫主義以來的科學藝術觀念之間開啟對話，並發展出現代的自然觀念。郁達夫在其遊記散文的創作中，從“五四”個人主體性的發現出發，釐清人性、社會性與自然的關係，開啟對現代自然觀的探索。因為對自然與宇宙、科學和詩學的關係的關注，梁宗岱、馮至等詩人都把目光投向了歐洲浪漫主義思想資源。二十世紀三十年代的梁宗岱闡發宇宙意識，以尋求純粹的詩歌語言與形式，來書寫人類與宇宙之間的生生不息的關聯。馮至在抗戰時期的思考則關注了人與自然、物質世界與詩學世界、詩歌形式與語言表意之間的關係。

　　在這些嘗試中，既可以看到傳統詩學的物我關係的影響，也有對歌德等哲人的宇宙觀和蛻變學說的思考：物、我、自然元素之間相互生成與影響，宇宙萬物變動不居卻又萬古常新乃自然之根本法則，同樣處於這一變化圈中的詩歌和藝術，如何尋求自己的語言和形式，為此法則表意並傳諸於世？從現代個人的風景到褪去人事歷史的風景，從本真的自然、樸素的山水到物我相互改變、彼此交流的風景，從領悟自然的公開的秘密到以藝術表意，從萬古常新的風景的發現到賦之以形，詩歌或者藝術的語言、形式和表意，是詩人們思考的關鍵。歌德捕捉變化中的永恆，在文學中創造“第二個自然”，梁宗岱在宇宙意識中尋找純詩，而馮至在其二十世紀四十年代的山水書寫中努力“把住一些把不住的事體”。

平面化的自我：
郁達夫的鐵路旅行
與風景書寫

李思逸
香港中文大學講師

一、引子：鐵路旅客作為風景的消費者

　　一九三三年十一月，郁達夫受杭江鐵路局之邀，在正式通車之前率先飽覽沿線的風景名勝。按照鐵路局的意思，是希望作為著名文人的郁達夫"將耳聞目見的景物，詳告中外之來浙行旅者"，寫成的遊記作品由鐵路局刊行，"以資救濟 Baedeker 式旅行指南之乾燥"。[1] 這就是後來收入"杭江鐵路導遊叢書"的《杭江小歷記程》和《浙東景物記略》。郁達夫提到此事時也坦承："…… 雖在旅行，實際上卻是在替路局辦公，是一個行旅的靈魂叫賣者的身份。"[2] 由此可見，郁達夫對於自身的文學創作是協助生產商品化的風景這一事實有著清楚的自覺。

　　無獨有偶，一九三四年七月平綏鐵路局邀請燕京大學的冰心夫婦、鄭振鐸、顧頡剛等人組成一個免費的旅行團，考察游覽平綏沿線。之後，冰心以日記

1　郁達夫，〈杭江小歷記程〉，《屐痕處處》（上海：上海復興書局印行，1936 年），第
　　1 頁。
2　郁達夫，〈二十二年的旅行〉，《十日談》，1934 年新年特輯，第 24 頁。

的形式記敘了此次旅行的經過與沿途名勝，發表刊行了《平綏沿線旅行記》。[3]
鄭振鐸則有《西行書簡》，內容是其就旅途見聞而給妻子寫的十四封信，配有
五十五幅攝影照片，出版時列為"文學研究會創作叢書之一"。[4]

　　我們可以將兩個旅行團的遊覽路線稍作對比。郁達夫的鐵路旅程經過蕭
山 —— 諸暨 —— 金華 —— 蘭谿 —— 龍遊 —— 玉山，遊記中描寫的景點有雙
龍洞、冰壺洞、洞源、爛柯山、仙霞嶺等；冰心、鄭振鐸等人的線路則是清華
園 —— 宣化 —— 張家口 —— 大同 —— 雲岡 —— 歸綏（呼和浩特）—— 包頭，
飽覽的名勝包括青龍橋、八達嶺長城、大同華嚴寺、綏遠的昭君墓等。這兩次文
人的旅行線路及景點選擇，和《旅行雜誌》一九三七年"全國鐵路沿線名勝轉
號"編定的"浙贛線名勝"和"平綏線名勝"如出一轍，可以說是文學先鞭一著
引導了鐵路旅行與風景消費。郁達夫等人既是民國鐵路的最早乘客 —— 飽覽風
景名勝的新式消費者，又參與到了風景的書寫工程中。哪些景點是值得觀看的？
哪些名勝具有重要意義？它們之中誰可以由地區的代表升級為國家的象徵？這些
問題無法單靠鐵路的修築與營運解決，必須尋求文學的協助，正所謂"江山也要
文人捧"。[5]

　　回歸到個體層面：不同於傳統的山川遊歷，也迥異於日常生活中的出行及商
旅，這種現代旅行其實是一種遊覽，基於現代都市的視角、以鐵路為依託，前往
自然風景、名勝古跡等處進行一種視覺為主的身體消費 —— 或者稱之為"遊客
凝視"。[6]由於鐵路承擔了聯結空間、消除距離的職能，完成風景消費所需的只剩

3　冰心女士著，《冰心遊記》（上海：北新書局印行，1935 年）。

4　鄭振鐸，《西行書簡·文學研究會創作叢書第二集》（上海：商務印書館，1937 年）。

5　出自郁達夫 1935 年所作《詠西子湖》一詩：樓外樓頭雨似酥，淡妝西子比西湖。江山
　　也要文人捧，堤柳而今尚姓蘇。

6　John Urry, *The Tourist Gaze* (London, Thousand Oaks and New Delhi: SAGE Publications,
　　2002), 2nd edition, pp.1-3.

金錢和時間兩項，而它們在現代的語境中又是可以互換的。由於空間不再參與過程，時間不再從屬於經驗，鐵路旅行看似是消費者的自主選擇，但其實也在反過來規劃、塑造旅行者的主體。同樣，火車的意義也從"到達"讓位於"觀看"。這並不是說目的地和移動性不再重要，而是移動背後隱含著更為深沉的視覺欲望——對風景的觀看，以及主體對自身的觀看。

李歐梵曾就現代文學中孤獨旅客的形象與自我表達進行過探討，特別是比較了劉鶚的《老殘遊記》和郁達夫的《感傷的行旅》。他認為以郁達夫為代表的"五四"一代作家對主體個性和現代生活方式的肯定，是通過對抗一個困惑又疏離的環境來呈現的。儘管他們的生活和作品始終聚焦於自我，但有關自我的表達卻總是缺乏內在深度。[7] 的確，雖然郁達夫本人將"五四"文學和自己"自敘傳"的作品之意義歸於自我的發現，[8] 但在一個"我"已氾濫的時代，其用性苦悶來暴露自我的文學創作與當前的審美趣味存在一定偏差——今天看來難免顯得過時而矯飾。不過郁達夫的風景書寫卻一直被奉為經典，不論是上面提到過的旅行遊記，還是像《故都的秋》、《北平的四季》、《釣台的春晝》這樣的散文名篇，乃至《蜃樓》、《遲桂花》等小說中的寫景段落。某種意義上，郁達夫確實是以現代文學之眼發現風景的第一人。[9] 在他那裏文體的界限尚不明晰，遊記散文也會蘊含情節敘述的發展——如同小說一般；而小說則往往夾雜紊亂、隨意的抒情片段與風景描寫"帶有一種情感、觀察、事件自然流動的特點，這些東西都沒有壓

7　Leo Ou-fan Lee, "The Solitary Traveler: Images of the Self in Modern Chinese Literature", in *Expressions of Self in Chinese Literature*, Edited by Robert E. Hegel and Richard C. Hessney, (New York: Columbia University Press, 1985), pp.282-307, 294.

8　郁達夫，〈五六年來創作生活的回顧〉，《郁達夫全集・第十卷・文論（上）》（杭州：浙江大學出版社，2007 年 7 月），第 312 頁；〈五四文學運動之歷史的意義〉，《郁達夫全集・第十一卷・文論（下）》（杭州：浙江大學出版社，2007 年 7 月），第 82 頁。

9　吳曉東，〈郁達夫與中國現代"風景的發現"〉，《中國現代文學研究叢刊》2012 年第 10 期，第 80-89 頁。

縮到一種連貫的結構中"。[10] 這也為我們能夠跨界比較提供了平台，畢竟郁達夫所有的作品都可以歸結為如下的意象：一個孤獨的旅客在途中漫無目的地徘徊，懷揣無法實現的欲望而胡思亂想，周遭的一切都是阻礙與創傷，只有沉溺於風景的觀賞中方能得到片刻的安寧。

本文以鐵路旅行和風景消費為切入點，重新解讀郁達夫作品中缺乏內在深度的自我。我的論點是：郁達夫呈現自我的根本局限在於其始終無法處理他者的存在，這一自我形象所依附的載體正是以風景為佔有對象的現代旅客，同時也是未經他者承認的匱乏主體。換言之，對風景的觀賞、迷戀和對他者的逃避、焦慮正是主體一體兩面的實現方式。郁達夫筆下的風景並非如一般論述認為的那樣起到了淨化情欲、調和主客的作用，其恰恰是導致自我誤認的根源，是替代他者來填塞主體欲望的幻象。

二、孤獨旅客與憂鬱青年

從鐵路旅行的角度對郁達夫的小說進行一個新的分類：異國留學時期的〈銀灰色的死〉、〈沉淪〉、〈南遷〉均涉及在日本乘坐火車的描寫；而後期像〈迷羊〉、〈楊梅燒酒〉、〈蜃樓〉、〈遲桂花〉等則都以滬杭鐵路為背景 —— 從上海至杭州的鐵路旅行往往是這些小說情節得以開展的直接原因。

郁達夫筆下的車廂與車站從一開始就是為了襯托一個孤獨旅客的"我"而存在 —— 遠非一般想像中充滿各色人等、不同勢力的公共空間，偶爾出現的其他乘客也都被處理成平面化的背景與自然風景相混合，而冷清、孤獨、感傷是鐵路

---

10 李歐梵，〈追求現代性（1895-1927）〉，《現代性的追求》（北京：人民文學出版社，2010 年），第 212 頁。

空間常見的修飾詞。〈銀灰色的死〉中的"他"，由於感懷亡妻不願回家，一個人在寒夜中徘徊，遂想去上野車站的候車室烤火取暖。"一直的走到了火車站，清冷的路上並沒有一個人同他遇見，進了車站，他在空空寂寂的長廊上，只看見兩排電燈，在那裏黃黃的放光。賣票房裏，坐著了二三個女事務員，在那裏打呵欠。……等了一會，從東北來的火車到了。車站上忽然熱鬧了起來，下車的旅客的腳步聲同種種的呼喚聲，混作了一處，傳到他的耳膜上來；跟了一群旅客，他也走出火車站來了。出了車站，他仰起頭來一看，只見蒼色圓形的天空裏，有無數星辰，在那裏微動；從北方忽然來了一陣涼風，他覺得冷得難耐的樣子。月亮已經下山了。"[11]

〈沉淪〉中的留學生獨自搭乘夜行列車從東京前往 N 市，透過車窗觀看天上的星月和都市的燈火，便又不禁感傷起來。"他一個人靠著了三等車的車窗，默默的在那裏數窗外人家的燈火。火車在暗黑的夜氣中間，一程一程的進去，那大都市的星星燈火，也一點一點的朦朧起來，他的胸中忽然生了萬千哀感，他的眼睛裏就忽然覺得熱起來了。"[12]

〈南遷〉介紹主人公伊人的出場選定的地方是房州半島的北條火車站。"這小小的鄉下的火車站上，忽然熱鬧了一陣。客人也不多，七零八落的幾個乘客，在收票的地方出去之後，火車站上仍復冷清起來。火車站的前面停著的一乘合乘的馬車，接了幾個下車的客人，留了幾聲哀寂的喇叭聲在午後的澄明的空氣裏，促起了一陣灰土，就在泥成的鄉下的天然的大路上，朝著了太陽向西的開出去了。

---

11 郁達夫，〈銀灰色的死〉，《郁達夫全集‧第一卷‧小說（上）》（杭州：浙江大學出版社，2007 年），第 28 頁。
12 郁達夫，〈沉淪〉，《郁達夫全集‧第一卷‧小說（上）》（杭州：浙江大學出版社，2007 年），第 51 頁。

留在火車站上呆呆的站著的只剩了一位清瘦的青年⋯⋯"[13]

　　對郁達夫而言，似乎個體只有體會過旅行中的孤獨與感傷，才能確認自我的存在。而一個孤獨傷感的旅客倘若能再患上疾病，特別是憂鬱症之類的，那麼無疑會進一步突顯自我。所以病的隱喻也是他所癡迷的主題，其筆下的人物個個身心俱殘、神經敏感，通過旅行來逃避現實與他者，並且一定要前往風景勝地療養身心。〈沉淪〉中的主人公身患憂鬱病和妄想症，最後跳海自殺；〈南遷〉中的伊人所謂"世紀末的病弱的理想家"本就是因為身體衰弱前往安房半島休養，最後患上肺炎倒在病室裏；〈迷羊〉中的王介成患有失眠頭暈的惡症，神經衰弱；〈蜃樓〉中的陳逸群更是肺病、氣管炎、神經質、焦慮症一股腦兒的都得上，小說開頭便是他搭乘滬杭特別快車去西湖療養。這種病症帶來的憂鬱氣質，我們一般認為它和性苦悶的描寫一樣都是刻意雕飾出的自我隱喻，或按照郁達夫自己的說法："〈沉淪〉是描寫著一個病的青年的心理，也可以說是青年憂鬱病（Hypochondria）的解剖，裏邊也帶敘著現代人的苦悶，—— 便是性的要求與靈肉的衝突⋯⋯"[14] 有趣的是，若從心理疾病的文化史角度回看，這些現代神經症的初代患者居然就是最早的鐵路旅客。

　　史蒂芬·克恩（Stephen Kern）探討了十九世紀末西方科學技術的發展與文化領域的互動，特別是一種新的速度體驗和由此引發的文化憂鬱病（Cultural Hypochondria）。[15] 經他考證，像神經衰弱（neurasthenia）、神經痛（neuralgia）、臆病症（hysteria）等現代心理病在出現的早期階段，都是被歸咎

---

13 郁達夫，〈南遷〉，《郁達夫全集·第一卷·小說（上）》（杭州：浙江大學出版社，2007年），第 95-96 頁。

14 郁達夫，〈沉淪·自序〉，《郁達夫全集·第十卷·文論（上）》（杭州：浙江大學出版社，2007 年），第 18-19 頁。

15 Stephen Kern, *The Culture of Time and Space 1880-1918* (Cambridge, Massachusetts, London, England: Harvard University Press, 2003), pp.126-127.

平面化的自我

於以鐵路旅行為代表的加速體驗和高強度的工業化生活。當時的內科醫生和精神病醫生普遍認為，鐵路旅行引起身體的被動加速，導致乘客認知失調；且長時間暴露在過度的刺激中，會引發身體不適與精神衰竭。馬克・泰勒（Mark Taylor）也指出，就像今天的父母憂慮玩電子遊戲帶給孩子的身心影響，十九世紀的醫生則擔心人們幾個小時坐在火車車廂中觀看窗外一連串疾馳而過的圖像造成的後果 —— 讓他們與真實的人和物相分離。[16]

契凡爾布什則從病理學的角度，詳細地論證了十九世紀鐵路旅行與心理疾病之間的關聯。一方面，當時的人們普遍認為火車高速運行時產生的持續震動有害身心健康，特別是鐵軌與車輪之間的摩擦、撞擊會導致精神衰退，讓人抑鬱。另一方面，作為現代震驚體驗（shock experience）的源頭例證鐵路事故 —— 不論是親身經歷的還是存在於想像中的，也被認為是相關神經官能症的元兇。甚至當時還有一個專門的醫學名詞來稱呼此類心理病 ——"鐵路脊椎病"（railway spine），以為是鐵路旅行傷害了大腦和脊椎而引發了相關的精神壓抑和心理創傷，直到十九世紀八十年代末才被新的名詞"創傷性神經症"（traumatic neurosis）所取代。[17]

孤獨旅客與憂鬱病青年的文學組合無意中印證了現代主體的發生史。鐵路旅行催生了遊客的孤獨與憂鬱，同時又以風景為許諾作為對主體的一種補償。對於如何解決包括性苦悶在內的一切主體所面臨的問題，郁達夫提供的終極方案還是風景。在〈懺余獨白〉中，郁達夫聲稱自己拿起筆進行文學創作的主要動因來

---

16 Mark C. Taylor, *Speed Limits: Where Time Went and Why We Have So Little Left* (New Haven and London: Yale University Press, 2014), pp.22-24.

17 Wolfgang Schivelbusch, *The Railway Journey: The Industrialization of Time and Space in the Nineteenth Century* (Berkeley and Los Angeles: The University of California Press, 1986), pp.113-119, 134-139.

自於對大自然的迷戀，和由此引發的一種向空遠的渴望及一種遠遊之情。[18] 而在〈山水及自然景物的欣賞〉一文中，他更是宣稱："無論是一篇小說，一首詩，或一張畫，裏面總多少含有些自然的分子在那裏；因為人就是上帝所造的物事之一，就是自然的一部分，決不能夠離開自然而獨立的。" 絕色的美人朝夕相處也會有看厭的一天，可口的飯菜天天吃也會有感到寡淡的時候，人性中的喜新厭舊唯有對於自然和風景是不適用的。對山水和自然風景的欣賞，可以發現人性、陶冶人格、淨化欲望。[19] 這種觀念既受到西方浪漫主義對自然之愛的影響，又是傳統文人寄情於山水的延續。

由於自我暴露和風景抒情是郁達夫作品中最主要的兩個特徵，我們很自然會聯想到柄谷行人在探討日本現代文學時將風景的發現與自我的確立聯繫在一起 —— 著名的 "顛倒說"。他認為，風景並非從一開始就是作為客體存在於外部，而是通過現代文學中對內心孤獨的書寫才被發現的。風景作為一種現代性裝置確立後，其起源就被遺忘了，而主體自我和客體對象這些認識性概念都是在風景之中產生的。[20] 柄谷的高明之處是擅於用講故事的方式構造一連串相異於常識的 "顛倒"，但其實質仍是用觀看風景的內心狀態與對象化過程來闡釋主、客體的確立。問題在於，他的主體（客體）都是靜止的，所以也就混淆了對象化與客體化這兩個不同的過程。

以運動的視角來觀照主體，最經典的是黑格爾在《精神現象學》中所描述的自我意識之辯證發展。在他看來，自我意識必須要經歷一系列分裂對立才能藉助他物回歸自身、成為主體。在運動中，主體首先一分為二，從自身中樹立起對立

---

18 郁達夫，〈懺余獨白〉，《北斗》，1931 年第一卷第 4 期，第 55-57 頁。

19 郁達夫，〈山水及自然景物的欣賞：附照片〉，《申報・增刊》，1936 年第一卷第 3 期，第 68-69 頁。

20 Karatani Kōjin, *Origins of Modern Japanese Literature*, pp.22-36.

平面化的自我

面，異化為客體對象。但自我意識的本質任務就是克服此種異化、揚棄矛盾：所以抽象的自我意識（“我就是我”）從最初的直接統一出發，經歷欲望的自我意識（“有我無他”）、他者承認的自我意識（“我他之爭”／主奴之爭），最終達到無所不包的普遍自我意識（“絕對精神”）。所以他者的承認是主體確立最重要的環節 —— 不論這種承認是形式上的需要還是真實的生死鬥爭，因為自我意識只有在另一個自我意識（他者）那裏才能獲得滿足。[21]

風景的觀看（書寫）則永遠呈現為一個人的、“我”的視角，倘若出現了其他的風景消費者，至少在文學再現中一定是要被隱去或背景化處理的。所以風景的對象化並不產生對等的客體，反而是對他者採取一種拒斥、迴避的態度，處於一種自我初階的欲望狀態。按照黑格爾的想像，此時自我表述自己的欲望是如此強烈，以至於要通過否定對象、取消他者來滿足自身，但又因此顯得空洞匱乏，沒有深度。風景生產出的自我正是一種未經他者承認的匱乏主體，就像郁達夫筆下也從來沒有一個能與“我”處於對等地位的“她／他”，而“我”在風景中沉溺得越深，他者闖入時造成的傷害就越大。

三、一個人的風景

〈沉淪〉中的憂鬱病青年無法與他人相處，躲進自然這座避難所中朗誦華茲華斯（William Wordsworth）的詩歌，觀賞稻田、草木、斜陽、遠山等美景。可就在他出神呆看之際，突然聽見了一聲咳嗽，不知什麼時候背後來了一個農夫，“他就把他臉上的笑容改裝了一副憂鬱的面色，好像他的笑容是怕被人看見的樣

---

21 G. W. F. Hegel, *The Phenomenology of Spirit*, trans. A. V. Miller (Oxford, New York, Toronto, Melbourne: Oxford University Press, 1997), pp.108-112.

子"。[22] 而第二次的傷害更加嚴重，搬進山頂梅園的他，向下俯瞰著平原裏的稻田 —— 這次帶的是黃仲則的詩集。金黃的古色、紺碧的天空，眼前的風景如同米勒（Jean-François Millet）的田園畫作一般，面對自然的神啟，他也不由得有了昇華自我的念頭。"赦饒了！赦饒了！你們世人得罪於我的地方，我都赦饒了你們罷，來，你們來，都來同我講和罷！"儘管這種強烈而空洞的自我依舊無可救藥，但多少顯示了在風景的作用下主角有了與世界和解的願望。然而這一願望還是破滅了，他突然發現附近有一對野合的男女，忍不住偷聽他們的對話與活動，卻又因此喚起無盡的自責與懊惱，墮入沉淪。

坦率的性描寫，是郁達夫的小說當年轟動一時的原因。但公平講，性描寫只是郁達夫暴露自我的一種手段，其更多是作為人生苦悶的象徵而非肉體上的愉悅。〈沉淪〉與〈南遷〉寫的都是性欲不能滿足時，人就一直處於痛苦與焦躁之中；〈秋柳〉與〈迷羊〉卻講述性欲一旦得到了滿足，人所換來的只是更大的空虛與孤獨。這樣郁達夫的性描寫就獲得了一種普遍的超越性，那些為性所困的主人公儘管有著變態、卑猥的一面，但他們贏得的同情要遠多於鄙夷。面對欲望，壓抑和滿足都不是真正的解決之道，只有祈求於旅行之中風景的救贖力量。

風景對情欲的緩解，促使了自我昇華，這一特徵在郁達夫一九三二年發表的〈遲桂花〉中達到了頂峰。[23] 持這種論調的研究者似乎都把風景的欲情淨化功能視作理所應當，以致沒人試圖去解釋甚或追問風景為什麼、怎麼樣能夠淨化情欲。以主體的辯證視角觀之，我以為風景對情欲的淨化只是表面的修辭，真正的原因是風景和性欲彼此指涉的對象在本質上互不兼容。性的欲望說到底總是潛在

---

22 這和薩特所講在公園中遭遇他者的故事蘊含著類似的道理。參見薩特著，陳宣良等譯，《存在與虛無》修訂譯本（北京：生活·讀書·新知三聯書店，2007 年），第 322-328 頁。
23 吳曉東，〈中國現代審美主體的創生 —— 郁達夫小說再解讀〉，《中國現代文學研究叢刊》2007 年第 3 期，第 3-34 頁。

地指向他者，所以郁達夫的人物雖然對他周遭的環境無法理解、與他人不能相處，但性苦悶本身就暗示了自身懷有接近他人的願望且希冀這種感情獲得滿足。對風景的欲望則是另一回事：山水和景物並不將觀看主體投射出的欲望和情感引向另一個主體，而是返還給主體自身；風景的書寫顯現為一個人的視角，即使對"我"不著筆墨但其本身就是自我的產物；情景交融的昇華想像中，"人"的空位一定是由"我"來填充，而不是"他／她"。對風景忘我的迷戀何嘗不是一種根深蒂固的自戀？風景的欲望是排他的，觀看風景時獲得的並不是只有山水和自然，還有理想自我的誤認。

在精神分析的脈絡中，拉岡認為主體並不是笛卡爾式的自我意識，而是無意識的主體，說到底也是欲望的主體。基於無意識擁有著像語言一樣的結構，作為能指的主體才得以被另一能指表徵，故而在意指鏈（signifying chain）上的縫合點處（point de caption）擁有被縫進各種所指／客體的可能。所以主體是一種符號結構上的空缺，是實在界的一種原處的匱乏。而一個理想的自我（ideal ego）是主體在想像界／鏡像階段"一種根深蒂固的誤認"，如同嬰兒在鏡子中用觀看他人的方式發現了自己的存在一樣。主體這種想像性的自我誤認（對 objet petit a 的認同）是為了讓自己忘卻對"大他者"（the Other）的絕對依賴，以掩蓋自身的匱乏和因空洞、缺失而起的焦慮。[24] 從這個角度看，郁達夫小說中的性與風景都是為表達自我服務的，但只有風景才能引起理想自我的誤認。〈遲桂花〉這部被譽為郁達夫藝術風格最為完善的小說以出神入化的風景描寫和對情欲的淨化而聞名，但它其實也是那個匱乏主體 —— 孤獨憂鬱的男性旅客 —— 最為強烈的自戀表現。

---

24 參見 Jacques Lacan, *Ecrits,* trans. Bruce Fink (New York, London: W.W.Norton & Company, 2006), pp.675-685。另見 Slaoj Zizek, *The Sublime Object of Ideology* (London, New York: Verso, 2008), pp.115-118。

故事的情節非常簡單：主人公“我”（老郁）收到了多年未見的同窗好友翁則生的一封信，邀請他前來杭州參加自己的婚禮。老郁應邀前來，搭乘滬杭列車逃離上海，來到了杭州郊野風景幽美的翁家山。他不僅為秀麗的山光水色而吸引，更被則生的妹妹——天真善良的蓮兒所打動。小說描寫翁蓮婚姻不幸，寡居娘家，但卻有著健康純潔的自然美，始終保持了一顆淳樸的赤子之心，好似山中盛開的遲桂花一般。由於婚禮在即，翁則生擔心妹妹觸景生情難免傷心，便懇請老郁和蓮兒一起同遊五雲山。山澗秋遊途中，蓮兒舉止爛漫，對一草一木、一花一蟲都有著詳盡的瞭解，猶如自然的化身。一男一女的浪漫之旅，讓老郁不由心生雜念，喚起對翁蓮的情欲。但面對這位純潔無瑕的女性，老郁坦承內心所想，痛加懺悔祈求得到對方的寬恕。在這旖旎清澄的自然境界中，應老郁的要求，兩人結拜作“最親愛最純潔的兄妹”，風景的遊覽、浪漫的旅途最終轉化為欲望的淨化和靈魂的救贖。小說結尾，是要返回上海的老郁在火車站和則生、蓮兒惜別，並對他們說“再見，再見！但願得我們都是遲桂花！”[25]

　　翁蓮可以說是按照郁達夫的藝術審美準則所塑造出最為理想、完美的女性形象。但她依舊和郁達夫筆下任何一個女性人物一樣，沒有面目、沒有話語、沒有欲望，只為男性主體的自我表述而存在。翁蓮的美是因為她和風景一樣，沒有細節、模糊不清。翁蓮的淳樸天真完全是緣於她在情節敘述的發展中不具有表達的權利，她原諒老郁的懺悔，接受結拜為兄妹的要求完全是順應主角內心為所欲為的情緒流動——她的態度是同意還是拒絕其實都不重要。翁蓮最重要的特徵是“潔白得同白紙似的天真小孩”，也就是說她沒有自己的欲望，更不要說情欲了。這不光是郁達夫的男性視角對女性欲望的閹割，根本上還是源於文中的主體自我不會承認另一個主體的存在，也不會給予其對等的他者地位。貫穿全

---

25 郁達夫，〈遲桂花〉，《郁達夫全集·第二卷·小說（下）》（杭州：浙江大學出版社，2007 年），第 372-404 頁。

篇的始終是“我”的欲望萌生、“我”的坦白懺悔、“我”的兄妹之議、“我”的欲情淨化、“我”的靈魂昇華，完全是借完美的風景和理想的女性來奏響自我的狂想曲。翁蓮的女性形象與風景之重合，不僅是小說將她刻畫成搖曳於山水之間的自然精靈，也體現在她對主體欲望的處理方式上。這一理想的女性，她並不直接勾引主體的欲望 —— 是在無意間的撩撥中喚起；也不會對欲望給予直接的滿足 —— 成為主體的鏡像供其進行一系列的表演幫助他最終返還自身確立自我；最終是能將主體的各種欲望 —— 無論是高尚還是卑劣、真誠還是虛偽 —— 完全地予以容納，就如風景一樣。顯然，這一自我在確立過程中是逃避、拒絕他者承認的，結尾點題那一句“但願得我們都是遲桂花”無非是希望所有人（他者）都成為風景中的一部分，而這一風景的觀看視角當然還是由“我”來定的。所以自我暴露和風景抒情的相互映照是基於對他者的排斥，郁達夫筆下的自我與風景成了彼此欲望的幻象。〈遲桂花〉中不僅有郁達夫理想的風景、理想的女性，還有他最為理想的自我圖景：旅行者置身於沒有他者的風景之中，而這正是那缺失內在深度的自我之終極表達。

招魂、革命與戀愛
——五四與陶然亭風景的流變

林崢
中山大學副教授

　　陶然亭位於北京城南，是清代北京最負盛名的人文勝跡，也是宣南士大夫
文化的集大成者。民國之後，士失其業，且內外城的格局被打破，文化中心由外
城轉向內城，宣南士鄉遂淪為市井城南。內城新闢的中央公園、北海公園等取代
陶然亭成為了新興的人文空間，平民趣味的娛樂場所如新世界、遊藝園、天橋
等則在南城佔據上風，陶然亭因此日趨破敗。儘管往日風流被雨打風吹去，陶
然亭仍是遺老寄託幽懷的所在，但他們的招魂行為，恰自證了士大夫文化及其所
依託的帝制傳統在新的時代難以為繼。同時，在五四新氣象的感召下，陶然亭的
面目也隨之一變。正因其乏人問津，一九二〇年代初革命者在此秘密集會，醞釀
了五四社團和新式政黨的誕生，陶然亭也由此煥發出生機。其中一位革命家高君
宇，更是與陶然亭生死相依。他生前與五四女作家石評梅常在陶然亭約會，死後
又先後葬於陶然亭，他們的墓碑及愛情故事，成為陶然亭新的景觀和典故。陶然
亭肇始於一九二〇年代的這些新變，導致其日後成為共和國時期北京興建的第一
個公園，並作為革命紀念的基地，相應景觀亦各有不同的轉變和詮釋，與昔日判
然有別。本文以一九二〇年代的陶然亭為視角，借小鑒大，管窺五四之後北京多

元的政治、文化、文學生態及現代性轉型。

一、從雅集到招魂：士人結社的末路

　　一九二五年上巳，年逾八旬的遺老樊增祥等十一人做主，邀請一百零九位賓客，在陶然亭大舉雅集，當日實到會者七十六人，此即轟動一時的“乙丑江亭修禊”。此次禊集的主體為稊園社，其濫觴於一九一一年冬，係關賡麟、樊增祥、易順鼎等人發起的詩社，幾乎囊括了當時在京所有的名流遺老。

　　很顯然，以樊增祥為首的稊園諸公意在接續前輩士人江亭雅集的傳統。陶然亭是清代士林題詠的勝地，有組織的社集更是不勝枚舉，以道光九年到十八年間“江亭雅集”為典型。徐寶善、黃爵滋主持京師壇坫時期，頻繁召集文人雅集，地點多在陶然亭，形成一個聲勢頗盛的士人集團，被後人稱為“江亭雅集”或“春禊圈子”，其中最盛大的一次，乃道光十六年的“江亭展禊”。張鵬飛〈江亭展禊記〉曰：“夫君子燕遊，豈徒徵逐豆觴哉？必將闡經義，敦氣節，以扶持正人，維持國是為交勉。庶幾哉以文會友，以友輔仁，非徒流連光景也。”[1]可見士大夫的自我期許，雅集結社旨在闡發經義、敦礪氣節，寓經國之志於遊宴之中，打造一個志同道合的共同體。江亭展禊的參與者多是道光朝經世派的代表人物，道咸之際，經世思想盛行，士大夫對國事十分關切，“一時文章議論，掉鞅京洛，宰執亦畏其鋒”，詩酒交遊的本質在於匡濟天下、“處士橫議”。[2]

1　張鵬飛，〈張補山記〉，《仙屏書屋初集年記》卷二十一，清道光二十九年（1849 年）刻本（台北：華文書局，1969 年），第 17b 頁。
2　歐陽兆熊、金安清撰，謝興堯點校，《水窗春囈》（北京：中華書局，1984 年），第 80 頁。

"江亭雅集" 體現了中國傳統文人的交際模式。"詩可以群"，士大夫之間交遊的方式，主要表現為結社與雅集，且二者多有重疊，如徐寶善、黃爵滋主持的 "江亭雅集"，也是以 "春褉圈子" 名世的詩社。文人社集往往擇風景名勝之地，舉詩酒文會，正如張補山所言，其看似風雅，實際上卻不是單純的消閒之舉，而是與科舉仕進、聯絡聲氣、轉捩詩文與士林風氣等息息相關。

　　士人結社，最初的動因是為了應對科舉取士，集合起來共習舉業，以期收到比個人閉戶讀書更明顯的功效，這便是結社的雛形。社盟一般以文學上、政治上卓有聲望的人物為中心，成員之間相互標榜品題詩文，其影響力往往超越舉業的範疇，甚至轉移一個時代的詩文風氣。同時，文以載道的觀念深入人心，除了詩文的切磋外，社員們還可以通過群體間的交往，彼此規正砥礪，加強自身的道德修養。尤其在政治動盪的時代，如元初及明清之際，這種結社行為就附上更為強烈的政治色彩，體現為士大夫清議黨爭、抵禦異族等方式，譬如晚明復社、幾社諸君的抗爭。[3] 即使在嚴禁政治結社的清代，清中葉之後的詩社如 "春褉圈子" 及與其有先後傳承關係的 "宣南詩社" 和 "顧祠修褉" 文人圈，在賞花看碑、詩酒唱和背後，亦含有"求康濟之學"的共同追求。[4] 同治年間，士大夫清議之風再度抬頭，張之洞、潘祖蔭迭於龍樹寺中大會名士，聚合天下人才，清流黨人在此把酒論文，諷議朝政。樊增祥早年即親歷張之洞的陶然亭盛會，及其主持乙丑修褉時，曾感慨 "弱冠游江亭，忽焉成耆宿"。[5]

　　民國之後，士人安身立命的政治和文化制度都不復存在，甚至遺民倫理也

3　參見歐陽光，〈宋元詩社研究〉，《宋元詩社研究叢稿》（廣州：廣東高等教育出版社，1996 年）；謝國楨，《明清之際黨社運動考》（出版地不詳：商務印書館，1934 年）。

4　參見魏泉，《士林交遊與風氣變遷——19 世紀宣南的文人群體研究》（北京：北京大學出版社，2008 年），第 83-101 頁。

5　樊增祥，《乙丑上約客陶然亭修褉分韻得欲字》，樊增祥編，《乙丑江亭修褉分韻詩存》，鉛印本，1925 年，第 10a 頁。

前所未有地失卻了正當性，結社雅集的性質發生了質變。面對此「數千年未有之大變局」，士大夫群體比以往更需要在同氣相求中尋求認同感，也聊以排遣科舉廢除、舊學無用武之地的遺憾。據統計，民國期間確定可考的遺民詩社即逾半百，稊園社的前身寒山詩社，就是在辛亥冬發起的。而陶然亭對於這些歷經家國巨變的士大夫而言，象徵著士人文化鼎盛時期的風華，日漸凋敝的陶然亭也與遺老的命運若合符契，更具獨特的意義。以稊園社為例，小規模的遊宴一般在稊園等私園及內城的各大公園舉行；到了某些有紀念意義的節日，需要組織大型雅集時，仍會選擇陶然亭，如一九一七年展上巳修禊；一九一八年戊午修禊，特以「江亭」二字分韻賦詩；至一九二五年乙丑修禊，此後京師士大夫雅集規模無出其右者。

　　乙丑修禊雖意在追慕江亭雅集傳統，卻有如迴光返照，成為這一傳統的終結。乙丑上巳於遺老是個特殊的節點，數月前馮玉祥策動北京政變，廢除帝號，驅逐溥儀出宮，給予遺民致命一擊；十幾日前又逢孫中山逝世，舉國革命熱情高漲，北伐戰爭一觸即發。在山雨欲來的時局中，遺老們很難抵擋現實的侵襲，賦詩多傳遞出一種末世之音。劉體乾甚至直指永和以來文人雅集的意義：「我思永和至今一千幾百秋，詩詞雕板堆積如山丘，文采照耀五大洲，試問煮字療飢不？君不見竊鈎者誅、竊國者侯，謬托唐虞毀冕旒。王順長息奔走如倡優，一朝勢落類楚囚。」[6]「煮字療飢」典出蘇軾〈鼂錯先生詩集敘〉，[7]對於傳統士大夫而言，詩文有不可忽視的力量，能切中時弊，「療飢、伐病」，甚至被譽為經國之大業，不朽之盛事。而此處，劉體乾同樣將文學的功用與經國大業聯繫起來，質

6　劉體乾：〈乙丑上巳江亭修禊分韻得游字〉，《乙丑江亭修禊分韻詩存》，第 8b-9a 頁。

7　蘇軾〈鼂錯先生詩集敘〉：「先生之詩文，皆有為而作，言必中當世之過，鑿鑿乎如五穀必可以療飢，斷斷乎如藥石必可以伐病」，《蘇軾文集》卷十（北京：中華書局，1986年），第 313 頁。

問詩文是否可以療治國家的病痛，他的答案顯然是否定的。對於徐寶善、黃爵滋的春禊圈子、張之洞為首的清議派而言，江亭雅集茲事體大，可以建立經世致用的士大夫共同體；劉體乾卻將汲汲於政事的同輩士人比作侍奉統治者的王順、長息，一句"試問煮字療飢不"，質疑並消解了千年來士人社集的意義。

乙丑修禊實際上呼應了陶然亭蘊藏的另一脈傳統，即"江亭悼亡"。在蒹葭蘆葦的清幽之外，陶然亭還有一種獨特的人文景觀——墓碑，如香冢、鸚鵡冢等，尤能觸動文人的幽懷。正如陳慶龢詩曰："追憶舊遊成一慟"，[8] 面對累累墓冢，遺老們不免撫今追昔，賦詩追憶亡逝的師友。而整個雅集本身就相當於一場集體追悼，癸丑以來遺老們頻頻發起雅集，實際上是在已不屬他們的時代下，勉力為式微的傳統招魂。

乙丑之後，遺老們延續了江亭傷逝、招魂的象徵意義，又造就了賽金花墓和五色鸚鵡冢，將其納入江亭悼亡的傳統之中，供遺老們在淪陷時期寄託其別有深意的政治抒懷。[9] 從詩酒風流、經世致用，到為帝制招魂、甚至為附逆自辯，陶然亭見證了士大夫文化的從鼎盛到末路。

二、小團體，大聯合：新式政黨與革命的濫觴

當遺老們還在憑弔上一個時代的消逝，革命青年則已在醞釀一個新時代的

---

8 陳慶龢，〈乙丑上巳江亭分韻得紅字〉，《乙丑江亭修禊分韻詩存》，第 31a 頁。

9 對於賽金花墓和五色鸚鵡的研究，詳見袁一丹，〈別有所指的故國之悲——延秋詞社〈換巢鸞鳳〉考釋〉，《中國詩歌研究》2014 年 4 月；潘靜如，〈賽金花之墓的成與壞——從卜葬、立碑到毀墓的三十年眾生相〉，《粵海風》2016 年第 6 期。二人都指出，以潘毓桂為首的遺老對於賽金花和五色鸚鵡的表彰，是在回應世人對其淪陷時期節行的指摘。

發生，原來的政治瓦解了，另一種政治卻開始嶄露頭角。陶然亭在一九二〇年代初被革命青年看中，成為五四社團集會的場所，這與傳統士大夫的結社雅集，既有一脈相承處，又存在質的不同。

　　一九一五年《新青年》（初名《青年雜誌》）創刊，標誌著新文化運動的發端，越來越多的新青年意識到需要聯合起來，結成團體。一九一〇年代末至一九二〇年代初，青年社團風起雲湧，以毛澤東、李大釗、周恩來等人為主導的新民學會、少年中國學會、覺悟社皆為其中翹楚。儘管這些新生社團在創立伊始即自覺與“文人習氣極重”的傳統社團相區隔，但少年中國學會和新民學會宗旨的衍變顯示其一定程度上承繼了士人結社對於砥礪品行與經國志業的追求；然而，也正是宗旨的變革──“改造中國及世界”、“創造少年中國”理想的確立，將傳統結社與現代社團從本質上區別開。

　　羅志田《權勢轉移：近代中國的思想與社會》一書曾提出帝制的覆滅與科舉的廢除，導致了近代中國整個知識體系與官僚選拔機制的崩潰與重建。[10] 在這樣的大背景下，如何獲取建設現代國家的知識，如何培養建設現代國家的人才，是一個傳統知識儲備所無法應對、前所未有的新命題。五四社團就是在這樣的時代訴求下應運而生。建設現代國家的事業，單靠個人的力量難以完成，正如覺悟社成員所言：“要創造一種新生活 …… 非一個人的能力所能抵抗，非組織相當的團體不可”。[11] 這個“團體”，即一種有別於傳統士大夫結社的新的組織形式。

　　士子結社，雖也強調交際的功能，總體而言是一種基於共同的文學主張、政治立場的較為鬆散的聯盟，以雅集為主要活動形式。而五四以來的社團，受西

10　參見羅志田，《權勢轉移：近代中國的思想與社會》（北京：北京師範大學出版社，2014 年）。

11　〈我們的五一節（節錄）〉，張允侯等編，《五四時期的社團》（二）（北京：生活·讀書·新知三聯書店，1979 年），第 342 頁。

方現代政治思想和社團文化的影響，特別強調 "社交" 和 "團體" 的概念。覺悟社在成立之初，就有意識地進行社交的實踐，新民學會和少年中國學會則更明確地提出 "社交的修養" 和 "團體的訓練" 的理念；而 "社交的修養" 與 "團體的訓練" 落實在制度層面，便促成了以 "學術談話會" 為代表的活動形式。

開會是現代社團特有的組織方式。士子結社的初衷是為了共習舉業，以應對科舉考試；現代社團的興起，則緣於青年學子以社團為單位，共同探索改造中國的方法。他們沿用了士林集會的風景名勝作為活動場所，本文以陶然亭為視角，兼及中央公園等其他空間，考察五四社團的組織形式，與傳統雅集有何區別。

陶然亭醞釀了少年中國學會的誕生，一九一八年六月三十日，六位創始人在陶然亭西北的岳雲別墅召開第一次發起會，一九一九年七月一日，少年中國的週年紀念大會暨第一次年會也選在此地召開，以誌紀念。此後，幾位發起人又頻繁於岳雲別墅及中央公園聚會商榷，奠定了學會成立的基礎。少年中國正式成立後，活動更有規律性，多在中央公園來今雨軒舉行歡迎會、茶話會等，溝通在京成員內部的聯絡，更兼招待外地來京的分會成員，以起到交流經驗的作用。

如一九二〇年三月三日為歡迎南京分會的王德熙，在來今雨軒召開茶話會。北京會員代表孟壽椿請王德熙分享南京分會的經驗，王即介紹了 "學術談話會" 的形式。北京會員從善如流，下月來今雨軒常會全體決議組織學術談話會，並強調注重 "德行之砥礪、學術之研究、社會問題之討論" 三方面。[12] 再次常會時，更進一步認領各人討論的書目。[13] 至十一月二十八日，在北大第一院正式召

---

12 〈會務報告〉，《少年中國》第一卷第 11 期，1920 年 5 月 15 日。
13 〈會務報告〉，《少年中國》第一卷第 12 期，1920 年 6 月 15 日。

開首次學術談話會。[14]

　　學術談話會在少年中國內部如北京、南京、上海各地廣泛推行，是學會重要會務之一。鄭伯奇曾於《少年中國》撰文與方東美爭論成立了專門的科會之後學術談話會是否還有存在的必要，認為學術談話會有其無可取代之處："最Democratic 最 Economic 的友情的集合怕再沒有像學術研究會之類好的了"。[15] 鄭伯奇提出學術談話會是"會員的一個良好的修養和交際的團體"，恰因應了少年中國等社團對於"社交修養"與"團體訓練"的要求。傳統士子雖會為切磋時藝而結社，但讀書治學基本上是個人的事情，就像鄭伯奇所說的："終還不過是向故紙堆中去討生活"。而現代的青年學生為了探索改革中國的途徑，與原來閉戶讀書的習慣大為不同了，要創造"少年中國"，沒有前車之鑒，需要自身摸索著"殺出一條道路"。[16] 新舊交替之際，湧入中國的新知識千頭萬緒，靠個體的力量一一研究是不可能的，要想在最短的時間內獲取最多的信息量，"最民主最經濟"的手段，就是學術談話會。每人認領一個對象或領域，再在會上交換所得、互通有無，達成效率的最優化。

　　社交聯絡的功能，對於五四社團至關重要，而陶然亭一類的公共空間為團體間的聯合提供了物質上的支持。以陶然亭為例，可以折射五四社團風生水起的"小團體，大聯合"。"小團體，大聯合"是少年中國發起之初確立的準則，也是五四社團的普遍現象，一九二〇年輔社、少年中國學會、覺悟社在陶然亭先後發起的兩次集會，就很有代表性。

　　一九二〇年一月十八日，毛澤東、鄧中夏、羅章龍與輔社在京成員於陶然

14〈少年中國學會消息·十一月廿八日之學術談話會〉，《少年中國》第二卷第 7 期，1921 年 1 月 15 日。

15〈會員通訊〉，《少年中國》第三卷第 6 期，1920 年 12 月 15 日。

16 周太玄，〈關於參加發起少年中國學會的回憶〉，《五四時期的社團》（一），第 539 頁。

亭集會，共商驅張對策。驅張鬥爭緣起於五四期間，少年中國會員鄧中夏等南下，與以毛澤東為首的新民學會聯絡，得到湖南學界雲起響應，湖南督軍兼省長張敬堯對此暴力鎮壓，從而爆發驅張運動。因此，毛澤東又帶領新民學會北上與鄧中夏、輔社合作，爭取北京社團的幫助。由上可知，驅張鬥爭不僅是五四運動在湖南的繼續和發展，它實際上還反映了五四社團之間的互助合作，而陶然亭見證了這一過程。

而一九二〇年八月十六日在陶然亭北廳召開的五團體聯席會議，更是五四社團聯合的一個標誌性事件。五四運動之後，以覺悟社、少年中國學會為代表的進步社團日益意識到，社團之間需要進一步加強聯合，共同行動。因此，在李大釗倡議下，由周恩來領導的覺悟社發起，包括少年中國學會、人道社、曙光社、青年工讀互助團等五個團體的成員參與了此次座談會。[17] 會上李大釗提議各團體有標明主義、加強聯絡的必要，於是會議商定由各團體推舉代表，再於十八日北大圖書館開籌備會。經籌備會決議，定名為“改造聯合”，起草了〈改造聯合宣言〉和〈改造聯合約章〉。〈改造聯合宣言〉指出：“我們的聯合，不止是這幾個團體的聯合；凡是我們的同志團體，我們希望都聯成一氣。”[18] 陶然亭的這次茶話會，將社團自發的聯絡轉化為有組織的聯合，進一步深化了五四以來社團之間的交流與聯繫。由最初的單打獨鬥，到共同進退，有意識地統一思想和行動，聯手推動社會改革，是五四社團史上濃墨重彩的一個關節點。[19]

此後，少年中國學會進一步標明主義，其中以李大釗為首的一部分成員逐漸傾向馬克思主義，孕育了早期中國共產黨的誕生，將陶然亭選作剛建立的北京

---

17 參見劉清揚，〈覺醒了的天津人民〉，中國社會科學院近代史研究所編，《五四運動回憶錄》下冊（北京：中國社會科學出版社，1979 年），第 563 頁。

18 〈改造聯合宣言〉，《五四時期的社團》（一），第 329 頁。

19 如周恩來就受到李大釗等人的影響，對於馬克思主義產生興趣，於 1921 年成為一個馬克思主義者。

市中共黨組織的秘密據點。一九二一年八月到一九二三年間，少年中國學會的主要成員鄧中夏、惲代英、高君宇等經常來此開會，進行革命活動。

如此，毛澤東、鄧中夏與輔社，李大釗、周恩來與少年中國學會、覺悟社等，不約而同地選擇了陶然亭，且這幾條脈絡最終冥冥中聚合在一起，他們都成為了中國共產黨的早期創始人，毛澤東、周恩來更是開創了新中國。陶然亭見證了五四以來新青年自發組成的進步社團，逐步聯合在一起，形成具有明確政治主張、有序組織形式和活躍革命實踐的政治團體，最終締造中國新的執政黨，改變了國家的性質。當遺民們還在祭奠覆滅的帝國時，殊不知在同一個時空中，青年們已在推動新的國家崛起。反而是後者，以微妙的方式，回應了近一百年前張鵬飛等人在陶然亭許下的豪言壯語：「夫君子燕遊，豈徒征逐豆觴哉？必將闡經義，敦氣節，以扶持正人，維持國是為交勉。」

三、高石之墓：革命與戀愛的張力

一九二〇年代初活躍於陶然亭的共產黨人中，有一位英年早逝的高君宇。他生前鍾愛陶然亭，除進行革命活動外，還常與女作家石評梅到此散步，在其生命晚期與石評梅同遊時，他觸景生情，表示死後願葬於陶然亭。一九二五年高病逝後，石評梅徵得黨組織同意，將其落葬。其墓碑宛若利劍直指長空，石評梅將他的詩句「我是寶劍，我是火花，我願生如閃電之耀亮，我願死如彗星之迅忽」刻於其上。三年後石在對於高君宇的追悼中鬱鬱而終，友人遵其遺願將她與高並葬，立碑「春風青冢」。兩方白玉劍碑如同一對比肩而立的眷侶，超越了「江亭悼亡」的脈絡，成為陶然亭畔一道新的風景。陶然亭在民國期間再次受到關注，很大程度是由於高君宇、石評梅。

高君宇與石評梅的故事，在五四時期極具代表性，可謂「新青年」與「新女性"、"革命"與 "戀愛" 的相遇。石評梅曾摘錄高君宇致自己的信："我是有兩個世界的,一個世界一切都屬你,我是連靈魂都永禁的俘虜;在另一個世界裏,我是不屬你,更不屬我自己,我只是歷史使命的走卒!"[20] 這句話將一個革命者對於革命與愛情的雙重忠貞表白得淋漓盡致,因而廣為傳頌。但現實確如敘述這般平滑嗎?深究高君宇與石評梅的本事,實際上含混複雜,革命與戀愛並非並行不悖,而是充滿張力,但也正因此,讓我們窺見從"文學革命"到"革命文學",文學、政治、倫理的種種嬗變。

在民國時期的敘述中,存在兩個截然不同的高君宇,一個是普羅米修斯式的,一個是少年維特式的,一個志在革命,一個為情所困。高君宇作為一個政治與文學的符號,體現了革命與戀愛的撕裂。高君宇逝後,《北京大學日刊》刊登追悼啟事,稱許其 "從事民眾運動七八年來無間歇,久而益厲,猛勇有加;其弘毅果敢,足為青年模範"。[21] 在左翼論調尚未盛行的年代,北大同學眼中的高君宇已是一個堅定不移的革命者,這一形象在官方敘述中延續下來。而石評梅及盧隱等女高師同人筆下的高君宇,卻與之存在很大差異,側重其纏綿悱惻的一面,且因文學的影響力而更深入人心。一九二八年石評梅辭世,恰當左翼文學肇始,石評梅和盧隱的文本,既昭示了 "革命加戀愛" 的先聲,又是對 "革命加戀愛" 的逸出乃至翻轉。

"狂風暴雨之夜" 是高石關係中的一個節點,石評梅曾撰文追憶高君宇突然在一個雨夜化裝前來看她。這是一九二四年五月二十一日,高君宇與張國燾受到北洋軍閥追捕,張被捕,高則化裝為廚師逃脫。《北京大學日刊》發文紀念高君宇時,亦談及此事:"市衢要道,密佈探捕;君宇往來自若,為徒步如無事,探

---

20 石評梅,〈夢迴寂寂殘燈後〉,楊揚編,《石評梅作品集》散文卷(北京:書目文獻出版社,1983 年),第 104 頁。

21 〈追悼高君宇啟事〉,《北京大學日刊》第 1655 期,1925 年 3 月 25 日。

者見亦不能識其為高君宇也；鎮定機警，有過人者”。[22] 如此機智從容、有勇有謀的情節，為革命史敘述津津樂道。而石評梅之文則拼出了歷史被省略的碎片，高君宇曾於逃亡的間隙冒險探望自己的愛人。然而，當時的石評梅不為所動，只是與他尷尬對坐：“他的心很苦，他屢次想說點要令我了解他的話，但他總因我的冷淡而中止。他只是低了頭嘆氣，我只是低了頭嚥淚，狂風暴雨中我和他是死一樣的沉寂”。[23] 左翼文學中，象徵革命的男性對於女性的啟蒙通常是一個關鍵情節，而在這裏，男性革命者是失語的，溝通是被阻斷的，女性作家石評梅和廬隱僅從高石情感的錯位去理解，視其為“一齣悲劇的描寫”。[24]

　　“象牙戒指”是高石本事中的另一典型意象，這是高君宇送給石評梅的信物，緣於高在 1924 年雙十節廣州平叛商團戰鬥時中彈負傷。他將流彈擊碎車窗的玻璃碎片，贈予石評梅留念，並選購了一對象牙戒指，一隻留給自己，一隻寄贈對方。石評梅很感念高的心意，當即戴上戒指，並回復：“誠然，我也願用象牙的潔白和堅實，來紀念我們自己靜寂像枯骨似的生命。”[25] 這枚戒指本是革命的見證和紀念，石評梅及其女高師友人卻始終聚焦於其愛與死的寓意。高君宇死後，石評梅撰文紀念，強調高戴著象牙戒指“一直走進了墳墓”，戒指遂被賦予殉葬品的意義，[26] 事實上，石自身也是戴著它入殮的。廬隱作長篇小說〈象牙戒指〉，開篇即以陸晶清為原型的角色掏出一枚象牙戒指，嘆息道：“你別看這件不值什麼的小玩具，然而她果曾監禁了一個人的靈魂”，作為全書點題之語。[27] 戒指本是西方文化中的定情信物，石評梅主動佩戴愛慕者贈送的戒指，象徵了

---

22 〈追悼高君宇〉，《北京大學日刊》第 1658 期，1925 年 3 月 28 日。
23 石評梅，〈狂風暴雨之夜〉，《石評梅作品集》散文卷，第 92 頁。
24 廬隱，《象牙戒指》（哈爾濱：北方文藝出版社，1985 年），第 81 頁。
25 石評梅，〈天辛〉，《石評梅作品集》散文卷，第 63 頁。
26 石評梅，〈濤語・象牙戒指〉，《石評梅作品集》散文卷，第 79-80 頁。
27 廬隱，〈象牙戒指〉，第 2 頁。

五四新女性對於情感的自主把握；而與此同時，石評梅及其友人都凸顯象牙戒指殉葬、守節的含義，這恰與高石二人的歸宿陶然亭，構成了微妙的呼應，石評梅近乎"未亡人"的姿態，在其自我的建構和旁觀者的接受而言，又可以被納入"香冢美人"的脈絡。[28] 對象牙戒指的書寫展現了過渡時期的新女性在新舊倫理間的掙扎，卻淡化了其背景的革命色彩。

上述兩則個案，都是高君宇革命生涯中的高光時刻，在革命史的脈絡中值得大書一筆，而石評梅、廬隱對革命並不多加渲染，卻寫盡戀愛的柔腸百轉。與之相應的，是她們對於高君宇的表現，不同於那個"猛勇有加、弘毅果敢"的革命者，他更像一個多愁善感、蒼白憂鬱的"零餘人"，帶著疾病和死亡的氣息。值得注意的是，高君宇致石評梅的書信，有一部分是由石評梅作品轉錄，向被不加擇別地作為史料。以陶然亭歸後高致石的信為例，全文收錄於石評梅〈我只合獨葬荒丘〉一文中。高於信中追述二人同遊陶然亭，當石問他要不要踏去他寫於雪地上的評梅乳名時，他"似乎親眼看見那兩個字於一分鐘內，由活體變成僵屍；當時由不得感到自己命運的悲慘，並有了一種送亡的心緒！"因此掘坑將落下的橘瓣埋葬，笑言"埋葬了我們罷"，並引《茵夢湖》詩句"我只合獨葬荒丘"，[29] 預言了二人未來的命運。施托姆《茵夢湖》在一九二〇年代的中國曾風行一時，多情而感傷，高君宇在信中也表現出極為悲觀的性情和對死亡的迷戀。石評梅此文，以高君宇第一人稱的自述，建構起高君宇與陶然亭的生死聯繫，並將其編織進五四浪漫主義的脈絡中。然而，細讀現存的十一封高君宇致石評梅書信原件，與石轉引的書信對比，雖內容無完全一致，難以實證，但文風、情致有

---

28 關於香冢的典故有多種解釋，基本以貞潔、癡情、早夭的女性為主題，如殉情而亡的歌妓、心念故主的香妃、被大婦凌虐致死的名妓、不忘前生之約的少女等。民國時期大眾對於石評梅的一致推崇，在於她同時迎合了新倫理和舊道德的雙重標準。

29 石評梅，〈我只合獨葬荒丘〉，《石評梅作品集》散文卷，第 94-95 頁。

明顯區別。高君宇原稿，更貼合其革命者的氣度，即使言感情事，也格局開闊，如："吾心已為 Venus 之利箭穿貫了，然我決不伏泣於此利箭，將努力去開闢一新生命。唯我兩人所希望之新生命是否相同？我願君告我君信所指之'新生命'之計劃，許否？"[30] 既坦言對石評梅的深情，又釋然於她的拒絕，並試圖引導石評梅對於革命的追求。而石評梅轉錄的高君宇書信，憂悒纏綿，與其自身的行文和旨趣都更統一，不知是否曾經她之手轉寫。

當然，本文並不旨在證明哪一個更貼近真實的高君宇，早逝的高君宇始終存在於他者的敘述中，也許高君宇本就包含有既堅毅又多情的兩面，關鍵在於敘述自身投射了時代的痕跡。"五四的女兒"石評梅逝世之時，左翼文學方興未艾，石評梅的文本體現了從"文學革命"到"革命文學"轉型期既延續又裂變的複雜生態。高君宇與石評梅，既契合了五四婚戀自主的主旋律，又是左翼"革命加戀愛"在現實中的原型，正是在這個意義上，石評梅的文本呈現出一種包容性與異質性。

在即將盛行的"革命加戀愛"公式中，革命與戀愛通常是相輔相成的，尤以對革命者的愛慕達成革命的啟蒙，男性作為革命的化身，其間暗含男性／啟蒙者與女性／被啟蒙者的權力關係，以蔣光慈《衝出雲圍的月亮》為代表，在楊沫《青春之歌》達到頂峰。然而石評梅在高君宇生前，對他及其革命事業並不傾慕理解，在本節初所引"我是有兩個世界"的信中，高君宇就表達過："我一邊又替我自己難過，我已將一個心整個交給伊，何以事業上又不能使伊順意？"[31] 石評梅是在高君宇死後才追認了對他的情感，並從五四婚戀自主的視角，也就是戀愛的層面重新審視二者的關係。雖然高君宇生前曾試圖引導石評梅對革命的思

---

30 《高君宇致石評梅的部分書信》，山西省史志研究院編：《高君宇文集》（太原：山西古籍出版社，1996 年），第 217 頁。

31 石評梅，〈夢迴寂寂殘燈後〉，《石評梅作品集》散文卷，第 103-104 頁。

考，但由於石本人無法接收到訊息，二者不存在啟蒙與被啟蒙的關係，甚至在戀愛的維度上，這種權力關係是倒置的。即使當石評梅在高君宇死後試圖去理解他的革命抱負時，她依然認為，革命與戀愛是衝突的，在其小說和散文中都多有體現。

李歐梵指出五四以來中國的文學形象受西方浪漫主義影響，分為多愁善感的少年維特型和生機勃勃的普羅米修斯型。[32] 劉劍梅認為，左翼文學中，作為革命化身的男性通常傾向於陽剛的普羅米修斯美學，但在蔣光慈、洪靈菲等人的早期作品中，依然存在消極、頹廢、感傷的維特模式，這顯示了中國知識分子從小資產階級個體向無產階級集體蛻變的矛盾和分裂。[33] 從本文的論述可以看到，高君宇本身可能具有豐富的人格，既富有"寶劍、火花"的生機勃勃的英雄氣概，也不排除石評梅筆下感傷主義的面相。而對他的再現實際上反映了一個從五四審美向左翼審美轉化的過程，石評梅筆下那個五四初期感傷主義的少年維特為早期的左翼文學所承繼，再逐漸被權威的聲音統一為堅定、陽剛、有力的革命者形象。茅盾曾總結"革命加戀愛"的公式經歷了三個階段：為了革命犧牲戀愛，革命決定了戀愛，革命產生了戀愛。從以戀愛為主體、革命為陪襯，到戀愛與革命並重，再到革命為主體，戀愛為點綴。[34] 石評梅的書寫體現了尚未被"革命加戀愛"公式規約前的多元異質性。隨著左翼文學的發展，從關注戀愛到強調革命，從革命與戀愛對立到革命與戀愛合一，背後是文學革命向革命文學的轉型。

---

32 李歐梵著，王宏志等譯，《中國現代作家的浪漫一代》（北京：新星出版社，2005 年），第 282-286 頁。
33 劉劍梅，《革命與情愛》（上海：上海三聯書店，2009 年），第 62-94 頁。
34 茅盾，〈"革命"與"戀愛"的公式〉，《茅盾全集》第二十卷（北京：人民文學出版社，1990 年），第 337-339 頁。

四、餘音

　　一九二〇年代陶然亭在政治、文學、情感等面向的新變，一改文人觴詠的面目，也為其在共和國初期的轉型奠定了基調。早年的緣分導致新中國成立後，領導人對於陶然亭特別關照，一九五〇年毛澤東到陶然亭視察，曾指示："陶然亭是燕京名勝，這個名字要保留，對賽金花要批判"，[35] 於是陶然亭在短短 170 天內就煥然一新。

　　陶然亭的改造著重淡化士人文化的痕跡，彰顯革命勝地的風采，鈎沉陶然亭與毛澤東、周恩來、李大釗、高君宇等共產黨人的淵源，將他們活動過的場所作為革命遺址修復、保存；同時將張之洞的抱冰堂改為供大眾休閒的說唱茶館，賽金花墓等名墳一律遷到南郊人民公墓。高石墓本也一並遷出，有賴於周恩來與高君宇早年的同志之誼，特別指示"革命與戀愛沒有矛盾"，以"革命"掩護"戀愛"的合法性，而得以遷回。周恩來與鄧穎超更多次到陶然亭憑弔，向同行人講述高、石的"愛情和革命事跡"，[36] 這為建國後高君宇石評梅的敘事奠定了基調。革命與戀愛並不矛盾，而是指向一致的，戀愛的複雜性被純化，革命的線索則被強化，對於革命與愛人的忠誠合二為一。高石墓作為"革命情懷與忠貞愛情的象徵"，成為青少年革命教育的基地。陶然亭肇始於一九二〇年代的新變，體現了傳統是怎樣融入現代，並實現自我的現代性轉化，在新的時代重獲新的詮釋。

---

35 《陶然亭公園誌》，第 26 頁。
36 鄧穎超：〈為題《石評梅作品集》書名後誌〉，《人民日報》，1982 年 9 月 20 日。

五四的流播

傳統與離散：
從魯迅到黃錦樹

羅鵬（Carlos Rojas）
美國杜克大學教授

　　魯迅一九二四年著名短篇故事〈祝福〉以敘述者返回他視為"故鄉"的魯鎮開篇，隨後他很快意識到"雖說故鄉，然而已沒有家。"（魯迅 1981，5）在返鄉期間，敘述者與他的魯氏遠親同住，碰巧遇到了該家庭的前僕人，一位被稱為"祥林嫂"的女人。當敘述者遇到她的時候，祥林嫂已離開魯家，淪為乞丐。此時她已兩度喪偶，孩子也被狼吃了。當她在街頭遇到故事敘事者時，她立刻詢問人在死後是否會變成鬼。敘述者因無法回答她的問題而感到困惑，後來得知祥林嫂在同一天晚些時候去世而更感不安。故事接下來回顧了這位女性的悲慘生活，描述了她接二連三地流離失所的經歷。祥林嫂發現自己沒有可稱得上真正意義的家，這也映射了敘述者回到與自己疏離許久的"故鄉"。儘管她經歷了多次頗感疏離的"歸家"（多次回到婆家與魯家），但故事暗示，她最終只能期待將來世作為真正的歸宿。

　　魯迅〈祝福〉是五四運動的代表作品之一，而它所描寫的這場疏離化的"歸家"呈現五四運動成就的一種反面，用敘述者跟祥林嫂之間的差異來反應五四運動的現代化會造成怎麼樣的疏離感跟異化感。魯迅這篇作品中雖然用的是一種跨地區的移動來反應一種家鄉跟他鄉之間的辯證關係。而本篇論文將用五四運動的遺產所經歷的跨時空的運動來關注一種故鄉與離散之間辯證關係。具體說，本論文關注的是當代馬華作家黃錦樹如何用一種五四傳統的遺產來反思華裔在南洋如何用面對一種離散與本體化之間的辯證關係。

魯迅寫〈祝福〉剛好九十年之後，馬來西亞華裔作家黃錦樹寫了新的一部短篇小說〈祝福〉。跟魯迅一九二四年的作品一樣，黃錦樹二〇一四年的作品也以一種疏離化的歸鄉過程作為開頭。小說第一句話就提出一種敘述者的"家鄉"跟其父親的"故鄉"之間的極端差異：

> 離開下著大雪、嚴寒的家鄉，起飛，往南，何止跨越三千里。
> 為的是造訪父親在赤道邊上熱帶的故鄉。（黃 2015，18）

這兩句所反應的故事背景歸於敘述者與其父親的關係。父親的全名是李永發，在本文中筆者將稱其為"阿發"。他在英屬馬來亞出生並長大，但在 20 世紀 50 年代，他因與馬來亞共產黨（馬共）的關係被捕並被送中國。在上世紀中葉，馬共一直作為一股造反勢力，挑戰了英帝國對當時馬來亞的統治。因此，像阿發這樣的華裔馬共支持者經常被捕並被迫遷移到中國大陸。故事敘述者注意到她父親的遷移行為被官方描述為"遣返"，而敘述者為此驚呼，"天哪，南洋可是他的出生地！"（黃 2015，15）

當阿發被遣送中國時，他不得不離開他在馬來亞的女朋友小蘭。當時兩人都已經懷疑但沒有確認小蘭已經懷了阿發的孩子，不過當阿發被送走後小蘭發現自己確實懷孕了，她就嫁了另一個本地的華人，以免獨自撫養孩子。小蘭生了一個女兒，叫小紅，她一直把名為永發的繼父看成是自己真正的父親。同時，馬拉西亞一九六三年獨立了以後，被送回中國大陸的阿發開始不停地試圖歸鄉，不過由於他以前跟馬共的關係，所以馬來西亞大使館一直拒絕給他簽證。結果，他後來在中國最終娶了一個妻子，並生了另一個女兒，取名小南。如果阿發跟小蘭所生的女兒的名字，小紅，象徵阿發與馬共的關係，阿發後來在中國生的女兒的名字，小南，更加明顯地反映了阿發對南洋的持續依戀，並將那裏視為真正的家園。事實上，直到阿發死後，現在已成年的小南才能夠實現她父親畢生的夢想，將遺骸帶返他的故土。

〈祝福〉開篇中，阿發（以遺體被火化的形式）終於回到了他幾十年沒有踏足的故土。而他的女兒小南也同時回到了她從未到訪過的"祖國的大地"。當小南到了馬來西亞時，她發現她的"陌生的親人到機場來接，瓦楞紙上用簽字筆大大的寫著我的名字"。（黃2015，15）這些"陌生的親人"，即其同父異母的姊姊小紅以及其姪女小魚，把小南帶回自己家，介紹給"蘭姨"跟阿福。

故事開頭的返鄉場景引人注目，因為它挑戰了一個常規的觀點，就是將所有"海外華人"視為與中國家園分離的離散主體。相反，〈祝福〉圍繞著一個華人展開故事，他將中國本身視為一個離散空間，將南洋視為他真正的家園。本文以黃錦樹這篇短篇小說為出發點，考察一些相互交織的家園與離散敘事，重點涉及東南亞華僑團體。離散的概念在表面上是以一個民族與家園分離的概念為基礎的，儘管家園這一概念本身通常是基於一系列當代需求所回顧性地構建的。一旦公認的家園本身被視為一個離散空間，相應的，由此可以重新構想可能被視為離散空間的其他地方，而將其視為一個新的家園。

更具體說，本文將關注黃錦樹這部短篇小說如何利用一套與五四傳統有關的母體來反思華人、華文、以及華文化在南洋的循環。黃錦樹這部名為〈祝福〉的短篇小說有三個細節都跟魯迅或者"祝福"一個詞有關的，而每個細節都包含不同的含意。本文先關注該三個細節，然後考慮一些更廣闊的跟傳統與離散有關的題目。

一、祝福 I

　　黃錦樹這部二〇一四年短篇小說第一次提到 "祝福" 兩個字，是敘述者講述了其父親，即阿發，在被迫離開馬來亞時隨身攜帶的所有信件和照片都被銷毀，唯能保留下來的就是一本書和一封信。具體說，阿發在被迫離境之前，其女友小蘭給他送了一本《聖經》，而在《聖經》裏面，小蘭挖了一個空，裏面嵌了一本書，即毛澤東一九三八年的著作《論持久戰》。然後，小蘭小心翼翼地將自己的信縫進書裏，"用相似的紙，相仿的字體，相近的筆跡。" 隨後，在《聖經》封面上，她手繡了大寫的英文單詞 "BIBLE"（聖經），在右下角，也是繡著紅色聯邊小字 "祝福"。

　　經過精心安排，小蘭把寫給阿發的信藏在一本在中國可以接受的政治書卷裏，然後把這本書藏在另一宗教作品中，因為這本宗教作品為當初遣返阿發去中國的英國當局所允許攜帶。與此同時，這封信本身既無宗教性也不是特別具有政治性。黃錦樹故事中講述了小蘭的信：她斷言永遠不後悔與阿發發生關係，並補充到如果她懷上了阿發的孩子，她將會嫁給另一個男人，以他的名義來撫養孩子。也就是說，小蘭答應嫁給別人，以此肯定她對阿發的忠誠和奉獻精神。

　　將《聖經》和毛澤東的《論持久戰》並列起來，暗指兩個相互重疊與相互鬥爭的國際主義邏輯：一方是英帝國主義的邏輯，另一方是國際社會主義的邏輯。一九四六年英國建立了馬來亞聯盟，該聯盟在一個統一的管理下，匯集了英國在十八世紀到二十世紀初殖民的幾處領地，包括現在的馬來西亞和新加坡。一九四八年馬來亞聯邦取代了馬來亞聯盟，並於一九五八年獲得獨立。因此，在二十世紀中期，英屬馬來亞成為大不列顛更廣泛的帝國大計的一部分，該計劃試圖利用文明傳播的敘事方式（這反過來又是基於一種潛在的基督教福音主義的邏輯），以便為使用武力對當地群落實現政治征服與經濟剝削提供合理性依據。相反，馬來亞共產黨挑戰了英國在馬來亞的統治，並將自身視為國際社會主義全球運動的一部分。國際社會主義跨越國界，為實現社會主義的目標。儘管它並非建立在歐洲帝國主義的軍事脅迫之下，但在二十世紀中葉，國際共產主義組織（例如馬共）被認為有助於擴大諸如蘇聯與中華人民共和國等共產主義國家的勢力範圍，因而在接下來的冷戰衝突中發揮重要作用。反諷地，馬來西亞本來就是靠這兩套國際性的因素（即，帝國主義跟國際共產主義）才變成一個獨立的國家。類似的，小蘭也在這兩套帶有相反涵義的國際性書裏就藏了一封給將要去國外的阿發的情書。

結果，小蘭給再發準備了這個禮物不僅對國外的阿發影響很深，而且也對她國內的丈夫"阿福"也留很深的影響。阿發的全名叫"再發"（意為"再次發財"），而阿福的原名叫"永發"（意為"永遠發財"）。蘭姨解釋道華人都希望自己的孩子能夠"發財"，因此他們常給孩子取富有經濟抱負的名字，這也是為什麼革命青年常將他們的名字改得更具政治進步性的原因。至於小紅的繼父，蘭姨講到，"改成阿福，是他和我結婚後的事了。也許是他看到我給你爹送的悲傷的'祝福'"。（黃2015，36）換句話說，這意味著蘭姨新任丈夫的名字回應了阿發的名字。他故意取了一個新名字，這個名字也同樣受到蘭姨留給阿發最後信息的啟發——從而強調了他作為阿發替代人的地位，以及他妻子對前任的持續依戀之情。如果我們認為小蘭對阿發的依戀類似於離散主體對祖先故土的依戀，那麼通過將自己命名為阿福，永發含蓄地把自己定位為離散懷鄉的象徵（即小蘭對缺場的阿發的持續依戀），以及象徵性的本地化過程（即小蘭決定與阿福組建新的家庭，因她無法與阿發在一起）。

像"阿福"的名字就是從小蘭曾給阿發繡著"祝福"兩個字受了啟發一樣，"阿福"的後半輩子也是跟魯迅的文學組品（包括其短篇小說〈祝福〉在內）一直保持有很密切的關係。具體說，當小南見到阿福時，她吃驚地發現他的兩條腿都在膝蓋以下被截肢了。阿福隨即帶著小南去他的書房，書房裏堆滿了不計其數的不同版本的魯迅作品以及無數以魯迅體寫的書法："三樓的書房還真的讓我吃了一驚，一進去就禁不住叫了一聲，怎麼會這樣的，怎麼那麼像。好像到了魯迅的紀念館。"（黃 2015，24）正當敘述者奇怪阿福怎麼可能得到這麼多著名作家的真跡時（"那些字，那熟悉的抄碑體，是共和國長大的我們習見的。但哪來那麼多魯迅真跡？"），阿福哈哈大笑，解釋說："哈哈哈！沒錯，都是我寫的。"（黃 2015，25）

　　原來，阿福的腿因戰傷遭截肢後，就開始專心學習書法，特別喜歡模仿魯迅的書法。對於阿福來說，這意味著書法練習可以作為對他失去雙腿的象徵性補償，也可能更主要的是對失去與中國故土聯繫的補償。然而，他與中國的關聯變得複雜，因為沒有跡象表明阿福曾到訪過中國大陸，而且他對中國文學和文化的情感投入似乎完全是在國外發展起來的。相應地，他一手仿造出來的這個魯迅紀念館反映了他對中國故土可能的依附關係。因此，他的這個紀念館與中國故土都是創作於事實之後的虛擬幻像。

　　阿福對魯迅書法癡迷的同時，小南的父親阿發對甲骨文充滿興趣。他原來在二十世紀五十年代末的反右鬥爭中被送往河南的勞改營。再被釋放後，他決定留在河南，因為意識到在那裏"最接近漢文化的發源地了。"（黃 2015，31）阿發指的是在這一地區發現了所有的甲骨文物這一事實，他補充道，雖然找到刻有文字的龜甲或肩胛骨並非易事，但農民在耕田之時時常可挖到空白的商代龜甲與肩胛骨。阿發從這一地區的歷史意義中汲取靈感，自學讀寫甲骨文，並致力於用甲骨文寫大量的短文。後來，在文化大革命期間，當局沒收了他的《聖經》和這些甲骨文。他們最初認為這些甲骨文是最近出土的真品文物，但當他們將其送到博物館讓專家鑒定時，專家們卻發現這些甲骨文本竟全部出自毛澤東的詩。這些有爭議的甲骨文最終送到了毛主席本人那裏，當毛主席見到自己的詩竟以這樣的方式呈現，還真是哭笑不得。當看到那句"天高雲淡，望斷南飛雁"時，毛主席笑了，評論道"南人思鄉，何必見怪？"（黃 2015，32）

　　這幾句有爭議的詩行取自毛澤東一九三五年所寫的名作〈六盤山〉，是他在長征途中為鼓勵北上延安的戰士而創作的。其中第三句"不到長城非好漢"最為著名，明確突出了戰士們北上的艱辛跋涉。而阿發則引用了該詩的前兩句，這兩句強調了南遷的過程。毛澤東對阿發引用〈六盤山〉一詩的回應承認了阿發對該詩最初重點的重新定位，即從強調北上運動，轉到強調阿發對流離失所狀態的肯定以及對南洋故土的渴望。

然而，即使毛主席似乎證實了阿發所要表達的情感，他仍然發現將自己的詩行以甲骨文的形式書寫頗為怪異，因此，他鼓勵阿發把精力集中在抄錄魯迅作品上："讓他干點別的吧。魯迅的文字也是不錯的。"（黃 2015，32）阿發表示贊同，但鑑於他對魯迅的舊體詩不感興趣，以及魯迅的小說或散文體量太大而難以以有意義的方式復製，因此他決定用甲骨文刻錄魯迅各種作品的標題。隨著時間的推移，他發現自己多次回到魯迅的短篇故事標題"祝福"這兩個字。阿發一次又一次地寫下這兩個聯邊字的甲骨文，暗暗地回應著小蘭寫給他的最後同樣的訊息（在夾著她的密信的書的封面上）。故事敘述者就是帶著這些刻字的龜甲交給了"蘭姨"及父親的其他馬來西亞親戚。

小南送給馬來西亞親戚的一對龜甲，上面刻有其父親自寫的甲骨文。其中一個龜甲上刻著傳統甲骨文的聯邊詞"祝福"，另一龜甲上則刻有同樣這兩個字的簡體版。

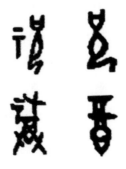

小南注意到簡化版甲骨文"祝福"中的"祝"字缺少左半邊"示"字部首，因而"只剩下一個向天祝禱的人"。她同時也想到了父親生前曾反覆驚呼，"你看，那是個多孤獨的人啊，無依無靠的跪在祖國的大地上，張開大口朝著老天。"（黃 2015，31）儘管小南質疑父親對"祝"字字源分析的準確性，但父親的詮釋仍提供了一個引人注目的事實，他在自己生命的最後幾十年中流離失所 —— 被困在那個理論上是他的祖國，而無法回到他自認為真正的家園：馬來西亞。

正如阿發和阿福在故事中被定位為彼此的鏡，他們各自用甲骨文與魯迅書法不斷地抄寫魯迅書名篇名同樣反映了他們對離散與家園概念的兩種逆向認知。對於一輩子生活在馬來西亞的阿福來講，魯迅的書法似乎代表了一種對中國大陸的懷舊情結，但他可能從未親自到訪過中國大陸，而對於被遣返到中國大陸的阿發來講，商朝的甲骨文卻用來表達阿發與假定的祖國之間的疏遠關係，並由此延伸到他對再也回不去的南洋的持久依戀。

二、五四與甲骨文

黃錦樹〈祝福〉中對商朝占卜習俗和魯迅書法的關注建立在一系列與甲骨文和五四文學有關的主題上，這些主題貫穿黃錦樹的很多作品。事實上，這兩個交織的主題在二十世紀九十年代黃錦樹文學創作初期的短篇小說〈M 的失蹤〉中就已經出現。故事圍繞著一本新出版的神秘小說 "KRISTMAS" 展開，其中一個人物將它比作喬伊斯的"尤利西斯"，另一人物注意到這部作品雖然大部分用英語寫成，但也包含一系列其他語言，"裏面不止有英文，還有馬來文，不止有現代馬來文，還有一大堆馬來古文、爪夷文、阿拉伯文、巴利文、德文、法文……還有甲骨文！什麼東西！"（黃 1994，8）

儘管這部小說 "KRISTMAS" 受到了世界各地批評家的熱議，但事實上沒人確切知道作者是誰，因為這部作品是匿名發表，作者署名 "M"。鑒於有暗示性的間接證據表明作者可能來自馬來西亞，更具體地說，可能是馬來西亞華人，因此，馬來西亞的作家和批評家們對這個國家最終有可能創造出一部能躋身世界文學之列的作品感到興奮。一名馬來西亞記者對該作品可能的作者進行了長期的調查，特別關注在馬來西亞或台灣的馬籍華裔作家。儘管這名記者的調查沒有得出結論，但他的調查最終將他帶回了馬來西亞，在那裏的橡膠林深入，他調查了關於一名神秘老人出現和隨後失蹤的報告，這位老人顯然是位作家，而記者則懷疑他可能就是 "KRISTMAS" 的匿名作者。在到訪這個偏遠地區期間，這位記者展開了兩組平行的幻想：第一個是他似乎遇到了五四時期的作家郁達夫，第二個是他看到了一條巨大的金魚，其背部有古老的文字標記，其中一些明顯類似甲骨文。儘管黃錦樹在故事中從未澄清這兩種幻想是否在現實中有任何基礎，但其含義是它們可能潛在地提供對小說 KRISTMAS 的起源及其作者身份的一些見解。換句話說，這意味著這部小說可能是由五四時期作家郁達夫本人在他被錯認為已經去世很久之後所創作的，或者，也可以說，這部作品可能是一種類似於甲骨文占卜儀式的非本地化和準自主文本實踐的產物。

　　在他的寫作生涯中，黃錦樹不斷回到五四文學與甲骨文這兩個主題。尤其是他的一些作品圍繞著作家郁達夫展開。郁達夫在二十世紀二十年代深入參與了中國的五四運動，隨後在一九三八年遷居新加坡，在那裏他積極支持當地中國文學傳統的建立。然而，一九四二年日本侵略新加坡，郁達夫逃往蘇門答臘，在那裏隱姓埋名三年，直到一九四五年的一天夜裏被日本兵抓捕。人們普遍認為他被處決了，卻從未找到他的遺體。然而，黃錦樹對自己小說作品的主要興趣似乎不是郁達夫參與了中國五四運動，也不是他隨後為東南亞建立漢語文學領域所作的貢獻，而是郁達夫在一九四五年被綁架後可能以某種方式倖存下來並在之後的幾十年內繼續生活在人們的視野之外。在他的幾篇小說中，黃錦樹探討了這種反事實情節的不同形式。在每一案例中，郁達夫得以繼續生存的主要證據是發現了一組文本或文本片段，這些文本或文本片段似乎是這位著名的五四作家在被推定死亡後很久才寫的。

此外，黃錦樹的很多故事也突出了甲骨文的特點，要麼是以用甲骨文典故的形式，探討小說人物如何在當代語境中試圖重建甲骨銘文技術，要麼將甲骨文圖形直接粘貼到故事文本中。有些用典細節出人意料，例如故事〈魚骸〉以甲骨文學術研究中的幾個冗長的名言開篇，然而在其他故事中，黃錦樹提供了單個圖形的詳細詞源（正如他在〈祝福〉中所做的那樣）。當然，甲骨文是中國文字書寫系統中最早的形式，被用於商代晚期的占卜實踐中。欲卜問之事會被刻在龜甲與牛肩胛骨上，龜甲與牛骨將被加熱直至它們裂開，隨即將檢查並破譯這些裂紋。關於占卜實踐及其相應記載的知識在後來的歷史記錄中遺失了，數千年來一直不為人所知，直到十九世紀末河南農村偶然發現了一些刻有文字的甲骨。因此，在黃錦樹的作品中，甲骨文通常具有兩套相對立的內涵，它象徵著中國文字與凝聚在其周圍的文化形態的歷史淵源；與此同時，它也代表了中國文化結構核心的一個變異點，因為如果沒有經過專門的訓練，當代讀者是幾乎無法理解的。

在對郁達夫作品主題和甲骨文主題的分配上，黃錦樹同時強調它們熟悉與陌生的雙重特質：表明它們可以構成一個共享身份場域，也可作為一個不可通約的互異性結點。在這兩種情況下，黃錦樹都強調這些文本和文本片段在中國境內及其海外僑民中的傳播力。他似乎特別著迷於這樣的可能性，即這些文本在被假定消亡之後仍可能享有頗具創造力的來世（要麼以郁達夫可能的"死後"寫作形式出現，要麼以他對現代人多重描述細緻地再現商朝甲骨文及占卜行為的方式出現）。

通常認為，中華文明在廣闊的地理和歷史空間中保持一致的身份認同的能力是建立在中文相對具有凝聚力的基礎上。當然，華語實際上是諸多方言的集合。此外，鑒於許多方言之間是無法相互理解的，從語言學角度來看，它們應更準確地歸類為不同語言 —— 這意味著反過來"中文"可能更適合歸類為元語言。雖所為共同的書寫系統有效地錨定了語言的共同身份，但這一說法迴避了這樣的事實，即中文書面文字也有多樣化特徵，其中許多是彼此無法相互理解的。在某種程度上，中文有助於遏制中國文化的向心傾向，它隨著時間的推移向前移動並通過空間向外輻射，儘管它是一個具有自身向心傾向的固有異質組合。

這些語言跟認同的問題也聯繫到史書美最近討論所謂的華語語系跟離散之間的問題。史書美認為語言（特別是中文）是集體認同的基礎，同時也頗具批判性地質疑離散（特別是華人離散）的概念。史書美認為離散的概念，尤其在中國語境下可簡單地表現為表面上是一個國家概念（"中國的"），並默許再定位為一個民族概念（"漢族"）。此外，她認為離散的概念也有本質主義的傾向，因為它讓人家以民族身份（或推定的祖先起源）來定義人。對此，史書美提出華語語系的概念，以取代離散中國的概念。她用這一概念來特指那些聚居在一起使用中文的中國以外的社區，或"中國境內那些被迫使用中文或被蓄意採用中文的民族社區團體。"（Shih 2013, 30）

就史書美的評論來看，在中國，離散概念實際上是一個民族現象，它偽裝成一個國家現象，具有一定的誤導性，因為這事實上是對離散概念本身的默認化理解。例如，沒有人認為猶太離散或非洲離散不是一種種族格局。史書美在中文語境中指出離散這一概念明顯的含混性是基於這樣的事實：在英文中，形容詞"Chinese"是個多義詞，可以用來指涉民族、文化，或國家身份。與此同時，她提出更為細緻地關注中文社區的建議確實是有用的。她正確地指出，這種語言學的關注避開了離散概念中隱含的對祖國懷舊依戀的假定。史書美認為，雖然一些華語社區使用中文來加強他們對（中國）家園的感知紐帶，但也有人則用這種語言來宣稱從中國大陸分離與獨立出去。

即使史書美提倡用華語語系的概念來代替離散中國的概念，她同時也主張，離散概念與語言社區必須擁有一個"結束之日"。在諸如華語社區這樣的語言群體中，史書美認為"當移民的後代不再講他們祖先的語言時，他們就不再是華語群體的一部分。"（Shih 2013, 37）鑒於華語語系被明確定義為一個基於語言的共同體，似乎完全有理由相信一旦這一標準不復存在，這樣的共同體也將不復存在。然而，更有意思的是史書美認為離散本身也必須有一個類似的"結束之日。"她說道，

> 當移民定居並被本地化時，許多人選擇在他們的第二代或第三代那裏結束離散狀態。所謂對故土的'懷舊'通常是對本地化困難過程的自願或非自願的暗示或轉移。因此，強調離散狀態有結束之日就是堅持文化與政治實踐總是以地點為基礎的。每個人都應該有機會成為當地人。（Shih 2013, 37）

看起來似乎奇怪的是，史書美在這裏試圖給出一個更狹隘的概念，她表面上似乎完全拒絕這個概念（她的文章題為"反對離散"），除此之外，這一闡述頗為奇特是因為它同時強調了一種唯意志論（暗示移民可以"選擇結束他們的離散狀態"），以及似乎是一種錯誤意識的東西（意味著移民自身可能認為是對故土的懷念，而事實上可能是他們遭遇"本地化難題"的產物）。如果移民成為當地人的"選擇"本身導致了對故土無可安置的懷舊認同，那麼個體如何聲稱區域認同的過程完全在移民的自願控制之下？

雖然認為一個民族不應該永遠被他們種族祖先的地理關聯所定義的觀點是很有說服力的，但是離散身份與本地身份之間的斷裂可能並不像史書美所暗示的那樣明晰。事實上，對個人來講，很多人可能對這兩地都有所投入，即他們目前的居住地（作為"當地人"）與他們所認為的故土（作為離散主體）。此外，"本地化的困難"可能會激發人們對故土流離失所的懷舊，這一事實並沒有使後者懷

傳統與離散

舊的渴望與相應的離散認同感變得絲毫不真實。

　　實際上，離散的身份及定位通常受到各種因素的驅動。除了同化困難可能會催生離散懷鄉情緒，這種懷鄉認同也可能從一開始就受到其移民來源國的積極鼓勵。例如在二十世紀後半葉，中國大陸與台灣為創建和支持"海外華人"的離散類型付出了相當大的努力，並鼓勵外籍華人及其後裔與中華民族保持有意義的聯繫。事實上，黃錦樹的個人軌跡（曾去台灣上大學及研究生，後來在那找到工作，最近入籍成為台灣公民）得益於台灣政府對海外華人的宣傳，正如在〈祝福〉故事中被"遣返"的阿發，受到中國大陸政府對華僑優待政策的支持。另一方面，中國大陸一系列內部政策也導致阿發回國後被關押在勞改營，這無疑導致他無法完全融入這個收留他的國家，結果就是他成為了中國境內的一個離散華人個體。

　　從這一角度來說，我們回到史書美對華語語系這一概念的規範是有所裨益的。據她的表述，所謂的華語語系的概念既適用於居住在中國大陸以外的華語社區，也適用於"中國境內那些被迫使用中文或被蓄意採用中文的民族社區團體。"雖然就上下文來看，史書美指的是"中國境內的少數民族社群"（因為畢竟所有的社群都有一個民族的維度），但她的表述仍具有很大的指導意義。史書美顯然想把中國大陸佔絕大多數的華人社群排除在她的華語語系概念之外（這與"世界華文文學"的概念不同，它包括中國國內外的漢語文學）。然而，至少中國境內的華人社區不僅可被視為屬於華語語系，而且更確切來說具有離散性。例如，在黃錦樹的故事中，阿發大概是華人，但很明顯，他覺得自己是中國大陸的離散者，並渴望回歸他自認為的故土：馬來西亞。

三、尾聲

當小南前往馬來西亞歸還父親骨灰時，她在馬來西亞的親戚們決定向阿發的母親（即小南的祖母）隱瞞父親的死訊，因為他們不想讓她有不必要的難過。因此在故事的結尾，小南和祖母聊天，就好像她父親還活著一樣。特別是，小南給了她祖母一個巨大的龜板，上面刻滿父親寫的甲骨文圖形，包括各種各樣的"象形會意字"，它們"像文明開始之前的原始叢林。"（黃 2015，33）然而，祖母從閱讀這混亂的文本中獲得了極大的樂趣，她發現自己可以識別並閱讀每一個圖形。同時，小南注意到父親曾說這塊龜板肯定來自一個"南洋龜"，因為北方的中國大陸不會有此巨龜。儘管故事中沒有交代阿發為母親刻的龜板來自於當代還是考古文物，但在其他故事中，黃錦樹曾類似地聲稱即使是最初的商代甲骨文，也有一些是刻在來自南洋地區的龜甲上的。[1] 伴隨而來的象徵意義是尖銳的，因為甲骨文來自中國的中心地帶（河南省坐落於中國中原地區的平原中心），然而巨型龜甲顯然來自南洋，即中國大陸的南部邊緣地區。

對南洋地區的迷戀貫穿了黃錦樹的大部分作品，其故事背景大多位於馬來西亞、新加坡、台灣，或其他南洋地區。在二〇一三年的短篇故事集《南洋人民共和國備忘錄》中，黃錦樹探討了馬共最終成功地在曾是英屬馬來亞的南洋領地建立自己的人民共和國這一反事實的可能性。（黃 2013）在其相關章節中，黃錦樹也提到了另一種"南洋共和國"——"南洋〔華文〕文學世界共和國。"（黃 2016）帕斯卡爾·卡薩諾瓦（Pascale Casanova）運用文學世界共和國的概念，描述一系列作家和文學作品，這些作家作品已得到了全球公認的文學機構（尤其是在巴黎、倫敦與紐約）的審查（Casanova 1999）。以此類比，黃錦樹認為南洋華語地區文學領域最相關的中心不是歐洲，而是中國。其次，黃錦樹認為雖然

1　例如，請參見黃錦樹的故事〈魚骸〉。

有一些南洋作家成功地被引介到中國大陸文學市場，但很多作家反而凸顯他們獨特的內容、方言與風格，以抵制中國大陸的同化，避免淪為中國象徵性附庸的地位。這一結果與卡薩諾瓦對小眾文學作家的描述正好相反。卡薩諾瓦認為小眾文學作家希望尋求一個公認的文學中心的認可，在那裏，他們位於一個名義上的邊緣文學領域，並努力在這些全球化形態的邊緣保持其獨特地位。

筆者試圖說明"南方"一詞也有另一層相關的內涵，儘管這可能不是作家黃錦樹的本意。尤其在帝國晚期的中國，"南風"一詞有時被用作諧音詞"男風"的委婉語，用於指男性同性欲望或性關係。雖然沒有跡象表明黃錦樹使用"南方"一詞是為了喚起"男風"這一酷兒概念，但他對南方華語語系的看法卻有明顯的酷兒特徵。他的許多作品中除了貫穿"多相變態"式的色情次要情節（包括從手淫到嗜獸癖等性行為），也時常質疑關於遺傳的傳統性假設，突出不基於生物血統而是基於偶然社會性因素構建的親緣關係。他的故事經常以收養、代孕，甚至捐精等題材來表現主題。所有這些都指明，基於父系血緣親屬關係的異質性規範假設與基於更"怪異"社會背景的家庭結構之間存在潛在的分歧。

〈祝福〉中最怪異的一個片段實際上與性欲望本身無關，甚至與繁衍或親屬關係都不相關。特別是，在阿發為親人準備的每一片刻有"祝福"二字的龜甲的右下角都刻有一個小"腳印"，即"足"的甲骨文圖形。他將這一圖形以不同的方向呈現，這些虛擬"腳印"的集合就像一條偶然的路徑。故事發展到這裏，小南描述了蘭姨是如何悲傷地抽泣，她說道，"世間本來就沒有路，但人走多了就 —— "在這裏，蘭姨引用了魯迅小說〈故鄉〉[2]中的名句並稍加修改。這裏的"路"與故事開頭引言"我們稱之為路的，其實不過是彷徨"中的"路"相同。這一引言來自卡夫卡的《格言集》。黃錦樹在故事開頭稱這句話轉引自喬治·史坦納（George Steiner）的散文"沉默與詩人"（收錄於一九六七年出版的

2　魯迅的原句是"世上本沒有路，走的人多了也就成了路"。

文集《語言與沉默》）。儘管史坦納的英譯（"What we call the way is hesitation"[3]）用 "way"（"路"）一詞來表達卡夫卡格言中所用的德語詞 "Weg"，但本文認為譯成 "path"[4] 更好，也是中文 "路" 字的恰當譯文。黃錦樹就將引言中的 "Weg/way" 譯為 "路"，而且魯迅〈故鄉〉中及蘭姨對魯迅名句的改寫中都用到了 "路" 字。

連起來看，從故事開頭卡夫卡的格言（我們稱之為路的，其實不過是彷徨）到接近尾聲時魯迅的名言（世間本來就沒有路，但人走多了就 —— ）這一軌跡將路作為運動的偶然產物，其意義就在於其本身。用詹姆斯·克利福德（James Clifford）的話來說，黃錦樹的故事表明，隨著時間的推移，空曠的空間可能發展成為道路，而路徑（routes）最終可能發展成為新的根莖（roots）（Clifford 1997）。如果把這個觀點聯想到魯迅跟卡夫卡的那兩段，可以說即使已有的道路可遵循，然而在這些道路形成之前，只有一個彷徨的空間。換言之，這種彷徨就是離散的空間，在那裏，離散者時常發現自己被兩股相對的（真實的或渴望的）依附之情牽絆：一邊是缺席的故土，一邊是在場的本地。

左、或向右、或向上、或向下。

3　該格言全句英譯 "There is a goal, but no way. What we call the way is hesitation."　卡夫卡原句德文為 "Es gibt ein Zeil, aber keinen Weg; was wir Weg nennen, ist Zögern."

4　多部德英字典將 "path" 列為德語詞 "Weg" 的首要義項。例如，請參見《科林斯德英字典》與網絡在線字典 Dict.cc German-English Dictionary.

參考書目：

Casanova, Pascale. *La Republic Mundial des Lettres*. Paris: Editions de Seuil, 1999.

Clifford, James. *Routes: Travel and Translation in the Late Twentieth Century*. Cambridge: Harvard University Press, 1997.

Shih, Shu-mei. "Against Diaspora: The Sinophone as Places of Cultural Production." Shu-mei Shih, Chien-hsin Tsai, and Brian Bernards, *Sinophone Studies: A Critical Reader*. New York: Columbia University Press, 2013. pp. 25-42.

黃錦樹，〈M 的失蹤〉，《夢與豬與黎明》（台北：九歌出版社，1994 年）。

黃錦樹，〈祝福〉，《魚》（台北：印刻文學生活雜誌出版公司，2015 年）。

黃錦樹，《南洋人民共和國備忘錄》（Taipei: Linking Books，2013 年）。

黃錦樹，"南方文學世界共和國"，哈佛大學，14-15 日，10 月，2016 年。

魯迅，〈祝福〉，《魯迅全集》卷二（北京：人民文學出版社，1981 年）。

漂遊，感憂，文俠想像：
胡金銓的中國心靈

宋偉傑

美國羅格斯大學副教授

　　胡金銓（1932-1997）一九六〇到一九九〇年代的電影作品與文字書寫，現身說法，展演了五四以來、一九四九之後，人文思想的三個向度："漂泊離散"與"心靈"感悟（劉再復），"孤獨的旅行者"與"文俠"想像（李歐梵），以及念茲在茲"感時憂國"的情意綜（夏志清）。劉再復《漂流手記》、《遠遊歲月》、《西尋故鄉》、《獨語天涯》、《漫步高原》、《共悟人間》、《閱讀美國》、《滄桑百感》、《面壁沉思錄》、《大觀心得》等"漂流"系列、"遊記"思想散文，持續書寫了一九八〇年代末以降、冷戰突然終結之後，流寓海外、遊走四海八方的華語知識分子的歷史境遇和身心反省：從"夢裏不知身是客"轉變到"夢裏已知身是客"，既"入夢"，也"出夢"，在顛沛流離中重新審視自我與社會、主體與世界、心靈的漂遊與重新定位。他在《思想者十八題 —— 海外談訪錄》中指出，"在精神層次上，我永遠是一個漫遊者。…… 一個作家，一個詩人，本質上就是精神上的流浪漢，沒有國界的永遠流浪漢"。[1] 而漫遊、流浪、漂泊的心理蹤跡，既關乎"出走"，也尋找"歸途"："荷馬的史詩講的是外部回歸，我講的是內部回歸。老子所講的：'復歸於樸'，'復歸於嬰兒'，就是我的回歸。這是回到內

1　劉再復，《思想者十八題 —— 海外談訪錄》（香港：明報出版社，2007 年），第 434 頁。

心的質樸與本真，回到人之初那雙赤子的眼睛。這就是我的方向"。[2]

李歐梵在梳理、詮釋中國現代文學中自我的形象，尤其是《老殘遊記》中"孤獨的旅行者"與"文俠"主人公的行跡與功績之時，論及三種旅行："一是在自然山川之美中的旅行；二是對晚清社會各切面及地方政府的考察旅行；三也是最錯綜複雜的，是發現自我和抒發自我精神的旅行"。[3] 他還指出老殘的遊歷所展示的是"一系列逐漸升高的抒情場景的層次"，從"自然風光"走向"政治與社會"，再走向桃花山帶有神秘、璀璨氛圍的"哲學智慧"，從而將老殘詮釋成"一位不是用刀劍、而是用思想和草藥去糾正社會不義的'文俠'"。[4]

夏志清早在一九六九年便論述了《老殘遊記》書寫的中國文人對動盪時勢的"感憂"、"哭泣"之文學譜系，他一九六七年的宏文〈現代中國文學感時憂國的精神〉（Obsession with China: The Moral Burden of Modern Chinese Literature），將遊走的老殘解讀為作者劉鶚的自畫像，"一位有唐·吉訶德式的俠氣，合儒、釋、道三家思想於一身的仁者"，"一位妙手回春的良醫，到處行醫濟世；又是一位獨來獨往的遊俠，隨時準備匡扶正義"。[5] 夏志清同時反思了中國現代作家拘囿於中國的"感時憂國"的道義負擔，或者說批評了這些作家"情迷中國"（陳國球）的執念；他開宗明義，對世界文學範圍內的中、西作家進行了比較："現代的中國作家，不像杜思妥也夫斯基、康拉德、托爾斯泰和托馬斯·曼那樣，熱切地去探索現代文明的病源，但他們非常感懷中國的問題，無情

2　劉再復，《思想者十八題——海外談訪錄》，第 445 頁。

3　李歐梵，〈孤獨的旅行者——中國現代文學中自我的形象〉，收錄《現代性的追求：李歐梵文化評論精選集》（台北：麥田出版公司，1996 年），第 119 頁。

4　李歐梵，〈孤獨的旅行者——中國現代文學中自我的形象〉，第 119-120 頁。

5　C. T. Hsia, *"The Travels of Lao Ts'an*: An Exploration of Its Art and Meaning (1969)", in: *C. T Hsia on Chinese Literature* (New York: Columbia University Press, 2004), pp.247-268；夏志清著，丁福祥、潘銘燊譯，〈現代中國文學感時憂國的精神〉，收於劉紹銘等譯，《中國現代小說史》（香港：中文大學出版社，2001 年），第 465-466 頁。

地去刻畫國內的黑暗和腐敗"。[6]"持"、"執"以恆地"感時憂國",這是夏志清對現代中國重要作家"情感結構"、文藝思想、意識形態的把脈和診斷,它與兄長夏濟安有關"中國心靈"的論述存在著微妙的關聯。夏濟安研究中國俗小說的兩種方法,除了對"小說藝術"留心,更是把中國俗文學當作研究"中國心靈"的材料看。[7]夏氏兄弟從"俗"文學、"雅"文學分頭入手,對小說藝術特質(artistic merits)與"中國心靈"的共同關注,可謂殊途同歸。

　　一九九〇年代胡金銓在接受山田弘一、宇田川幸洋的訪談時,曾笑稱自己是"無國籍的難民"。[8]一九九五年,胡金銓為自己的隨筆集作序,撰寫短文,題為〈他鄉與故鄉〉,[9]一語道出他一九四九年離開北京,寓居香港、台灣,遊走美國之際,對漂泊、出走、安頓與回歸的念想。萬里奔波,鄉關何處?"獨在異鄉為異客"的胡金銓其影像與文字世界,刻畫了何種漂流者、旅行者、遊俠形象,又如何情迷中國、感時憂國?他的"中國心靈"怎樣在光影之間"隨物賦形"?

　　從創作編年史的視角管窺胡金銓的作品,其《大地兒女》(1964)脫胎自老舍戰時的抗日小說《火葬》(1943)與《四世同堂》(1944-1948),通過再現北方市井庶民的生活圖景、國人挺身抗日的武裝義舉,具體呈現了胡金銓在大陸之外的英屬殖民地,反抗異族侵略與戰爭暴力的家國情懷。胡氏隨後遊走於香港、台灣、韓國與亞洲,接連拍出開天闢地的新派武俠系列《大醉俠》(1966)、《龍門客棧》(1967)、《俠女》(1971,超越了胡氏本人的武俠電影語法和範式)、以及《迎春閣之風波》(1973):客棧內外的精彩打鬥,女俠男俠的氣質風度,(明

6　夏志清,〈現代中國文學感時憂國的精神〉,第 460 頁。

7　夏志清,〈夏濟安對中國俗文學的看法〉,收錄《雜窗集》(上海:上海三聯書店,2000年),第 200-202 頁。

8　胡金銓述,山田弘一、宇田川幸洋著,厲河、馬宋枝譯,《胡金銓武俠電影作法》(北京:北京聯合出版公司,2015年),第 227 頁。

9　胡金銓,《胡金銓隨筆》(香港:三聯書店〔香港〕有限公司,2011年),第 5-7 頁。

代）朝廷閹黨東廠與附逆惡人的覆亡，保護忠良之俠客義士的反抗，……盡顯胡氏江湖的時空構造、美學政治、電影風格和武俠行跡，與老舍的《茶館》、吳晗的明史研究（尤其是錦衣衛和東西廠主題）、中國的戲曲傳統、老北京的文化風俗達成微妙的關聯，並進一步寄託了他本人遙深的文俠夢想、漂泊心事與感時憂國的想像。

胡金銓的漂遊、感憂、中國心靈，隨後落實在《俠女》、《空山靈雨》（1979）、《山中傳奇》（1979）的山水美學與宗教意境（道教、佛理與禪宗）：既延續了武俠敘事的模式，地理空間的營造（從宅院、府邸、寺廟，延伸到竹林、溪流、崇山峻嶺），也開始有意轉移主題，宣揚佛道思想，傳遞宗教勸喻。洛楓指出，"胡氏的山水鏡頭也可視作武俠類型結構中的留白地方，這些靜態的'留白'，不但凸顯了武打場面的動感，也成為襯托人物形象的底子；再者，流動的山水、游移的鏡位、穿插其間的行者腳步，也每每化靜為動、化實為虛，承載了導演追求人間佛道、實踐至善仁義的痕跡"。[10] 張錯認為胡金銓一九六〇、一九七〇年代的電影，"已經樹立他對明代官制、服飾、家具、器物外型與紋飾的專業考據引證。他糅合文學、文化藝術與電影技巧，濃厚的民族和民俗風格，包括茶館、客棧、酒肆、廟宇、廢堡、老屋、竹林等撲朔迷離空間，帶來無限的劇情可能，也創建了中國電影史可謂經典的'胡金銓年代'。"[11]

一九七〇年代後期直到一九九〇年代，胡金銓步入了"三岔口"般的困境與歧途，盡展漂遊的艱辛與心靈的動盪。一方面他將自己的武俠系列延展到明嘉靖年間俞大猷總兵與俠義之士慘烈抗倭、盪寇的《忠烈圖》（1975），而且在十年

---

10 洛楓，〈萍蹤倩影‧日月光華 —— 論胡金銓電影的女性人物與山水美學〉，《現代中文文學學報》2007 年第 8 期，第 178 頁。

11 張錯，〈越夜他越美麗 —— 胡金銓晚年及他的電影位置〉，收錄胡維堯、梁秉鈞編，《胡金銓電影傳奇》（香港：明報出版社，2008 年），第 21 頁。關於《俠女》的專書研究，參見張建德著，張漢輝譯，《胡金銓與〈俠女〉》（上海：復旦大學出版社，2014 年）。

之後，他受邀新浪潮代表人物徐克而再度出山，翻拍金庸的武俠小說，但終因二人之間巨大的分歧而消聲匿跡於一九九〇版的《笑傲江湖》，預示了一個世代的謝幕。另一方面，他轉向傳統中國神魔妖怪的民間信仰與鬼狐敘事，拍出歧義紛呈的《畫皮之陰陽法王》（1993）；而之前於一九八三年執導的《大輪迴》三世中的第一世（另兩世分別由李行、白景瑞掌鏡），彷彿一個複雜精彩、癥候式的"中間物"，陷落在兩種想像方法之間，其一是胡氏開創的"武俠電影敘事"（明朝政治，江湖義士，錦衣衛頭領，女俠刺客的合體），其二是他對宗教、欲望、變異心理、因果輪迴持續的糾結。第三方面，他的一系列走向西方或者回歸更遙遠之中國的拍攝計劃，包括遠涉海外的《華工血淚史》，重返明朝儒道釋與基督教衝突的《利瑪竇傳》等等，都無法定格為電影作品而變為未完成的規劃。[12]

　　反觀風雨如晦的一九六〇年代，胡金銓曾現身說法，道出"文俠"的懺悔："大家都說我是拍功夫片出身，那並非事實。我對功夫是完全不懂的。我的電影的動作場面，並非來自功夫或格鬥技，也不是來自柔道或空手道，那全是來自京劇的武打，其實即是舞蹈"。[13]《大醉俠》藉助京劇的梆子、鼓點、鑼鼓節拍等聲音效果，營造敘事節奏與武俠氛圍。胡金銓以傳統曲目中屢見不鮮的丑角、小（武）生形象，刻畫醉貓 — 醉俠或隱或現的身份特徵，而醉俠自由不羈、仁

---

12 關於胡金銓電影的總體研究、個案分析，以及與胡金銓相關的電影研究，參見梁秉鈞，〈胡金銓電影：中國文化資源與六〇年代港台的文化場域〉，《現代中文文學學報》2007年第 8 期，第 100-113 頁；須蘭，《文人武俠：張徹與胡金銓》，嶺南大學論文（2005年）；胡金銓著，胡維堯編，《胡金銓談電影》（香港：三聯書店〔香港〕有限公司，2011 年）；賈磊磊編，《中國功夫動作電影研究 2017》（北京：中國電影出版社，2017年）；張建德著，蘇濤譯，《香港電影：額外的維度》中文增訂本（香港：香港中和出版有限公司，2018 年）。

13 胡金銓述，山田弘一、宇田川幸洋著，厲河、馬宋枝譯，《胡金銓武俠電影作法》，第73 頁。也請參見羅卡，〈民俗文化，民間藝術對胡金銓的啟導〉，《現代中文文學學報》2007 年第 8 期，第 90-98 頁。

義誠信的風度，基本契合了劉若愚等對中國之俠的類型分析。[14] 他也用一九五〇年代後期，在香港、台灣、東亞華語電影中開始流行的黃梅調電影的手法（受大陸一九五五年黃梅調電影《天仙配》的啟發與影響），鋪墊俠女金燕子的性別特徵：男扮女裝的出場與刀馬旦的形象。[15] 反面人物譬如"玉面虎"、"笑面虎"的命名，也延續著《水滸傳》的敘事傳統。他運用蒙太奇剪輯來營造武俠世界的動作奇觀，也憑藉電影鏡頭的近景特寫，精妙展現男俠、女俠的面部表情。

關於胡金銓的電影美學，大衛·波德維爾（David Bordwell）曾經用《龍門客棧》中拍攝蕭少鎡與東廠惡人較量時的全景、中景、特寫鏡頭，以及快速、跳切式剪輯為例，具體說明了胡氏"一一跟拍的鏡頭"（one-by-one tracking shot）與"建構式剪輯"（constructive editing）的重要方法：

中景：蕭擲碗向畫面左側。

大全景：客棧膳堂內，麵碗向左橫穿膳堂，同時惡人向後一躍。

特寫：麵碗落到桌面定住。

---

14 James Liu, *The Chinese Knight-Errant* (University of Chicago Press, 1967), pp.1-17. 劉若愚指出，構成遊俠行為的基本理念，包括"利他主義"、"公正"、"個體自由"、"個人的忠誠"、"勇氣"、"誠實，相互信賴"、"榮譽與名聲"、"仗義疏財"。中譯本參見劉若愚著，周清霖、唐發鐃譯：《中國之俠》（上海：上海三聯書店，1991 年），第 5-6 頁，筆者依照英文原文略加修改。陳平原曾討論劉若愚列舉的"俠"的八種特徵，侯健《武俠小說論》中總結的"俠"的十種特徵，田毓英在《西班牙騎士與中國俠》一書中列舉的"俠"的十一種特徵，以及崔奉源在《中國古典短篇俠義小說研究》一書中列舉"俠"的八種特徵等界定的殊同，參見《千古文人俠客夢》增訂本（北京：北京大學出版社，2010 年），第一章，第 1-19 頁。

15 參見馬蘭清，〈《大醉俠》——金燕子、胡金銓與冷戰時代〉，《現代中文文學學報》第 2007 年第 8 期，第 133-164 頁。

中景：惡人跟蹌回座，驚魂未定。[16]

　　而更重要的是，胡金銓超越了"一一跟拍的鏡頭"、"建構式剪輯"等電影技巧，藉助自然環境、山水、園林、不同地理區域的地貌與風物（冷戰時代，無法回國取景，而在中國大陸之外，摹擬、仿真、重構、再現華夏的自然與人文），通過調度、拍攝、剪接，尤其是不完美的、跳躍的、追蹤與切換式的、富於提示與聯想意義的蒙太奇，創造胡氏電影世界寄託遙深的視覺效果。[17]

　　客棧，是胡金銓漂遊、感憂、中國想像的關鍵時空型。[18] 他曾經說過，"我一直覺得我國古代的客棧，尤其是荒野的客棧，實在是最富戲劇性的場所，很少有

16　David Bordwell,"Richness through Imperfection: King Hu and the Glimpse", in: Poshek Fu and David Desser, eds., *The Cinema of Hong Kong: History, Arts, Identity* (Cambridge: Cambridge University Press, 2000), p. 117. 近期中文細讀之一種，見龐思雅、齊偉，〈武俠電影空間敘事的形式與風格探析 —— 以胡金銓的客棧四部曲為例〉，《電影新作》2017年第 4 期，第 55-61 頁。

17　參見 Hector Rodriguez,"Questions of Chinese Aesthetics: Film Form and Narrative Space in the Cinema of King Hu", *Cinema Journal*, 38, 1 (Fall 1998), pp.73-97; Peter Rist,"King Hu: Experimental, Narrative Filmmaker", in: Darrell William Davis and Ru-Shou Robert Chen, eds., *Cinema Taiwan: Politics, Popularity and State of the Arts* (NY: Routledge, 2007), pp.161-71; James Steintrager, "The Thirdness of Hu: Wuxia, Deleuze, and the Cinema of Paradox", *Journal of Chinese Cinemas*, 8, 2 (2014): pp.99-110, 包括胡金銓與黑澤明的 "a single stroke"、小津安二郎的 "moments of stasis" 的關聯。

18　參見卓伯棠，〈電影語言的開創者 —— 論胡金銓的剪接風格〉，收錄黃仁編，《胡金銓的世界》（台北：亞太圖書有限公司，1999 年），第 198-232 頁，該文一個略有不同的版本，參見〈胡金銓電影的 "時間" 與 "空間"〉，《現代中文文學學報》2007 年第 8 期，第 52-68 頁。

地方能像它這樣時間空間集中，一切衝突都有可能在這裏爆發"。[19] 客棧系列《大醉俠》、《龍門客棧》、《迎春閣之風波》〔加上《喜怒哀樂》中的《怒》（1970），是對京劇《三岔口》的電影改編[20]〕，是胡金銓對老舍《茶館》的呼應與拓展。胡金銓哀悼吳晗、致敬老舍，尤其創造性地刻劃了東廠、太監（幡子）、以及隱喻式的黑暗的明朝：在他看來，明朝是一個"動亂的時代"，"間諜戰最激烈的時代"，"在十五世紀前半期，明成祖在位的時代，宦官控制著一個稱為'東廠'的秘密警察組織，以思想調查為名，壓迫知識分子，專橫跋扈，跟敵對派發生了激烈的鬥爭，結果成為了明朝滅亡的原因之一"。[21] 在《龍門客棧》以及"客棧"系列當中，胡金銓讓受害的忠良與避難的遊俠從客棧/酒樓/酒館漂流出去，行走並決戰於客棧、荒野、海島等游離政治中心的僻遠江湖。

　　筆者嘗試用茶館內外的"紙錢"、客棧內外的"刀劍"，探討並比較老舍與胡金銓描畫政治暴力的視覺想像。胡金銓嗜讀老舍的文學作品，並曾撰寫視角獨特、心心相印的體驗之書《老舍和他的作品》。[22] 筆者曾經聚焦老舍《茶館》中拋撒"紙錢"一幕所暴露的個人的、集體的情感蹤跡：他人遺落的廢物一般的紙錢，從街道這一外部空間，經旗人常四爺之手，闖入茶館的內部空間，並在三位老人（王利發、常四爺、秦仲義）時空錯位的葬禮展演中，成為瀰漫也彌散在茶

---

19 參見焦雄屏，〈電影儒俠：懷念大師胡金銓〉，收錄黃仁編，《胡金銓的世界》（台北：亞太圖書有限公司，1999 年），第 165 頁，以及她的專著《台港電影中的作者與類型》（台北：遠流出版公司，1991 年）。也參見胡金銓的〈"胡說"中國旅店史〉提到的古人視旅行為畏途，而且"古時候，'店'分幾種，有高級的'仕宦行台'、專為行商的'大車店'、規模較小的'雞毛店'、謀財害命的'黑店'等等。無論哪一種都使人覺得到店裏投宿是件苦事"（《胡金銓隨筆》（上海：復旦大學出版社，2011 年），第 295 頁。

20 參見吳昊，〈試劍江湖：《怒》的武學與美學思考〉，《現代中文文學學報》2007 年第 8 期，第 71-82 頁。

21 胡金銓述，山田弘一、宇田川幸洋著，厲河、馬宋枝譯，《胡金銓武俠電影作法》，第 94 頁。

22 胡金銓，《老舍和他的作品》（香港：香港文化·生活出版社，1977 年）。

館桌椅上空的情感爆破的痕跡。換言之，三位老人的自我悲悼，是"生者"為"心死者"提前舉行的"不合時宜"卻針砭時弊、且中肯綮的準儀式，一舉將實體茶館轉化為心理空間，充滿挫折、苦痛、抑鬱、困惑。[23]

胡金銓則將《茶館》三幕戲劇每場開頭的"說書人"大傻楊的聲音，轉換成早期電影系列開篇夾敘夾議的畫外音（以旁白來評述明朝亂局、閹黨亂政），[24]並用刀劍（與亂箭），凸現了漂泊離散、深懷感憂、"中國心靈"的痕跡。如果老舍的茶館最終以"紙錢"顯影了"向心式"的"內爆"，那麼胡金銓的客棧，以及客棧內、外的刀光劍影，則展演了對抗式的、"離心式"的"外爆"，而抗暴、外爆、離散的蹤跡，則從客棧一直延伸、拓展到遠離朝廷、帝都、政治中心的胡式江湖。[25]於是胡金銓電影當中北京茶館式的客棧及其時空變體，成為故鄉、故都、故國、以及因離散而無法歸返之故土的影像再現，以及拔劍而起、挺身抗暴的對決場景。

胡金銓的武俠江湖與中國想像，不妨視為冷戰時代漂泊離散中的"心理地

---

23 參見拙著 *Mapping Modern Beijing: Space, Emotion, Literary Topography* (New York: Oxford University Press, 2017), pp.70-79；配有圖片的繁體字版，〈變形的故鄉，有情的測繪：《茶館》中的懷舊，喪失感，自我悲悼〉，刊於《東亞觀念史集刊》第 12 期 (2017/2019)，第 327-366 頁。

24 《大地兒女》的旁白，講述九一八日軍入侵、東北淪陷後中國的局勢，而開場的鏡頭則捕捉小縣城的日常生活；《忠烈圖》的畫外音說明日本倭寇攪擾明朝遠海一帶的安寧。參見卓伯棠，〈電影語言的開創者——論胡金銓的剪接風格〉，收錄黃仁編，《胡金銓的世界》（台北：亞太圖書有限公司，1999 年），第 198-232 頁。

25 在客棧三部曲中，《龍門客棧》是老北京茶館文化的延伸（嚴格遵守老北京大茶館必須僱用男性夥計的成規）；到了《迎春閣之風波》，胡金銓創造性地改用女性成為茶樓 / 客棧的新型主力與主角，並為《新龍門客棧》（1992，徐克、程曉東、李惠民）等一系列作品提供了靈感的源泉。

理"構造。[26] 帝都與江湖，堪稱兩種巨型的地景與空間，並構成一種悖離式的對立、鏡像式的對位。"心理地理"敘事則遊走於紀實與虛構、歷史與想像、地理與心理之間，為冷戰大轉型的時代提供精神畫像，為生民／流民／遊民寫心，為移民／遺民／賤民／棄民代言。石琪曾以"行者的軌跡"來描述胡金銓作品中的人物："不斷地行走，有如宿命的行者，基本動作大致是步行、奔跑、衝刺、飛躍，乃至'神出鬼沒，時隱時現'，人物保持在'進行式'，鏡頭總是貼近人物的頭或腳，與之平行移動，電影充滿自然的動感"。[27] 吳昊則以"奔跑"代替"行走"："看胡金銓的電影，總看到他的人物在不同的鏡頭結構下不停地跑，在荒漠野嶺上跑，在竹樹森林裏跑，在頹垣敗瓦中跑，甚至在寺院裏也跑，亡命地由一個空間，突破界限，跑進另一個空間，總是跑跑跑跑⋯⋯"。[28] 筆者用"漂遊者"為"行者"、"奔跑者"增添漂泊離散、心懷感憂的涵義，從而解讀胡金銓先鋒電影美學（取景、跟拍、跳切、蒙太奇）所凸顯的客棧、竹林、庭園、江湖、山水世界中的蹤跡與心跡，[29] 以及胡氏戲曲、文學、文物研究、抒情考古、影像世界所鋪展呈現的冷戰時期的中國心靈與家國之外的心理地理想像。

---

26 此處"心理地理"一詞，我受到 Guy Debord 的啟發，他認為，"心理地理研究的是地理環境對於個體情感與行為的規約與效果"，並探討熟悉的老路舊路，離別的新路與歧途，以及個體的境遇與心理感受，參見 Guy Debord, "Introduction to a Critique of Urban Geography", *Les Lèvres Nues* (1955), translated by Ken Knabb, in *Situationist International Anthology* (revised and expanded edition) (Berkeley: Bureau of Public Secrets, 2006), p.23。

27 石琪，〈行者的軌跡 —— 漫談胡金銓的電影〉，收錄黃建業總編輯，《書劍天涯 浮生顯影 —— 大師胡金銓行者的軌跡》（台灣國家電影資料館，1999 年），第 24 頁。首版刊載香港《電影雙週刊》第 13 期（1979 年 7 月 5 日），第 46-50 頁。

28 吳昊，〈胡金銓的電影空間美學〉，收錄《超前與跨越：胡金銓與張愛玲：第廿二屆香港國際電影節》（香港臨時市政局，1998 年），網絡版之一種：http://daotin.com/forum.php?mod=viewthread&tid=18967。

29 參見李歐梵，〈《俠女》與竹林大戰〉，張建德，〈胡金銓《龍門客棧》及《俠女》中的歷史、國家與政治〉，《現代中文文學學報》2007 年第 8 期，第 83-90，115-132 頁。

雅克‧德希達（Jacques Derrida）曾經指出，跟旅行者（旅客，乘客，搭客，過客）有關的關鍵詞，包括 —— 門、門檻、邊陲、疆界、他域的邊緣、或者探討他者的方式方法，而 Aporias（絕境）則揭示了懸置、難關、進退兩難的處境。[30] 米哈伊爾‧巴赫金（Mikhail Bakhtin）在研究小說的時空體形式時，曾鈎沉小說敘事中的核心空間場景 —— 門檻、道路、城堡、沙龍，並指出門檻作為時空體，"滲透著強烈的感情和價值意義，是驟變、危機、墮落、恐懼、猶豫、復活、更新、徹悟的場所"。[31] 胡金銓後期作品的漂流、感憂、中國想像，也觸及到這一"門檻"（閾限）狀態，"陰陽界"般上下、左右為難的關隘。[32] 根據《聊齋誌異》中的短篇小說〈畫皮〉翻拍，並改名為《畫皮之陰陽法王》的晚期作品，便是一個複雜的例證。胡金銓這樣懺悔，"人是通過現世和黃泉之間的地帶而去到冥界，成為亡靈的。這個中間地帶有個 '陰陽法王'，給他抓住的話，又不能成為人，也不能成為亡靈了。…… 我們這種人 —— 在中國出生成長，年輕時離開母國，足跡遍及香港、美國及世界各地的這種人 —— 究竟是哪一個國家的人都不清楚。…… 我們這一代，就剛好像影片中被陰陽法王捉住的那些在 '中間的人'"。[33] 山田弘一、宇田川幸洋也用影片宣傳單中的說明，應和胡金銓提及的身份危機困境："在現世和黃泉之間顛沛流離的幽靈，正好是離開故鄉、移居外國的中國人的心境的寫照"。[34]

---

30 Jacques Derrida, *Aporias*, translated by Thomas Dutoit (Stanford University Press, 1993).

31 參見《巴赫金全集》，卷三，《時間形式與時空體形式》，白春仁、曉河譯（石家莊：河北教育出版社，1998 年），第 450 頁。

32 吳迎君從電影美學（審美性）、家國意識（中國性）、存在困境（人性）這三個向度，探討了胡金銓電影的中間性，見其《陰陽界：胡金銓的電影世界》（上海：復旦大學出版社，2011 年）。

33 胡金銓述，山田弘一、宇田川幸洋著，厲河、馬宋枝譯，《胡金銓武俠電影作法》，第 260-261 頁。

34 胡金銓述，山田弘一、宇田川幸洋著，厲河、馬宋枝譯，《胡金銓武俠電影作法》，第 261 頁。

胡金銓電影中的人物譜系，涵蓋亂世春秋中被放逐的遊俠，清醒也懵懂的儒生，超世也入世的僧侶或道士，大放異彩的女俠、女神、女賊，以及糾結於人鬼之間陰陽兩界的"門檻"上的中間人……在敘事時間上，胡金銓的電影回溯到"前現代"的正史與稗史（尤其是宦官當道、忠良受害、朝綱敗壞、倭患不絕的明朝）。在電影空間層面，《大醉俠》中的高陞客棧、《龍門客棧》中的客棧、《俠女》中的清虜屯堡、《迎春閣之風波》中的荒野客棧、《忠烈圖》中的海島、《空山靈雨》中的寺廟、《山中傳奇》中的經略府等等，並不是封閉的空間設置，而是具有離心性、開放性的指涉：從客棧、屯堡、孤島、寺廟、經略府，一直向外部拓展，顯影了漂泊、遊走的蹤跡。

於是胡金銓的"中國心靈"，浮現三重疊映的顯影，或為"俠義（歷史政治）的中國"，那是客棧三部曲（《大醉俠》、《龍門客棧》、《迎春閣之風波》）以及《俠女》中危機重重的中國，以及《忠烈圖》中的用兵和佈陣，俠士與倭寇搏鬥的蹤跡；或為"美學與宗教的中國"，那是《俠女》中佛教的慈悲與救贖，《空山靈雨》中的禪宗意境與啟悟、鬥法與收服；[35] 或為"民俗神鬼的中國"，那是《山中傳奇》裏面的驅魔法術，[36] 以及《畫皮之陰陽法王》中陰陽界的鬼怪傳奇，從而描摹了一個怪力亂神、鬼魂出沒、在人鬼之間掙扎的小（幽）傳統，一個糾纏於陰陽之間、艱難獲救或超度的窘迫困境。胡氏電影美學淵深浩瀚，電影題材與作法時有變異，但他"感時憂國"、"情迷中國"而念念不忘的，仍脫不開羈旅與歸途、漂遊與感憂、困境與救贖的主題。

---

35 鍾玲，〈胡金銓電影《空山靈雨》中的禪宗典故與佛教思想〉，《現代中文文學學報》2007 年第 8 期，第 34-51 頁。

36 關於《山中傳奇》多個版本的糾結，陰陽法王的混雜與錯亂，參見沙丹，〈大匠的困惑：《山中傳奇》與胡金銓的心靈世界〉，《當代電影》2011 年第 4 四，第 28-31 頁。

安於亂世，兒女情長：
南來文人易文的言情小說 [1]

吳國坤
香港浸會大學副教授

1 本文有賴研究助理蘇嘉苑的協助得以完成，特此表達謝忱。研究得到香港教資會資
  助，研究項目："Cold War Cosmopolitanism: Chang Kuo-sin's Asia Enterprises and Cultural
  Legacies" (12613818).

方東元："這是亂世，能夠平平穩穩的過下去，我也就滿足了"

"我覺得我並沒有前途"

"不過我覺得這亂世才真叫人灰心"

"小時候我有過許多的怪念頭 …… 現在一年一年的長大了，我才看出來，那些想頭全是永遠不能實現的夢想"

易文〈戀之火〉，載《小說報》第四期（1955）

一、安於亂世：南來文人易文

在亂世戰火之下，愛情故事是不是一定來得驚天動地？在安逸盛世下，是不是就難以譜上盪氣迴腸的男女戀曲？最近在港上演波蘭導演彭域高斯基（Pawel Pawlikowski）的《冷戰戀曲》（*Cold War*），道盡一對波蘭音樂家和舞蹈家戀人的相知相識，相親相愛，到相分相離的一生。在戰火炮聲下可以愛得千辛萬苦，奮不顧身，和平時候以為可以過平常日子，原來一樣不容易。流行小說和電影喜歡告訴我們，強大的戰火只會令戀之火變得更熾熱和強大，而忘記了提醒我們在安逸盛世下，日常瑣屑的折磨，誘惑和背叛，歲月的磨蹭，更多是無數戀人的愛情在安逸生活下寂然地被消磨掉，凋零落寞，以至摧毀。

此文以 "安於亂世，兒女情長" 來概括南來文人和影人易文（1920-1978）的生平和在冷戰年代於香港的創作生涯、視野以及人生觀。易文原名楊彥岐，一九二〇年生於北京，五歲以後隨家人移居上海，在上海長大，父親楊天驥（字千里）任職於國民政府高層，他是典型的名士派，也重視家學淵源。易文在上海認識以至投入五四新文藝創作，更與一批 "新感覺派" 作家來往甚密，實屬 "海派" 名仕之一。

根據《有生之年：易文年記》所載及李培德的分析，易文首次來香港並非於二次大戰之後，而是之前。一九四一年五月，他曾以楊彥岐本名撰文批評港人對上海先進事物的盲目追求，最後只會令上海人更加看不起香港。不過，香港有一個優點正是上海沒有的，便是"自由"，這充分反映了易文渴求自由的心態。[2]

　　　　從上海到香港的人都會有兩種感覺，一是地太小，二是人太笨。每天中午十二時許，上海外灘至日昇樓的那段，汽車的偉觀，是香港所沒有的。國際飯店的廿四層商樓，還是香港人之夢想。香港也有跑馬地（即跑馬廳），但比起上海之跑馬廳，簡直是一塊小草場。近三年來，上海有什麼，香港便也想有什麼。甚至於上海有百樂門舞廳，香港也要來一家，雖然香港的這家只及到上海那家的百分之一二。

　　　　……香港雖然是"外國地方"，自由的空氣比上海討人歡喜得多 —— 我到香港，便是這個理由。半年來，醞釀過不少謠言與非謠言。但僑民是在進步。因為自己吃的是文化部門的飯，對文化方面自然比較熟悉而注意。每天看報紙，報紙也的確比上海的看得入眼 —— 不是印得好或排得好。而是比上海說話自由。什麼事一有自由，便覺得舒適。雖然開天窗是必有的事，到底不再灰色得令人難過。[3]

　　易文可謂道盡了英治香港下雖無民主但還有一些言論和創作自由的空間。到了一九四九年，易文從廣州撤回香港，並沒有即時返回台灣，目的極可能和戰

2　李培德，〈有生之年：易文年記〉，易文著，藍天雲編，《有生之年 —— 易文年記》（香港：香港電影資料館，2009），第 20-21 頁。

3　李培德，〈有生之年：易文年記〉，易文著，藍天雲編，《有生之年 —— 易文年記》，第 20-21 頁。

安於亂世，兒女情長

時一樣，為在港享受自由。易文在香港是有（右派）人支持的，再加上他很有才華，為人能夠審時度勢，適當地轉型，由一樓（文學界）轉變為三樓作者（包括文學界、報界和電影界），自然是較容易地在戰後香港也適應下來。

　　黃愛玲在〈回憶的小盒〉中，嘗試探討易文個人的背景，生活態度，以至其影響的創作風格。易文的文藝作品片如其人，兒女情長，"溫婉自然如潺潺長流水，知音者喜其清雅脫俗，不耐煩的嫌它平淡鬆散。"[4] 易文自幼在新舊文化交融的環境中長大，父親精通舊學，他十一歲開始對新文藝發生興趣，遍讀謝冰心之《寄小讀者》，徐志摩之新詩，豐子愷之畫集及散文，以及郁達夫、茅盾、魯迅等人之小說；翌年開始投稿，並積極參與演講、話劇等校外活動。少年時，易文已常看電影，對卡普拉（Frank Capra）的《一夜風流》(*It Happened One Night*, 1934) 印象最深。一九四〇年，易文在上海常與黃嘉謨、穆時英、劉吶鷗等人冶遊。黃、穆、劉是三十年代的"軟性電影"論者，曾以《現代電影》為主要平台，寫了不少探討電影特質的文章。

　　總體來說，易文的創作受到其人的學養、性情和個人際遇的影響。生逢亂世，易文雖然因家底與國民黨有密切之關係，擁護蔣介石，但創作上絕少提及政治。易文對摩登都市的洋派生活特別敏銳，自上海開始，而情歸香港，最後以其人才華，從寫到編而優則導，更不時為新曲譜新詞。易文是性情中人，多情而謹守中國式的禮教，由寓居到定居香港，其對人生愛欲的細緻觀察，透視在男女歡愉和情感枷鎖之間，愛情不管有多苦，不管這是個男與女注定的錯誤，或想要擁有最後的祝福，或只願你我掙脫一切的束縛，戀人和他們的絮語，都只不過是在亂世中的過客。

　　一九五〇年代初，易文為藝華等公司編寫過不少劇本，如《閨怨》、《白衣

4　黃愛玲，〈回憶的小盒〉，易文著，藍天雲編，《有生之年 ── 易文年記》（香港：香港電影資料館，2009 年），第 28-32 頁。

紅淚》（1953）、《蕩婦情癡》等，其後為新華編導了《海棠紅》（1955）、《小白菜》（1955）、〈戀之火〉和《盲戀》等片，處處透發著舊時上海的頹靡氣味，其後的電懋作品卻洋溢著年輕都市的摩登生活。易文為別的機構先後執導了數部電影，包括《名女人別傳》（1953）、《楊娥》（1955）、《半下流社會》（1957）、《驚天動地》（1959）（與陳翼青合導）等。而易文一生，創造力最旺盛的歲月在電懋電影公司度過，他最為人所樂道的作品如《曼波女郎》（1957）、《青春兒女》（1959）、《空中小姐》（1959）、《情深似海》（1960）、《女秘書艷史》（1960）、《溫柔鄉》（1960）、《快樂天使》（1960）、《星星·月亮·太陽》（1961）、《桃李爭春》（1962）等，多是都市言情小品。

二、易文〈戀之火〉：作為言情小說與冷戰文化產物

易文〈戀之火〉曾拍成電影，香港新華影業公司一九五六年出版，由易文本人親自編和導，可謂多才多藝。可惜電影不可再睹，而據香港電影資料館本事所稱，故事如下：吳因鳳成婚之日，丈夫方東元汽車失事，致下半身癱瘓。後因鳳與東元弟西成舊情復熾，珠胎暗結。方老太太不忍見三人痛苦，毅然下毒殺死東元，成全因鳳與西成。值得一提的是此片新華公司的監製張善琨和製片童月娟，他們在戰時和日治時期的上海曾活躍於影壇，戰後成為"附逆影人"，所以南下棲身香港發展，一般被人劃為"右派"。片中飾吳因鳳的李麗華（飾方西成是演員黃河，羅維飾方東元），個人遭遇更顯複雜。李麗華是上海電影圈的天后級人物，來港後再度活躍於華語影壇，一度被左右電影界勢力拉攏，更有傳遭港英政府的誘嚇，不得拍左派電影。李麗華在一九五九年更曾以"難民"身份移民美國，曾嘗試到好萊塢，不曾再度回香港。此片的音樂插曲，《愛情的花朵》和《第二春》，作曲是姚敏，作詞是他的老拍檔陳蝶衣（狄薏）和易文，李麗華主唱，

全部是"上海幫"的南來文人。

　　雖然電影已不得看，但易文的原著小說〈戀之火〉發表在《小說報》第四期（1955）。《小說報》是中國和香港在亂世下的文化產物，也是二戰後美國盛世下以"綠背"（Greenback）美援文化支持右派文人出產的軟性"抗共"刊物，由駐香港的"美國新聞處"（USIS: United States Information Services）出資。一九五三年，美國新聞署冀通過資助出版"由香港著名作家所創作的原創小說，以擴大海外的讀者群"[5]，從而深化圍堵中共的文宣工作。這新方針催生了《小說報》，一份雙週刊式的小報，每期十二頁，刊登一篇小說，附有彩色插圖，以"一份報紙的價錢，一本名作家的小說"廣為招徠，面向香港、台灣，以及東南亞的讀者。美國新聞署希望它能夠做到美國流行書刊的任務，以其附有的彩色插圖和略為"煽情"（Sensational）的彩繪，甚至能吸引從不看書的讀者閱讀。在高峰時期，每期發行量可達十萬多份，一小部分在香港發售，大部分以報紙附送刊物的形式贈給台北、曼谷、西貢、馬尼拉、吉隆坡、新加坡、金邊、萬象、橫濱、首爾、東京和倫敦的讀者。

　　《小說報》的形式來自曾在英美流行的"廉紙小說"（Pulp Fiction）和"一毫子小說"（Dime Novel），故事類型包括偵探與間諜、奇情與愛情故事，故事大多設定在香港、馬來亞或其他東南亞華人社會。美國新聞署認為，讀者對《小說報》反應十分正面，其中因為刊物強調商業和流行原素，亦由於該署投入了大量的實質性經濟支助，尤其在東南亞各國當地的華語報紙以附送刊物的形式贈送給讀者。《小說報》顯然地以虧本的價格在香港及其他地方發售，或是免費贈送的。美國投入資源之多，令當時美國新聞署駐港作家及官員麥加錫（Richard M.

5　Hong Kong Despatch 2, USIS Hong Kong to USIA Washington, "Semi-Annual USIS Report", 10 August 1955. U.S. National Archives and Records Administration [NARA] RG84, Entry UD 2689, Box 2.

McCarthy）一度將《小說報》形容作 "一頭科學怪人的怪物"（A Frankenstein Monster）；言下之意，麥加錫暗示他很擔心過度資助的問題，而《小說報》顯然因為以文化抗共的考量，已超出了美援出版者的經濟控制。[6] 香港作為東西方冷戰的媒體交戰中心，得到大量美援文化資助，動員亞洲華文界知識分子、出版商和作家來參與製作和出版書籍和報紙，包括《小說報》，幫助美援文藝體制在亞洲塑造 "自由世界" 的社會想像。[7]

　　至於易文的小說，如何又跟政治沾上邊呢？大概是在小說的結局，易文安排西成帶同因鳳和方老太太一起 "離開了這個亂世的香港"：

　　　　西成與因鳳終於用到他們的飛機票，不過西成與因鳳用的飛機票卻不是兩張，西成又為他母親買了一張機票，他們陪伴了他們的母親到南洋去了，他們終於離開了這曾經使他們痛苦、失望、煩惱的城市，他們永遠也不回來了，永遠，永遠……[8]

　　當年今日，美國政府出錢支援（抗共）文化，令眾多文人可以寄情文藝而又可以謀生，今天回看可是美國政府一大 "德政"，也是文人在亂世浮生中展現了生存本能。作家想在《小說報》刊登小說以賺取稿費，需要向美國新聞處提供一頁左右的英文 "寫作計劃"（Writing Proposal），通過後作家可預支一筆相當可觀的寫作費用。"寫作計劃" 中需要清楚說明有關 "反共" 訊息，不過人言人殊，

6　Letter, Richard M. McCarthy, USIS Hong Kong to Elizabeth McNaull, USIA Washington, 12 March 1956. The National Archives and Records Administration (NARA), RG306, Entry P61, Box 2.

7　參見王梅香，〈美援文藝體制下的台、港、馬華文學場域：以譯書計劃《小說報》為例〉，《台灣社會研究季刊》2016 年第 102 期，第 1-40 頁。

8　易文，〈戀之火〉，載《小說報》1955 年第 4 期，第 12 頁。

　　　　　　　　　　　　　　　　　　　　　　　　　　安於亂世，兒女情長

相信易文提供的結局 ——"離開了這個亂世的香港"—— 通過了有關的審查。或者有時寫作提綱中的"反共"訊息更形露骨，但作家在中文媒介寫作，面對中國大陸以外（港、台、東南亞）的華文讀者，可以自行調節文藝和大眾市場的策略，達至政治、娛樂和小說藝術並重的效果。

易文的〈戀之火〉跟其他大部分《小說報》作品比較，最有言情小說的文藝腔 —— 故事沒有設計間諜，赤共分子的投共陰謀，洗腦或思想改造的橋段。〈戀之火〉原來就充滿"電影感"（Cinematic），而且一如易文既往的風格，對女性的內在思想世界和聲音有著一般男性作家所沒有的獨特的觸覺和敏銳。故事背景發生在香港，小說一開始交代了因鳳的懷孕，孩子卻不屬於她的殘廢丈夫東元的，因為他早已失去生育能力。她在乘搭登山電車，欲與西成在山頂幽會，並告訴他懷孕的事。值得留意的是，易文描寫的是港島半山的地理空間，這是作家對摩登香港的其中一幅想像的圖景，但周遭佫大而休閒的山巒和富人的大宅，無法掩蓋因鳳內心的懊惱，和身體上一波一波泛上心頭的嘔吐。小說以插敘回憶的方式交代事情的緣故，就有如電影鏡頭的"倒敘"（Flashback）：在乘搭登山電車時，周遭的風景使因鳳想起當年往事。童年時，作為孤女的因鳳寄居於姑母的家中。寡言的因鳳在小時候認為自己與東元有著很大的距離感，相比之下，她與西成性情上比較親近。

在女主角的回憶中，當因鳳與西成的關係愈來愈熾熱時，西成卻無奈地被迫跟著其叔叔方定川到新加坡做生意，西成向因鳳提議彼此寫信保持聯繫。因鳳始終無法明白男性的世界，彷彿西成離她而去有不可抗拒的命定安排。

　　西成向因鳳表明："反正你總知道我是不願意去的。"
　　"然而這是一個成年人的世界，他們彷彿無法抗拒這行將到來的別離。"9

小說敘事又回到現在，西成向因鳳提出建議，表示希望二人能夠遠走高飛到新加坡，並留下了機票。過往與現在，男性都在為他自己或他們雙方做打算，女性內在的心事，"他"有機會讓自己聽到嗎？因鳳完全沒有機會告訴西成自己懷孕的事。

小說再次進行插敘，交代為何因鳳最終嫁給了東元。在西成去新加坡後，西成與因鳳的關係因為距離而日漸疏遠。一天，因鳳無意中偷聽到姑母和她的朋友馬紀良的對話，知道姑母欲撮合自己與東元；同時，作為醫科學生的東元極力追求因鳳，二人頻繁約會，經常一起欣賞和討論歌舞片。

在一次的約會中，東元道出了自己在亂世下的追求："這是亂世，能夠平平穩穩的過下去，我也就滿足了。"

> 做一個好醫生，找一個真心愛著的人，平穩的過一生，五十年前這也許並不算是過於奢侈的夢想，但是在今天的不穩定的世界當中，尤其是這浮砂一樣的香港，東元對於他的希望有一個固執的恐懼似乎並不過份。且不要說這動盪不安的世界隨時都可以被破壞，被扭曲，就是在茫茫人海中找到真心戀愛的人也不容易。10

隨著因鳳和東元多次的約會，因鳳感到自己與東元的距離愈來愈近，最終接受了東元的求婚。在求婚當天，東元帶因鳳去看歌劇《蝴蝶夫人》——故事的悲劇同時暗示了二人的悲劇婚姻。在結婚當天，因為東元的同事金醫生喝醉了

9　易文，〈戀之火〉，第 2 頁。
10　易文，〈戀之火〉，第 3 頁。

　　　　　　　　　　　　安於亂世，兒女情長

酒，而醫院又剛好打電話來，指有病人急需進行手術。東元只好代替金醫生進行這次的手術，東元承諾因鳳會在十二點前回家享受他們的春宵一刻。

可是，在這雨中的黑夜，東元在完成手術後回家的路上發生車禍，變成了殘廢人，更從此不能生育。本來的幸福美滿新婚，變成了人間的悲劇。因鳳照樣悉心照顧東元，但生活卻"悶得慌，透不過氣"，十分寂寞。這猶如命中註定的悲劇："這冥冥的上天，這捉弄人的造化"。其後，西成從新加坡回到香港後，因鳳對西成的感情死灰復燃，二人舊情復熾，暗地裏偷得半晌歡愉，享受著"恐懼的喜悅"。

在西成打算離開香港返回南洋的前一個晚上，吃飯時，因鳳因為身孕不適嘔吐而離席，卻無意中被東元的看護林美心發現了手袋裏的機票。當天晚上，因鳳終於讓西成知道自己懷上了他的孩子的事，並希望他能夠留在香港。

三角關係如何了斷？故事需要一個令人不可預測的結局（Unpredictable Ending）。翌日，噩耗突然傳來 —— 東元死了。東元的死相信是因為進吃了過量的安眠藥，被懷疑為謀殺而非自殺。林美心便出來指斥因鳳，因為因鳳是每晚最後一個見到東元的人，同時她又指出因鳳與西成的私通，認為因鳳因此而殺害東元。面對美心的指責，因鳳並沒有自辯：一是因為她以為謀殺東元的人是西成，因此想保護他；二則是因為自己對東元出軌的負疚感。

因鳳為自己所引起的悲劇感到十分自責，當過度悲傷的她在花園準備跳井自殺時，方老太太出來制止了因鳳，並告訴她自己才是殺害東元的人。方老太太說自己偷聽到因鳳與西成前一晚的對話，便找東元聊了一番，希望他能夠與因鳳離婚，而"他只是笑，沒有說一句話，他好像沒有打算"[11]，因此方老太太便因為恨東元的自私而殺死他。

走筆至此，相信讀者情緒已受多番的觸動、牽引，更令人折騰的是如何思

---

11 易文，〈戀之火〉，第 12 頁。

考倫理道德的標準 —— 故事中真的沒有一個壞人，而情為何物，直教人要以生死相搏？當真相好像已經揭露出來時，故事裏卻出現了一封由馬紀良轉給警署的信。原來東元是自殺的，這是一封東元自殺前寫下來的遺書。如前所述，作者安排西成帶同因鳳和方老太太一起 "離開了這個亂世的香港"。糾纏不清的三角關係因丈夫自殺和犧牲自己而得到解決，而含糊的方家又好像逃離了 "亂世的香港"，逃離到另一個新的理想地（東南亞）？

三、易文的女性視角和女性聲音

易文的作品有著溫婉敦厚的人情世故，男歡女愛的故事皆建基於一個 "情" 字，都是情深似海，頗得女性讀者和觀眾欣賞，殆無置疑。我的研究助理蘇嘉苑認為〈戀之火〉中，女性角色展現豐富細膩的情感，人物具有 "現實性"（Realism）與 "可信性"（Authenticity）。易文具體描寫因鳳內心掙扎，縱使許多抉擇看似以她的欲望為先，但她的內心掙扎過程交代具體，表現了她的矛盾。

黃淑嫻在分析電懋（MP&GI）電影的女性角色時，認為 "現代"（Modern）是 "不限於一種物質的處境，現代亦是一種內心矛盾的處境。"[12] 這一種個人內心矛盾和兩難處境，形諸於外是個人和家庭倫理以至社會規範的衝突，形諸於內則有如 Charles Taylor 所謂的 "真實性的倫理" 或 "倫理的真誠"（Ethics of Authenticity），認為現代人需要真誠聆聽自己 "內在的聲音"（Inner Voice），摘善而固執，才能在政治倫理的生活下得到 "自決的自由"（Self-Determining

---

12 黃淑嫻，〈跨越地域的女性：電懋的現代方案〉，黃愛玲編，《國泰故事》（香港：香港電影資料館，2002 年），第 163 頁。

安於亂世，兒女情長

Freedom）。[13] 可惜 Taylor 並沒有再討論女性的"內在的聲音"，尤其當處於傳統與現代、個人和他人的倫理和矛盾關係中，何以為善？何以為惡？相對而言，小說和電影在善於閱人的作者手上，更能細緻地描寫人性欲望和人物之間的張力，寫來自然更加得心應手。

因鳳自小就被方老太太收養，當時的女性縱然未必有男性相等的機會接受教育，女主角卻深明中國人所尊崇之仁義禮智。易文仔細的心理描寫，道出女主角理智與感性之間的矛盾與衝突。與因鳳完成結婚儀式當晚，東元就被車撞倒至下身殘廢，無法生育，因鳳知道後難過、無奈，但卻沒有打算拋棄東元，縱使東元母親 —— 方老太太一再叮嚀她要為自己著想，她也堅持照顧東元，留在他身邊，為的是對方老太太的報恩和對東元的情義。

因鳳儘管經歷了不如意的婚姻生活，當旁人包括西成和方老太太都為她而感到不甘心，她卻因為對東元的情義而沒有不憤。然而，故事發生在追求思想自由的年代，尤其在英國殖民地香港，易文筆下的女主角內心顯然有新舊思想的抗衡，促使她萌生對戀愛自由的追求。傳統的婚姻約束與西方戀愛自由、理智和感性都成了因鳳最大的矛盾。因鳳對東元的情義是真實的，但對西成的愛慕亦是同樣真實。為了不去讓自己自私地傷害東元，因鳳一直把對西成的不捨藏在心裏，讓它成為回憶，這也是對她和他最好的選擇。

因鳳畢竟也是人，對浪漫愛情有欲望是合情的，對性的需要也是合理的，面對西成多次的誘惑，邀請她離開東元和香港，跟他往異地私奔開展新的生活，但因鳳即使心為西成所動，卻因一紙婚書的情義與承諾，多次拒絕。

對於人生的許許多多身不由己的抉擇、婚姻生活的不幸、與青梅竹馬的西成無法修成正果的遺憾，因鳳慨嘆：

---

13 Charles Taylor, *The Ethics of Authenticity* (Cambridge, Mass: Harvard University Press, 1991), pp.26-28.

「你想，我怎能？他又是這樣一個廢人。一點力氣也沒有，我要是說一聲『走』，他受得了嗎？」[14]

那是一種不可挽回的甜蜜，然而又充滿無從解決的困難，這或者就是這無可奈何的人生 —— 永遠是無法兩全的惆悵……[15]

易文又可以將五四白話文發揮得淋漓盡致，以"不可"、"無從"、"無可"、"無法"的排比手法表達女主人公的人生兩難局面。然而，女性的困局絕對是因為活在男權社會之下。由始至終，女性在愛情上是被動者。因鳳與東元，同樣面對婚姻的不幸，但作為女性，因鳳無選擇權，小說看似製造不同的機會讓因鳳離開東元，尋找屬於她的愛情，但始終選擇權均在男性手中。與東元成婚的決定是由方老太太與東元計劃的，因鳳由於是養女，為報答養育之恩，而對東元亦有好感，則順從他們的意思。

後來西成的出現只是表面製造機會讓她看似有選擇的機會，但因鳳作為女性，即使面對丈夫的殘障，婚姻的主動權自始至終亦在東元手上，無從轉移。她似乎可以選擇離開他，但她一走就會面對千夫所指，相反東元即使有錯，但文中著眼卻不在於他任何的錯失、對妻子的不義卻無阻他繼續控制她及後的人生。東元的自殺是作為解釋男性在婚姻上不動的主權和地位，縱使他有負於她為先，他也是唯一可選擇她後來生活的人。繼續活在這不幸的婚姻生活，照顧殘廢的丈夫還是讓她早日解脫，也掌握在東元手中，而她從沒選擇。

14　易文，〈戀之火〉，第 9 頁。
15　易文，〈戀之火〉，第 2 頁。

安於亂世，兒女情長

四、小結：易文的溫柔，香港的摩登

據約翰·卡維爾提（John G. Cawelti）解釋，流行小說有其自身的一套說故事的模式，有其"獨特的美學"（Unique Aesthetic）。[16] 我希望將來在研究路徑上，可以開拓一套或更多以通俗文學的敘事方式，結合帶有電影的表現方式（包括好萊塢），來處理例如在《小說報》中所見的冷戰愛情故事，以及大量出現在報紙、雜誌和流行刊物的作品，甚至打破時空的界域，發掘其中內在的敘事模式、演變及其歷史意義。

例如〈戀之火〉故事中的一女二男的"情感結構"，可謂是通俗小說的"流行神話原型"（Popular Mythology），其源是否濫觴於五四的通俗文學，即如"鴛鴦蝴蝶派"小說？一九四〇年代的上海通俗文學確有很多已婚女性的故事，而電影中費穆的《小城之春》（1948）正是一女二男的邏輯。在電影裏，玉紋（韋偉飾演）與她生病的丈夫禮言（石羽）在戰後留在偏遠的小鎮，過著絕望的生活。《小城之春》的丈夫也是一個疾病纏身的廢人，志忱（李緯）同時是禮言的朋友和玉紋的舊情人，而舊情人意外造訪，以至妻子玉紋心猿意馬，沉悶的心裏泛起了愛的春雷，激起了女主角在欲望與責任之間的內心矛盾。

但我們也可以換個角度，從好萊塢的"浪漫喜劇"（Romantic Comedy）來看易文的亂世愛情。比列懷特（Billy Wilder）的 Sabrina（1954），柯得利夏萍（Audrey Hepburn）演的女主角陷入了兩兄弟間（由 Humphrey Bogart 與 William Holden 出演）的三角戀。易文的結局以哥哥的死的悲劇以成全太太跟弟弟相愛和成功出走的半團圓結局，〈戀之火〉的結局和亂世想像，當然比盛世的好萊塢夢工廠的喜劇更令人黯然神傷。

---

16 John G. Cawelti, *Mystery, Violence, and Popular Culture: Essays by John G. Cawelti* (Madison: University of Wisconsin Press, 2004), p. xii.

易文崛起於五十年代初，未幾在文壇和影壇大放異彩，才華滿溢。他跟早期的上海現代派作家不同，從來不炫耀五花八門的文學技巧或時髦的主義，也從不將女性視為像廣告派式的都市符號或男性想像的尤物。他一方面能古能今，勤於寫作，無論詩詞歌賦、文章、日記、書信，什麼體裁都會寫，到了山窮水盡，便"出賣"作品給報紙雜誌，以維持生計，也從不計較什麼是通俗或高尚文學，反而這樣他更了解現代生活，更體貼表達現代人的情愫，兒女私情，令讀者感受到最真實的感情、最真實的事物和人物關係。易文對男女情事的敏感與鍾情，雖其作品取材不外風花雪月，但在政治躁動的年代，易文堅持只有在文藝作品中，人才有思想表達的自由，情感交流的自由，和作出愛的選擇的自由。易文的文藝創作，雅俗共賞，沒有政治教條，沒有八股與口號。無盡的創意，孕育於冷戰催生而來的多元媒體文化，和香港自由的空氣之中，成就了易文的通俗文藝空間。

"感時憂國"的變奏曲：再思台灣五〇、六〇年代反共文學

陳綾琪

美國聖路易斯華盛頓大學教授

　　國共內戰造成一九四九年的兩岸分裂，使得 "一九四九" 成為一個王智明所稱的 "文化記憶與兩岸關係不斷回訪的創傷場景，勾勒著分而不斷，離而不散的情感糾葛" [1]。審思台灣五〇、六〇年代的文學，即大家熟悉的所謂 "反共文學"，不僅需要將 "一九四九" 放入思考框架，更重要的是將之置於冷戰的情境下來理解。

　　所謂反共文學，顧名思義就是以反對共產主義為創作主軸的文學。"反共產主義"（anticommunism）為一政治意識形態，早在十九世紀中期歐洲就出現了。一九一七年由列寧領導在蘇俄的十月革命（Bolshevik Revolution）引起了美國政府嚴重關注，反共產主義的論述在 1920 年代便擴大到歐洲以外的其他國家。一九四五年第二次世界大戰結束，一場戰爭由 "熱" 轉為 "冷"，世界也一分為二，形成以英美為主導的 "自由世界" 對立由蘇聯為首的 "共產世界"。中國隨之而來的一場內戰，因著蔣介石所領導的中華民國政府退居台灣，以及毛澤東宣

1　〈華語語系（與）一九四九：重新表述中國夢〉，《中山人文學報》，2017 年。

告中華人民共和國成立，遂形成兩岸對峙局面至今。來台之後的蔣介石，其領導地位岌岌可危，幸好拜朝鮮戰爭之賜而終於得到美國政府的支持與保護，中華民國在台灣也因之正式登上世界冷戰的舞台。蔣介石積極參與冷戰，一方面討好美國，另一方面積極準備收復大陸。蔣介石即以美國的宣傳政策為主導，全面在台灣推展反共文藝，透過半官方的中華文藝獎金委員會，以文學獎及出版機會的提供為誘導，大力鼓吹“文藝到軍中去”，吸引軍中作家發表各類型的反共文章，小說，詩歌等等。五〇年代的台灣文學因此被標示為“反共文學”，一路延伸到六〇年代。配合著戒嚴法，整個白色恐怖時期（由一九四七年二二八事件始至一九八七年解嚴止），台灣的文藝環境都受到嚴格監控。

在一九四五年台灣回歸中華民國至一九四七年二二八事件之後，五四文學曾被介紹到台灣，特別是魯迅的作品被大量介紹，一度造成高潮[2]。魯迅作品及其他五四文學作品在台灣消失與二二八事件有很大關係，國共分裂更進一步嚴禁幾乎所有五四文學經典。尤其是具有強烈激進或左傾的作家及其作品，如魯迅，巴金，茅盾，老舍，丁玲，蕭紅，戴望舒，艾青等，甚至較溫和派的如沈從文，郁達夫，凌叔華，施蟄存，吳組緗，張天翼，李金發等，對在五〇年代以後出生的台灣人而言也是完全陌生的。只有少數如徐志摩，余光中，林語堂，朱自清，羅家倫，梁實秋，張愛玲等人的作品是流通的。這個“禁書現象”一直到解嚴後才消除。主流的五四文學及五四精神的價值，在當年蔣介石領導下的中華民國／台灣，只剩下擁護儒家傳統的保守主義。這個保守主義除了顯示國民黨維護中華民國政權之正統性並確定民族國家本位正當性的用心之外，同時也是“以此回應五四啟蒙運動之後，對於左翼知識分子所訴諸現代中國論述的文化對立抗爭面向[3]”。“反共”一詞，在表像上，也因之成為維護國學與文化根源的同義詞。

2　朱雙一，《台灣文學創作思潮簡史》，2018 年。
3　陳康芬，《斷裂與生成 —— 台灣五〇年代的反共／戰鬥文藝》，2012 年，第 56 頁。

“感時憂國”的變奏曲

但是我們若仔細深入探討，會不難發現台灣的反共文學其實和五四文學是有相當淵源的。國共的分裂，在文學傳承的根本上卻未造成斷割。反共文學的主要作家如陳紀瀅（1908-1997），姜貴（1908-1980），徐鍾珮（1917-2006），林海音（1918-2001），潘人木（1919-2005），紀剛（1920-2017），王藍（1922-2003），朱西寧（1926-1998），司馬中原（1933-）等，除了少數幾位較年長外，多數皆出生於二〇年代前後的中國。一般來說，所有主要反共作家都是在大陸受的基本教育，汲取五四養料而啟蒙成長的，可以說是第二代五四青年。這些日後的“反共作家”在當年五四新文學時期尚未開始寫作，但隨著新文化運動而培養出來的創作特質，除了“感時憂國”之外，還兼具個人主義的浪漫精神。像王藍的《藍與黑》，其筆法，語調，情懷等，讓人不得不聯想到郁達夫的小說；姜貴的《旋風》不僅承襲了晚清譴責小說如《官場現形記》，《二十年目睹之怪現狀》等的文類及傳統，如果抽離方祥千為共產主義努力的情節部分，整部小說幾乎可以不是反共小說，反而更像是一部巴金式的家族小說。這些反共文學作家因戰亂而飽嘗顛沛流離之苦，國破家亡之痛，來到陌生的台灣，通過真實細膩地描寫個人成長經驗，將五四的“感時憂國”轉化成“反共復國”或“反共懷鄉”。這批外省作家表面為文控訴共產主義，但實際上他們所披露的卻是因離鄉背井而產生的濃烈的思親鄉愁。再回到《旋風》這本被學者識為反共文學經典的小說，主角方祥千先擁共，後反共，但不幸很快就死了。如果姜貴的用心真是反共，那為何不讓覺醒後的方祥千一躍成為英雄，帶領群眾走向光明勝利的未來？與其是反共，倒不如說這本小說是反思自五四以來，中國追求現代化／現代性一路所經歷的挑戰與迷惘。既稱姜貴為第二代五四青年，在經歷了一九四九年的歷史重創與被迫遺棄家鄉國土，他的小說沒有承載第一代五四文學對“救亡”，“啟蒙”的迫切，反倒是對此充滿了質疑與反思。

不同於第一代五四知識分子，這第二代受五四新文化熏陶的青年，他們在跟隨國民政府退居台灣後才開始嶄露頭角，逐漸建立起他們與文化及文學界的互動以及對其之影響。這一批退居台灣的第二代五四青年作家當中，陳紀瀅出道文壇較早，於十五歲即開始在報章如北京的《晨報》發表文章，但是主要作品還是來到台灣後才發表的。他的《荻村傳》是一九四九年到台後寫成，一九五一年出版，之後的幾本小說如《赤地》（1955），《賈雲兒前傳》（1957）以及《華夏八年》（1960），建立了反共文學典範。陳紀瀅與張道藩在一九四九年成立“中國作家協會”，以身作則，大力寫反共小說，對推展反共文藝不遺餘力。與陳紀瀅同年的姜貴，在未到台灣前曾出版過兩部小說，《迷惘》（1929，上海現代書局）以及《突圍》（1939，上海世界書局）。一九四八年到台灣，一九五一年撰寫《旋風》，此書輾轉多年終於在一九五七年正式出版，被學者視為姜貴最重要的作品，也是反共文學的經典。朱西寧發表的第一篇作品〈洋化〉是在一九四六年，三年後便隨軍隊來台，早期作品多以戰爭或現代與傳統對立為題材，承襲的是先前五四文學的常見話題。王藍一九四九年以前是記者，後擔任報社總編，來台後才開始投身文藝工作。他的《藍與黑》（1958）實為抗戰小說，也是他的第一部小說，於台灣完成。林海音於一九四八年來台，從事新聞編輯，但她的主要成就在語文教育。林海音的第一部小說《爸爸不在家》出版於一九五〇年，代表著作《城南舊事》，先在副刊連載（1957-1959），然後集結出書（1960）。因為發表年代的關係，此書與朱西寧、司馬中原等的小說同樣被歸類為“反共懷鄉”文學。潘人木於一九四九年來台後寫作生涯才開始，她的《漣漪表妹》與《藍與黑》，《滾滾遼河》及《餘音》被喻為四大抗戰小說。《滾滾遼河》作者紀剛，自一九四九年來台後開始劇本創作；《餘音》作者徐鍾珮出身外交，於一九四八年來台後開始創作。這四位以其抗戰小說出名的作家皆被劃分為反共作家，由此可見，“反共”真正所指的實是八年抗戰，這其中有抗日有剿匪，但純粹說是反共則是不正確的。不僅“反共”在實質上沒有一致明確的定義，作家們也缺乏對共產主義的認知，在文藝實踐上沒有反共理論支撐，所以不難理解他們的反共文藝創作方向與主題也跟著模棱兩可。

“感時憂國”的變奏曲

台灣的反共文學因此並沒有明顯的政治宣傳或教條主義。雖然在理論概念上，所謂的“反共文學”，其宗旨是把共產主義描寫成一個將會為人類文明社會帶來徹底、全面危機（total crisis）的政治理念。這裏所謂“徹底、全面的危機”就是對一個社會既有的道德價值觀念，知識體系，宗教信仰，以及政治及經濟制度的完全破壞。反共文學必須是暴露共產國家的黑暗面，以此對比民主自由國家的光明面；反共文學也必須是具戰鬥性的現實主義，目的是宣揚“反共必勝”的神聖道理。如此的簡而言之，可能會讓今天的讀者覺得這麼讓意識形態駕馭文學創作是荒謬的。但是如果我們把反共文學／反共產主義論述擺回它所屬的歷史情境，就不難理解為什麼它有它的即時性。但即便如此，在五○、六○年代，中共鎖國，外界對中國的政治社會內情所知極為有限，消息來源多半靠美國的《時代週刊》，《新聞週刊》等偶爾的報導，再不就是由香港過渡而來的傳聞或小道消息。陳紀瀅在他編的《六十年小說選》（台北，1971）就說到：“反共小說類，多半以抗戰時期，日本軍閥侵略中國等為主，…… 但新的資料不易收集。”所以也難怪反共小說的場景總是設在過去，所描寫的僅是個人經歷日軍侵略或國共戰爭的種種。因之“反共”文學無關乎傾左靠右的政治信念，頂多也只是對一個抽象的獨斷專制政體的批評或反對罷了。換句話說，“反共”意識形態基本上是建立在一個空的，營造出來的“共產”假想敵。

　　由此看來，台灣的“反共”文學，實可說是大陸五四文學的延伸，呈現的是第二代五四青年的文學傳承。本文的這項說法是完全不同於國民黨官方所聲稱反共文學乃繼承五四新文學傳統。戰後國民黨選擇性地定義五四文學僅僅是白話文運動的產物，五四運動單單只是學生愛國運動，而完全抹殺五四文學與新文化運動本身的革命精神，文化啟蒙，以及社會寫實導向。也正因為國民黨除去了普遍盛行於三○年代的左傾思潮與共產主義，以此淨化，柔軟化，並簡單化五四文學與新文化運動的歷史記憶，所以戰後國民黨能輕而易舉地宣稱反共文學承傳了五四新文學。但是文學傳承是一個文化累積的結果，是一個有機的演變過程。雖然國家機制可以企圖操控，但是結果不是可以事先算計預測的。首先，繼續把這一段時期由大陸來台的第一代作家所生產的文學繼續套以“反共文學”是不對的，接著是辨識這一批文學作品背後真實的發展脈絡，以此來給予正確的文學史定位。也就是“正名”的必要性。

國共雖分裂，但文學文化的續接並非如眾家所云，亦是斷裂的。第二代五四青年的文學才華來到台灣後才茁壯成長，寫出了他們一生最重要的作品。五四文學跨過海峽，雖失去了左翼的激進思想與革命論述，但五四新文學的根基仍在。所不同的是“感時憂國”的內容變了，由對追求西化／現代化，為新中國未來鋪路的想像書寫，轉化成回憶及記錄八年抗戰的顛沛流離，家園失守，退居陌生小島台灣的一連串悲慘重創經驗。五四文學到了一九四九年後的台灣，因為相繼而來的世界冷戰局勢，作家表面為文控訴共產主義，而實質上所披露的卻是離鄉背井的濃烈思親鄉愁。創作必須從生活經驗獲取靈感，這些“反共”作家最深刻的生活經驗就是抗戰，逃難，簡而言之，他們就是一群離散的族群，背負著歷史及個人的重創記憶。將他們的書寫硬貼上“反共”的標籤，主要當然是國民黨政府強勢的文藝政策所導，放在當時冷戰的大環境下也還可以理解，但今天若還持此觀點，那就是蓄意忽視這一代人的集體傷痕。所以我們不能再用“反共文學”來界定台灣五〇、六〇年代的文學，這不單僅是文學史的問題，更重要的，是一個倫理的問題。

除此之外，我更認為“反共”一詞在台灣五〇、六〇年代的情境下，是具有強烈的內部矛盾。它是反時序的（anachronism），亦即以過去來批判未來。王德威曾提出，反共文學總是描述中國共產黨的所作所為，皆是企圖非法奪取國民政府的正當政權。反共小說描寫這種以非法取代合法的過程，所凸顯的是希望讓被迫退居台灣的中華民國繼續保有它的政權合法性，同時勾勒出另一個“應該才是正確的”歷史演進。因此，反共文學所暴露的，不僅是反時序，即時間上的錯位（以重構過去來投射一個另類的未來，而虛空掉了現在），它還更是空間上的錯位（在台灣，寫的卻是大陸，那國家到底位在何處？）。反共作家"感"的"時"不是當時，而是過去；"憂"的"國"不是政府所處的台灣，而是已經失去的大陸。"家鄉故土"成了一個空的符號，因為此時的中國已經不再是他們的"中華民國"，而是一個全新的政治思想及價值體系的"中華人民共和國"。這個"反共"的符號所指涉的其實是一個有國無家，有家無國的不堪情境，作家們的書寫，也不由自主地再現如此深刻的感傷與矛盾。

在二〇一九年的今天，為什麼我們還要回頭去思考這個已經過時，甚或早被遺忘的一批文學作品？文學作品能作為歷史重創的見證文本，正因為文學有它獨有的自由空間。但是文學的歷史見證功能，只有靠讀者去挖掘及闡釋才得以獲得效應。而挖掘、闡釋歷史證據需要有正確的座標，文學作品的歸類，時期的劃分，就是提供後來讀者一個座標。所以，如果我們繼續把當年那批因戰爭被迫離散的作家所寫的作品視為"反共文學"的話，那它就是一個錯誤的座標，我們也將失去了解一代中國人的集體歷史重創的機會，他們的集體記憶也將因此永久被隱埋，他們的文學見證也將被遺忘在文學史的幽暗角落。台灣五〇、六〇年代的"反共文學"應該被正確地理解為傷痕文學，離散文學，也是五四文學的延續，值得我們一再重新閱讀，闡釋，並正確歸類。

參考書目

王智明，〈華語語系（與）一九四九：重新表述中國夢〉，《中山人文學報》2017 年 1 月，第 42 期，第 1-27 頁。

朱雙一，《台灣文學創作思潮簡史》（台北：崧博出版事業有限公司，2018 年）。

陳康芬，《斷裂與生成 —— 台灣五〇年代的反共／戰鬥文藝》（台北：國立台灣文學館，2012 年），第 56 頁。

陳紀瀅編，《六十年小說選》（台北：正中書局，1971 年）。

歷史十字路口上的見證：梅蘭芳、特列季亞科夫與愛森斯坦 [1]

張歷君

香港中文大學客座助理教授、中央研究院訪問學人

一、左翼前衛藝術家的戲曲因緣

一九五七年十一月，梅蘭芳第三次訪問蘇聯，跟隨中國勞動人民代表團遠赴莫斯科，參加蘇聯十月社會主義革命四十週年國慶典禮。（謝思進、孫利華 2009：322-323；庫普佐娃 2017：1）著名俄國文學翻譯家高莽當時亦隨團出訪，擔任梅氏的翻譯。高莽後來在一九九八年撰寫的一篇散文中，憶起當年訪蘇的一個小插曲：

> 記得一九五七年在莫斯科的一次集會上，一位俄羅斯老婦人慢步走到梅蘭芳先生面前，怯怯地自我介紹說：
> "我是特列季亞科夫的遺孀……"她望著梅先生的面孔，看他的反映

1　本文的另一個版本曾刊於《字花》文學雜誌第 74 期（JUL-AUG, 2018），第 56-65 頁。感謝李歐梵教授的指導和協助！並感謝香港中文大學文化研究博士候選人楊明晨小姐，幫忙搜集研究資料！

〔應〕："您記得特列季亞科夫嗎？"老婦的聲音不高，有些戰慄。

梅先生楞了一下，然後緊緊地握住她滿是皺紋的手，說他從來沒有忘記這位熱情的蘇聯朋友。梅先生回憶起自己與特列季亞科夫初次會面，他們在火車上、劇場裏推心置腹交談的情景。特列季亞科夫夫人也許沒有想到她的話會引出梅先生對往事的回憶，吐露一片感人肺腑的心語，她的淚水驟然湧出眼眶，掛在面頰上，她感謝中國朋友沒有忘記她的丈夫。（高莽 2005：62）

特列季亞科夫（Sergei Tretyakov）是蘇俄著名的政論家、劇作家和未來主義詩人。他曾當過記者，熟悉攝影，並曾參與電影攝製工作。他也是一九二〇年代蘇聯的左派文藝團體"左翼藝術陣線"（Left Front of the Arts）的重要理論家。（陳世雄 2015a：33；邱坤良 2013：68；陳世雄 2015b：5-7）特列季亞科夫在西方廣為人知，主要因為他是梅耶荷德（Vsevolod Meyerhold）的合作者。他也是最早將布萊希特（Bertolt Brecht）的作品譯成俄文的翻譯家。（陳世雄 2015b：8；Salazkina 2012: 130）特列季亞科夫所提出的"行動的作家"（the operating writer，或譯作"操作的作家"）的概念，更成為本雅明一九三四年撰寫的著名論文〈作為生產者的作者〉（The Author as Producer）中重點探討的議題。（Benjamin 2005: 770-772）然而，1934 年，斯大林（Joseph Stalin）開始發動"大清洗"。一九三七年九月十日，特列季亞科夫終因沒有實據的日本間諜罪名而被槍決。（邱坤良 2013：826；陳世雄 2015b：16-17）一九三九年秋冬期間，因反對納粹政權而流亡國外的布萊希特，得知摯友特列季亞科夫"經由人民法庭審判"，並最終"在西伯利亞集中營內被槍決"。布萊希特悲憤莫名，寫下著名的詩作〈人民難道沒錯嗎？〉（"Ist das Volk unfehlbar?" [Is the people infallible?]）。這首詩每一節都以"假如，他是無辜的呢？"（"Suppose he is innocent?"）這個問句作結，布萊希特藉此表達自己的無奈與感慨。（邱坤良

2013：2；Baer & Witt ed. 2018: 245）

　　正如陳世雄所指出的，特列季亞科夫死後十九年，"一九五六年，當蘇聯開始政治上的'解凍'的時候，特列季亞科夫終於得到了徹底平反"。（陳世雄2015b：17）如此一來，我們才能明白，為何特列季亞科夫的遺孀聽到梅蘭芳對特列季亞科夫的回憶時，竟會淚流滿面，並感謝這位"中國朋友沒有忘記她的丈夫"？因為誠如高莽所言，"蘇聯肅反時這位作家遭到不應有的厄運，從此他們國內再也不提他了。"（高莽 2005：62）

　　然而，為何梅蘭芳這位中國戲曲大師，會對特列季亞科夫這位蘇聯左翼前衛作家和理論家如此念念不忘？高莽當時便在為梅氏充當翻譯員的過程中，了解到個中緣由："那天，我從梅先生的口中得知，特列季亞科夫還是中國戲曲的愛好者。一九三五年梅先生率京劇團第一次訪問蘇聯時，是特列季亞科夫率先在《真理報》上發表文章，對中國戲曲和梅先生的表演給予很高的評價。"（高莽2005：62）

　　要講述特列季亞科夫與中國現代文學和傳統戲曲之間的不解緣，我們得首先回到一九二四年。他於這一年二月前往北京，在北京大學講授過一年多的俄國文學，之後在一九二五年八月返回莫斯科。（邱坤良 2013：820；戈寶權 1987：179）他並為"自己選定"了一個"中國名字"——"鐵捷克"。他在這段期間曾幫助任國楨翻譯《蘇俄文藝論戰》一書。（鐵捷克 1937：5）魯迅亦曾為這本收入"未名叢刊"的論戰集撰寫〈前記〉。此外，特列季亞科夫亦曾幫助胡斆翻譯勃洛克（Alexander Blok）長詩《十二個》（*The Twelve*），這個中譯本以單行本的形式在一九二六年出版，同樣收入魯迅主編的"未名叢刊"。

　　高莽在〈"鐵捷克"—— 北大的蘇聯教授〉一文中曾經指出，特列季亞科夫對中國戲曲的了解，受益於一名"北大同學的幫功"：

　　　　有一位同學來自哈爾濱，講得一口流利的俄語，經常陪他看戲。特列季亞科夫說：“他領我走進了中國戲院的後台”。正是這位北大同學使特列季亞科夫瞭解了並愛上了中國戲曲。特列季亞科夫記錄過這位北大同學的心願：將來能對中國戲曲進行一番“改造”，“使它為革命服務”，但同時要“保留戲曲的原有曲調”。特列季亞科夫說，這位北大同學沒能實現自己的願望，他參加了馮玉祥將軍的部隊，後來病故。特列季亞科夫無限傷感地表示：這位同學“沒能聽見革命的中國劇院裏是用什麼曲調來演唱的”。（高莽 2005：65）

特列季亞科夫與中國戲曲的這段因緣，使他後來成為梅蘭芳首次訪問蘇聯的重要支持者和策劃人。誠如高莽所言，“一九三五年他能夠寫出評論中國戲曲與梅蘭芳藝術的文章，也是得益於北大同學的幫助。”（高莽 2005：64-65）

二、姿態與間離

　　一九三五年三月至四月期間，梅蘭芳應蘇聯對外文化關係協會的邀請，率領共二十四人的訪蘇劇團，遠赴蘇聯進行巡迴演出。蘇聯對外文化關係協會“為籌備巡演事宜成立了接待委員會”。（庫普佐娃 2017：2）特列季亞科夫不但加入了這個接待委員會，參與組織和策劃梅蘭芳訪問和交流活動的具體安排，他並在梅氏訪蘇期間撰寫並發表了十來篇相關的評論文章。此外，特列季亞科夫也參加了一九三五年四月十四日舉行的 “全蘇對外文化交流協會為了梅蘭芳劇團對蘇聯的訪問進行總結而舉辦的晚會”，亦即著名的 “四一四” 討論會。他在會上並發表了頗長的發言。（陳世雄 2015a：40、43-44）恰好也在一九三五年三月，布萊希特應國際革命劇院聯合會的邀請，第二次訪問莫斯科。當時接待布萊希特的 “蘇聯朋友”，正好也是特列季亞科夫。那時候，“布萊希特雖然因患了流感而很

404

少去劇院，但梅蘭芳的演出他卻非去不可。"（余匡復 2002：120-121）

蘇源熙（Haun Saussy）在〈一九三五年，梅蘭芳在莫斯科：熟悉、不熟悉與陌生〉一文中曾論及特列季亞科夫一九三五年三月在《真理報》（Pravda）上發表的兩篇梅蘭芳劇評。兩篇劇評對梅氏演出的分析，都明顯與特列季亞科夫在"四一四"討論會的發言論點相互呼應。

特列季亞科夫在發表於三月十二日的〈梅蘭芳 —— 我們的貴賓〉（Mei Lanfang — Our Guest）一文中分析了梅蘭芳的造手：

> 音樂與動作幾乎一直相互配合。(人們就會很快意識到)特有的而原創的、與節奏合拍的及音樂的結構，以及這種結構與演員動作及演唱之間的互動。所有的聲音與動作都是精心設計的。梅蘭芳的手：他的十根手指就像舞台上其他十個不在節目單內的演員。有人可能不能明白其中的音樂，或不能欣賞服飾的優雅，或對戲劇的線索並不了然；但一定會被這些手指吸引，這些手指一直處於運動變化之中，所以一定會被手指的舞動吸引。這之於做成裝飾的雲、樹葉，做成微型模型的草，變得充滿意蘊，充滿裝飾性，極其契合。梅氏戲劇巨大的重要性值得探究其詳。(轉引自蘇源熙 2014：188)

特列季亞科夫將梅蘭芳的造手稱為"手指的舞動"。他認為戲曲造手的表演充滿意蘊和裝飾性，並與舞台布景中裝飾性的雲、樹葉和草"極其契合"。這種"手指的舞動"，無疑是特列季亞科夫後來在"四一四"討論會中談及的、梅蘭芳的"戲劇的形象語言"的重要範例。特列季亞科夫在討論會中便曾稱讚道："你越是深入了解這種戲劇的形象語言，它就越來越變得晶瑩透明、易於理解和非常現實。"（陳世雄 2015a：44）

特列季亞科夫在一九三五年三月十三日發表的〈技藝精湛〉（A Great

Mastery）一文中，亦進一步探討了梅蘭芳“對現實主義的非凡詮釋”：

> 人們必須觀察到梅蘭芳對現實主義（是現實主義而非自然主義）的非
> 凡詮釋。在第二齣戲中，他演繹了一位年青女子，她尋求報復她的復仇對
> 象的機會，裝扮成他的未婚妻，並在新婚之夜將他殺死。這裏值得注意的
> 是，在她用匕首捅向她的未婚夫之時，她所演繹的姿態：咬著她的辮子，這
> 在中國戲曲中表示的是，在死亡與悲劇性的恐懼面前，她內心十分痛苦。
> 在殺人之後，她處於憤怒之中，並意識到她的行為是無用的。（轉引自蘇源
> 熙 2014：190）

誠如蘇源熙所指出的，特列季亞科夫並不相信“自然主義”。對他來說，
“自然主義是模仿的，在舞台上，其能產生移情作用，而移情作用也不一定是
人人想要的。”梅蘭芳為特列季亞科夫和愛森斯坦（Sergei Eisenstein）等構成
主義（constructivism）前衛藝術家指出了一條“理想中的道路”。特列季亞科
夫“在中國戲曲中看到的那種現實主義，其細節受到程式的影響（譬如，咬辮子
必須從其常規的意蘊去解釋），並且附屬於總體的結構。”（蘇源熙 2014：190-
191）如此一來，我們才能明白，特列季亞科夫在“四一四”討論會中談及梅蘭
芳“戲劇的現實主義底蘊”時，他所指的究竟是什麼意思。他所謂的“現實主義”
並非自然主義式的對日常生活的模仿和反映，而是“藝術的精湛技巧”對現實生
活的創造性介入和推動。特列季亞科夫在“四一四”討論會這樣闡述他所謂的梅
蘭芳“戲劇的現實主義底蘊”：

> 毫無疑問，一種具有如此文明的歷史，如此深厚的歷史積澱，以至
> 於有可能僵化的戲劇，要前進是艱難的，然而在這種華美的僵化的外表之
> 下，卻跳動著生命的脈搏，它打破了任何的僵化。（陳世雄 2015a：44）

梅蘭芳的精湛技藝能夠打破中國傳統戲曲"華美的僵化的外表",讓這種表演藝術的"生命的脈搏"重新展現出來。

然而,這種"藝術的精湛技巧"對現實生活的創造性介入,究竟如何在戲劇表演中達成?特列季亞科夫在〈技藝精湛〉一文中所分析的"第二齣戲",指的是《刺虎》。他在"四一四"討論會上的發言中,則進一步談及梅蘭芳表演的第三齣戲《打漁殺家》:[2]

> 中國戲劇界的朋友告訴我們,說他們難以用自己的手段表演當代題材的劇目,但是,我覺得並非完全如此。當你看到像《打漁殺家》這樣的作品,即被壓迫者的復仇時,就會明白,儘管貧苦姑娘的裙子打著補丁,儘管她佩著昂貴的珠寶,儘管她的嗓音有點特別,而且全部劇情都在我們不大習慣的樂隊伴奏下展開,儘管如此,只要作出相對不大的努力,就可以使戲劇賦予人們深刻的印象。(陳世雄 2015a:44)

可見梅蘭芳的演出深深吸引住特列季亞科夫。他在〈技藝精湛〉一文中要求讀者特別注意《刺虎》女主角復仇的"姿態":"這裏值得注意的是,在她用匕首捅向她的未婚夫之時,她所演繹的姿態:咬著她的辮子,這在中國戲曲中表示的是,在死亡與悲劇性的恐懼面前,她內心十分痛苦。"(蘇源熙 2014:190)蘇源熙敏銳地指出,特列季亞科夫這裏注意到的梅蘭芳所演繹的"姿態"(gesture),實際上也給布萊希特留下了深刻的印象。

布萊希特後來在他的著名論文〈論中國戲曲表演藝術的間離效果〉(Verfremdungseffekte in der chinesischen Schauspielkunst)裏,則重點分析了梅蘭芳在《打漁殺家》中所演繹的這些"姿態":

---

2 梅蘭芳一九三五年蘇聯巡迴演出的劇目,見庫普佐娃 2017:2。

表演一位漁家姑娘怎樣駕駛一葉小舟，她站立著搖著一支長不過膝的小槳，這就是駕駛小舟，但舞台上並沒有小船。現在河流越來越湍急，掌握平衡越來越困難；眼前她來到一個河灣，小槳搖得稍微慢些，看，就是這樣表演駕駛小舟的。〔……〕這個聞名的漁家姑娘的每一個動作都構成一幅畫面，河流的每一個拐彎都是驚險的，人們甚至熟悉每一個經過的河灣。觀眾這種感情是由演員的姿勢引起的，她就是使得駕舟表演獲得名聲的那個姑娘。（布萊希特 1990：193-194）

誠如余匡復所指出的，對於布萊希特來說，這種"姿態"或表演技巧"是一個藝術家充滿藝術化的'自我異化'（Selbstentfremdung）"。（余匡復 2001：270）布萊希特認為，演員透過這種藝術化的"自我異化"，讓觀眾感到陌生和意外。演員之所以能夠製造這種表演效果，"是因為他用奇異的目光看待自己和自己的表演"。布萊希特並進而指出，"這種藝術使平日司空見慣的事物從理所當然的範疇裏提高到新的境界。"（布萊希特 1990：193）

三、歷史的十字路口

然而，布萊希特卻不知道，當時遠在中國的左翼戲劇家田漢，曾在梅蘭芳訪蘇前，應訪蘇表演團的總指導張彭春的邀請，就表演劇目提供意見。（許姬傳、許源來 1986：35）事實上，早於一九三二年和一九三三年間，田漢便在一次聚會中，與張彭春談及特列季亞科夫。張彭春在一九三一年暑假期間，曾短暫訪問荷蘭、芬蘭、德國、蘇聯、波蘭、奧地利、瑞士和法國等歐陸國家。張氏一九三二年回到中國，在南開大學哲學系任教，並在南開撰寫訪問蘇聯的報告。（黃殿祺編 1995：387）一九三三年九月，田漢在〈怒吼吧，中國！〉一文中談及那次他與張彭春聚會的情況。張彭春在聚會中不但談及他在蘇聯訪問的見聞，更表示他有意在南開排演特列季亞科夫和梅耶荷德的《怒吼吧，中國！》：

> 仲述（引者按：即張彭春）的蘇聯戲劇談，主要地是說他去的時候蘇聯的戲劇季節已過，而且主要劇院都正在修理中，因此觀劇機會不多，但他會見了好一些戲劇界名宿，如《怒吼吧，中國》的演出者梅耶霍特等。梅氏且曾贈他許多《怒吼吧，中國》的舞台面，告訴他們當時是怎樣的演出。這給了仲述很大的參考。後來他來到美國，適逢紐約新興戲劇家們也要搬演此劇，他幫了他們很多忙。最後仲述說他也安排在南開排演這戲，並且擬改名《起來吧，中國》，說可能的話請我們去看。（田漢 2000：16：434-435）

張彭春最終沒有在南開排演《怒吼吧，中國！》，但聚會的其中一位同席者——上海戲劇協社的負責人應雲衛，卻在一九三三年九月於上海黃金大戲院首次正式排演《怒吼吧，中國！》。（田漢 2000：16：435）

一九三五年，中國教育部和外交部向南開大學校長張伯苓商請借調張彭春，協助梅蘭芳出訪蘇聯。張彭春最終向南開大學請假兩個月，出任訪蘇團的總指導。（許姬傳、許源來 1986：33-34）於是，張氏在一九三五年二月十九日邀請田漢到他當時入住的四川路新亞旅店，"談談在蘇聯上演的劇目，和蘇聯戲劇界的情況。"（夏衍 2016：177）

張彭春與田漢等人共同商量擬定的梅蘭芳訪蘇表演劇目，最終引起了愛森斯坦的興趣。一九三五年三月二十七日下午，愛森斯坦向梅蘭芳提議："我想請您拍一段有聲電影，目的是為了發行到蘇聯各地，放映給沒有看過您的戲的蘇聯人民看。劇目我想拍《虹霓關》裏東方氏和王伯當對槍歌舞一場，因為這一場的舞蹈性比較強。"梅蘭芳當時一口答應了愛森斯坦。他們最終約定在二十九日開

拍這個短片。（梅蘭芳 1962：44-45）

　　拍攝當天，特列季亞科夫也到場幫忙。在佈置燈光位置時，他提議："梅蘭芳先生與愛森斯坦這一次合作，是值得紀念的事，應該攝影留念。"於是梅蘭芳和愛森斯坦就在演區裏照了相，並請特列季亞科夫加入，三人合影。（梅蘭芳 1962：46）這張照片最終保存下來，成了歷史轉折時刻的重要見證。（Vdovienko 1935）

　　左邊是身穿東方氏戲服的梅蘭芳，右邊分別是特列季亞科夫和愛森斯坦。愛森斯坦拍攝《虹霓關》"對槍"一場這個事件，無意中成了歷史十字路口的象徵標記。克萊堡（Lars Kleberg）在一九九三年這樣寫道：

　　　　早在七十年代，我就接觸到有關著名中國演員梅蘭芳一九三五年到蘇聯巡迴演出的描寫。使我感到驚奇的是，幾乎所有當時的大導演都在莫斯科觀看了中國戲曲，並且不僅有俄羅斯的 —— 斯坦尼斯拉夫斯基、聶米羅維奇 — 丹欽科、梅耶荷德、泰伊羅夫、愛森斯坦，而且還有戈登·克雷、貝托爾特·布萊希特和埃爾文·皮斯卡托，他們一九三五年四月正好都在莫斯科。

　　後來，他們全都描述了自己對中國戲曲的印象 —— 有的在文章中，有的在書信中。（陳世雄 2015a：28）

　　但誠如陳世雄所指出的，一九三四年十二月一日，基洛夫（Sergei Kirov）突然遇刺身亡。斯大林以追查兇手為名開始了大清洗，直至一九三九年初才結束，歷時四年之久。在這場大規模的肅反運動中，"全蘇聯有數百萬人被捕，數十萬人被處決，數以百計的作家、藝術家被捕或者被'從肉體上消滅'。"（陳世雄 2015a：38）梅蘭芳一九三五年的蘇聯巡迴演出之旅，恰巧處於這個歷史十字路口的中央。兩年後（一九三七年），特列季亞科夫被槍決。（陳世雄 2015b：16）"一九三八年，梅耶荷德劇院被關閉，梅耶荷德本人於一年之後在獄中被折磨至死。"（陳世雄 2015a：39）

參考書目

1. 戈寶權，〈談中俄文字之交〉，《中國社會科學》1987 年第 5 期，第 171-186 頁。

2. 布萊希特（Brecht, Bertolt）著，丁揚忠等譯，《布萊希特論戲劇》（北京：中國戲劇出版社）。

3. 田漢，《田漢全集》全二十卷（石家莊：花山文藝出版社，2000 年）。

4. 余匡復，《布萊希特論》（上海：上海外語教育出版社，2001 年）。

5. 余匡復，《布萊希特》（成都：四川人民出版社，2002 年）。

6. 邱坤良，《人民難道沒錯嗎？——〈怒吼吧，中國！〉．特列季亞科夫與梅耶荷德》（新北：印刻文學生活雜誌出版有限公司，2013 年）。

7. 夏衍，《懶尋舊夢錄》（增訂本）（北京：中華書局，2016 年）。

8. 庫普佐娃（Купцова, О. Н.）著，周麗娟譯，〈梅蘭芳在蘇聯 1935 年的巡演及其在蘇聯媒體上的反響〉，《戲曲藝術》第 38 卷第 3 期，2017 年 8 月，第 1-12 頁。

9. 高莽，《心靈的交顫：高莽散文隨筆選集》（北京：中央編譯出版社，2005 年）。

10. 梅蘭芳，《我的電影生活》（北京：中國電影出版社，1962 年）。

11. 許姬傳、許源來，《憶藝術大師梅蘭芳》（北京：中國戲劇出版社，1986 年）。

12. 陳世雄，〈梅蘭芳 1935 年訪蘇檔案考〉，《戲劇藝術》（上海戲劇學院學報）2015 年第 2 期。

13. 陳世雄，〈從特列季亞科夫看"列夫"的悲劇〉，《戲劇》（中央戲劇學院學報）2015 年第 5 期，第 5-17 頁。

14. 黃殿祺編，《話劇在北方奠基人之一：張彭春》（北京：中國戲劇出版社，1995 年）。

15. 謝思進、孫利華，《梅蘭芳藝術年譜》（北京：文化藝術出版社，2009 年）。

16. 蘇源熙（Haun Saussy）著，卞東坡譯，〈1935 年，梅蘭芳在莫斯科：熟悉、不熟悉與陌生〉，《國際漢學》第 25 輯，2014 年 4 月，第 182-196 頁。

17. 鐵捷克（Tretyakov, Sergei）著，羅稷南譯，《怒吼吧，中國！》（上海：讀書生活出版社，1937 年）。

18. Baer, Brian James & Witt, Susanna ed. 2018. *Translation in Russian Contexts: Culture, Politics, Identity*. New York and London: Routledge.

19. Benjamin, Walter. 2005. *Selected Writings Vol.2, Part 2 (1931-1934)*. Edited by Michael W. Jennings, Howard Eiland, and Gary Smith. Cambridge, Massachusetts & London, England: The Belknap Press of Harvard University Press.

20. Salazkina, Masha. 2012."Introduction to Sergei Tretyakov: The Industry Production Screenplay," *Cinema Journal*. Vol. 51, No. 4, Summer 2012. pp. 130-138.

21. Vdovienko, Boris. 1935. *Eisenstein et Tretiakov rencontrent l'acteur chinois Mei Lan-Fang en tournée à Moscou*. In "artnet". http://www.artnet.com/artists/boris-vdovienko/eisenstein-et-tretiakov-rencontrent-lacteur-fQ5uLWSUefIcEexMfp7pQw2 (accessed on 2018.6.26).

附錄

Appendix

五四之"後"
—— 香港科技大學五四國際學術研討會綜述

林崢
中山大學副教授

　　二〇一九年五月九日至十日,在"5.4"之後,香港科技大學舉辦了一場"五四之後:當代人文的三個方向 —— 夏志清、李歐梵、劉再復國際學術研討會",成為全球紀念"五四"百年盛會中一場別具特色的會議。

　　此次會議由香港科技大學劉劍梅主持,哈佛大學王德威致主題辭〈五四之後:有聲的香港〉,開宗明義,奠定了會議的基調。熟悉中國現代文學語境的人都心領神會,"有聲的香港"對應魯迅一九二七年在香港青年會所作演講〈無聲的中國〉,在演講中魯迅追溯"文學革命"的背景,緣於明清以降的中國是死的,啞的,因此他呼籲青年們"大膽地說話,勇敢地進行,忘掉了一切利害",將中國變成一個"有聲的中國",發出"真的聲音",才能"和世界的人同在世界上生活"。王德威指出,〈無聲的中國〉是魯迅對當時中國文化界、政治界、知識界現狀的反思,百年過去,夏志清、李歐梵、劉再復這幾位知識分子以自己的方式,回應魯迅的命題,他們雖不再是"新青年",卻可以是"老少年",各在海內外不同地域發出"真的惡聲"。王德威將夏志清、李歐梵、劉再復的學術道路分別總結為感時憂國、情迷中國(obsession with China);世界主義、現代性對話；以及告別革命、放逐諸神，這實際上開啟了"五四之後"當代人文學科的幾個面向。王德威提出"五四之後"的理論命題，"五四之後"不僅指涉時間，更是從"後學"（post）的意義上，作為一種批判的立場、自我定位的空間，挑戰、解構五四作為不可撼動的歷史經典的意義，五四不再作為唯一的坐標，而是追問，五四之前，是否存在被壓抑的現代性；五四之後，我們還能做什麼？夏志清、李歐梵、劉再復三位先生做出了範式性的探索，與會的學者們各以自己的研究承繼並致敬了他們開拓的新方向。

一、世界主義

李歐梵的主題演講〈漫談晚清和五四時期的"西學"與國際視野〉係近年未發表的研究心得，自證了其作為世界主義者的宏大格局。他以扎實的史料，勾勒出晚清與五四兩代知識人開闊的世界視野 —— 晚清對於維多利亞文化的借鑒，上天入地、縱橫捭闔的時／空想像；五四對於現代文明兼收並蓄的吸納，包羅英、俄、德、法、意、北歐、東歐、日的全球文學、新知版圖，如揭示郁達夫的文學創作深受德國文學的影響，別開生面。李歐梵的演講啟發我們如何將"五四"及其前史放置在一個世界性的文學與知識譜系中，去重新審視中國現代文學的發展。

黃心村、宋偉傑、羅鵬、吳國坤、崔文東、李思逸、余夏雲等人的討論從不同面向將世界主義的問題進一步延展。如香港大學黃心村作為李歐梵的及門弟子，以學術史的方式細述李歐梵的世界主義視景，思辨世界文學的命題和反命題。羅格斯大學宋偉傑在全球的視野下觀照香港導演胡金銓於一九六〇至一九九〇年代的電影作品與文字書寫中寄託的離散情懷與中國想像，通過文本細讀闡釋胡氏電影美學中所凸顯的山水、江湖、離散的行旅，以及綜合考察其戲曲、文學、文物研究、影像世界所鋪陳的冷戰時期的中國心靈與家國之外的俠義心理地理想像。杜克大學羅鵬（Carlos Rojas）將魯迅創作於一九二四年的經典短篇小說〈祝福〉與馬來西亞華文作家黃錦樹二〇一四年的同名短篇小說〈祝福〉對讀，探討五四論述中"祖國"與"傳統"的概念，以及此後二者離散式的流傳。香港中文大學李思逸選擇鐵路作為管窺中國應對現代性衝擊的視角，以瞿秋白、徐志摩和郁達夫在國境內外的旅程（包括西伯利亞鐵路和中東鐵路）為個案，討論五四知識分子的鐵路旅行與文學書寫。香港中文大學崔文東更像是在直接回應李歐梵先生的主題演講，他論證《域外小說集》與"直譯"手法是魯迅融合歐洲文學觀與選學派文章觀，轉化德語"世界文學"實踐的產物。崔文東指出，《域外小說集》其實是德語"世界文學"觀念及其實踐在中文世界的迴響，正是在"世界文學／文章"的激發下，現代意義上的文學翻譯得以誕生。這一發現是對魯迅研究的一個突破，也是對現代文學研究的一個啟示。

二、放逐諸神

　　王德威在評述劉再復時將他喻為一九八〇年代後面對"諸神歸來"，單槍匹馬大戰風車的堂吉訶德，劉再復的主題演講〈"五四"的失敗和我的兩次掙扎〉即是對這一知其不可為而為之的堂吉訶德姿態的最佳寫照。劉再復強調要區分政治五四和文化五四，剛性／革命的五四與柔性／改良的五四，他認為迄今為止，無論是在新文化還是新文學的意義上五四運動的訴求都遭遇了挫敗，並追溯自己應對此危機的兩次掙扎 —— 八十年代的回歸主體和人性，九十年代的放逐革命、國家和主義。劉再復是五四傳統和八十年代精神在當代中國的肉身象徵，他的發言本身就是鏗鏘有力的"真的惡聲"。這也體現了本次會議的一大特點，即它是一個有溫度、見風骨的會議，學者們以實際行動證明"五四"的意義不僅僅是學理層面的，"五四"作為一種精神和價值取向，始終在和時代語境對話，從這個意義上說，"五四"並沒有失敗。

林崗、楊聯芬、張學昕、甘默霓（Monika Gaenssbauer）、安敏軒（Nick Admussen）、李躍力、喬敏、韓晗等都對劉再復的思想及其現實意義從不同維度作了闡發。如中山大學林崗將劉再復的主體論放置在魯迅與創造社、胡風與延安論爭的脈絡中，指出主體論的核心是對於文學的主體應回歸於"人"的強調。人民大學楊聯芬借陳平原對於胡適"鸚鵡救火"和魯迅"鑄劍復仇"兩個意象的評述，評價劉再復是"讀魯迅的書，走胡適的路"。康奈爾大學安敏軒細讀劉再復《讀滄海》系列詩歌，指出劉再復文學創作的特徵之一是反覆回歸一些早期的概念，在"重複，駁複，恢復"中不斷質疑、修正、深化自己的思想。香港科技大學喬敏將劉再復的主體性三論視為啟蒙議題在後五四時期的新面向，指出劉再復的思想經歷了一個從回歸啟蒙、渴望"諸神歸位"，到超越啟蒙、"放逐諸神"的過程。

三、書信作為方法

夏濟安夏志清昆仲書信集的出版是近年海內外現代文學研究界關注的盛事，此次書信集的主編王洞（夏志清夫人）、季進及聯經總編胡金倫亦皆到場。與會學者在研討夏志清的學術時不約而同地使用了新鮮出爐的書信集作為主要資料，更重要的是，他們的討論實際上指向了一個新的可能 —— 書信不僅作為研究資料，而是作為一種研究方法。

麻省大學阿姆赫斯特校區張恩華的《書信與白話現代性：以夏志清夏濟安書信寫作為例》就具有對於書信作為方法的理論自覺。她從一九一八年《新青年》錢玄同與劉半農為倡導白話文學的"雙簧戲"談起，提醒注意書信這一文體對於建構中國文學現代性的意義，以夏氏兄弟的書信實踐為例，質疑白話即現代性的批評範式：即白話不僅限於語言的屬性和維度，而是涵蓋日常生活經驗，突出大眾化、日常化、感官體驗和消費性。夏氏兄弟的書信充斥了娛樂、時尚、技術、傳播的記錄，可作為消費主義的考據材料，書信中頻繁涉及的好萊塢電影，更是"白話現代主義"通行全球的資本媒介。張恩華強調書信作為"有情"的文體和不拘一格的文學表述，在以白話文特別是白話文小說為主幹建立的新文學正統之外，以其對日常生活細枝末節的關注和被正統壓抑的情感表達，成為中國"白話現代性"不可或缺的一部分。威斯理學院宋明煒也認為夏氏兄弟的書信集可以作為一部書信小說（epistolary novel）來讀。

陳國球、魏艷等人則以夏氏兄弟的學術脈絡為角度切入書信。香港教育大學陳國球從書信集中細緻地鉤沉出夏志清的學術訓練軌跡，係從英詩研究（以浪漫主義 — 維多利亞時期為中心）出發，受艾略特、利維斯、燕卜蓀、勃羅克斯等英美新批評為主體的學術啟蒙，逐漸形成了自身的文學批評觀念，再以之返觀中國現代文學。陳國球的討論某種程度上也回應了李歐梵的演講 —— 世界視野實為貫穿此次會議的一個主線。香港嶺南大學魏艷同樣從書信入手，卻旨在彰顯夏氏兄弟在現代英美文學之外的中國古典與通俗視野。夏氏兄弟對於古典文學戲曲中儒家道德的肯定，和從羅曼史（romance）視角對於新舊通俗小說中大眾心理與文化的關注，昭示了有別於五四"啟蒙與革命"正統的另一維度。復旦大學陳建華同樣強調夏志清對於"正典之外"的通俗和傳統的重視，以其《玉梨魂》研究為出發點，指出夏志清打破雅俗、古今畛域，為《玉梨魂》提煉出中國文學從李商隱、杜牧、李後主到《西廂記》、《牡丹亭》、《紅樓夢》一脈相承的"傷感 — 艷情"（sentimental-erotic）傳統，與我們所熟知的"感時憂國"傳統形成某種對話和張力。

四、革命與啟蒙之外

　　夏志清、李歐梵、劉再復三位學者對於"五四之後"學界的貢獻，實際上有一個共同的指向，即致力於發掘"革命與啟蒙"的"五四"正統之外的面向。與會學者的討論也不約而同地呈現這一趨勢，無論是對於三位先生學術史價值的判斷，還是自己的獨創性研究，皆從不同維度探索"革命與啟蒙"之外的其他向度，亦即王德威提出的五四之"後"的可能性。

　　如浸會大學黃子平揭示夏志清的中國現代文學史論建構了中國現代小說的"嘲諷"傳統——從魯迅、張愛玲、錢鍾書、沈從文到姜貴——並把這條嘲諷的脈絡上溯至明清小說（吳敬梓、李漁、李伯元、吳趼人）。浸會大學蔡元豐總結李歐梵的魯迅研究揭示了一種"幽傳統"（dark tradition），這有別於革命與啟蒙的"抗傳統"（counter-tradition），是一種啟蒙（enlightenment）之中的黑暗，既非純粹的光亮也非純粹的黑暗。哈佛大學涂航將李澤厚與劉再復並舉，認為李澤厚的"樂感文化"重啟了五四時期的"美育代宗教論"；而劉再復的"罪感文學"受西方宗教原罪意識啟發，追求詩學正義。二者殊途同歸：或以此岸世界的審美主義來消解革命的彼岸神話，或以超驗世界的本真維度來放逐世俗國家對寫作的奴役。這實際上是在革命與啟蒙的論述之外，加入宗教的維度，與其師王德威以"抒情"對抗"史詩"傳統，有異曲同工之妙。弗吉尼亞大學羅福林（Charles Laughlin）則標舉"怪誕"（uncanny），指出中國現代文化的形成與其研究都偏重於啟蒙主義，反對一切怪力亂神的"迷信"。而他從怪誕的角度重讀夏志清、李歐梵、劉再復對魯迅的研究，進而探討寫實中的詭秘是否可以成為一種對東方與西方、科學與迷信、傳統與現代的二元對立及其相關的"民族"、"發展"、"知識"等概念的隱形而有力的批判。

　　四川大學李怡同樣質疑五四革新／保守、新文化／舊傳統二元對立的線性進化論，提醒學界應注意學衡派、甲寅派、林紓這幾位長期處於五四對立面的被遮蔽的價值。中山大學林崢則以具體的個案 —— 一九二〇年代的陶然亭為視角，呈現五四之後北京複雜的政治與文化生態，遺老對於帝制的招魂，和新青年、新女性的革命與戀愛，在此相映成趣，從而打破革命啟蒙的單一敘述。此外，聖路易斯華盛頓大學陳綾琪有關一九五〇年代台灣小說之於"感時憂國"主題的變奏討論，杜克大學周成蔭以學者兼後人身份對於五四青年成舍我新聞理念體貼入微的剖析，復旦大學嚴鋒對中國現代文人"音樂化與非樂化"的思辨，都提示了"後五四"研究豐富多元的種種可能。

五、以邊緣叩問中心

會議還設了兩場圓桌討論，除了上述與會學者外，嶺南大學許子東、作家閻連科亦出席圓桌。本次會議的特點之一是體現了一種代際的傳承，除了成名學者登台亮相，學術新人亦嶄露頭角，從"老少年"到"新青年"，皆暢所欲言，妙語迭出。近年來，隨著日益專業細分，現代學術逐漸與公共領域分途，而本次會議學者們在學術討論中寄寓了對現實的深切關懷，這正是五四精神的最好體現，也與會議的所在地 —— 香港的文化地理位置息息相關。

王德威在主題演講〈有聲的香港〉中，曾提及李歐梵對香港的一往情深都沉澱在其有關香港的著作 City between Worlds 一書中，認為其闡發了香港"寫在家國之外"的意義。香港的身份是很獨特的，它自居於一種"邊緣"的位置，它既是一座城市，其意義又不僅限於一座城市，始終處於世界、國族與城市的縫隙之間，以"邊緣"叩問"中心"。在這一點上，香港的邊緣性與五四的後學，構成了某種內在一致性，提示我們，香港是否可以作為一種方法？

香港中文大學張歷君在會議上的發表即是對這一命題的嘗試。他考察冷戰時期香港的魯迅研究，無論是本土（如李歐梵）還是過境（如曹聚仁）的研究者，都不約而同關注魯迅作品的內在生命體驗。因此張歷君提出，中國現代文學之父魯迅的"內面"之發現，最終只能在香港這一冷戰的邊緣夾縫地孕育成形，從學術史的角度有助於我們重新思考近年李歐梵、陳冠中提出的"香港作為方法"的理論意義。

五四之後，我們如何發出聲音，發出怎樣的聲音，如何才能真正和"世界的人"平等有效地對話？這是香港科大百年五四會議提示我們思考的本質問題。

會議議程

2019 年 5 月 9-10 日，香港

會議名稱："五四之後：當代人文的三個方向 —— 夏志清、李歐梵、
           劉再復" 國際學術研討會

主辦者：香港科技大學高等研究院，香港科技大學人文學部

協辦者：哈佛大學東亞系

召集人：劉劍梅、王德威

5 月 8 日（星期三）

入住香港科技大學旅館 Conference Lodge

5 月 9 日（星期四）

9:30   歡迎辭：劉劍梅（香港科技大學）

9:40 - 10:30   主題演講

           主持人：劉劍梅

王德威（哈佛大學）

    五四之後：有聲的香港

10:30 - 10:45　茶歇

10:45　　　　主題演講

　　　　　　主持人：許子東（香港嶺南大學）

10:45 - 11:30　**李歐梵老師**

　　　　　　漫談晚清和五四時期的"西學"與國際視野

11:30 - 12:15　**劉再復老師**

　　　　　　五四的失敗和我的兩次掙扎

12:15 - 13:30　午餐

13:30 - 14:50　第一組　海外中華：夏志清的文學貢獻與意義

　　　　　　主持人：季進（蘇州大學）

　　　　　　評議人：楊聯芬（中國人民大學）

　　　　　　陳國球（香港教育大學）

　　　　　　夏志清先生的文學批評之路

　　　　　　陳建華（復旦大學）

　　　　　　抒情的發現：夏志清與"傳統與個人才能"的批評
　　　　　　譜系

　　　　　　魏　豔（香港嶺南大學）

　　　　　　新與舊 —— 談夏氏兄弟文學批評中的道德關懷

　　　　　　胡金倫（台灣聯經出版）

　　　　　　《夏志清夏濟安書信集》的出版價值與意義

張恩華（麻州大學阿姆赫斯特校區）

　　　書信與白話現代性：以夏志清夏濟安書信寫作為例

宋明煒（威斯理學院）

　　　夏氏兄弟書信的意義 —— 書信閱讀的多重啟示

14:50 - 15:05　茶歇

15:05 –16:25　第二組　李歐梵：世界主義的人文視景

　　　主持人：黃子平（香港浸會大學）

　　　評議人：陳建華（復旦大學）

蔡元豐（香港浸會大學）

　　　啟蒙中的黑暗 —— 論李歐梵的 "幽傳統"

嚴　鋒（復旦大學）

　　　中國現代文人的音樂化與非樂化 —— 以李歐梵為例

余夏雲（西南交通大學）

　　　偶合與接枝：李歐梵的晚清文學研究

張歷君（香港中文大學）

　　　新傳記與生命書寫的文化詩學：李歐梵、曹聚仁與香
　　　港魯迅閱讀史

吳國坤（香港浸會大學）

　　　安於亂世，兒女情長：南來文人易文和劉以鬯與李歐
　　　梵老師的通俗小說

黃心村（香港大學）

　　　我師歐梵

16:25 - 17:15　圓桌討論

　　　　　　主持人：劉劍梅

　　　　　　引言人：王洞、李歐梵、林崗、陳建華、許子東

5 月 10 日（星期五）

9:30 - 10:40　第三組 斷裂與再造：劉再復的學術思想

　　　　　　主持人：陳國球（香港教育大學）

　　　　　　評議人：李怡（四川大學）

Monika Gaenssbauer（甘默霓，斯德哥爾摩大學）

　　"Translating and thinking creatively within and beyond literary studies - Liu Zaifu's literary essays".

Nick Admussen（安敏軒，康內爾大學）

　　重複，駁複，恢復：劉再復打開思想空間方法論

林 崗（中山大學）

　　從主觀到主體

張學昕（遼寧師大）

　　劉再復"主體性"理論與八〇年代文學

楊聯芬（中國人民大學）

　　"復仇"還是"拯救"：劉再復的思想意義

10:40 - 10:55　茶歇

10:55 - 12:05　第四組　劉再復與當代人文

　　　　　　　　主持人：Carlos Rojas（羅鵬，杜克大學）

　　　　　　　　評議人：林　崗（中山大学）

　　　　　　　　古大勇（泉州師院）

　　　　　　　　　　李澤厚、劉再復比較論綱

　　　　　　　　涂　航（哈佛大學）

　　　　　　　　　　樂與罪：李澤厚，劉再復與文化反思的兩種路徑

　　　　　　　　喬　敏（香港科技大學）

　　　　　　　　　　超越"啟蒙"話語：劉再復與後五四時代的文化遺產

　　　　　　　　李躍力（陝西師大）

　　　　　　　　　　李歐梵、劉再復的魯迅研究比較論

　　　　　　　　韓　晗（深圳大學）

　　　　　　　　　　"五四"之辨與立場之變：從關注底層到強調個人 ——
　　　　　　　　　　以夏志清、劉再復與李歐梵的學術思想脈絡為中心

12:05 - 13:30　午餐

13:30 - 14:40　第五組　回到五四

　　　　　　　　主持人：黃心村（香港大學）

　　　　　　　　評議人：Charles Laughlin（羅福林，維吉尼亞大學）

　　　　　　　　黃子平（香港浸會大學）

　　　　　　　　　　中國現代小說的嘲諷傳統

426

李　怡（四川大學）

五四之後與五四之喪 —— 五四闡釋史的當代之痛

Carlos Rojas（羅鵬，杜克大學）

傳統與離散：從魯迅到黃錦樹

崔文東（香港中文大學）

從「世界文學」到《域外小說集》：論魯迅文學的誕生

林　崢（中山大學）

悼亡、革命與戀愛 ——“五四”與陶然亭風景的流變

14:40 - 15:00　茶歇

15:00 - 16:10　第六組　五四的流播

主持人：吳盛青（香港科技大學）

評議人：高嘉謙（台灣大學）

宋偉傑（羅格斯大學）

漂流，感憂，文俠想像：胡金銓的中國心靈

陳綾琪（聖路易斯華盛頓大學）

感時憂國的變奏曲：再思台灣五〇年代小說

周成蔭（杜克大學）

五四青年成舍我

Charles Laughlin（羅福林，維吉尼亞大學）

魯迅與中國現代寫實小說的魔幻史

李思逸（香港中文大學）

五四知識分子的鐵路旅行 —— 以瞿秋白、徐志摩、郁

達夫為例

16:10 - 17:00 圓桌討論

主持人：王德威

引言人：劉再復、黃子平、閻連科、陳國球、李　怡

編後記

　　從二〇一八年最早動議籌畫，到二〇一九年五月在香港科技大學如期舉辦"五四之後：當代人文的三個方向"國際學術研討會，中間相隔了近一年的時光；而從去年的五月到現在論文集出版，轉眼又是一年過去了。這一年中間，發生了太多太多的事情，或遙遠，或切近，讓人感慨萬千，真是桃李春風又一年，浩歌遙望意茫然。

　　二〇一九年五月九日至十日，來自歐美、港、台、大陸的以年輕學者為主的近四十位學者匯聚香港科技大學清水灣畔，隆重舉行"五四之後：當代人文的三個方向"國際學術研討會，一時間少長咸集，高朋滿座，窗外是波光瀲灩、浮天無岸的美麗海灣，室內是急管繁弦的思想激蕩與話語交鋒。一方面我們研討夏志清、李歐梵、劉再復先生的學術思想，以學術的方式，向三位人文研究的大師致敬；另一方面我們思考"五四"百年之後，中國文化何去何從，如何以自己的方式承續傳統並開創新的可能。這次獨特和難得的"五四百年"大會，散發著已經消逝多年的文學的"靈光"，講者們擲地有聲，敢於發言，敢於質疑，令人感動，聲聲迴響在每一位與會者的心底。這本論文集即是此次會議論文的選集，管中窺豹，意在顯示這次學術研討會的豐富面向。

　　我們會議的總題目是"五四之後：當代人文的三個方向 —— 夏志清、李歐梵、劉再復學術研討會"，這個題目是哈佛大學講座教授王德威先生設計的。題目本身就帶有很強的思想性，也有審美再創造的無限可能性，給了我們很廣闊的思維空間。夏志清的感時憂國，李歐梵的對話世界，劉再復的告別革命和放逐諸神，都既有歷史維度，也有現實深度。五四新文化運動的精神遺產是多元的，我們大會所側重討論的是，這三位先生在五四之後到底繼承了五四的什麼精神呢？他們三位先生最可貴的是繼承了五四的質疑和批判的精神，一方面既繼承和延續了五四的啟蒙精神，另一方面又在不同面向上對中國傳統的專制和文化、知識份子的角色、個人主義的意義、世界主義和國家民族主義的衝突，以及西方啟蒙主義在中國語境中的作用，有著深入的思考。

《當代人文的三個方向》的出版得到香港三聯書店的鼎力支持。早在會議期間，香港三聯書店的總編輯周建華先生看到我們會議的海報，就主動提出，願意出版會議論文集。周先生真是獨具慧眼，看到了這本文集的長遠價值 —— 那就是撒下文學和文化的啟蒙的種子，讓更多的讀者感受中國知識分子的骨氣、情懷和視野。在邀稿過程中，得到各位與會者的大力支持，可惜由於篇幅所限，我們限定了文章的大概字數，很多作者不得不大力刪減，未能暢所欲言，深為歉疚。值此出版之際，我們要感謝香港科技大學賽馬會高等研究院、人文社會科學學院、人文學部，以及田家炳基金會的鼎力支持，使香港科大的創意寫作項目辦得生機勃勃，甚至成為香港文壇的一道亮麗的風景，並使香港科大成為最具人文氣息的校園之一；感謝李歐梵老師、劉再復老師和夏師母王洞女士親臨會議，感謝所有的與會者，正是你們的參與，才使得此次會議成為二○一九年度最具活力、最富成效的學術活動之一；最後，我們要向香港三聯書店的周建華先生、顧瑜女士、沈夢原女士致以崇高的敬意，感謝你們在如此不景氣的情況下，最快最好地推出了此書。我們相信，無論外面的世界如何變幻，這次會議終將成為我們美好的記憶。願我們在學術的世界裏，繼續尋求與現實、與世界、與未來對話的可能。

編者

2020 年 5 月 24 日